CLARIDADE

RENATO MORAES

CLARIDADE

2ª edição

EDITORA RECORD
RIO DE JANEIRO • SÃO PAULO
2023

CIP-BRASIL. CATALOGAÇÃO NA PUBLICAÇÃO
SINDICATO NACIONAL DOS EDITORES DE LIVROS, RJ

M823c
2ª ed.

Moraes, Renato
Claridade / Renato Moraes. – 2ª ed. – Rio de Janeiro: Record, 2023.

ISBN 978-85-01-11295-8

1. Romance brasileiro. I. Título.

17-46933

CDD: 869.93
CDU: 821.134.3(81)-3

Copyright © Renato Moraes, 2018

Todos os direitos reservados. Proibida a reprodução, armazenamento ou transmissão de partes deste livro, através de quaisquer meios, sem prévia autorização por escrito.

Texto revisado segundo o Acordo Ortográfico da Língua Portuguesa de 1990.

Direitos exclusivos desta edição reservados pela
EDITORA RECORD LTDA.
Rua Argentina, 171 – Rio de Janeiro, RJ – 20921-380 – Tel.: (21) 2585-2000.

Impresso no Brasil

ISBN 978-85-01-11295-8

Seja um leitor preferencial Record.
Cadastre-se em www.record.com.br
e receba informações sobre nossos
lançamentos e nossas promoções.

Atendimento e venda direta ao leitor:
sac@record.com.br

Aos meus pais, Antônio Joaquim e Inês.
Aos meus irmãos, Fernando e Rodrigo.
Aos meus padrinhos, Antônio José (†) e Maria Tereza.
Pela nobreza e bondade de sempre.

"No mar tanta tormenta, e tanto dano,
Tantas vezes a morte apercebida!
Na terra tanta guerra, tanto engano,
Tanta necessidade aborrecida!
Onde pode acolher-se um fraco humano,
Onde terá segura a curta vida,
Que não se arme, e se indigne o Céu sereno
Contra um bicho da terra tão pequeno?"

(Luís Vaz de Camões, *Os Lusíadas*)

"Vão revolvendo a terra, o mar e o vento,
busquem riquezas, honras a outra gente,
vencendo ferro, fogo, frio e calma;

que eu só em humilde estado me contento,
de trazer esculpido eternamente
vosso formoso gesto dentro n'alma."

(Luís Vaz de Camões, *Sonetos*)

Sumário

Prólogo – É difícil acreditar que ela se foi   13

Parte I – Rompendo aos poucos o casulo

1. O noivado de um solteirão   23
2. Conhecendo uma viúva e suas filhas   33
3. Quanto pode acontecer em um casamento   43
4. Um amigo e as agruras de duas garotas   55
5. Planejando escapar de armadilhas   69
6. Colocando as lições em prática   83
7. A irmã se orgulharia dele   99

Parte II – O coração torna a bater

8. Machado de Assis dá para muita coisa   113
9. Aproximações um tanto trôpegas   125
10. Um encontro agradável e uma aula surpreendente   135
11. Caminhos que enfim convergem   147
12. Assim é estar com uma diva   163
13. Crescendo no meio do tiroteio   173
14. Sua vida não foi em vão   181
15. Quase tudo tem conserto   195

Parte III – É difícil acertar a trilha

16. Sua estrela começa a brilhar — 211
17. Dentre todas, ela sempre foi a mais linda — 223
18. Teve que terminar em alvoroço — 239
19. Cada uma mostrou quem era — 257
20. Aflorando o que há tempos era latente — 277
21. A reaparição de um fantasma esquecido — 289
22. O horizonte parece a ponto de abrir-se — 301

Parte IV – O que era antes, hoje deixou de ser

23. Uma pancadaria um tanto escandalosa — 315
24. O avolumar-se de uma decepção — 327
25. A queda no abismo — 341
26. Como cada um segue adiante (ou não...) — 357
27. O dilema de uma amiga verdadeira — 367
28. Os caminhos deles foram dolorosos — 377

Parte V – A vida virada ao avesso

29. A mensagem mais inesperada — 399
30. A reconstrução de um homem — 413
31. As cabeçadas de uma deslumbrada — 423
32. Topar de frente com a realidade — 435
33. Essa colega nunca lhe faltou — 453
34. Enfrentando as próprias culpas — 461

Parte VI – Traz a manhã serena claridade

35. É bom estar com você de novo   479
36. Não é possível retornar ao que foi um dia   489
37. Curando as feridas mais fundas   503
38. Recapitulando o que se passou entre nós   519
39. Às vezes, a vida se simplifica   531

Agradecimentos   543

Prólogo
É difícil acreditar que ela se foi

Assim que Ricardo entrou no quarto do hospital, Nina sorriu e indicou com um gesto que ele se sentasse na cadeira, ao lado da cabeceira da cama. Ele lhe tomou as mãos e as beijou. Estavam quentes, e a pulsação, alta. Ou seja, o habitual das últimas semanas. Tocou delicadamente o rosto dela com os lábios e arrumou-lhe os cabelos longos, que caíam na frente. Foi correspondido com uma mirada afetuosa e cansada.

Os olhos da jovem estavam fundos, órbitas que saltavam de duas covas rodeadas por olheiras pronunciadas, que se destacavam ainda mais naquela magreza quase inacreditável. Sua pele tinha embranquecido pela falta de sol. Por um privilégio singular, continuava bonita — para Ricardo, era impossível que ela deixasse de sê-lo —, como se seus traços delicados e perfeitos não admitissem a derrocada.

— Que bom que você veio — comentou ela.

— Ora, até parece que não estou aqui todos os dias.

— Eu sei. Mas hoje a gente precisa conversar sobre uma coisa que não me sai da cabeça.

O rapaz notou que ela não sabia por onde começar. Colocou novamente a mão da moça entre as suas.

— O que é, linda?

— Você sabe que não vou durar muito mais.

Ele permaneceu brincando com os dedos dela, sem levantar os olhos.

— Se Deus quisesse me curar, já teria feito alguma coisa. Eu vou embora logo.

Ele percebeu que as plantas na jarra de flores, sobre a mesa em frente, seguiam viçosas e frescas. Eram lírios, conforme ela havia pedido expressamente.

— Sei o que vai me acontecer e aceito, de verdade. Mas e você? O que vai fazer, quando tudo terminar?

Por um instante, ele sentiu uma tontura. Concentrou-se e respondeu:

— Não é hora de falarmos disso. Depois eu penso em como vou me virar. Isso, se você for mesmo embora.

Antes que ela pudesse insistir, ele interpôs:

— Vamos conversar sobre você, que é um tema bem mais interessante. Como está hoje?

— Um pouco mais de dor, um pouco menos. Nada de especial. Bom, já não faz diferença. Quer dizer, não senti uma força que me fizesse sair pulando pelo quarto, como você gostaria.

Depois de examiná-lo por um curto período de silêncio, continuou:

— Ricardo, não faça essa cara de novo. Ver você triste não vai me ajudar em nada.

Ficou tentado a responder: "E o que quer que eu faça? Estoure uma garrafa de champanhe?" Conseguiu esboçar um sorriso amarelo. Nina cruzou as mãos sobre a barriga e seguiu fitando-o, com pena. Após uns instantes, ela retornou:

— Tenho tentado imaginar o que você vai fazer, depois que eu morrer.

— Pois eu não gastei nem um minuto pensando nisso.

— Não pensou? Duvido. Logo você, que gosta de planejar tudo.

— Para que perder tempo imaginando como vou ficar sem você? Deus me livre!

— Você já devia estar se preparando, isso sim!

Ela ficou ofegante e tomou um gole de água. Ricardo pegou o copo e recolocou-o na mesa.

— Tudo no seu tempo, Nina. De que iria servir adiantar isso?

Uma enfermeira entrou no quarto de supetão. Era uma senhora de meia-idade e mulata, com óculos grandes de aro branco, que falava com uma batida ritmada. Nina perguntou a ela sobre um filho problemático, que havia brigado com o pai duas noites atrás. Sem ligar para Ricardo, a funcionária despejou as mágoas, que Nina escutou enquanto a outra media sua pressão e trocava os remédios intravenosos. No final, a enfermeira falou:

— A Albertina pediu para a senhora rezar pelo irmão mais novo dela.

— Pode deixar, eu não me esqueci — assentiu Nina.

— A coitada está uma pilha de nervos. O rapaz pode ficar paralítico, a bala quase arrebentou a coluna dele. Foi uma coisa tão besta!

— Já me contaram. Vai dar tudo certo na operação, se Deus quiser. Avise-me se a Albertina telefonar para contar como foi, por favor.

A enfermeira concordou e despediu-se. Ricardo estranhou que ela tivesse dado um beijo na testa de Nina.

— Quem é essa Albertina?

— É a enfermeira do turno da noite. Uma senhora muito boa, mas com a família complicada, coitada. Se ao menos o marido pusesse a cabeça no lugar, tudo ficaria bem mais fácil. Mas acho improvável...

Quis um novo gole d'água. Voltou-se depois para o noivo e disse:

— Ricardo, você tem uma coisa que sempre me preocupou. Pode ser bobagem minha, mas acredito que não.

Parou indecisa.

— Diga de uma vez. Você não vai sossegar até falar, eu sei.

— Você me idealizou demais.

Ele sorriu e fez menção de discordar, mas escutou antes:

— Não me interrompa, seu mal-educado! Você sempre me achou muito melhor do que eu era. Agora, tenho medo de que seja muito difícil substituir essa moça de quem você gosta, da qual nem eu chego aos pés.

— Nem preciso dizer que não é verdade.

— Que vai ser difícil me substituir?

— Hoje você está cheia de graça, não é? Pois não idealizei você coisa nenhuma! Só por que para mim você é a menina mais linda, mais doce e adorável do mundo? Ora, todo mundo sabe que é verdade.

— É, todo mundo lá de casa pode ser: meu pai, meus irmãos, você...

Ela parou, balançou a cabeça e continuou:

— Não, não: chega de brincar! Você tem seus arroubos românticos e é capaz de achar bonito nunca mais se relacionar com outra mulher. Uma espécie de fidelidade eterna a mim, ou qualquer tolice dessas.

— E existe por acaso alguma mulher além de você?

— Pare com essa molecagem! Assim a gente não sai do lugar — reclamou ela.

Ele aproveitou para ajeitar-lhe o travesseiro e recolocar a coberta fina sobre a cama. Quando terminou, a moça prosseguiu:

— Sempre fui ciumenta, reconheço. Mas quero que você se case, quando tiver passado o tempo razoável. Que escolha uma boa moça e forme uma família com ela. Enfim, que leve sua vida para a frente.

Após um instante, ela se calou e respirou fundo. Até que perguntou:

— Que cara de susto é essa? Não disse nada do outro mundo.

— Ora, Nina... Quer saber? Não consigo imaginar minha família sem você. Nem quero. É simples assim.

"Estou sendo patético", pensou ele.

— Ricardo, sua vida vai continuar sem mim. Aceite, é o óbvio. Você não pode se transformar em uma espécie de noivo viúvo, um solteirão ferido pela vida. Se ficar com pena de você mesmo, vai me decepcionar demais. Seria ridículo.

— Devagar, moça! Quem a ouve falar assim pensa que você é uma pedra de gelo! Não me esqueço de como a durona chorou de saudade, só porque passou uns dias sem ver o sobrinho...

— Mas melhorei e não chorei mais. Pelo meu sobrinho, você me entende. E pare de despistar, isso não tem nada a ver com que estou dizendo.

Nina tornou a olhá-lo com seriedade:

— Querido, não suporto pensar que você talvez fique por aí, largado, sem buscar ninguém. Preso em um mundinho de recordações.

— Vou tentar que não aconteça, está bem? Só não posso garantir nada. A vida vai continuar, mas não vai ser a mesma coisa. Ao menos para mim. Além disso, que garota vai conseguir me chamar a atenção, se eu compará-la com você?

— Então não compare! "Cada mulher tem os seus encantos", meu pai gosta de dizer. Descubra nelas o que não achou em mim. Você vai conseguir encontrar alguém melhor do que eu.

— Ah, vou sim, com certeza. Aliás, estou sempre esbarrando em gente muito melhor do que você. Por que você não pergunta ao seu pai se ele conhece uma mulher que chegue aos pés da filha dele, para ver se essa regra funciona? Pela minha experiência, posso dizer que nunca encontrei uma que fosse a metade da dona Ana Carolina.

— Por que você insiste nessas besteiras? Já sou sua noiva, não precisa mais me conquistar com essa conversa melosa.

— Gosto de elogiar você. Qual é o problema?

— O problema é que você vai acabar acreditando nessas bobagens, de tanto repetir. Os homens nunca repararam em mim.

A observação dela quase o fez soltar uma gargalhada.

— Você que não percebia. Aliás, era a única que não notava.

De fato, a tez dela era clara e perfeita, mais bonita ainda por ser levemente brilhante. Seu cabelo era bem escuro, fino e sedoso, e chegava-lhe aos ombros; a quimioterapia não os havia afetado demais. Os olhos eram claros e intensos, levemente amendoados e de cor entre o verde e o azul. Antes, quando ela sorria, apareciam covinhas nas suas bochechas rosadas, que agora não tinham mais carne suficiente. Seus lábios, que haviam sido cheios e vermelhos, mexiam-se harmonicamente porque ela fazia questão de pronunciar bem as palavras. A altura dela era acima da média, e seu porte, nos tempos saudáveis, elegante e chamativo. A face, estreita, terminava no queixo fino, que se harmonizava com o pescoço longo.

Nina demorou a responder, e ele pensou que ela havia se encabulado. No entanto, ela reclamou:

— Chega de interromper a conversa! É essa sua mania de fugir do assunto, típica de advogado.

Sem dar tempo para que ele pudesse retrucar, a garota pediu:

— Escute, por favor. Não sei se teremos chance de conversar com calma outro dia.

Ricardo sentiu o golpe e levantou as mãos em rendição.

— Desculpe-me. Prometo não mudar mais de assunto. Mas não é fácil tratar com você a respeito de outra garota. Ponha-se no meu lugar.

— Eu sei...

— Estamos juntos agora. É o que importa, é o que temos. Não quero discutir sobre meu futuro.

— Mas eu quero! Se sua vida for para a frente, se você superar ficar sem mim e se refizer, vou de algum modo continuar presente em você. E não como um fantasma, mas de um jeito bonito.

— Claro que sim! — interrompeu ele. — Você vai estar em tudo o que eu fizer. Aliás, como já está.

— Pois então, porque vou estar na sua vida, quero que você se case. Que tenha filhos e seja feliz. Como a gente teria sido junto, se houvesse transcorrido diferente.

Acariciou a face dele gentilmente e segurou-lhe o queixo, enquanto o fitava.

— Quem sabe a sua esposa pensará em mim com carinho! Porque, de certo modo, guardei-o para ela. Suas crianças vão perguntar, talvez, da antiga namorada do papai. Desde já gosto delas. Pensar nisso me enche de alegria, de verdade. Vou acompanhar você do Céu, se Deus quiser. E não quero ver você derrotado pela vida, como se o que vai acontecer não fosse exatamente o melhor.

Ricardo não conseguia aceitar que a perda da noiva pudesse ser o melhor. Ele evitava desesperar-se e apoiava-se unicamente na fé. Pôde esboçar um sorriso e, segurando a mão dela, murmurou:

— Nina, casar não vai depender só da minha vontade. Vou ter que começar tudo de novo. Não sei nem dizer que outra mulher poderia me interessar.

— Ainda bem, se não eu lhe dava um tapa!

Ela riu de maneira travessa, o que o surpreendeu novamente e levou-o a sorrir mais largamente.

— Nenhuma o atrai porque você se concentrou em mim, como tinha de ser. Só que tudo vai mudar, e há várias moças que podem ser ótimas companheiras. Um homem como você vai ter um monte delas em volta, se matando para chamar sua atenção.

— Não sei, não. Você não teve muita concorrência.

— Seu bobo! É o que você pensa...

Ela calou-se subitamente. Ele acrescentou, rindo:

— O máximo que posso prometer é que vou tentar formar uma família. Se encontrar alguém em quem eu possa confiar... E de quem eu goste, é lógico. Isso satisfaz a dona mandona?

— Já é alguma coisa. Mas o futuro vai ser bem melhor do que você pensa. Espero assistir de camarote. Enfim, que Deus nos guie a todos. E não se esqueça do que acabou de me prometer aqui, seu tratante!

"Vamos rezar a nossa oração? Comece então: 'Meu Deus e meu Pai, Senhor da vida e da morte, que, para justo castigo das nossas culpas...'.

Pouco depois, chegou a mãe de Nina. Dona Márcia era uma senhora alta e um pouco gorda, mas que causava admiração quando jovem. A filha herdara dela a cor dos cabelos e dos olhos, mas era mais bonita do que a mãe jamais fora. Ela tratava Ricardo como um filho, não sem ter atazanado antes a vida dele por uns meses, quando ele tinha começado a sair com a garota.

Depois que a senhora cumprimentou o casal, Ricardo permaneceu ainda por alguns minutos. Despediu-se da jovem beijando-a na testa e nas mãos, prometendo voltar no dia seguinte.

Conforme Nina previra, não tiveram outras oportunidades de conversar longamente a sós. No final da manhã seguinte, os rins dela deixaram de funcionar, o que a obrigou a passar por hemodiálises seguidas e massacrantes. Sua vitalidade despencou. Tinha dificuldade em manter um diálogo, porque logo cochilava.

Pouco a pouco, não conseguia mais falar e, uma semana depois, apenas se expressava por balbucios e um sorriso exausto. O coração de Ricardo se comprimia cada vez que se encontrava com ela. Era comum que as pessoas chorassem quando saíam do quarto.

Um sacerdote conhecido dos noivos, o padre Roberto, foi chamado para atendê-la. Dois dias depois, os médicos alertaram que em breve teria início a agonia. As últimas palavras que sussurrou a Ricardo, na tarde anterior ao falecimento, foram:

— Muito obrigada por tudo! Não se esqueça de rezar por mim, nem do que conversamos naquela tarde. A gente vai se reencontrar mais adiante, e vai ser muito melhor.

Nas horas finais, perdeu a consciência. Sua respiração era sofrida e ruidosa. Não abria mais os olhos nem respondia a qualquer estímulo. Subitamente, o barulho que fazia ao expelir o ar extinguiu-se, e o silêncio tomou conta do quarto. Foi quebrado pelo lamento dos presentes — os pais, os irmãos e Ricardo — e pelas orações que alguns recitaram.

Ricardo inclinou-se então sobre o rosto da jovem, que se resumia a pele e ossos. Beijou-a uma vez mais com ternura, tomou-lhe as mãos, que permaneciam quentes, e tirou do dedo anular direito a aliança, que há um ano e meio colocara ali, cheio de felicidade e sonhos. Tocou com delicadeza os lábios dela, que estavam embranquecidos, e uma dor lancinante atravessou-o de cima a baixo. Duas lágrimas desprenderam-se dos seus olhos, mas não consentiu sucumbir. Observou os pais dela, que estavam em prantos, apoiando-se um no outro. O ambiente manteve-se sereno, sem gritos ou choros histéricos.

Sentiu-se fraco e só. Agora, tudo parecia vazio e sem sentido. O que viria depois? Para onde iria? Perguntas que não tinha nenhum ânimo para responder. O desespero tornou a bater à porta, sendo novamente repelido. Resolveu agir. Como a família de Nina não tinha condições de pensar ou decidir o que fosse, ele assumiu as providências relativas ao velório e ao enterro. Pediu ajuda ao seu irmão Carlos, e a partir daí ficou tranquilo, certo de que tudo correria bem.

Na tarde seguinte, Nina foi enterrada no Cemitério da Saudade, no jazigo da família. Durante o velório e a missa de corpo presente, Ricardo ficou mais próximo de Eduardo, o irmão menor da moça, que estava desconsolado. Ambos sabiam que haviam sido as pessoas mais amadas por ela, e também por isso queriam e precisavam sustentar-se um ao outro.

Parte I
Rompendo aos poucos o casulo

1
O noivado de um solteirão

Ricardo não teve um minuto livre no escritório, com as reuniões sucedendo-se em um ritmo frenético. Sua vida profissional deslanchava e os honorários cresciam proporcionalmente. Ao mesmo tempo, o peso do trabalho fazia-se sentir. Naquele final de tarde, estava esgotado e nada empolgado com a perspectiva de ir à festa de noivado de Ivan.

Seu primo, antes diagnosticado como um caso de solteirice crônica e incurável, tinha surpreendido a família alguns meses antes, quando comentou que conhecera uma mulher que havia começado a interessá-lo. O nome dela era Gabriela, tinha duas filhas e havia enviuvado fazia três anos.

O ex-marido dela, José Carlos Martins, fora gerente de uma loja de departamentos no centro de Campinas. Um dia, acompanhado da filha mais velha, foi depositar uma quantia elevada em uma agência bancária a poucas quadras do trabalho. Dois rapazes em uma moto, provavelmente informados por um funcionário cúmplice, aguardaram sua saída da loja, seguiram-no e fizeram a abordagem quase em frente ao banco. Não se esclareceu exatamente o que sucedeu, mas José Carlos foi esfaqueado duas vezes, e os assassinos terminaram fugindo sem levar dinheiro algum. Tudo indicava que havia sido um assalto mal planejado.

A filha não viu nada, porque se demorara no carro para pegar sua bolsa. Escutou os gritos dos transeuntes, quando o pai foi golpeado e tombou no chão. Assustada, saiu correndo e pôs-se a berrar por socorro. Abraçou o corpo ainda vivo e acompanhou-o na ambulância, na qual puderam trocar umas poucas palavras. Logo que chegaram ao hospital, José Carlos morreu, e a garota entrou em estado de choque.

A placa da moto havia sido anotada por alguém, o que facilitou o trabalho da polícia. Os criminosos tinham-na roubado minutos antes do assassinato. Poucos dias depois, foram apanhados e recolhidos na cadeia de São Bernardo. O caso provocou certo furor, por um motivo fortuito: a foto de Gabriela com as meninas, acompanhando o enterro, foi publicada na capa do jornal da cidade e era impactante, a ponto de o fotógrafo receber por ela um prêmio importante. Políticos aproveitaram a comoção para arengar que a segurança na cidade estava mergulhada no caos, e que a pasmaceira da polícia e do Judiciário havia atingido níveis alarmantes.

Com o passar do tempo, a revolta pelo assassinato junto à opinião pública arrefeceu — afinal, sucediam fatos semelhantes cada mês —, sem que nada de prático fosse realizado. Até que o próprio prefeito de Campinas foi morto em seu carro, aparentemente em outro roubo frustrado. Isso obrigou o governador do Estado e seu secretário de Segurança Pública a tomarem medidas que enfim trouxeram um pouco de paz para a cidade.

De qualquer modo, foi tarde demais para a família de José Carlos, que arcou com o ônus de perder o marido e pai. A mulher e as filhas quase nunca tratavam do ocorrido, e tampouco quiseram se inteirar do julgamento dos criminosos. Com a ajuda de um advogado, a garota mais velha não precisou prestar depoimento, alegando que não vira o crime e era menor de idade. O julgamento dera-se no ano anterior ao que agora se encontravam, e a condenação havia sido noticiada com algum destaque pela imprensa.

Ricardo mantinha as recordações do caso vivas, por tê-lo acompanhado com curiosidade profissional e por ter sentido pena da família de Gabriela. Ao saber que seu primo ia se envolver justamente com essas pessoas, alegrara-se tanto por Ivan, que sempre sonhara em ter seu próprio lar e encontrar uma esposa, quanto pelas vítimas indiretas do assassinato, que encontrariam um apoio sólido no futuro cônjuge e padrasto.

Entre os dois primos, havia uma diferença de dez anos. Ivan era alto, forte e mantinha uma forma física invejável aos 40 anos. Seus cabelos loiros estavam curtos, haviam embranquecido nas têmporas e combinavam com os olhos azuis, herdados do pai. Não se casara antes por timidez, e também porque era difícil que uma moça o seguisse agradando depois de três meses de relacionamento. Na única vez em que isso aconteceu, a namorada dispensou-o passado um ano, sem qualquer explicação razoável, causando-lhe uma decepção maior do que ele deixava transparecer.

Enquanto voltava para sua casa no bairro Guanabara, no meio do trânsito barulhento da avenida Brasil, Ricardo recordou-se de todos esses fatos. O interesse por ir à festa naturalmente despontou. Assim que entrou no corredor dos quartos, sua mãe pediu que se apressasse, pois sairiam dentro de meia hora. Dona Lúcia planejara aparecer antes do horário combinado, para ajudar sua irmã na arrumação da reunião. Ele beijou a mãe e contou-lhe rapidamente como tinha sido o dia, conforme costume deles.

A senhora em questão era baixa, o que mal se reparava, porque tudo nela era proporcional. Tinha os olhos castanho-escuros, e o rosto, oval. Mantinha um ar de criança travessa, que a passagem dos anos era incapaz de apagar. Sem ter recebido uma educação esmerada, nem ter se dedicado a amplas leituras, possuía um conhecimento da vida rápido e profundo. Ricardo se surpreendia uma vez e outra com as intuições da mãe, que eram certeiras praticamente sempre, em especial no que se referia ao caráter das pessoas.

Como acontece com muitas mulheres, obtinha o que desejava na base da insistência, sem dar a impressão de que quisesse impor a sua opinião. Exigia muito de si e mal parava para descansar. Sua única pausa era para rezar. Em certo sentido, superprotegera os filhos, que a adoravam. Queria tomar tudo sobre seus ombros, o que a havia esgotado prematuramente.

Ricardo percebeu-o quando saiu da adolescência, e desde então vigiava a mãe, procurando tirar-lhe trabalho, o que não era tarefa fácil.

Influenciado pelo estado de espírito da mãe, Ricardo entrou no clima da família e se animou de vez com a festa do primo. Na hora marcada, todos estavam prontos. Dona Lúcia e o marido, sr. Adalberto, acomodaram-se no carro de Ricardo, enquanto Felipe e Clara foram em outro veículo.

Seu Adalberto era oito anos mais velho do que a esposa, mas aparentava mais. Tinha o temperamento sentimental, pouco ativo e introspectivo. Era bem mais esperto e habilidoso do que as pessoas imaginavam, pois sua habitual demora em decidir costumava vir acompanhada de sensatez. Fora bastante bonito quando jovem e continuava charmoso. Administrava sua pequena empresa, na qual era ajudado pelo quarto filho, Felipe.

O casal se entendia perfeitamente, como só conseguem os que viveram quase quarenta anos juntos e nunca admitiram o pensamento de se afastarem um do outro. Ricardo algumas vezes ruminava o que aconteceria com um deles, quando o consorte faltasse; porém, afastava logo esse pensamento, demasiado doloroso.

Chegaram à casa de dona Rita em pouco mais de dez minutos. Era uma residência típica de classe média, que o pai de Ivan sofrera para erguer e que aos poucos fora sendo melhorada. O sobrado tinha quatro quartos no andar de cima; embaixo ficavam a sala de estar ampla, a sala de jantar com doze lugares e toda a área de serviço. A decoração não apresentava nada de luxuoso: umas poucas reproduções de quadros de paisagem, a pequena imagem de Nossa Senhora de Fátima, no alto da estante, e móveis escuros que datavam no mínimo da década de 1970, conservados com esmero pela dona.

Na garagem, estava estacionado um automóvel alemão caro, que era o único vestígio da riqueza que Ivan vinha acumulando. Ele era o presidente da fábrica de colchões fundada por seu pai, a qual tivera o faturamento multiplicado por várias vezes sob a direção atual.

Logo que chegaram, dona Lúcia meteu-se na cozinha, onde a irmã a aguardava. Por sua vez, Ricardo cumprimentou o primo:

— Até que enfim vou conhecer sua noiva! Por que você não a apresentou para a gente antes? Desde quando resolveu dar uma de misterioso?

— Pois é — respondeu Ivan, satisfeito consigo. — Não queria envolver todo mundo em um relacionamento que poderia acabar em nada. Porém, reconheço que exagerei na dose de cautela, porque, poucas semanas depois de conhecer a Gabriela, não tive dúvida de que era a mulher ideal para mim. Como dizem, choveu na minha horta.

— Para mim, ela tem mais sorte que você. Conseguiu fisgá-lo! Preciso dar os parabéns a ela.

Seguiu-se um momento de silêncio, quebrado por Ivan:

— E você? Vai passar a ser agora o solteiro mais velho da família. Tirando o Carlos, é claro, que para esses efeitos não conta. Você não tem nenhuma novidade sobre uma possível mudança de estado civil?

— Meu Deus, você está falando igual a um funcionário de cartório! Já está por acaso conversando com algum, para preparar o casamento?

— Não, calma — reagiu Ivan desajeitadamente.

— Deixe de ser tonto, estou brincando! Não, não tenho nada de novo. Acho que estou ficando enjoado demais, sem vontade de ir atrás de alguém.

Algo desse teor era o que respondia habitualmente, nos últimos cinco anos. É verdade que às vezes com menos convicção, quando alguma moça chegava a conquistar sua simpatia. Contudo, em pouco tempo o encantamento se desvanecia, e sequer tivera uma namorada de verdade no período. Nada disso era novidade para o primo, que, desta vez, impulsionado pelo entusiasmo, permitiu-se acrescentar:

— Você continua preso à Nina. Posso entender perfeitamente o que acontece. Você e eu somos do tipo que guarda as coisas por muito tempo.

— Tem vezes em que sinto mais forte a falta dela. É como se os anos voltassem, uma sensação esquisita. Ontem mesmo fui visitar a dona Márcia e o seu Arnaldo. Por sinal, mandaram um abraço a você. Mas não vamos falar de mim hoje, porque esta noite é sua.

Na mesma hora, Clara e Felipe chegaram, depois de terem feito uma parada no caminho. Ivan recebeu-os na sala, e Ricardo aproveitou para passar uns minutos sozinho. Foi ao jardim na frente da casa, que, como sempre, estava bem-cuidado, em especial as azaleias. A noite era silenciosa e calma, com o céu estrelado. Quando ele começava a divagar, escondido em um corredor lateral, um carro grande estacionou junto à calçada do outro lado da rua.

Poucos segundos depois, Ivan saiu da casa e abriu o portão. Uma mulher com pouco menos de 40 anos, bastante vistosa e lépida, desceu pela porta do motorista. Sua altura era maior que a mediana, ela andava com elegância e sorria de maneira charmosa. Os cabelos negros desciam-lhe pelos ombros, soltos e brilhantes, harmonizados com a pele morena e o vestido azul marinho. Provavelmente, tinha ascendência indígena longínqua. Não parou de falar todo o tempo em que Ricardo a observava. Ivan beijou-a no rosto e ficaram de mãos dadas.

Absorto em Gabriela, Ricardo mal percebeu as filhas, que apareceram a seguir e foram atrás da mãe. Ele entrou na sala depois de Ivan e das três e postou-se ao lado da porta da cozinha, de onde dona Rita saiu. A anfitriã recebeu as recém-chegadas com polidez, mas sem nenhum calor. Ricardo havia começado a olhar as moças, pensando que tinham perdido o pai e haviam de possuir suas peculiaridades, quando Ivan apresentou-o à noiva:

— Gabriela, este é o Ricardo, filho da tia Lúcia.

— Ah, você é o Ricardo! — exclamou ela enquanto o media com o olhar. — O Ivan sempre elogia você: "meu primo é um advogado brilhante, uma pessoa sensacional", e não sei mais o quê. É um prazer conhecê-lo.

— O prazer é meu. Eu queria muito saber como era quem mexeu tanto com o Ivan. Sou mesmo advogado, embora muita gente considere que seja um dos meus defeitos. E essas meninas bonitas, são as suas filhas? Nem preciso dizer que lembram muito a mãe, cada uma de um jeito diferente.

— Obrigada. A mais velha é a Simone, e a outra é a Catarina.

As garotas ficaram mais tímidas do que já estavam e não se animaram a cumprimentá-lo. Esboçaram um sorriso, que logo recolheram. O embaraço delas era igual ao de alguém que entrasse num banheiro cheio e errado.

Ricardo pôde então reparar em ambas com mais calma. Simone tinha cabelo e pele semelhantes aos de Gabriela, enquanto Catarina era mais clara, com covinhas e nariz arrebitado. Para ajudá-las a se sentirem mais à vontade, tomou a iniciativa de apresentá-las a outros:

— Esta é a dona Lúcia, a mulher que tem a sorte inacreditável de ser a minha mãe. Concordam que é motivo mais que suficiente para tornar uma mulher realizada? Bem, não precisam responder. Ao menos, não com sinceridade...

— Pare de falar bobagens, filho! Vão fazer uma ideia errada de você. Não liguem para ele — disse, voltando-se para as garotas. — Tem desses repentes. Estou feliz por conhecer vocês duas. Vou pedir ao Ivan que leve vocês e a sua mãe para jantar lá em casa, e faço questão de que seja logo.

Ambas agradeceram, já com mais desenvoltura. Ricardo levou-as então aos seus irmãos. Clara, que tinha 20 anos, logo se entendeu com as moças, e as três se isolaram para conversar em um canto. Por sua vez, os homens se juntaram em uma roda para tratar de política e futebol.

Enquanto Gilberto, esposo de Suzana, a irmã que vinha logo antes de Ricardo, reclamava da corrupção do governo federal de maneira a dar sono em quem tivesse tomado um litro de café, Ricardo observava as demais pessoas. Ivan não saía de perto de Gabriela. Sem notarem, os dois eram fuzilados periodicamente pelos olhares aborrecidos de Simone e Catarina.

Dona Rita e a dona Lúcia organizavam tudo, iam e voltavam da cozinha, ajudadas por uma empregada antiga da família. Em certo momento, as duas senhoras foram para um lado, falando baixo e de forma exaltada. Ricardo deduziu que sua mãe estava dando uma bronca na irmã, mas não tinha como descobrir a troco de quê.

Vinham risos e conversa alta de todos os lugares, inclusive das futuras enteadas de Ivan, conquistadas pelo humor de Clara. Quando a hora já era avançada, o noivo pediu que todos se reunissem ao redor da mesa de jantar. Colocou a mãe de um lado, Gabriela com as filhas do outro. Os convidados fizeram silêncio, e ele proclamou com a voz límpida:

— Agradeço vocês por terem vindo. Eu e a Gabriela estamos muito contentes. É ótimo compartilhar este momento com as pessoas que me são mais queridas. Meu objetivo ao organizar essa reunião era apresentar a Gabriela a vocês...

Gaguejou, enrubesceu e completou, tudo de um tiro:

— E anunciar nosso casamento, daqui a três meses.

Houve um murmúrio de espanto e congratulação. Dona Rita se traiu ao deixar que o desgosto se mostrasse nitidamente em seu rosto. As filhas de Gabriela olharam para o chão, e Ricardo notou que a mais nova apertou forte a cadeira à sua frente, apoiando-se nela. O anfitrião prosseguiu:

— Vou me mudar nas próximas semanas para nossa futura residência, na Nova Campinas. Mamãe quer continuar vivendo aqui, sozinha, apesar de eu e meus irmãos termos oferecido nossas casas, para que ela escolhesse em qual iria morar.

— Não consigo sair daqui — confirmou ela. — Minha vida inteira foi no bairro. As minhas amigas, a igreja, a feira... Está tudo aqui, como sempre. Quando eu não puder mais tomar conta de mim, então vou para a casa de um de vocês. Ou quem sabe com a Lúcia.

— A senhora é quem decide. Mas vai ser sempre um prazer tê-la com a gente, em qualquer ocasião — interveio Gabriela.

Dona Rita não respondeu. Mirou a futura nora com despeito por um átimo, mas se recompôs logo.

Subitamente, aquela casa, a decoração, os móveis, até o cheiro, pareceram a Ricardo uma relíquia de eras longínquas. Um conjunto antiquado e exaurido, que deveria ser posto de lado piedosa e reverentemente, mas de maneira irrevogável. Ao contrário, Gabriela e as filhas eram o frescor, uma lufada de ar puro, um novo colorido, que em nada combinava com a mãe de Ivan.

Na saída, Ricardo foi abraçar o primo e desejou-lhe todas as felicidades. A noiva apressou-se em despedir-se efusivamente. Simone foi delicada, e Ricardo aproveitou para convidá-la a visitar seu escritório, pois a garota havia comentado que desejava cursar direito. Catarina, no entanto, mal o olhou quando ele lhe dirigiu a palavra. Limitou-se a emitir um som inarticulado como despedida e abaixou a cabeça. Mesmo assim, ele insistiu:

— Gostei muito de conhecer você. Vamos ser meio primos, já pensou? Vai ser muito bom.

— Ah, vai ser, sim. Muito. Estou tão animada com isso...

O tom debochado e ressentido desconcertou Ricardo. Ele a mirou estranhado, só que a garota continuou com o rosto abaixado e não fez qualquer menção de se explicar. Saiu a seguir de perto dele, quase correndo.

"Essa menina deve estar pensando que sou um idiota completo", refletiu consigo. "Também, mais uma das minhas estupidezes: querer bancar o simpático com uma menina que tem a metade da minha idade! Ainda mais hoje, quando era difícil que ela pensasse bem de qualquer pessoa daqui..."

Em casa, Ricardo perguntou a Clara:

— Lala, o que você achou das filhas da Gabriela? A mais velha tem jeito de ser simpática. Já a caçula, não sei não...

— Por que você diz isso?

— O gênio dela parece difícil. Ou vai ver que só está passando por uma fase ruim da adolescência. Mas com certeza ela não se anima nada com a ideia de que a mãe está para se casar de novo.

— Não consegui saber muita coisa dela. A gente não chegou a engatar uma conversa mais pessoal. Até que ela foi educada, mas sempre mantendo distância, meio distraída. Falei mais com a Simone, que é mesmo uma graça. Ficou perguntando sobre o Ivan, para ver se eu contava algo diferente, um deslize dele. Foi a primeira vez que estive com elas, não dá para concluir nada com segurança.

Clara herdara vários traços da mãe, apesar de ser mais alta e vistosa. As duas espalhavam alegria ao redor, além de terem uma fibra admirável e a emotividade à flor da pele. Ricardo considerava ambas faladoras e espirituosas e as provocava por isso. Uma porção de rapazes mandavam flores e outros presentes para Clara, na tentativa frustrada de conquistá-la. Não era de estranhar, porque ela era bonita. Bonita só, não; um portento, a ponto de espantar Ricardo, quando reparava nela com mais atenção. Ele a vigiava de longe, pois não queria que Clara se casasse com alguém como o Gilberto. Sentia remorso quando pensava mal do cunhado, uma pessoa correta, mas também quase sempre inoportuna e com uma inteligência não propriamente brilhante. O resultado era que Suzana dominava totalmente o marido, o que era ruim para os dois.

2
Conhecendo uma viúva e suas filhas

No meio da manhã, após finalizar a reunião com o diretor jurídico de uma empresa farmacêutica, que juntara evidências abundantes de que um funcionário havia entregado os resultados de uma pesquisa milionária a um grupo rival, Ricardo telefonou à sua secretária:

— Dona Alice, a senhora poderia fazer uma pesquisa para mim? É sobre um crime que aconteceu faz uns três anos. Foi um latrocínio, na frente de uma agência de banco na rua José Paulino, perto da Catedral. O nome da vítima era José Carlos Martins, e ele foi esfaqueado. Os bandidos foram condenados no ano passado. Pois é, quase um recorde de velocidade. Não, não tenho mais informações. Obrigado.

Alice apareceu uma hora depois com um maço de páginas impressas, que Ricardo manuseou aproveitando o horário de almoço. As primeiras reportagens explicavam o evento exaustivamente, algumas delas abusando do sensacionalismo. O juiz do caso era conhecido de Ricardo, um barbudo com ideias alternativas sobre justiça e criminalidade e pendor para a mitologia grega.

A famosa foto premiada estava lá, na capa de uma edição de jornal poucos dias depois do crime. Nela apareciam os rostos da viúva e das duas filhas, chorando silenciosamente, com os olhos fixos num ponto na frente delas que devia ser o túmulo. Uma chuva forte tornava o ambiente ainda mais lúgubre. As meninas abraçavam a mãe, uma de cada lado. Ao fundo, via-se uma profusão de guarda-chuvas abertos, um deles protegendo as três, segurado por um senhor — seria o pai de José Carlos? — alquebrado e desconsolado.

Antes de tudo, o impacto da imagem vinha das feições das mulheres. Simone parecia a mais destroçada, com os olhos inchados e cheios de lágrimas. Gabriela mantinha-se firme, preocupada em velar pelas filhas e aparentando mais idade do que na noite de ontem. Quem mais chamou a atenção de Ricardo foi Catarina, de quem se desprendia uma força imensa, que ele não conseguiu discernir se boa ou perversa. Poderia ser ódio pelo que haviam feito a ela e a sua família, ou um intenso carinho por quem se fora, ou a pressão de quem está a um passo de uma explosão. Achava-se completamente absorta, como se não existisse nada ao redor. Lembrava uma estátua de pedra assustadora, gótica, com os cabelos soltos e molhados. Era pouco mais que uma criança, com 12 anos.

Analisar a foto fez com que a compaixão, que Ricardo sentira na época, despertasse com força redobrada e o enternecesse. Conhecer pessoalmente a família retratada tornava o evento bem mais próximo do que antes. Pensou em Nina e refletiu que, se ele havia conseguido ser feliz após perder a noiva, também a mãe e as meninas superariam o que lhes acontecera. O noivado de ontem era sinal disso.

Ao mesmo tempo, seria uma felicidade diferente. Como vinha sendo a dele. Não pior em tudo, mas carregada de um sentido de precariedade e de vulnerabilidade, resignada a não ser completa. O que não o deixava amargo, e sim mais realista e sensível. Veio-lhe à cabeça, naquele instante, o verso de Manuel Bandeira, de que tanto gostava: *Que só é verdadeiramente vivo o que já sofreu.*

Continuava mexendo nas notícias, quando Bernardo entrou na sala. O colega de escritório, de altura mediana, cabelos negros, sempre elegante e engomado, inquiriu:

— O que você está fazendo aí, tão concentrado? É alguma encrenca? Deixe para depois, vamos almoçar.

— Não, vou ficar por aqui. Você por acaso se lembra desta foto?

Bernardo tomou a impressão do jornal e examinou-a. Não conseguia recordar-se de quando a teria visto; porém, era-lhe familiar. Perguntou do que se tratava.

— São de uma família no enterro do pai.

— Nossa! Mas que coisa tétrica!

— Ele foi assassinado.

— E o que deu em você, para se interessar por isso agora? Eu, hein! Você está mórbido demais para o meu gosto.

— É que conheci ontem as três mulheres desta foto.

A conversa desagradava Bernardo cada vez mais. Não era a primeira vez que Ricardo vinha com esse tipo de tema pesado. A existência já trazia trabalho suficiente para ser vivida, não precisavam piorá-la com assuntos tenebrosos. Tornou a estudar a imagem, que, desta vez, fez surgir-lhe um interesse distinto:

— Que viúva engraçadinha...

— O quê? — atarantou-se Ricardo, duvidando se tinha ouvido bem.

— É um pouco madura, verdade. Mas, sim senhor, é bananeira que ainda vai dar muito cacho! O marido foi um homem de sorte. Ao menos, até o mandarem para o cemitério.

Ainda espantado, Ricardo escutou:

— Você sabe se ela continua sozinha? Ou será que se casou de novo?

— Não casou ainda — grunhiu.

— Pois olhe, eu até gostaria de conhecê-la. Aposto que continua uma madame bem apresentável. Se não caiu numa depressão, é lógico.

— Gostaria, é? Só não conte comigo para apresentá-la a você. Aliás, nem pense em chegar perto dela. Ela ficou noiva do meu primo.

Bernardo sorriu complacente. Havia tantos espécimes femininos no mundo, aguardando para serem abordados, que deixar aquele de lado não representava problema algum. Como era mesmo o nome da moça com quem ele estivera ontem, tomando uma bebida? Carla? Beatriz? Marcela? Seus doces devaneios foram interrompidos quando Ricardo deu um tapa na mesa e vociferou:

— Como alguém pode fazer uma barbaridade dessas?

Bernardo alarmou-se, com medo de ter irritado o colega. Perguntou cauteloso:

— O quê você quer dizer com isso?

— Ora, matar o pai dessas moças. O marido dessa mulher!

Ainda com dificuldade para entender, Bernardo continuou ouvindo:

— E por um motivo idiota. Queriam dinheiro, que nem era tanto assim. Então, acabam com a vida de uma pessoa. É um absurdo, uma loucura!

— Crimes acontecem todos os dias, não sei por que você ficou tão alterado. Não estamos no Japão, mas em Campinas. A taxa de criminalidade é...

— Isso é o pior. A gente se acostuma porque acontece todo dia, como se a quantidade tornasse normal. Uma pessoa é morta, e vira parte da rotina. Em que mundo estamos?

Repentinamente, calou-se. Espreitou o rosto de Bernardo, que variava entre perplexo e assustado, como se postado diante de um alucinado.

— Desculpe essas minhas divagações. Acho que não interessam muito.

— Não, não, claro que interessam. Desculpe, tenho que sair para almoçar. Estou atrasado, o pessoal está me esperando. Até mais, Ricardo.

Bernardo sentiu-se aliviado por escapulir. Na saída do escritório, já não se lembrava da foto. Da conversa com o companheiro, restava apenas uma sensação de desajuste, que na primeira esquina desapareceu.

Entretanto, Ricardo permaneceu pensativo, até que pegou o telefone:

— Oi, mãe, tudo bem? O que a senhora acha de a gente mandar flores para a Gabriela e as filhas? Não, não aconteceu nada. É que pensei que ajudaria para que elas se sentissem bem recebidas, para ver que agradaram. Seria uma pequena gentileza. Elas vão adorar, tenho certeza. Podíamos mandar um buquê maior para a mãe e outros dois pequenos para as meninas. O quê? Não, poria só o nome da gente: a senhora, o papai, eu, o Felipe e a Clara. A Suzana pode mandar ela mesma, se quiser. Tudo bem então? Ótimo. Pode deixar, eu acerto com a floricultura aqui do lado. Não, não tenho o endereço delas. Vou perguntar para o Ivan. Um beijo para a senhora também. Até logo.

Depois de uns minutos, o florista passou no escritório para apanhar um cartão escrito à mão para cada buquê.

No início da noite, Gabriela telefonou a dona Lúcia para agradecer. Estava surpresa e tocada pela atenção. Em parte por isso, expandiu-se mais do que desejaria, até confidenciar que sabia não contar com a aprovação de dona Rita, que estava se remoendo de ciúmes. Porém, ao se inteirar de que conversava com a irmã da interessada, perdeu o rumo. Tentou mudar de assunto atabalhoadamente, mas a mãe de Ricardo interveio:

— A Rita tem um coração de ouro e vai se entender com você. Não se preocupe demais, não precisa. O tempo vai acertar a situação, junto com a sua simpatia. Ela gosta do Ivan mais do que de qualquer outra pessoa no mundo e vai ficar agradecida quando perceber que ele está feliz com você.

— Obrigada, dona Lúcia. Ah, esse tempo de noivado está me deixando nervosa. Sei que não tem sentido, não sou mais uma garota de vinte anos para reagir desse jeito. Tenho até vergonha de fazer um papelão! Eu gosto muito do Ivan... A senhora me desculpe se eu disse alguma estupidez.

— Não há de quê, Gabriela. Por sinal, ontem você esteve perfeita.

— Bondade da senhora. Por falar em garotas, a Simone e a Catarina adoraram as flores e pediram que eu comentasse.

— Que bom! Sei que ele vai ficar bravo por eu contar, mas foi sugestão do Ricardo. Ele se afeiçoou a vocês de cara.

— Que gentil! Seu filho é mesmo um cavalheiro. Pode dizer a ele, por favor.

— Ele é sim, vou dizer. Agora, vamos ver quando as três vêm jantar aqui conosco. Pode ser na semana que vem?

Poucos dias depois, Ivan levou a noiva e as duas moças para a casa de dona Lúcia. Catarina apresentou-se com uma postura bem mais amigável em relação a Ricardo, pois ficara tocada que ele a tivesse presenteado com um bonito arranjo de orquídeas depois de ter recebido dela um pequeno coice. Mesmo assim, não o agradeceu diretamente.

A dona da casa soube por Ivan das preferências das garotas e serviu-lhes salada de palmito e ervilha, macarrão com molho branco, medalhão de filé Luís XIV e *petit gateau* com sorvete de creme. Ao final, as meninas acompanharam dona Lúcia e Clara à cozinha.

Na sala de estar, sentada ao lado de Ivan, Gabriela pôs-se a conversar com Ricardo. Começaram tratando de Carlos, o irmão de Ricardo que ela ainda não conhecera, e terminaram caindo no tema preferido da viúva: as filhas. Ricardo ouviu com interesse os elogios que ela derramava sobre as suas "crianças".

Simone era uma jovem meiga, simples e carinhosa. Não se destacava na escola — "mas é muito esperta", a mãe quis acrescentar — e detestava matemática. Cantava bem, participava de um coral e tinha aulas de piano clássico. Havia superado a morte do pai sem traumas excessivos, apesar de ter sofrido duramente no primeiro mês. Ainda tinha pesadelos com o momento da morte de José Carlos, mas aprendera a não se deixar abalar por eles.

Por sua vez, Catarina era uma adolescente tímida, quase sem amigas fora do restrito círculo familiar. Tinha às vezes explosões emocionais; então, abraçava cheia de afeto a mãe e procurava agradar a ela e à irmã de todas as formas. Nesses repentes, era capaz de dominar o ambiente, e sua conversa fluía animada e caudalosa. O mais habitual, contudo, era que se mantivesse monossilábica por dias, mergulhada nos próprios pensamentos. A alternância entre um estado e outro era rápida, motivada por eventos ínfimos, como um comentário despretensioso de alguém ou uma lembrança fortuita.

Ao se convencer de algo, era teimosa e apaixonada para defender sua posição. Os professores diziam que ela possuía uma inteligência privilegiada, e perguntavam-se por que isso não se refletia no seu desempenho escolar, que pouco passava de medíocre. A principal diversão da adolescente era ler: ficava debruçada sobre um livro por horas seguidas e se impacientava até terminá-lo. Ricardo achou graça, sendo também ele um devorador de livros. O seu irmão mais novo, Felipe, que compartilhara durante anos o quarto com ele, reclamava ao ver o outro lendo pela noite adentro, com um abajur ligado na cabeceira da cama.

Ricardo olhou então para Catarina, que voltara da cozinha e estava em outro ambiente da sala. Ela retribuiu o olhar e sorriu, ficando sem jeito a seguir. Virou-se para dona Lúcia, com quem engatou uma conversa, enquanto Simone fazia o mesmo com Clara.

Quase uma hora depois, quando as visitas haviam ido embora, Ricardo comentou com sua mãe:

— Vi que a senhora conseguiu mais um membro para o seu fã-clube.

— Como assim?

— A Catarina e a senhora ficaram conversando por uma década! Já conquistou a mocinha? O que a senhora tem, que as garotas a adoram num estalar de dedos?

— Que bobagem! Ela simplesmente se animou e pudemos tratar de vários temas, porque ela sabe de bastante coisa. Não teve nada de mais. Fiquei com a impressão de que, para ela se abrir, é só tocar nos pontos certos. Não é difícil como pode parecer.

— Fico contente. Quer dizer que o jantar não foi uma tortura para ela, como eu achava que fosse acontecer. Ainda bem.

— De jeito nenhum. Ela até quis me ajudar na cozinha e pediu que eu mostrasse onde comprei alguns ingredientes do jantar. Vou levá-la ao Mercado Municipal no final de semana.

— Ao Mercado Municipal? Mas que plano chato!

— Não é não. É o melhor lugar para encontrar vários produtos.

— Se a senhora convenceu a Catarina a ir ao Mercadão, então a menina quer mesmo estar com a senhora! Ou então ficou curiosa, porque a mãe nunca a levou para lá.

— Como você é implicante, filho!

Os dois riram e desejaram boa-noite um para o outro. Ricardo então encontrou o pai na poltrona, já meio cochilando, e o animou a ir para o quarto. Em pouco tempo, ninguém mais na casa permanecia acordado.

À medida que se aproximava o casamento de Ivan e Gabriela, dona Rita manifestava seu ciúme e aborrecimento de maneira mais explícita. Como suas birras não chegassem a tentativas efetivas de impedir a união — para o quê, por sinal, não dispunha dos meios necessários —, nem cruzassem a fronteira do agressivo, os familiares se divertiam com a situação. A mãe de Ivan representava o papel que, vai entender o motivo, julgava lhe caber. Assistir ao retorno à adolescência da respeitável matriarca era cômico, exceto para dona Lúcia, que procurava proteger a irmã mais velha do ridículo. O que mais divertiu Ricardo foi perceber que, contra a própria vontade e esforçando-se ao máximo por ocultá-lo, dona Rita afeiçoava-se, mesmo que a passos lentos, à futura nora.

No capítulo das adolescentes, Catarina emitia sinais de superar gradualmente o desconforto com o segundo matrimônio da mãe. Havia nisso a mão de dona Lúcia, que estreitou o relacionamento com a menina. Começaram a fazer compras juntas e passaram a se encontrar mais ou menos a cada semana. Nessas ocasiões, a senhora aproveitava para mencionar sutilmente a satisfação de Gabriela com a nova união, que a ajudaria a superar o sofrimento que envolvia sua viuvez. Ficar contente por isso era o mínimo a esperar de todos que gostavam dela. Catarina, no íntimo, era obrigada a concordar, apesar de que não desse o braço a torcer.

Por outro lado, a garota não se abria com a sua inusitada companheira. Nunca comentava a respeito do pai assassinado, nem sobre a escola, nem de lembranças da infância. Não era raro que estivesse triste, e não falava dos motivos a ninguém, sequer à mãe. Dona Lúcia conjecturava se seria a lembrança do pai, pois a órfã mantinha-se calada, e lágrimas brotavam discretas dos seus olhos escuros e grandes. Quando perguntou a Gabriela o que estaria por trás desse comportamento, ela explicou que o melhor a fazer, nessas ocasiões, era deixar a menina quieta e observá-la de longe. Normalmente, a angústia passava logo; porém, certamente retornaria de um momento para o outro.

Ao mesmo tempo em que dona Lúcia e Catarina, Clara e Simone também ficaram amigas, mas com intensidade e rapidez ainda maiores. Foi uma daquelas sintonias plenas, que às vezes se dão entre mulheres. A primeira predominou sobre a mais nova, que passou a imitá-la inconscientemente em uma série de pontos. Simone modificou seu penteado e suas roupas, que se tornaram menos de menina. Era como se tivesse amadurecido em um instante, e sua beleza aprumou-se de um salto, aproveitando que a natureza lhe havia sido pródiga nesse item. No final, tornou-se mais parecida com sua mãe quando jovem, conforme atestavam retratos de vinte anos atrás. Mesmo assim, continuava eclipsada quando colocada ao lado de Clara, o que não representava desonra alguma.

Ricardo, de seu lado, aprendera rápido a gostar dessa família de mulheres e, principalmente, a respeitá-las. A morte do pai não as havia destruído; antes, fez com que as três ficassem imunizadas em relação à superficialidade e à vaidade excessiva. Souberam tirar impulso da dor, o que nem sempre acontece. Um afeto profundo ligava-as entre si, que se fortalecia pela admiração sincera que cada uma nutria pelas outras. Era notável o quanto apreciavam a companhia mútua e se entendiam.

No entanto, por essas mesmas circunstâncias familiares, Ivan não conseguia ganhar as graças de Catarina. Na visão dela, ele havia se intrometido entre a mãe e as filhas, sendo o elemento estranho num conjunto que anteriormente funcionava às mil maravilhas. Encarava-o como a mais séria ameaça ao mundo em que, mesmo aos trancos e barrancos, ela havia crescido e se feito gente. Para piorar, a verdade é que o futuro padrasto se mostrava atrapalhado, meio distraído e, às vezes, insensível. Se era incapaz de prejudicar ou sequer desejar mal a alguém, tampouco conhecia os caminhos para se fazer simpático. O que foi suficiente para a caçula concluir que ele antipatizasse com ela.

Outro agravante era que o pobre do Ivan tinha de competir, na cabeça da menina, com o pai falecido. Que, além de ter sido um ótimo homem, fora paulatinamente idealizado pela filha. As perspectivas para o noivo eram, nesse sentido, pouco animadoras. A seu favor estava que Gabriela fora conquistada exatamente por esse modo de ser dele, que, por uma simbiose misteriosa, acalmava-a e dava-lhe segurança. Ela não se afetava tanto pelas faltas de atenção involuntárias do futuro esposo e estava mais que convencida do amor dele. Se tudo seguisse os trilhos normais, a nobreza e bondade de Ivan fatalmente venceriam quaisquer resistências das enteadas. Ao menos, era o que Ricardo esperava.

3
Quanto pode acontecer em um casamento

Carlos veio de São Paulo para assistir ao matrimônio de Ivan. Havia nascido três anos antes que Ricardo e era alto e magro em comparação ao irmão. Tinha olhos azuis, como o pai, cabelo castanho claro e uma voz grossa e cálida. Sua capacidade intelectual era admirável, tendo sido sempre o primeiro da turma na escola. Havia se formado com brilho no curso de Engenharia Civil da Unicamp e desde então obtivera as melhores colocações profissionais, mesmo quando o mercado de construção civil estava uma lástima.

Suas opiniões eram ponderadas e sensatas, e as pessoas solicitavam naturalmente seu conselho. Dentre seus conhecidos, era em Carlos que Ricardo depositava a maior confiança, e também dona Lúcia discutia certos assuntos apenas com o primogênito. Porém, mais que qualquer outra, sua principal admiradora era Clara, que continuamente lhe escrevia e telefonava.

Na sua infância, Carlos havia sido um menino alegre, reflexivo e simpático, que, curiosamente, irritava o pai. Ao completar 18 anos, começou a se inquietar sobre o que faria da vida. Passou por um período em que saía com os colegas sem horário para voltar, algumas vezes durante a semana. Numa dessas saídas noturnas, um dos seus amigos capotou em um barranco da estrada para Mogi Mirim. O rapaz terminou paraplégico; de quebra, uma moça que ia de passageira permaneceu um mês em recuperação no hospital. Ela saiu de lá com uma cicatriz horrível no rosto, que exigiu uma série de operações plásticas para alcançar um resultado muito longe de satisfatório.

Todo o acontecido mexeu profundamente com Carlos, que pensou que poderia ter sido ele a vítima do desastre. Essa ideia fermentou em sua cabeça por meses, e ele logo deixou os programas boêmios para trás. Ricardo trazia na memória algumas conversas que tivera então com o irmão, sobre o porquê do mundo, o sentido do sofrimento, as razões para viver, a importância de Deus na existência...

Na metade de seu segundo ano na faculdade, para surpresa da família, ele pôs o ponto final em um namoro iniciado meses antes, pois decidira dedicar-se a Deus e entrar na Opus Dei, uma instituição da Igreja Católica. Isso gerou um terremoto entre seus colegas. Eles consideraram-no vítima de uma espécie de obsessão mística que, com sorte, desapareceria logo. Não foi o que aconteceu; ao contrário, jamais deu mostras de arrependimento.

Aquele foi um momento difícil no relacionamento entre os irmãos, porque Ricardo não aceitou a escolha do mais velho e a considerou uma afronta à família. Dona Lúcia sofreu com a partida do filho, e a dor da mãe potencializou a raiva de Ricardo. O pai interveio e tomou a defesa de Carlos, emitindo a decisão final: "Se quer ir, que vá; é direito dele! Lúcia, você não pode amarrá-lo, meu amor. Está saindo porque quer trabalhar por Deus; quem somos nós para impedir?"

Haviam se passado mais de doze anos, e Carlos trabalhava agora em uma construtora de porte e dedicava parte das suas horas livres a atividades educativas e de formação religiosa.

Na tarde do casamento, ele e Ricardo conversavam a respeito de Ivan. O recém-chegado pouco sabia da noiva, e o outro comentou suas boas impressões a respeito dela. Quanto às enteadas, previu que Ivan teria dificuldades, principalmente com a mais nova.

— Isso se arranja com o tempo — respondeu-lhe o irmão. — Elas vão conviver com o Ivan, e é impossível que não terminem gostando dele.

Permaneceram quietos por uns instantes, até que Carlos disse:

— E agora você, Ricardo. Como está, tudo bem?

A questão, aparentemente despretensiosa, na verdade significava: "apareceu alguma garota interessante?" Carlos havia nutrido um enorme carinho por Nina, desde que se dera conta do quilate da moça que o irmão tivera a fortuna de encontrar. Tinha consciência de lhe faltar experiência para aconselhar nesse campo, mas afligia-o a demora de Ricardo em se envolver seriamente com alguém. O mais novo tinha-lhe contado — e a ninguém mais — do receio de Nina, de que ele permanecesse solteiro.

— Tudo bem, graças a Deus.

— Tudo bem? É mesmo? Por que será que não acredito em você?

Aproveitou a surpresa do outro e emendou:

— Pois é, não acredito. Desculpe, mas tenho de dizer-lhe: passou da hora de você pensar de verdade em encontrar uma boa namorada. Não sei quem, é problema seu, mas você precisa fazer alguma coisa!

Ricardo retrucou, sem saber se demonstrava irritação ou levava na brincadeira:

— Ora, veja quem está falando! Você não se casou e está bem feliz, não é? Por que a súbita preocupação comigo?

— Para começar, não é súbita. E não compare a sua situação com a minha.

— Por que não? Somos solteiros do mesmo jeito.

— Somos nada. Eu quis ficar solteiro. Não permaneci de braços cruzados, esperando, como se não fosse comigo.

— E por que não posso fazer o mesmo que você?

— Como assim?

— Não me casar e me dedicar a outras coisas.

— Que coisas?

— Eu sempre quis realizar alguma coisa por Deus, algo que valesse a pena.

Mantiveram-se quietos, enquanto ouviam ao fundo uma música pop pegajosa, vinda do aparelho de som no quarto de Felipe. Após quase um minuto, Carlos balançou a cabeça e respondeu:

— Você pode fazer isso também casando. Tudo indica que é o seu caminho. O modo como você se entendeu com a Nina é sinal disso.

— Mas não me entendi desse jeito com mais ninguém.

— Ainda não, mas isso pode mudar de uma hora para a outra. Mas não quero dar um conselho errado, ou matar um bom desejo seu. De onde surgiu essa ideia?

— Quando você foi embora, eu me revoltei, mas também me perguntei se não deveria fazer igual. Ultimamente, essas dúvidas voltaram. Inclusive conversei sobre isso com o padre Roberto.

— E o que ele disse?

— O mesmo que você: que preciso encontrar uma boa namorada, casar, ter filhos, essa coisa toda.

Então se levantou, ergueu os braços e protestou:

— Mas não é fácil!

Os dois gargalharam, e Ricardo prosseguiu:

— Está certo que não procurei como devia, mas também não fiquei parado, como você gosta de falar. Só que ninguém me atraiu, não teve liga. É meio ridículo, mas a verdade é que não consigo gostar a fundo de moça nenhuma. Ao menos, não como aconteceu com a Nina.

— E precisa ser do mesmo jeito? Será que teria sido assim, tão perfeito, se ela não morresse? Viriam o tédio, as brigas... É o normal.

— A gente nunca brigou, Carlos. O máximo foi uma farpa ou outra, que acertávamos na hora. E tédio, eu duvido que haveria entre nós; ela não deixaria.

— Eu me lembro de como vocês gostavam um do outro, mas seria impossível viver naquela espécie de namoro permanente.

— Com a Nina, seria no mínimo algo próximo disso.

— Que seja. Concordo que não é fácil encontrar a mulher certa. Só que existe um monte de moças por aí que poderiam ser como a nossa mãe é para o papai, tenho certeza.

— Mais ou menos. A maioria das garotas não quer nem saber de casar, só para depois dos trinta. Ter filhos, então, imagine!

— Não é bem assim...

— Não? Algumas com quem saí só uma ou duas vezes começaram a falar mal de mim por aí, porque não avancei o sinal. Para elas, eu era "devagar demais". Você acha que dá para ter esperança com gente assim? E nem as culpo, elas não são exceção, ao contrário.

— Sei que não é simples, ninguém está dizendo que é.

— Também tenho que gostar da garota. Precisa existir algo que me encante, que me faça querer estar com ela, conviver. No momento, isso me parece distante demais, quase irreal.

— Pode parecer irreal. Mas, em relação à esposa, basta acertar uma vez. Então, o que era complicado se torna claro, natural. Vejo isso acontecer com muita gente.

Ricardo olhou para o chão, pouco convencido. Carlos completou:

— Você precisa ir atrás, insistir. Então alguém vai surgir. Se a própria Nina pediu que você tentasse! O que mais você quer, mano?

— Do jeito que você fala, parece que sou um pamonha, um bobão.

— Um pamonha? Não tinha pensado, mas talvez seja mesmo a palavra apropriada. Calma, é brincadeira. Você não é um bobão, mas cinco anos nessa toada é demais. Você é uma pessoa aberta, divertida, bom conversador... Pare com essa novela de que não consegue, de que é complicado.

— Não gosto da perspectiva de acabar um tio solteirão. Só que não basta dizer "agora vai", para que tudo se acerte num passe de mágica. Uma namorada não dá em árvores.

— É, imagino que uma árvore não seja mesmo o melhor lugar para procurar. Mas é preciso se mexer, inclusive para que Deus possa agir.

A reação de Ricardo não foi a mais entusiasmada. Carlos sorriu, bateu no ombro do irmão e disse:

— Desculpe se sou insistente com isso. É porque me preocupo por vocês. Sei que você está bem. A mamãe e o papai comentam de você com o maior orgulho, não têm do que reclamar. O que digo é pensando no futuro, no rumo da sua vida. Hoje em dia, o principal para você, na prática, tem sido o trabalho. Sei que você quer mais do que isso. Uma família é fundamental.

— Claro que é, não tenho dúvida. Não pense que sou um obcecado pelo trabalho ou pelo dinheiro. A Nina era muito mais importante, nem comparação. Como vocês também são, Carlos.

Passaram a tratar do casamento, das pessoas que encontrariam na festa, dos padrinhos do noivo, até que chegou a hora de se arrumarem para o grande momento do primo.

O casamento foi na Igreja Santa Rita de Cássia, próxima de onde Ivan iria morar com a família. A tarde de sábado tinha a temperatura amena e estava sem nuvens. Ricardo sentou-se com os pais e os irmãos numa das primeiras fileiras da igreja, com as filhas de Gabriela na frente deles. Ao lado delas, havia um casal de meia-idade, que Ricardo supôs serem os avós paternos. As duas moças se emocionaram e chegaram a chorar, mas ele desconfiou que as motivações de cada uma eram distintas. Dona Rita também derramou suas lágrimas, que nada indicava que fossem primordialmente de felicidade. Apesar disso, logo se envolveu no clima emotivo e alegre. Em um momento de arrebatamento, disse à irmã: "Olhe meu filho, como está lindo!" Suspirou e se conteve por um tempo, mas logo voltou a soluçar.

A igreja, bem ampla, quase encheu. Gabriela estava em um vestido discreto, bege claro, com detalhes de pérola e um véu branco, que cobria seus cabelos e acabava no meio das costas. Entrou na Igreja levada por um irmão do seu pai, que cumpria orgulhoso a sua função e sorria para todos os lados, quase mais do que a noiva. A escolha das músicas foi especialmente acertada, com composições barrocas e modernas executadas por um conjunto de duas vozes, violinos e órgão. Um par de sobrinhas de Ivan foram as damas de honra, empertigadas em seus pequenos vestidos brancos e rendados. O sacerdote estava inspirado e fez uma referência eloquente ao amor humano que era consagrado no matrimônio. Caiu bastante bem.

Ao final, a saída da Igreja não foi fácil, com a rua da frente engarrafada e gente indo e voltando. O jantar e a festa deram-se no salão do Tênis Clube, animados por um grupo musical que não demorou a colocar o pessoal para dançar. Ricardo guardou distância da pista por medo de fazer feio, mantendo uma tradição tola. Ficou tentado a quebrá-la quando viu o sr. Alberto dançando, mas acabou se contendo. Foi então zanzando pelos convidados, conversando com parentes mais ou menos distantes. Depois de alguns minutos, topou com o senhor que havia acompanhado Gabriela ao altar. Após se cumprimentarem, Ricardo comentou:

— Estou muito contente pelo casamento. Os dois vão se entender muito bem.

— Minha sobrinha é uma beleza, um tesouro de menina. Seu primo tirou a sorte grande, como se diz na minha terra.

— É verdade. E o senhor vai ver que ela também se saiu muito bem. O Ivan será um ótimo marido e vai cuidar das meninas como um pai.

— Pois o moço me deixa feliz ao dizer isso! O finado José Carlos, esse sim soube fazer as coisas. Que Deus o tenha! Ele valorizou a minha sobrinha, era um homem de bem. E meu irmão ia andar com o peito estufado, se estivesse aqui para ver a filha dele linda desse jeito.

Seus olhos encheram-se de lágrimas. O álcool estava subindo-lhe à cabeça.

— Meu irmão morreu faz dez anos, alguém lhe contou? Enfarte, não deu nem tempo de acudir. A Gabriela era muito apegada a ele e ficou abatida demais.

— Ele era viúvo fazia muito tempo?

— Ah, sim, perdeu a mulher faz, deixe-me lembrar, mais de trinta anos. Minha finada cunhada era fraquinha, começava a tossir e não parava mais. Conseguiu parir a Gabriela num milagre. Eu tinha medo que a menina crescesse sozinha, e quis que os meus pequenos a tratassem como irmã.

Tornou a se emocionar e pediu mais cerveja. Ricardo acompanhou-o na bebida.

— O moço não conhece meus filhos? Vou apresentá-los. Filhos, este é primo do noivo. Qual o seu nome mesmo? Ah, seu Ricardo. Ainda não lhe disse qual é o meu, sou Pedro Damião dos Santos, vosso criado. Este é o Jorge, o mais velho. É um marido muito bom, já teve quatro crianças. Aqui é o Eduardo, que conseguiu faz pouco um emprego numa empresa estrangeira, lá em Sumaré. Agora, a alegria da minha vida, minha filha Cláudia. Minha senhora está lá, naquele canto, trocando um dedo de conversa com os pais do José Carlos. Depois apresento o moço para a Jacinta.

Ricardo foi cumprimentando um a um. Os três tinham um nível cultural bem superior ao pai, que fizera das tripas coração para que todos chegassem à universidade. Os dois primeiros estavam acompanhados das esposas e filhos. Contudo, não foi neles que a atenção de Ricardo se fixou.

Era impossível deixar de reparar como Cláudia era atraente, com vários traços de família similares aos de Gabriela. Seu cabelo era cheio, fino e moreno, caindo generosamente pelos ombros. Os olhos, castanho-escuros e bastante grandes, prendiam quem se permitisse encará-los. O nariz pequeno, a boca marcante e cheia e o queixo fino formavam um conjunto harmonioso. Possuía dentes alvíssimos e perfeitos, que apareciam lindamente quando ela sorria. O corpo era forte, ao mesmo tempo cheio de leveza e graça. A maciez da pele impressionava a ponto de Ricardo duvidar dos próprios olhos. Ele calculou que a jovem devia ter uns 25 anos. Melhor: não trazia qualquer aliança e não parecia haver nenhum namorado perto dela.

Ela se dirigiu a ele com naturalidade, e puseram-se a conversar. Igual ao pai, Cláudia era expansiva e comunicativa. Seu modo de manter a vista fixada no interlocutor acabou por confundir Ricardo. Ele desconfiou que ela queria mostrar que não se deixaria intimidar por homem nenhum. Com mais alguns minutos, ele concluiu que ela era não só atraente, mas provavelmente a mulher mais bonita que tivera a oportunidade de conhecer pessoalmente, excetuando Clara.

Ela lhe contou que era gerente de uma loja de roupas femininas no Shopping Iguatemi, a Mrs. Windsor. Antes, trabalhara no departamento comercial de uma empresa de tecnologia. Com um tom de voz harmonioso, ela explicou:

— O trabalho lá até era legal, mas eu queria faz tempo ter uma experiência no mercado de moda. Meu pai não gostou que eu deixasse uma multinacional, achava que a loja seria embarcar em uma aventura. Só que em menos de seis meses ganhei a confiança da dona, que me promoveu e quase dobrou meu salário.

— Parabéns.

— Eu me dediquei bastante desde o começo. Também dei umas sugestões que foram um sucesso, sobre as roupas que deviam ficar em destaque e como combinar algumas peças. Foi um pouco de sorte, e peguei logo o jeito das clientes. E seu escritório, como é? Em qual ramo da advocacia você trabalha? Você faz júris?

Nenhum deles deixava o assunto morrer, mesmo sendo interrompidos vez por outra pelo pai da moça, que resolvia contar uma piada ou uma anedota da família. Ficaram nessa conversa por quase quarenta minutos, até que Ricardo foi obrigado a pedir licença, porque tinha de dar atenção a uns parentes que o chamaram sem o menor senso de oportunidade.

Quando terminou de trocar elogios e notícias com umas tias idosas, Ricardo quis cumprimentar Simone e Catarina. Ao ver os avós paternos das meninas, junto delas na mesa, pensou na singularidade da situação: os sogros assistiam ao casamento da viúva do filho. A presença de José Carlos era evidente e lembrava que, estivesse ele vivo, nada daquilo estaria acontecendo.

Esta memória do passado não incomodava Simone, que era a mais contente do grupo. Ela foi efusiva com Ricardo, a quem chamou de "primo querido". Clara estava com ela quando ele apareceu, o que não era nada surpreendente, dada a amizade que se formara entre elas.

Simone quis apresentar Ricardo ao avô, cujo nome era Dorival. Era o senhor com o guarda-chuva na mão, que apoiava Gabriela na foto tirada no enterro de José Carlos. O tempo havia vincado sua face, rareado e embranquecido os cabelos. Aparentava mais que seus 65 anos, o que era em boa parte devido à morte do filho único, seu esteio e melhor amigo. Era econômico de palavras, extremamente distinto, com corte de cabelo e roupas impecáveis, realçados por uma postura reta e elegante. Ao falar, o sotaque traía suas origens simples, o que dotava o conjunto de maior simpatia. Usava uns óculos de aros grossos, pretos, que se encaixavam bem na face morena.

Junto dos avós, estava Catarina. Ricardo observou-a e disse aos seus botões: "Não é que essa menina vai ser uma mulher e tanto! E só tem 15 anos. Um pouco de maquiagem, um vestido bem escolhido, uma tarde no cabeleireiro, e aconteceu a metamorfose. Meu Deus, ela ficou com uma carinha linda, de boneca! Desse jeito, deve haver um monte de garotos atrás dela. Bem, aposto que ela os trata na base das patadas."

Imediatamente, recriminou-se por ter esses pensamentos em relação a uma adolescente. Mas a questão é que Catarina estava mesmo diferente. Trazia uma bela tiara no cabelo castanho e brilhante, e seu vestido azul com detalhes rosados, em tons delicados, realçava seu jeito de menina passando para adulta. Apesar de não demonstrar a mesma alegria da irmã, uma vez que o casamento era uma realidade que não seria capaz de mudar, via-se nela o fim de uma tensão.

— Você está muito bonita, Catarina! — disparou Ricardo espontaneamente. — Sua mãe deve ter subido às nuvens ao ver você assim.

A garota enrubesceu na hora, e ele se arrependeu por ter sido desastrado. Porém, a seguir, ela sorriu e respondeu:

— Obrigada, Ricardo, mas você está exagerando. Ficar bonita não é o meu forte.

Animado por não ter cometido nenhuma gafe, retrucou:

— Que história é essa, "ficar bonita não é o meu forte"? De onde você tirou essa ideia? Você está ótima! Pergunte ao seu avô se ele não pensa igual a mim.

— Claro que sim — respondeu o sr. Dorival. — A Catarina fala mal dela porque quer que a elogiem de volta. Mas é mesmo linda, uma joia.

— Para, vô! O senhor está me tratando como criança de novo!

— O que posso fazer, minha querida, se só estou dizendo a verdade?

Após escutar mais elogios, que a incomodavam e envaideciam na mesma medida, Catarina saiu para ir atrás de uma amiga meio gordinha. Ricardo tentou entabular uma conversa com o pai de José Carlos, que aos poucos foi se abrindo e contou o quanto gostava de Gabriela, que lhe havia dado duas netas e tinha sido uma excelente esposa. Tratou a seguir das meninas, que eram o seu grande orgulho. Por fim, despediram-se quando Gabriela chamou o sogro para fazerem umas fotos.

Ricardo gastou então vários minutos com uns primos um tanto atrapalhados na vida. Um deles pediu esclarecimentos a respeito de negócios meio suspeitos, e marcaram um encontro no escritório. Outro, bastante alterado, reclamou da esposa e dos filhos, numa tal enxurrada que impossibilitou Ricardo de retrucar o que fosse.

Enquanto isso, os recém-casados passavam mesa por mesa para agradecer e serem cumprimentados. Alguns amigos do noivo, estimulados pelo uísque, gritavam: "Até que enfim você desencalhou, Ivan! E olha que com um mulherão!"; "Isso é saber trabalhar quieto, seu safado"; "Quem espera não come cru!". O destinatário queria sumir ao escutar essas frases, que se repetiam de maneira irritante. Gabriela, por sua vez, ria de tudo.

No final da festa, Ricardo reencontrou seu Pedro Damião e a família. O simpático homem estava quase dormindo em pé, mas ainda pôde dizer:

— Moço, foi um prazer conhecê-lo... Vamos ver se um dia o senhor aparece em casa.

Ricardo considerou o convite tão sério quanto uma oferta para adquirir um ônibus espacial; porém, se Cláudia o confirmasse, a coisa mudaria de figura. No entanto, ela se limitou a olhar um pouco sem jeito para o pai e despediu-se de Ricardo com um sorriso. Ele respondeu:

— Espero que a gente possa se ver mais vezes a partir de agora, seu Pedro. Até logo, Cláudia. Foi muito bom conhecer você.

Mais tarde, deu-se conta de que não tinha pedido o telefone, o endereço, nem sequer o e-mail da moça. Se Carlos soubesse disso, iria dar-lhe uma bronca. Por sua vez, dona Lúcia tinha observado Ricardo durante a noite, em especial quando ele ficara ao lado de uma morena vistosa, e notou no filho uma animação diferente enquanto voltavam para casa.

Depois da lua de mel, que durou uma semana, Ivan, Gabriela e as duas meninas foram morar em uma rua que desembocava na avenida principal da Nova Campinas. Nas primeiras semanas, receberam várias visitas, em particular dos parentes de Gabriela, que se surpreenderam com a ascensão econômica dela. O detalhe não passou despercebido a Ivan, que, em vez de se irritar com um ou outro deslumbrado pela mansão, gostou que soubessem que ele proporcionaria uma vida mais confortável para as que agora eram a sua família.

4
Um amigo e as agruras de duas garotas

Havia passado quase meio ano do casamento. Ricardo estava no escritório, quando, repentina e barulhentamente, Maurício irrompeu pela porta, esbaforido como sempre:

— Aconteceu uma desgraça! Vai estourar hoje o prazo daquela porcaria de processo da Catalisa. Aqueles promotores alegaram um monte de barbaridades. Bando de alfaces fascistas! Maldita hora em que resolvi me meter no direito ambiental. Que coisa mais estúpida! O dr. Augusto vai esfolar a gente, se perdermos o prazo.

— A gente, quem?

— Eu e você, ora essa. Quem mais poderia ser, sua mula?

— Nada disso! A bomba vai estourar no seu colo, nem tente jogá-la para cima de mim. Estava combinado que você era o responsável pela causa, a gente falou com o dr. Augusto.

Maurício empalideceu e ouviu:

— Como você pode ter se esquecido de uma coisa dessas? Se fosse uma mixaria, até dava para entender. Mas a multa que pediram, foi de quanto mesmo?

— Quinze milhões...

— Que paulada! O procurador-chefe está se achando o paladino da ecologia. Ele estava cantando vitória ontem, na televisão, com a cara de sapo dele. A intimação deve estar na sua mesa, vi lá faz um tempão. Uma besteira dessas pode afundar o escritório, você tem consciência disso?

— Eu sei, eu sei. Fui um idiota, um irresponsável, o que mais você quiser. Mas não adianta ficar reclamando. Vamos montar uma equipe: chamamos o Bernardo, os estagiários, e fazemos o melhor que pudermos. Só que o velho não pode descobrir, de jeito nenhum. Senão, me atira pela janela.

— É melhor ele pensar em outra coisa, porque a janela você não atravessa, gordo do jeito que está. E a queda não vai ser suficiente para matar; no máximo, pode servir para arrebentar o chão.

— Agora não é hora de brincar, desgraçado! Estou a um passo de perder o emprego, e você fica fazendo piadinha... Com um amigo assim, eu mesmo me mato!

Ricardo retrucou sem dar muita atenção, voltando a mexer nos documentos à sua frente:

— Sou seu amigo, mas não posso ficar desarmando todas as bombas que você monta. Estou entulhado de trabalho, que também era para ontem. Não vou poder ajudar você, que tem que começar a assumir as suas trapalhadas.

Maurício encarou o colega. Era uma das raríssimas vezes em que este lhe negava algo. E olha que já tinha atendido aos pedidos mais estapafúrdios, desde levar flores em seu nome a uma moça pela qual se considerava perdidamente apaixonado — sendo que Ricardo nunca a tinha visto antes, e de quebra foi obrigado a suportar a mãe dela tocando acordeão e as encaradas pouco amistosas dos irmãos —, até ir de madrugada a uma pedreira, para gravarem um vídeo com uma mensagem objetivamente absurda para outra garota. Os problemas urgentíssimos do Maurício, na faculdade e primeiros anos de formado, costumavam ser românticos; isso tinha acalmado um pouco, depois que havia se casado com Juliana, seis anos atrás. Ultimamente, eram habitualmente relacionados com o trabalho ou os filhos.

— Você vai me deixar na mão justo agora? Não acredito! Não consigo escrever essa droga de defesa, se você não me ajudar. É isso que quer ouvir: preciso de você? Pois estou dizendo!

— Não é isso...

— Quer me ver no olho da rua, com dois filhos para criar? O que a minha mulher vai dizer?

— Peça ajuda a um dos estagiários. Se não perder tempo, você consegue dar um jeito até o fim do dia.

— "Consegue dar um jeito..." Quer que eu coloque uma ação dessas nas mãos desses ignorantes, que nem sabem escrever direito? Você ficou maluco? Ninguém conhece melhor essa matéria imbecil do que você!

Sentou-se na cadeira em frente a Ricardo e passou a lamentar-se alto, com a cabeça entre as mãos e sem encarar o colega:

— Isso não se faz! O velho vai me comer o fígado e você nem se preocupa, metido nesses casos meia boca, que qualquer idiota com internet resolve com os pés nas costas. Nunca pedi algo tão importante, não me deixe na mão!

A Catalisa, antiga cliente do escritório, havia sido acusada de causar um vazamento de substâncias tóxicas por negligência. Tudo amplamente coberto pela imprensa, com o devido estardalhaço. Organizações ecológicas se manifestaram às portas da indústria, em Paulínia, provocando um tumulto com os seguranças.

— Seu fígado está mesmo em perigo — respondeu Ricardo. — Estão em cima da Catalisa faz tempo, querem porque querem apanhá-la de qualquer jeito. Vai ser um fiasco o dr. Augusto ter de dizer que perdeu o prazo. Já estou vendo tudo: vão falar que ele não tinha argumentos, que a empresa é arrogante e não está nem aí para a lei.

A perspectiva da confusão deixou Maurício petrificado. Permaneceu olhando para a parede atrás da poltrona de Ricardo, sem se fixar em um ponto concreto e com o rosto inexpressivo. Quase sempre era inquieto, barulhento, cheio de iniciativas para solucionar problemas; no entanto, quando não encontrava logo uma saída para a enrascada, ficava paralisado.

— Acorde — murmurou Ricardo com um pouco de dó. — Não adianta dar uma de avestruz. Enfrente a situação, ânimo! Não posso ajudar hoje, mas tenho uns papéis que preparei antes. Vamos, dê uma olhada neles.

Passou as laudas para o Maurício, que as deixou cair sobre a barriga imensa. Sua pose era engraçada, no habitual estilo histriônico. Desta vez, estava mesmo desolado, e sua imaginação disparara: já se via sem emprego, com a mulher dando-lhe reprimendas homéricas; a decepção dos filhos quando soubessem que o pai era um fracassado; a ruína do seu nome como advogado; os gastos com caprichos caros — especialmente comidas, bebidas, livros e relógios —, que teria que cortar...

Ricardo não falou mais nada e tornou a se concentrar em seu trabalho, ou a fingir que o fazia. Depois de alguns minutos, Maurício, que, de maneira totalmente aérea, seguira olhando a parede — ocupada por um quadro do julgamento de Sócrates —, levantou-se. Nisso, as folhas que estavam sobre ele caíram e se espalharam pela sala. Abaixou-se para pegá--las, resmungando, e leu o início da primeira que apanhou.

No começo, não pôde entender o que era aquilo, que nem era o princípio de um parágrafo. Aos poucos, foi tomando consciência do conteúdo, e seus olhos de repente se arregalaram. Na metade da segunda folha, começou a dizer um palavrão atrás do outro, incrédulo. Mais algum tempo, passou a gritar: "espetacular, genial". Fitava Ricardo — que seguia imerso nas suas tarefas —, soltava uma risada sonora e tornava a ler. No final, jogou as folhas na mesa em frente e abraçou o companheiro, exaltado:

— Mais uma vez: eu te amo! Nossa dupla nunca falha. Santo Deus, está um espetáculo! Você deu uma aula para aqueles cretinos, deviam pagar você. O procurador vai tomar chumbo e colocar o rabo no meio das pernas! O que eu faria sem você, seu miserável?

Maurício havia lido a defesa da Catalisa praticamente pronta para protocolar. Estava excelente e em alguns pontos chegava a ser brilhante. Porém, diminuída a empolgação pela peça processual e pelo peso tirado das suas costas, ele percebeu que algo não estava certo. O orgulho que sentia pelo colega, que segundos antes atingira um dos seus ápices, rapidamente arrefeceu. Voltou-se então para ele com a cara enfezada:

— Seu salafrário! Quer me matar do coração, desgraçado?

— Como assim? — perguntou candidamente o outro.

— Por que não me contou logo que tinha preparado essa porcaria de defesa, hein? Quis rir da minha cara? Achou engraçado me ver desesperado?

— Agora você quer fazer o papel de vítima! Mas é muita cara de pau! Seu gordo tonto, você merece uma surra. Eu não devia ter feito nada e ter deixado você se lascar. O problema é que fico com pena, de você e do cliente. Gastou a manhã inteira de ontem indo de um lado para o outro, desapareceu à tarde e não fez nada!

Não havia o que retrucar, e o castigo prosseguiu:

— Não pedi um milhão de vezes que você usasse a agenda? Agradeça à dona Alice, que me avisou que o prazo terminava hoje. O Bernardo e a Márcia cuidaram disso comigo até mais tarde; você deve essa a eles.

— Bem, de fato... Eles foram legais, vou agradecer. Mas por que você não me telefonou, para que eu viesse trabalhar também? Eu teria vindo na hora!

— Não telefonei? Veja no celular quantas vezes eu liguei! Onde foi que você se meteu?

— Ah, sim, eu estava... — gaguejou Maurício. — Tinha esquecido que desliguei o celular ontem à tarde, que besteira. Tive que resolver uns problemas, nada de mais.

— Uns problemas? De que tipo?

— É melhor a gente falar disso depois.

Em outro tom, submisso, disse:

— Obrigado, meu amigo! Não tenho nada a acrescentar ao seu trabalho.

— Tudo bem, mas não diga que não tem nada a acrescentar. Leia com calma, você costuma ter alguma ideia boa.

Levantou-se, pegou o paletó e avisou:

— Vou sair e volto no meio da tarde. A gente repassa o texto uma última vez juntos, antes de mandar para o juiz.

— O que você vai fazer?

— Conto quando você me disser para onde foi ontem à tarde. Você me deixou preocupado. Como não retornou as minhas ligações, achei que tivesse acontecido alguma coisa grave. Ainda bem que encontrei você à noite. Quase perguntei antes à Juliana se ela tinha recebido notícias suas.

Um mal estar obscureceu o rosto de Maurício, que retrucou com firmeza:

— Pare de ser a Mamãe Ganso, Ricardo! Basta você não me encontrar por uma tarde para armar um escarcéu! Ainda bem que não falou com a Juliana, porque ela ia ficar uma pilha de nervos. Vocês dois são piores do que cão de guarda.

— Desculpe se o chateei; é que fiquei aflito porque não tive notícias. E é evidente que você tem andado mais desmiolado do que o normal.

— Nem tanto...

— É sim. Mesmo com toda a sua bagunça, eu nunca havia visto você perder um prazo.

Maurício olhou para o amigo com o rosto penalizado.

— Eu que devo desculpas, Mamãe Ganso. Agradeço por me ter salvado a pele; ou melhor, o fígado!

— Não há de quê. E só para você não ficar curioso, vou comprar um presente de aniversário para a Clara. Ela faz 21 anos amanhã. Estou até assustado: minha irmãzinha já é uma mulher feita!

"E que mulherão!", pensou Maurício, sem ousar dizê-lo.

— Não sei o que dar para ela — prosseguiu Ricardo. — A Clara parece gostar de tudo e de nada ao mesmo tempo. Adiantei a petição que vamos entregar amanhã daquele pedido de indenização ao hospital. Se surgir uma emergência, pode telefonar.

— Está bem. E não se esqueça de que as mulheres gostam de coisas diferentes das meninas. A Clara é adulta, não uma criança. E duvido que ela queira livros. Você é capaz de dar um a ela, para você mesmo ler depois.

— Claro que não, seu cabeçudo! Eu que empresto meus livros a ela — respondeu enquanto saía da sala.

O final de manhã estava claro, o céu tingido por um azul forte, típico da cidade em maio. Saiu do Cambuí e dirigiu-se para seu destino através da Nova Campinas. O asfalto das ruas até que havia sido acertado com certa decência, e o trânsito era bastante tranquilo. Dirigir naquelas circunstâncias descansava, em tudo diferente do que acontecia em São Paulo, a loucura nervosa que exauria qualquer um. Se o trânsito era bom, Campinas, por outro lado, não atravessava um momento feliz. Vinha sendo governada por uma sucessão de prefeitos no mínimo incompetentes, e não havia sinal de melhora. Ricardo nem gostava de pensar nisso, para não se irritar.

O vidro do automóvel abaixado, a brisa entrando pela janela, enquanto o som do carro tocava uma música de Bob Dylan: "It ain't me, babe!" Tudo isso, e principalmente o aniversário da irmã, de quem se orgulhava, colaborava para que seu humor estivesse ótimo.

De repente, uma movimentação no outro lado da avenida chamou-lhe a atenção. Não parecia nada de mais: uns oito rapazes e moças, em uniforme escolar, riam e falavam com voz alta, só que num tom desagradável. Duas meninas estavam de costas para a grade de uma casa, com os rostos abaixados, cercadas pelos outros. Um jovem forte e alto berrava mais que os demais e gesticulava ostensivamente. Parado frente ao semáforo fechado, Ricardo manteve os olhos no grupo.

De repente, uma das garotas encostadas na grade levantou a cabeça; tinha os olhos vermelhos e os cabelos desgrenhados. Após uma curta hesitação, Ricardo reconheceu Catarina. A reação da turma, diante do rosto desfeito da menina, foi gargalhar e gritar de satisfação. Então, a jovem passou a soluçar.

Ricardo avançou lentamente o automóvel, fez o contorno, que era próximo, e estacionou ao lado do grupo. Nenhum dos rapazes prestou atenção, concentrados que estavam em sua diversão. Apenas depois que ele bateu a porta, um deles se deu conta da presença do estranho. O jovem cutucou o que comandava a arruaça e apontou para Ricardo, que gritou:

— Posso saber o que vocês estão fazendo, seus marginais?

Todos ficaram quietos, menos um retardatário, que ainda emitiu uns grunhidos que logo sumiram. Os olhos se fixaram no intrometido, e Catarina percebeu que era Ricardo. O que, em vez de acalmá-la, envergonhou-a.

— Não vão responder? — insistiu ele mais irritado. — Melhor, eu não ia mesmo gostar de ouvir a voz de vocês. Catarina, entre comigo no carro, por favor. Vamos para casa.

A menina não se moveu, mas seu rosto desanuviou-se um pouco. O advogado andou até ela, segurou-lhe os ombros e levou-a para o carro. A companheira de infortúnio de Catarina veio atrás, e Ricardo acolheu-a sem perguntar nada. Nisso, o chefinho berrou:

— Qual é, cara? Quer xingar a gente e sair assim, na boa? Tá pensando o quê? Que a gente é palhaço? Vai ter que pedir desculpas, mano! Quem você pensa que é?

Ricardo se voltou e o encarou. O menino sozinho não era páreo para ele, mas havia vários outros junto. Além disso, bater em um menor, no meio da rua e na frente de várias testemunhas, seria meter-se numa encrenca.

O rapaz era loiro, com o cabelo despenteado e arrepiado; tinha olhos verdes e músculos bem definidos, especialmente os dos braços e peito. Um soco dele, bem endereçado, causaria estragos. Sua boca, bastante vermelha, combinava com as bochechas. O relógio de marca e o jeans rasgado não seriam nada econômicos. A linguagem de pivete era pura pose.

— Não o conheço nem dou intimidade para me chamar de você, muito menos de cara! — rebateu Ricardo.

Sem aguardar resposta, prosseguiu:

— Se você não é delinquente, pare de agir como um. E não dirija mais a palavra a mim, moleque!

O jovem ficou atônito ao perceber que suas ameaças, aparentemente, não abalaram o adversário em nada. Que, para piorar, deu-lhe as costas displicentemente após falar. Aproveitando a indecisão da trupe, Ricardo acomodou Catarina e a amiga no carro e fechou a porta. De repente, o rapaz corou violentamente e esganiçou:

— Seu babaca! Acha que pode vir aqui, dar lição de moral e mandar na gente? Vou te arrebentar, idiota.

Foi em direção ao automóvel, armando um chute para a porta. Ricardo desceu furioso e fuzilou novamente o rapaz com o olhar. Nem que depois apanhasse de todos, ia socá-lo com gosto, para ministrar uma lição inesquecível. O líder percebeu que sua situação não era tão segura, e estancou. Nisso, deu-se um estalo na cabeça do motorista:

— Acho que estou reconhecendo você, moleque. É o filho do dr. Carneiro Mota, não é? É a cópia piorada, mas fiel.

Uma pequena mentira. O menino estava bem melhor que o pai, um advogado veterano famoso. O anonimato servia antes de segurança para o agressor; Ricardo notou que obtivera uma vantagem.

— Diga ao seu pai que você encontrou hoje o Ricardo Cicconi Silveira. Pergunte a ele quem eu sou. E a Priscila é sua irmã, certo? Ela trabalha no mesmo escritório que eu. Que coincidência, hein, rapazinho? Desconfio que nenhum deles vai ficar contente, quando souber das aventuras do membro mais novo da família: intimidar e ameaçar garotas. Talvez alguém tenha que contar para eles.

Ouvir as palavras irônicas deixou o rapaz possesso:

— Cala a boca, não se mete na minha vida! Você não tem nada a ver comigo, nem tem que falar de mim com ninguém. Nem quero saber se você existe.

— Mais respeito, garoto! Não vou dizer nada a eles, mas nem pense que é por consideração a você; é para não lhes causar uma tristeza. Espero não voltar a encontrar você na mesma situação de hoje, moleque. Aí, a coisa vai engrossar de verdade para o seu lado.

Sentou-se tenso no banco do motorista, deu a partida e ficou atento para escutar um golpe no capô ou na porta traseira. Não aconteceu nada. Seguiu espiando pelo retrovisor o grupo de garotos, que permaneceram imóveis, até que o veículo virou a esquina, e perderam-se de vista uns dos outros.

Só então prestou atenção em Catarina e na amiga dela. Esta era uma menina gorducha, de óculos grandes, com a tez clara e cheia de acne. Suas sobrancelhas eram grossas, e o cabelo, volumoso e crespo. Tinha o nariz ligeiramente arrebitado, sobre o qual olhos expressivos e escuros, um pouco rasgados, davam-lhe uma fisionomia levemente oriental. Estava mais para feia do que para bonita; apesar disso, curiosamente, era agradável olhá-la. Em uma situação mais favorável, devia exalar afabilidade.

Catarina mantinha o rosto voltado para a frente, hirto, apesar de seus braços tremerem. Sua respiração era irregular. O silêncio pesado no carro fez o motorista duvidar se tinha agido com sensatez ao meter-se em uma briga de jovens.

A garota do banco de trás eliminou as suas desconfianças, ao exclamar sofregamente:

— Obrigada, moço! A gente não conseguia se livrar deles, não tinha jeito. Pedimos mil vezes que deixassem a gente ir embora, mas não adiantava. Foi horrível! Ainda bem que você chegou.

— Não há de quê. Meu nome é Ricardo, sou primo do padrasto da Catarina. E você, como se chama?

— Letícia — a menina falou em uma inflexão mais distendida.

— Lindo nome: alegria. Você estuda na mesma sala da Catarina?

— Estudo.

— É uma pena ter conhecido você desse jeito, mas é o tipo de coisa que a gente não escolhe.

— Não mesmo — confirmou Letícia no meio de um sorriso tímido.

— Vou levar vocês agora para casa. Quando estiverem mais tranquilas, conversamos sobre o que aconteceu.

Ao escutar, Catarina virou-se para Ricardo e suplicou, quase soluçando:

— Por favor, não me leve para lá deste jeito! Não quero que a minha mãe me veja assim, ela vai ficar nervosa.

Os olhos da garota continuavam avermelhados; o cabelo dela, de que Ricardo tanto gostava, estava desalinhado e oleoso. Ele examinou a face, os braços e as calças da menina, sem encontrar nenhum sinal de agressão.

— Não se preocupe, vou falar com ela e tentar acalmá-la. É até bom que ela veja como você está, para saber da gravidade...

Não pôde prosseguir, porque Catarina pôs-se a chorar alto. Letícia, ao ver a amiga assim, acompanhou-a nas lágrimas. Ricardo, embaraçado, parou o carro no meio-fio e aguardou que as duas se aquietassem, o que não demorou muito. Ele retomou a conversa com um tom de cumplicidade:

— Vamos dizer que a minha sugestão de falar com a sua mãe não foi acolhida propriamente com empolgação. Por favor, não comece a derreter de novo, Catarina.

A menina fungou o nariz e pôde se segurar.

— Tenho então outra proposta: você telefona para a Gabriela, diz que convidei vocês para almoçarem comigo. Para que ela não ache estranho, explique que nos encontramos na rua e pedi que me ajudassem a escolher o presente de aniversário da Clara. O que acham?

As meninas miraram-no em silêncio, Letícia torcendo para que a amiga tomasse a frente e respondesse. Catarina pensou por um instante e, de maneira até que lúcida para quem se encontrava em frangalhos, disse:

— Não precisa perder mais tempo com a gente, Ricardo. Você foi muito legal, não queremos dar mais trabalho. Foi só um susto. Pode largar a gente na avenida. Mais tarde voltamos sozinhas para casa, sem problema.

Ela tentou transmitir um ar de normalidade e controle da situação. Sugeria a solução mais cômoda para Ricardo, para quem a perspectiva de se involucrar em problemas de adolescentes, que sequer confiavam cabalmente nele, era desanimadora. Ele pensou por uns instantes e respondeu:

— Deixem-me ver se entendi. Eu vou embora, você chega daqui a umas horas na sua casa e inventa uma história para a sua mãe. Então, tudo continua do jeito que está. É isso mesmo que você está me propondo?

A menina arregalou os olhos e não confirmou. Ele concluiu:

— Desculpe, mas não vou aceitar. Apesar da sua choradeira, ou melhor, em boa parte por causa dela, estou com vontade de contar à Gabriela o que vi hoje o mais rápido possível. Tenho quase certeza de que é o correto a fazer.

Virou-se para Letícia, que adquirira a mesma palidez de Catarina. A fragilidade das duas despertou-lhe compaixão, e ele acrescentou:

— Em consideração a vocês, posso agir diferente. Não comento nada, ao menos por enquanto, e nós tentamos resolver o problema.

Catarina mexeu a cabeça, em sinal de negativa, mas antes que se expressasse, ele a cortou:

— Se não está bem para você, vamos daqui para a sua casa. O que recuso é deixar você e a Letícia sozinhas por aí, depois dessa confusão.

Letícia aparentava aprovar e se confortar com o que ouvia. Como Ricardo conhecia por experiência, um evento infeliz ou uma safadeza, quando testemunhados por terceiros, raramente davam-se pela primeira vez. Isso valia para porte de drogas, desfalques em empresas, roubos, infidelidades conjugais etc. A forma confiante e segura com que o grupo provocara as meninas, e a reação deles ao serem interrompidos, confirmavam que era uma "diversão" habitual. Letícia provavelmente queria deixar, quanto antes, de servir de saco de pancadas.

Catarina, no entanto, não parecia compartilhar a mesma opinião. Fitou Ricardo com dureza, quase com raiva. Ele não tinha direito de se intrometer e, no fim das contas, estava chantageando-as. Para piorar, ela reconheceu que não adiantaria argumentar o que fosse, porque o advogado enxerido parecia teimoso como uma mula. Resignada, ponderou que a proposta dele não era de todo ruim. E ela era obrigada a reconhecer que havia sido salva, poucos minutos atrás, de uma encrenca. Por fim, respondeu num tom enfadado:

— Se você faz tanta questão, podemos almoçar. Vou telefonar para minha mãe.

Surpresa pela novidade, Gabriela não levantou qualquer obstáculo. Não conseguiu entender como Ricardo e a filha tinham se encontrado, mas perguntaria dos detalhes à noite.

No caminho, Ricardo tratou de temas amenos. Quis saber da família de Letícia, dos gostos da menina, como estava indo na escola. A simpática gordinha era filha única e havia sido criada somente pela mãe, porque o pai as tinha abandonado quando ela tinha pouco mais de 5 anos. Comentou isso sem demonstrar mágoa, simplesmente constatando um fato. O começo tinha sido bem difícil, porque a mãe não conseguira a pensão alimentícia — fruto de uma manobra de advogados — e havia sofrido para obter uma colocação profissional decente. Depois de três anos de sufoco, saltando de um emprego para o outro, foi contratada para fazer parte da equipe de um jovem arquiteto meio genial. Caiu nas graças dos chefes e passou a receber um salário que lhe dava certa folga. Depois, progrediu junto com o escritório. Letícia comentou de várias casas e projetos da mãe, localizados em avenidas movimentadas da cidade.

Aos poucos, o acanhamento entre os três foi diminuindo. A própria Catarina deixou-se levar pela cordialidade e gentileza de Ricardo, em quem ela reconheceu um traço herdado de dona Lúcia: a capacidade de ouvir. Ele estava fazendo com que Letícia contasse, no mesmo dia em que o conhecia, fatos e lembranças que a melhor amiga ainda não tinha escutado.

5

Planejando escapar de armadilhas

Os três entraram no shopping e foram almoçar. Escolheram uma churrascaria no térreo, cujo fundo musical era de músicas pop não muito recentes, ao qual se misturavam as gargalhadas, os pratos e copos batendo, os talheres e as várias vozes que conversavam anarquicamente. Com tudo isso, era preciso falar alto para se fazer ouvir. Se o cheiro da comida já era suficiente para abrir o apetite, recebia o reforço da visão das travessas dispostas nas outras mesas.

Após pedirem os pratos, que eram fundamentalmente carnes, Ricardo deixou que as duas conduzissem a conversa. Catarina criou coragem e perguntou sobre a família dele, especialmente sobre Clara, de quem a garota sentia uma ponta de ciúme, por ela ter conquistado tão facilmente a afeição de Simone. Depois, Letícia quis saber do trabalho de Ricardo, como era um dia normal no escritório e os tipos de assuntos em que se envolvia. Assombraram-se quando ouviram as cifras de certas causas, em especial a relativa à construção de uma termoelétrica que havia estourado todos os orçamentos. Nisso, terminaram o prato principal.

As garotas ainda não tinham sido dominadas pela preocupação com o peso, o que as tornava incapazes de resistir à oferta de comer bolo com sorvete e cobertura de chocolate. Letícia tentou fingir resistência — como fazem os gordinhos com dor de consciência —, eliminada com enorme facilidade por um par de palavras de Ricardo.

Antes que a sobremesa chegasse, ele, apesar da repulsa por estragar o momento agradável, encarou as duas e disse:

— Vocês são ótima companhia. Obrigado por terem vindo comigo.

— A gente que agradece — respondeu Letícia com toda candura.

Catarina percebeu que aquilo era apenas uma introdução e se endireitou na cadeira. Ricardo notou a reação, que o levou a avançar mais decididamente:

— Pena que temos de falar de algo que não é nada bom. Na verdade, é muito ruim.

Letícia engasgou com o refrigerante e tossiu. Voltou os olhos esbugalhados para Catarina, depois para Ricardo, que se condoeu delas. Foi desfiando as palavras da maneira mais amável que conseguiu:

— Catarina, gosto de você. Eu jamais faria algo que pudesse prejudicá-la, até porque a minha mãe me mataria. Letícia, hoje foi a primeira vez que a gente se viu, o que não faz diferença. Normalmente, sei logo se vou gostar de alguém, e achei você ótima desde o primeiro momento. Acreditem, estou do lado de vocês, quero ajudar.

Silêncio. As duas mantinham a cabeça baixa. Vendo que não tomariam a iniciativa do que fosse, ele inquiriu:

— O que aconteceu hoje de manhã é frequente? Eles ameaçaram vocês outras vezes? Por favor, tenho de saber. Falem a verdade.

O som de fundo do restaurante parecia ter se amplificado. Letícia olhou para Ricardo e fez menção de dizer algo, mas mordeu o lábio inferior e cruzou os braços, abaixando de novo a cabeça. Catarina seguia sem se mexer. Ele suspeitou que a menina estivesse tentada a levantar-se e ir embora, até que ela ergueu os olhos e encontrou os dele, que transmitiam segurança. Depois de segundos de hesitação, ela respondeu com a voz entrecortada:

— Aconteceu outras vezes, sim, só que nunca igual a hoje. Foi a primeira vez em que disseram que iam bater na gente. A garota que você viu lá, a Manuela, ela instiga os rapazes contra a gente.

Ricardo se lembrou da garota de cabelo avermelhado, com jeito de mais adulta, ao lado do filho do dr. Carneiro Mota. Quando ele se dirigiu ao grupo, ela se escondeu atrás do rapaz. Mesmo assim, Ricardo percebeu que ela havia se transtornado, no curto momento em que a observara.

— Você acha que iriam cumprir essa ameaça? Porque um homem agredir uma mulher é vergonhoso. Ao menos, deveria ser.

— Os meninos não bateriam, seriam só a Manuela e a amiga dela. Eles iriam garantir que eu e a Letícia não reagíssemos. E ainda poderiam se divertir um pouco.

— O japonês gordo, o mais fortão, ele não queria briga — interveio Letícia. — Só que não nega nada ao Gustavo. É o capacho dele.

Gustavo, o nome do filho do dr. Carneiro Mota. Ricardo recordou-se de que vira o menino há uns nove anos, em um evento de advogados. Era só uma criança, andando de mãos dadas com o pai e a mãe. Esta era uma loira alta, de olhos castanhos, notoriamente mais jovem que o marido. O pai continuava a ser um senhor atraente e sedutor, apesar de ter envelhecido bastante depois de um ataque cardíaco grave, do qual escapara por um fio. Priscila, a colega de escritório de Ricardo, era meia-irmã do rapaz, filha da primeira esposa do dr. Carneiro.

— Por que essas meninas queriam bater em vocês? Qual o motivo dessa briga?

Catarina mexeu-se incomodada e cruzou os braços, enrubescendo. Letícia explicou meio sem jeito:

— Acho que foi antipatia imediata, junto com ciúme. Começou quando a Catarina se mudou para nossa escola. Ela não falava com ninguém: ficava no canto dela, assistia às aulas e ia embora. Estava sempre sozinha. O pessoal da classe passou a comentar que ela era estranha.

A outra ouvinte estava pronta para reclamar, só que Ricardo sinalizou para que permanecesse quieta. Ela obedeceu, contrariada.

— Teve um dia em que o professor de história contou o que tinha acontecido com o pai dela. Então a turma a respeitou, porque era uma situação difícil.

Fazendo rapidamente as contas, Ricardo concluiu que a mudança de colégio devia ter sido pouco depois da morte de José Carlos.

— Só que, na metade do ano passado, o Gustavo, que é uma peste, pegou escondido um caderno dela. Quando a aula acabou, foi para a frente da classe e começou a ler em voz alta. A Catarina ficou desesperada, o que só atiçou aquele traste. Lá no meio, ela tinha escrito que estava apaixonada pelo Gustavo, que era um rapaz bonito, inteligente, e não sei mais o quê... Nem consigo acreditar que ela escolheu tão mal!

Ricardo teve que segurar a gargalhada, que, nas circunstâncias, teria sido um desastre. Ao mesmo tempo, Catarina fitou Letícia com desejo de esganá-la.

— Ele ficou com cara de bobo ao descobrir. A vaidade dele inchou ainda mais, o que eu achava impossível. Ele é do tipo que pensa que todas as garotas são loucas por ele. Imbecil!

Catarina estava se contorcendo na cadeira. Sem se importar, Letícia prosseguiu:

— Ele deu de provocar: "Então você gosta de mim? Mas se eu nem sei como é a sua voz... Nunca ouvi você dizer uma palavra, garota. Até pensei que era muda." Um monte de gente riu, foi constrangedor.

— Letícia, pare de falar, pelo amor de Deus! — gemeu Catarina.

A amiga calou-se, temerosa de ter deixado escapar mais do que devia. Ricardo pediu:

— Não fique chateada, Catarina. Preciso saber disso, e lógico que não vou contar a ninguém. E você não fez nada errado, afinal de contas.

Voltando-se a Letícia, disse:

— Imagino que a Manuela deva ter entrado aqui na história. Ela gostava do Gustavo, e a Catarina passou a ser sua concorrente. Foi mais ou menos isso?

Letícia olhou Catarina, que parecia ter se encolhido, e respondeu:

— Exatamente. Desde esse dia, ela aproveita todas as chances para humilhar a Catarina. Também sobrou para mim, quando reclamei que estavam passando da conta. Para quê! Agora sou a baleia, a orca, o botijão de gás, a gorda sebosa...

A situação era lamentavelmente corriqueira. Era o velho ser humano aproveitando-se do outro, o forte abusando do fraco. Mais antigo do que a história. No entanto, de nada servia a Ricardo entrar agora em abstrações. Ele observou:

— Vocês estão aguentando quietas há tempo demais. Se não reagirem, só vai piorar. Hoje, eles avançaram mais um pouco o limite, e não agrediram vocês por sorte. Na próxima vez, provavelmente não vai aparecer ninguém para ajudar.

Ambas puseram um rosto de resignação, com a cabeça baixa. Após uns instantes, Ricardo tentou animá-las:

— Não fiquem assim. Apesar de a situação estar complicada, acho que vocês têm uma boa chance de acabar com essa palhaçada. E talvez eu nem precise falar com as mães de vocês.

Catarina ergueu o rosto, interessada. Porém, ele acrescentou:

— Vocês já deviam ter contado a elas faz muito tempo. Entendo que sentiram vergonha, que não queriam preocupá-las. Mesmo assim, não foi muito esperto ter prescindido de quem gosta de vocês. Principalmente porque vocês estavam encurraladas. As duas só se complicaram, com esse silêncio meio teimoso.

Nenhuma delas tornou a levantar a vista. Ricardo tinha presente o quanto lhe custava, na adolescência, tratar com seus pais das suas dificuldades. Queria superá-las sozinho, provar que sabia se virar. O resultado fora um punhado de sofrimentos inúteis, de cabeçadas e de burrices levadas até o fim.

— Vocês não me procuraram, mas foi providencial que eu passasse ali, àquela hora.

— Foi mesmo. Só que você já ajudou bastante. A gente agradece, mas não precisa fazer mais nada, Ricardo — replicou Catarina, levemente ríspida.

— Para dizer a verdade, não sei se ajudei ou atrapalhei. Aqueles moleques podem ter ficado com mais raiva de vocês e quererem descontar. É até bem provável.

A perspectiva do encontro futuro e inevitável com os "amigos" paralisou-as.

— Como eu disse — continuou Ricardo —, vocês podem dar a volta por cima nessa confusão. Mas precisam de apoio. Sozinhas, estão se afundando. Não sejam orgulhosas, por favor, porque é o que leva a se comportar de maneira estúpida. Também vão ter que agir com inteligência.

"O que não adianta é ficarem pensando que o mundo é injusto, as pessoas não prestam, ou perguntarem: 'por que foi acontecer comigo?' É duro ver pessoas inocentes como vocês levando esse tipo de paulada, mas isso sempre aconteceu e continuará acontecendo. Não há perspectiva de o mundo se consertar de uma hora para a outra, infelizmente. Por isso, o importante é como vocês vão reagir, se vão enfrentar ou fugir.

— O que a gente pode fazer? — perguntou Catarina. — Não é tão fácil como você está pensando. Eu e a Letícia já tentamos de tudo, e nada deu certo. Revidamos as provocações primeiro, depois a gente quis manter distância, até que reclamamos com o coordenador da escola. Sabe o que ele fez? Chamou alguns dos meninos para conversar e respondeu depois para a gente que estava tudo normal, que eu e a Letícia éramos muito manhosas. Depois disso, duas semanas atrás, as coisas pioraram. Eles não têm mais medo nenhum de fazerem o que for.

"Para você ter ideia, o Gustavo e a Manuela são ótimos alunos, queridinhos dos professores. Todo mundo acha que eles são uma maravilha. Já eu sou a menina fechada, que não se dedica aos estudos. Então, adivinhe quem consideram que é a culpada de qualquer problema..."

Ricardo não respondeu de pronto, parecia haver se desligado de tudo. Catarina imaginou que o tivesse desnorteado, até que, passados quase dois minutos, ele retornou:

— Muito bem. O primeiro que vocês têm que fazer é mostrar a eles que hoje extrapolaram. Não podem pensar que vocês aceitam tudo, que nunca baterão de volta. Amanhã vocês vão procurar o Gustavo e dizer que se ele ou um dos seus amiguinhos chegar perto de vocês, a coisa vai esquentar. Vou então falar com os pais dele e com a direção da escola.

Os olhos das meninas arregalaram-se. Ricardo explicou:

— O dr. Carneiro Mota, o pai do Gustavo, é um pavão. Teve seus momentos de glória, que gosta de recordar. É uma pessoa preocupada com a própria reputação. Ficaria bastante irritado se mais gente soubesse que o filho dele é um delinquente juvenil, especialista em assédio moral. Quando eu disse ao garoto que conhecia o pai dele, ele sentiu o golpe, não sei se vocês repararam. Deve ser do tipo que faz papel de bom menino em casa.

— E se ele reagir mal? Não sei, pode até partir para cima da gente... — ponderou Letícia.

— O risco até existe, mas é muito baixo. O garoto nunca deve ter recebido um tranco; quando bater de frente com alguém, vai se assustar. Duvido que faça algo pior contra vocês, se vir que não está seguro como antes. Pode xingar, ameaçar, ter um chilique, mas não passa disso.

Com uma ênfase que surpreendeu as meninas, garantiu:

— Agora, se levantar um dedo contra vocês, ou se exagerar nos xingamentos, vai se arrepender totalmente. Não vou me limitar ao pai e ao colégio, saio atirando para todo lado: reclamo na Secretaria da Educação, com a Procuradoria da Infância, levo ao jornal... Tenho conhecidos em todos esses lugares.

Ao perceber o tamanho do susto das meninas, sorriu.

— Não se preocupem, é difícil chegar a tanto. O importante é o rapaz e a trupe dele saberem que mexer com vocês vai custar caro.

Pouco a pouco, Catarina foi se convencendo. Letícia passou a respirar rápido e a encher o peito, como se prestes a soltar uma risada.

— Esse é o primeiro passo. Depois, vai ser preciso rachar o grupo do Gustavo. Irá diminuir a força deles, a moral dessa tropa de meia-tigela.

— É complicado — interrompeu Catarina. — Aquele pessoal venera o Gustavo, chegam a ser ridículos. Ninguém vai se colocar contra ele por causa da gente.

Ricardo ignorou-a e continuou:

— Letícia, você comentou que o japonês gordo, o fortão, estava se sentindo mal por ameaçar vocês, não é?

— É, estava. Conheço o jeito dele.

— Ótimo. Conversem com ele amanhã e digam que ele devia se envergonhar por se rebaixar tanto. Pensem em como tocar o coração do sujeito. Acho que, sem ninguém por perto, ele pode admitir que errou.

— Dá para fazer isso — confirmou Letícia. — Eu era amiga do Yoshikawa, ele vai me escutar. Nem conseguia me olhar direito lá na avenida. É capaz de prometer que não vai perseguir mais a gente.

— Não confio nada nesse gordo idiota! — interferiu Catarina. — Ele prejudicou a gente demais!

Logo percebeu que a expressão poderia ofender também a amiga e consertou:

— Bem, você conhece o Yoshikawa melhor que eu; se acha que vale a pena tentar, vamos lá. De qualquer jeito, é mais fácil do que falar com o Gustavo.

— A última providência. É evidente que vocês estão muito isoladas. Todo mundo na escola vê que são maltratadas, e ninguém faz nada. Vocês não têm amigas que fiquem do lado de vocês, que se importem. Isso é péssimo.

— Não temos ninguém mesmo — admitiu Letícia. — A Catarina só fez amizade comigo. Eu até era bem entrosada com o pessoal, mas acabei me afastando. Na hora em que precisei, ninguém mexeu uma palha. São uns panacas! Não faço questão nenhuma de ter amigos assim.

— Pois você está enganada — contradisse Ricardo. — É verdade que não foram bons colegas. O problema é que, se cortássemos da nossa lista cada pessoa que falhasse conosco, em pouco tempo não sobrava ninguém. Veja, foi exatamente o que aconteceu com vocês: acabaram sozinhas.

— Melhor sozinha do que mal acompanhada.

— Não diga isso. É uma frase feita, o que não significa que esteja certa. Veja, os estranhos, os solitários, os desencaixados viram o alvo preferencial dos outros. Podem até tentar ficar quietos no seu canto, só que não costuma dar certo por muito tempo. Não consigo imaginar presa melhor que vocês para uns moleques desocupados, que acabam se tornando cruéis. Duas meninas a quem os coordenadores não dão a mínima, que não pedem ajuda a ninguém, que se fecham cada vez mais... Vocês se tornaram muito vulneráveis.

— Falando desse jeito, parece que a culpa é nossa! Não é justo — reclamou Letícia.

— Os culpados são eles, é evidente. Mas, de certo modo, vocês colaboraram para que a situação chegasse onde está.

— De jeito nenhum! — retrucou irritada Catarina.

— Foi sim. Sem perceber, fizeram de tudo para se tornarem frágeis. Não fiquem bravas, por favor. Estou apenas sendo sincero. A partir de agora, vocês precisam se envolver com os outros, criar laços. Se conseguirem, tudo vai ficar mais fácil. Quem quiser provocá-las vai ter de pensar duas vezes.

Embora fingisse indiferença, aguardava ansiosamente a resposta delas. Catarina por fim disse:

— Está bem, a gente pode tentar. Só que nem sei por onde começar. Mal conheço os colegas da classe; da maioria, só sei o nome. Vai ser estranho tentar conversar com eles do nada. O que posso falar?

— Mais de dois anos na escola, e não conversou com nenhum colega? É pior do que eu pensava! Uma mulher que não fala e não é curiosa... Um espécime raro, sem dúvida. Acho que é o primeiro que encontro na vida.

— Seu machista! — gritou Letícia.

— Estou brincando, desculpem-me. Só que vocês precisam agir como mulheres de verdade, maduras. Ponham um ponto final nessa história.

— Você fica brincando, mas não respondeu — cortou Catarina. — O que vamos dizer? Ninguém sai por aí perguntando: "Quer ser meu amigo?"

— Não é tão complicado. Pensem em temas que agradam a vocês e as outras pessoas. Pode ser qualquer coisa: cinema, música, livros, cozinha, esportes, roupas... Puxem uma conversa a respeito, todo mundo quer falar do que gosta.

— Você tem alguma ideia? — perguntou Catarina a Letícia.

— Nenhuma. Não estou a fim de ficar de conversinha sobre ator de cinema, e menos ainda sobre os meninos da classe.

Ricardo sugeriu:

— Quando a gente era da idade de vocês, eu e meus amigos formamos um grupo de estudo...

— Um grupo de estudo? — Letícia se espantou. — É difícil imaginar uma coisa mais chata! Já bastam as aulas da escola para torrar.

— Deixe-me pelo menos explicar — pediu ele. — Éramos uns oito e acabamos muito próximos. Um frequentava a casa do outro, conhecíamos as famílias de cada um. Melhoramos as nossas notas, e todo mundo entrou em uma boa faculdade. Mantemos contato até hoje. Se quiserem, posso dar as dicas para vocês montarem um grupo parecido.

Como as meninas demorassem a responder, ele se adiantou:

— Escolham colegas que queiram aprofundar nas matérias da escola. Tem que ser gente dedicada. Depois, marquem a primeira reunião.

— Ricardo, ninguém vai querer uma coisa dessas — opinou Catarina. — Na sua época, tudo bem; hoje em dia...

— Minha época não é tão antiga assim. Do jeito que você fala, parece que sou um Matusalém! Vamos lá, tentem ao menos. Eu posso dar a aula inicial sobre literatura, gramática ou história. Vocês ainda são obrigadas a ler alguns livros para o vestibular, não é? Acho isso uma besteira, mas, já que é assim mesmo, podemos estudar um deles.

Com o rosto entediado, Letícia retrucou:

— Vamos ter uma prova sobre *Memórias póstumas de Brás Cubas*, no início de junho. Mas nem me fale! Esse livro é uma desgraça. O tal do Machado de Assis, que todo mundo elogia, tem o dom de escrever sobre nada. Não tem enredo! Aquela história de "defunto autor", que o professor tenta explicar, é ridícula.

Ricardo contestou, afobado:

— Estou vendo que essas reuniões são mais necessárias do que eu pensava! Uma garota, que estuda em um colégio supostamente de nível, sustentar uma barbaridade dessas! Machado escreve sobre nada? Onde já se viu?

Letícia ficou sem jeito, e Ricardo lançou o desafio:

— Nem vou me dar ao trabalho de discutir isso agora. Depois da reunião, quero ver se você segue pensando assim. Se continuar, desisto de ser professor pelo resto da vida.

Catarina, se não morria de amores pelo escritor, tampouco chegava a compartilhar o desprezo da amiga. Considerava-o um velho ranzinza, pessimista, impróprio para um dia chuvoso, mas que até era capaz de escrever algumas passagens interessantes.

— Letícia, a gente precisa de ajuda em literatura. O professor Hilário não chega a lugar nenhum, com as teorias malucas dele. Pior que aquilo, o Ricardo não vai ser.

— Obrigado pela confiança — agradeceu ironicamente.

— De nada — retornou sem se dar por achada. — Só não concordo com convidar outras pessoas. É melhor começarmos nós duas, e você ensinando. Se der certo, chamamos outras colegas depois.

— Nada disso — respondeu. — Vocês têm de convidar mais uns cinco ou seis; se não, vão continuar sempre só as duas. E a meta é aproximar vocês dos colegas de classe, não se esqueçam.

— Mas vai complicar tudo! Já falei que não temos contato com ninguém.

— Eu já entendi, não sou tão burro. Mas tenho esperança de que a resposta das pessoas vá surpreender vocês. Há bastante gente que se anima com um plano desse estilo, só que não demonstra, por uma vergonha besta. E não tem complicação nenhuma em dizer aos colegas que vocês conheceram alguém que se ofereceu para explicar a vocês um pouco de Machado de Assis. Essa pessoa pediu para organizarem um grupo com mais gente, para enriquecer a discussão. O que há de estranho nisso?

— É, talvez nada... — balbuciou Letícia.

— Vocês não vão passar vergonha por causa de mim, prometo. Catarina, peça à Gabriela para preparar um lanche caprichado para o intervalo. A gente pode ficar ao lado da piscina, naquela mesa com bancos. Vai servir perfeitamente, é só colocar uma lousa móvel.

Catarina quase caiu da cadeira. A tal da reunião subitamente lhe pareceu ainda mais insana.

— Como assim? Vai ser lá em casa? Não, de jeito nenhum.

— Por que não? Não tem lugar melhor — redarguiu Ricardo.

— Minha mãe não tem o costume de receber pessoas, ela vai ficar ansiosa. Você não tem ideia de como ela é nervosa. E o Ivan é caseiro demais, nunca traz um amigo para nos visitar. Ele não vai gostar desse plano, tenho certeza. Vai acabar com o sossego dele.

Ricardo e, pior ainda, Letícia fizeram uma cara de desaprovação.

— Vou ficar sem jeito se souberem onde moro — prosseguiu Catarina. — Ah, vocês não sabem, perto da piscina está cheio de pernilongos, é um inferno. E os bancos de madeira são desconfortáveis...

As explicações continuaram a pulular, desconexas. Ricardo sorriu, observando o desespero da menina.

— Pare com essas desculpas esfarrapadas! O que você está dizendo não tem pé nem cabeça. Sua mãe é a gentileza em pessoa; receber os colegas da filha vai ser uma satisfação para ela. Se você fizer questão, eu mesmo posso pedir ao Ivan para usar a casa.

— Não precisa...

— Concordo que não precisa, porque é óbvio que ele vai aceitar. Então estamos acertados, vai ser lá mesmo. Que tal marcarmos para o fim de semana depois do próximo, daqui a dez dias?

Uma vez o plano desenhado, Letícia simpatizava cada vez mais com ele. A parte do lanche representava um apelo especial, verdade seja dita.

— Por mim, tudo bem — declarou ela. — Pensando bem, vamos conseguir mais interessados, sim.

— Ah, é? E como vai fazer essa mágica? — interpelou-a Catarina.

— A gente chama a Camila primeiro. Ela é a melhor aluna da classe; se aceitar, os outros vêm atrás na hora — explicou voltando-se para Ricardo.

— A Camila é quase intragável — murmurou a pretendida anfitriã.

— Nem tanto... Pode ser um pouco chata e gosta de se exibir, mas sempre ajuda os outros. Se dissermos que a presença dela é fundamental para o grupo funcionar, ela vai aparecer com certeza. Ela adora discutir as matérias, o convite vai ser tentador.

Sem levantar novos obstáculos, Catarina mirou a amiga com expressão cansada. Pouco a pouco, concluiu consigo que seria melhor relevar toda a confusão e confiar em que a situação não se agravaria. Quem sabe o Gustavo ficaria assustado com a abalroada que havia tomado do Ricardo! Nesse caso, fatalmente as deixaria em paz e estaria com o rabo entre as pernas, bem mansinho. Preparou-se para expor essas ideias, mas Ricardo antecipou-se:

— Sei que estou pedindo a vocês uma série de coisas mais ou menos trabalhosas, mas não tem outro jeito. Para resolver o problema, é preciso encará-lo. Às vezes não existe mesmo solução, e não há outro remédio que aguentar o que vai acontecer. Felizmente, não é o caso de vocês. Quando derem o primeiro passo, verão que o monstro não é tão feio quanto parece.

Chamou o garçom e pediu um café e a conta. Depositando as mãos na mesa, arrematou:

— Chega de serem as gatas borralheiras, as bobas da classe. Têm de aprender a se defender, a marcar o próprio espaço. Se permitirem que uns garotos estúpidos que se julgam os valentões e umas meninas com vocação para bruxas tratem vocês desse jeito, então a vida vai ser difícil demais para as duas.

Letícia havia se enchido de segurança e decisão, que manifestava em uma fisionomia séria. Por sua vez, Catarina procurava esconder o entusiasmo que progressivamente a tomava.

6
Colocando as lições em prática

Ricardo, Letícia e Catarina levantaram-se da mesa e foram para uma loja de moda feminina, sugerida pelas garotas, para comprarem o presente de Clara. Logo que entraram, Catarina comentou:
— Uma prima da minha mãe é gerente daqui. Ela se chama Cláudia.
— A Cláudia? É verdade.
— Você a conhece?
— Sim. Conversamos no casamento da sua mãe.
Ricardo não se esquecera da moça. Havia inclusive se proposto a procurá-la várias vezes, sem nunca concretizá-lo. A perspectiva de encontrá-la ali gerou nele uma súbita apreensão.
Ao olhar para um balcão, Ricardo recordou-se de que, naquele canto, tinham querido empurrar um vestido para sua irmã, garantindo-lhe que era de Nova York. Não passava de um artigo brasileiríssimo, bastante fajuto. Para azar da vendedora, Clara tinha visto o mesmo modelo no Rio de Janeiro uma semana antes, por um terço do preço. Reclamou com a gerente e saiu de lá com uma malha, como reparação pela tentativa de ludibriá-la.
Enquanto estava distraído nessa lembrança, Cláudia apareceu. A moça deu um beijo e abraço em Catarina, trocaram algumas palavras, e só depois reparou em Ricardo. Não o reconheceu de pronto, até que abriu

um sorriso que lhe caía muito bem. O impacto daquela presença mexeu com o advogado, que tinha se esquecido do quanto Cláudia era bonita. Ela vestia uma saia escura e camisa de manga longa com rendilhados. Usava um colar grande, que combinava com o resto. Tinha uma caneta e caderno nas mãos. Perguntou:

— Seu nome é Ricardo, não é? É o primo do Ivan, marido da Gabriela. Que surpresa! Como vai?

— Graças a Deus, tudo bem. Você contou que trabalhava aqui, fiquei de aparecer, mas não cumpri minha palavra.

— Foi mesmo? Não me lembrava.

— Mas eu, sim. Por favor, não pense que não vim por falta de atenção. É que a gente se enrola com tanta besteira, fica envolvido e acaba deixando para depois o que é mais importante. E mais agradável também.

Apesar de não ser sua intenção, as palavras dele foram entendidas como um galanteio. Cláudia estava acostumada a que a elogiassem; reagia então com um educado desdém, ou com um pequeno desaforo, se o sujeito fosse casado. Desta vez, uma leve palpitação a surpreendeu. Algo nele lhe agradou, apesar de não conseguir identificar o que seria.

Por seu lado, Ricardo viu-se de repente sem jeito. Ao mesmo tempo, notou uma inquietação em Cláudia, o que o encorajou. Tentou prosseguir com naturalidade:

— Como vai seu pai? Não digo por que você é a filha dele, mas é um senhor muito simpático, com uma ótima conversa. Mande meu abraço a ele, por favor.

— Ele também gostou de você. Depois da festa, ficava me dizendo: "Que rapaz gentil, aquele parente do noivo. Moço muito distinto, educado."

— É uma vergonha eu não o ter procurado, isso sim. Você pode me dar o telefone da sua casa?

"Então, quer meu telefone. Poderia pedir para a Gabi, só que prefere que eu dê. Esses advogados são todos cheios de truques", matutou ela. Ficou uns instantes sem reação, ainda refletindo, até que balançou a cabeça em aprovação e pegou um cartão de apresentação, onde anotou no verso o número. Entregou-o a Ricardo e respondeu:

— Claro. Está aqui. Papai vai gostar se você ligar. Acho que ele sente falta de conversar com outros homens, desses assuntos de que vocês gostam.

— Mas, e os seus irmãos? Não estão sempre com ele?

— Meus irmãos não visitam a gente com a frequência que deveriam.

O curto silêncio que seguiu foi quebrado por Ricardo:

— Obrigado. Pode dizer ao seu pai que vou telefonar nesta semana. Você poderia passar a ele o meu número? Ele pode me chamar quando quiser.

Passou a ela seu cartão, titubeou um pouco e acrescentou desajeitadamente:

— Você também, Cláudia. Pode me telefonar, se tiver vontade.

— Isso não! Você que tem de ligar para mim. Se você não me procurar, só vamos nos encontrar sei lá quando. Pode ser que eu nem me lembre mais de quem você é.

Ricardo sentiu-se um estúpido e mal pôde controlar o rubor que queimava suas bochechas. A moça riu graciosamente e comentou:

— Mas que falta de educação a minha! Vocês aparecem aqui, e nem ofereço um café. Por favor, venham ao meu escritório.

Os visitantes seguiram-na por uma porta atrás do balcão de pagamentos, que dava para um gabinete pequeno e entulhado com estantes, cadernos e mostruários de moda. No fundo, ficava uma mesa com computador e duas cadeiras à frente. Era tudo meio sombrio, com exceção da escrivaninha, iluminada por um abajur. Uma funcionária trouxe café e água para os quatro.

O bate-papo foi em torno do trabalho de Cláudia, que o explicava à medida que mostrava as partes do escritório. Foram a seguir ao depósito, cujo acesso era uma escada precária de madeira. Ricardo percebeu que ela arrumava cada coisa que encontrava fora do lugar, e gostou quando ela foi dura com uma vendedora, que tentara escapulir até ali para matraquear pelo celular. Ele estranhou que o périplo o estivesse interessando. No instante seguinte, reparou no ótimo perfume da anfitriã, e que lhe custava tirar os olhos dela. Cláudia também estava toda prosa, de modo tão inédito que Catarina admirou-se.

Voltaram à parte principal da loja, e Ricardo pediu às duas meninas que escolhessem o que ele daria para a irmã mais nova. Cláudia fez uma série de sugestões, sendo que algumas causaram calafrios em Ricardo, que pensou ter ouvido errado, quando ela informou o preço das peças. Catarina se segurou para não rir quando reparou na reação dele e indicou uma bolsa bege, relativamente grande e leve, com argolas douradas e detalhes em marrom mais escuro. Era um modelo que estava prestes a ser substituído pelos de uma coleção nova e tinha um preço bem mais em conta.

— Sua irmã vai pensar que você foi bem mais generoso do que na realidade — alfinetou Catarina. — Vai ficar bom para você e para ela. E é uma bolsa linda, não tem como não gostar.

Cláudia confirmou o acerto da escolha, apesar de decepcionar-se levemente por não ter vendido outro artigo. Ricardo agradeceu a ela e pagou pela bolsa. A gerente os acompanhou até a porta da loja, onde Catarina disse:

— Até mais, Cláudia. Por favor, não se esqueça de mandar meu beijo ao tio.

— Não vou esquecer. Mande também um meu para a Gabi. Vou fazer logo uma visita a ela.

— Tchau, Cláudia — despediu-se Ricardo, com a voz mais açucarada do que gostaria. — Vou telefonar ao seu pai. E passo aqui para vê-la outra vez; posso, não é?

— Claro — respondeu ela, ainda mais dengosa. — Será um prazer. Até logo.

Nessa despedida, os dois olharam um para o outro por um tempo maior que o necessário. Ela então o cumprimentou com uma inclinação da cabeça, virou as costas e se afastou.

Ao sair da loja, Ricardo não sabia o que comentar com Catarina e Letícia. Ele pensou ter surpreendido o olhar maroto de uma à outra, logo que se puseram a andar pelos corredores. Tentando se comportar como se tivesse terminado uma prosa inconsequente na barbearia, falou:

— Muito obrigado pela ajuda, meninas! Como recompensa, vocês merecem um presente.

Depois de pararem diante de uma loja e outra, encontraram uma pulseira para Catarina. Feita de metal prateado, tendendo para o amarelo, com detalhes vermelhos e desenhos delicados, encaixou-se graciosamente no pulso da mocinha, que agradeceu efusivamente. Letícia, por sua vez, escolheu o DVD de um filme europeu, de cujo diretor a sua mãe era uma entusiasta. Não aceitou mais nada, ainda que Ricardo insistisse.

Após passar quase duas horas com suas novas amigas, Ricardo levou-as para suas casas. Letícia morava em um apartamento na avenida José Bonifácio, ao qual chegaram num instante. Quando desceu, se comprometeu, uma vez mais, a executar o plano combinado. Ricardo fez um adendo:

— Toda vez que tenho um problema, peço ajuda ao meu anjo da guarda. Ele não me deixa na mão. Acho que vocês devem fazer a mesma coisa com o de vocês.

As duas se voltaram para ele, estranhadas.

— Quando eu era criança, minha mãe me ensinou a rezar ao anjo da guarda. Antes de dormir, ela dizia: "Menino Jesus...", e eu respondia: "Fique comigo, e anjinho da guarda também!" Vocês sabem que têm um anjo da guarda, certo? Não se esqueçam dele amanhã.

— Está bem, Ricardo, vou lembrar. Obrigada por tudo — respondeu Letícia.

Enquanto subia o elevador, ela imaginou Ricardo pequenino, rezando a oração, e achou engraçado. "Esse cara é mesmo diferente!", pensou. "Mas como é legal!"

Minutos depois, o carro estacionava em frente à casa de Ivan. Na última parte do percurso, Catarina e Ricardo não disseram nada. Antes de a menina sair, porém, ele se dirigiu a ela com a voz suave:

— Posso tratar com você de algo pessoal? Se quiser que eu pare, é só pedir, não vou ficar chateado. Mas gostaria muito que você me escutasse.

A garota imaginou que seria algo relacionado a Cláudia e sorriu.

— A Letícia contou que você tinha se interessado por esse garoto, o Gustavo. Que tinha gostado dele.

Ricardo percebeu a confusão da menina, que arregalou os olhos e engoliu seco.

— Sei que não é da minha conta — reconheceu ele —, mas sempre tive muita consideração por você, que hoje só aumentou. Por isso, queria contar-lhe algumas coisas. Pode ser?

A garota não o encarou. Por não ser cortado, Ricardo considerou-se autorizado a prosseguir:

— Quando éramos da mesma idade que você, eu e os meus amigos reclamávamos que as melhores meninas só se interessavam pelos idiotas. Era em boa parte inveja, reconheço. A gente não suportava ver as garotas se derretendo pelos fortões ou, pior ainda, pelos metidos a conquistadores. Nós também fazíamos muita besteira e só tínhamos olhos para as bonitonas. Se alguém conseguia namorar uma delas, era o máximo, não tinha importância se a menina fosse vazia ou destrambelhada. Claro que nem todo mundo pensava assim, mas eu fui vítima dessa burrice algumas vezes.

A curiosidade de Catarina (que não era nada adormecida) aguçou-se.

— Elas faziam a gente de gato e sapato. Tinha uma que, no final de cada semestre, vinha toda boazinha pedir a um amigo nosso que estudasse com ela e a ajudasse a fazer os trabalhos. Depois da semana de provas, esnobava o coitado sem dó. A gente tentava mostrar a ele que a garota era interesseira, mas bastava ela estalar os dedos, e o bobão ia atrás de novo. No final, ele acabou se dando bem, está trabalhando com petróleo na Bahia. Ela não foi nenhum sucesso, nem sei onde foi parar.

"Essa moça serve de exemplo de algo que observei várias vezes: as adolescentes mais chamativas, quase todas, perdem o encanto com o passar do tempo. Já outras, que não tinham nada de mais, desabrocham e se tornam mulheres bonitas. Li no livro de um psiquiatra uma possível explicação: para ele, as garotas atraentes conseguem o que querem fácil demais e nem precisam ser simpáticas com os outros. Mas, depois, deixam de ser viçosas, e a antipatia permanece. Já as que não são tão bonitas aprendem a ser agradáveis. Algumas delas acertam a sua aparência quando adultas e se tornam as mulheres mais admiradas. Não acho que sempre aconteça assim, mas em vários casos, sim."

Catarina estava desfrutando ao ouvi-lo. Ricardo falava sem olhar diretamente para ela.

— No meu caso, passei vários meses, no começo do ensino médio, meio deslumbrado por uma colega engraçadinha. Era um pouco mais velha do que eu, com um rosto puxando para oriental. Hoje, eu perceberia na hora que não tínhamos a menor condição de dar certo. Era uma típica ilusão juvenil. Bom, da parte dela, não houve correspondência nenhuma. Mais ainda, espalhou na classe que eu não me enxergava, que era um babaca, e outros elogios do estilo. A gente acabou se aproximando depois e até nos tornamos amigos, mas perdemos o contato quando saímos do colégio. Anos depois, contaram-me que ela tinha se casado com um sujeito estranho. Um tempo adiante, eu soube que o marido dela não era fiel, e eles acabaram se separando. Ela havia namorado vários rapazes bons antes, mas terminou se ligando a um traste.

Ricardo permaneceu quieto, mas logo recomeçou com um ar triste:

— A melhor garota que conheci no colégio também não teve sorte, para dizer o mínimo. Ela era uma pessoa muito especial. Alegre, inteligente, de uma família ótima. Também era bem bonita. Os cabelos dela, Catarina, eram cor de fogo, vivos, cheios. Nunca vi outros iguais. Tenho uma atração pelas ruivas, acho que desde que eu vi um filme com a Maureen O'Hara.

— Com quem?

— Maureen O'Hara. Nunca ouviu falar?

— Não...

— Tudo bem, ela era mesmo da época do meu pai. Para mim, ela dá de dez nas atrizes de hoje. Mas deixe isso para lá. Essa minha amiga tinha a pele rosada, com algumas sardas, que lhe davam um toque especial. Ela participava do nosso grupo de estudo, desse que contei no almoço. Seus avós eram irlandeses, e ela conhecia danças folclóricas com um tipo de sapateado diferente. Em um festival na escola, fez um número que deixou todo mundo de queixo caído. Uma gorda entrava no meio da dança, e o contraste entre as duas era hilário. E olha, a cheinha também sabia dançar!

"A gente conversava com toda confiança; estar ao lado dela era uma delícia, o tempo voava. Eu possuía uma espécie de dom para diverti-la, e ela sempre me procurava. Acabei apaixonado, como era de se esperar. Não contei a ela. Eu, namorar uma garota tão linda, era pedir demais. Também tive medo de estragar a nossa amizade. Resolvi ficar quieto, apesar de sofrer por dentro, quando via os alunos mais velhos investindo nela."

Com um sorriso tímido, Ricardo se voltou para Catarina:

— No final do ensino médio, descobri que ela também havia gostado de mim. Mas como não fiz nada, ela acabou namorando um universitário, que se esfalfou para conquistá-la. Esse rapaz era de uma família rica, dona de uma cadeia de lojas. Casaram uns cinco, seis anos depois.

— E você, como ficou?

— Achei que eu era um tonto ao quadrado. Pior que isso, um banana. Foi humilhante deixá-la escapar sem ter tentado nada. Depois, vi que foi a melhor coisa que me aconteceu.

— Como assim?

— Como não dei certo com ela, pude conhecer a Nina, a minha antiga noiva.

A menina recordou-se então de uma alusão distante feita a essa moça por dona Lúcia, e de uma vez em que Ivan dissera algo a respeito. Subitamente, sentiu um baque: era a moça que tinha morrido jovem, um evento trágico. Ricardo prosseguiu, sem dar sinal de abalo ou pena especial:

— Haveria o risco de eu não me envolver com a Nina, porque estaria com outra. Claro que a gente nunca sabe, mas seria o mais plausível. Vejo em tudo isso a mão da Providência. Se tivesse sido como eu tanto queria, teria estragado a melhor coisa que me aconteceu, e eu nem teria percebido.

"Infelizmente, essa minha amiga do colegial teve que passar por um pequeno inferno. Eu e meus colegas flagramos o namorado dela em uma festa, com outra garota. Ele implorou para a gente não contar, jurou que não ia fazer de novo, e resolvemos dar-lhe uma chance. Foi um erro grave, do qual me arrependo demais. Mas também não sei se teria adiantado contar; é bem possível que nossa amiga o perdoasse.

"Os dois se casaram e tiveram um filhinho lindo. Só que o menino nem havia completado 2 anos, quando ela descobriu que o marido era bígamo, com uma segunda família e tudo.

"Ela suspeitava das infidelidades dele no namoro, mas pensava que eram infantilidades que teriam ficado para trás. Achou que o casamento consertaria o rapaz, que ele colocaria a cabeça no lugar. Típica ingenuidade de pessoa apaixonada."

A fisionomia de Ricardo era séria, quase sombria.

— O marido mora agora com a outra mulher. Um colega me contou que leva uma vida de cão, porque a fulana morre de medo que ele a abandone. Minha colega está sozinha, criando o filho. A gente se encontrou em uma comemoração de aniversário da nossa formatura. Ela não estava amargurada, graças a Deus. Fez com que eu carregasse a criança, rimos um pouco juntos, mas ela não conseguia conversar comigo tranquila. Talvez tivesse medo de que por dentro eu a condenasse, ou pensasse que a vida dela teria sido diferente se nós dois tivéssemos ficado juntos...

"Por que estou contando essas coisas para você? Espero que você não tenha se cansado. Às vezes falo demais."

— Não, Ricardo, de jeito nenhum.

— Falo sim. Mas quis contar para mostrar que os acontecimentos, quando a gente tem 15, 16 anos, podem influenciar a vida inteira. Veja quantas coisas ruins aconteceram porque um rapaz desmiolado descobriu que você tinha uma queda por ele. É importante você aproveitar a experiência, para não cair de novo na armadilha. Principalmente, aprenda a controlar seus sentimentos.

— Mas como dominar um sentimento desses? — retrucou ela. — Eu não queria gostar do Gustavo.

Enrubesceu ao confessar isso, mas mesmo assim prosseguiu:

— Ele nunca vai admitir, mas foi ele quem teve a iniciativa de vir atrás de mim. Deve ter ficado curioso, porque eu não dava confiança a nenhum garoto. Ele me olhava, sorria, sem deixar que ninguém percebesse. Isso ficou me martelando a cabeça. Por favor, não conte nada à Letícia.

— Pode deixar, não vou falar. Só que você não precisa ter vergonha.

— Como não? Ele é um metido, um manipulador. Naquela história do caderno, ele debochou de mim porque não quis perder a chance de chamar a atenção para si. Agora, o que eu podia fazer? Não conseguia parar de pensar nele, estava feito uma boba.

— A paixão não é uma força irresistível, Catarina. A atração até surge de repente, sem a gente querer. Mas ela é apenas o começo, podemos dar corda ou não. Se evitarmos olhar para a pessoa, falar com ela, pensar nela, pouco a pouco desaparece.

"Há toneladas de músicas, filmes e livros que incensam a paixão. Seria a única coisa autêntica e nobre no mundo. Besteira! Pode ser boa ou ruim, como quase tudo na vida. Um homem casado, por exemplo, se quiser ser fiel, não pode deixar que a atração que sente pela secretária cresça. Mais ainda se ela for bonita e muito mais jovem que a esposa. Não convence dizer depois que não tinha como resistir, que foi avassalador, porque é mentira. Ele poderia ter cortado.

"Quando eu namorava a Nina, depois que o relacionamento ficou sério, eu não olhava para outra mulher. Era o meu jeito de reforçar, de garantir a minha fidelidade. Queria ficar com ela, e com mais ninguém. Sempre me orgulhei por ter feito isso. Espero não trair quem confie em mim."

Ricardo se surpreendeu por confidenciar-se com aquela garota, que mal conhecia. Cravou nela o olhar e verificou o quanto estava absorta.

— Estou dando muitas voltas, uma lembrança puxa outras. Tenho mania de divagar. Eu queria que você entendesse que deve se preservar, ir devagar. Não precisa ter pressa para namorar. Pense com calma como vai dirigir os seus sentimentos. Uma menina como você vale muito.

O último comentário espantou Catarina, e ela continuou ouvindo:

— Procure gostar de quem possa merecer você. Faça com que ele tenha que correr atrás, quando chegar a hora. Tenho medo de que você seja uma das garotas boas, que se apaixonam pelos idiotas. Não deixe que isso ocorra.

Abaixando o tom, ele completou:

— Perdoe-me se digo assim. Mas é o que senti, quando imaginei você com esse Gustavo. É difícil encontrar uma menina inteligente, feminina e carinhosa igual a você. Não se menospreze.

Catarina fez um esforço enorme para não desabar. Fora os pais e avós, que não contavam, nunca a haviam elogiado tanto. Respondeu apenas um "obrigada" abafado. Ricardo despediu-se:

— Amanhã, você e a Letícia vão ter um dia cheio. Anote o número do meu celular. Qualquer problema, pode telefonar na hora. Digo por precaução, porque vai dar tudo certo.

A garota assentiu com a cabeça e desceu do carro. Depois de abrir o portão, voltou-se para Ricardo e acenou com a mão. Ele retribuiu e foi-se embora. Ao chegar ao escritório, Maurício estava em frenesi, querendo repassar pela última vez a famigerada defesa. Terminaram a tempo de o estagiário levar o documento ao fórum com certa folga.

Catarina entrou pensativa em casa e continuou nesse estado durante toda tarde. Não quis assistir à televisão nem conseguiu se concentrar em livro nenhum. Sua mãe a notou diferente, perguntou como havia sido o almoço e não obteve uma resposta satisfatória. Apesar disso, achou melhor não insistir.

— Doutor, o memorando sobre a Assembleia Geral da Correias está pronto?

Ricardo estava tentando escrevê-lo, mas a peça teimava em não sair. Meia hora depois, informaram-no:

— Telefonaram da Construtora Servplan. Querem marcar uma reunião com os condôminos e perguntaram quando seria melhor para o senhor.

Mais adiante, dona Alice disse:

— A Receita penalizou a Celita, aquela fábrica de papel, com uma multa pesada. Pediram desesperados que o senhor lesse o quanto antes um e-mail que enviaram.

Perto do meio dia, nova carga:

— Aquela concessionária de veículos do Castelo, a Personna, foi notificada para devolver o imóvel ao proprietário no final do contrato. O senhor pode atendê-los?

Minutos depois, a secretária teve que aguardar, postada diante da mesa do advogado, uma resposta importante; o problema é que ele não entendera a pergunta, nem mesmo se lembrava do que ela fazia ali. Quando percebeu a própria desatenção, pediu desculpas e perguntou:

— O que a senhora queria mesmo?

Ela esboçou um sorriso e respondeu:

— O senhor está hoje com a cabeça na lua! Cuidado para não esquecer a carteira em algum lugar.

A sua tendência à distração era conhecida, embora ele tivesse melhorado nos últimos meses. Para a secretária, parecia que o doutor estava sofrendo uma breve recaída. Alice era uma senhora simples, de 55 anos, cabelo castanho e feições volumosas. Ricardo depositava nela confiança total, e a secretária fazia por merecê-la. O tom com que ele lhe dirigia a palavra, ou a maneira de se comportar ao chegar, era suficiente para ela adivinhar o estado de espírito do chefe. Sendo mãe de dois adultos e uma adolescente, vivia preocupada com a última, a típica jovem rebelde que adora os pais na mesma medida em que os desafia e hostiliza. O marido era o exemplar perfeito do moleirão, propenso a reclamar de tudo e todos. Não se estabilizava em emprego nenhum e era sustentado pela esposa.

Naquele dia, a secretária havia notado rapidamente a ansiedade do advogado. Durante a noite, Ricardo havia repassado seus conselhos a Letícia e Catarina. Não detectara qualquer falha neles, sem que isso bastasse para tranquilizá-lo. A manhã tinha transcorrido sem nenhuma notícia da parte das meninas, e ele resolvera não lhes telefonar.

No início da tarde, o celular por fim tocou com a chamada de Catarina. Ele estava em uma reunião maçante, a um passo de cair no sono, sobre uma questão que nem era de sua responsabilidade. Pediu licença e escapuliu para sua sala. A entonação da garota bastava para informar do fundamental. Depois de ela o ter agradecido euforicamente várias vezes, ele pôde perguntar:

— Conte a conversa com o Gustavo em detalhe, por favor. Como vocês o abordaram?

— Foi a parte mais complicada. Quando a mamãe me deixou na escola, minhas pernas tremiam. Estava morrendo de vergonha até de olhar para o Gustavo. Eu tinha medo de que ele fosse nos xingar, por causa de ontem. Só que não aconteceu nada disso! Logo que entrou na sala de aula, ele passou ao nosso lado quietinho, com olhos inchados, como se tivesse acordado fazia cinco minutos. A turma dele estava no fundo. Nem conversavam entre si, todos com a cara fechada.

"Eu achei que estava com dor de cabeça, enjoada, com pressão baixa, um monte de coisas. Mesmo vendo o Gustavo cabisbaixo, eu não me decidia a falar com ele. Cheguei a dizer para a Letícia que hoje eu não queria, que era melhor deixar para depois. Só que, em um intervalo curto entre as aulas, ela me levou pelo braço, praticamente me arrastou e, então..."

— Então o quê? Quer me matar de curiosidade, sua pestinha? — reclamou Ricardo, após a menina permanecer em silêncio.

Ela soltou uma risada e prosseguiu:

— Despejei tudo em cima dele. Que você estava furioso e queria ir à escola para colocar tudo em pratos limpos, mas eu e a Letícia tínhamos conseguido segurá-lo. Que nós havíamos prometido contar a você, se eles voltassem a nos ameaçar. Também o lembrei de que você conhecia o pai dele, que seria o primeiro a saber do que estava acontecendo.

"Engasguei, perdi o fio da meada, uma frase não tinha relação com a outra, mas consegui falar tudo. Agora, quem você precisava ver era a Letícia. Estava muito mais agressiva do que eu, igual a uma orca... Desculpe, eu não queria falar isso; não conte a ela, por favor."

— Pode deixar. E o que ela fez?

— Ela queria ver o circo pegar fogo, apimentava tudo o que eu dizia. Ela provocou: "Pois é, Gustavo; seu pai vai ficar decepcionado quando descobrir que o filho é um projeto de marginal, concorda?", "Vai ser chato pra caramba se a gente tiver que ir à sua casa acompanhadas do Ricardo, você não acha? Não vai ser para tomar café...". Eu olhava para ela, implorando para que parasse, mas não adiantava. Se eu não estivesse tão nervosa, teria rido muito.

Ricardo divertia-se com a maneira de a menina narrar. Ela era bastante expressiva, com uma voz melódica e cristalina, extremamente bonita.

— Enquanto eu falava, o Gustavo ficou vermelho, e seus lábios tremiam. Os olhos estavam saltados, e a testa, toda cheia de rugas. Pensei que a qualquer instante ele ia começar a me bater. Mas nada, ele só ouvia. Perdeu a cor, quando citei o pai, e precisou se segurar na parede. Nessa hora, ficou olhando para a frente, perdido, com cara de tacho. Estava completamente fora do ar. No final, deu uma encarada em mim, como se não soubesse de onde eu tinha saído, deu as costas e foi embora. Não respondeu nem um ai.

"A Manuela estava ao lado dele desde o começo. Saiu então atrás do Gustavo, gritando como uma alucinada: 'Vai deixar essa menina falar assim com você? Você tem sangue de barata?' Ele respondeu fulo da vida: 'Cala a boca, sua vadia! Não pedi sua opinião!' Ela empalideceu na hora, achei que fosse desmaiar ali mesmo.

"A Letícia aproveitou a deixa, pôs o dedo na cara dela e berrou: 'É isso aí, Manuela. Não quero ouvir mais nada de você. Sabe, eu adoraria encher essa sua cara de pancada! Por que você não me provoca um pouquinho? Não quer falar nada não?' Pensei que a Manuela fosse reagir, porque é meio aloprada, mas ela não se mexeu. Até fez menção de falar alguma coisa, só que engoliu em seco. Depois ela fugiu correndo para o banheiro. Foi isso."

Terminar de falar diminuiu a agitação dela. Ricardo comentou:

— Vocês se saíram muito melhor do que eu esperava. Talvez a Letícia tenha passado um pouco dos limites, mas é normal, depois de tanto tempo aguentando desaforo. Para quem ontem era saco de pancada, as duas deram a volta por cima com louvor. Parabéns, Catarina.

— Obrigada. Foi graças a você...

— Não, foram vocês duas. Precisamos ver o que vai acontecer nos próximos dias e torcer para que continue nessa toada.

A observação surpreendeu Catarina, que pensava que tudo teria sido perfeitamente resolvido e acabado. O rosto fantasmagórico do Gustavo e a expressão pasma de Manuela não indicavam uma capitulação completa? O que poderia dar errado? Sem refletir muito, recomeçou:

— Com o Yoshikawa, não teve problema. Quando a gente pediu para conversar, ele não sabia onde pôr as mãos. Era engraçado. Cruzou os braços na frente da barriga e abaixou a cabeça, como um moleque que vai tomar bronca. Suava como uma bica e respirava fundo. Estava todo envergonhado. Nessa hora, nem parecia tão bobo.

"A Letícia entrou rasgando e disse que ele estava se comportando como um imbecil. Ela gritou: 'O que você ia fazer ontem? Dar uma chave de braço na Catarina ou em mim, para que a Manuela e a Júlia enchessem a gente de sopapo? Foi asqueroso!' Depois, disse que ele havia sido um covarde, de quem até a mãe teria vergonha.

"A orelha dele esquentou, ele tentou encarar a gente, só que voltava a abaixar a cabeça. Aí vi que a Letícia estava certa: o Yoshikawa não é mau. Ele quer ser aceito pelos riquinhos da classe, entrar na turma deles. É só um garoto carente. No final, pediu desculpas, parecia arrependido. Disse que gostava da Letícia e que não ia fazer nada contra a gente de novo. Na saída da escola, ele nos cumprimentou, meio desajeitado. Em relação a ele, acho que ficou tudo certo."

— Ótimo! Como a Letícia pode ter mudado tanto, de um dia para o outro? Pôs todo mundo no bolso, só na conversa. Bem, também com um grito ou outro.

— Não foi tão de repente. Ela me dizia que uma hora ia arrebentar, que acabaria armando uma cena na escola. Ainda não tinha feito nada porque não queria chatear a mãe, que se sacrifica para que ela estude lá. Eu também pedi para ela se segurar, porque outra coisa seria uma loucura.

Com um tênue sorriso, Catarina acrescentou:

— Agora, ela sentiu que você estava nos apoiando. E tínhamos uma estratégia com começo, meio e fim. Daí, ela desembestou. Foi uma tromba--d'água. Nunca pensei que ela pudesse ser tão decidida, ousada.

— Com um pouco mais de coragem, vocês podiam ter acabado com esse problema antes. O monstro não era tão feio quanto parecia.

— É fácil dizer isso agora. Só que a gente não teria feito nada sem o seu empurrão. Se o Gustavo não estivesse amuado, meio capenga, graças à trombada de ontem, duvido que desse certo. Nunca vou esquecer o que você fez.

Ao ouvi-la, Ricardo pensou como devia ser difícil para as duas encarar certas situações sem poder contar com os pais. Tinham as mães, que por uma razão ou por outra, não puderam proporcionar o apoio de que as meninas necessitavam para superar a perseguição. Ele não possuía a experiência de viver em uma família na qual um dos pais faltasse. Mais ainda, outros parentes próximos — irmãos, tios, primos — sempre tinham estado ao alcance da mão. Para ele, o natural era estar protegido, algo óbvio como o calor do fogo e a luz do sol. Respondeu a Catarina:

— Mande à Letícia os meus parabéns, que se estendem para você também, que foi muito corajosa e fez tudo o que a gente combinou. Nos próximos dias, vocês vão ter de permanecer firmes. Se eles ameaçarem colocar as asinhas de fora, venham contar para mim na hora. Eles podem querer testá-las daqui a pouco, para ver se estão blefando. Se acontecer, vamos cumprir cada palavra do que ameaçamos. Não podemos perder o que conseguimos.

Catarina manifestou de novo sua gratidão a Ricardo, sem deixar que ele a interrompesse. Depois de várias tentativas, pôde cortá-la:

— Você vai à minha casa amanhã, para o aniversário da Clara? Podíamos entregar o presente juntos, dizer que você o escolheu. Aliás, o que acha de convidarmos a Letícia? Você pode fazer companhia a ela, não vai se sentir deslocada. E minha irmã vai gostar dela, não vai ter problema nenhum.

— Não conte para sua irmã que nós escolhemos a bolsa! Se não gostar, ela vai fingir que era o que mais queria, para não ser indelicada. Para você, ela não precisa representar e pode reclamar à vontade.

— Você estaria certa, se a aniversariante não fosse a Clara. Qualquer badulaque a deixa contente.

— Duvido. Nenhuma mulher é assim.

— Ela é. Mas, para agradar você, não vou contar que me ajudaram.

— É melhor. Sobre a Letícia, acho ótimo. Ela vai adorar ver você de novo.

Depois da despedida, ele relembrou com satisfação os detalhes da aventura das garotas. Em pouco mais de vinte e quatro horas, ambas haviam amadurecido provavelmente o equivalente a alguns anos; nada mal para quem havia se considerado num beco sem saída.

7
A irmã se orgulharia dele

Na sexta-feira à noite, a residência da família de Ricardo estava cheia de familiares e amigos. Enquanto ele dava atenção a um conhecido de muitos anos, que enviuvara recentemente, sentiu a mão de alguém no ombro.

— Boa noite, Ricardo, tudo bem com você? E o senhor, como vai? Acho que não nos conhecemos.

— Boa noite — respondeu seco o irmão da aniversariante. — Seu Virgílio, este é o Paulo Henrique, colega de faculdade da Clara.

— Soube que vocês são os advogados da Catalisa — comentou Paulo depois de cumprimentar o outro senhor. — Essa é uma causa bem complicada. Vocês imaginavam que teria tamanha repercussão?

— Às vezes acontece.

— Tenho certeza de que vocês vão levar essa. Um colega meu, que faz estágio no Ministério Público Federal, falou que todo mundo lá está em pânico, porque é o escritório de vocês que vai defender a empresa.

— Pois é. Desculpem-me, mas tenho que ir. Com licença, seu Virgílio; até logo, Paulo.

Nas semanas anteriores, Ricardo havia atendido telefonemas do Paulo Henrique para Clara, além de tê-la visto voltando de carona com ele alguma vez. O rapaz era alto, elegante, com olhos cinzentos dominando-lhe o rosto grande e harmônico. Sabia conduzir bem uma conversa e era culto, quando comparado aos jovens da sua idade. Sua família possuía uma pequena fortuna em imóveis e era tradicional na cidade. Havia comprado presentes caros para Clara, além de tê-la convidado para jantares e festas badalados e ter insistido para apresentá-la à sua família.

Apesar desse currículo quase perfeito, Ricardo achava que Paulo Henrique ainda não tinha demonstrado gostar de Clara, porque o jeito dele para com ela era displicente, distante, como se estivesse convencido de que a garota sucumbiria inevitavelmente às suas investidas. Era essa arrogância que o irmão não engolia.

Um jovem entrou a seguir na sala, e Ricardo foi recebê-lo animadamente. Era Eduardo, o irmão mais novo de Nina, a respeito de quem Ricardo alimentava há muito tempo a esperança de aproximá-lo de Clara.

Após o falecimento da noiva, Ricardo procurava o rapaz regularmente. Achava nele alguém com sentimentos tão intensos quanto os seus em relação a Nina. Juntos, recordavam vários episódios de que ela participara, e, se era doloroso em um primeiro momento, terminava por consolá-los. Ricardo serviu de substituto de Nina no afeto de Eduardo, e procurava portar-se à altura. A admiração e gratidão do moço por ele eram imensas.

Um dom que Eduardo possuía, similar ao da irmã, era descobrir quem sofria e discernir, por uma espécie de intuição, qual auxílio prestar. A dor pela morte da irmã expandira o coração do então adolescente, que havia se tornado um exemplo acabado de empatia. As pessoas saíam leves e satisfeitas após conversarem com ele, às vezes sem nem perceberem a causa da mudança de espírito. Para Ricardo, havia nisso algo intrigante, que não podia ser explicado por uma psicologia rasteira.

No aspecto exterior, nada no recém-chegado chamava a atenção. O físico era um pouco magro e desajeitado, de estatura alta. Os óculos redondos serviam de moldura a olhos azul-esverdeados, semelhantes aos da irmã. O rosto estreito, com covinhas — também nisso igual a Nina —, quase sempre estampava um sorriso discreto e bondoso. Falava pouco, com uma voz baixa, ao mesmo tempo musical e acolhedora.

Irritava e desconsertava Ricardo que pouca gente avaliasse Eduardo com justiça. Quase todos o consideravam uma figura sem graça, anódina. A discrição do rapaz talvez tivesse parte nisso, o que Ricardo admitia. No entanto, achava que o problema central era outro: para a maioria das pessoas, somente o brilhante, o chamativo e o barulhento importam; o sutil, o delicado e o íntimo sequer são notados. Eduardo era uma iguaria fina servida num boteco de comida gordurosa e apimentada, ou uma música erudita tocada no meio de um show de rock pesado.

Dona Lúcia compartilhava com Ricardo o carinho pelo moço. Ela conversou com ele em contadas ocasiões, porém suficientes para que surgisse a afinidade recíproca. Seu Adalberto também sentia uma estima especial pelo caçula de Nina, em parte por influência da esposa, e também por ser ele mesmo um homem retraído, que encontrou no jovem um igual. Os irmãos de Ricardo, com a exceção de Carlos, julgavam-no um pouco estranho e demasiado fechado, com ar de idealista meio louco. Ricardo defendia-o sempre, sem resultado.

Quem Ricardo mais desejava que se afeiçoasse a Eduardo, Clara, não lhe prestava a menor atenção. O que era em parte misterioso, pois a garota tinha o costume de elogiar qualquer um que cruzasse seu caminho. Se Eduardo estivesse habitualmente próximo dela, teriam a chance de se conhecer melhor, e ela se encantaria com ele; porém, poucas vezes se encontravam.

Eduardo praticamente nunca conversara com Ricardo sobre Clara. Mesmo assim, o amigo mais velho percebera por indícios mínimos — o olhar baixo; um e outro sorriso furtivo; uma desatenção que não era habitual; o ligeiro nervosismo, que o recolhia ainda mais — como o rapaz gostava da moça.

Ricardo havia convidado Eduardo para a festa, porque a aniversariante não se lembraria de fazê-lo. Depois de cumprimentá-la ao chegar, dar-lhe um presente e ser retribuído com um meneio de cabeça e perguntas formais, o rapaz se juntou em um canto com outros homens em uma conversa animada.

No momento em que Eduardo escutava educadamente os comentários sobre futebol de um senhor que não falava de outra coisa, a família de Ivan chegou. A primeira a entrar foi Simone, que voou direto para Clara, a quem cumprimentou com um par de beijos e um abraço demorado. Ela deu à aniversariante um pequeno porta-joias de madeira com um lindo entalhe esmaltado. Ivan e Gabriela parabenizaram Clara, sem que Catarina os acompanhasse, o que estranhou Ricardo. A caçula entrou logo depois, arrastando Letícia a tiracolo. Esta última, por horror a ser tida por penetra, esteve a um passo de dar meia-volta e ir-se embora. Ricardo recebeu-a calorosamente e explicou para a irmã:

— Estas duas me ajudaram a escolher a sua bolsa. Ah, desculpem-me, esqueci que não era para contar! É que a Clara agradeceu tanto, que me convenceu de que gostou de verdade do presente.

— Até que enfim entendi! Foram as duas... — comentou a irmã. — Eu estava mesmo espantada de que você passasse a ter bom gosto de uma hora para a outra. O Ricardo não é capaz de diferenciar uma bolsa de marca de uma imitação barata, a não ser pelo preço. Vocês devem ter percebido que ele é sovina até dizer chega.

As mulheres riram, e Ricardo reclamou:

— Estão vendo como ela me trata? Você finge agradecer, mas despreza os presentes que lhe dou... Tudo bem, da próxima vez vai ganhar um par de luvas de boxe, ou uma bola de futebol, para aprender o que é bom!

Pegou Letícia pela mão e disse para Clara:

— Apesar de você ser uma ingrata, vou apresentar-lhe a Letícia. É uma amiga de escola da Catarina, que conheci nesta semana.

— Muito prazer.

— O prazer é meu. Parabéns pelo seu aniversário. Desculpe, eu não trouxe nenhuma lembrança, não tive tempo de comprar.

— Imagine! Obrigada por ter vindo, a casa é sua. O meu irmão pode apresentar as pessoas a você.

Logo que ela os deixou, Letícia sussurrou:

— Ricardo, a Clara é maravilhosa! Meu Deus! Que pele, que rosto... Ela é linda! Eu nunca imaginaria que você tivesse uma irmã assim. Parece ser um amor de pessoa, também.

— Pois é. Entendo a sua surpresa. Ainda mais sabendo que ela tem um irmão feioso como eu.

Demorou um pouco para Letícia entender. De repente, enrubesceu, engasgou e tentou responder:

— Não foi o que quis dizer. Ricardo, não tive intenção, não acho você feio...

Confusa, olhava para o anfitrião e depois para Catarina. Só se acalmou quando ele abriu o sorriso, explicou que estava brincando e concordou que Clara era muito bonita. A partir desse momento, a noite só trouxe satisfações para a menina. Catarina também se encontrava com o melhor dos humores e comentou:

— Na escola, está tudo uma maravilha. O Gustavo nem chega perto da gente, e o Yoshikawa está um cavalheiro, o que é difícil de acreditar. Quando ninguém estava vendo, veio nos cumprimentar, cheio de cerimônia. Comecei a desconfiar de que ele está meio a fim da Letícia.

— Catarina! — gritou a outra menina.

— Eu o flagrei olhando para você, e foi mais de uma vez. Quando ele percebeu, desviou a vista e ficou com as bochechas vermelhas. Muito suspeito!

— Pare de falar bobagem!

Catarina riu provocadora, o que irritou Letícia ainda mais. Esta sentiu a tentação de recordar a antiga paixão de alguém pelo Gustavo, mas preferiu se conter e disse:

— A Manuela parece estar o tempo todo de ressaca, com uma cara de peixe morto. Só mudou de expressão quando encarou a gente, de um jeito sinistro... Até me arrepiou! Queria saber o que a gente fez, para ela ter tanta raiva. É uma garota complicada. Se ela não fosse tão megera, eu até teria pena.

— Seria bom se você sentisse pena — sugeriu Ricardo. — Bem, é melhor a gente nem falar deles, para não alimentar a mágoa. E vocês, começaram a preparar a nossa reunião? Já convidaram alguém?

As garotas olharam uma para a outra e balançaram a cabeça. Ele reclamou:

— Vamos lá, não sejam teimosas, nem queiram sabotar. É só escolher seis ou sete colegas, que consigam se concentrar por mais de duas horas e queiram estudar. Por favor, façam o que estou pedindo.

— Pode deixar, nós vamos chamar — replicou Catarina. — Apesar de achar que não vai adiantar nada. Mas, como você insiste...

— Vamos sim — acrescentou Letícia com mais firmeza. — A gente prometeu e vai cumprir.

Catarina levou a seguir a amiga para conhecer dona Lúcia, e as três permaneceram conversando.

Em outro ambiente, na sala de visitas logo à entrada, havia acontecido o que Ricardo receava. Várias crianças estavam ao redor de Eduardo, por quem eram atraídas quase por encantamento. As "vítimas" não saberiam explicar esse fascínio, que Ricardo desconfiava ser devido, primeiro, a que seu amigo tratava dos pequenos com atenção e seriedade, de igual para igual. Prestava ouvidos às suas preocupações infantis, perguntava das suas chateações, contava histórias e entretinha-os. Todas as vezes, ao menos um par de crianças reclamava, com o vocabulário limitado de que dispunham, de uma falha objetiva e notória dos pais, suficiente para comover o ouvinte.

A outra razão dessa influência era a pureza de Eduardo. O rapaz não se permitiria olhar para uma mulher com desejos maliciosos. Dos lábios dele, Ricardo jamais ouvira algo minimamente torpe relacionado ao sexo. Ao pensar nele, o advogado frequentemente recordava de Alióchá, personagem de Dostoievski, que tapava os ouvidos enquanto os colegas o provocavam, alardeando obscenidades. O irmão de Nina mantinha a inocência da infância. As crianças, ainda poupadas da feiura da sensualidade, reconheciam nele uma limpidez semelhante.

Eduardo era a amostra viva de que os bons são mais aptos a perceber e ponderar o alcance e a presença do mal que os desonestos, e a sensibilidade dele, sua perspicácia para identificar algo indigno, era admirável. Ricardo almejava essa visão diáfana e reta, mais ainda porque, como advogado, precisava lidar quase todos os dias com montes de raposas felpudas, e também uma ou outra serpente, que representavam um perigo constante de contágio.

A bagunça inocente na sala de visitas não deveria terminar tão cedo. Como sempre, os novos se poriam a correr pela sala, depois de enjoados de escutar narrativas inventadas na hora. O moço os levaria então ao quintal, onde teriam mais espaço. Apenas no fim da festa Eduardo ficaria livre, no momento mesmo de ir embora, e Ricardo já se resignava a que Eduardo não se aproximaria de Clara naquela noite. Não contava, porém, que o filho mais velho de Suzana, Gilberto, irrequieto e incansável — um perfeito pestinha, para ser mais exato! —, apostasse com um amiguinho de traquinagem que daria um banho de refrigerante em Eduardo. Encheu um copo e se dirigiu ao alvo, que, ao perceber o garoto vindo na sua direção com um ar de malandro, colocou-se de prontidão. Quando o menino jogou o conteúdo do copo, Eduardo desviou-se. Por azar, Simone passou por ali no instante e foi acertada em cheio.

Por um segundo, a sala ficou silenciosa, até que a garota gritou de raiva. Gilberto alarmou-se com o que fizera, e mais ainda ao escutar a voz da mãe, que, movida por um sexto sentido, apareceu berrando:

— O que você aprontou? Molhou a coitada da moça inteira! Isso é coisa que se faça, seu sem-vergonha?

Ninguém se animou a intervir, e o rapazinho se pôs a tremer. Eduardo sentiu vergonha a ponto de querer sumir. Suzana aumentava o volume da sua arenga:

— Você só sabe me fazer passar vexame, Gilberto Luís! Foi essa a educação que te dei? Foi? Responde! O gato comeu a sua língua, é? Vai ficar de castigo no quarto da vovó.

Depois, levou o filho pelo braço até Simone e obrigou-o a pedir desculpas. Aproveitou para dar uns beliscões no garoto, que não reagiu, com medo de que sua condição crítica piorasse. Simone lutava por controlar a raiva; toda sua preparação de maquiagem, cabeleireiro e roupas havia ido literalmente líquido abaixo. A garota tinha predileção especial por aquela blusa de veludo azul-escuro, o que tornava pior vê-la empapada com refrigerante. Ricardo intuiu que a mente dela estaria cheia de palavras não exatamente apropriadas para os lábios de uma garota de família.

Reparando na explosão de Suzana, Simone fez o esforço para distender um pouco sua expressão, a fim de não aumentar o desgosto da mulher. Anteviu que a reação contra o menino peralta poderia ser desproporcionada, e não queria servir de motivo a isso.

Mortificado, Eduardo voltou-se a Simone:

— Desculpe, moça. Foi tudo de repente, não deu tempo de evitar. Infelizmente, perdi o controle das crianças. Eles fazem essas coisas sem pensar, não é maldade. Sinto muito mesmo!

Só então ela reparou em Eduardo e mediu-o de alto a baixo. Quando entendeu que o sujeito se acusava, sua fúria encontrou um foco novo, que não corria o risco de levar umas bofetadas da mãe. Respondeu cortante:

— Sente muito? Infelizmente, não adianta nada. Teria sido muito melhor se você fosse mais cuidadoso.

Eduardo mordeu o lábio, surpreso. Simone continuou:

— Dentro de casa não é lugar para essas brincadeiras estúpidas. Vocês podiam ter machucado alguém. Se você não tivesse agitado tanto esses garotos, não teriam tido essa ideia infeliz. E agora, o que eu faço? Vou embora para casa.

O rapaz não retrucou e abaixou os olhos, escondendo as mãos nos bolsos da calça. Outros adultos apontavam com desaprovação para o suposto culpado, o que aborreceu Ricardo ao extremo. Ele sentiu o impulso de interpelar Simone por empregar aquele tom. Porém, refreou-se, pois a moça não passava por um bom momento. Ele chegou ao lado do amigo e murmurou:

— Essa sua mania de assumir a culpa dos outros! Deixe de ser tonto, Eduardo! A Suzana é que tem de vigiar o filho mais de perto, ela sabe disso. E não fique chateado com essa garota que foi molhada. Ela é ótima, só ficou nervosa um pouco além da conta. Uma moça bonita, quando acha que a deixaram feia, sai mesmo dos trilhos. Ela se chama Simone, depois eu a apresento a você. Não vá achar que você causou uma tragédia.

O rosto de Eduardo não se desanuviou, e seu interesse em reencontrar Simone era nulo. Se não soubesse que Ricardo se chatearia, teria sumido da festa sem se despedir de ninguém.

Na sala de estar, Clara insistiu para que sua amiga se lavasse e vestisse umas peças emprestadas. Simone resistiu um pouco, mas voltou pouco depois com os cabelos úmidos, pouca maquiagem e um vestido elegante, vermelho vivo e um pouco folgado. Pediu que Clara a acompanhasse, e as duas encontraram Eduardo no quintal, sentado ao lado de Ricardo.

— Eduardo — chamou Clara —, queria apresentar a Simone direito para você. Acho que o primeiro encontro de vocês não foi dos mais felizes, vamos dizer assim.

Os interessados sorriram constrangidos, e, sem o mirar de frente, a moça balbuciou:

— Fui grosseira com você, uma mal-educada. Desculpe-me, está bem? Por favor, não pense que sou uma encrenqueira.

Assim que terminou de falar, ela corou violentamente. Eduardo respondeu, no início gaguejando, e pouco a pouco firmando a voz:

— Você, pedir desculpas para mim? Não precisa, de jeito nenhum. Eu fui irresponsável, e você não foi grosseira! Outra pessoa teria reagido muito pior...

— Não, não, é claro que agi mal. O que eu disse foi errado, você não tinha como impedir. Não foi culpa sua.

Os dois continuaram por uns minutos no esquema de autoacusações e desculpas mútuas, até que se deram por satisfeitos. Passaram a conversar sobre outros assuntos, e Eduardo foi se saindo cada vez melhor com Simone e Clara. Ricardo teve que deixar a roda, porque uma tia o chamou, solicitando — em um lance de inoportunidade explícita — conselhos a respeito de um contrato de locação. Procurou ser educado com a velhinha e, assim que pôde, retornou para onde estava sua irmã.

Os três se calaram logo que ele apareceu, o que fez desconfiar que tratavam de Nina. Ao pôr os olhos em Clara, viu que uma leve melancolia a envolvera. Ela não parecia distraída; ao contrário, concentrava-se em algo que a fazia desligar-se de tudo à sua volta.

Ricardo surpreendeu-se, porque ela adquiriu de repente um ar diferente. Os cabelos castanhos soltos e cheios, que chegavam à metade das costas; os olhos escuros, brilhantes e grandes; o rosto oval, com traços semelhantes aos da mãe, mais perfeitos ainda, no centro do qual reinava o lindo nariz, delicado e pequeno; a tez branca e macia; os lábios de diferente espessura, fino o de cima e cheio o de baixo, formando um conjunto harmonioso; o corpo proporcionado e esbelto: tudo havia sido como que sublimado por algo indefinível, que parecia vir de dentro dela.

Após uns instantes, Eduardo também se fixou em Clara. Sua expressão de susto foi o suficiente para Ricardo se certificar de que algo especial acontecia, não era mera sugestão dele. O tempo parou para os dois homens, até que a moça aparentemente ressurgisse de um sonho. Encarou o irmão, admirada por ele estar ali, quando enfim caiu em si e ficou sem jeito. Pôs-se a tratar de temas banais e passou a ser mais atenciosa com Eduardo. Toda a cena transcorreu despercebida para Simone, a quem Gabriela puxara para cochichar-lhe algo ao ouvido.

Por receio de comentar algo indiscreto com a irmã, Ricardo circulou pelos outros ambientes da festa e viu sua mãe distribuindo as bebidas e junto de Catarina e Letícia. As três sorriram para ele e dona Lúcia piscou-lhe. Na sala de visitas, Paulo Henrique conversava desanimado com alguns colegas, e vê-lo naquele estado fez Ricardo ter pena dele por um átimo. Ali, algumas garotas tentavam jogar charme em Felipe, que aliás era muito bem-apessoado. No entanto, como era do seu feitio, pouco reagia, o que metamorfoseava o interesse das moças em despeito.

Ao se despedir de Ricardo, Eduardo estava bastante empolgado, na medida em que seu temperamento permitia demonstrar. Simone se enterneceu quando Gilberto chorou na frente dela, ao vê-la de roupa trocada. O sobrinho de Clara e Ricardo podia ser um diabinho, mas tinha simpatia e graça irresistíveis, com seus olhos imensos, o cabelo espetado e a pele macia de criança. Simone não guardava qualquer mágoa do garoto, apesar de fingir severidade para assustá-lo e valorizar o perdão. No final, abraçou-o e deu-lhe um beijo, e ele envolveu o pescoço dela com os seus braços pequeninos, aliviado também porque o castigo em casa seria provavelmente mitigado.

Após todos irem embora, dona Lúcia tratou de amenidades com Ricardo, até perguntar:

— Filho, o que aconteceu entre a Catarina e você?

— Nada de mais, mãe. Já contei para a senhora: a gente se encontrou, foi ao shopping e almoçou por lá.

— Foi quando você conheceu a amiga dela, a Letícia?

— Exatamente. É uma menina muito cativante, não achou?

— Sim, muito. A Catarina havia me falado dela, queria que nós nos encontrássemos. Mas você acabou conhecendo-a antes que eu. Engraçado você e a Catarina ficarem tão próximos de repente, sem nenhum motivo especial...

— Por que é engraçado? A gente conversou bastante na quarta, e ela deve ter gostado. As garotas comentaram por acaso alguma coisa?

— Não. Aí é que está. Não contaram nada, mas não pararam de elogiar você. O que você fez para elas o chamarem de "inteligente", "atencioso", "corajoso", "meu anjo da guarda", e daí para mais?

— Bem, comprei uns presentes para elas, coisas bem simples. Também combinei que ia ajudá-las em literatura, parece que o professor delas é um desastre. Nada de muito especial. Nessa idade, qualquer coisa deprime ou leva as meninas à euforia; tudo acaba sendo o mais importante do mundo.

A expressão da mãe mostrava que ela não comprava a versão do filho. Ricardo procurou escapulir:

— A senhora devia perguntar a elas, se quiser mesmo saber.

— Lógico que perguntei, filho. Só que desconversaram, e eu achei melhor não insistir. Só que sei quando estão tentando esconder algo de mim. Você me entende, não é?

Dona Lúcia acariciou o rosto de Ricardo e concluiu:

— A Catarina comentou desse grupo de estudo, que você quer promover. Achei que devia haver mais alguma coisa. Enfim, se você não quer dizer...

Ainda não tinha descoberto uma maneira de enrolar a sua mãe. Por outro lado, dona Lúcia tampouco ficaria se remoendo em torno de indícios; era prática demais para isso. Simplesmente aguardaria que a situação desenredasse, se é que aconteceria um dia. Se não, que ficasse nas mãos de Deus, que era quem melhor podia dispor do que fosse. Essa característica da mãe desonerava a consciência de Ricardo, que detestaria ser causa de qualquer ansiedade na mulher que mais amava no mundo.

Parte II
O coração torna a bater

8

Machado de Assis dá para muita coisa

No sábado combinado, Ricardo chegou à casa de Ivan carregando uma sacola com livros e anotações. Ele havia conversado na quinta-feira com Catarina, quando lhe perguntou quem apareceria para o grupo e incentivou-a a chamar os colegas. Ela respondeu afetando indiferença, e ele concluiu que a esperança de o encontro ter algum sucesso repousava em Letícia. A possibilidade de um fracasso total, com ele sentado ao lado das duas, sozinhos, tendo ao redor sanduíches e guloseimas para um batalhão, era a que povoava insistentemente a sua imaginação.

Para seu alívio, ao entrar na sala de estar, topou com uma garota e um menino desconhecidos. No entanto, os dois com fones de ouvido e olhos fechados, desinteressados de tudo ao redor, e Catarina postada na frente deles, sem saber o que fazer ou falar, não era uma imagem lá muito animadora. Ricardo começou a conversar com os visitantes, gritando; deu certo, porque logo eles desligaram os aparelhos e passaram a prestar atenção naquele sujeito que lhes parecia meio velho, vestido com camisa de manga comprida e calça social.

Nesse meio-tempo, outros estudantes apareceram. Eram oito, sem contar Letícia — a última a chegar — e Catarina. Com todos diante de si, Ricardo reparou na homogeneidade com que se vestiam: cada um era cuidadosamente desleixado, e havia um rapaz que deixava a parte superior da cueca à mostra sabe-se lá por quê. O que fez Ricardo relembrar-se das modas esdrúxulas que seguira, quando tinha a mesma idade daqueles garotos. Em fotos da época, ele usava um penteado armado na frente e comprido atrás, que era objetivamente horrível. As camisas pretas de então, estampadas com plástico, também não estavam com nada. Era melhor esquecer isso tudo...

Foram para o rancho, ao lado da piscina, onde havia uma mesa retangular, rústica e espaçosa, com dois bancos compridos com encostos nos lados e cadeiras nas cabeceiras. Simone e Gabriela, curiosas para ver o que acontecia, vieram cumprimentar Ricardo e os demais. Catarina imitava os movimentos dos outros em silêncio.

O professor amador apresentou-se aos participantes e perguntou algo de cada um, de modo a arrancar algumas risadas e uma ou outra informação que jamais houvessem contado aos colegas. Catarina sentiu-se à vontade quando ele a inquiriu sobre a família dela, sem se referir ao pai falecido. Um garoto se encorajou para externar o que todos pensavam:

— Sua casa é um palácio, Catarina! Ter um jardim desses, uma piscina assim grandona... É demais! Eu ia ficar curtindo o sol o dia inteiro.

A piscina tinha várias curvas e era rodeada por um jardim com palmeiras de meia altura e canteiros bem-cuidados, com gerânios, flores-do-campo e copos-de-leite esparramados de forma proporcionada, tudo unido por um gramado perfeito. Ricardo admirou-se pelo capricho com que o primo preparara o local para a esposa e as enteadas, porque imaginar Ivan em um jardim daquele era como ver um pinguim no equador.

Aos elogios, Catarina retribuiu com um anódino: "obrigada". Uma das presentes era Camila, que havia aceitado logo o convite de Letícia. Bastou dizer-lhe que todos sentiriam demais a falta dela, que era insubstituível. A perspectiva de um desafio intelectual também a animou, incluindo a possibilidade de desmoralizar o tal sujeito que se propunha a orientá-la no estudo.

A aparência de Camila não correspondia em nada ao estereótipo da adolescente estudiosa, feia e antissocial. Ela tinha o cabelo preto e brilhante, e a pele tendia para o moreno claro. Seus movimentos eram ágeis e leves, em decorrência dos vários anos de balé clássico. Ricardo identificou nela a típica menina inquieta, que entendia as disciplinas antes dos outros e agitava os que estavam ao seu redor. Os professores se orgulhavam da pupila, que era a prova de que ao menos alguém aproveitava o que ensinavam. Não é de admirar que fosse vaidosa, sendo a primeira em (quase) tudo.

Terminadas as apresentações, Ricardo perguntou quem tinha lido o livro e o que poderiam comentar a respeito. Segundo os garotos, o fundamental era "contextualizar" o autor: um mulato em uma sociedade racista e aristocrática, membro da classe baixa que tinha conquistado a elevação social pelo seu talento e assimilação ao *status quo*. Daí que tivesse vergonha da mãe, uma lavadeira. Seus livros não buscavam promover a mudança social e a conscientização das iníquas desigualdades que vigoravam no país. Devido à sua indiferença, não cumpriu plenamente a sua missão de escritor, ao contrário do que fizeram Dickens, na Inglaterra, e Victor Hugo, na França.

A última observação, mais elaborada e "erudita", foi apresentada por Camila, que gostava de citar autores estrangeiros. Não que os tivesse lido, mas ao menos ouvira falar deles. Ao contrário do que ela esperava, Ricardo não pareceu se impressionar, o que a confirmou na suspeita de que o advogado, que pretendia se passar por entendido, não passava de um farsante.

A discussão prosseguiu alguns minutos com a intervenção de outros participantes, e a interpretação econômico-social-política parecia ser a cartilha na qual todos liam. Depois de bocejar, Ricardo interpelou:

— O que vocês estão dizendo até tem certo interesse, admito. Mas acreditam mesmo nisso?

Dez pares de olhos arregalados concentraram-se nele. Continuou:

— Acham que um artista realmente grande, como é Machado de Assis, possa ser explicado principalmente pelas condições da sociedade em que viveu, ou por supostos traumas e experiências que sofreu na infância?

Ele aguardou por uns instantes. Como ninguém respondeu, disparou:

— Sustentar isso é uma simplificação grosseira, que só atrapalha a compreensão. A personalidade de alguém não pode ser compreendida apenas em termos de classe, de história, de genética ou de sofrimentos infantis. Se nos limitamos a estudar as circunstâncias que envolvem os escritores, não seremos capazes de desvendar os enigmas que nos propõem, muito menos de ouvir suas respostas.

"Machado conseguiu descrever realidades que não se restringem ao Rio de Janeiro do final do Império e início da República. Elas valem para os seres humanos de todas as épocas e lugares. Um meu amigo poeta dizia: "Machado é o maior romancista russo do final do século dezenove." Talvez seja exagerado, mas a verdade é que, partindo do Brasil de seu tempo, Machado chegou ao universal. Isso é grande arte!

"Conhecer as suas circunstâncias históricas e sociais ajuda, sem dúvida. Acho interessante ver a caneta dele na Academia Brasileira de Letras, folhear a primeira edição dos seus livros, saber onde ele trabalhou, como foi a sua educação, porque ele teve um casamento tão harmonioso... Mas nada disso é o essencial, e pode até impedir que sejamos tocados pelo mais relevante da sua obra.

"Portanto, fora com essa conversa de querer saber qual era a distribuição étnica na cidade do Rio de Janeiro no final do século XIX, ou a maneira como funcionavam as tipografias de então. Isso vem depois de termos entendido o núcleo do romance e é tema para especialistas. Aqui, vamos ler *Memórias póstumas de Brás Cubas* como se tivesse sido escrito para nós. Se for um livro de valor, deverá enriquecer a nossa vida hoje."

Ninguém se animou a discordar, apesar de aquilo soar extravagante. Pior: se fugissem do esquema do professor Hilário, as reuniões seriam inúteis. O exame batia às portas, entendiam pouco do livro, e agora aparecia essa figura com sugestões mirabolantes. Catarina se contraiu, imaginando a vergonha pelo fracasso. Para sua surpresa, Letícia interveio:

— Acho bom! Quem sabe assim esse livro fica menos idiota. Deve ter algo de bom nesse Machado; se não, não haveria tanta gente que o elogia, que fala que é um gênio, um bruxo. Se der para tirar dele uma ou duas ideias que valham a pena, já vai ser lucro.

Incomodado pelo desdém de Letícia, Ricardo tirou da bolsa um livro grande e velho, de cor preta e páginas bem finas. Abri-lo fez com que a menina ao seu lado espirrasse. Um ou outro se mexeu incomodamente na cadeira, e Camila observava tudo com um leve sorriso de sarcasmo. Sem se alterar, ainda que se contivesse para não gargalhar, Ricardo exortou:

— Vou ler para vocês um trecho de um dos livros favoritos de Machado. Por favor, prestem atenção!

Então, com a voz forte e cadenciada, declamou:

— Vaidade das vaidades, diz o Eclesiastes, vaidade das vaidades! Tudo é vaidade.

Que proveito tira o homem de todo o trabalho com que se afadiga debaixo do sol?

Uma geração passa, outra vem; mas a terra sempre subsiste. O sol se levanta, o sol se põe; apressa-se a voltar a seu lugar; em seguida, se levanta de novo.

O que foi é o que será: o que acontece é o que há de acontecer. Não há nada de novo debaixo do sol. Se é encontrada alguma coisa da qual se diz: "Veja, isto é novo", ela já existia nos tempos passados. Não há memória do que é antigo, e nossos descendentes não deixarão memória junto àqueles que virão depois deles.

Recitou outras passagens do volume e perguntou:

— Alguém sabe o que acabei de ler?

Todos permaneceram calados, e Camila ficou aflita por nunca ter escutado aquilo, que a instigara.

— O nome deste livro é *Eclesiastes* e faz parte da Bíblia — explicou o professor. — Escutei uma vez que os judeus costumavam lê-lo após as colheitas, para que a alegria, ocasionada pela riqueza vinda da terra, não os fizesse esquecer a precariedade de todas as coisas.

A partir daí, ele procurou demonstrar que *Memórias póstumas* tinha por base a sabedoria do *Eclesiastes*. Narrava a vida de um homem, cuja maior realização fora a de não ter filhos, porque assim não transmitiria a ninguém o legado da nossa miséria. O famoso olhar irônico de Machado de Assis era o reconhecimento de que tanto o bem quanto o mal eram ambíguos, a virtude estava misturada com o vício. Não adiantava lutar contra a roda da fortuna, porque a vida era como era, com a vitória de hoje preparando a derrota de amanhã, a virtude precedendo o vício, e vice-versa. Este tema era recorrente na literatura machadiana, muito bem tratado no conto "A Igreja do diabo" e em *Quincas Borba*, por exemplo.

Ricardo perguntou aos assistentes se concordavam com a visão defendida por Machado no romance. Puseram-se com ímpeto a concordar ou discordar do escritor, e o inventado pelo mestre carioca passava a ser uma provocação, uma proposta a ser aceita ou rejeitada.

A agudeza e articulação de Camila fizeram-na sobressair-se logo. Aos poucos, timidamente, Catarina animou-se a fazer uma ou outra observação, até que ganhou confiança e desenvolveu melhor seus pontos de vista. Sugeriu que caberia atribuir a amargura da obra, ao menos em parte, ao fato de o personagem principal ser um tremendo egoísta. A maneira como dispensara uma moça da qual começara a gostar, ao descobrir que ela era coxa, havia indignado a menina.

Os colegas, que nunca haviam ouvido Catarina discursar, espantaram-se. Um rapaz aproveitou e sugeriu que Machado de Assis devia ser um cafajeste, para colocar como personagem principal um tipo corrompido igual ao Brás Cubas.

— Isso é besteira — retrucou Camila. — É no mínimo arriscado querer descobrir quem era o Machado através do Brás Cubas. Quem fala no livro é o personagem, que não precisa concordar com a opinião do autor. Diferenciar isso é o básico para qualquer análise literária.

— Você está certa — assentiu Catarina. — O personagem-narrador dificulta ainda mais descobrir o que pensa o autor. Só que, mesmo assim, acho mais provável Machado mesmo ter adotado uma visão irônica e pessimista do mundo, que continua presente nos seus livros posteriores. Mas não quero dizer que ele fosse um cafajeste, longe disso.

O debate envolveu todos os assistentes, e Ricardo precisou interferir um par de vezes para apresentar dados do escritor e explicar sucintamente outros escritos dele. Foram interrompidos quando Gabriela e Simone apareceram com o lanche: uma fartura de sanduíches, sucos, refrigerantes, salgadinhos e, principalmente, doces. O tempo voara, e fazia mais de uma hora e meia que estavam na reunião.

Ricardo aproveitou o intervalo e entrou na casa para conversar com o primo, na sala de estar. Ivan perguntou-lhe:

— O encontro de vocês está dando certo? A Gabriela esteve agitada desde quinta, não tinha ideia do que preparar. Daqui pelo menos, a conversa parecia animada.

— E foi mesmo. Acho que começamos bem. Vamos ver se a gente consegue manter o ritmo.

O primo escutou com ar distante, sem olhar diretamente Ricardo, que continuou:

— A Catarina está me surpreendendo. Ela é mesmo bem esperta e hoje está mais solta, até faladora.

— Que bom que seja assim com os colegas, porque, comigo, não fala nada.

Ricardo não soube o que retrucar, e Ivan confidenciou:

— Consegui ganhar a confiança da Simone, e a gente pode conversar sobre tudo. Vejo que ela me aprecia, quer me deixar satisfeito. Infelizmente, com a Catarina, não há maneira: é só "oi", "tchau", e pouco mais. Confesso que às vezes me cansa. É desagradável não poder me sentir à vontade na minha própria casa.

— Você já tratou disso com a Gabriela? Ela poderia ajudar.

— Eu não queria, para não a preocupar. Mas terminamos conversando porque ela tomou a iniciativa. Disse que preciso de paciência, que a filha vai se acostumar, é mera questão de tempo.

Com um sorriso levemente irônico, concluiu:

— E olhe que ganhei afeição pela garota! Não deveria, porque ela é fria, às vezes quase insolente. Mesmo assim gosto dela. Ela é alguém que você deseja compreender, ajudar, fazer sorrir. O que serve para eu ficar mais contrariado, porque nada do que tento dá certo.

Passaram uns instantes sem que dissessem nada, até que Ricardo se levantou e foi em direção ao quintal. Da porta, virou-se e pediu:

— Apareça no rancho no final da reunião, mais ou menos meio dia e meia. Acho bom você conhecer os colegas da Catarina, mostrar interesse por eles. É um modo de diminuir a distância.

— Será que vale a pena? Acho que ela não vai gostar. Vai pensar que estou me intrometendo.

— Ela vai gostar sim; pode não demonstrar, para fazer papel de durona, o que é outro problema. Os adolescentes querem atenção, e ela não é exceção. E tem outro motivo: a casa é sua, você tem direito de saber quem vem por aqui.

— Não sei... Está bem, vou aparecer.

— Ótimo. E você aproveita para aprender alguma coisa de literatura, no que é um analfabeto perfeito!

Ivan fez um sinal de pouco-caso com a mão, ao mesmo tempo em que sorria. Ricardo voltou para a reunião com dor na consciência, pois a verdade é que a reação de Catarina seria imprevisível.

A comida havia sido retirada da mesa, os alunos estavam descansados, e recomeçaram o trabalho. Ricardo pôs-se a explicar a interpretação que considerava a melhor, segundo a qual Machado descobrira a contingência das coisas humanas. Por meio de uma linguagem leve, bem-humorada e refinada, o escritor expunha as vísceras da existência humana, e a visão não era nada consoladora. Não era um autor fácil, e seus contemporâneos mais argutos, como Joaquim Nabuco, perceberam que sua mensagem era amarga, pese a figura respeitável, celebrada e afável do escritor mulato.

— Se não existisse Deus — afirmou Ricardo —, ou se Ele não se importasse conosco, Machado estaria certo. A nossa vida é demasiado frágil para sustentar-se por si mesma. O humanismo é insuficiente, e Machado reconheceu isso. Em consequência, não propõe soluções nem se permite ilusões. *Não há nada de novo debaixo do sol,* não existe sentido nem algo que perdure. As ações humanas se esvaem, o que é bom macula-se com motivos inconfessados e pouco nobres.

Um ou outro rapaz estava incomodado. O expositor empregou então um tom mais ameno, com um riso de fundo.

— Discordo da visão de Machado, mas admiro sua contundência, a integridade com que ele a expõe. Ele me faz enxergar o que é a realidade sem Deus. Aquele meu amigo poeta sustentava que Machado realizou a radiografia do pecado original, dessa baixeza incrustada no ser humano e que nos assusta, quando topamos com ela no meio das nossas ações. Ele não a esconde, nem apresenta para ela um remédio, porque julga que não existe. Simplesmente a descreve, e é preciso ser um gênio para fazer isso tão bem. Há autores que tentaram indicar soluções, mas isso já é outra história.

Alguns minutos antes, Ivan havia chegado e se escondido em um banco isolado. Quando Ricardo terminou de falar, ninguém fez qualquer comentário até Camila dizer:

— Vou precisar pensar um pouco no que você disse. É meio diferente do que li antes, mas gostei. E obrigada pela reunião, foi bacana. Não esperava que fosse desse jeito.

— Fico contente se serviu para alguma coisa.

— Acho que seria bom se a gente pudesse continuar, porque tem mais pontos para discutir sobre o livro. Será que podíamos nos reunir de novo? A Letícia disse que você pretendia montar um grupo regular; é verdade?

— É sim, seria um prazer. Poderíamos analisar na próxima vez o estilo da obra, a arte do escritor. Gostaria de explicar porque a prosa de Machado é tão boa, as qualidades que fazem dele um modelo de linguagem. Isso interessa a vocês?

Embora um ou outro não demonstrasse entusiasmo, a maioria respondeu que sim. No final, deixaram acertado o próximo encontro para o mesmo lugar e horário, na semana seguinte. Ricardo aproveitou para sugerir:

— Imagino que vocês não tenham dificuldades só em literatura, certo? Se vocês quiserem, podemos estudar física e matemática, depois de terminarmos *Memórias póstumas*.

A reação foi empolgada, principalmente da parte das garotas, que — com exceção de Camila — estavam sofrendo para compreender magnetismo e eletricidade. Ricardo desferiu o golpe:

— Só que temos um problema: não sou lá grande coisa em física. Meu primo, o Ivan, poderia nos ajudar. Ele está sentado ali, é o dono desta casa, o padrasto da Catarina. Então, Ivan, você consegue preparar umas aulas para nós?

Ivan ficou primeiramente perplexo; a seguir, entendeu que tinha sido conduzido suavemente a uma armadilha. A irritação impeliu-o a responder com um não, e teria feito isso, se houvesse observado a expressão contrariada de Catarina. Porém, quando os demais rostos se voltaram para ele, retrucou:

— Não acredito que seja uma boa ideia...

— Claro que é — insistiu Ricardo. — É sobre física, não tem segredo para você.

— Bem, tenho alguns livros sobre magnetismo, mas faz muito tempo que não os abro. Mas quero adiantar que não tive a sorte de ser professor. Receio aborrecer vocês, causar sono e tédio.

Ivan falava em letras de forma, e seus potenciais alunos se desanimaram com a perspectiva de passarem uma manhã com aquele homem. Mesmo assim, a situação divertiu Ricardo:

— Não caiam na conversa dele, vocês vão ver como o Ivan é inteligente. E sabe explicar muito bem, ele já me ajudou várias vezes no estudo. Vão aprender bastante com ele, eu garanto. Na próxima reunião, a gente combina como vão ser essas aulas de física.

Catarina não soltou um pio, e Ricardo pensou que ela poderia ter ficado magoada com ele pela iniciativa. Na hora da despedida, no entanto, a jovem amiga cumprimentou-o afetuosamente:

— Você é um ótimo professor, Ricardo! A aula flui, é uma delícia. Não fazia ideia de que você soubesse tanto. As meninas vieram todas me agradecer, quiseram saber de onde eu conhecia você. Elas vão voltar na semana que vem. Obrigada de novo.

— Não precisa me agradecer. E eu também me surpreendi com você, não conhecia esse seu lado malandro.

— Lado malandro? Por quê?

— Você me enganou direitinho. Fingiu a semana inteira que não estava nem aí, mas ficou esmiuçando o livro. Você é bem espertinha! E quando quer, aprende bem rápido.

Ela riu encabulada antes de responder:

— O importante é que tudo deu certo. A Camila terminou impressionada, apesar de querer manter aquele ar superior típico dela.

— Não seja implicante com a menina. Achei que ela é bem simpática.

— É que hoje ela viu que sabe menos do que pensava. As outras são mais limitadas, mas gostaram da aula. Também, se não gostassem, era caso de burrice incurável!

Ricardo limitou-se a sorrir sem concordar. Na cabeça dele, o tom e a figura de Catarina associaram-se à imagem de um pequeno ouriço.

No portão da frente da casa, Ivan o esperava exasperado. Pegou o braço do primo e sacudiu-o, murmurando:

— Você me armou essa cilada! Poderia ter perguntado antes se eu aceitava dar essas aulas, quando a gente conversou na sala. Você me deixou sem saída. Isso não se faz!

— Eu ainda não havia tido a ideia naquela hora, por isso não falei. Por favor, reconheça que foi uma boa ideia, vamos!

— Boa ideia?! Não sei nem por onde começar a preparar essa aula. Qual a matéria exatamente? Você continua aprontando comigo, sempre gostou de me colocar em apuros. Você não muda, desde quando éramos crianças. Por que fez isso, Ricardo?

— Para ajudar os colegas da Catarina, ora. Precisa de mais alguma coisa? E pare de reclamar! Tenho certeza de que você vai se sair muito bem. Se quiser saber qual a matéria, basta perguntar para a Catarina. E se eu continuo a pegar no seu pé, é porque você ainda faz tempestade em copo d'água.

As justificativas de Ricardo não convenceram o primo nem diminuíram sua irritação. Ricardo teve um leve arrependimento por agir de modo matreiro, mas a convicção de que tudo era para o bem dos envolvidos dissipou logo seus escrúpulos.

9
Aproximações um tanto trôpegas

Nem todos que assistiram à primeira reunião do grupo voltaram, mas foram substituídos por outros. Em pouco tempo, correria na sala de aula a voz de que alguns alunos reuniam-se aos sábados de manhã para estudar na casa daquela garota quietinha. Na sexta-feira depois do primeiro encontro, durante a aula de literatura, a pretexto de esclarecer dúvidas antes da prova, Camila começou a inquirir o professor Hilário sobre *Memórias póstumas de Brás Cubas*. De maneira enfadonha, ele respondeu com um ou outro lugar-comum, que serviria para garantir uma nota razoável no exame. A aluna não se deu por satisfeita e se pôs a contrastar as afirmações do professor com o que ouvira de Ricardo.

De início, o velho mestre riu cheio de complacência, porque o defendido pela aluna-prodígio lhe parecia sem eira nem beira. Passou a se incomodar quando desconfiou que ela talvez estivesse mesmo convencida daquilo. No momento em que a aluna citou o *Eclesiastes*, foi como se despertasse na memória do professor um espectro, uma lembrança não tocada há muitos anos, desde quando ele havia estudado na universidade com um mestre de literatura, que então considerara carola. Francamente, aparecer hoje em dia com essas velharias para interpretar Machado... Era misturar alhos com bugalhos.

Seu espanto cresceu ao advertir que outros alunos foram endossando as posições de Camila, que ao menos — era preciso reconhecê-lo — estavam sendo expostas com talento. Em um instante, rebentou uma polêmica na sala para a qual ele não estava de modo algum preparado. Na verdade, nunca conseguira entusiasmar os alunos com análises literárias, mas apenas um ou outro alguma vez, com discussões sobre a sociedade capitalista, a sua rede de tabus e repressões. Agora, sem que soubesse de onde, tinha aparecido uma história de "radiografia do pecado original", como se Machado pudesse ter se enroscado com essa fábula judaico-cristã tola.

Infelizmente, mandar aos estudantes que simplesmente colocassem aquilo de lado e voltassem ao ditado pelo manual não seria "democrático". Antes, significaria trair sua luta contra o sistema educativo massificador e, mais grave ainda, poderia dar a entender que considerava sua própria posição mais acertada que as outras. Onde ficariam então a liberdade de opinião e o estímulo à criatividade?

No meio de sua própria confusão, o professor Hilário não encontrava maneira de controlar a algazarra iniciada por Camila. Limitava-se a intercalar frases do tipo: "sua posição é válida, claro, mas, veja bem...", "os críticos mais progressistas não pensam assim, apenas os conservadores", "talvez essa interpretação esteja ultrapassada", um pouco desolado por essas bobagens terem eclodido na sua aula.

Para seu relativo consolo, a maior parte dos estudantes permaneceu fiel à interpretação do professor, que, no fim das contas, era mais segura para a prova. Porém, uma parcela considerável preferiu a de Camila.

No meio da contenda, o coordenador apareceu na janela, para ver o que estava provocando a celeuma. Ao verificar que era aula de literatura, preferiu não se intrometer, porque aquele professor meio maluquinho devia estar empregando algum método alternativo, que não adiantava tentar compreender ou organizar.

Letícia e Catarina deliciaram-se com o sucedido e foram parabenizar Camila. As três haviam se aproximado bastante nos últimos dias, o que facilitou para que as duas antigas excluídas fossem se entrosando com outros colegas da classe. Também teve seu papel nisso o boato de que Catarina havia ficado rica com o novo casamento da mãe, o que gerou curiosidade. Para completar, Manuela e Gustavo nem ousavam se aproximar delas há já algumas semanas.

A segunda reunião foi mais divertida do que a anterior. Os temas eram leves, e a sintonia dos ouvintes com o expositor aumentava. Ricardo procurou mostrar a elegância e perfeição da escrita machadiana e leu trechos escolhidos, reproduzindo o ritmo da escrita e sua sonoridade. Explicava a forma utilizada pelo autor para elaborar certas passagens do romance, o porquê da escolha daquelas palavras e da sequência em que os eventos e os capítulos haviam sido dispostos, as quebras do discurso narrativo pelas reflexões do narrador... Tudo era novidade para os ouvintes, que não dispunham do instrumental necessário para a análise estilística de um texto.

Para ilustrar o que dizia, Ricardo comparou parágrafos de Machado com os de outros autores, inclusive alguns contemporâneos premiados por júris e academias. A diferença de qualidade era gritante, principalmente com relação a escritores cuja característica marcante era se valer de episódios sórdidos ou grotescos, sem qualquer corte mais profundo ou instigante. Aluísio de Azevedo e um par de modernistas saíram bastante mal parados dessas horas de estudo, talvez até com certa injustiça.

O tempo da reunião correu, novamente com a parada do lanche no meio. Após terminarem, Ricardo ficou para almoçar com Ivan e a família, pois o primo lhe pedira ajuda para preparar a afamada aula de física. O visitante sugeriu que Catarina estivesse com eles para explicar o método do professor. A menina hesitou, mas terminou aceitando, porque já não conseguia negar nada que Ricardo lhe pedisse com jeito, mesmo que significasse suportar o padrasto de contrapeso.

Os três foram ao escritório de Ivan, um amplo espaço ao lado da sala de estar. Não havia muitos livros nas estantes, mas belos quadros nas paredes, com uma delas cheia de mapas de épocas variadas. No fundo ficava a mesa de trabalho, com uma poltrona sólida de couro avermelhado por trás e duas cadeiras giratórias pretas na frente. À direita na mesa, destacava-se a imensa tela do computador, com o teclado embaixo; sobre o tampo de madeira estavam miniaturas de automóveis e navios e um conjunto para canetas tinteiro. Às costas, as janelas de vidro iam de cima abaixo e abriam para o jardim. Em uma vitrine da estante, Ivan pusera uma imagem da Sagrada Família que tinha sido do seu pai. No meio do escritório, uma mesa baixa de mármore tinha ao redor um conjunto de sofá de couro claro com poltronas e cadeiras, tudo sobre um tapete bastante grosso e colorido. Neste último ambiente, acomodaram-se os três.

Catarina trouxe consigo o livro-texto, seu caderno e folhas com exercícios. Ricardo observou que a garota evitava que alguém pusesse as mãos no caderno, no qual estava provavelmente escrito mais do que contas e lições. Isso o levou a lembrar-se de uma vez em que ele e um amigo, ambos adolescentes, tinham lido sem autorização o caderno de uma colega. Encontraram nele referências nada elogiosas, escritas com duas letras diferentes, sobre "os fedelhos insuportáveis", "grossos, idiotas, infantis", sentados atrás, que compunham a dupla bisbilhoteira. Injuriados, Ricardo e seu comparsa registraram embaixo das anotações das meninas: "Obrigado pelo carinho e consideração", e assinaram. Quando a dona percebeu, mostrou imediatamente a mensagem à companheira, que, sem soltar uma palavra, levantou-se e foi para uma carteira distante, fazendo barulho. A outra ficou quieta, ruborizada e respirando fundo. No final da aula, passou um bilhete a Ricardo: "Por favor, desculpem! Eu que sou uma idiota! Não fiquem zangados comigo, somos amigos." O incidente encerrou-se após alguns poucos dias de frieza dos ofendidos para com as garotas.

Sem tentar pôr as mãos no caderno de Catarina, ainda assim Ricardo pôde notar que ele era bastante ordenado e caprichado. O professor de física parecia transmitir a matéria com método, e era até estranho que os alunos passassem por dificuldades. Sem falar nada, Ivan escutava o que Catarina e Ricardo comentavam, enquanto punha os óculos para examinar as listas de exercício e as explicações copiadas pela garota. Depois de algum tempo, contou:

— Tenho uns livros antigos, clássicos, sobre eletromagnetismo, que trazem uma série de questões estimulantes. Passei um fim de semana com três amigos, solucionando uma lista de exercícios que separamos desses compêndios. Quando tínhamos terminado, achávamos que éramos praticamente doutores em física. Não havia sido para tanto, mas foi o suficiente para gabaritarmos nas provas.

Dirigindo-se a Catarina, propôs:

— Posso preparar uma lista parecida e orientar a você e aos seus colegas para resolvê-la. Se fizerem o esforço necessário, julgarão simples o que o professor está ensinando e não terão dificuldade alguma com esses problemas que você me mostrou.

Foi para uma das estantes do escritório e tirou dali um livro em espanhol escrito por um professor russo. A capa estava desbotada, com letras pretas garrafais, tudo com a estética para lá de duvidosa das edições da velha União Soviética. Devia ser antigo quando Ivan o comprara, e Ricardo receou que a física do primo estivesse defasada uns cinquenta anos. Catarina olhava sabe-se o quê no teto, enquanto Ivan se empolgava pelas boas recordações que o livro lhe despertava.

Os homens folhearam as páginas amareladas, sendo que uma ou outra se despegava da lombada. Apesar de impressa sem qualquer preocupação pela apresentação gráfica, era uma obra séria, recheada de longas explicações teóricas, com desenhos didáticos simples e montanhas de exercícios. Ao lado de muitos deles havia anotações a lápis, com a letra pequena e exata do dono. Catarina ajoelhou-se ao lado da mesa e passou a examinar, curiosa, o objeto estranho. Depois de alguns minutos em que manusearam o tijolo, Ivan disse:

— Sugiro o seguinte: entrego à Catarina uma lista de dez questões, que servirão de amostra. Você a transmite aos seus colegas e diz que pedi para a resolverem até a nossa reunião. Eu acredito que talvez consigam acertar uns poucos exercícios, mas, a partir de certo ponto, ninguém vai saber nem por onde começar. Vão querer vir para saberem as respostas e terem certeza de que ninguém os está enganando com problemas insolúveis. Explico então alguns pontos da teoria que não encontrei no seu caderno, mas que são necessários para uma compreensão mais profunda e sistemática da matéria. Pediria que não mostrassem a lista ao professor, para que não pense que queremos substituí-lo.

— Acho que o senhor está subestimando a gente — respondeu a garota. — Os que vêm aqui são inteligentes, estudiosos. Eles vão resolver qualquer exercício. Esse seu plano vai dar errado de cara.

— Duvido muito — contradisse Ivan. — De qualquer jeito, se solucionarem o que pretendo lhes dar, de fato não necessitam da minha ajuda, e tudo termina bem.

— Não custa tentar. — Ricardo animou Catarina. — No mínimo, vocês vão ter outra lista de exercício para estudar, o que sempre é bom.

Um resmungo foi a resposta afirmativa dela. Ivan sentou-se diante do computador e se lançou a montar a tal série. Ele sentia um prazer especial em demonstrar às pessoas o quanto elas eram ignorantes em assuntos que julgavam conhecer. Ricardo havia sido enredado nessas teias mais de uma vez, o que era uma salutar lição de humildade, ainda que não propriamente agradável.

Gabriela entrou um momento no escritório e viu o marido e a filha conversando com uma naturalidade inédita. Não disse nada, mas esboçou um sorriso enquanto servia dois cafés para os adultos e um refrigerante para a menina.

Depois de duas horas, Ricardo foi se despedir de Gabriela e Simone na sala de estar. Agradeceu o almoço e a dona da casa deixou cair:

— Ah, Ricardo, estava me esquecendo de uma coisa. Sabe quem vi ontem? A Cláudia, minha prima. Você a conheceu no meu casamento, lembra?

— Claro que lembro. Eu a encontrei faz quase um mês, quando fui ao shopping com a Catarina. Sua filha não lhe contou? A Cláudia foi muito atenciosa com a gente.

— A Catarina me disse no dia, e a Cláudia também contou depois. Desculpe se estou sendo intrometida, mas conheço a minha prima e acho que ela ficaria contente, se você ligasse para ela.

Gabriela se arrependeu na hora por ter dito aquilo. Nervosa, tentou consertar:

— Não foi que ela me pediu para dizer isso, lógico que não. Só pensei que ela e o meu tio gostariam de encontrar você, quem sabe estabelecer uma amizade. Eles são muito reservados; por isso, quando me contaram que tinham conversado bastante com você na festa, que o acharam simpático, chamou a minha atenção.

Ricardo praticamente convenceu-se de que Cláudia havia, sim, pedido à prima que servisse de pombo-correio. Principalmente por Gabriela ter descrito a ela e ao sr. Pedro Damião como "reservados", o que não correspondia em nada com o que ele tinha experimentado. Respondeu:

— Eu já devia ter ido atrás do seu tio e da Cláudia há muito tempo. Pode deixar, vou ligar para eles neste fim de semana. E você não está sendo intrometida, de jeito nenhum.

Então, Catarina alardeou, meio rindo e meio séria:

— Então, mamãe, fazendo o papel de cupido de novo? A senhora não perde mesmo nenhuma chance!

Gabriela e Ricardo olharam-na desconcertados, e a jovem deu a estocada final:

— Neste caso, a Cláudia não precisa de ajuda nenhuma. Ela está muito bem encaminhada.

O constrangimento dos dois impediu que revidassem. Simone precisou fingir que espirrava para segurar uma gargalhada.

Passados alguns instantes de perplexidade, Gabriela teve o desejo quase irrefreável de esganar a filha. Ricardo recompôs-se um pouco e disse:

— Obrigado mais uma vez, Gabriela. A gente se vê no próximo sábado. Catarina, se precisar de alguma coisa ou tiver uma ideia para o grupo, ligue para mim. De uma imaginação fértil como a sua, sempre pode aparecer algo diferente, não é? Quanto mais absurdo, melhor.

A menina abriu a boca para responder, mas calou-se. Ricardo sorriu-lhe e saiu. Sentado no carro, veio-lhe à cabeça o pensamento agradável de que uma mulher talvez estivesse interessada nele. E Cláudia tinha muitas qualidades: era educada, profissionalmente acertada, com uma conversa interessante, de uma família sólida... E, para completar, era tremendamente bonita. Bom, com um currículo desses, ela devia ter filas de pretendentes.

Ligou para a moça no início da noite. Após os rodeios preliminares, quando ela explicou que sua mãe estava gripada e precisaria de cuidados no fim de semana, Ricardo perguntou:

— Você vai estar livre na quarta? A gente podia sair junto. O que você acha?

Após um silêncio, que o enervou, ela respondeu:

— Bem, pode até ser. Preciso ver a minha agenda na loja. Não me lembro de nenhum compromisso, mas talvez esteja esquecendo alguma coisa. Em princípio, saio por volta das seis e meia, e a gente poderia se encontrar depois. O que você está pensando em fazer?

— Não sei, ainda não planejei nada.

— Então devia ter pensado antes de me convidar. Se você nem sabe o que quer... Talvez seja melhor a gente deixar mais para a frente.

— Desculpe se não pensei em um plano, mas não vamos deixar para depois por isso. A gente escolhe junto aonde vai, não tem problema. O que quero é podermos conversar com calma. E a companhia é mais importante que o local.

Acertaram de se encontrarem em uma cafeteria, no bairro do Cambuí. Ricardo sentiu-se decepcionado pelo desinteresse dela. Riu-se a seguir de si mesmo e da vida.

Gabriela havia mesmo resolvido dar um empurrãozinho para aproximar Cláudia de Ricardo. Mas se a prima descobrisse, soltaria fogo pelas ventas e sobraria para todo mundo, principalmente para ela, Gabriela. Por isso, a interferência de Catarina havia sido totalmente inoportuna. Após Ricardo sair, Gabriela foi severa com a filha. Disse-lhe que não esperava ser desrespeitada assim, nem ridicularizada diante de uma visita. Como castigo, a menina deveria ficar sem sair do quarto até a manhã seguinte.

O discurso não surtiu efeito imediato na menina. A mãe pensava que ela correria aos seus braços pedindo desculpas, mas Catarina permaneceu quieta, abaixou a cabeça e foi subindo a escada. No alto, parou, voltou-se e disse à mãe, com uma voz monótona:

— O que eu falei é verdade. A Cláudia não precisa de ajuda para que o Ricardo vá atrás dela.

E se fechou no quarto.

10
Um encontro agradável e uma aula surpreendente

No começo da noite, Ricardo estava na cafeteria requintada em que combinara se encontrar com Cláudia. Na entrada do estabelecimento, estava escrito em uma placa: "Desde 1995", com caracteres que tentavam imitar inscrições romanas antigas. Ricardo achava um tanto estapafúrdio colocar no pórtico uma data tão recente; um punhado de anos de existência não era lá motivo para se gabar. A placa servia como sinal de presunção e falta de tradição. Mas, enfim, não piorava o sabor da comida nem elevava o preço da conta.

Chegou adiantado e sentou-se em uma mesa que dava para a praça em frente. Havia ali uma igreja centenária bonita, branca e bege, de estilo puxando para o colonial e dedicada a Nossa Senhora das Dores. Muitos dos casais mais ricos da cidade haviam se casado nela. Sua torre com campanário era respeitável, e há pouco tocara sete badaladas.

De ele onde estava, pôde distinguir Cláudia se aproximando. Ela andava sem pressa na calçada do outro lado da rua, ereta e com um leve balanço. Parecia desatenta ao que acontecia à sua volta, ao mesmo tempo em que vários olhos de passantes a seguiam. Quando atravessou a rua, aguardou um carro passar, e Ricardo notou que o motorista seguiu adiante o mais lento possível, o que lhe custou um par de buzinadas.

A temperatura caíra. O calor trazido pelo sol escapava, sem as nuvens para segurá-lo. Cláudia vestia-se adequadamente ao clima, com um conjunto elegante de calça e tailleur marrons, sapatos de meia altura e fechados. Seus cabelos, soltos e fartos, esvoaçaram levados pelo vento gelado, que levantou algumas folhas secas na rua. Ao fazer o movimento para recompô-los, ela avistou Ricardo e cumprimentou-o com uma suave inclinação da cabeça.

Apesar de ter completado 31 anos de idade e estar acostumado a tratar com mulheres de todo o tipo, Ricardo era tímido nos primeiros encontros. Levantou-se meio sem jeito para receber a moça, que se sentou à sua frente e logo abriu o cardápio. Fizeram os pedidos, e, após uns instantes de impasse, começaram a conversar. Logo no início, ela comentou que aquele encontro teria de ser rápido, porque ela estava cansada e precisaria acordar cedo na manhã seguinte. Ricardo sentiu-se um pretensioso, por em algum momento ter imaginado que cativar uma mulher bem-sucedida, extremamente bonita, agradável e sem ansiedade para ter alguém ao lado, como Cláudia, pudesse ser minimamente fácil.

Os dois se puseram a contar lembranças dos respectivos primos que eram agora casados, e Ricardo fez com que Cláudia risse até perder o fôlego. Derivaram para roupas de grife e moda em geral, assuntos que a entusiasmavam. Explicou quais modelos de terno cairiam bem em Ricardo nas diversas ocasiões, e um monte de dados sobre peças e combinações dos quais ele nunca ouvira falar.

Ambos tomaram um cappuccino, comeram salgados folheados e engataram no jantar. Ricardo concluiu que o tal do cansaço era puro charme dela. Aos poucos, foi se encantando pela moça, que possuía voz musical e face cheia, com o queixo marcado e olhar inquieto e vivo, em quem o sorriso aflorava com naturalidade. Ela ser alegre era um alívio; de companhias melancólicas e neuróticas, Ricardo queria distância. Ainda o incomodava recordar-se de uma pretendente a escritora com quem se encontrara três vezes, vítima de uma susceptibilidade paranoica.

No final do jantar, Cláudia não fez menção a um reencontro. Ricardo testou sua sorte:

— O que você acha de a gente ir outro dia a esse restaurante italiano, o que você comentou? Fica onde mesmo?

— Perto do balão do Castelo.

— A gente poderia jantar lá na próxima semana. Está bem para você?

Uma ponta de decepção obscureceu o rosto da moça, pois ainda estavam na quarta-feira.

— É uma pena, mas não vai dar. Estou cheia de trabalho. A gente deixa para mais adiante, quem sabe.

A resposta deixou Ricardo quieto e cabisbaixo. Contudo, quando levantou os olhos, sorrindo forçado, escutou:

— Quem sabe, se você me telefonar na segunda, eu tento dar um jeito.

Cláudia encarava-o aflita. De um momento para o outro, ela ficara apavorada com a hipótese de que Ricardo não a procurasse mais. Ao perceber o desgosto dele, uma ternura enorme e inexplicável a havia dominado. Teve o ímpeto de abraçá-lo e confessar que ele era um homem adorável.

Com um ar travesso e a voz mais inocente do mundo, ele respondeu:

— Então está combinado. Mas, se eu não ligar no começo da semana, é que não deu. Também estou entulhado de trabalho. Mas, com um pouco de sorte, consigo telefonar até o final da outra semana. Vou anotar na agenda para não me esquecer.

Fazendo força para não deixar a raiva transbordar, Cláudia engoliu em seco e pensou: "Que cara metido! Quem ele pensa que é, o último homem do mundo? O idiota acha que vou ficar esperando por ele?" Antes que ela soltasse uma farpa, Ricardo desatou a rir.

— Desculpe a brincadeira, Cláudia! É lógico que vou telefonar a você, quero muito que a gente saia outra vez, o quanto antes. O problema é que viajo amanhã e volto sexta; no final de semana, estou enrolado com a minha família, não tenho como escapar. Só por isso sugeri a próxima semana.

A jovem enrubesceu, e Ricardo reforçou:

— Perdoe-me se irritei você, não foi a minha intenção. E nem pense que estou fazendo pouco caso de você. Sei reconhecer alguém especial.

Um sorriso, que ela teria preferido disfarçar, iluminou o rosto dela. Tentando esconder sua agitação, respondeu:

— Tudo bem, não tem problema. Espero você me ligar. Na semana que vem também vai ser melhor para mim, a loja deve estar mais tranquila. Boa noite!

E foi embora rapidamente, sem permitir que Ricardo a levasse para casa.

Ao chegar, seu pai a estava esperando, como fazia habitualmente. Seu Pedro perguntou, ao mesmo tempo em que fingia assistir à televisão:

— E então, filha, como foi? Teve uma noite boa?

— Tive sim, pai.

Após um silêncio, o velho voltou:

— Qual é mesmo o nome desse moço, que esteve com você?

— Ricardo. Pai, não venha com essa conversa para cima de mim. O senhor se lembra dele muito bem, não finja.

— Ricardo, é isso mesmo. Você gostou dele, minha filha?

— Até que sim, é um cara legal. Mas não é para o senhor ficar imaginando o que não existe. Foi a primeira vez que saímos juntos, não tem nada de mais.

— Não estou imaginando nada. Só acho que você está com a carinha animada, com os olhos brilhando...

— Ah, pai, poupe-me!

— Desculpe, mas conheço você. O que esse moço disse?

— Nada de especial. É que ele tem um jeito diferente, é difícil explicar. Ele não me interrompia a cada dois minutos para falar dele, nem queria contar vantagem. É o oposto do Ângelo.

A garota se pôs a detalhar o encontro, elogiando cada vez mais a gentileza e a inteligência de Ricardo. Não se deu conta de que as feições do pai, inicialmente complacentes, foram se tornando tensas e concentradas. Cláudia parou de tagarelar depois de uns quinze minutos, quando bocejava com frequência. Beijou o pai, pediu a bênção e foi para o quarto. O dono da casa seguiu acordado bastante tempo, andando na sala de um lado para o outro.

Já Ricardo cumprimentou os pais ao chegar e foi dormir imediatamente. Eles nem sabiam o que ele havia feito, porque era normal que tivesse jantares de negócios. Só que estes raramente deixariam sua cabeça em polvorosa, como sucedia agora. Rolou na cama e precisou lutar para apagar da mente a imagem de Cláudia, cuja voz levemente rouca espalhava-se e ecoava pelas paredes do quarto.

O sábado seguinte era o da aula de Ivan. Alguns minutos antes do início da reunião, Ricardo encontrou o primo no rancho, sentado em uma cadeira com braços e lendo absorto um dos seus manuais de capa escura, sem tomar conhecimento dos jovens ao seu redor. Eles tampouco conversavam entre si, acanhados diante do dono da casa.

A lista de exercícios, enviada com antecedência, havia gerado interesse pela aula. Daí o silêncio respeitoso para com o compilador daqueles problemas insolúveis. Também era verdade que os que haviam se esforçado mais tentando resolvê-los estavam irritados pelo fracasso e convenceram-se de que existia algo de errado nas questões. Parecia ser tudo uma armadilha, uma brincadeira de mau gosto.

No instante exato em que a aula estava prevista para começar, como se não valesse muito a pena, Ivan pediu aos assistentes que lhe mostrassem os exercícios mais complexos — empregou a palavra "enredados", cujo sentido foi captado por aproximação — dentre os passados pelo professor na escola. Foi ao quadro e se pôs a resolver um deles. Surgia de vez em quando um sorriso irônico na sua boca, quando descobria uma trapaça divertida, e, no momento de mostrar a chave da solução, chamou uma garota agitada e com aparência de boneca, Natália, para escrever no quadro. Através de perguntas e respostas, avançaram em um processo dedutivo límpido. De repente, haviam terminado.

Atordoada, a menina não acreditou que havia superado aquela "droga" de problema, que dez dias antes a tinha esgotado. Ela se pôs a rir e a bater palmas, ao se dar conta de que compreendera o que fizera.

O método de Ivan era simples: os alunos deveriam assimilar cada passo e só avançar quando entendessem o que fizeram antes. Explicava-lhes os conceitos expressados nas fórmulas, algumas vezes temperando-os com uma anedota sobre o cientista que os descobrira. Faraday e Maxwell ganharam algo de humanidade para os ouvintes, e o magnetismo passou a ser um conjunto de noções que ajudavam a entender melhor eventos do dia a dia.

Empregando essa metodologia, Ivan resolveu, com alunos distintos, outros três exercícios da escola em pouco tempo. No último, cheio de idas e vindas, teve que repetir alguns passos, o que o impacientou levemente. Ricardo fez-lhe um discreto sinal para que se acalmasse. Por azar, o garoto escolhido para a questão tinha algum bloqueio mental com a física, o que exigiu mais explicações e voltas. No final, também ele pôde vencer o pequeno desafio.

Após uma hora de aula, ele impressionara a todos com seu conhecimento e agilidade mental. A mais espantada era Catarina, que jamais suspeitara que o padrasto pudesse explicar, com leveza e graça, aquela matéria complicada.

Passaram então para a lista de exercícios do manual russo. Camila foi chamada para resolver o primeiro. Tendo assistido às resoluções anteriores, ela foi capaz de chegar mais longe do que nas suas tentativas em casa, até que empacou. Ivan deixou-a sofrer um pouco, fornecendo pistas sem indicar expressamente o caminho. A garota sentiu-se desafiada e deu de pensar em voz alta, até para mostrar o quanto estava à frente dos colegas. Escrevia na lousa, apagava e recomeçava. Alguns se aventuraram a oferecer sugestões, que foram devidamente descartadas.

O grupo observava o desempenho da menina, um ou outro contentes pelo fracasso que se anunciava. Ao buscar a solução, Camila reviu praticamente toda a matéria, em um ritmo cada vez mais alucinado, o que de pouco adiantou ao seu objetivo. Depois de longos minutos de tentativas, aceitou que Ivan apontasse onde estava o equívoco, na base do qual havia um aspecto teórico quase nunca destacado pelos livros de ensino médio, que dera trabalho ao próprio Maxwell.

— Não explicam esse ponto e o deixam para a universidade porque pensam que é obscuro. Mandam que vocês apliquem a fórmula sem dominarem um aspecto básico. Então, é suficiente alterar levemente a estrutura da questão, e vocês já não conseguem resolvê-la. Vejam como é relativamente simples.

Ivan gastou um tempo razoável na explanação, cheia de exemplos práticos. Depois, os quatro primeiros exercícios da lista foram solucionados sem maiores dificuldades nem delongas. Não queriam interromper o trabalho para o intervalo do lanche, e foi necessário que Ricardo praticamente ordenasse que pusessem o eletromagnetismo de lado. Gabriela e Simone quiseram passar o intervalo junto com Ivan e viram alguns garotos cercando-o enquanto comiam, crivando-o de perguntas e tecendo-lhe os maiores elogios, para os quais ele não dava a menor importância.

Por sua vez, Ricardo conversou com Natália, Camila, Letícia e uma dupla de garotos, que estavam curiosos sobre sua vida profissional. Contou-lhes algo do seu dia a dia, do tipo de causas em que trabalhava, de modo especial as que envolviam somas polpudas de dinheiro — eram as que mais chamavam a atenção dos perguntadores —, as habilidades que necessitava, e uma série de pontos práticos da advocacia. Procurou diminuir o glamour que uns enxergavam na profissão, fruto de assistir a demasiados filmes americanos e ler romances de júri. Na prática, sua carreira demandava horas de escritório, de estudo, de reuniões e de espera da boa vontade dos juízes e dos clientes, cujo trato era às vezes um tanto massacrante.

No recomeço da reunião, era a vez de Catarina ir ao quadro branco. Ela já havia inventado uma desculpa para negar-se, mas quando se ergueu para dizê-la, Ricardo adiantou-se e murmurou-lhe ao ouvido:

— Por favor, não seja estraga-prazeres. Quase todo mundo já foi, ninguém disse não. O Ivan vai ficar feliz por resolver um exercício com você e ele merece essa consideração.

Enfadada, ela tomou a lista nas mãos, dirigiu-se ao quadro e começou a escrever. Calhou-lhe um problema cheio de meandros, que ela dividiu em várias partes para não se confundir. O padrasto deixou que ela se orientasse por si mesma no labirinto magnético, e apareciam no quadro uma mixórdia de conceitos, números, fórmulas e princípios. A garota foi tateando no início, para aos poucos adquirir firmeza. Em um passo antevisto por Ivan, ela não conseguiu mais avançar. Limitava-se a olhar o quadro tomado de rabiscos, e todos ficaram em silêncio. Camila fitava perplexa, com a testa avermelhada e quase bufando. Catarina mordeu os lábios e refez mentalmente o caminho trilhado para chegar ali. Depois de alguns minutos, Ivan se levantou para mostrar a maneira de prosseguir, mas ela suplicou:

— Espere só mais um pouco, estou quase chegando lá. A solução aparece na minha frente, só que foge logo.

Após novo silêncio e intervalo, com os assistentes já impacientes, Catarina sussurrou:

— Não consigo... O que eu tenho de fazer?

Ivan voltou a uma etapa anterior e tentou explicar o que houvera ali; contudo, ninguém deu sinal de entender patavina. O professor expôs de um jeito diferente; quando terminou, seguiram-se uns segundos de perplexidade. De repente, Catarina riu alto, tomou o pincel das mãos de Ivan e escreveu rapidamente no quadro uns caracteres ininteligíveis. Exaltada, gritou:

— Obrigada! Como pude demorar tanto? Não enxerguei, e é evidente.

Reparou que os colegas não a acompanharam. Com calma, sem qualquer vacilação, foi explicando os passos indicados por Ivan, sendo interrompida pelos assistentes que demoravam a captar algum procedimento. No final, ela conseguiu que tudo fizesse sentido: as partes desconexas se encaixavam, e a lógica e beleza da própria questão saltava aos olhos. Luciano — o rapaz de fones de ouvido da primeira aula, muito bom estudante — ficara pasmo, enquanto Camila sorria ao seu lado. Letícia inchava-se de orgulho pelo triunfo da amiga.

Quando Catarina chegou ao fim, a excitação no rancho atingiu o auge. Era difícil para Ricardo acreditar que aquilo pudesse estar ocorrendo em uma aula de física. Os participantes quiseram destrinchar logo os outros "exercícios do russo", e era engraçado observar a decepção de Letícia, quando se atrapalhava em um deles. Tentava tirar suas dúvidas com Catarina antes de recorrer ao professor e considerou-se uma inepta completa para as ciências exatas.

Depois de uns quarenta minutos, Ivan nem precisava ensinar nada, porque os estudantes ajudavam-se uns aos outros. Naquela manhã, a melhora poderia ser mensurada facilmente, pois os problemas do professor Adílson, antes impenetráveis para a maioria, pareciam agora brincadeiras de criança.

No final da reunião, as sete garotas presentes combinaram de ir juntas ao cinema. Catarina aceitou o convite, apesar de estranhá-lo pela novidade. Alguns dos garotos consideraram-se chamados e sugeriram um filme em cartaz. Foram prontamente podados: se quisessem acompanhá-las, assistiriam ao que elas escolhessem. Ricardo sorriu: as relações entre rapazes e garotas seguiam iguais ao que eram na sua adolescência.

As reuniões de estudo tornaram-se um hábito e um dos momentos mais agradáveis na semana de Ricardo. Estava contente por ajudar aqueles adolescentes, com cujas vidas foi se familiarizando. Grande parte deles não morava com ambos os pais, fosse por separações e divórcios, como no caso de Letícia, fosse por tragédias, como no de Catarina.

Na metade de agosto, havia uma média de quinze participantes por vez, dos quais dez formavam o núcleo estável. Os professores eram Ricardo, Ivan e alguns convidados, como Maurício e Ângela, uma engenheira química de meia-idade.

Os laços entre Ricardo, Letícia e Catarina foram se estreitando cada vez mais. As meninas admiravam-no e escutavam seus conselhos com atenção. À medida que se integravam com os colegas de classe, melhoravam as suas notas e se tornavam mais senhoras de si, consideravam que sua dívida com Ricardo crescia proporcionalmente. Ele também se afeiçoara às duas e se interessava por tudo que se relacionasse a elas, ao mesmo tempo em que as mantinha a uma distância segura. Elas reclamavam, mas ele nunca as abraçava ou beijava no rosto.

As conversas entre os três tornaram-se frequentes; em algumas semanas, praticamente diárias. Mesmo assim, havia temas dos quais jamais tratavam. Da parte de Ricardo, evitava contar às garotas as lembranças relacionadas a Nina, sobre quem falava apenas com quem a tivesse conhecido e amado.

Por sua vez, Catarina não mencionava o pai para nada. Nem Letícia tinha conversado com ela sobre o assassinato, que permanecia como uma ferida aberta, escondida sob a roupa. O que se passava na cabeça da garota era nebuloso; embora uma vez ou outra o fio da conversa os conduzisse à borda do assunto de José Carlos, Catarina fazia questão de contorná-lo.

Letícia era menos complicada e se dispunha a conversar sobre o que fosse. No entanto, abalou-se e quase chorou em uma tarde com Ricardo, por não encontrar maneira de apresentar o comportamento do seu pai sob um prisma mais favorável. As justificativas que tentava apresentar dissolviam-se, e sobrava a figura de alguém que passara por cima da sua família porque queria "ser feliz".

O trio formado pelo advogado e as duas estudantes ficou tão unido que despertou despeito em Gabriela. Ela sofria porque a filha buscava Ricardo para confidências que ela, a mãe, seria antes a primeira em escutar. Por outro lado, os efeitos benéficos que a amizade trazia para a garota fizeram com que Gabriela sufocasse seu ressentimento nascente.

11
Caminhos que enfim convergem

Uns dias depois, Ricardo telefonou a Cláudia. A moça aguardara ansiosa pelo contato, mas agora estava contrariada pela demora. Ricardo tentou desculpar-se, o que não serviu para muita coisa. Indeciso, propôs:

— Quer ir ao cinema comigo? Posso passar no seu trabalho amanhã por volta das seis e meia. O que você acha?

— A gente não ia à cantina italiana? Não gosto de ficar mudando o combinado.

— Amanhã vou estar cheio de reuniões, da manhã até as quatro. Se eu dormir mais tarde, vou acabar arrebentado. Preferia que a gente se encontrasse mais cedo, também para termos mais tempo juntos. A cantina pode ficar para o sábado.

Ela demorou uns instantes para responder:

— Está bem, mas me ligue amanhã de manhã para confirmar.

— Tudo bem, telefono a você mais ou menos às onze. De qualquer jeito, deixe reservado o sábado para nosso jantar.

No dia seguinte, Cláudia confirmou o plano, conforme havia decidido no momento em fora convidada. Na hora do encontro, estava mais bonita que da vez anterior. A maquiagem realçava os traços fortes do rosto; os olhos destacavam-se grandes e brilhantes, e o batom era vermelho tendendo ao marrom, que nela funcionava extremamente bem. Todo o conjunto a fazia mais morena. Os cabelos foram enfeixados em uma trança longa e brilhante, que se movia graciosamente no ritmo dos seus passos e deixava observar as orelhas bem esculpidas, finas e com pequenos brincos brilhantes. O vestido azul-cobalto combinava com os sapatos azul-marinho de salto alto, e um colete escuro cobria-lhe os ombros.

Após um instante calado, no qual prendeu a respiração, Ricardo cumprimentou-a desajeitadamente. Ela percebeu a impressão que causara e aguardou que ele a elogiasse. Porém, o advogado se recompôs e perguntou como ela havia passado o dia, o que a confundiu. Ficaria irritada se descobrisse o que ele pensara: Nina nunca se apresentaria daquela forma; de sua presença doce e suave, brotava serenidade. Já Cláudia provocava e aturdia.

A moça sugeriu que assistissem a uma comédia leve e romântica. Mesmo despretensioso, o filminho suscitou momentos de embaraço para os dois. Por exemplo, numa declaração melosa do protagonista para a heroína, ou na cena em que os dois por fim apararam suas arestas. Quando a sessão terminou, foram tomar um lanche, e Ricardo comentou:

— A atriz principal é certeza de bilheteria. Continua bonita, depois de tantos anos de estrada. Tem um jeito inocente, que encaixou no papel.

— Acha que ela é bonita?

— Não só eu, todo mundo acha. Você não?

— Não tanto assim. Ela tem a boca grande e é um pouco vesga.

— Até pode ser, mas quem liga para isso? Fica bem nela.

— Fica bem nela? Como assim? De jeito nenhum. Todo mundo acha que ela é maravilhosa, e não é verdade. Falam isso porque ela é loira, não tem mais nada. E azar das de cabelo escuro, que não dão nem para o começo. Essa fixação nas loiras é absurda. Na loja, aparecem várias adolescentes com os cabelos clareados, é muito cafona.

— Ela não é linda apenas por ser loira. E os homens reparam em qualquer garota bonita, não importa a cor do cabelo ou da pele. Bem, é até ridículo eu dizer isso justo para você.

— Por que é ridículo?

Ele mexeu a cabeça de um lado para o outro, por não acreditar na ingenuidade dela. Ao verificar que era verdadeira, esclareceu:

— Você não percebe que atrai toneladas de olhares masculinos?

— Que é isso? De onde você tirou essa bobagem?

Ela se assustou, o que não impediu que seu rosto em um instante passasse a queimar.

— Bobagem? — retrucou ele. — No cinema, agora mesmo, foi uma vergonha.

— Você está imaginando coisas...

— Estou, é? Perdi a conta dos marmanjos que desviaram a cara, quando eu os flagrava espiando você. Que pessoal desaforado!

Ela deu um riso encabulado, e o advogado continuou:

— Essa sua conversa está totalmente furada, e você é uma ótima prova disso.

— Então você reparou se os outros me olhavam? Quer dizer que está ficando com ciúmes?

Foi a vez de Ricardo não saber o que dizer.

— Você precisa ver a sua cara! — gritou Cláudia com uma alegria infantil. — Não fique desse jeito, seu bobo. Estou só brincando.

Ricardo rebateu:

— Ainda bem que é brincadeira! É cedo demais para você ficar convencida. Não estou com ciúme, mas só um cego não enxergaria o alvoroço que você causa por onde passa.

Ela fez um olhar de descrença.

— Nem existe motivo para eu ficar ciumento, concorda? Você não retribuiu a atenção de ninguém, nem quis se exibir...

— Claro que não! Acho que você já percebeu o tipo de mulher que eu sou.

— Lógico que percebi. E quem vai a qualquer lugar, acompanhado de uma mulher linda como você, precisa saber que os outros vão reparar nela. É impossível esconder a lua debaixo da mesa.

Ela respondeu com uma pequena careta, para disfarçar o sobressalto. Os galanteios de Ricardo a estavam abalando. Ele elogiava de maneiras e em momentos inesperados, sem planejamento. Não tinha nada a ver com o estilo dos conquistadores, experimentado por ela à saciedade: frases idênticas, surradas e banais, utilizadas com alvos diferentes, como uma produção em série de cantadas.

Aos poucos, Cláudia foi apreciando mais estar ao lado dele, cuja conversa era versátil e substanciosa, coalhada de histórias e observações agudas. Ele a mantinha interessada o tempo todo e, o mais inusitado, se dispunha a ouvi-la com gosto. Inclusive quando ela se referiu demoradamente à última coleção de roupas que chegara, ou descreveu o temperamento difícil de algumas vendedoras. Ao relatar acontecimentos efêmeros da loja, não se sentiu vazia ou inoportuna, como acontecia frequentemente, mesmo se os ouvintes fossem seu pai ou, pior ainda, seus irmãos.

No final do encontro, se a moça estava admirada, ele também fora afetado por ela. Para tanto, ajudara bastante seu propósito de evitar comparar Cláudia com a antiga noiva, que conseguia cumprir com poucas exceções.

Voltaram cedo para suas casas. Cláudia disse ao pai que sua cabeça doía e meteu-se imediatamente no quarto. Mal conseguia esperar para tornar a encontrar Ricardo no sábado. Zangou-se por ter se deixado envolver tão rapidamente por um homem.

No dia combinado, Ricardo apanhou Cláudia na casa dela, onde cumprimentou seu Pedro, que saiu até o portão e despediu-se da filha enquanto analisava o rapaz. O casal foi para a celebrada cantina, onde havia uma decoração típica, com queijos e garrafas amarradas no teto, fotos da cidade de Nápoles nas paredes e música italiana. Aliás, o barulho era intenso; por isso, os dois escolheram ficar em um canto menos movimentado, onde a iluminação era fraca. Um cheiro delicioso vinha dos pratos carregados pelos garçons.

Se Cláudia estivera exuberante na quarta-feira, usava agora um vestido escuro, mais discreto e leve, e sua maquiagem era pouco carregada. Mudou o estilo por instinto, e, se o impacto diminuíra, Ricardo achou-a muito charmosa, especialmente quando sorria solta qual uma adolescente. Então, jogava a cabeça para trás, e os cabelos escorriam volumosos pelos ombros. Em mais de uma ocasião, ele teve que refrear seu desejo de acariciá-los e abraçar a sua companheira.

Ricardo contou a ela episódios pessoais envolvendo sua família, e a jovem admirou-se por ele relacionar-se tão bem com os pais e irmãos. Ela sempre se mantivera distante de seus parentes imediatos, com exceção do pai, que era seu melhor amigo e confidente. Cláudia experimentava um misto de curiosidade e aversão em relação à antiga noiva de Ricardo, sobre quem tivera alguma notícia através da Gabriela.

Depois de escutá-lo, Cláudia contou da sua infância, dos colégios onde estudara, dos seus planos profissionais. Pretendia abrir seu próprio negócio dentro de poucos meses: uma loja de moda feminina, em sociedade com uma cliente entupida de dinheiro, em cujas graças caíra repentinamente. Haviam começado a transformar o projeto em realidade, e estava prestes a pedir demissão na Mrs. Windsor.

Após ter sorvido três taças de vinho, ela comentou que desejava casar e ter filhos; de preferência, um casal. Era uma meta ainda longínqua, para quando se firmasse profissionalmente, o que levaria uns bons anos. Intrigou-se com a expressão misteriosa no rosto de Ricardo. "Fui tonta em falar de casamento!", ela pensou. "Ele vai pensar que estou com medo de ficar encalhada. É o melhor jeito de pôr um homem para correr, sua burra!" Permaneceram em silêncio por um instante, e ele perguntou:

— Você gosta de crianças?

Ela se enervou, mas decidiu ser sincera:

— Gosto sim. E você?

— Também, muito. Mas, se você gosta, por que quer ter só dois filhos? Seus pais tiveram quatro, e duvido que tenham se arrependido. Principalmente porque a última foi você.

— Obrigada, gentil da sua parte. Está certo, tiveram quatro, mas eram outros tempos. Hoje é muito mais difícil cuidar de uma família grande. E os filhos atrapalham a vida do casal. Um ou dois estão de bom tamanho.

— Dão trabalho, mas menos do que as pessoas dizem por aí. A partir do terceiro, eles brincam entre si, um cuida do outro. Foi assim lá em casa; minha mãe pegou o jeito e nos dominava fácil. E a gente adorava quando um novo irmão estava para chegar.

— E o preço disso? Criar um filho custa uma fortuna.

Antes de responder, Ricardo sentiu um toque no ombro e virou-se. Ali estava Bernardo, seu colega de escritório, com o sorriso aberto:

— E aí, Ricardo! Tudo bem com você? Hoje vai chover canivete: encontrei você na noite. Eu já te convidei para um monte de lugares, e você nunca aceitou. Por que resolveu sair hoje?

Bernardo não suspeitava que Ricardo descartara seus convites porque os programas do colega, por melhor que iniciassem, acabavam descambando para situações destrambelhadas. Por exemplo, numa madrugada, Bernardo liderou vários amigos para um largo suspeito, onde distribuíram rajadas de pó químico contra incêndio e um pouco de urina nos transeuntes. Por azar, uma viatura de polícia apareceu na hora e levou os arruaceiros à delegacia. Como tinham sido pegos em flagrante, tiveram que passar o resto da noite e parte da manhã em uma pequena cela, com presos comuns, sem pregar os olhos nem por um instante. Lembrando-se dessa aventura, Ricardo respondeu:

— Por nada de mais, você que está exagerando. Frequentamos lugares diferentes, é só isso. É a primeira vez que venho a este restaurante, tem jeito de ser muito bom. E você, chegou faz tempo?

A pergunta não foi respondida. Ricardo chamou o amigo pelo nome e mirou-o mais detidamente. Bernardo, o formoso — como Maurício o apelidava —, havia se tornado uma estátua, o que se dera no momento em que pousara os olhos em Cláudia. Em outras circunstâncias, a cena seria cômica: um dos maiores galanteadores que Ricardo conhecia havia sido vergado pela simples visão de uma garota. Contudo, ali, essa reação era um ultraje. A mulher que o deslumbrava estava acompanhada por um amigo! Por acaso isso não fazia mais diferença? Nessa toada, eliminariam em um piscar de olhos a lealdade masculina, instituição fundamental para a manutenção da paz social. Que mundo subsistiria, se os amigos não respeitassem mais os flertes e os namoros uns dos outros?

Raciocínios esdrúxulos semelhantes saltavam na mente de Ricardo. Indignado, e ao mesmo tempo alarmado com a possibilidade de perder Cláudia para o rival, Ricardo praticamente gritou para trazer Bernardo de volta à terra:

— Bernardo, você não me apresentou a sua companhia! Qual o nome dessa moça bonita? Boa noite!

A jovem citada era um exemplar perfeito da loira aguada. Havia ficado perplexa ao perceber que a mão de Bernardo quase se soltara da sua; porém, ao escutar o elogio do rapaz sentado, retomou suas feições básicas: um sorriso luminoso, para mostrar os dentes brancos e grandes, e a postura absolutamente ereta, com um ar distante. Essa estampa era resultado de um longo treino para transmitir a mensagem: "Vejam como eu sou uma beleza de se olhar!" Ao menos a mensagem era verdadeira...

E o miserável do Bernardo não respondia. Impaciente, Ricardo levantou-se e cutucou-o na barriga. Despertando, o homem fitou assustado o rosto do colega, como se não tivesse ideia do que este fizesse ali. Não lembrava nem por que ele, Bernardo, fora parar naquele restaurante. Mesmo assim, seguiu com o ar abestalhado, porque de Cláudia não se esquecera. Sua expressão só mudou quando percebeu a cólera avolumando-se no companheiro de trabalho, que estava vermelho como um pimentão.

Ricardo dirigiu o olhar para Cláudia e assustou-se. Ela o fuzilava com o rosto duro, os olhos semicerrados. "A Cláudia está a um passo de explodir", disse a si mesmo. "O que deu nessa mulher? Não entendo mais nada!" E o Bernardo com a cara de paspalho, enquanto a loirinha puxava-o pela manga da camisa. Afetando tranquilidade, Ricardo fez as apresentações:

— Cláudia, este é o Bernardo. Ele trabalha comigo no escritório.

— Muito prazer — disse a diva enquanto estendia a mão e mantinha-se encarando Ricardo.

— Encantado! — respondeu o formoso antes de beijar solenemente a mão da moça.

"Que cumprimento ridículo. E recuperou-se rápido da letargia, o canastrão!", matutou Ricardo. Seu colega, com o cabelo abundante penteado para trás, a barba que sempre aparentava ser de um dia, a compleição musculosa, o queixo imponente e o domínio de trejeitos sedutores, vencia-o com sobras no quesito beleza. Reconhecê-lo aumentava a raiva e a insegurança de Ricardo.

Bernardo avançou para beijar o rosto de Cláudia, que não se aproximou dele e manteve a mão estendida, com a qual ele teve de se contentar. Ela seguia sem se interessar pelo galante, que estranhou. Aproveitando o momento de silêncio, Ricardo agiu rápido:

— Ótimo, Bernardo. Foi bom encontrar você. A gente se vê na segunda. Tchau! Boa noite.

E deu as costas ao amigo, que nada pôde fazer exceto retirar-se. Ficou remoendo a inveja recém-surgida do colega até então admirado. No resto da noite, a risonha loirinha não pôde trocar mais de três frases seguidas com Bernardo, cuja cabeça voava na estratosfera. Não que fizesse muita diferença, porque ela pouco saberia o que dizer, se ele respondesse sensatamente. De qualquer modo, a alegria não desapareceu do rosto dela nenhuma vez, por ser dessas garotas que se contentam com a admiração que devotam a si mesmas.

Já com Ricardo, a situação tornou-se delicada. Se Cláudia não parecia mais prestes a protagonizar uma erupção, fazia questão de mostrar um mau humor inédito. Continuou comendo sem dizer nada e respondia por monossílabos. Ele procurou tratar de algo divertido, o que não surtiu efeito. Os momentos desagradáveis foram se acumulando, até que ele não se conteve:

— Posso saber o que está acontecendo, Cláudia? Desde que o meu colega apareceu aqui, parece que um bicho mordeu você...

Pega de surpresa, ela arregalou os olhos e tossiu. Ele prosseguiu:

— Fiz alguma coisa errada? O Bernardo foi indelicado com você? Por favor, diga-me o que foi. Você fica bonita zangada, mas prefiro a versão risonha e simpática.

— Você tem o cinismo de perguntar se fez alguma coisa errada?

Ele se espantou com a agressividade. Com voz baixa, ela explicou:

— Não gostei, não achei certo o jeito como você falou com aquela moça.

— O quê?

— Ela estava com seu amigo, e mesmo assim você passou uma cantada nela! Não faça essa cara de sonso! Você a chamou de bonita, e ela entendeu muito bem, porque ficou toda derretida. Eu devia ter ido embora naquela hora!

As palavras saíram em um jato. Cláudia detestou que a denunciassem e baixou os olhos, irada. Incomodado, ao mesmo tempo em que um júbilo estranho o tomava, Ricardo balbuciou:

— Olhe para mim, por favor. Escute, não seja injusta comigo, Cláudia.

Ela o encarou sem arrefecer a expressão, com as pontas dos lábios tremendo. Ricardo sorriu bondoso, tomou-lhe a mão, que ela de início recusou, entre as suas e ponderou:

— Quem, com você do lado, vai querer saber daquela menina? Só se eu fosse um imbecil completo. Perguntei o nome dela porque queria arrancar o Bernardo do estado de idiotice em que ele entrou, depois de ver você.

— Pare de inventar, Ricardo! Você outra vez com essa história dos homens me olhando! Acha que vou engolir?

— Não estou inventando coisa nenhuma. Não diga que não notou, porque não vou acreditar.

Percebendo que, no fundo, ela apreciara o que escutara, ele ficou mais tranquilo:

— Se eu não conhecesse o Bernardo, a gente teria brigado feio. Fiquei com pena da garota que estava com ele, e comentei que ela era bonita sem nem perceber muito bem. Desculpe se magoei você, é o que eu menos quero. Além disso, eu nem conseguiria reconhecer essa moça, nem vi direito o rosto dela.

Beijou então a mão de Cláudia, e percebeu que ela se arrepiou. Querendo manter certa dureza, a ofendida concedeu:

— Está desculpado. Não percebi nada disso no seu amigo, mas vou acreditar em você. Acho que fui meio estúpida com ele. Explique depois que eu não estava passando bem.

— Não vou explicar nada, quero que ele fique o mais longe possível de você, isso sim! Deixe-o com a "moça bonita" dele, e vamos cuidar da gente.

— Como você é chato!

— Eu que sou chato? Você que não é nada fácil. Pensei que você ia avançar para me dar um tapa. Estou vendo que você gosta de controlar os homens com rédea curta.

O resto do jantar não trouxe novos incidentes. Em alguns momentos, Ricardo se perdia, admirando o rosto de Cláudia, o jeito gracioso dela. No final da sobremesa, numa das vezes em que a encarou mais fixamente, a moça levantou os olhos e fitou-o também. Nenhum deles desviou a vista, e se deixaram observar, ambos com um sorriso tímido de satisfação.

— Vamos sair amanhã de novo? — propôs Ricardo, assim que se levantaram. — A gente poderia ir ao centro de Joaquim Egídio. O que você acha?

— Boa ideia, não vou para lá faz tempo. Você pode me apanhar em casa?

— Mas que pergunta!

No dia seguinte, almoçaram em um restaurante ao lado de um rio, no meio da paisagem bucólica e comendo uma ótima refeição caseira. Percorreram os antiquários dali, e Ricardo comprou escondido um conjunto de pequenas estátuas chinesas para ela, assim que notou o quanto Cláudia gostara das peças. De início, ela recusou, até que a persuasão dele, e a delicadeza dos monges gordinhos, com bigode e olhos puxados, esculpidos em pedra branca, venceram-na.

Combinaram de se verem novamente no fim de semana, quando Ricardo voltaria de uma viagem ao Paraná. Cláudia decepcionou-se um pouco, porque ele não tentara algo mais ousado. Receou que ele estivesse se cansando dela, o que a deixou inquieta.

À noite, dona Lúcia aproximou-se do filho, que se distraía folheando uma revista, sentado na poltrona da sala de estar. Ela puxou uma cadeira da mesa e começou a trabalhar no caderno das contas da casa, pondo os óculos de leitura, presos ao redor do pescoço por uma corrente de elos de plástico. Quando Ricardo jogou a revista sobre os jornais, ela, que volta e meia lançava nele o olhar, comentou:

— Parece que você está interessado nessa moça. Fazia tempo que você não saía várias vezes com a mesma garota em tão pouco tempo.

— Não é nada de mais, mãe. Ela é uma ótima companhia.

— Só isso?

— Não, ela também é encantadora, simpática, atenciosa — riu ele.

— O que ela faz?

— É gerente de uma loja de moda feminina no shopping, a Mrs. Windsor. Mas ela quer abrir uma loja dela.

Abandonando de vez o caderno, dona Lúcia perguntou:

— Como é a família dela?

— Já contei que é prima da Gabriela? Ela é a caçula de quatro irmãos, a única mulher.

— Sei...

— Ela está mexendo comigo, reconheço. É o que a senhora queria ouvir? Acho que ela também está interessada em mim.

— Muito bem.

Retornou ao seu caderno. Ricardo não soube o que acrescentar e se pôs a ver o jornal, até que a mãe comentou:

— A Catarina esteve aqui hoje.

— Ah, sim?

— Foi. Ela me contou que essa moça e a Gabriela são como irmãs.

— São muito amigas, apesar da diferença de idade.
— Ela é bonita? A Catarina me disse que é linda.
Ele estranhou que a mãe quisesse saber isso.
— Muito bonita, mamãe — respondeu ele. — Mas não é só isso que me atrai nela. Ela é uma graça, alegre e cheia de iniciativa. Mesmo sendo linda, não é arrogante. Quando a senhora conhecê-la, vai gostar dela e ver que estou certo.
Dona Lúcia nada respondeu. Ricardo quis saber:
— A Catarina esteve com a senhora; o que ela veio fazer?
— Ela ligou antes, procurando você. Falei que você tinha saído, então me perguntou se poderia vir, para colocarmos a conversa em dia.
— A senhora sempre se deu bem com gente mais nova, mas essa sua sintonia com a Catarina é demais! Ela é estudante, e a senhora já é avó: dois mundos totalmente diferentes.
— No nosso caso, isso ajuda para que nos entendamos tão bem. Ela valoriza o que eu digo, às vezes mais do que algum filho meu.
— Não me venha com indiretas, mamãe! Quando não escuto a senhora?
— Quem disse que pensei em você? Mas se a carapuça serviu...
Ele balançou a cabeça, e dona Lúcia retomou:
— Tem outro assunto que me aproxima dela: você. Ricardo, é tocante ouvir a Catarina elogiá-lo, agradecida...
— A senhora e ela ficam fofocando sobre mim, por acaso?
— Não é fofocar. Ela conta dessas reuniões com os colegas dela ou de algo que você lhe aconselhou, pergunta como vocês eram quando crianças, e hoje lhe mostrei umas fotos de aniversários antigos. Ela se interessa também pela Clara, mas o principal é sem dúvida você. A Catarina é muito carinhosa, ela se apega demais às pessoas; você já deve ter percebido.
— Percebi. Gosto dela no mínimo igual. Veja como são as coisas: bastou dar-lhe um pouco de atenção, tratá-la com jeito, para que ela se abrisse.
— Concordo que ela melhorou, mas ainda é preciso tomar cuidado. Ela repara em tudo o que acontece, e quando coloca uma ideia na cabeça, é teimosa. E não leva desaforo para casa. Hoje mesmo Felipe tomou

uma chamada dela, porque não abaixou o som quando eu pedi. A Catarina foi, desligou o aparelho e perguntou se ele estava surdo. O coitado ficou tão espantado que não respondeu e subiu para o quarto. Depois, desceu e pediu desculpas. Ainda bem que ele é um menino de gênio bom.

— Mas o que é isso! — gargalhou Ricardo.

Quando ele terminou de rir, dona Lúcia continuou:

— Você conseguiu que ela gostasse de você, mas o Ivan, por exemplo, está longe disso. Ela quase não se refere a ele. Bom, ao menos acho que a antipatia dela diminuiu.

— Por isso acredito que vão acabar se entendendo. A Catarina não é tonta nem injusta, vai aprender a valorizar o Ivan.

Ricardo aproveitou para deixar cair o que o inquietava:

— Desconfio que a Catarina não simpatize muito com a Cláudia.

— Por que você diz isso?

— É um pressentimento. O que a senhora acha?

Dona Lúcia olhou-o por cima dos óculos e respondeu:

— Se quer saber a opinião da Catarina, por que não pergunta a ela?

— Não posso fazer isso, mãe. Seria indelicado com a Cláudia, e eu poderia colocar a Catarina em uma situação chata.

— Concordo.

Como ele mordia o lábio inferior, que era sinal da sua curiosidade, a mãe acrescentou:

— Mas, para você ficar tranquilo, a Catarina não me disse nada de grave sobre a Cláudia. Só me falou de detalhes sem importância, que nem preciso contar.

Ricardo tinha certeza de que a mãe ouvira algo que lhe desagradara. Mas não adiantaria ele tentar descobrir mais.

No começo de agosto, Ricardo e Cláudia foram a uma lanchonete sugerida pela jovem, na avenida Nossa Senhora de Fátima. Ela estava vestida com uma calça jeans folgada, camiseta estampada em fundo branco e um par de sandálias de tiras claras e sem salto. Tinha como maquiagem apenas o batom cereja, e seu cabelo havia sido preso em um rabo de cavalo. Ricardo usava um sapato esportivo, calça de algodão cáqui e uma camisa polo azul.

    Terminados os sanduíches e o sorvete, entraram no Parque Taquaral. Andaram pela pista de corrida, onde Ricardo recordou seus sofrimentos nas aulas de educação física que tivera ali, quando era um gordinho molenga. A conversa era entrecortada por instantes em que ambos se mantinham imersos nos próprios pensamentos. Ricardo, sorrindo para esconder sua ansiedade, soltou:

— Cláudia, a gente saiu várias vezes nas últimas semanas. Para mim, tem sido sempre ótimo. Você aceita meus convites na hora, ao menos recentemente...

— É por falta de uma opção melhor, só isso! — falou ela, meio rindo e meio nervosa.

— Vou fingir que acredito. Na verdade, acho que você está gostando da minha companhia. É verdade ou não?

— Não sei... E se for, o que acontece?

— Então vou ficar tranquilo para confessar que gosto muito de você. Sua voz, seu sorriso, tudo em você é encantador. Você é simpática e inteligente, tem personalidade, sabe se virar... Bom, é tanta coisa, que nem consigo dizer tudo. Sem contar que é linda demais, sempre.

A moça ficou atarantada. Ricardo foi até o fim:

— Quero estar muitas vezes com você, e não só como amigo. Então, aceita ser minha namorada?

Durante uns segundos, ela seguiu quieta e cabisbaixa. Achava que ele iria beijá-la antes de se declarar, mas o modo escolhido por ele agradou-a. Deixou que ele visse o sorriso que a envolvia. Deu um salto, abraçou-o e disse-lhe ao ouvido:

— Se aceito? O que você acha, seu bobo? Claro que sim, mil vezes. Você é o melhor homem que já conheci, de longe. E é lindo também!

Ele fez uma careta de dúvida, recebendo em troca um tapa no ombro. Conversaram bastante naquela tarde, em um banco de cimento ao lado de um gramado. Saíram do parque de mãos dadas, e ele notou que o coração dela batia mais rapidamente.

Apesar de contente, naquela mesma noite um escrúpulo invadiu-o. Sentia-se como traindo a lembrança de Nina; sabia que era uma ideia insensata, mas não conseguia livrar-se dela. Como o Eduardo reagiria, ao saber desse namoro? Talvez igual dona Lúcia: com uma ligeira desaprovação. Que, com o tempo, Ricardo esperava que se tornasse uma grata satisfação.

12
Assim é estar com uma diva

Em uma sexta-feira na metade de setembro, quando Ricardo fez-lhe uma visita rápida na loja, Cláudia perguntou-lhe:

— Você vai amanhã para a casa da Gabriela? Vocês vão ter uma daquelas reuniões, não é?

— Sim, está marcada. Por quê?

— É que eu queria ir com você, para ver como é.

— Não vale a pena. Você não vai gostar nem um pouco.

— Por quê? Você adora, deve ser divertido. E posso aproveitar para visitar a Gabriela, que faz um tempão que não vejo.

— Você vai achar um tédio. Imagine só, ficar escutando sobre história do Brasil por duas horas... É melhor você se encontrar com a Gabriela outro dia.

— Não tem problema, vou amanhã. É mais um tempo para ficar perto de você.

— Só que não vou poder lhe dar atenção durante a aula. Ainda mais que o professor vai ser o Maurício. Tenho que ficar de olho nele, porque, se desanda a contar piadas, não para mais.

— Tudo bem. Se eu não gostar, saio e vou conversar com a Gabriela.

— Não, prefiro que você não vá. Nós dois namoramos, não combina com o ambiente. Ali não tem paquera nem namorico, é só estudo. Se eu apareço com você, pode atrapalhar o clima da reunião.

— Como você é exagerado, Ricardo! Até parece que vou fazer alguma besteira, dar um vexame. Acha que não sei me comportar na casa da minha prima, é isso? Ou está com vergonha de mim?

A voz dela tornara-se estridente e exasperada. Explosões parecidas eram comuns nela. Duravam pouco, mas detoná-las era facílimo. Ricardo aproximou-se para beijá-la na testa, mas Cláudia recuou. Ele insistiu, e por fim ela se deixou vencer.

— Lógico que você sabe se comportar — afirmou Ricardo. — Sobre eu ter vergonha de você, é tão absurdo, que nem vou responder. Mesmo assim, acho melhor você não ir. Lá não será o local nem o momento para a gente se encontrar. Quando a reunião terminar, passo na sua casa e podemos almoçar. Depois, trago você para cá. Está bem assim?

Ela demorou a responder:

— Tudo bem, não vou amanhã. Está satisfeito? Mas acho esses seus argumentos ridículos! Você está sempre com tantas complicações e não me toques, quer fazer tudo tão certinho... Isso cansa!

Cláudia percebeu o desgosto do namorado e tentou consertar:

— Não quero brigar por essa bobagem. Como Vossa Excelência é o organizador dos encontros, eu me submeto. Só que escolho aonde vamos almoçar depois!

Ele não retrucou e apenas sorriu fracamente.

A reunião havia começado fazia trinta minutos, e Maurício fazia os garotos rirem à vontade, com suas tiradas sobre personagens da Guerra do Paraguai. Enquanto ironizava a companheira de Solano López, figura controvertida e fascinante, a campainha da casa tocou. Poucos minutos depois, Gabriela e Cláudia apareceram no rancho. A dona da casa interrompeu a aula e dirigiu-se a Ricardo:

— Veja só quem chegou! Ela quis fazer uma surpresa a você.

Cláudia se aproximou e beijou-o no rosto, explicando-se num sussurro:

— Resolvi vir, querido. Liguei ontem para a Gabi, contei o que você e eu tínhamos conversado e expliquei que eu não iria aparecer. Mas ela insistiu para que eu viesse, disse que fazia questão, e não tive como fugir.

Voltando-se para Maurício, cumprimentou-o e pediu:

— Desculpe ter atrapalhado você. Posso ficar aqui, ouvindo?

— Claro que sim, Cláudia. É um prazer. Você não atrapalha nunca, ora essa...

Maurício falou no seu tom adocicado exclusivo para mulheres bonitas, que Ricardo reconhecia tão bem. O gorducho se empolgara ao saber que o amigo havia engatado um relacionamento. E quando viu Cláudia pela primeira vez, essa empolgação elevou-se a frenesi. Nesse dia, estupefato, gritava enquanto pulava pelo escritório com os braços levantados:

— Seu salafrário, tratante, fingido! Achei que você estava encalhado, que era um paquiderme, uma múmia... Mas foi só se mexer um pouco, e olhe só o que você conseguiu, desgraçado! Essa mulher é uma deusa! Você tem noção disso, sua besta?

Não havia tempo para responder, porque Maurício não arrefecia:

— Ela está caidinha por você, toda amorosa. Se fosse comigo, eu tinha um enfarte. Como é possível? Se você me mostrasse a foto dela e dissesse que era sua garota, eu ia achar que você tinha endoidado de vez! Mas você merece mais do que ninguém. Pensando bem, ela tem ainda mais sorte do que você. Parabéns, meu amigo, você arrebentou!

— Você é sempre a mesma coisa. Basta ver uma mulher um pouco mais bonita...

— Um *pouco* mais bonita?

— ... e você perde a compostura que tem, que já não é muita! E se a sua esposa o ouvisse berrando desse jeito, o que ia acontecer?

— Largue a mão de ser estraga-prazeres. A Juliana não está aqui, ora.

— Veja se entra na sua cabeça de uma vez: não estou com a Cláudia porque ela é um portento, a reencarnação de Afrodite, a nova Helena de Troia, ou sei lá mais o quê. Ela é melhor que isso.

— Está bem, mas deixe de ser chato! Estou elogiando sua namorada e você também, não sei se percebeu...

— Não precisa me elogiar. Nem fique falando da Cláudia assim, só porque ela é bonita. Fica parecendo que ela poderia ser uma tapada, uma devassa, e tudo bem.

— Entendi, senhor amoroso. Não está mais aqui quem falou.

Subitamente, semicerrou os olhos e completou:

— Você nasceu no século errado, Ricardo! Acha que as mulheres são seres angelicais, maravilhosos. Bah!

— Não sou tão ingênuo assim.

— É muito mais do que imagina. Espero que você não quebre a cara por isso. E você já está ficando com ciúmes dela, o que é bom sinal. Quieto, não adianta negar! Qualquer um ficaria, se estivesse com um avião como ela.

Essa cena de poucas semanas atrás voltou à cabeça de Ricardo. A isso juntou-se o surgimento de certa inquietação, de início quase imperceptível, depois cada vez mais nítida, nos participantes do grupo. Do lado das meninas, vieram risinhos abafados, olhares maliciosos trocados, uma ou outra frase cujo significado Ricardo não apreendia. Depois, ele flagrou um garoto cutucando outro e apontando para Cláudia; quando notou que Ricardo o observava, virou-se para a frente encabulado.

Seu desagrado pela presença da namorada crescia proporcionalmente à agitação silenciosa, e somente diminuía quando olhava para ela, que retribuía com um sorriso. Ela estava com uma saia jeans, camiseta folgada amarela e tênis de marca. A maquiagem deixara a pele mais clara, formando um contraste com os cabelos escuros, brilhantes e penteados cheios. "Nela, tudo o que veste fica bem. É até injusto com as outras", ponderou Ricardo.

Em um momento, Ricardo cruzou seu olhar com o de Catarina, cuja expressão era dura e exasperada. Ele seguiu contrariado até o intervalo, quando foi com os outros adultos à sala de estar. Como não poderia dar aí uma bronca em Cláudia, sentou-se afastado da intrusa, que solicitou com o olhar que ele se aproximasse. A resposta foi um aceno negativo, que não diminuiu em nada o bom humor dela. Ao contrário, ela parecia dizer: "Aprendeu, querido? Quando quero, as coisas sempre saem do meu jeito."

Maurício encontrava-se especialmente eloquente, e até Ivan se divertia com ele. No momento de voltarem à reunião, o palestrante propôs a Cláudia:

— Vamos recomeçar? Agora vem a melhor parte, os anos finais da guerra.

A garota observou Ricardo com o canto do olho e respondeu:

— Obrigada, Maurício, mas vou ficar aqui com a Gabriela. A gente precisa conversar sobre alguns assuntos de família. Gostei muito do que assisti, foi ótimo; você leva muito jeito para professor.

Ricardo se segurou para não rir do amigo, que murchou na hora. Em um instante, haviam-lhe roubado a inspiração, e a manhã, que estivera radiante, escureceu. Permaneceu com a boca aberta, sem ter o que argumentar. Puxando Maurício pelo braço, Ricardo ordenou:

— Vamos lá, os rapazes estão esperando. Seu estoque de bobagens não está nem na metade, você ainda tem muito que falar. Ivan, venha com a gente. É melhor do que analisar a contabilidade da empresa, o que você pode fazer em outra hora.

No caminho para o rancho, Ricardo analisou os movimentos da namorada. Ela não quis retornar porque não era preciso, já tinha marcado sua autonomia. Amarrara muito bem todos os pontos antes, inclusive manipulando Gabriela, que provavelmente não se dera conta de nada. "A Cláudia pensa que vou dançar conforme a música dela e ainda agradecer. Logo vai perceber que precisa de mais do que isso para me engambelar", refletiu.

Mesmo sem o combustível de um belo par de olhos escuros, a empolgação de Maurício recuperou sua força total em menos de cinco minutos de aula. As meninas estavam mais caladas do que antes, prestando atenção nas explicações, sem maiores sobressaltos. Ricardo teve a sensação estranha de que umas ou outras se mantiveram mais reservadas com ele.

No intervalo, os rapazes e as meninas haviam se dividido em grupos que conversavam alto enquanto devoravam a comida providenciada pela dona da casa. Catarina demorou uns minutos fazendo anotações no caderno; quando se juntou a algumas companheiras, ouviu:

— Não é possível que seja a namorada dele! Pensei que ele não tivesse ninguém, que fosse livre... Pior que ela não é feia. Mas tem jeito de tapada, não acharam?

— Carla, não fale assim — interveio Catarina.— A namorada do Ricardo é minha prima.

— Desculpe — disse a menina encolhendo-se.

— E não é nada burra.

— Eu não quis ofender... É que fui pega de surpresa. Essa história acabou com o meu dia.

— Acabou com seu dia? Ora, por quê?

A adolescente magra, de cabelos castanhos ondulados e óculos com armação branca de acrílico manteve a boca fechada. Camila esclareceu:

— Catarina, você nunca percebeu que a Carla se derrete pelo Ricardo? Por que você acha que ela se produz toda nos sábados de manhã? Está até usando um perfume caro.

Catarina ficou desnorteada. Divertindo-se com o susto que pregara, Camila continuou:

— E tem mais: não é só ela que está interessada no nosso professor.

Apontou para Sílvia e Paula, duas meninas desajeitadas e habitualmente desbocadas, que no momento se sentavam quietas e com caras de poucos amigos. Quando Catarina conseguiu juntar todas as peças, exaltou-se:

— Não acredito! Como isso pôde acontecer? Vocês, gostarem do Ricardo! Meu Deus, onde estão com a cabeça? Que loucura!

A descompostura mexeu com os brios das três meninas.

— Qual é o problema, Catarina? O que tem de estranho ou de errado em gostar do Ricardo? Ele é delicado, gentil, inteligente... — ia desfiando Paula.

— Tem uma risada linda — completou Sílvia.

— Você conhece alguém legal como ele? — disse Carla. — Os bobocas que estudam com a gente, por acaso?

Catarina foi invadida por uma sensação de desajuste. Era como se um palhaço irrompesse no palco de uma tragédia. Ela nunca havia classificado

Ricardo como um indivíduo macho da espécie humana. Enxergá-lo como alguém que pudesse atrair as suas colegas, que perto dele eram pouco mais que adolescentes, era perturbador. Entendeu então porque lhe parecera bizarro observar Ricardo junto de Cláudia, o que havia ocorrido pela primeira vez naquela manhã: era vê-lo em um papel inédito, como um homem admirado enquanto tal por uma mulher.

— Pois eu não o acho bonito — discordou outra. — Não vejo nada de mais nele. É gente boa, certo, mas longe de ser um príncipe encantado.

— Ele pode não causar aquele impacto inicial, mas é daqueles que vão seduzindo aos poucos, pela simpatia, pela conversa, por pequenos favores... Se você se deixa envolver, está perdida. Mas não ele faz o meu tipo, para ser sincera.

Atônita, Catarina encarou Camila, que dissera as últimas palavras. Na sua inexperiência, a anfitriã não conhecia nada da fascinação que os professores às vezes exercem sobre as alunas. Em um repente, gritou:

— É um absurdo vocês falarem do Ricardo desse jeito!

As outras se voltaram para ela, espantadas. Letícia começou a coçar a bochecha enquanto olhava o chão, seu tique de nervosismo. Diante das amigas caladas, Catarina prosseguiu com cautela:

— Eu conheço o Ricardo, ele tomaria um susto se escutasse vocês. Depois iria se culpar, achando que teria sido simpático demais ou descuidado com a gente. E podem ter certeza de que seria o fim das nossas reuniões.

— Como você sabe que ele nunca desconfiou de que eu gosto dele? — perguntou Carla em tom desafiador. — Não teria por que ele ficar preocupado, e muito menos do que se culpar. Que besteira, Catarina! Acho também que ele poderia se interessar por alguma de nós, por que não? Não somos mais crianças, ele é solteiro...

— Ele não nos enxerga assim! — Catarina tornou a exaltar-se. — Ele quer ajudar, não conquistar a gente. Será que vocês não o entendem?

Percebendo a prostração das colegas, ela concluiu:

— Não quero ofender ninguém, mas o Ricardo está em outra dimensão em relação a nós. Desculpem se fui dura, mas não consigo ouvir falar dele nesse tom, como se fosse um homem qualquer.

— Nunca disse que ele é um homem qualquer!

— Eu sei, Carla. É modo de falar!

Letícia havia observado a conversa sem se intrometer. Admirou-se que Catarina não tivesse notado que as garotas haviam sido hipnotizadas pelo Ricardo. Para diminuir a tensão, pôs-se a falar de um conjunto musical que faria um show na Pedreira do Chapadão, o que serviu para desanuviar as meninas, exceto Catarina, que se manteve carrancuda.

Quando a aula terminou, Cláudia voltou junto com Gabriela e Simone para o quintal, e Ricardo achou melhor apresentar a namorada aos presentes. Alguns meninos ficaram reduzidos a palermas enquanto diziam seus nomes à moça, que os cumprimentava com seu sorriso cativante. Com as garotas, foi um pouco diferente. A maioria olhava admirada para Cláudia, que as beijava uma a uma, mas Carla, Sílvia e Paula fizeram questão de demonstrar frieza. No final, a visitante disse ao grupo que formava um círculo ao seu redor:

— Que bom que conheci vocês, eu estava curiosa. O Ricardo tem muito carinho por todos. É verdade, querido, não fique bravo porque eu digo. Ele elogia vocês sempre. Agora vejo que ele não exagerava, porque vocês são uns amores.

Quase todos responderam que ela, sim, era muito simpática. Mesmo as descontentes reconheceram que Ricardo tivera excelente gosto e que a moça era gentil e educada. Paula ainda tentou apontar defeitos na boca, nas orelhas e no timbre da voz de Cláudia, só que ninguém concordou.

Quando os demais jovens foram embora, Ricardo comentou com Catarina e Letícia:

— Não tivemos tempo para conversar hoje. Tudo bem com vocês?

— Tudo bem — respondeu Letícia. — A aula do Maurício foi ótima, muito engraçada.

— Também achei — concordou ele. — Mas demorou um pouco para entrar em ponto de ebulição. Não falei que ele tem um talento impressionante para se comunicar?

— Ele conhece a matéria demais, muito mais que o professor.

— Não conseguimos conversar porque a Cláudia apareceu — interrompeu Catarina. — Você que a chamou?

— Não. Ela combinou com a sua mãe uma visita, e depois aproveitou para assistir ao grupo funcionando. Tinha me avisado que viria algum dia, mas achei que não seria hoje.

— Acho que deixou algumas das meninas um pouco alteradas — disse Catarina cautelosamente.

— E os meninos, mais ainda — completou Letícia.

— Eu percebi. Mas isso não vai acontecer de novo, porque a Cláudia trabalha nos sábados de manhã; só hoje que vai entrar na loja mais tarde. O pessoal parece ter gostado dela, não é?

As duas esquivaram-se de responder, e nesse instante Cláudia chegou ao lado de Ricardo, beijou-lhe o rosto e sugeriu, toda melosa:

— Vamos embora? Você prometeu que íamos almoçar juntos.

— Está certo, mas quem decide aonde vamos hoje sou eu.

— Não, senhor. Tenho uma ideia boa...

— Hoje você não merece escolher.

— Por que não?

— Você sabe.

— Pare de ser ranzinza, Ricardo! Eu escolho, sim. Tchau, Catarina.

Cláudia pôs as mãos nos ombros da menina e a encarou; a garota não esperava e abaixou os olhos, mas a outra levantou-lhe a cabeça delicadamente e falou:

— Como você está linda, Catarina! Não é de hoje, faz tempo que venho reparando. Sempre parecida com o seu pai, o mesmo queixo, o sorriso igual! Ele era um homem muito bonito. Aposto que seus colegas devem correr atrás de você.

A garota agradeceu encabulada; voltou então para Ricardo e trocaram um rápido olhar. Ele pareceu confuso, mas logo sorriu, meneando a cabeça para mostrar que concordava com Cláudia. Catarina beijou a prima maquinalmente, deu a mão a Ricardo e foi para o quarto, acompanhada de Letícia.

No almoço com Cláudia, o advogado reclamou com a namorada por recorrer a armações como a da manhã para obter o que queria. De início com o olhar meigo, depois mais de acordo com seu gênio briguento, a moça acabou por reconhecer que havia planejado tudo. No entanto, tomara aquela atitude para estar mais tempo com o namorado, que deveria valorizar esse esforço.

Após uma troca de frases um pouco ríspidas, inclusive alguma farpa venenosa, selaram a paz. Ricardo não se iludiu de que Cláudia estivesse arrependida, mas preferiu desfrutar da companhia agradável dela em vez de brigar. Por sinal, era uma opção bastante fácil de fazer.

13
Crescendo no meio do tiroteio

No final de uma das reuniões, Luciano pediu para conversar com Ricardo. Saíram para almoçar, mas, depois que entrou no carro, o garoto não emitiu uma palavra. O motorista sugeriu a ele que ligasse o rádio, e o rapaz se pôs a saltar freneticamente de uma estação para outra, seguindo sem falar nada. A sucessão caótica de músicas enervou Ricardo, que não reclamou.

Chegaram a uma lanchonete na avenida Princesa d'Oeste. O local transbordava de gente, com crianças correndo, pais chamando atenção e os pedidos gritados às atendentes no balcão, que corriam de um lado para o outro com ordem e sincronização. Os dois pediram seus lanches, pegaram as bandejas e foram a uma mesa de compensado bege com cadeiras de cor laranja. Uma família com três filhos, a mais nova uma menina de olhos azuis e face de anjo, estava sentada ao lado. A garota encarou Ricardo, que fez uma careta para ela; a menininha se escondeu no ombro da mãe, uma jovem rechonchuda de óculos, que naquele momento amarrava o tênis do filho do meio.

Assim que se acomodaram, Luciano disse com a voz cansada e fraca:

— Desculpe incomodar você com meus problemas. Este almoço foi bobagem minha. Não tinha nada a ver.

— Você não me incomoda nada, Luciano. Fique à vontade, estou aqui para ouvir.

— É um assunto meio chato. Sabe como é...

O garoto estancou, e Ricardo animou-o:

— Como é o quê? Pode falar tranquilo, não se preocupe.

— É que meus pais não se entendem de jeito nenhum — disparou o rapaz. — O casamento deles está um desastre, uma guerra. E a minha casa é um verdadeiro inferno.

Ricardo esperou que o garoto prosseguisse:

— Anteontem, os dois tiveram uma briga feia. Eu escutei os gritos, mas nem queria chegar perto. Só que, como a coisa não acabava, fui até a porta do quarto deles e vi minha mãe lascando um sopapo na cara do meu pai. Ele ficou quieto, com a mão no rosto, sem acreditar. Até a mamãe se assustou. Acho que ela ia falar alguma coisa, mas ficou quieta. De repente, ele fez uma cara de ódio e meteu um murro no estômago dela. Demorei a entender; quando caí em mim, ele tinha saído.

Luciano desenvolveu sua narração sem um pingo de emoção; Ricardo, contudo, sentiu-se afetado. Então, num átimo, a máscara de firmeza do garoto desfez-se, e ele passou a chorar convulsivamente. Somente depois de uns minutos, ele foi capaz de sussurrar com a voz entrecortada:

— Perdão, Ricardo. Não queria dar um vexame assim, na frente de todo mundo. Os meus pais são um lixo, e não tenho com quem conversar. Acho melhor a gente ir embora, estou sem cabeça para falar.

Da mesa da família com três filhos, ouviram uma voz fina e nítida:

— Mamãe, aquele moço está chorando. Por que ele está triste?

A resposta foi um psiu baixinho, meio constrangido. Nesse meio-tempo, ao ver Luciano um pouco recomposto, Ricardo afirmou:

— Seus pais não são um lixo, nem preciso conhecê-los para saber. Basta olhar para você, que é uma ótima pessoa. Eles podem estar com algum problema particular, ou alguma doença, mas certamente têm um monte de boas qualidades.

A respiração de Luciano seguia pesada. Ele retraiu-se e olhou para baixo, enquanto a família com as crianças foi embora, depois de se fartarem de milk-shake. Ricardo perguntou:

— Você com os seus pais, como vocês se dão?

O rapaz levantou o rosto:

— O que você acha? Não suporto o meu pai. Sei que é errado, mas não consigo evitar. Com ele em casa, o clima lá fica péssimo. São só reclamações, ameaças, brigas... Engraçado que, com os amigos, ele é o oposto: fica rindo enquanto conversa com os idiotas que aparecem em casa de vez em quando. Ele faz de propósito, para mostrar que não gosta da gente. Se eu fosse a minha mãe, já o teria mandado embora há muito tempo.

— Ela ainda deve ter alguma afeição pelo seu pai.

— O quê? Ela, ter afeição por ele? Duvido! Aposto que continuam juntos porque querem se torturar mutuamente. Deve ser o maior prazer deles: tornar a vida do outro insuportável. E estão conseguindo.

Após pensar, Ricardo indagou:

— E você, o que está fazendo para melhorar a situação?

— Eu? O que posso fazer? Não sei se você entendeu...

— Entendi sim — cortou Ricardo. — Mas é a sua família. Se você não fizer nada, vai ser impossível consertar essa balbúrdia.

— Não tem como consertar. Meu pai não conversa comigo, ele evita até me ver.

— Por quê?

— Como é que eu vou saber?

— Você se lembra da última vez em que deu um abraço, um beijo nele? Você pergunta de vez em quando como ele está?

O jovem engoliu em seco, e a voz grossa de Ricardo machucava seus ouvidos:

— Não se lembra? Mas se lembra muito bem de quando ele maltratou você. Desse jeito, é natural que ele considere você um aliado da sua mãe.

— Faz tempo que não falo com ele — rebateu o garoto —, mas não fui eu quem começou. Ele foi estúpido comigo antes várias vezes. Uma noite, chegou a me dar um soco, quando tentei defender minha mãe no meio de uma discussão. Ele se trancou depois no escritório. A mamãe me abraçou, pôs gelo no meu rosto. A partir daí, não cheguei mais perto do velho. Ele não pediu desculpas, se você quer saber.

Ricardo quase perdera o apetite. O garoto, por sua vez, eliminava suas batatas fritas com avidez.

— A situação da sua família tem que melhorar muito para ficar ruim — reconheceu Ricardo depois de uns minutos. — Se vocês não tiverem uma mudança radical, esse negócio pode terminar mal.

— Nem precisava me dizer isso, está mais do que na cara. Acho que o melhor seria cada um ir para seu lado. Não se verem mais nem se lembrarem de que o outro existe.

— Será? Duvido que seus pais consigam simplesmente dar as costas e fingir que o outro desapareceu.

Luciano arregalou os olhos e encarou Ricardo, que foi adiante:

— Eles estão há vários anos juntos, e isso marca, mesmo que agora esteja tudo confuso. Eles têm um filho, o que significa uma ligação para a vida inteira. Você é o mais importante e concreto que eles construíram juntos.

"E que estão fazendo de tudo para destruir", pensou Ricardo. Avançou:

— Seu pai está distante de você, e mesmo assim tenho quase certeza de que um dos principais motivos para ele não sair de casa é justamente você. Seria ótimo se ele e sua mãe pudessem se acertar.

— Por mim, eles podem se separar. Só não aguento que as coisas fiquem como estão.

— É o que todo mundo diz nessas situações. Mas ninguém sai ileso da separação dos pais. Eu nunca vi e duvido que aconteça. Não quero alimentar você com nenhuma ilusão, Luciano. É muito difícil que seus pais consigam salvar o relacionamento deles. Mas é verdade que ainda têm uma chance, mesmo que tênue, de consertar a situação.

As pupilas de Luciano não se prendiam a nada, pareciam meio desvairadas. Acompanhando-as, a cabeça passou a se movimentar de um lado para o outro.

— Estou vendo que não consigo convencer você — observou Ricardo. — Queria que eu dissesse que não tem mais jeito, que você deveria sugerir aos seus pais que se separassem?

— Minha mãe é inteligente, continua bem bonita... Ela pode ser feliz com outra pessoa.

— Não sei, não a conheço. Mas, pela minha experiência, é comum que as pessoas se separem, casem de novo, e logo fiquem insatisfeitas outra vez. O problema frequentemente está nelas, não nas circunstâncias daquele casamento concreto.

Luciano permaneceu quieto, com os nervos do corpo tensos. Aproximando-se dele com candura, o advogado prosseguiu:

— Você tem que ajudar seus pais. Imagino que já saiba como.

— Não sei não — resmungou o garoto.

— Sabe sim. Você precisa perdoar o seu pai e se aproximar dele. Isso está ao seu alcance e vai representar uma diferença enorme.

Tentando esconder a sua decepção, Luciano retrucou:

— Agradeço a sua boa intenção, Ricardo. Só que, desculpe a sinceridade, você está totalmente errado. Meu pai não quer o perdão de ninguém. Se eu disser a ele: "pai, vamos esquecer tudo, não estou bravo com o senhor. Deixa eu te dar um abraço...", ele não vai ficar agradecido coisa nenhuma. Vai é me olhar com desprezo, se não me chamar antes de desaforado. Não adiantaria nada.

Após um curto intervalo, acrescentou:

— Não consigo ser carinhoso com o meu pai. Você não tem que aguentar o velho todos os dias, nem ficar olhando para aquela cara de quem comeu e não gostou. De fora, é fácil pedir para eu perdoar. O problema é que ele é uma pessoa má mesmo, você não faz ideia.

Ao dizer isso, ele pegou um lenço e fingiu que apenas assoava o nariz.

— Eu não disse que ia ser fácil — rebateu Ricardo. — Mesmo assim, você tem que perdoar.

— Você não o conhece, Ricardo. Ele vai achar que estou com segundas intenções, ou que reconheci que ele estivesse certo. Ele precisa pagar pelo que fez, de alguma maneira.

— Perdoar não é questão de justiça. Só com justiça ninguém chega a lugar nenhum. O perdão seria bom não apenas para o seu pai, mas também para você e para sua mãe.

— Para nós? Depois que ele sair de casa, a gente nem precisa se ver mais. Não vamos conviver, acabou.

— Você acha que é possível enterrar todos esses anos, como se não tivessem ocorrido? Seu pai sempre vai estar presente, não importa o que você queira; a questão é o modo como isso vai ser. Se você e a sua mãe alimentarem ressentimentos, vão ser dominados pelo que o seu pai causou. Se pensarem que foram vítimas, isso pode se tornar uma obsessão. Não estou extrapolando, conheci bastante gente assim.

O rapaz escutava atento, com o rosto revoltado. Ricardo reforçou:

— Essa espiral de raiva está sendo alimentada pelos dois lados, ninguém está buscando uma solução. Isso não torna a culpa de todos igual, mas também não absolve ninguém.

Depois disso, receou que Luciano se levantasse e fosse embora. Certamente a ideia passou pela cabeça do rapaz, que se desencostou do assento. Apesar de tentado a balbuciar algo que suavizasse suas últimas palavras, Ricardo permaneceu calado. Após um suspiro de cansaço, o jovem reclamou:

— Você quer que eu assuma o problema? Meus pais que têm de fazer alguma coisa, o casamento é deles. Nem sei se vão gostar que eu me intrometa.

— Claro que você pode tentar algo. É a sua família.

Luciano suspirou fundo mais uma vez e disse:

— Que bagunça! O que faço? Só de pensar, já fico nervoso.

— Não é tão complicado assim. Vocês são pai e filho, a natureza joga a favor para vocês se entenderem. E por pior que você faça, vai ser difícil agravar a situação. Sei que não é propriamente animador, mas, enfim, é a realidade.

Luciano deu um sorriso amarelo e seguiu escutando:

— Seja educado, respeite o seu pai. Tente conversar um pouco todos os dias, pode ser sobre temas simples, corriqueiros: futebol, cinema, comida, carros, qualquer coisa. Você sabe do que ele gosta. Depois, pergunte algo mais pessoal, como o dia de trabalho, as preocupações dele. Você tem que ganhar terreno, com paciência. Não implique com bobagens, com o jeito que ele fala, se ele está distraído, farpas que pode soltar contra você ou a sua mãe. No início, vocês talvez trombem alguma vez, não se assuste. Aguente, continue calmo. Vai valer a pena.

Luciano pôs-se a reavaliar vários episódios recentes, nos quais o pai fizera menção de falar com ele, de maneira tímida. No entanto, o filho abortara as tentativas, inclusive com certo sadismo. Haviam tido antes momentos ótimos juntos, que voltavam à memória do rapaz como ecos de um tempo longínquo: uma vez em que seu pai o levantara e girara, dando-lhe sensação de vertigem; partidas de futebol, idas ao cinema, viagens a Serra Negra; o dia em que o pai o carregara para o hospital, devido a uma fratura na perna...

Ao mesmo tempo, avivavam-se as recordações das brigas e desentendimentos dos últimos meses. O rapaz decidiu apagar as lembranças tristes, apegando-se aos restos de gratidão e reconhecimento que era capaz de encontrar.

— Vai ser difícil, quase impossível — murmurou por fim.

Passaram poucos instantes, até ele recomeçar:

— O problema é que não vejo outra solução, a não ser abandonar meu pai, desistir dele de vez.

— E isso você não quer. Se quisesse, nem teria pedido para conversar comigo. Você se importa com ele, o que é muito bom. Você precisa se preparar, porque vai custar para as coisas melhorarem.

— Está bem, Ricardo, vou tentar. Não sei no que vai dar, mas... Não sou otimista como você.

— Não é questão de ser otimista. Só o fato de você tomar providências vai ser uma melhora enorme, porque significa que está tentando fazer o certo. Seus pais vão perceber o que você quer, e pode servir de impulso para voltarem a se suportar. O que é outro capítulo, que no momento está bem distante.

O garoto balançou a cabeça em acordo e disse:

— Obrigado por ter me escutado. Estou me sentindo um pouco aliviado.

— Não há de quê, meu amigo. Você acredita em Deus?

— Acho que sim. Acredito.

— Então reze. Ajuda muito. Peça a Ele pelos seus pais e por você mesmo. Estou à sua disposição para conversar, na hora em que for. Pode me chamar sem medo de incomodar.

Luciano estendeu a mão e apertou a de Ricardo fortemente. Foram ao prédio do rapaz, discutindo sobre futebol durante todo o caminho. Chegaram a um dos edifícios mais luxuosos da cidade, cuja portaria lembrava um bunker, vigiada por uns mastodontes com ternos negros e cabelos cortados rente.

Naquele instante, saía da garagem um automóvel importado, enorme e preto, de um cantor sertanejo que morava ali. Era escoltado por um carro menor, com dois seguranças mal-encarados. O rosto do artista parecia uma borracha esticada, lisa e brilhante, de cima da qual saía uma vasta cabeleira, sem um fio branco, puxada toda para trás e terminando em um rabo de cavalo cheio. O destaque do conjunto eram os óculos espelhados, excessivos e puxando para o verde-escuro. O cantor estava acompanhado de uma mulher vistosa, bem mais jovem, com cabelos tingidos e lábios pintados de cor de vinho. Ela tinha um ar entediado, de quem devia ter acordado há pouco tempo.

A construção sofisticada, o jardim com fonte e uma profusão de flores coloridas e exóticas, o cantor saindo com seu séquito, a situação deplorável da família de Luciano... A soma dessas impressões incomodou Ricardo, que se despediu do garoto com afeto, ciente de que o deixava não em um local caloroso e amável, mas em uma arena.

14
Sua vida não foi em vão

No dia de finados, Gabriela combinou com Ivan e as filhas de irem ao Cemitério da Saudade. Encontrar ali vaga para estacionar era uma operação complexa, e foram obrigados a deixar o automóvel com um guardador que cobrava preços exorbitantes. O cemitério e os arredores estavam lotados de famílias, vendedores de flores, gente que limpava os túmulos por alguns reais, padres que entravam e saíam da capela na entrada, grupos de jovens evangélicos distribuindo panfletos e corais amadores que cantavam razoavelmente. O céu estava límpido, e o calor anunciava o verão.

Gabriela não deixava que escoassem dois meses sem que cumprisse o ritual de deixar flores e rezar por José Carlos, o que foi sendo cada vez mais confortador para ela. Ao casar-se com Ivan, perguntou-se se esse hábito poderia desagradar seu novo marido, mas ele a estimulou e ofereceu-se para acompanhá-la várias vezes. Enquanto Catarina raramente ia com eles, Simone dificilmente faltava.

Naquela manhã, Gabriela e Simone se vestiram com roupas escuras, mais formais, enquanto Catarina escolhera calça jeans com uma camisa solta, azul-marinho, cheia de pregas e dobras. Ivan estava de camisa e calça sociais, com sapatos finos. Além do túmulo de José Carlos, iriam visitar o do sr. Hugo, pai de Ivan, que falecera vinte anos atrás de um câncer de pulmão. Compraram arranjos de flores nas bancas ao lado da entrada e esgueiraram-se entre a multidão que se concentrava junto ao portão onde desembocava a avenida da Saudade.

Passaram primeiro onde estava José Carlos, em uma rua lateral, a uns dois quarteirões da via principal do cemitério. Seu túmulo era sóbrio, com a cruz de bronze deitada sobre a lousa de granito negro, onde, em letras fundidas, estavam o nome inteiro do falecido e, embaixo, as datas de nascimento e morte. Vivera 40 e poucos anos, sem nunca ter apresentado qualquer problema de saúde grave.

Até um ano depois da morte, nenhuma das três se lembrava de José Carlos sem chorar, o que se tornava pior diante do túmulo. Com o remédio do tempo, a dor da ausência tinha atenuado. As recordações que predominavam agora eram as dos bons momentos, e os defeitos de José Carlos tinham caído pouco a pouco no esquecimento, enquanto suas boas qualidades brilhavam sem manchas nem contrastes.

Catarina recordava-se às vezes do pai e dos dias de sofrimento após o assassinato. Perguntava-se então se ela, a irmã e a mãe teriam se esquecido dele demasiado depressa. Superar a morte de José Carlos e seguir vivendo, inclusive sendo felizes, não era uma espécie de traição? A filha mais nova percebia que mesmo o pai, tão importante como havia sido, não podia constituir a razão principal da sua vida. A conclusão inicialmente a revoltara, mas não deixava por isso de ser verdadeira.

A vinda de Ivan, acompanhando-as ao cemitério, agradou-a. O que antes teria gerado desconforto, como quase tudo relacionado ao padrasto, começava a ser entendido como um ato de carinho e nobreza.

Gabriela dispôs um arranjo de rosas no vaso grande, ajudada pelas filhas. Ficaram alguns minutos em silêncio, até que Ivan puxou um Pai--Nosso, uma Ave-Maria e uma oração pelos defuntos, desconhecida de Catarina, que guardou as frases: "Dai-lhes, Senhor, o descanso eterno / E brilhe para eles a Vossa luz." Nos túmulos próximos, desenrolavam-se cenas semelhantes, embora houvesse pessoas que não rezavam coisa nenhuma, mais preocupadas em brigar porque uma peça de metal estava amassada, ou a cruz de ferro fora suja por uma fruta caída da árvore ou pelo trabalho de algum pássaro. O ambiente do cemitério não era de tristeza; a multidão, com sua pulsação vital, afastava a melancolia.

Foram a seguir aonde havia sido enterrado o sr. Hugo, que, ao contrário do túmulo de José Carlos, tinha já várias coroas sobre a sua lousa. Dona Rita tinha passado ali no início da manhã, depois de haver assistido à missa na capela do cemitério.

O pai de Ivan vivera pouco mais de 50 anos e sua amizade com o mais velho havia sido estreita, apesar da diferença de temperamento entre os dois. Por outro lado, os olhos de Ivan eram idênticos aos do pai, de quem também herdara o queixo e o tipo de cabelo.

Quando o sr. Hugo morrera, o filho primogênito, ainda jovem e sem ter concluído a faculdade, tomou a frente da família. Apesar de conhecer algo do trabalho da empresa do pai, teve de aprender a maior parte das tarefas e responsabilidades por si mesmo. Contou com a orientação próxima do tio Adalberto, pai de Ricardo, que era um empresário muito melhor do que aparentava, e juntos conseguiram colocar tudo nos eixos. Foi uma empreitada árdua, pois o falecido presidente era um tanto enrolado e ingênuo nos negócios, apesar do seu empreendedorismo e energia.

Além de administrar as economias da família, Ivan assumiu a tarefa de criar os seus dois irmãos, que eram pouco mais do que adolescentes. O resultado foi ambos se casarem antes dele e morarem confortavelmente em cidades próximas. Nenhum se animou a trabalhar na empresa, o que agradou Ivan, por cortar pela raiz futuras disputas sobre os rumos do negócio. Ao fim de cada semestre, ele enviava aos irmãos um relatório detalhado das atividades, receitas, despesas e lucros, que eram divididos em partes iguais.

Os detalhes da vida de Ivan foram sendo conhecidos aos poucos por Simone e Catarina, que não tinham notícia de nada na época do casamento. A própria caçula reconhecia a competência daquele homem para gerir seus negócios, bem como sua maneira correta e magnânima de lidar com os funcionários. Junto a isso, mesmo sendo um tanto frio no trato pessoal,

Ivan mostrava que estava atento às enteadas e à esposa e, quando surgia qualquer necessidade, aparecia antes de ser chamado, solícito e eficiente.

Sem ainda conquistar a afeição de Catarina, obtivera seu respeito e admiração. A família inteira desfrutava de harmonia, e a mais feliz com o resultado era Gabriela. Quem poderia dizer que ela errara ao casar-se novamente? Numa só tacada, havia garantido o bem-estar material e emocional para si e as filhas.

Os quatro permaneceram um período longo diante do túmulo do sr. Hugo e rezaram as mesmas orações de antes. Ao terminarem, Ivan beijou a foto do pai, que ficava ao lado da placa de bronze sobre o mármore bege, na vertical. Quando se viraram para sair, toparam com Ricardo. Ele os observava havia alguns minutos e trazia na mão um ramalhete de lírios generoso, que depositou no vaso do jazigo, logo que os outros se moveram. Cumprimentaram-se, e Ivan comentou:

— Obrigado por visitar o papai. Você já veio aqui outras vezes?

— Venho todos os anos, normalmente de tarde, que é um pouco mais tranquilo. Mas hoje tive que me adiantar, porque vou precisar trabalhar depois do almoço, apesar do feriado.

Sorrindo, acrescentou:

— Acabou sendo bom, porque encontrei vocês. Este arranjo aqui deve ser da mamãe. Ela disse que daria um de flores-do-campo, junto com o Felipe. Bonito, não é? O malandro tem gosto para essas coisas.

— Muito bonito. Agradeça a ele por mim.

— Pode deixar. E a tia Rita, tudo bem com ela?

— Está ótima, graças a Deus. Ela vai almoçar hoje lá em casa. Vou aproveitar para tentar convencê-la a passar uns dias com a gente. Eu tenho medo de ela se sentir meio abandonada, morando na casa da Vila Teixeira sozinha com a Beth, a empregada. Ela não quer sair do refúgio, e você sabe o quanto ela é teimosa.

— Sei sim. Vou pedir à mamãe que chame a tia mais vezes para visitar a gente. É sempre uma chance de ela espairecer. A tia Rita está sendo bem mais simpática com você, não é, Gabriela?

— Bem mais — confirmou ela. — Acho que se convenceu de que não quero roubar o filho dela. Como se fosse possível! Ela não tem do que reclamar, o Ivan faz questão de visitá-la quase todos os dias.

— Almoço lá porque é fácil para mim — defendeu-se ele. — A casa fica do lado do escritório, chego em dez minutos. Mas, mesmo assim, eu preferiria que ela morasse com a gente de vez.

— Eu também ia gostar — interveio Simone. — Dona Rita é uma graça, morro de rir quando ela dá ordens ao Ivan, como se ele fosse um menino.

Gabriela que não viu muita graça na observação da filha, mas não disse nada. Ricardo leu a preocupação no rosto dela e, mesmo compreendendo-a, pensou: "Se os velhos não ficam com os filhos, onde vão morar? Em um asilo? Não existem opções melhores?" Ivan interrompeu o pensamento do primo:

— A gente está indo embora. Você deixou o carro perto da entrada principal? Podemos sair juntos.

— Deixei lá, sim, mas tenho que fazer outras visitas. Vou ficar mais um tempo.

— Esteve na Nina? Ela está enterrada aqui perto, se não me engano.

— É, está sim.

Calou-se e desviou os olhos. Não queria mostrar a Gabriela, prima de Cláudia, o quanto se mantinha ligado à noiva falecida seis anos antes.

— Bem, então até mais, Ricardo. Mande um abraço para a tia e para o tio.

— Posso ficar com você? Queria acompanhar você — exclamou Catarina repentinamente.

— O quê? — perguntou Ricardo. — Você quer me acompanhar para onde?

— Queria visitar o túmulo dela com você. Da Nina. Posso? Por favor...

O pedido surpreendeu-o. O rosto da menina implorava pela resposta afirmativa, mas Gabriela interferiu:

— É melhor não, filha. Temos que ir, a gente não pode se atrasar. E você vai incomodar o Ricardo. Já basta você ficar no pé dele a semana inteira.

— Eu não fico no pé dele! E vocês não precisam me esperar, podem ir embora. O Ricardo me leva depois para casa, não é?

Ela se virou para ele, com o olhar decidido. Sem jeito, ele retrucou:

— Se a sua mãe concordar, posso dar uma carona para você, sim. Mas ela é quem sabe.

— Está bem, está bem — respondeu Gabriela. — Mas não chegue atrasada para o almoço! Não quero que a dona Rita pense que você faz pouco caso dela.

Catarina beijou a mãe e disse:

— Obrigada! Vou chegar na hora, pode deixar.

— Antes da uma hora, eu a devolvo a vocês, Gabriela.

— Quero ver. Vocês dois começam a conversar e não param mais.

— Fique tranquila, querida — disse Ivan. — A Catarina está em boas mãos. Bom dia, Ricardo.

Enfim se despediram, sem que Gabriela se convencesse de que fora uma ideia acertada ter deixado a filha para trás.

Catarina e Ricardo caminharam em silêncio pelo cemitério, que seguia barulhento. Despertou nela a dúvida se o seu passo havia sido acertado. Talvez sua mãe estivesse certa, ela representaria um estorvo para Ricardo, que teria preferido desfrutar de um tempo sozinho com as suas lembranças. Na sua ânsia de conhecer um aspecto da vida do amigo, havia assumido o papel de intrometida. E o pior é que ele não demonstraria sua contrariedade. De qualquer jeito, ela estava ali, uma mala sem alça, e não tinha volta.

Depois de alcançarem a rua central, andaram na direção oposta à entrada principal e, no meio de uma quadra, à direita, encontraram um grupo numeroso, formado principalmente por senhoras idosas simples, que recitavam orações em voz alta. Aglomeravam-se em volta de um túmulo pobre, quase ao rés do chão, que mal se podia observar no meio das flores que o cobriam. Na frente, Catarina pôde ver várias placas pequenas cimentadas, que tomavam toda a superfície da sepultura e se derramavam pelo chão ao redor, nas quais estavam escritas frases como: "Por uma graça recebida", "Agradeço uma graça", "Obrigada pelo favor recebido".

— Este deve ser o túmulo mais visitado do cemitério — explicou Ricardo. — É de um escravo liberto chamado Toninho, que ganhou fama de santo e milagreiro. Sempre tem gente rezando aqui. Neste mausoléu ao lado está a antiga proprietária dele, a baronesa Geraldo de Rezende. Não deixa de ser uma deferência, que ela o enterrasse ao lado do jazigo da família.

— Deferência mais ou menos. O túmulo dela é enorme, e o dele é bem pobrezinho.

— É verdade, mas você tem de entender a época. Os pobres eram mandados para a vala comum, e ser colocado ao lado de uma família nobre devia ser uma honra. Aposto que a baronesa nunca imaginou que se lembrariam dela por causa do escravo. Ela também é nome de rua, o que não é lá grande coisa. Um padre do colégio nos contou essa história e concluía, para nos deixar a lição de moral: "Ela foi rica e importante, e agora é o escravo que atrai a multidão."

— É uma história até que legal, mas você não acha bobagem?

Ricardo a mirou confuso, e ela prosseguiu em um tom manso:

— Será que essas pessoas conhecem a vida dele, sabem o que estão fazendo? Deve ser superstição, mais nada.

— Eu não diria isso. Em todo cemitério, a gente encontra dessas figuras. Grande parte pode ser fruto de imaginação, mas outras talvez tenham sido mesmo santas. Por que não?

Foram avançando, e poucos metros adiante, na quadra do escravo, Ricardo apontou um túmulo com uma cruz de granito marrom, o crucifixo de bronze bem talhado, que subia na perpendicular da lousa enrugada e fosca. Comentou para a menina:

— Estão aqui duas pessoas que conheci. O meu irmão Carlos morou com eles. Um chamava Octávio, teve câncer de estômago e faleceu menos de seis meses depois do diagnóstico. Era engenheiro e professor em Londrina e havia vindo a Campinas para fazer o doutorado. Tinha só 36 anos. A mãe dele almoçou lá em casa uma vez.

"Este outro, Ângelo, morreu com 59 anos. Também de câncer, de um tipo mais avassalador ainda. Atacou os rins e o pâncreas, e quando os médicos entenderam o que estava acontecendo, ele não pôde mais sair do hospital e morreu menos de duas semanas depois. Era o típico italiano do sul, baixinho e forte. O pai dele era feirante, e ele chegou a ser professor da Unicamp, um biólogo com várias publicações internacionais. Você consegue ler a inscrição na cruz?"

— *"Vita mutatur, non tollitur"* — pronunciou Catarina de maneira macarrônica. — O que quer dizer?

— "A vida é mudada, não tirada." É uma frase de Santo Agostinho.

Por instantes, Ricardo calou-se e pareceu distraído. De repente, olhou para Catarina e deu um sorriso discreto, algo dolorido. Falou:

— O Carlos sofreu com a morte desses dois. Eu visitei várias vezes o mais jovem, ele gostava de mim. Definhou rápido e no final era só pele e osso. Morreu com a mãe o abraçando, bem quando deu meio-dia. Essa senhora é extraordinária, uma mulher de ferro. Ela e minha mãe se deram muito bem. Faz tempo que não recebo notícias dela, nem das filhas. Podemos ficar uns minutos aqui?

A menina assentiu e observou Ricardo, que permaneceu com os olhos semicerrados. Tudo era novidade para Catarina, que nunca havia se preocupado em prestar atenção às demais sepulturas do cemitério. Impressionada, passou a colher, nos monumentos ao lado, os nomes dos defuntos, os anos de nascimento e de morte.

Pensou, com um leve arrepio, que jaziam ali milhares de pessoas que levaram suas vidas como ela fazia agora, com parentes, amigos, interesses e projetos. Alguns poderiam ser heróis anônimos; outros, crápulas consumados. O mais comum seriam os medíocres, que cruzaram a existência sem pena nem glória. E inclusive essa mediocridade externa poderia esconder uma vida rica e plena. Era impossível descobrir a verdade, tentando desvelá-la apenas a partir de um túmulo.

Depois de uns instantes, deixaram o canto em que estavam os amigos do Carlos e andaram um par de quadras, conversando sobre as imagens e estátuas que adornavam as alamedas. A garota admirou-se com a representação de uma mesa de jantar, de tamanho quase natural, na qual o pai dava o pão a dois filhos, com a cadeira à sua direita vazia. Distraída, ela quase esbarrou em Ricardo, quando ele estancou e anunciou:

— Chegamos. É aqui.

Apontou para uma capela funerária que tinha entalhadas no alto, em mármore branco, as palavras: "Família Autímio de Magalhães". A construção era de uns três metros de altura por quatro de largura, e na sua frente destacava-se o portão de ferro fundido, trabalhado com motivos góticos, pelo qual se via um pequeno altar e a lista das pessoas sepultadas, por volta de meia dúzia, divididas em cada um dos lados. Ricardo tirou uma chave do bolso, abriu o portão e entrou. Depositou no lado esquerdo as flores que trazia e tocou suavemente com a ponta dos dedos uma lápide que observava atentamente. Catarina sentiu-se inquieta por ver o amigo tão absorto, comportando-se como se ela não estivesse presente. Ele simplesmente havia sumido, e ela não ousava tentar trazê-lo de volta. Passaram-se assim vários minutos, para a menina uma eternidade, até que ele despertou, voltou-se para ela e murmurou:

— Deixei você aí, largada. Que falta de educação a minha! Desculpe, Catarina.

O ânimo da garota melhorou instantaneamente.

— Não foi nada. Fique à vontade, não quero atrapalhar.

— Você nunca me atrapalha, mocinha. A minha antiga namorada está enterrada aqui, nesta gaveta. Embaixo, estão os avós paternos dela e uns tios, de quem são os nomes escritos nas laterais. Também tem uma priminha dela, que morreu com poucos meses.

Catarina leu o nome "Ana Carolina Araújo de Magalhães" e as datas "22 de fevereiro de 1976 + 1º de outubro de 1998". Não havia qualquer retrato ou epitáfio. Lendo o pensamento da sua companhia, Ricardo perguntou:

— Já lhe mostrei uma foto da Nina? Tenho algumas aqui no celular, veja.

No aparelho, aparecia a imagem de uma moça de sorriso doce, mas um tanto abatida. Seu cabelo era preto e os lábios estavam com batom vermelho, contrastando com a pele branca. Os olhos brilhavam e eram claros; a testa, ampla, com mechas de cabelo espalhando-se por cima. Sua roupa era um conjunto simples de saia e camiseta. Era uma mulher relativamente atraente, sem nada de excepcional.

— Tirei essa foto uns dois meses antes de ela morrer. Há outras em que ela está com a aparência bem melhor; nesta, estava já bastante maltratada pela doença. Mesmo assim, é a minha favorita. Nesse dia conversamos de muitas coisas, ela contou episódios da sua infância que eu não conhecia. Ela sorria feliz, de um jeito encantador, que tomava conta do corpo inteiro dela. Isso não mudou nunca, nem nos piores momentos. Quando foi confirmado que ela teria pouco tempo de vida, acho que se alegrou ainda mais, porque aquele sofrimento ia terminar.

Calou-se. Catarina não arredava os olhos dele e, depois de uns instantes, perguntou atabalhoadamente:

— Eu sei que você gostava muito dela. Vocês pensavam em se casar logo?

— Um pouco antes de a doença ser descoberta, ficamos noivos e marcamos a data do casamento para dali a seis meses. A gente tinha acertado onde ia morar, a igreja, o local da festa... Mas, quando diagnosticaram o tumor, o tratamento entrou com tudo, e não pudemos pensar em mais nada. Ela foi operada quase imediatamente, um susto tremendo. Eu tinha confiança em que ela iria melhorar, que voltaríamos à vida normal no ponto onde tínhamos parado. Infelizmente, o médico não pôde fazer quase nada na cirurgia; o câncer estava espalhado demais e havia comprometido vários órgãos.

Encarou a menina, hesitante. Terminou por acrescentar:

— Cheguei a pedir que ela se casasse comigo, enquanto ainda era possível. A gente iria para a igreja, quando ela saísse do hospital, e resolveria tudo num instante, sem festa nem nada. Ela se comoveu, mas era sensata demais para aceitar. Disse que não queria que eu fosse viúvo de um casamento que nem sabia se íamos conseguir consumar. "Sua futura esposa será a primeira, não uma de segundas núpcias", foi o que ela disse. A minha proposta era coisa de apaixonado desesperado, mas queria muito que ela tivesse aceitado. Seria uma honra para mim, ser marido da Nina.

Uma questão importunou Catarina. O pudor a impedia de perguntar, até que a curiosidade venceu-a:

— O que ela tinha de tão especial? Por que você se apaixonou tanto?

Ela corou assim que as palavras saíram da sua boca. Ricardo percebeu e ele mesmo se surpreendeu pela pergunta. O que durou pouco, porque piscou e disse:

— Como você é curiosa, Catarina! Lembra que eu achava que você não era? Que ingenuidade a minha. Porque me apaixonei tanto... É difícil explicar, porque são tantas coisas diferentes. O fundamental entre mim e a Nina não foi a paixão. Houve a fase de só pensar nela, do coração bater mais rápido, de subir nas nuvens porque ela me tinha dado um sorriso, de telefonar todos os dias... Tivemos também as brigas, que costumam vir junto com isso. Nesse ponto, não fomos diferentes da maioria dos casais.

"Mas, depois de um tempo, descobri o quanto ela era especial. Aos poucos, fui compreendendo... Pode parecer bobagem minha, fantasia, mas o que havia de especial era ela mesma. Inteira, não um aspecto determinado. Cheguei a gostar de tudo dela, não por paixão, e sim porque era dela. Não sei se você me entende, não consigo explicar melhor. Conhece aquela música do The Police, 'Every little thing she does is magic'?"

— Não, acho que não.

— Não é da sua época. Mas era como eu a enxergava: para mim tudo que ela fazia era mágico, bonito. Ela me conquistou totalmente. Não acreditava que alguém pudesse ter tantas qualidades que me agradassem, que me surpreendessem. A Nina era alegre, otimista, aguentava bem qualquer pancada da vida. Conversar com ela era um prazer, eu ficava à vontade: bastava ser eu mesmo, sem qualquer preocupação. Ela era muito inteligente, perspicaz; com um olhar, entendia o que os outros pensavam. Notava logo se um amigo estivesse com problemas, ainda que ele tentasse esconder. E ajudava os outros, não sossegava até encontrar uma saída, ou ao menos um alívio.

"Uma vez, ela me levou até à casa de uma prima para tirá-la de lá. O marido dessa mulher tinha entrado na fase bêbado violento, ameaçando a esposa e o filho com uma faca na mão. Ele xingava aos berros e tentava acertar a coitada, que estava desesperada. O homem ficou ainda mais fora de si quando a gente chegou. Antes, acho que só queria fazer teatro, embora houvesse perigo de uma tragédia. Eu o segurei por trás, ele mal conseguia manter-se em pé. Se a esposa não estivesse com tanto medo, ela mesma conseguiria desarmá-lo.

"O infeliz soltou todos os palavrões que pôde e me ameaçou, e eu dei-lhe uns trancos, para mostrar que não estava brincando. De repente, ele ficou quieto. Eu não entendi o que tinha acontecido, até que ouvi a Nina gritando que ele era uma vergonha, um traste que não servia para nada além de encher a cara. Apontou o dedo na cara do homem, que deu de chorar feito um bebê. Ele soluçava alto, a cena era surreal. O homem, que antes berrava, agora ficava repetindo: 'Desculpe, moça, eu não queria machucar ninguém. Sou um lixo, não presto', e tapava o rosto com as mãos. Ainda bem que a criança era nova demais para entender aquela balbúrdia.

"Levamos a prima e o menino para a casa da Nina. Ficaram lá por uma semana, e o marido bateu um dia na porta, prometendo que ia largar a bebida. Não foi fácil, demorou meses para ele se estabilizar. A Nina resolveu vigiar o homem de perto, e ele aceitou a ajuda. Por fim, o casal se entendeu. No enterro dela, ele apareceu desconsolado. Falou aos pais da Nina que ela tinha sido o anjo da vida dele, que devia tudo a ela. Estou misturando um monte de coisas, nem sei por que estou contando esse episódio. Desculpe minha confusão."

— Não, não, está ótimo, Ricardo. Por favor, continue.

— Onde eu estava? Ah, sim. Para mim, ela seria a pessoa com quem eu ia construir a minha vida, e sei que ela contava comigo do mesmo jeito. Eu sempre tive medo de me casar com alguém que pudesse um dia simplesmente dizer que não aguentava mais, que queria separar-se e ir-se embora. Com a Nina, essa possibilidade não existiria. Ter uma pessoa como ela, que eu adorava, comprometida comigo para o que viesse...

Ricardo suspirou e deu um sorriso tímido e triste. Mais baixo, sussurrou:

— Você pode imaginar como foi, quando a perdi.

Catarina escutava com vontade de chorar. Num instante, ela se deu conta que passara muito tempo voltada para as suas dores: a perda do pai, o tempo difícil na escola, a maneira como as pessoas reagiam a ela... Agora, abria-se para ela o panorama do sofrimento dos outros. Ricardo, que ela considerava um exemplo de pessoa feliz e realizada, havia sofrido golpes duros da vida. Pensou a seguir em Letícia, que, apesar de não reclamar de nada, tinha apanhado bastante pelos problemas de sua família. "Como posso ter demorado tanto para perceber o óbvio?", refletiu consigo. "Sou uma egoísta. É isso. Sou o contrário dessa noiva do Ricardo." A conclusão a abalou e fez com que seus olhos se umedecessem. Também emocionado, Ricardo manteve-se um longo tempo em silêncio.

15

Quase tudo tem conserto

Catarina sofria com a imagem severa que construíra de si mesma. Tentando se defender de seus pensamentos, perguntou:

— A Nina sempre foi desse jeito? Não tinha defeitos? Você está exagerando, Ricardo. Uma pessoa assim não existe.

As sobrancelhas dele se arquearam e sua boca se fechou com força. A menina se recriminou na hora pelo comentário, até que o rosto de Ricardo desanuviou-se, e ele respondeu:

— Catarina, é por isso que nunca conversei com você sobre a Nina. Inteligente como você é, eu imaginava que tiraria uma conclusão parecida.

Afoita, abriu a boca para pedir perdão; porém, foi interrompida:

— Você não precisa se justificar, está tudo bem. Não tem culpa de pensar assim. Você não a conheceu, o que faz toda a diferença. Se tivesse convivido com ela, saberia que estou dizendo a verdade, sem exagero nenhum.

"Em parte você está certa, é evidente. Claro que a Nina tinha defeitos. Ela era teimosa, impulsiva, não dava o braço a torcer. Também ficava muito abalada, um pouco demais, quando alguém a ofendia. Uma vez, chorou no meu ombro, mordendo-se de raiva, quando uma colega de faculdade quis humilhá-la na frente da classe inteira. A moça falou mal inclusive de mim."

— De você?

— Falou que eu era um "tonto sem graça, um imbecil, de quem só uma burra ou uma carente poderia gostar". A Nina não deixou barato e gritou coisas de que se arrependeu depois. Enfim, foi chato para todo mundo. Ela guardou raiva dessa moça por um tempo, até que um dia teve a iniciativa de procurá-la para se acertarem. A garota aceitou e veio pedir desculpas até para mim.

Catarina indignou-se pelos insultos endereçados ao amigo. Como era possível alguém haver dito uma barbaridade dessas?

— Ela também não conseguia ser pontual, era meio desordenada. Não cuidava da sua aparência tanto quanto eu queria. Conto nos dedos as vezes em que ela fez um penteado especial, e o cabelo dela era lindo: liso, macio, fino, de um preto brilhante. Para me agradar, até começou a se produzir melhor, e então ela ficava um arraso. Não era só eu quem achava isso...

"Depois que ela descobriu a doença, passou por uma mudança que até hoje me espanta. Ela era uma moça ótima antes, do nível da minha mãe e da Clara, e você sabe o quanto admiro essas duas. Tanto que eu tinha medo de que um dia a Nina me diria que tinha de me deixar, porque haveria visto que deveria se dedicar totalmente a Deus. Ela era boa demais para mim, sempre foi, e eu tinha consciência disso. Seria um desperdício Deus deixá-la para alguém como eu. Bem, nisso eu estava certo, porque Ele de fato a chamou para Si.

"No caso dela, saber que teria poucos meses de vida levou-a a aproveitar cada minuto da melhor forma possível, com paixão. Colocou nisso a sua teimosia, a sua força de vontade. Notei algo diferente quando ela resolveu ir à missa todos os dias. Não que eu achasse estranho, o Carlos fazia a mesma coisa. Eu não a acompanhava sempre, mas às vezes íamos juntos. Nesses momentos, ela se desligava de tudo, era tocante de se ver. Mais ou menos nessa época, ela começou a conversar com o padre Roberto, que foi um ótimo apoio nos meses finais. Estava sempre disponível para ela, sabia como consolá-la.

"Estou falando de mudanças externas, hábitos que ela adquiriu. Mas o principal foi dentro, algo que desabrochou. Em pouco tempo, ela adquiriu uma doçura e uma afabilidade que desarmavam qualquer um. A impaciência dela sumiu, simplesmente. O modo como interpretava os acontecimentos também mudou. Não é exatamente que mudou; tornou-se mais profundo, completo.

"Para você ter uma ideia, veja o que aconteceu. Um dia, na casa dela, entrei e encontrei-a na sala de estar, sentada em uma poltrona com a Bíblia na mão. Marcava com o dedo um trecho e tinha o ar pensativo, o que me deixou curioso. Pedi que ela lesse em voz alta, e era um versículo curto, uma frase de Jesus: 'Tu afadigas-te e andas inquieta com muitas coisas, quando uma só coisa é necessária.'

"Engraçado que, depois de ela ter lido, fiquei desnorteado. Aquilo me atingiu em cheio. Eu conhecia a frase de cor, não era novidade, e mesmo assim não conseguia olhar para a Nina. Fiquei envergonhado pela minha vida, a minha mediocridade, as mesquinhezes... Então ela chegou perto de mim, levantou meu queixo e mirou meus olhos. Passamos um tempo assim, sem dizer nada. Daí a gente riu, e ela disse: 'Você entende? Uma só coisa é necessária. É tão simples, não é verdade? Não temos com que nos preocupar, tudo vai ser para bem, porque essa coisa está garantida.' Não importava o que acontecesse, tudo a aproximaria de Deus, era o único que contava."

Ele parou e observou Catarina, cujo rosto delicado achava-se contraído. A seriedade dela distendeu-o e o fez sorrir.

— Veio então à minha cabeça: "Agora sou carta fora do baralho. Se só uma coisa é necessária, com certeza não sou eu!" Devo ter deixado transparecer, porque ela se adiantou: "Quando sabemos o que realmente importa, a gente não despreza o resto, tudo se torna mais valioso ainda. Naquela coisa única, as demais encontram sua razão de ser. Meu querido, vou precisar da sua ajuda agora muito mais do que antes. Tenho medo, apesar de saber que o que vem depois é melhor". Dei um abraço nela, eu estava a um passo de chorar. Prometi que ficaria sempre ao lado dela. Também garanti que muita gente rezava por ela, e por isso ela iria se curar. Reagiu como sempre fazia quando eu vinha com algo assim: sorriu, mas não respondeu nada.

"Nos meses de luta contra a doença, ela se transfigurou. Nunca vi nela uma queixa, um ressentimento. Os médicos e as enfermeiras davam um jeito de passar no quarto dela, para conversar, pedir conselhos, ou só para estar com ela. Ela pedia que eu trouxesse um presente para o doente do quarto ao lado, que era um solitário total; um livro para a moça do turno da noite; que convidasse o médico mais jovem para conversar e desabafar... Aquele pessoal, que convive habitualmente com gente à beira da morte, se deu conta de que a Nina era de outra cepa, um pequeno milagre. Estou cansando você, Catarina! Às vezes falo demais, sei disso."

— Não está me cansando, de jeito nenhum! — reclamou a menina.

— Tem certeza? Está bem. Apesar de conhecer a Nina tão a fundo, ela me surpreendia com suas tiradas. Rezava muito, acho que quase sem parar. Um dia me confessou que oferecia suas dores pelos que se encontravam afastados de Deus, pois esse era o único mal verdadeiro. Chegou uma hora em que tive a certeza de que ela ia morrer, porque estava mais no Céu do que na terra. Melhor, ela era uma janela, pela qual o Céu vinha até a gente. Ter presenciado isso foi um presente.

— Mas foi sofrido demais! Ver alguém que a gente gosta morrendo aos poucos, sem poder fazer nada...

— As maneiras como as pessoas morrem são muito diferentes. Ao lado da Nina, não havia desespero em ninguém. Ela parecia um fruto maduro, que ia ser colhido no momento exato. Custei a aceitar que ela fosse embora, mas sei que estava pronta. Só peço a Deus que a minha morte seja parecida com a dela.

Catarina se comoveu. "Duvido que a noiva fosse boa como o Ricardo! Ele faz esses elogios, mas muitas vezes foi ele quem a sustentou, tenho certeza. Que outra pessoa poderia compreender essas confidências dela?", refletiu a menina.

— Apesar de eu ter vivido tantas coisas ao lado da Nina — murmurou ele —, continuo com os meus defeitos. O que posso fazer? A natureza humana não é fácil.

A garota sentiu o ímpeto de retrucar que não achava defeitos nele, que ele era a melhor pessoa que poderia ter aparecido na sua vida. Conteve-se, por medo de deixar escapar algo inconveniente ou banal. Ricardo tocou-a no ombro, porque ela se mantinha imóvel, e comentou:

— Vamos embora, mocinha! Não viemos aqui para eu dar lições que você não pediu. Acabei dizendo mais do que devia. Espero não tê-la entediado com essas histórias.

Catarina acompanhou Ricardo sem dizer nada, vagando pelas ruas movimentadas do cemitério. O calor apertava mais do que de manhã. Depois de alguns minutos, ele parou e sugeriu, com a voz calorosa:

— A Nina ia gostar muito de você e seria plenamente correspondida. Ela ia conseguir fazer você desabafar melhor do que eu.

Seguiram em silêncio, que desta vez foi rompido por Catarina:

— Você está errado, Ricardo! Eu não me abriria com ela mais do que faço com você. Seria impossível!

Ele deu uma risada incrédula, que a provocou:

— Ora, conto a você tudo o que me acontece. Como poderia ser mais com ela? Mesmo se ela fosse boa como você diz...

— A Nina era muito mais. E não é bem assim.

— O que não é bem assim?

— Tem várias coisas sobre as quais você nunca me falou. Não tem problema, não preciso saber de tudo. Mas que você guarda seus segredos, isso é verdade.

A menina enrubesceu. Ele notou a confusão dela e propôs solícito:

— Vou levar você para casa. Se não, você vai chegar atrasada para o almoço, e sua mãe vai colocar a culpa em mim. A gente precisa ir embora.

Catarina mal o ouvia. Desejos opostos altercavam-se nela, até que um se sobrepôs aos outros:

— Ainda não — pediu em voz baixa. — Queria conversar com você sobre o meu pai.

Ela ergueu os olhos brilhantes para Ricardo, que distinguiu no queixo dela um leve tremor. Receoso de ter sido indelicado, objetou:

— Catarina, querida, não precisa fazer isso só porque contei a você algumas coisas. Não é questão de retribuir. Outro dia a gente conversa com mais calma, quando você quiser.

— Não é isso. Preciso falar porque tem coisas que não me deixam em paz. Será que você pode me escutar, por favor?

Ricardo procurou ser o mais afetuoso possível:

— Se é assim, lógico que posso. Mas queria antes pedir uma coisa.

— O que é?

— Você me leva até o túmulo dele?

— Está bem. Fica perto daqui.

No caminho, ela se pôs a narrar, de maneira confusa e fragmentada, episódios e detalhes do seu relacionamento com o pai. Ele gostava de carregá-la e chamá-la de "princesinha", até a menina reclamar que era demasiado crescida para esse tipo de brincadeira e fazia questão de andar com as próprias pernas. Até aí, nada de original.

— É que comecei a sentir vergonha do papai. Achava que ele era um pouco escandaloso, meio atrapalhado. Era um ótimo negociante, o dono da loja punha tudo nas mãos dele, mas não havia terminado nem o ensino fundamental. Falava o português errado, o que piorava quando ficava empolgado. Eu tinha medo do que as minhas amigas iam pensar, se vissem que ele era ignorante. Fui muito ingrata, porque meu pai gostava demais da gente.

Ricardo esforçou-se por manter a expressão impassível, como se fosse corriqueiro sentir um leve desprezo pelo pai. Nesse momento, Catarina estancou e apontou:

— O túmulo é este aqui. Olhe as flores que trouxemos hoje.

Ricardo examinou o jazigo com calma. Poucos instantes depois, a garota prosseguiu:

— Minha melhor amiga chamava-se Roberta. Gostava de bancar a condessa, de dar-se importância. Adorava tagarelar sobre os parentes antigos, que tinham sido barões disso ou daquilo; outros eram fazendeiros milionários no Mato Grosso; sua prima vivia em Bruxelas, casada com um banqueiro; sua mãe ia dar uma festa em um iate; o haras da família... Mais da metade devia ser mentira, só que eu era ingênua e acreditava. Quando íamos à mansão dela — essa sim era uma mansão, não a casa onde eu moro —, vinha um mordomo nos servir, com luvas brancas e tudo. Para mim, entrar naquele ambiente era chique, eu estava subindo de nível.

"Tentei evitar ao máximo que papai fosse me buscar naquela casa, até um dia que ele apareceu de surpresa. Quando minha amiga perguntou quem era, fiquei nervosa e respondi que era um funcionário da loja, que tinham mandado para me pegar. Você deve estar achando que sou uma mentirosa, uma desnaturada... E fútil, ainda por cima!"

— Deixe de bobagem, Catarina! Você era pouco mais que uma criança.

— Mas a Simone nunca faria a mesma coisa, e meu pai me mimava muito mais do que a ela. Minha irmã nunca teve ciúmes, ficava contente quando via o papai me agradando. Ela tem um coração muito melhor que o meu.

"Com o tempo, o papai percebeu que eu não queria apresentá-lo para as minhas colegas. Nunca reclamou, mas começou a aparecer na escola para me apanhar na saída; fazia questão de me levar às festas e de conhecer os donos das casas; dava um jeito de conversar com as minhas amigas, quando elas iam lá para casa. Para minha surpresa, ele quase sempre agradava as pessoas. Eu estava acostumada com ele, e por isso esquecia o quanto ele era divertido, amável. Umas garotas me disseram que eu tinha sorte de ter um pai daqueles, que me adorava. Quando ouvi isso, fiquei contente, orgulhosa!

"Bem, sempre tem algo que dá errado. Um dia, peguei a Roberta conversando com umas três garotas, debochando do meu pai. Ela falou, rindo, que, se ele caísse de quatro, não levantava mais. Contou que eu tinha inventado que ele era empregado da família. Ela não sabia que eu estava escutando, e quando interrompi com um grito, ela pulou de susto. Pediu desculpas na hora, tremendo de vergonha. Hoje, lembro-me da cara dela e tenho pena, porque ficou vermelha, os olhos úmidos, não me encarava. Eu não aceitei suas desculpas, porque fiquei furiosa. Daí, comecei a... bom..."

— Começou o quê, Catarina?

— A xingá-la com o que iria ferir mais, de propósito. Berrei que ninguém gostava dela, que as pessoas só fingiam que a aguentavam porque ela era rica e queriam se aproveitar dela. Também disse que, se meu pai era burro, ela nem tinha família; que os pais dela eram um desastre, que não estavam nem aí com ela e não passavam de uns esnobes.

"Ela desmoronou em um instante e desatou a chorar, feito uma histérica. Ela gritava que nem louca: 'Sua mentirosa! Eu tenho família sim! Invejosa, cafona, odeio você!' Eu a olhei com desprezo e respondi que ela era uma idiota, que nem todo dinheiro do mundo ia poder consertar. Dei as costas e saí."

Como Ricardo não mostrasse o que pensava, Catarina enervou-se e sentiu-se insegura. Em tom lamuriento, disse:

— Você está decepcionado comigo, eu sei. Acho que não vai gostar mais de mim...

— Como assim, não vou gostar de você? — respondeu baixinho. — Nem repita uma coisa dessas.

Então ele beijou-a na testa, com carinho. A seguir, afastou-a, envergonhado. A menina abriu o sorriso:

— Pensei que você ia achar que fiz mal, que sou um monstro...

— Que você agiu mal, não tenho a menor dúvida. Mas continuo a gostar de você do mesmo jeito.

O sorriso fechou-se na hora. Catarina confundiu-se pelo morde e assopra de Ricardo e se exaltou:

— Por que agi mal? Só falei a verdade, não inventei nada! Ela me ofendeu, ridicularizou o papai. Fiz o que qualquer boa filha faria.

— Discordo, mas a gente trata disso depois. Queria acabar de escutar o que aconteceu.

Catarina sentiu repulsa por retomar a narração. Porém, como já havia contado seu pior comportamento, recomeçou:

— Naquela noite, o papai chegou mais alegre que o normal, porque tinha fechado umas compras grandes, com fornecedores novos. E bem cansado também. Ele me beijou, como sempre, e jantamos os quatro juntos. Eu estava satisfeita comigo mesma por tê-lo defendido. À tarde, eu tinha brigado com a mamãe, por ela ter reclamado que eu andava muito respondona e queria sair demais. Quando fui dormir, rolei na cama um bom tempo. Percebi que eu estava me tornando uma pessoa difícil e fiz o propósito de ser mais amorosa, de controlar melhor o meu gênio.

"No dia seguinte, eu me despedi dos dois de manhã com o máximo de carinho, e eles se olharam espantados, quase perguntando que bicho tinha me mordido. O papai gostou de ouvir que eu o amava demais. Na escola, ignorei a Roberta, que também não quis conversa comigo. A notícia da nossa briga tinha se espalhado em um instante — a classe estava cheia de fofoqueiras —, e várias vieram me dizer que eu tinha dado uma lição merecida para ela, que era uma convencida.

"No jantar, tudo continuou um sonho. Eu me sentia bem, leve, satisfeita. Esse tempo de felicidade foi curto, curto demais. Dois dias depois, mataram o papai."

Ela parou de falar, porque estava soluçando. Passou a mão nos olhos e baixou o rosto. Após uns instantes quieta, pôde dizer, no meio de um sorriso forçado:

— Desculpe, não foi nada. É que, às vezes, é difícil...

— Não precisa desculpar-se, minha querida. Acalme-se, está tudo bem.

Ela movimentou a cabeça agradecendo e esperou serenar-se.

— Quando recebi a notícia, não pude acreditar. Não era possível que ele tivesse ido embora desse jeito, de repente. Eu queria ter pedido desculpas por ter me envergonhado dele, explicar que havia sido uma boba, mas que eu o amava mais do que qualquer outra pessoa... Ele morreu sem nem saber que eu estava arrependida.

Catarina notou que Ricardo vinha escondendo o rosto nos últimos minutos. Quando pôde mirá-lo por um instante, confirmou que os olhos dele estavam rasos. Uma onda de gratidão invadiu-a e animou-a a terminar:

— Já era o fim do ano, e não voltei para a escola. Ficariam comentando o que havia acontecido, iam me tratar de um jeito diferente, e eu não queria isso. Pedi à minha mãe para estudar em outro lugar, e eu e Simone fomos a um colégio público, perto de casa. Fiquei lá um ano, e depois entrei na escola em que estou agora. A mamãe conseguiu uma bolsa para nós duas.

— Você voltou a ver aquela menina?

— Qual?

— Aquela com quem você brigou, a Roberta.

— Não. Perdemos totalmente o contato.

Ricardo se recompusera rápido. Com a voz cordial e vagarosa, perguntou:

— Você se arrependeu por dizer aquelas coisas? Por ter ofendido a Roberta...

— Não, não me arrependi. Ela mereceu, já disse a você.

— Essa garota pode ter ficado marcada, machucada com o que você disse. Duvido que você nunca tenha sentido remorsos, Catarina.

— Talvez... Pode ser, alguma vez, mas não faz diferença! — exclamou ela, que depois explodiu — E o que ela falou do meu pai e de mim? Para você, não importa, só conta o que eu fiz errado. Quer dizer, o que você acha que fiz errado. Não fui a malvada da história, Ricardo! Reagi porque ela me agrediu antes.

— Não é dela que gosto tanto, nem tenho como ajudá-la. É com você que eu me preocupo.

Antes que Catarina pudesse retrucar, ele prosseguiu:

— Essa moça pediu desculpas, reconheceu que errou. Foi decente da parte dela. Entendo que você estivesse uma fera, mas não justifica a sua vingança.

— Vingança? O que é isso! Eu não quis me vingar, só quis responder...

— Responder? Você nem defendeu seu pai, simplesmente atacou-a de volta.

A garota enrubesceu e manteve os olhos secos cravados em Ricardo.

— Não precisamos amplificar o problema, que não passou de uma briga entre meninas de 12 anos. Mesmo assim, eu preferiria que tivesse se desculpado com a Roberta. Você precisa reconhecer que agiu mal, para não fazer de novo.

Ele pousou a mão no ombro dela, e se alegrou que a menina não o repelisse.

— Quanto ao seu pai...

— Se agi mal com a Roberta, com ele eu fui horrível.

A dureza nas suas feições juvenis desaparecera, e ela voltava a ser a garota que necessitava de consolo.

— Você tratou mal o seu pai, é verdade. Mas você não precisa carregar nas tintas e julgar-se um lixo. O que aconteceu não foi tão grave assim.

Catarina ficou intrigada, porque os pesos e as medidas de Ricardo pareciam enlouquecidos. Ele se explicou:

— Seu pai não se chateou, quando viu que você tinha vergonha dele. Foi uma pena que você não pudesse pedir perdão, mas acho que ele estranharia, se você dissesse que estava arrependida. Ele provavelmente responderia que não tinha nada que perdoar. Para ele, você era a princesinha, e ele, um simples plebeu. Ele não se ofendeu tanto com o que você fez exatamente porque era um homem bom, humilde. Alguém que ama como ele sempre desculpa, sempre compreende. Você não precisa se torturar.

A menina se esforçou por se manter aprumada, mas suas energias não chegavam a tanto. Seu choro despontou suave e foi aumentando, até chegar aos soluços. Apoiou-se no ombro do Ricardo, envergonhada por estar molhando a camisa dele. Sem jeito, ele aguardou que as lágrimas dela diminuíssem. Emprestou-lhe o lenço e disse:

— Catarina, não é fácil ser golpeada pela vida, suportar as contrariedades que caem em cima da gente. Mas mais difícil ainda é lidar com os nossos erros, com o que foi responsabilidade nossa. Muita gente poderia ser boa, se não ficasse esmagada por alguma bobagem que fez. Acham que não tem mais jeito, que fizeram algo imperdoável e perderam a confiança dos outros. Desistem então de tentar consertar e se abandonam. É uma lástima. Não permita que uma falha antiga determine quem você é hoje.

Ela assentiu com a cabeça, ainda sem condições de falar. Porém, já sorria.

— Seu pai não iria querer você sofrendo desse jeito tanto tempo depois. Aprenda com o que aconteceu, peça perdão a Deus e siga adiante.

"Há outra coisa que preciso dizer. O Ivan. Seja boa com ele! Não é trair a memória do seu pai. Meu primo merece ser bem considerado por você, que agora faz parte da família dele. Eu sei que ele ficaria muito feliz se você o aceitasse, o que também encheria a Gabriela de alegria. Você precisa entender isso; se não, vai ser sempre um espinho para a sua mãe. Embora eu perceba que você está melhorando nesse ponto."

— Está bem — respondeu engasgando. — Ajude-me a fazer o que é certo, Ricardo. Não quero errar mais! Não fique bravo comigo.

— Quem está bravo com você? Por que eu ficaria? Você não fez nada abominável, está apenas descobrindo sua tendência para o mal. Um minuto de descuido, e a gente pode se perverter. Graças a Deus, não aconteceu com você, nem vai acontecer, mas não se esqueça de que você é capaz de muita maldade, como todo mundo.

Examinou o relógio e se assustou:

— Estamos atrasados! Já é meio-dia e quinze, precisamos ir embora correndo.

Puseram-se a andar em silêncio pela rua lateral, onde se encontrava a lápide de José Carlos, até que chegaram à alameda que dava para uma das saídas do cemitério. Ambos iam absortos, até que Ricardo disse:

— Gostei muito da nossa conversa. Foi ótimo ter contado da Nina a você. Você é a primeira pessoa, das que não a conheceram, para quem falei tanto dela.

— Não falou para a Cláudia?

— Não. Ao menos não desse jeito.

A expressão dele fez-se séria.

— Duvido que a Cláudia se interesse. No máximo, vai ficar enciumada. Ela evita tocar em qualquer assunto relacionado à morte, já notei isso. Sempre achei estranho que as pessoas vivessem como se fossem durar para sempre, quando a realidade é tão frágil. Está aí mais um ponto em que somos bem diferentes.

Surgiu então em Catarina um pensamento que se tornou insistente: era um desperdício absurdo que Ricardo namorasse a Cláudia. Sua prima não tinha as mínimas condições para entender o quanto ele era especial, e ele merecia incomensuravelmente mais. Perto da Nina, a filha do tio Pedro era um pobre arremedo.

Saíram do cemitério e chegaram rapidamente à casa de Catarina. Na volta, trataram de assuntos triviais, pois ambos necessitavam de distensão. Na porta da casa da garota, de dentro do carro, Ricardo despediu-se:

— Acho que entendo bem o seu pai. Eu também ia ter orgulho de uma filha como você. A imagem que eu fazia dele coincide muito com o que você me contou.

A menina replicou:

— E eu tenho certeza de que ele está alegre porque você está perto de mim. Vai ver que foi ele, lá do céu, quem me mandou você.

Ele agradeceu as palavras e foi embora. Era verdade, Nina gostaria muito da mocinha. Talvez brigassem no começo, porque sua antiga namorada seria firme com a menina geniosa e temperamental. No final, as duas se fariam ótimas amigas, certamente. "Aí, a Gabriela teria uma pessoa a mais com quem implicar!", riu consigo.

Parte III
É difícil acertar a trilha

16
Sua estrela começa a brilhar

A festa de inauguração da loja de Cláudia estava marcada para a metade de novembro. Sua sócia era uma cliente que, ao se tornar viúva, descobrira que dispunha de uma fortuna considerável, que o marido tentara esconder da voracidade dela. A descoberta despertou um desejo ensandecido de impressionar as amigas, do qual resultou uma dúzia de planos de negócios mirabolantes. Um desses projetos incluía Cláudia, que vislumbrou nele a chance profissional de sua vida.

A partir de então, a moça mergulhou em uma atividade frenética em torno do lançamento de uma loja de moda de alto luxo. Convenceu a sócia a dividir o capital da empresa em duas metades iguais, sendo que a parte de Cláudia seria integralizada apenas no futuro. A habilidade extrema da namorada para o comércio surpreendeu Ricardo. Ela era enérgica e prática, capaz de manter um ritmo intenso de atividade por longo tempo e de fazer com que os outros produzissem abundantemente às suas ordens. Sua cabeça era organizada e sensata, o que, auxiliado por um bom gosto inato, fazia com que ela descartasse gentilmente as sugestões estapafúrdias da sócia.

Ao mesmo tempo, Ricardo entreviu nela um aspecto que o incomodou: Cláudia era sedutora para conquistar o que almejava. Diminuía os preços dos fornecedores, negociava prazos, obtinha produtos especiais, conseguia horas-extras dos empregados e sujeitava os credores com pitadas generosas do seu charme. Sorria, falava com doçura, fazia um olhar súplice, soltava um muxoxo, e pronto. Os homens eram presas fáceis e rápidas; quanto às mulheres, exigiam um elogio do penteado, a sugestão de uma peça de roupa, a menção de algo agradável da família... No fim, o êxito era idêntico.

Ricardo acompanhou-a a várias reuniões, porque ela o contratou como seu advogado. No início, ele não quis aceitar o serviço; mas ela insistiu de tal modo, que ele se sentiria um desalmado se não a atendesse. Um tempo depois, quando se deu conta de que fora vítima do poder de convencimento da namorada, seu amor-próprio acusou o golpe.

O pior, no entanto, era o ciúme que Cláudia lhe provocava. Ela não chegava a flertar com ninguém, o que seria insuportável, mas, na visão de Ricardo, era excessivamente simpática com gente demais. Apesar de não querer bancar o desagradável, ele reclamava, sendo a resposta sempre algo do tipo:

— Não seja tonto, meu bem! Você está vendo o que não existe. Acha que eu trocaria você por um desses bagulhos? Não sou tão burra quanto você pensa. São negócios, nada mais que isso.

No entanto, o desconforto de Ricardo não diminuía. Não tolerava a possibilidade de pensarem que sua namorada era uma leviana, e ele, um idiota. Ao mesmo tempo, Cláudia seguia carinhosa com ele, e tudo indicava que tão satisfeita quanto no início do namoro.

Tudo, a não ser por um detalhe: no último mês, eles conversaram com menos frequência, e já não acompanhavam o dia a dia um do outro. De fato, passavam mais tempo juntos a trabalho do que namorando. O que levava Ricardo a desconfiar que deixara de ser o interesse principal da moça, que vivia agora polarizada com as demandas infindáveis do seu negócio.

A festa oficial de inauguração seria duas semanas depois de a loja ter aberto suas portas. A sócia rica não havia economizado para que tudo em seu estabelecimento fosse do bom e do melhor. As cores das paredes e das prateleiras eram claras, tendendo para o creme, e se harmonizavam com quadros e painéis decorativos em que predominavam o vermelho e o amarelo. Os balcões e as estantes estavam sempre cuidados e ordenados, com vasos e peças que não destoavam do estilo minimalista do ambiente.

Quando Ricardo apareceu, repórteres de jornal e revistas entrevistavam Cláudia, que respondia com naturalidade e jeito. Eles fotografavam-na de vários ângulos, normalmente acompanhada de mulheres da sociedade. Garçons vestidos com paletós brancos e gravata-borboleta preta serviam vinho, champanhe e uísque, acompanhados de aperitivos pequenos e requintados. As vendedoras e demais funcionárias singravam de um lado ao outro, entretendo os clientes. Ao fundo, uma música ambiente anódina misturava-se com o barulho dos copos e das conversas.

Ricardo mal teve tempo de cumprimentar a namorada, que era solicitada continuamente por um batalhão de gente. Ainda sim, pôde reparar que a faculdade de cativar da moça estava no seu auge. O vestido, do qual ela parecia brotar, era longo, prateado e preto, de excelente corte. A maquiagem havia sido feita por um profissional gabaritado, deixando-a de pele ainda mais lisa e brilhante, em tons vivos. As cores do batom e das unhas eram escuras, o cabelo estava cheio e penteado de maneira ousada. Era a rainha da festa, e todos estavam satisfeitos por serem seus súditos.

Para Ricardo, a aparência da namorada era um tanto agressiva. Vê-la glamorosa daquele jeito, com uma taça de champanhe na mão, distribuindo risos e olhares aos que a rodeavam, subitamente enervou-o. Aumentou seu desagrado o clima insinuante do ambiente, inclusive com alguns senhores madurões meio alegres abraçando Cláudia sem nenhuma necessidade. Ricardo ficou tentado a intervir, mas desconfiou que apenas faria o papel de idiota.

Se seu incômodo era grande, aumentou quando dona Lúcia pousou ali. Cláudia convidara-a expressamente, para estreitar os laços com a possível futura sogra. As duas ainda se conheciam pouco, pois a jovem tinha ido contadas vezes à casa do namorado. Na última, fora apresentada a Carlos. Ricardo, apesar da curiosidade, não perguntou ao irmão qual era sua opinião sobre a moça.

Sua mãe viera desacompanhada, porque o sr. Adalberto evitava sair à noite, e um coquetel não era programa que o atraísse. Dona Lúcia vestia-se com elegância, mas bastante longe do padrão que imperava ali; o preço de todo seu vestuário seria equivalente ao de umas das peças medianas expostas nas vitrines. Ela sorriu para o filho assim que o avistou. Beijaram-se e foram falar com Cláudia.

— Dona Lúcia! Que bom que a senhora veio! Então, gostou da minha loja? A gente caprichou ao máximo, cuidou de cada detalhe...

— Foi você quem a decorou? Ficou muito bonita. Está bem distribuída, elegante, agradável. Tudo claro, alegre. Meus parabéns, Cláudia. Espero que você tenha bastante sucesso.

— Começamos com o pé direito, as coisas todas dando certo, graças a Deus. O movimento nessas duas primeiras semanas foi inacreditável. Colocar tudo para funcionar custou um trabalho danado. Por sinal, só conseguimos porque o Ricardo ajudou demais. Ele tirou para a gente todas as autorizações e licenças em tempo recorde. Como é competente!

Dona Lúcia concordou com a cabeça. Elogiar o filho era um caminho inteligente para agradá-la. Ao ouvir o diálogo, Ricardo reconheceu outra vez a sagacidade da namorada. O que, em vez de contentá-lo, passou a ribombar na sua cabeça.

A seguir, Cláudia foi convocada por outros convidados, pediu licença e saiu. Como a mãe não quis que ele a acompanhasse, Ricardo engatou uma conversa com um sujeito que se dizia empresário do ramo metalúrgico. Mais do que empresário, devia ser herdeiro e usufrutuário da fortuna da família. O rapaz tinha a barba cuidadosamente por fazer e o cabelo longo bem aparado; usava paletó escuro sobre camisa social azul, com vários botões abertos, para mostrar as correntes douradas e parte do peito musculoso. O bronzeado intenso provavelmente fora reforçado pelo sol ardente daquela tarde. Com um copo de uísque na mão, o rapaz falava com espontaneidade, entremeando risadas e piadas. Após poucos minutos de prosa, perguntou:

— Você conhece aquela morena ali? Ouvi dizer que é a dona da loja. Nunca tinha visto essa antes. Olha que eu achava que conhecia as mulheres mais bonitas da cidade. A dona Patrícia arranjou uma sócia que é um monumento! Deve ser para compensar a feiura da velha... Ah! Ah! Já estou vendo: os caras vêm aqui, dizem que querem comprar um presente, e aproveitam para conferir a gatona. Mais tarde, vou conversar com ela.

— Acho melhor você não se meter com essa moça.

— Não? Por quê? Acha que ela não vai gostar? Eu sei como abordar uma garota, parceiro.

— Você sabe? Mesmo assim, com ela não vai dar certo. Você não faz o tipo dela.

— É o que vamos ver.

— Vamos ver coisa nenhuma. Seu jeito de conquistador barato não vai funcionar. Ele dá certo com essas menininhas fáceis que você encontra por aí, não com ela. Aliás, eu a conheço muito bem; por acaso, é a minha namorada.

Encarou o musculoso cabeludo, que ficou com a sensação de ter cometido uma gafe. O "empresário" perguntou-se se o cidadão com quem estivera discutindo ofendeu-o; quando concluiu que sim, Ricardo já não estava perto dele, e o galã preferiu deixar por isso mesmo.

O advogado não se encaixava em nenhuma roda de conversa, cujos assuntos eram alheios ao seu mundo de classe média: automóveis absurdamente caros, roupas de grifes exclusivas, joias, viagens a países exóticos, os jogadores de polo em Indaiatuba... Tampouco Cláudia podia dar-lhe atenção, preocupada que estava em desempenhar seu papel de anfitriã. Dona Lúcia foi embora logo, nem pediu uma carona. Gabriela não havia podido vir, devido a um compromisso com a família de José Carlos, e nem os pais de Cláudia estavam ali, o que estranhou Ricardo. Quando ele se encontrava entediado e não sabia onde se meter, apareceu-lhe o rosto conhecido de Bernardo.

Desde que encontrara Ricardo com Cláudia, Bernardo passara a demonstrar pelo companheiro uma deferência enorme, por considerar que este havia conquistado uma deusa. Assim que reconheceu o colega, Bernardo exclamou sorridente:

— Que festinha ajeitada esta, hein! Tudo de primeira, só gente bonita, produzida. E você nem para avisar o pessoal do escritório! Eles iam querer vir na hora.

— A festa não é minha. A Cláudia e a sócia escolheram os convidados, não me meti em nada. Tanto que não conheço ninguém. E você, como soube do coquetel?

— Saí do escritório e vim ao shopping. Passei aqui em frente e vi a sua namorada dentro. Ela se lembrou de mim, e entrei para cumprimentá-la. Então ela comentou que você viria à noite e acabou me convidando também. Passei em casa para me arrumar e aqui estou. Gosto deste tipo de ambiente, sempre dá para encontrar pessoas interessantes.

Ricardo sabia que "pessoas interessantes" tinha um significado específico para Bernardo: jovens do sexo feminino, bonitas e de preferência ricas. Era o grupo demográfico com capacidade infalível de animá-lo. O advogado conquistador não manipularia uma mulher por maldade, mas gostava de saber que várias estavam apaixonadas por ele ao mesmo tempo. Assumir um relacionamento sério era uma possibilidade remota e indesejada, da qual fugia com tanto empenho quanto buscava novos flertes.

Sua maneira irresponsável de levar a vida assustava e atraía Ricardo, que se divertia com ele. Na medida em que crescia em intimidade com Bernardo, estimulava-o a assentar-se um pouco e a procurar alguém de quem realmente gostasse. Quando escutava esses conselhos, o colega olhava para baixo e respondia:

— Duvido que isso vá acontecer. Pouca gente acerta para valer com uma garota, a maioria mal suporta a que conseguiu. Vai ver meu negócio é ficar pulando de galho em galho. Ao menos, não corro o risco de enjoar.

— Você ainda vai encontrar alguém que vai pegá-lo de jeito. Aí você se acalma.

— Não sei não. A verdade é que sou um cético amoroso. Gostou dessa? "Cético amoroso"! Essa é boa, hein? Fala a verdade!

Ultimamente, Bernardo se punha melancólico de vez em quando, o que seria impensável meses antes. Recolhia qualquer migalha que Ricardo atirasse a respeito de Cláudia; fazia perguntas aparentemente inocentes sobre a garota; vinha sustentando aquela admiração exagerada e ridícula pelo amigo; aparecera à toa em uma loja de moda feminina... A junção desses elementos, fortuita no começo, foi gerando um padrão na cabeça de Ricardo. Subitamente, sua tez avermelhou-se e os olhos arregalaram. Respirou fundo e perguntou, em tom áspero:

— Deixe ver se eu entendi: você viu a Cláudia dentro da loja... É claro que não foi a primeira vez, nem mera coincidência. Você já veio espiá-la aqui um monte de vezes, certo? Quando começou com isso, seu safado?

Bernardo parou, lívido, e a seguir ficou escarlate. A boca se escancarou por uns instantes, e sua expressão era tão desnorteada, que Ricardo se arrependeu por ter sido tão direto. "Cético amoroso" coisa nenhuma! O infeliz tinha sido virado ao avesso justamente pela namorada do colega.

— Que é isso, Ricardo? — tentou se esquivar. — Não é o que você está pensando! Vim aqui uma vez ou outra, é verdade, mas sem má intenção. Não quis vir, aconteceu. Foi uma coisa meio repentina, automática. Não sei o que deu em mim... Mas eu nunca ia trair um amigo, você está confundindo as coisas.

Ao menos até o momento, Bernardo não fizera qualquer investida em Cláudia. Ele gostava de alardear: "Mulher de amigo meu é homem!" Pois bem, olhar um pouco para a moça, tentar engatar um papo, não representaria uma ofensa direta à regra; ao menos, era no que tinha se esforçado por acreditar. Diante de Ricardo, contudo, percebia que não era assim. O máximo a que chegara havia sido espiar Cláudia discretamente; bem, também a havia cumprimentado outras vezes, mas de maneira tão corriqueira que a própria interessada nem tinha se lembrado de comentar com o namorado. Talvez Ricardo não ficasse irritado demais; afinal, era um sujeito pacífico, refletiu Bernardo.

O problema é que, à constatação de o "amigo" ter sido enfeitiçado pela sua namorada, somavam-se o mau humor pela festa, o comportamento vaporoso de Cláudia, a sensação de perda de tempo e de vazio, a maneira descarada com que algumas mulheres o olhavam... Ricardo aproximou-se de Bernardo disposto a passar-lhe uma descompostura. No entanto, ao ver o rosto do colega aguardando resignadamente a reprimenda, desarmou-se. Aproveitando o momento de hesitação do amigo, Bernardo recompôs-se e falou:

— É melhor eu ir embora, para não estragar a sua noite. Só queria dizer que não agi mal com você. Eu não iria enganar um amigo, não sou um traíra.

Seu tom era de lamúria, o que acalmou Ricardo ainda mais.

— Não precisa ir embora, Bernardo. Vou acreditar que você não quis aprontar para cima de mim. Sei que basta olhar para a Cláudia para querer vê-la de novo. Isso acontece com todo mundo, não tem jeito. Mas não serve de atenuante para você! Se olhar demais, aí que não consegue parar mesmo.

Bernardo sorriu e bateu forte no ombro de Ricardo. Embalado, acabou prometendo o que sabia ser-lhe impossível de cumprir:

— Está certo, está certo. Não vou mais nem passar na frente dessa loja, para não correr nenhum risco.

Conversaram animadamente, mas um momento de constrangimento ocorreu quando Cláudia apareceu e deu um beijo no rosto de Bernardo, que não conseguiu esconder o quanto a proximidade dela o afetava. Recebeu uma encarada dura de Ricardo, que desanuviou em pouco tempo. Depois das dez e meia, quase todos os convidados haviam ido embora. Cláudia continuava envolvida por um grupo de cinco ou seis senhoras, dentre elas a dona Patrícia Leitão. O efeito do vinho se notava nas vozes altas e alegres, ainda que imperasse o clima de fim de festa.

Quando Ricardo se despediu do grupo de Cláudia, as outras mulheres aproveitaram e disseram que também estavam de saída. Bernardo foi com elas, para talvez falar sobre alguma filha delas que fosse "interessante". Restaram na loja apenas Ricardo, Cláudia e as funcionárias, que arrumaram parte da bagunça. Depois, o casal fechou as portas e as grades, quando ele percebeu que a moça estava um pouco alterada pelo álcool. Propôs:

— Levo você para casa, linda. É melhor você não dirigir assim.

— Assim como?

— Vamos dizer que você bebeu mais do que devia.

— De jeito nenhum! Estou ótima.

Foi responder e tropeçar no salto. Ricardo amparou-a e ela ficou sem graça; uns segundos depois, riu como uma criança levada:

— Você está certo, seu chato! Mas e o carro, o que faço com ele?

— Pode deixar à noite no estacionamento. Não é tão caro assim.

— É verdade que não estou me sentindo muito bem. Parece que o cansaço acumulado destes dias despencou de uma vez em cima de mim.

— Mas valeu a pena, não é? A festa foi um sucesso, a loja está indo muito bem, as clientes adoram você... E é só o começo.

— Acha mesmo?

— Claro que sim. Eu tinha medo que você se complicasse no início, porque nunca foi dona de uma empresa. Mas não, você toca tudo com muito jeito. É um dom, fico até com uma ponta de inveja. Logo, logo, você vai ser dona de uma cadeia de lojas, já estou vendo.

Ela sorriu envaidecida. Entraram no automóvel dele, onde ela adormeceu em um instante, inclinada no banco do passageiro. Ricardo desligou o som, para que não a incomodasse, e pôs-se a pensar no relacionamento deles.

Examinou-a com vagar, na medida em que dirigir permitia-o. Dormindo silenciosamente, ela parecia uma ninfa. Era uma mulher maravilhosa, e o milagre era não ser arrogante nem exibida; nisso, havia a influência do pai. Ela não se resumia a ser linda, pois era uma ótima companhia, que fazia rir e sabia usufruir da vida com prazer e leveza. Valorizava sua família e, apesar de um par de namoros anteriores um pouco desvairados, era uma garota que se dava respeito. Tinha ambição, dinamismo e garra.

Por outro lado, ia tornando-se patente a Ricardo que ainda não havia se apaixonado por ela. Prova disso era como os defeitos da jovem incomodavam-no. As preocupações da namorada eram sempre rápidas e materiais: o que fariam naquela tarde, o filme a que assistiriam, onde comeriam, se a roupa dele era apropriada, as obrigações da loja, algo que sua mãe tinha comentado, a saúde do pai... Ela não se interessava por temas que, para ele, eram fundamentais, como o sentido da vida e o relacionamento com Deus. Parecia que ele transmitia em uma frequência diferente, que a garota não podia ou não queria captar.

O modo como ela se entregara à montagem da loja havia reforçado essa impressão de imediatismo e superficialidade. Ela não se perguntava qual a importância do seu trabalho, e provavelmente se desorientaria se alguém tocasse no assunto. Não enxergava o bem que fazia ao empregar gente, e a noção de prestar um serviço ao vender produtos praticamente não tinha peso. Ela vivia imersa em um jogo que desejava ganhar, e o ganhar se resumia em alcançar prestígio e lucro.

Essas limitações deixavam Ricardo penalizado. Ao mesmo tempo, sabia que ele também desagradava à moça com certa frequência. Ultimamente, ela dera de chamá-lo de sonhador, implicando com o grupo de estudo. Também resolvera animá-lo a ganhar mais dinheiro no curto prazo, quando ele achava que já embolsava muito mais do que outros colegas bem-sucedidos da mesma idade.

Tornou a olhar para Cláudia, em parte recriminando-se pelas hesitações e pensamentos críticos. A namorada certamente diria que não passavam de quimeras. Se estavam se entendendo bem, se gostavam um do outro, o que poderia haver de errado? Não fosse pela comparação com a antiga noiva, talvez Ricardo não tivesse percebido problema algum e estaria planejando propor em breve um compromisso mais sério com aquela mulher fascinante. Porém, o fato é que não estava seguro e ponderava se prolongar o relacionamento com Cláudia e sacramentá-lo não representaria abrir mão de outra pessoa que pudesse complementá-lo melhor.

Chegaram à casa da moça, que seguia dormindo. Ele se perguntou se seus devaneios não eram fruto de um orgulho tolo. Como se ele tivesse todas as qualidades para exigir uma pessoa perfeita, sobre-humana! Com essas dúvidas, beijou a testa dela e balbuciou:

— Chegamos, linda! Acorde.

Ela abriu os olhos e fitou-o, sem entender onde estava. Depois de um instante, exclamou faceira, espreguiçando-se:

— Desculpe! Dormi o caminho inteiro, que horror! E a minha cabeça ainda está um pouco zonza... Não vá pensar que isso acontece sempre, que sou uma pau-d'água!

— Pau-d'água? Essa eu não escutava faz tempo.

— Meu pai sempre fala assim.

— Não se preocupe, você não deu vexame nenhum. E merece descansar, depois de uma noite como esta.

— Obrigada por me ajudar, por estar sempre do meu lado, me apoiando!

— Não há do quê, linda. Amanhã a gente conversa melhor. A senhorita precisa ir direto para a cama.

Despediram-se, e ele esperou que ela desaparecesse atrás da porta. O pai saiu e acenou para Ricardo, que retribuiu e foi embora.

17
Dentre todas, ela sempre foi a mais linda

A repercussão do coquetel da loja de Cláudia foi acima das expectativas. Impulsionadas pelos contatos da sra. Leitão, publicaram-se reportagens em rádios e jornais — principalmente nas colunas sociais, tão lidas quanto desdenhadas —, e a consequência foi um aumento substancial no cadastro de clientes. Ricardo estranhava que tanta gente estivesse disposta e pudesse pagar preços exorbitantes por aquelas peças de vestuário. Fosse como fosse, a conta bancária de Cláudia engordava com uma velocidade imensa. Encorajada, a moça mergulhou no trabalho com um ímpeto ainda maior. A previsão de que a dona teria mais tempo livre, quando a loja estivesse pronta e funcionasse em ritmo normal, desmentiu-se em poucos dias.

Chegaram as provas finais na escola. Os participantes do grupo de estudo tiveram um desempenho mais do que satisfatório. O destaque foi Catarina, que conseguiu notas tão boas quanto as de Camila. Os laços de coleguismo entre os garotos e as meninas se solidificaram, e as amizades cresceram no ambiente favorável criado. Ricardo assistia satisfeito ao êxito da sua iniciativa, que surgiu modesta, mas terminara beneficiando bastante gente.

No final de novembro, uma sexta-feira, Ricardo notou os pais mais calados no café da manhã. As feições da mãe não eram tristes, mas pensativas, enquanto os olhos do pai haviam se congestionado. Ricardo perguntou:

— O que foi, mamãe? A senhora e o papai estão com a cabeça na lua, nem me cumprimentaram direito.

Ela demorou um pouco para responder:

— Perdoe-nos, filho. Não é nada de mais, não precisa se preocupar. Nós só estávamos um pouco distraídos.

— Distraídos com o quê? Posso saber?

— Espere um pouco e você vai descobrir. Não sou eu quem deve contar.

— A senhora está agora com segredos? Tudo bem, aguardo até alguém se animar a me dizer o que está acontecendo.

Quando Clara entrou na sala de jantar, a mãe se empertigou na cadeira, o que foi suficiente para Ricardo deduzir qual a fonte do problema. Veio-lhe o medo de que a irmã tivesse se envolvido de algum modo com seu colega de faculdade Paulo Henrique, e seus receios pareceram confirmados pelo ar feliz de Clara. Os cabelos dela estavam presos atrás, o que lhe realçava o rosto oval e perfeito. Vendo-a assim e imaginá-la vinculada àquele rapaz embrulhou o estômago de Ricardo, que não se animou a engolir nada no café da manhã, a não ser um pedaço de bolo de chocolate recheado (afinal, ninguém é de ferro!).

A seguir, deu-se conta de que não via o Paulo Henrique nem ouvia falar dele fazia tempo. Na verdade, os colegas homens da irmã tinham desaparecido nos últimos meses. Ao mesmo tempo, as amigas de Clara continuavam a frequentar a casa, até mais assiduamente. Algo relacionado ao Paulo Henrique, naquele momento, seria tirar um coelho da cartola.

Quando Ricardo foi ao quarto para pegar sua maleta, Clara apareceu na porta e pediu:

— Podemos conversar hoje à noite? Queria contar-lhe uma coisa. Acho que pode demorar um pouco.

— Deixe-me ver na agenda, só para não dar confusão. Sem problema. Tenho que passar na loja da Cláudia antes de voltar para cá, porque a gente não se encontra faz uns dias, mas vou chegar para a hora do jantar. A gente pode falar logo depois.

— Para mim está ótimo. Bom trabalho e até mais.

— Clara, só uma coisa: esse seu assunto é que deixou a mamãe e o papai aéreos hoje?

— É, deve ser — ela respondeu rindo. — Só que não vou adiantar nada, porque tenho de estar na faculdade em meia hora. Depois do jantar, falamos.

O dia passou rapidamente, pela intensidade do trabalho, e Ricardo nem se lembrou da conversa prometida à irmã. Ao chegar à sua casa, o jantar estava posto, e os cinco da família — seu Alberto, dona Lúcia, Ricardo, Felipe e Clara — comeram juntos. Felipe comentou do emprego, no qual ia engrenando. Havia deixado a fábrica do pai para ganhar experiência em outros lugares e posteriormente retornar. Tinha se acertado no departamento de compras da nova empresa, o que vinha contribuindo para torná-lo menos abúlico e displicente.

Após terminarem, Ricardo e Clara foram ao quarto do mais velho, que tinha duas poltronas em um dos cantos. O cabelo dela agora estava solto; ela usava uma calça vinho, sapatos de salto médio e uma camisa rosa com botões brancos; no pescoço, um colar simples de contas grandes. Ricardo vestia-se com a camisa social verde-clara e a calça do terno azul que utilizara no expediente, mas sem a gravata nem o paletó.

Depois de trocarem poucas palavras triviais, Clara parou, tomou a mão do irmão e balbuciou:

— Não sei bem por onde começar.

— Comigo, você pode começar por onde quiser.

— Então acho melhor ser o mais direta possível. Na semana que vem, vou me mudar daqui.

Demorou uns segundos para Ricardo captar o sentido do que ouvira.

— Que cara é essa? Parece que viu um fantasma! — exclamou a garota.

Ele estava boquiaberto, com os olhos esbugalhados. Após uns instantes, piscou forte e fechou a boca, mantendo o ar sério.

— Não se preocupe, Dodô, sei o que vou fazer. Pensei bastante antes.

Agora ele já suspeitava o que estava por vir, uma vez que a hipótese de a irmã morar longe dos pais por nada era impossível. A história se repetiria, quase quinze anos depois. Perguntou a Clara, para confirmar:

— Quer me dizer para onde você vai?

— Para a casa das moças da Obra, no Taquaral.

Disse isso ansiosamente, perscrutando o rosto de Ricardo. Ele não queria deixar aflorar nenhum sentimento, só que isso exigia demasiado dele. Conhecia o local a que Clara se referia, onde havia estado várias vezes para levar a irmã.

— Para a casa das moças...

As palavras saíram em um tom desanimado, o que não era a intenção dele.

— Foi o que falei.

— Quer dizer que vai fazer a mesma coisa que o Carlos?

— Exato. É o que mais quero na vida.

— Tem certeza, Lala? — insistiu ele, meio atordoado.

— Absoluta.

— Mas como, se até ontem você vivia rodeada de um monte de marmanjos, que disputavam você a tapas?

— Eu, "rodeada de marmanjos"? De onde você tirou essa?

— Você mantinha distância, não quis dizer que você facilitasse. Só que também acho que era vulnerável às investidas de alguns. Ao menos, nunca os dispensou de vez.

Ela se encabulou ao escutar, e Ricardo intuiu ter sido desastrado. Ela soltou a mão dele e respondeu-lhe:

— Dispensei, sim. Não contei a você, mas me afastei desse pessoal faz um tempo.

Ambos ficaram quietos, até Clara continuar:

— Eles eram uma fuga, mais nada. Tanto que nem foi difícil me separar deles. Nenhum daqueles rapazes mexeu comigo. Até fico preocupada se dei outra impressão.

— Nem o Paulo Henrique? Achei que fosse o seu preferido.

— Era o mais insistente, sem dúvida, mas daí a ser o preferido... Eu gostava de ser bem tratada por um rapaz como ele, o sonho de metade das garotas da faculdade. Talvez alguma vez eu tenha sido mais gentil com o Paulo do que deveria. Foi bobagem minha, um pouco de vaidade. Só que nunca senti uma atração especial por ele, nem por nenhum outro. Ao menos, nada que durasse mais de dois dias.

Ela parou abruptamente, o que levou Ricardo a cavar um pouco mais:

— Você é muito amorosa, Lala. Não acredito que nunca gostou de ninguém. Lembra-se dos seus namoradinhos da adolescência? Pensei que você queria formar uma família.

— Por isso você tentava aproximar o Eduardo de mim, não é?

A resposta dela aturdiu-o, e ele sentiu as bochechas arderem.

— Fico feliz com a esperteza da minha irmãzinha. Achei que estava sendo discreto, veja só.

— Discreto? Desse jeito, você me faz rir.

— Não seja maldosa. É verdade, sempre quis que você e o Eduardo ficassem juntos, e tentei dar uma ajudazinha. Por um motivo simples: ele é o melhor rapaz que conheço, de longe.

— Agradeço o seu interesse, mas, como você está vendo, não deu certo.

— Não deu. Bem, parece que não tinha que dar mesmo.

O ar pensativo da irmã fez com que ele acrescentasse:

— Se você percebeu as minhas intenções, é porque talvez o Eduardo não fosse tão indiferente assim a você.

Foi a vez de Clara ficar sem jeito, e Ricardo apressou-se a dizer:

— Desculpe se falei besteira. É que sempre achei que você não tinha o menor interesse por ele. Você nunca abriu a menor brecha, Lala.

— Nunca encorajei, é verdade. Se a gente se aproximasse, a situação poderia fugir do controle. Tive medo...

— De quê? Por acaso fazia tempo que você pensava em não se casar?

— Sim, faz bastante tempo.

Ela suspirou, e Ricardo animou-a com um gesto a se explicar.

— Lembro-me de uma vez em que fui à missa de Páscoa com a mamãe e fiquei olhando as velas, a bênção do fogo. Tive vontade de abandonar tudo, de viver só para Deus. Não fiz nada na época, eu só tinha 8 anos, mas foi uma primeira intuição. Mais ou menos com 15 anos, comecei a pensar se Deus não queria algo de mim. As palavras do Evangelho: "Se queres ser perfeito, vai, vende tudo...". Não que eu gostasse da ideia, mas ela ficava martelando na minha cabeça. Tanto que passei vários anos querendo esquecer essa história, sem nunca conseguir.

— Então por que não se aproximou do Eduardo? Seria a maneira mais fácil para você esquecer.

— Mas seria começar a tomar uma decisão definitiva, o que eu não queria fazer. Eu não podia fugir de Deus e depois ficar me lamentando pelo resto da vida. Por isso, não me aproximei do Eduardo; com os outros, podia ser um pouco mais aberta, não tinha perigo. Não vá pensar que cheguei a gostar dele. Poderia até ter ocorrido, mas não deixei.

Sorrindo, ela prosseguiu:

— O que é irônico, melhor dizendo, providencial, foi o Eduardo ter me ajudado, de certo modo, a tomar a decisão, a sair desse chove e não molha.

— De que jeito? Vocês nunca conversavam.

— Falamos uma vez por mais tempo. No meu aniversário, quando ele pediu desculpas à Simone, pelo banho que ela levou do Gilbertinho. Você deve se lembrar, porque ela ficou uma fera e brigou com o Eduardo.

Ele mexeu a cabeça em concordância.

— Enquanto eu conversava com o Eduardo e a Simone — continuou Clara —, recordei-me da última vez em que estive sozinha com a Nina. Umas duas semanas antes de ela morrer, passei a tarde no hospital para acompanhá-la, e a gente pôde conversar bastante. A Nina sabia escutar, arrancava qualquer coisa da gente. E confidenciar com alguém que vai morrer dentro de pouco tempo é diferente, não tem por que esconder nada, não faz diferença. Naquela tarde, eu estava ansiosa, e ela percebeu logo. A possibilidade de que eu tivesse de fazer algo diferente na vida estava me afligindo, e entrei em uma crise. Estou confundindo você?

— De jeito nenhum, Lala. Só que você era nova demais para se complicar desse jeito.

— Nem tanto, Dodô. Tinha 16 anos e sabia que havia algo especial. Não era autossugestão, vinha de fora. Eu começava a rezar e percebia que

Deus estava me procurando; quando olhava um crucifixo, sentia que tinha de retribuir por aquele sofrimento. Havia também uma sensação constante de que me faltava alguma coisa; era um sentimento difuso, mas real.

"Resolvi afastar esses pensamentos cada vez que aparecessem. Viver para aproximar as pessoas de Deus, em um mundo em que parece que quase ninguém quer saber d'Ele... Era peso demais, e eu não achava que tinha a força necessária."

À medida que narrava os fatos, Clara procurava as palavras exatas. Era confortante poder se abrir com o irmão. Ele acariciou-a no braço, e ela tomou-lhe outra vez a mão, desta vez apertando com força.

— Se quiser, pode chamar de covardia, acho que é o nome adequado. Tive medo de trocar uma vida tranquila e agradável por outra incerta.

Havia arrependimento na voz dela, o que comoveu Ricardo. Pensando em como era Clara na época, ele se lembrou de que ela estava frequentemente avoada. Por então, ele não tinha atribuído importância a isso, por julgar que era típico em uma adolescente. Teve pequenas brigas com a irmã no período, mas nada sério.

— Sem qualquer motivo especial, contei à Nina essas minhas dúvidas e meus medos. Falei que talvez fosse fruto da minha imaginação, e que a perspectiva de me entregar a Deus me assustava e ao mesmo tempo me atraía. Eu gostava das meninas que tinham essa vocação, admirava o que elas faziam, o jeito como tratavam os outros. Também sabia que Deus merece que a gente dê tudo, quando Ele pede. Só pensava que não era para eu fazer isso.

Clara abriu o lindo sorriso para o irmão. Ricardo pensou que nem a Cláudia conseguia ser tão bonita.

— A Nina me deixou pôr tudo para fora, nem lembro quanto tempo falei. Ela quase não olhava para mim; ria algumas vezes e me animava a prosseguir. Chegou a fechar os olhos, mas se mantinha atenta. Ela estava magra, pálida, às vezes fazia uma careta de dor, que tentava esconder... Desculpe-me se toquei nisso, Ricardo. Você não fica triste, fica?

— Não tem problema. Até acho que me recordo mais dela no hospital do que em qualquer outro lugar. E então?

— Quando terminei, eu estava exausta. Imaginei que a Nina devia estar aturdida, porque soltei tudo sem ordem. Mas não foi nada disso. Ela passou a comentar de outros assuntos, sem tratar diretamente do que eu havia dito. Perguntou o que eu pensava de Nossa Senhora, se rezava ao Espírito Santo, a maneira como eu fazia oração, o proveito que tirava das comunhões... Ela foi me explicando como preenchia suas horas pensando em Deus. Disse que tinha se proposto fazer com que muita gente se confessasse. Explicou-me que ela precisava vencer sua impaciência... Não imaginava que ela soubesse tanto desses assuntos. Estou sendo indiscreta falando isso, não é?

— Que nada! A Nina também me deu um monte de lições parecidas. A única coisa que me surpreende é você nunca ter me contado dessa conversa.

— Não contei a ninguém. Na época, você estava tão preocupado com ela, sofrendo daquele jeito... Eu não queria aborrecê-lo com os meus problemas, nem tinha coragem para dizer o que eu estava sentindo.

— Pode ter sido melhor assim. Com o Carlos, fui péssimo conselheiro.

— Eu pretendia conversar com a mamãe. Só que, depois que falei com a Nina, não quis mais. Não precisava.

— O que mais ela disse?

— Ela foi me encurralando, com jeito, para chegar ao que eu pensava e sentia. Essa exploração foi me pondo num estado de quase pânico. Ela me perguntou se eu estava disposta a responder que sim, quando tivesse certeza do que Deus queria. Pediu que lhe dissesse quais eram meus ideais; por exemplo, onde gostaria de estar dentro de vinte anos... Ficou mais séria quando perguntou se haveria algo que pudesse me impedir de corresponder a uma chamada de entrega total.

Sem alterar o tom da voz nem demonstrar ansiedade, Clara derramou lágrimas grossas. Ricardo beijou-lhe a cabeça, e a garota prosseguiu:

— Tentei responder sem me comprometer. Só que, à medida que eu falava, ela vinha com novas questões. Uma encaixava na outra, e foi ficando evidente que não havia motivos razoáveis para eu não me dar de uma vez a Deus. Ela não disse diretamente, mas era a conclusão límpida do que eu respondia. Ela notou que eu estava nervosa, pegou a minha mão e ficou me olhando, dizendo que eu era bonita e lembrava muito você.

Ricardo mal conseguiu sorrir. Nesse ritmo, ele logo iria desmontar como uma velha chorona.

— Perguntou se eu admirava o Carlos, se não achava que a vida dele valia a pena. Respondi que sim, e ela elogiou muito o nosso irmão. Falou que ele era maravilhoso, que vivia para os outros, para Deus, para fazer o bem.

Como a jovem estava a um passo de engasgar, Ricardo interrompeu:

— A admiração era recíproca, Lala. O Carlos também a adorava. Para mim, ele foi uma das poucas pessoas que entendeu o que acontecia com a Nina, naqueles últimos meses. E nunca se falaram, os dois sozinhos. Eram muito parecidos, apesar dos temperamentos diferentes.

Foi o suficiente para Clara se recompor e tomar outra vez o fio:

— É verdade. Quando penso na Nina, é comum que apareça junto a imagem do Carlos. Naquela vez, ela teve a gentileza de não me forçar a nada, de deixar a porta de saída aberta. Ela comentou de um jeito terno: "A vocação é o mais importante da vida. Só a pessoa pode saber o que Deus deseja dela, e sempre há o perigo de tentar se enganar. Não tenho como solucionar suas dúvidas, essa é uma tarefa exclusiva sua."

"Ouvir isso me fez ficar, por um instante, mais tranquila. Se a Nina não queria me dar uma resposta, era sinal de que eu estava me preocupando demais. O problema foi que não terminou aí. Ela colocou uma expressão maliciosa, de que não me esqueço, e disparou: 'O que posso dizer, com certeza, é que deixar o mundo inteiro por Deus é um ótimo negócio.'

"Devo ter feito uma cara de susto, porque ela riu um bocado e voltou ao ataque: 'A minha doença está me arrancando tudo o que mais amei, uma coisa depois da outra. Até do Ricardo vou ter que me desprender, apesar de continuar gostando dele. Desde que ele soube da minha doença, tem sido o melhor homem do mundo. Só que ele fica, e eu vou embora. Os meus pais, os meus irmãos, a minha profissão, o que estudei, os amigos, as paisagens que eu gostava de olhar, cada alegria... Tudo foi muito bom, tenho que agradecer, mas nada disso é o essencial. Vou me convencendo cada vez mais.'

"Ouvi e me arrepiei. Eu não tinha condições de responder, engoli em seco. Ela falava com carinho do que tinha lhe trazido felicidade, mas como se fosse insuficiente, efêmero."

O coração de Ricardo batia forte. Evitou encarar Clara, porque suspeitava que ela estivesse chorando.

— "Clara, vale a pena dar a Deus o melhor. O resto só interessa em função disso", ela me disse. Depois passamos um bom tempo quietas. Eu nem conseguia articular nada direito, mas o silêncio foi se tornando pesado. Acabei soltando: "Você fala assim, mas queria casar-se com o Ricardo. Por que não o deixou por Deus? Não seria o melhor?"

Ao repetir suas palavras, a garota se alarmou e apressou-se em consertar:

— Eu não queria que ela abandonasse você, não pense besteira. Eu me expressei mal, sei disso.

Ele não retrucou.

— Não vá ficar bravo comigo pelo que aconteceu há tanto tempo!

— Você merecia ao menos um beliscão — respondeu meio de brincadeira e meio a sério.

Depois, distendeu-se com uma piscadela, que foi o suficiente para acalmar a irmã.

— Seu rabugento! Ao contrário de você, que é um tonto, a Nina não se melindrou nada e até achou graça no meu jeito. Respondeu calmamente: "Não é isso que vou ser obrigada a fazer? Vou ter que deixar o Ricardo, não é? Exatamente porque será o melhor." Eu não sabia onde enfiar a cara. "Caso eu soubesse que não deveria me casar com ele, eu o teria deixado." Falou exatamente isso. "Hoje, vejo que obedecer a Deus é o correto em cada momento. Não tive vocação para o celibato, como a do Carlos, nem a de me casar com o Ricardo, como a gente queria. No final, o que coube a mim foi sofrer e morrer. Não fique triste por causa disso, por favor", ela quis me consolar, porque dei de chorar feito uma carpideira.

Os dois irmãos permaneceram calados. Ricardo não tirava os olhos do chão. Nos últimos meses, evitava pensar em Nina por considerar que, de certo modo, era injusto com sua namorada atual. A conversa com Catarina no cemitério fora um episódio excepcional. Nesse momento, escutava acontecimentos que não presenciara e dos quais não tivera notícia, e assustou-se como estava sendo revolvido interiormente. Clara quis avançar, mesmo com a voz entrecortada:

— Ela me deu um abraço apertado e me disse: "Sou muito feliz pelo que me aconteceu, de verdade. Quero que você também o seja, mas o modo de chegar lá nem sempre é nítido. Muda para cada um. Reflita com calma no que você deve fazer e não tenha medo. O temor pode esterilizar uma vida. Prometo que vou rezar por você, Lala. Posso chamar você assim?" Ela sabia que só você me chamava com esse apelido. Respondi que ela podia, depois agradeci, e a gente tratou de outros assuntos.

Ricardo acariciou a mão da irmã, que estava quente, e comentou:

— Linda! Hoje, você se superou. Obrigado por ter me contado tudo isso.

— Ninguém mais sabe, porque duvido que a Nina tenha tratado dessa nossa conversa com alguém. Só recentemente contei-a a uma das moças com quem vou morar.

— Ela gostou do que ouviu?

— Muito. Chegou a dizer que talvez a Nina fosse uma dessas santas desconhecidas, que passam por aí sem a gente notar e fazem do mundo um lugar melhor.

— Ela era isso, exatamente isso.

Depois de uns instantes, Ricardo acrescentou:

— Lala, tem uma coisa que não entendi. Você disse que foi o Eduardo quem despertou essas lembranças. Mas você tinha se esquecido dessa conversa? Não é possível! Aconteceu em um leito de morte, sobre um tema importante, que preocupava tanto você... E você acabou de repetir tudo para mim.

— Nunca me esqueci. Antes de falar com a Nina, era quase certo que eu diria não a uma vocação especial, sem nem pensar muito. Então, o que ia acontecer? Eu levaria minha vida para a frente, sem achar que tivesse feito nada de muito errado. Provavelmente, iria aos poucos me afastar de Deus, porque minha consciência me remorderia.

"Depois que conversei com ela, a perspectiva mudou. Vi que não poderia simplesmente escapulir, porque o que estava em jogo era sério. Eu compreendi que não corresponder seria uma traição, uma loucura. Ao mesmo tempo, eu não tinha convicção ou ânimo para dizer sim. Decidi esperar, sem fechar nenhuma porta. O que foi uma burrice, porque quem demora não escolhe, é levado. Se a gente perde a oportunidade de fazer algo bom, pode não ter ocasião de consertar. Estou cansando você com essas minhas histórias de adolescente!"

— De jeito nenhum! Para ser sincero, nunca gostei tanto de ouvir a sua matraca.

— Ah, meu irmãozinho sempre tem de soltar uma farpa. Não perde o hábito.

— Ele só faz isso com as pessoas de que ele gosta.

— Imagine se não gostasse...

— Se não gostasse, ia pensar que está conversando com uma adolescente boba. Sem brincadeiras, Lala, eu entendo você muito bem.

Levantou-se e, de costas para a irmã, afirmou:

— Interessante que o Carlos também me descreveu uma vez o processo interior pelo qual passou. Há muita semelhança nas histórias.

— Só que ele não demorou tanto e foi muito mais generoso do que eu, que fui uma frívola.

— Não seja dura com você. Ele viu e foi adiante, mas também teve medo. Superou rápido, mas passou por isso. Com ele, deve ter durado uns quinze minutos. O seu foi quanto tempo mesmo? Seis anos?

— Quer me atormentar? Você afaga e depois bate!

Ricardo se arrependeu da provocação.

— Como está susceptível, a minha maninha! Vamos falar sério de novo. Não se compare com ele, não tem nada a ver. Você provavelmente não estava preparada antes, e agora está. Tudo no seu tempo.

— Mesmo assim, teria sido melhor...

— O melhor é o que aconteceu, Lala. Deus vai remediar o que foi errado. Fico assustado em pensar que você passou seis anos com essa preocupação, e eu nunca reparei. Você disfarçou muito bem.

— Não foi propriamente disfarçar. Pus outras coisas na frente, para não ter que resolver. Não é uma maneira inteligente de agir, mas foi o que eu fiz.

Percebendo o perigo de que Clara ficasse triste outra vez, Ricardo encaminhou a conversa para onde queria:

— E você voltou a essa questão quando viu o Eduardo?

— Um pouco antes. Teve um fato banal, mas que mexeu comigo. Li no jornal que uma atriz havia recusado fazer o papel de freira em um filme, porque não entendia como alguém pudesse viver o celibato. Até aí, nada de mais, porque um monte de gente não entende. Só que essa atriz tinha representado antes uma dançarina de strip-tease, e disse que isso a havia ensinado a valorizar essas mulheres. Não quero pensar mal dessas moças, mas uma inversão de valores tão absurda me deixou pasma: não se casar por Deus é inaceitável, enquanto exibir o próprio corpo por uns trocados é nobre?

"Fiquei irritada até que me perguntei: 'E eu? Até quando vou ficar fugindo? Também não estou preterindo a Deus por um monte de badulaques?' Senti o impulso de me entregar, seria uma espécie de desagravo, de compensação, por tantos que colocam Deus no último lugar. Era o que eu vinha fazendo, na prática: arrumava desculpas para me poupar, garantia para mim o principal e dava a Ele as sobras.

"Ao mesmo tempo, seguia cheia de dúvidas, de medo. Conversei com um padre, que me animou a ser generosa. Não quis tomar a decisão por mim, falou que eu precisava escolher. Aos poucos, fui me acalmando, e me encorajei a dar o passo que tinha evitado por tanto tempo."

Ricardo prestava atenção nas palavras da irmã e sobreveio-lhe uma ponta de boa inveja, porque era evidente que Deus estivera agindo na alma dela. Clara continuou:

— No meu aniversário, acordei especialmente contente. O papai e a mamãe colocaram uma carta por baixo da porta, dando-me os parabéns, com uma foto de todos da nossa família de quando eu tinha 5 anos. Depois da aula, fui assistir à missa na Catedral, para agradecer.

"À noite, no meio da festa, o Eduardo, a Simone e eu comentamos da Nina. Nessa hora, fiquei admirada ao reparar no quanto ele se parece com a irmã. É algo evidente, mas naquela situação se mostrou para mim com mais força. Foi como tê-la de novo ao meu lado. Minhas pernas tremeram, mas durou pouco. Confesso ter pensado que, se fosse para eu namorar alguém, iria combinar com ele para sairmos."

Ela mirou Ricardo, encabulada. Ele se esforçou por não mostrar nenhuma surpresa, o que a encorajou.

— Mas vi que não podia fazer isso. Lembrei-me das palavras da Nina: "Vale a pena dar a Deus o melhor!" Devo ter me distraído, não sei; quando voltei a mim, estava decidida. Desde então, não tive mais dúvidas. E garanto a você que estou feliz, cheia de esperança, tranquila. Você não vai ficar chateado comigo, vai? Porque vou embora...

Em resposta, Ricardo abraçou a jovem com carinho, enquanto dizia:

— Não, não vou ficar zangado. Estou orgulhoso de você, embora vá sentir a sua falta. Você é uma chata, mas eu gostava de ter alguém por perto com quem brigar.

A voz cálida dele emocionou a irmã. Ele seguiu brincando:

— Ao menos, o perigo de você ficar com o Paulo Henrique desapareceu. Apesar de que, pelo que você me contou, a possibilidade nunca tenha existido.

A moça riu.

— Pensando melhor — acrescentou Ricardo —, você fez um excelente negócio. Se é para trocar o Eduardo por alguém, só por Deus!

— Por favor, pare de brincar com coisa séria, Dodô. Que mania!

— Estou falando a verdade.

A irmã apoiou o rosto em seu ombro. Ele a olhou fixamente e disse:

— Se eu fosse Deus, também ia escolher você só para mim.

A garota tomou um susto. Ricardo explodiu em uma risada que levou Clara de roldão.

— Seu tonto! — Ela pôde enfim dizer.

— Ele me perdoe por eu falar assim, não é desrespeito. A Nina também deve estar muito contente. Mas não se esqueça, Lala, de que começar é fácil; difícil é manter uma decisão dessas para sempre.

— Eu sei.

— Confio em você, maninha. Você sempre soube ser teimosa, disso eu tenho certeza. Não fique brava!

— Como você é chato! Ao menos disso eu vou me livrar.

— Quando vou poder visitá-la, depois que você se mudar?

O resto da conversa foi um mero pretexto para desfrutarem da companhia mútua. Os efeitos desse encontro em Ricardo foram intensos. Era como se o ambiente e as motivações que o haviam envolvido, quando Nina morrera, tivessem voltado. De certo modo, Deus tornava a passar perto dele, lançando uma luz nova sobre tudo. A consequência foi um sentimento de insatisfação sem uma causa exata, e que por isso acabava impregnando cada coisa. Decidiu abrir-se com Carlos na primeira oportunidade, porque pressentia que necessitava redirecionar suas prioridades, pôr Deus em primeiro.

Tendo como pano de fundo a decisão da irmã e a imagem de Nina, o relacionamento com Cláudia gerou nele apreensão. Reforçou-se em sua mente a suspeita de que os dois seguirem juntos seria uma tolice, porque como casal não dariam em nada. Por outro lado, existia a possibilidade de ambos se adaptarem melhor um ao outro, porque estavam juntos fazia relativamente pouco tempo. Ainda parecia melhor dar uma chance à namorada e esperar.

18
Teve que terminar em alvoroço

O final de ano, com todo o trabalho que supunha no setor do comércio, fez com que Ricardo e Cláudia se vissem pouco. O que machucou especialmente o namorado foi ela não ter ido à comemoração de Natal na nova casa de Clara, onde todos os familiares de Ricardo estiveram presentes. As razões para a ausência de Cláudia, neste e em outros eventos, praticamente não variavam: excesso de trabalho, falta de tempo, compromissos com fornecedores, atendimento dos clientes, uma promoção em uma casa de festas, um desfile... Tudo razoável, e ela punha a voz de compungida. Porém, a partir de certo ponto, as justificativas deixaram de ser aceitas com benignidade.

Quando saíram para jantar entre o Natal e o Ano Novo, Ricardo perguntou a ela quais seus planos para os próximos anos, e esperou ouvir uma menção ao casamento. Para sua surpresa, este não figurava entre as prioridades de Cláudia, e menos ainda formar uma família. Segundo a percepção dele, ela se dava por satisfeita com morar na casa dos pais, conduzir um negócio de sucesso e namorar um sujeito satisfatório, que era fiel e servia, no geral, como boa companhia. Ricardo se viu assim aos olhos dela: cada vez mais como um adereço supérfluo.

A desconfiança de que seu namoro não tivesse futuro, a não ser que ocorresse uma transformação radical, desembocou em certeza. Entretanto, o carinho pela moça, reforçado pelas qualidades que ela possuía, mantinha-o junto dela. Também o impulsionou o desafio que representava conquistá-la novamente, empolgante para alguém competitivo como ele. Decidiu ser o melhor namorado que pudesse; ao mesmo tempo, iria testar os sentimentos de Cláudia e suas expectativas com relação a ele. Em função dos resultados, discerniria o que fazer.

Catarina havia percebido que Ricardo raramente se referia à namorada, e, em uma tarde em que Letícia viera à sua casa no início do ano letivo para estudarem, comentou-o com a amiga. A outra respondeu:

— Qual o problema? Acho que não tem nada de mais.

— Nada de mais? Esse desinteresse dele não é estranho?

— Desinteresse por quê?

— Ele deveria gostar de falar da Cláudia com a gente.

— Não é desinteresse, é assunto íntimo deles. Ninguém tem que meter a colher.

A expressão de insatisfação de Catarina fez Letícia acrescentar, com o ar mais inocente do mundo:

— Catarina, você está sempre atenta à vida amorosa do Ricardo. Interessada demais. Posso saber a razão?

A inquirida confundiu-se e sentiu suas bochechas queimarem; depois, enfurecida, respondeu:

— Não estou atenta coisa nenhuma. De onde você tirou isso? Tenho tanto interesse por ele como tenho por você, não é nada especial. A vida amorosa dele... Que bobagem! Você está imaginando coisas.

— Não precisa ficar nervosa. É que, às vezes, fico impressionada com a sua preocupação pelo namoro do Ricardo, um assunto que não tem nada a ver com a gente.

— Como assim, não tem a ver com a gente? Somos amigas dele, ora essa! E você está esquecendo que a Cláudia é minha prima. Você que me impressiona com a sua implicância, Letícia!

Mudaram de assunto, mas a visitante percebeu que sua colega tinha ficado amuada. Catarina não discernia o que se passava em seu interior, apenas constatava que sentia por Ricardo algo diferente do que tivera por qualquer outra pessoa, fosse seu pai, sua mãe ou o Gustavo, aquela sua estúpida paixão adolescente.

Em alguns momentos, chegou a cogitar se não seria melhor distanciar-se dele. Então, cada um poderia estar mais com pessoas da própria idade e mentalidade. No entanto, a mera consideração disso foi um golpe doloroso, o que a confundiu mais ainda. Não, não admitiria estar menos com Ricardo, porque eram os melhores momentos da sua vida. Catarina acreditou no que desejava: o que existia entre ela e Ricardo era amizade, mais nada. Uma amizade diferente, mas ninguém poderia achar qualquer maldade nela. Era tolice buscar algo com que se incomodar, concluiu para si mesma.

Na metade de fevereiro, Ricardo e Cláudia jantavam em um restaurante especializado em peixes. O salão do estabelecimento era amplo e bastante iluminado, e o casal sentou-se em uma mesa mais ao fundo, sob uma arandela enorme.

A moça estava bastante loquaz. Queria contar dos seus projetos de abrir logo uma filial da loja em outro shopping da cidade, onde estivera naquela tarde para examinar um ponto. Depois, enveredou nas qualidades de uma grife que, apesar de voltada para jovens, tinha produtos com preços consideravelmente adultos, da qual seriam as distribuidoras exclusivas na cidade:

— As senhoras maduras querem todas se vestir igual às jovenzinhas, é até meio ridículo. Tenho certeza de que vamos vender como água, querido.

— Que bom — resmungou Ricardo.

— São peças coloridas, leves e com pouco pano. Talvez um pouco ousadas... Você ia ficar incomodado se me visse numa delas, do jeito que você é antiquado! A gente quer fazer o lançamento com um evento especial. Se der certo, vai ser o impulso que falta para a filial nova. Aliás, estava pensando, essa loja poderia ter um perfil mais informal, para não fazer concorrência com a que já temos. O que você acha?

— Ótima ideia. Mais ainda porque o público do outro shopping é mais popular.

— Exatamente. Vou precisar contar com você em breve, pode esperar.

O diálogo seguia nessa toada. Ricardo mal conseguia prestar atenção e ficava observando o movimento do restaurante. Seu dia havia sido bastante cansativo, e a cabeça lhe doía. De manhã, tinha sido informado de uma sentença dada na tarde anterior que fizera o cliente se desesperar e disparar impropérios para todos os lados. E estava preocupado com Maurício, que vinha se comportando de maneira um tanto bizarra fazia várias semanas. Tivera esperança de melhorar seu humor com a Cláudia; contudo, se ocorrera alguma alteração, havia sido para pior.

Absorvida pelo que relatava, ela não se deu conta da disposição dele. Em um instante em que a moça se calou para experimentar a carne de pintado, ele introduziu outro tema:

— Neste sábado, a gente vai recomeçar as reuniões na casa da Catarina. Estou com saudades dos garotos. Eles vão prestar o vestibular no final do ano e precisam estudar mais.

— Sério? Pensei que você ia parar com isso.

— Pensou? Por quê?

— Porque é uma perda de tempo, ora essa.

Como ele não entendeu de primeira, Cláudia se explicou:

— Meu bem, o que você ganha com esse trabalho todo? O que isso acrescenta a você?

— Está certo, dinheiro eu não ganho. Mas gosto das reuniões, o pessoal está melhorando muito... E nem dá tanto trabalho.

— Ah, não? Então por que você teve várias vezes que terminar de preparar as aulas de madrugada?

— Foram poucas vezes. E só nos dias em que você falou que a gente não poderia sair.

— Não foram poucas vezes. Sorte sua que a minha sexta é complicada; se não, eu ia reclamar. Esse peixe está uma delícia! Experimente.

Enquanto cortava um pedaço e servia Ricardo, continuou:

— Entendo que você tenha querido ajudar a Catarina, que precisava. Foi bonito da sua parte, mas não tem sentido continuar. Então, gostou?

— Ótimo mesmo.

— Viu? Então, a Catarina formou um grupo de amigos, o que foi um verdadeiro milagre. Também está bem menos estranha, quase passando por normal. Só falta ser simpática, o que já é pedir demais. Aquela nasceu com um mau gênio incurável.

As palavras de Cláudia atingiram-no de um jeito inesperado. Vendo que ele se pôs inquieto, ela acrescentou:

— E tem muitas outras coisas, bem mais importantes, para você dedicar seu tempo.

— Como o quê?

— O escritório, por exemplo. Você vive reclamando que não consegue fazer tudo o que quer, que é obrigado a recusar serviço. É de lá que você tira seu ganha-pão, não se esqueça disso.

— Trabalho uma batelada de horas por semana no escritório, preciso de um descanso. E, por favor, não fale assim da Catarina. Era só o que faltava!

— Por que não posso falar? Ela por acaso é sua cliente?

— O quê?

— Por que você fica bancando o advogado dela?

— Ela é muito mais do que minha cliente, é minha amiga.

— Estou mesmo achando que você precisa escolher melhor suas amizades.

— Como você diz uma coisa dessas? A Catarina é ótima, uma graça de menina.

— Uma graça? Acho que não estamos falando da mesma pessoa.

— Ela nunca foi estranha. Sofreu por ter perdido o pai, é só isso. E não tem mau gênio coisa nenhuma.

— Ricardo, você é inteligente, mas não percebe que a Catarina está longe de ser o anjo que você pinta. Com ela, você é ingênuo demais. Ela finge, e você acredita.

— Conheço os defeitos dela, pode ter certeza.

— Conhece? Muito bem. Então deve ter notado que ultimamente ela vem sendo uma tortura para mim. Ou não?

Aproveitando que o apanhara de surpresa, ela despejou:

— Você não a conhece tão bem assim. Se conhecesse, já teria percebido que ela aproveita todas as chances para me contrariar, para implicar. É chata demais! Tenta chamar a atenção para tudo que dá errado comigo. E o que fiz para ela? Sabe o quê? Pois eu digo: nada! É pura maldade mesmo.

Ainda atrapalhado, ele observou:

— É imaginação sua, Cláudia. Não existe motivo para a Catarina...

— O motivo é que ela está se achando importante, porque a mãe se casou com um homem rico.

— Isso é bobagem.

— Não é não, ela está toda metida. E também se morde de ciúmes de você.

— Ciúmes de mim? A Catarina?

— É evidente, Ricardo! Do jeito que é mimada, quer você só para ela. Essa menina é muito egoísta, carente. Quando eu ia visitar a Gabriela, e a gente conversava mais tempo, a chata dava um jeito de aparecer e atrapalhar. Com você, ela é pior ainda. Por ela, você ficava o dia inteiro só satisfazendo os caprichos dela, feito um escravo.

Ricardo estranhou, porque lhe agradara ouvir parte daquela reclamação. A carga de Cláudia, por sua vez, não esmorecia:

— Ela sempre foi esquisita, toda cheia de dengo. A mãe de um colega dela, que é minha amiga, descreveu a Catarina como "aquela menina desajustada, que ficou toda complexada porque perdeu o pai". Não sou só eu quem pensa assim.

Ele precisou respirar fundo e se esforçou para não estourar. A namorada desconfiou do que se passava com ele e pediu:

— Essa minha amiga é meio exagerada, não vá ficar bravo, por favor! Mas que a Catarina não é totalmente normal, isso não é mesmo. Se não tomar cuidado, é séria candidata a terminar doidinha no futuro. Acho até que a Gabi deveria levá-la ao psicólogo o quanto antes.

As últimas palavras despejaram querosene na fogueira. Ricardo murmurou com a voz trêmula:

— Cláudia, não estou reconhecendo você. Ter tanta raiva de uma adolescente, que é sua parente, porque você acha que ela não vai com a sua cara; ser venenosa desse jeito... Isso é mesquinhez!

— Como assim, "acha"? Eu não acho, tenho certeza. Essa garota não me suporta, e também não tenho mais paciência com ela. Mesmo assim, tenho direito de pedir e receber o mínimo de educação e respeito, não é? Por que isso é ser mesquinha? Você me ofendeu, Ricardo!

— Você é adulta, ela é pouco mais que uma criança.

— E você diz que tenho raiva dela! Eu lá vou gastar meu tempo mental com a Catarina? Só estou dizendo a verdade, que você não quer admitir.

— Duvido que ela não goste de você. Ela teria me contado.

— Ah, meu Deus! Não disse que você é ingênuo? "Ai, Ricardo, detesto a sua namorada, não aguento ver a cara dela. Você não vai ficar triste comigo, vai?" Você acha que a Catarina ia dizer isso? Burra ela não é. Ela sabe que você gosta de mim, isso ela tem que engolir. Mas aposto que tentou fazer a minha caveira com você, insinuando, como quem não quer nada. Estou certa, não estou?

Ricardo imediatamente recordou-se de vezes em que Catarina aludira à prima, sempre com a espertreza de destacar os aspectos dela que mais desagradariam a ele. Pior, parecia ter prazer em mostrar como os dois namorados eram diferentes. Ele demorou para responder, o que impulsionou Cláudia:

— Viu? É verdade o que falei, sei disso. Sei também que você nunca falaria mal de mim, mas fico muito decepcionada por você não ter sido firme com a Catarina para me defender, nem ter me contado das fofocas dela. Era o mínimo que eu esperaria do meu namorado.

— Desculpe-me, Cláudia. De verdade, eu não percebi a má vontade dela com você, nem me dei conta de que tinha de defendê-la. Mas, agora que você diz, reconheço que a Catarina algumas vezes foi indelicada ao falar sobre você.

— "Algumas vezes indelicada"? Essa é boa. Você é o rei do eufemismo, Ricardo!

— Não sou, não. Também posso garantir que a Catarina nunca foi tão violenta sobre você, como você mesma acabou de ser em relação a ela.

— Pode não ter sido violenta como eu, mas me detesta muito mais do que eu a ela. A diferença é que não gosto de floreios nem sou hipócrita.

— Concordo que você é muito mais explícita que ela. Cláudia, a vilã da história não é só a Catarina. Você não se esforça nem um pouco em ser agradável com ela. Na semana passada mesmo, debochou das roupas da menina, fez todo mundo rir. A coitada deve ter ficado humilhada.

— Não foi para tanto.

— Não foi? Você sabe ser ferina quando quer. Ela não é vaidosa, mas nenhuma mulher gosta que a chamem de feia, ainda mais na frente de outros.

— Eu não a chamei de feia...

— Eu devia ter falado disso com você naquela noite mesmo. Depois, não adianta reclamar de que ela não gosta de você.

— Você sempre exagerando, Ricardo. Comentei brincando que ela se vestia igual a uma velha, que precisava de um banho de loja. O que tem demais? Até a Gabriela concordou comigo. Não queira ser mais protetor do que a mãe!

— Uma hora, você diz que sou o rei do eufemismo; outra, que sempre exagero. Precisa decidir o que eu sou. Se a Gabriela concordou, pior: irritou ainda mais a menina. E falar que ela estava feia é mentira. Você sabe tanto quanto eu que a Catarina é bonita.

No mesmo instante, Cláudia olhou-o duramente:

— Não sabia que você achava a Catarina bonita.

— Qualquer pessoa que enxergue bem vai achar. Você mesma já a elogiou, e mais de uma vez. Cláudia, você está se rebaixando ao brigar com uma garota, não pode reagir igual a ela. Vocês não estão no mesmo nível.

— No meio das besteiras que você está dizendo, fico feliz por ouvir isso. Estava começando a pensar que você coloca a Catarina na minha frente em tudo, que gosta mais dela do que de mim.

— Você é a minha namorada, é totalmente diferente.

— É, mas você fala muito mais com ela do que comigo.

— Ela sempre está disponível para a gente conversar. Com você, é uma odisseia abrir uma brecha para mim. Eu tento estar mais com você, mas nem sempre consigo. E a culpa não é minha.

— Então é minha?

— Excelente dedução.

— Pare de gracinhas! Não conhecia seu pendor para o sarcasmo.

— Não tenho mesmo. Ele só aparece quando começo a me irritar.

Ela calou-se, encarando o prato e comendo. Mesmo no restaurante cheio, ele ouvia a respiração rápida e funda dela. Era a primeira vez que tinham uma briga de pleno direito. Como a moça permaneceu sem dizer nada, com cara de poucos amigos, ele avançou cautelosamente:

— Na verdade, o que mais me chateia é que a gente está se distanciando.

Sem olhar para ele, ela tomou um pedaço de pão, como se não tivesse ouvido. Depois de uns segundos, perguntou:

— Como assim? Distanciando por quê?

— A gente tem se falado pouco. Conseguimos sair uma vez por semana, e olhe lá. Também não sei mais o que acontece com você cada dia, você não me conta. Antes, você vinha me procurar, era muito mais fácil.

Ela sentiu que sua pulsação disparara, e um temor inesperado envolveu-a. Reagiu empregando um tom enfezado:

— Não conto porque não tenho nada interessante para dizer. Ou você quer ouvir sobre aquelas vendedoras bobinhas, ou das maluquices da minha sócia?

— Tudo o que é seu em princípio me interessa. Também a loja, mas mais ainda o resto.

Cláudia desarmou-se com o jeito cândido de Ricardo, e o rosto dela foi distendendo-se.

— Perdoe-me por dizer cruamente — insistiu ele —, mas acho que nosso relacionamento não é sua prioridade faz tempo. Parece que você perdeu o interesse em mim.

— Como você pode dizer isso, Ricardo? — interrompeu ela.

— Digo com base nos fatos, está sendo assim nos últimos meses. Só de vez em quando vejo você animada, o que tem acontecido cada vez mais raramente.

— Que loucura é essa? Claro que tenho interesse por você, na gente! Só estou passando por um momento complicado, uma fase. Acabei de abrir uma loja, não se esqueça. É egoísmo seu achar que não lhe dou atenção! Faço tudo o que posso.

— Sempre vão aparecer momentos especiais, compromissos novos. Agora, você está abrindo a loja; daqui a pouco, vai querer ampliar uma e reformar a outra. Um dia, o contador vai cometer um erro absurdo; noutro, uma freguesa classe A vai fazer questão de ser atendida por você... E para nós, sempre sobram os restos. Desse jeito é difícil.

— Você está sendo cruel, isso sim. Claro que você é o mais importante! Adoro comentar as minhas coisas com você, a gente se dá tão bem.

"Então, por que não faz isso mais vezes?", ele pensou. Respondeu:

— Você precisa reservar mais tempo para a gente. Quase só nos fins de semana, quando nenhum de nós viaja a trabalho, ou na base do telefone, não é suficiente. Quero ver mais vezes esse seu rostinho lindo.

— Eu também quero ver você, mas...

— Não pode ter "mas", Cláudia. É sim ou não, sem desculpas.

A pressão a estava agastando. Não era mulher de seguir regras de namorado; ao mesmo tempo, percebia que ele não estava brincando.

— Você sabe que não posso prometer uma dedicação maior. Por enquanto... — acrescentou.

Antes que ele abrisse a boca, ela o cortou:

— Por favor, seja compreensivo! Adoro estar com você. Não tenho nada do que me queixar, você é um amor. Deixe-me terminar, depois você fala. Gosto muito de você, mais do que quando começamos a namorar, mas estou atolada de trabalho. Não posso diminuir o ritmo agora, seria jogar fora o que construí nos últimos meses. Você precisa ter um pouco de paciência, querido.

Ele receava essa resposta, que o fez murchar e concentrar-se no prato à sua frente. Escutou da namorada:

— A gente pode ir acertando aos poucos. Vou dar um jeito de nos vermos mais vezes. Em alguma temporada vai ser complicado, não posso garantir sempre, mas, com o tempo, vamos estar três, quatro vezes por semana juntos. Está bem para você?

— Esse tempo não pode ser longo demais. Se não, nosso namoro vai esfriar.

— Da minha parte, pode ter certeza que não.

Ele comentou, já com uma melhora no humor:

— Você me deixa numa situação desconfortável, linda. Parece que estou mendigando a sua atenção. Antes, era a mulher quem exigia do homem; você que devia estar me pressionando. Mas não, eu tenho que fazer o papel trocado. Daqui a pouco, você vai pensar que sou carente.

— Pensar que você é carente... Só você para imaginar uma dessas. Querido, não tenho por que pressionar, confio em você. E para que a pressa?

— A gente precisa saber em que vamos terminar.

— Em que vamos terminar? Por que terminar? Já não está bem como está? Os dois juntos, a gente se gostando...

— Você acha que é o suficiente? Estamos namorando faz mais de seis meses, é hora de pensar em algo mais sério.

— Mas você e eu somos muito novos. Ainda temos bastante tempo antes de fazer algo diferente.

— Bastante tempo? Acho que o seu ritmo e o meu não estão se ajustando.

Subitamente, ele a mirou desconfiado:

— É algum problema comigo, Cláudia? Tem alguma coisa em mim de que você não gosta?

— Seu bobo! Claro que não tem problema nenhum com você, ao contrário. É que, no momento, não tenho cabeça para pensar em noivado, casamento... De novo, peço um pouco de paciência, é só isso.

O barulho das outras mesas era alto, e o restaurante se enchera completamente. Cláudia observava Ricardo, preocupada. Ele não acertava com o que responder. Ela gostava dele; ao menos preferia tê-lo ao lado a pôr um fim no relacionamento. Mas também não a ponto de adaptar seu esquema de vida a ele. "Sou mais ou menos como a academia ou um vestido novo", concluiu ele.

A expressão desconsolada de Ricardo enterneceu Cláudia, que murmurou:

— Não fique assim, querido! Vou estar mais disponível para a gente, prometo. Mesmo que a loja continue a me solicitar do mesmo jeito, o que acho que vai acontecer por uns meses.

— Tudo bem, Cláudia. Só espero que você não considere que estar comigo é uma obrigação chata, um martírio.

— De jeito nenhum. Estar com você me descansa, preciso mesmo.

Após uns segundos, ela sussurrou:

— Agora, quero pedir algo em troca.

— Aí vem você! Se você gosta de estar comigo, por que tenho de dar algo em troca?

— O senhor advogado, sempre pensando em termos contratuais... Pare de picuinhas! O que vou pedir vai ser bom para você também.

— Muito bem, senhorita. O que é?

— Queria que você deixasse esse grupo da Catarina. Que não fosse mais às reuniões na casa dela.

Custou para Ricardo apreender o sentido do que ouvira. Cláudia prosseguiu:

— Não é uma troca justa? Diminuo minhas horas de trabalho, para ficarmos juntos, e você larga algo por mim. Na verdade, quem sai em desvantagem sou eu, que vou ter de sacrificar o trabalho, enquanto você não perde nada de importante. Mesmo assim aceito.

— Cláudia, o que você está dizendo? — retrucou ele. — Por que está me pedindo isso?

— Não é nada de mais, ora essa.

— Como, não é nada de mais? Essas reuniões não atrapalham a gente em nada. São no sábado de manhã, quando você está ocupada.

— Não é esse o problema.

— Qual é então? Já falei mil vezes como gosto de estar com esses garotos. Quer me tirar essa satisfação por nada?

A moça ficou amuada e, sem fazer questão de escondê-lo, rebateu:
— E gosta de estar também com as garotas!
— O quê?
— Pensa que não percebi que várias das meninas queriam chamar a sua atenção? Não se finja de desentendido, você sabe muito bem do que estou falando!
— Queriam chamar a minha atenção? Você está sonhando!
— Não estou não. Conheço as mulheres bem melhor do que você.
— Francamente, tenho idade quase para ser o pai delas. Também não sou nenhum ator de cinema. Não exagere, por favor. Você ter ciúmes de mim é demais!
— Pare de fazer o papel de patinho feio. Comigo não funciona.
— Essas meninas ficam impressionadas com qualquer pessoa mais velha que dê o mínimo de atenção a elas, não passa disso.
Cláudia ficou quieta, sem tirar os olhos da sobremesa, que comeu rapidamente. No fim, exasperada, explodiu em palavras ditas lentamente:
— Pedi uma coisa bem simples, que não vai lhe custar nada. E você nega, só para me contrariar! Não importa o que estou pedindo, quero saber se você é capaz de fazer algo concreto por mim. Ricardo, você está me decepcionando!
— Mas Cláudia...
— Não quero discutir. Deixei bem claro o meu desejo, é mais que suficiente.
Ambos miraram-se. Nesse momento, sentiram com força o apreço que nutriam um pelo outro. Cláudia quase riu para tirar importância do embate; no entanto, conteve-se. Queria ver em que daria sua aposta.
— Por acaso você está fazendo isso para se vingar da Catarina? — perguntou ele.
— O quê? Para me vingar da Catarina? Claro que não! O que você pensa que eu sou, Ricardo?
Ela ficou, em um primeiro momento, lívida, passando a seguir para rubra. Ricardo nunca a tinha visto tão alterada. Por fim, ela reconheceu com a voz entrecortada:

— Já que tocou nisso, é verdade que não gosto de ver meu namorado próximo de uma menininha que me inferniza o tempo todo. Não é certo!

Se Ricardo concordasse, provaria ser o homem certo para ela. Observando o rosto dele, Cláudia notou que ele adquiria um ar melancólico, o que o tornou mais encantador. Era natural que lhe fosse penoso abandonar o grupo; afinal, a gente se apega a cada coisa besta na vida. Estava convencida de que era o melhor para ele, além de servir como lição dolorosa e merecida para a empertigada da Catarina.

— Não vou deixar os garotos, Cláudia. Desculpe, mas não quero e não posso atender você.

O cenho dela se franziu e ela se desencostou da cadeira, ficando quase de pé. Ricardo explicou-se:

— Depois de tantos meses em que a gente namora, é decepcionante ver que você me conhece tão mal. Ou que goste tão pouco de mim, não sei. Do contrário, nunca me pediria algo assim. Quando estou com esse pessoal, estou fazendo uma coisa boa. Alguns deles se abriram comigo, contaram-me seus problemas íntimos. Não posso simplesmente ir embora, como se não tivesse compromisso nenhum com eles.

— Quer dizer que meu pedido não é razão suficiente? — expressou ela, no meio de um soluço.

— Seria, se houvesse um motivo razoável. Mas se trata de capricho, se não for algo pior.

— Pior? O que você está insinuando, seu grosso?

— Uma pequena maldade, uma desforra com a Catarina. Com a filha de uma prima que adora você. Não aceito servir de instrumento para algo desse tipo.

Agora Cláudia o fitava com rancor, apesar de ter que secar os olhos com o lenço.

— Não imaginava que pudesse pensar isso de mim! Não mereço isso.

— Não penso mal de você. Ao contrário, gosto muito de você.

— Pois não parece. Você diz que gosta de mim no geral, mas me agride no particular e não faz o que peço. Muito cômodo, não?

— Não é isso. Por favor, deixe de ser teimosa. Não desconte em mim e nos garotos. Você e eu vamos conversar mais, vamos limar as arestas e nos acertar. E não vou deixar a Catarina comportar-se mal com você de novo.

Ricardo percebeu que o olhar de Cláudia às vezes se tornava terno, para depois ficar frio, quase mau. No final, o último prevaleceu, quando ela respondeu:

— Se é assim, acho melhor a gente terminar aqui mesmo.

Aguardou para ver se Ricardo a interromperia, desesperado. Como isso não ocorreu, ela foi adiante com o tom ríspido:

— Apesar de você ter me ofendido, se abrir mão dessa bobagem de ser o guru de um bando de estudantes mimados, esqueço o que aconteceu e continuamos juntos. Se não, prefiro acabar com um namorado que recusa atender a um pedido meu tão simples e justo.

Ricardo replicou:

— Não quero que a gente acabe assim, por uma briga ridícula, sem pé nem cabeça. Vamos nos acalmar e conversar outra hora, está bem?

Ela se ergueu altiva. Seus lábios tremiam levemente, e, sem encarar Ricardo, disse:

— Se pensa que vai me manipular, está muito enganado. Então você acha a nossa briga ridícula? É porque não se importa comigo.

— Mas...

— Chega de conversa. Você me magoou demais. Eu pensava que você fosse diferente, mas estava totalmente enganada. Você dá mais valor a uma namorada que morreu faz quase uma década do que a mim, que estou do seu lado.

O golpe através da Nina pegou-o desprevenido e o embaralhou. Mas Cláudia não tinha terminado:

— Pior, prefere romper comigo a deixar de lado uma adolescente petulante e ridícula, que logo nem vai se lembrar de que você existe. Pensando bem, não estou perdendo muita coisa. Era ilusão minha, porque você é um idiota.

Ele saltou da cadeira para tentar pará-la e tocou no ombro dela. A moça se desvencilhou com um gesto de repulsa e sumiu pela porta do restaurante, sem se voltar. Parecia a ele que não havia ninguém à volta, até que saiu do entorpecimento e viu que praticamente o restaurante inteiro o observava em silêncio. O casal havia concedido uma pequena e saborosa cena, com uma linda atriz principal; nada mau, especialmente tendo em conta que o espetáculo fora gratuito.

Ricardo estava entristecido demais para se preocupar com o que desconhecidos pensassem. A saída triunfal de Cláudia ferira-o. Concedeu um desconto pela raiva que ela sentia, e tinha certeza de que a moça se arrependeria de parte do que dissera, mas aquele era provavelmente o fim.

Durante uns dias, Ricardo ficou abatido, de modo especial quando se lembrava de momentos agradáveis junto da ex-namorada. Ao mesmo tempo, foi se convencendo de que o rompimento era o melhor que poderia ter acontecido. Nem por isso deixou de sentir o impulso de telefonar para a garota, mas conteve-se.

Na noite do desentendimento, Cláudia ficara aguardando que ele a procurasse e lhe pedisse desculpas. Chorou quando isso não ocorreu. Não quis conversar por uns dias com o pai, que logo notou o abalo na filha e deduziu a causa. Nos primeiros momentos, Cláudia não identificava qualquer deslize na sua conduta. Depois de uns dias, desconfiou que talvez tivesse sido demasiado violenta e inflexível. Por fim, atribuiu a maior parte da culpa a Catarina, que teria predisposto o namorado contra ela.

Quando seu ressentimento diminuiu, esteve a um passo de propor uma reconciliação. Chegou a se organizar para visitar Ricardo sem avisá-lo no escritório dele. Por azar, naquela tarde surgiu um compromisso inadiável, e o trabalho absorveu-a nos dias seguintes. O ritmo da loja fez com que ela não tivesse outra oportunidade de pensar calmamente no advogado, e muito menos de agir. O tempo passou, e a moça terminou por se desprender do antigo namorado.

Quem se mostrou especialmente feliz com o fim do namoro foi Bernardo. De maneira fortuita, Ricardo deixou escapar que não estava mais com Cláudia, e a reação do amigo indignou-o. Bernardo foi incapaz de esconder a euforia e praticamente saiu rindo pelos corredores do escritório, sem qualquer constrangimento.

Quando Ricardo contou-lhe da briga, dois dias depois, Maurício disse com um tom pesado:

— Se quer saber, vocês não combinavam muito. Mas é uma desgraça! Você não vai encontrar outra mulher tão gata. Você é cabeça-dura mesmo, não tem jeito. Podia ter dado uma enrolada, fingir que não ia mais à casa da Catarina, sei lá.

— Não ia adiantar.

— Porque você não quer. Terminar com um mulherão daqueles, por um motivo tão imbecil... Parece briga de criança!

— Talvez tenha sido um pouco mesmo. Mas havia várias coisas que a gente precisaria afinar, mais cedo ou mais tarde. Não estávamos indo às mil maravilhas.

— A Cláudia também foi uma besta. Precisava ter feito esse escarcéu?

— Não fale mal dela, Maurício.

— Onde eu falei mal?

— Ela é uma pessoa ótima. Ela é divertida, alegre, esperta, correta... Além disso, vai acabar ficando rica.

— E, ainda assim, você acabou com ela! Merece o prêmio de pato do ano.

— Foi ela quem me dispensou, não sei se você percebeu.

— Mais ou menos. Você a deixou sem saída. Até desconfio que você a forçou a lhe dar o chute, para bancar o cavalheiro e não se sentir culpado.

— Não, isso não. Por mim, a gente não teria terminado naquela noite.

— Então, foi mesmo uma tremenda burrada sua! Desse jeito, você não vai desencalhar nunca!

— Vai ver que não. Como você é animador quando quer, hein!

Ambos ficaram pensando uns instantes, sentados na sala de Ricardo, até que ele confidenciou:

— Jamais senti pela Cláudia o que tive pela Nina. Não me apaixonei, essa é a verdade. Faz tempo que não acontece comigo; será que estou ficando velho e perdendo a capacidade de gostar para valer?

Maurício manteve-se calado, pensando que o amigo sempre o espantava. Ricardo, incapaz de gostar? Era para rir. Mas que mulher estaria à altura dele? Talvez nenhuma das que Maurício conhecesse.

"Vamos ver no que isso vai dar. Ah, Ricardo, como eu queria que você se acertasse!", disse consigo Maurício, enquanto dava um murro carinhoso no ombro do colega.

19
Cada uma mostrou quem era

Naquela manhã, Ricardo dirigia-se taciturno para a casa de Ivan. O rompimento com Cláudia despertava-lhe uma série de dúvidas incômodas. Era de fato proveitoso o que ele empreendia com os garotos e garotas, ou se resumia a uma maneira sofisticada de afagar sua vaidade? O prazer de se enxergar como um guia — guru, o termo empregado por Cláudia — para os jovens, a admiração que despertava em alguns deles — que mudaram de concepções e até de comportamento —, poderiam se tornar a finalidade principal do que realizava, pervertendo então a iniciativa. Em vez de ajudar aquela gente, será que não andava atrás de si mesmo?

Tais deliberações sobre suas intenções dissolveram-se quando tocou a campainha da casa e encontrou os estudantes. Havia optado por eles, era a decisão correta. Se sua motivação não fosse perfeita, seria ainda assim mais fácil de consertar do que se tivesse escolhido mal. Sentia-se útil, estava seguro de que seus alunos necessitavam da sua presença.

A reunião transcorreu animada e cheia de polêmicas, sobre aspectos do modernismo brasileiro. Ricardo procurou separar a mera agitação cultural da arte duradoura que se produziu no período. Tocou inicialmente composições de Villa-Lobos, explicando a intenção do compositor em fazer uma música de caráter nacional. A seguir, leram poemas de Manuel Bandeira, que o expositor considerava ser do mais consistente que a época viu nascer.

No intervalo, ele perguntou aos estudantes como tinham passado os meses de verão, e Camila contou de sua viagem aos Estados Unidos; um dos rapazes fora à África do Sul, enquanto outros se tinham espalhado pelo Brasil. Não foi preciso perguntar nada a Luciano, pois Ricardo estivera com o garoto antes do Ano Novo e em janeiro. Depois, duas meninas comentaram que a proximidade do exame de ingresso à universidade começava a aterrorizá-las.

No final da reunião, o professor deixou-se ficar no rancho, até que sobraram ali ele e Catarina. Reparou que a garota usava uma maquiagem leve, um pouco de batom e sombra, que ressaltavam o contraste da sua pele clara com os lábios vermelhos e cheios. Era uma combinação ótima. O vestido era branco, esvoaçante; e o penteado, feito na tarde anterior, deixara os cabelos, naturalmente lisos e quase sempre compridos, mais cheios e curtos. Ele estranhou em um primeiro momento, mas aprovou a mudança, que realçava o pescoço e os ombros da garota.

Ricardo supunha que Cláudia havia mantido a briga entre eles em segredo. Afinal, explicar que dispensara o namorado porque ele não tinha aberto mão de ajudar alguns garotos nos estudos não era exatamente simpático. Depois de trocar com Catarina impressões sobre a aula, ele disparou:

— Eu queria confirmar com você uma coisa que a Cláudia me contou.

A menina se retesou no banco, e o sorriso, até então dominando o rosto, esvaneceu. Pôs-se a balançar nervosamente as pernas para a frente e para trás.

— O que deu em você? — perguntou ele. — Por que ficou com essa cara de repente? Você nem me ouviu ainda.

— Não ouvi, mas tenho certeza de que vai ser ruim.

— De onde você deduziu isso?

— Da sua cara de detetive. E desse seu jeito pomposo de falar.

— Minha cara e meu jeito pomposo... Difícil, porque nunca ninguém me disse que tenho cara de detetive. Não será porque você sabe que a Cláudia tem bons motivos para estar zangada com você?

Catarina manteve-se voltada para a frente, sem responder. Ricardo continuou no mesmo tom, firme e um pouco seco:

— Ela reclamou de que você está sendo mal-educada com ela, que aproveita qualquer ocasião para dar patadas, provocar e até zombar dela. Tentei defender você, respondi que era impressão dela, que você não faria algo ruim de propósito.

A garota permaneceu calada.

— O problema é que nem eu me convenci, porque, pensando um pouco melhor, dei-me conta de que você a tinha tratado mal várias vezes. Como aquela em que você disse alto, na sala de estar, que a Cláudia não reconheceria um livro nem se um caísse na cabeça dela. Na hora, achei que tinha sido uma brincadeira inocente e não dei importância. Não acredito o quanto sou tapado de vez em quando...

Catarina tinha ao mesmo tempo vontade de chorar de raiva, de rir pelas suas traquinagens e de enxotar Ricardo. Engoliu em seco e respondeu alterada, virando-se para ele:

— Tudo bem, posso ter sido um pouco implicante com a Cláudia. Mas você não diz nada das vezes em que ela quis me humilhar! Eu sou sempre a culpada; ela, a santinha! E ela tem sido bem maldosa com a minha família faz tempo.

— Não invente! Sua mãe adora a Cláudia, não tiveram nenhum problema entre elas.

— A mamãe não percebe que a Cláudia sempre dá um jeito de diminuí-la, até de colocá-la em ridículo.

— O quê? Mas por qual motivo?

— Ela ficou com inveja desde que a mamãe se casou com o Ivan. Porque viemos morar aqui, e o nosso padrão de vida melhorou. A Simone também percebeu que a Cláudia estava diferente; só a mamãe gosta demais dela para notar.

A jovem ressabiou-se pelo silêncio de seu ouvinte e prosseguiu cuidadosamente:

— Desculpe se falo de sua namorada desse jeito, foi você quem perguntou. E ela piorou muito depois que passou a namorar você. Está com uma empáfia insuportável.

— Empáfia, porque me namora? A Cláudia é linda, consegue uma dúzia de homens num estalar de dedos. Como vai ficar vaidosa por estar comigo?

— Pare com essa mania de se menosprezar, Ricardo! Que droga! Claro que namorar você deixaria qualquer mulher orgulhosa.

Assim que terminou de falar, Catarina ficou rubra. Ricardo observou-a espantado, e logo disse rindo:

— Você sempre me elogia demais, sua boba. Agradeço, mas não é disso que a gente está falando. Duvido que a Cláudia fique orgulhosa pelo nosso namoro; de qualquer modo, isso não justificaria você ter sido dura com ela. Não é o que espero de você, minha amiga!

— Ricardo, costumo concordar com o que você diz, mas desta vez não dá! Estou engasgada de quando a Cláudia zombou das minhas roupas, da minha postura. Só faltou me chamar de bruxa, de feia, de corcunda! Ninguém fez nada, todo mundo achou ótimo e riu, inclusive você! Só o Ivan não gostou. Ela quis pisar em mim, foi calculado. Ah, mas isso não tem importância, certo? Comigo pode tudo... Ela é a sua namorada, esperava que você a controlasse um pouco mais!

Ela abaixou os olhos. Embaraçado, Ricardo respondeu:

— Desculpe, eu devia ter cortado aquilo na hora. Você está certa, foi lamentável. Mas não achei ótimo coisa nenhuma! Reclamei com a Cláudia faz uns dias. É verdade que, na hora, não percebi que você tinha ficado magoada.

— Porque me controlei, para não dar a ela o prazer de me ver irritada. Mas tive vontade de esganá-la.

— Assim também não! Não quero ver você ressentida outra vez. Aquela sua colega de escola, a ricaça...

— Agora é diferente!

— Não no essencial. Se você ficar abalada por qualquer bobagem que os outros disserem, vai ser uma decepção. Vou achar que fracassei como seu amigo.

— Você fracassou como amigo? Você está jogando duro, fazendo teatro, isso sim! Sabe que não fracassou, que é um ótimo amigo.

— Que não consegue ajudar você...

— Como que não consegue? É o que você mais faz.

— É o que tento, mas não sei se está funcionando. O que interessa o que a Cláudia pense, ou deixe de pensar, ou fale a seu respeito?

— Nada, não estou nem aí com ela. Só que não é fácil aguentar esses desaforos. Depois, ainda tenho que dar uma de boa moça, que perdoa e não se preocupa com nada. Se não, você pega no meu pé. Não tenho sangue de barata, Ricardo!

— Graças a Deus que não. Mas é mais difícil passar por cima das ofensas do que revidar. Você é madura em tantas coisas, por que não nisso? E não faça pose de boazinha, você soube alfinetar a Cláudia também, não é?

Após fitar o rosto da garota, ele acrescentou:

— Vejo uma risada maldosa querendo aparecer na sua boca, sua pestinha! Sem brincadeira, Catarina, não quero que aconteça de novo. Peço como amigo. Melhor, como um irmão mais velho. Esqueça essas brigas com a Cláudia, não levam a lugar nenhum.

Algo passou pela cabeça de Ricardo, e a expressão dele se tornou apreensiva e um pouco dolorida.

— E se você tiver que perdoar alguém que a ofendeu de verdade? Como vai reagir? Não vai conseguir, o que será péssimo.

A garota sentiu um calafrio.

— O que você quer dizer com isso, Ricardo? Tem algo para me contar?

— Não, não... — respondeu um pouco sem graça. Forçando o ar grave desaparecer de seu rosto, completou:

— Estou dizendo de maneira genérica. "É melhor sofrer uma ofensa do que cometê-la", lembre-se de que eu disse isso. Eu não, Platão. Não seja rancorosa, isso envenena a vida.

Catarina se levantou do banco de madeira e, de costas para ele, respondeu:

— Está bem, vou tentar tratar a Cláudia melhor. Por consideração a você.

— Então não serve! — cortou ele com rapidez. — Não é por mim, é por você mesma e por ela. Aceito também se for por Deus; se for por mim, não adianta.

Ela virou-se para ele e riu:

— Como você é insuportável! Nunca fica satisfeito com o que eu faço. Tudo bem, vou mudar porque é o certo. Desse jeito, um dia vou achar que você não gosta de mim, de tanto que me corrige e me vigia. Nem a minha mãe pega tão pesado!

Sorridente, ele ergueu-se e se pôs a andar ao lado dela em direção à casa.

— Se não gostasse da senhorita, eu seria um sujeito bem estranho. Porque gastaria boa parte do meu tempo pensando em alguém de quem não gosto: você! Isso seria puro masoquismo.

— Então você pensa bastante em mim? — perguntou a menina com a voz marota e irônica.

Foi a vez de ele ficar encabulado. Só faltava essa, representar o papel ridículo de um marmanjão flertando com uma adolescente! Tentou remediar:

— Claro que sim, ora... Como acontece com todo mundo de quem gosto. É normal, você é minha amiga. Não vá se dar importância por isso, não tem motivo.

Ela piscou e sorriu. Ainda abalado pelo rompimento com Cláudia, e sendo Catarina em parte a causa dele, Ricardo não lhe contou nada a respeito. Ele não tinha certeza do que viria a acontecer: a briga com a namorada não fora grave, e a reconciliação, apesar de improvável, era possível.

Ricardo se despediu de todos e reparou de novo que Gabriela fora distante com ele. A aversão aumentava dia a dia, e pioraria quando a anfitriã descobrisse que ele e Cláudia não estavam mais juntos. Então, a mãe poderia desconfiar que ele tivesse uma intenção torpe em relação à Catarina. Ele deu de ombros, pois, quanto a isso, não havia o que fazer.

Poucos dias depois, Catarina pediu a Letícia que a acompanhasse ao shopping sem lhe explicar a razão, que era a de contar com uma testemunha na qual Ricardo se fiasse. Duvidava que a prima tomasse a atitude violenta de expulsá-la da loja; mesmo assim, era melhor se precaver.

As duas garotas entraram no estabelecimento. Letícia se dirigiu a uma vendedora, perguntando sobre cintos e calças da coleção do outono, e

Catarina, com o coração acelerado, foi direto a Cláudia, que estava sentada do lado de dentro do balcão, com a vista na tela de um computador. Chegando perto da prima, Catarina gaguejou, sentindo uma súbita ojeriza:

— Oi, Cláudia. Podemos conversar em particular? É pouco tempo, não quero incomodar você.

A dona da loja tomou um pequeno susto e se manteve quieta. Ela usava um vestido preto solto e elegante, com detalhes prateados, e um cinto grosso ao redor da cintura fina. Um anel grande, oval e dourado, destacava-se na sua mão esquerda, cujas unhas compridas e aparadas retas nas laterais tinham uma pintura escura. O contraste com as roupas de Catarina era gritante, pois a garota havia se enfiado em uma calça jeans um tanto desbotada, que era acompanhada por tênis vermelhos e camiseta branca estampada com uma flor.

Em pouco tempo, o espanto de Cláudia foi substituído pelo desgosto. Era petulância daquela menina aparecer sem avisar, como se tudo estivesse bem entre elas. A mais nova percebeu que o ambiente não lhe era propício e disse:

— Perdoe-me por ter aparecido sem telefonar antes, espero não estar atrapalhando. É que preciso muito falar com você e achei melhor vir direto. Se você não puder me atender hoje, volto outro dia.

Mantendo o ar enfadado, Cláudia respondeu:

— Não, vamos conversar agora. Lá dentro é melhor.

Guiou a garota para o escritório, cuja decoração austera era formada por uma escrivaninha espaçosa, com uma poltrona com rodas e braços e duas cadeiras simples na frente; à esquerda, uma mesinha, na qual estavam o computador e a impressora; encostadas nas paredes, ao fundo, estantes de ferro com os livros de negócios e catálogos. Tudo ordenado e limpo, sem uma folha de papel ou uma pasta fora do lugar, com o cheiro de pinho impregnando o ar.

Cláudia sentou-se na poltrona atrás da escrivaninha e cruzou as pernas. Não se preocupou em oferecer a Catarina uma das cadeiras, mas a estudante tampouco se importou com a animosidade e foi se sentando. Após um curto silêncio, no qual se encararam rapidamente, desviando a seguir os olhares, a dona da loja perguntou:

— Muito bem, Catarina. O que você quer tanto falar comigo? Estou ouvindo.

A menina respirou fundo, pigarreou e balbuciou:

— Só queria pedir desculpas.

Foi enorme a energia gasta para pronunciar as palavras. Pouco a pouco, sua voz encorpou e saiu com maior naturalidade:

— Sei que não tenho agido bem com você ultimamente. Estou arrependida de verdade por ter feito isso. Foi uma criancice, uma bobagem.

As palavras desnortearam Cláudia. De imediato, não encontrou nada para responder, e Catarina prosseguiu:

— A mamãe ia ficar chateada, com certeza, se soubesse que existe um desentendimento entre nós duas. Eu adoro o tio Pedro de paixão e não quero dar motivo para nenhuma raiva ou distanciamento das nossas famílias. E sou muito amiga do Ricardo, você sabe.

Ouvir o nome dele açulou Cláudia, que saiu de seu silêncio:

— Catarina, por que você está falando essas coisas? O que o Ricardo tem a ver com isso? Ele mandou você para cá?

Foi a vez de a garota ficar surpresa:

— Não, ele nem sabe que eu vim. Estou aqui por minha iniciativa.

Cláudia se mexeu de novo na poltrona com um ar de decepção. Catarina irritou-se, mas não permitiu que isso a atrapalhasse:

— O Ricardo me disse que gostaria que você e eu nos déssemos bem. Tive isso em conta para procurar você, mas não fui mandada. Também achei que você ia querer fazer as pazes comigo, para dar a ele essa alegria.

Catarina desconfiou que algo não se encaixava. Cláudia perguntou, com a voz metálica e sem trair qualquer emoção:

— Aonde você quer chegar? O que você quer mesmo me falar?

— Ora, exatamente o que estou dizendo! O que mais podia ser?

A mirada incrédula da interlocutora, com um sorriso irônico, fez a mocinha explodir:

— Não basta que eu venha aqui pedir perdão a você? O que mais preciso fazer? Não fui a única a me comportar mal, a agredir e a ser chata.

Ela se arrependeu da última frase. Cláudia, porém, respondeu sem se alterar:

— Você está certa, eu também fui bastante desagradável. É que você tentou me fazer passar vergonha na frente do Ricardo e da Gabi várias vezes. Mas eu não podia reagir daquele jeito infantil, passei do limite. Também peço desculpas.

A empresária teve que se desdobrar para que as palavras saíssem. Foi o suficiente para deixar a outra boquiaberta, que não se recordava de Cláudia ter alguma vez reconhecido que houvesse errado. "O Ricardo está fazendo milagres com ela, só pode ser!", matutou a jovem.

— Então você não veio me dizer mais nada... Que pena! Pensei que o Ricardo tivesse me mandado um recado através de você.

Ao notar que se traíra, Cláudia enrubesceu. Catarina perguntou-lhe:

— Por que o Ricardo enviaria um recado a você através de mim? Ele é seu namorado, não tem sentido me usar de mensageira. Ainda mais sabendo que você e eu estávamos brigadas.

Cláudia não identificou nenhuma duplicidade em Catarina. Seu olhar se perdeu, enquanto resmungava, sem se preocupar com a ouvinte:

— Quer dizer que ele não contou... Que estranho. Não entendo mais nada.

— Não contou o quê? — Catarina inquiriu.

Cláudia virou-se para o lado, em direção da estante de ferro, e esperou uns instantes. O suspense agastou a menina, até que a outra se levantou, apoiou as palmas das mãos no tampo da mesa e inclinou-se para a frente, dizendo:

— Que eu e ele terminamos.

Esperou a reação de Catarina, que demorou uns instantes a juntar as palavras ao seu significado, e de início se limitou a semicerrar os olhos. Cláudia explicou:

— Melhor dizendo, eu acabei com o nosso namoro faz quase duas semanas. Não estava acreditando que o Ricardo tivesse escondido isso de você, mas parece que foi o que aconteceu...

Catarina balançou a cabeça afirmativamente, com uma pontada forte dando-lhe no peito. A mais velha insinuou:

— Estou vendo que vocês não são tão amigos como eu pensava.

A garota nem teve ânimo para se sentir ferida. Antes, viu-se aturdida. No instante seguinte, enfureceu-se com Ricardo, que a havia feito de tola nos últimos dias. Pior foi a decepção, que apareceu ao concluir que o amigo não confiava nela.

No entanto, tudo foi suplantado por algo imprevisível: uma alegria tal, que Catarina teve de manter-se firme para não começar a rir e pular pelo escritório. Aos poucos, conseguiu recompor-se, até responder com a voz abafada:

— O Ricardo não me disse nada, e não sei por quê. A gente se viu pouco nesta semana, mas ele poderia ter me falado.

Ciente que era uma pequena mentira, acrescentou:

— Sinto muito pelos dois.

Cláudia encarou-a de forma penetrante. Catarina considerou virar o rosto, mas o orgulho a levou a aguentar firme.

— E a sua mãe? Também não soube que eu e o Ricardo terminamos?

— Certamente não. Você não lhe contou, e o Ricardo não diria a ela antes que a mim. E, se a mamãe soubesse, teria me falado na hora.

— Agora entendo por que a Gabi não me ligou.

— E por que você não telefonou para ela?

— Não tive chance. Estou com trabalho demais, fui deixando para depois.

Cláudia respondeu distraidamente, porque uma esperança a animou:

— Perdoe a minha curiosidade, mas quando o Ricardo pediu que você se entendesse comigo? Faz muito tempo?

— Ele não pediu que eu me entendesse com você, mas sim que tratasse você melhor...

— Tudo bem. Quando foi isso?

— Faz uns dez dias. Foi no sábado antes deste último, lá na minha casa. Por quê?

A voz de Cláudia era agora melodiosa:

— É que a gente tinha brigado três dias antes. Eu estava preocupada se ele teria ficado chateado comigo. Um rompimento é sempre difícil, ninguém gosta de tomar um fora. Se ele conversou com você sobre mim depois, sem me criticar e inclusive me defendendo, é porque não está com raiva, certo?

— É verdade.

— Que bom. Fico aliviada em saber.

— O Ricardo tem carinho por você — Catarina observou. — Isso não desapareceria de uma hora para a outra. Ele era seu namorado, e você não fez nada de errado para ele, não é?

O emprego do verbo no tempo passado teve sabor de chocolate na língua de Catarina. Meio insegura, a outra respondeu:

— Não, não fiz.

Embalada, Catarina disparou:

— Pelo que estou vendo, mesmo tendo terminado, você ainda gosta dele.

— É uma pergunta difícil de responder. Não falo com ele há mais de duas semanas e nem me dei conta. Acho que você ter vindo aqui me fez lembrar, deixou-me mais vulnerável. Não tive tempo de pensar no Ricardo, está tudo muito corrido. Ele também não me procurou desde a nossa briga.

Cláudia cruzou as mãos sobre a mesa e acrescentou com um tom nostálgico, que a tornou amável inclusive para Catarina:

— Sinto bastante carinho por ele, mas não sei se continuo a gostar. É difícil encontrar alguém como o Ricardo. Ele é dedicado, um cavalheiro, e eu me divertia ao lado dele. Eu até achava que a gente poderia se casar daqui a uns três anos, mais ou menos.

Catarina tossiu ao escutar as últimas palavras, e seu mal-estar ficou manifesto. O efeito foi dispersar imediatamente a graça que emanava de Cláudia, que perscrutou a menina de alto a baixo, enquanto uma expressão mordaz foi estragando a beleza do seu rosto. No final do processo, ela afirmou:

— Estou me abrindo com você, Catarina. Surpreendente, não é mesmo? Meia hora atrás, eu não fazia questão nenhuma de ver a sua cara; agora, do nada, conto a você um monte de coisas que não comentei com ninguém. É uma demonstração de confiança, concorda? Acho que mereço algo em troca.

Alarmada, a garota assentiu com a cabeça.

— Eu queria saber uma coisa de você. Íntima.

— O que é? Por que está fazendo tanto rodeio?

A prima afirmou de maneira cortante:

— Você gosta do Ricardo! Gosta não só como amiga... Você me entende, não é?

Vendo a palidez tomar conta da sua vítima e deixando a raiva fluir, seguiu com rapidez e violência:

— Foi por isso que você resolveu de me atazanar de tudo quanto é jeito! Você estava morrendo de ciúme, não se aguentava. Faz todo o sentido. Não é normal que uma menina fique tão grudada num homem mais velho, a não ser que tenha se apaixonado, ou criado uma fixação meio doentia por ele.

O impulso de Catarina foi esbofetear a rival, mas se segurou.

— Entendo que seria mesmo difícil você não se encantar pelo Ricardo. Ele, um adulto inteligente, educado, cheio de responsabilidades, fica se derretendo em atenções por você, escuta com interesse as suas bobagens juvenis, quer ajudá-la... Para completar, é um homem bonito, charmoso. Impossível você não se apaixonar por alguém assim.

A garota ofegava, e sua tez havia saltado do branco ao rubro. Após um silêncio tenso, Cláudia tornou a provocar:

— Vamos, meu bem, responda. O que eu disse é verdade, não é? Você deve estar querendo soltar fogos de artifício, porque eu rompi com ele.

Catarina considerou responder com uma ofensa e ir-se embora. Tinha procurado agir conforme satisfaria Ricardo, e estava dando tudo errado. Encarou Cláudia de novo, com a intenção de odiá-la. No entanto, sobreveio-lhe uma compreensão nova. O porte altivo da prima, a intenção dela de feri-la, a presença latente de Ricardo, o fim do namoro...

A jovem abarcou num relance a situação de Cláudia, e a consequência foi ter pena dela. A pequena crueldade, para submeter e vexar sua interlocutora, era um indício eloquente do seu estado interior. Se surpreendesse a filha naquele momento, o tio Pedro ficaria envergonhado. Separar-se de Ricardo era o pior que podia acontecer àquela mulher bonita, que, ainda que estivesse mais abalada do que admitiria, não dava mostras de ter se dado conta do quanto perdera. Do contrário, teria corrido atrás do ex-namorado no dia seguinte e feito de tudo para reatarem, mesmo que fosse obrigada a pisar o próprio orgulho.

A adolescente inexperiente captou que havia se dado um evento decisivo na vida da prima. Sem Ricardo, ela provavelmente demoraria a se casar. Ganharia bastante dinheiro, talvez até enriquecesse; alcançaria prestígio entre as senhoras da sociedade, porque sabia ser simpática e envolvente. Tudo isso ao preço de se fechar mais e mais na profissão, que a seduzia e perigava sugá-la. Existia a chance de acabar sozinha, por mais que se encontrasse cercada de homens aos quais não se entregaria de verdade. Não era à toa que Cláudia possuía poucas amigas.

A vida de sua prima corria o risco de se tornar um triste arremedo, vazio e superficial. A menina imaginou de repente, diante de si, uma mulher envelhecida, com resquícios da antiga formosura, refinada e faladora, cheia de presunção, mas irrealizada e amargurada. O quadro estava um tanto carregado. Catarina consolou-se ao pensar que, por mais que ele se aproximasse de Cláudia, ela poderia escapar e desenhar para si uma história diferente.

Essas intuições, que se formaram em poucos segundos, extinguiram em Catarina o desejo de revidar. Respondeu com o tom mais cortês que pôde:

— Cláudia, vamos tentar nos acertar. De verdade. Não quero mais brigar com você. Eu gosto do Ricardo, sim, mais do que como um amigo. E talvez eu tenha mesmo tido ciúme de vocês.

A outra se sobressaltou com a confissão. Seu rosto endureceu, por desconfiar que aquela abusada pretendesse desafiá-la. Catarina explicou:

— O que não significa que eu seja apaixonada por ele. A maneira como gosto dele é diferente da sua. Nunca achei que eu fosse sua rival. Vocês são — quero dizer, eram — namorados; comigo, não existiu nada igual, nem de longe, e o Ricardo faz questão de deixar isso claro. Duvido que ele me enxergue como mulher, como alguém que o pudesse atrair. São quinze anos de diferença entre a gente.

"Quer saber por que então eu tive ciúmes? Porque morro de medo de que alguém faça o Ricardo se esquecer de mim. Para mim, ele é a pessoa mais importante, depois da minha mãe e da Simone; não quero que ninguém nos separe. Embora eu saiba que isso possa acontecer, especialmente depois que ele se casar."

A própria Catarina intrigou-se com o que acabara de dizer, e na hora reconheceu que era verdade.

— O Ricardo se tornou o meu apoio, a minha segurança. Ele me tirou de uma enrascada, e agora sinto necessidade de pedir o conselho dele quando surge qualquer coisa importante. Gosto também de tê-lo ao meu lado, de escutá-lo. Ele me ensina muito. Faz parte da minha vida, não consigo me imaginar sem ele. É assim que eu gosto dele.

Cláudia avaliou Catarina sob outra luz. Como a menina estava mudada de um ano atrás! Exprimiu-se compungida:

— Perdoe-me por essas minhas estocadas; que vexame eu ter falado desse jeito, tão mal-educado! Dê um desconto para mim, estou abalada por causa do Ricardo. Acho que foi para evitar pensar nele que mergulhei mais ainda no trabalho. Ele foi o primeiro namorado que se separou de mim contra a minha vontade.

Nesse instante, a subgerente da loja abriu a porta cantarolando, para esclarecer uma dúvida com a chefe. Ao dar de cara com ela meio prostrada, tão absorta que nem percebera que outra pessoa havia entrado na sala, murchou. Sem saber se interrompia ou não, acabou por perguntar:

— Dona Cláudia, posso ver uma coisa com a senhora?

— Outra hora, Márcia. Por favor, não quero que ninguém me incomode. Depois procuro você.

O tom áspero fez a funcionária desaparecer.

— Não foi você quem quis terminar, como me contou agora mesmo? Ou foi ele que deixou você?

A observação inocente de Catarina deixou Cláudia atarantada por um minuto. Também a garota se assustou ao se dar conta de que a pergunta fora desastrada. Por sua vez, a comerciante sentiu uma pontada de dor, e algo próximo a um pensamento de humildade lhe passou pela cabeça. Isso a ajudou a encarar Catarina ainda com afabilidade e responder calmamente:

— Fui eu, lógico. Ele pediu para a gente continuar, quase implorou, mas tive que colocar um ponto final, porque ele foi teimoso feito um burro empacado. Se o Ricardo tivesse sido menos cabeça-dura, acho que poderíamos ter continuado juntos.

Ambas se calaram por um longo instante. Cláudia retomou a conversa:

— Seja como for, ele não era tão essencial para mim. O Ricardo era uma boa companhia, eu me abria fácil com ele e ficava à vontade. Mas, às vezes, a gente passava vários dias conversando só pelo telefone. Eu não sentia tanta falta de a gente se ver mais, só que ele reclamou por isso. Tenho tanto que fazer, não posso me encontrar muitas vezes com a mesma pessoa.

Enquanto ouvia, Catarina ia delineando o ocorrido. Cláudia oferecera pouco a Ricardo e não percebera. Ele não se satisfaria em ser parte supérflua da vida da namorada.

Inquietou a menina a suspeita de que o amigo talvez fosse exigente demais. Ele era compreensivo e paciente, sem dúvida; ao mesmo tempo, cobrava sempre mais, tanto de si como dos outros. Não fosse por isso, ela sequer estaria ali, nos fundos de uma loja do shopping, pedindo desculpas a uma conhecida que se vinha mostrando intratável. Era típico dele, mesmo com o namoro terminado, preocupar-se com o relacionamento entre ela e Cláudia. Não admitiria que Catarina tivesse uma atitude indigna com quem fosse.

Provavelmente, a prima considerava ter sido uma namorada modelo. A ouvinte limitou-se a murmurar:

— Entendo o que aconteceu. Com tanta coisa para fazer, não dava para você investir mais no relacionamento. E acho que você está certa, o Ricardo não era tão necessário para você como é para mim. Apesar de eu ser só uma amiga.

Mesmo com a prudência de Catarina, o comentário eriçou Cláudia, que desconfiou estar sendo vítima de ironia. A menina prosseguiu:

— De qualquer modo, é evidente que ele ainda tem bastante afeto por você. Por isso quis que a gente se acertasse. Uma pessoa magoada ou indiferente não faria isso.

Os olhos de Cláudia brilharam. Ricardo gostava dela, claro que sim. Catarina reparou na reação e no viço da prima e veio-lhe o medo de acabar servindo de ponte para os ex-namorados reatarem. Essa sensação durou pouco, porque a garota logo deduziu que a tendência de Ricardo e Cláudia era se afastarem cada vez mais. Sem saber o que a menina pensava, a dona da loja exclamou:

— Obrigada por dizer isso, Catarina. Vou procurar o Ricardo e passar uma borracha nessa nossa briga. É o que eu e você estamos fazendo agora, não é? E está sendo tão bom para nós duas.

A menina respondeu:

— Sim, está sendo ótimo. Obrigada por aceitar as minhas desculpas, Cláudia.

— Eu que agradeço por você ter vindo. Foi muito gentil da sua parte.

Esgotada pela tensão e reviravoltas do encontro, Catarina levantou-se para despedir-se. Cláudia propôs:

— Uma vez eu falei que você se vestia mal, sei que fui horrível. Para compensar, quero dar a você uma peça da loja, a que você escolher. Se quiser, posso ajudá-la com umas dicas. Exagerei, reconheço, mas eu tinha uma ponta de razão: você precisa escolher melhor as suas roupas! Não fique chateada porque estou sendo sincera, por favor.

As duas passaram pelo corredor e voltaram aos balcões, onde Letícia, que ficara todo o tempo entrando e saindo da loja, juntou-se a elas. Cláudia deu-lhes uma aula sobre roupas e, mais ainda, sobre refinamento. Ela sugeria combinações ousadas, com cores fortes e chamativas, e logo depois indicava o melhor para ser discreta.

O resultado foi Catarina escolher um vestido longo e um casaco. Sobre o primeiro, Cláudia disse:

— Você vai ficar uma mulher feita dentro dele. Realça seu corpo e apaga aquele ar de adolescência, mesmo você sendo esbelta e não tão alta. É claro como a sua pele, e a combinação com os cabelos castanhos fica ótima no tecido creme. Olhe que linda você está! A roupa parece estar flutuando em você.

Letícia ganhou um cinto, que, de início, não queria aceitar. Acabou vencida pela insistência de Cláudia, que foi mais convincente porque a garota adorou a peça, que se encaixava bem em seu manequim.

Catarina preferia ir logo para o ponto de ônibus, mas Letícia a convenceu a passarem em uma casa de doces e salgados. Como Catarina estava distraída e não dizia nada, a curiosidade da amiga não suportou mais de quinze minutos antes de perguntar:

— Parece que a conversa foi boa. Sua prima estava simpática, bem mais do que o habitual. Que o Ricardo não me ouça!

— É verdade.

— Ela aceitou bem o que você falou? Você estava nervosa na vinda.

— Aceitou sim, sem problemas.

Silêncio.

— Que mais?

— Que mais o quê?

Então, o estouro:

— Que vergonha, Catarina! Você me faz vir para cá, fica enfurnada um tempão com a sua prima, arrebenta com a minha tarde e não me conta nada. É muita falta de consideração! Não quero mais conversa com você hoje.

Ergueu-se e abandonou o prato com comida na mesa, o que alertou Catarina da seriedade da situação. Constrangida, ela saltou e segurou a amiga pelo braço:

— Desculpe, Letícia. Obrigada por ter vindo, você foi muito legal. É que estou zonza. Descobri uma coisa que me deixou meio sem chão.

— O que foi? Desembucha de uma vez, Catarina! Você está me deixando ansiosa.

— O Ricardo e a Cláudia terminaram faz uns dez dias.

— Sério? Que ótimo. Nunca achei que esse namoro fosse mesmo dar certo. Nem tente me dizer que você ficou chateada, porque não vou acreditar.

— Não é esse o problema. Não tinha mesmo como ir para a frente, apesar de a Cláudia ser melhor do que eu pensava. Mas já se passaram mais de dez dias, e o Ricardo não contou nada para a gente. Isso não é normal!

— É um pouco estranho, de fato.

— Um pouco? É um absurdo, isso sim. Somos ou não somos amigas dele? Como ele pôde ter escondido algo assim? Será que, no fundo, ele não confia na gente?

— É evidente que ele confia em nós. Como você pode duvidar disso?

— Então por que ele não nos contou?

— Vai saber! A gente não tem ideia de por que terminaram. Pode ter sido algo meio complicado... A Cláudia não deu nenhum detalhe?

— Não, ela preferiu desviar do assunto. Disse só que foi ela quem o dispensou, do que tenho as minhas dúvidas. Alguma coisa está mal explicada nessa história.

— Exatamente! O Ricardo com certeza teve uma razão para não tocar nisso com a gente. Vai ver que foi uma escorregada da Cláudia.

— Será?

— Não quero levantar suspeitas contra ela, ainda mais que ela foi legal com a gente faz um minuto. O que é injusto é você suspeitar do Ricardo. Se ele ouvisse o que você disse, ia ficar chateado.

— *Ele* ia ficar chateado? Letícia, você sempre fica do lado dele contra mim! Só eu que sou a injusta, a exagerada, a ingrata. Não tenho direito de exigir um pouco de confiança dele? O Ricardo sabe tudo o que acontece comigo, mas é cheio de segredos. Não me contou que tinha acabado o namoro, fiz um papel ridículo diante da Cláudia, e você ainda diz que a errada sou eu!

Subiram a escada do ônibus e passaram a catraca no meio da discussão, sem ligar se os passageiros ouviam ou não. Catarina pressentia que exagerava um pouco, mas precisava de um escape para sua irritação e nervosismo. Também era prazeroso provocar Letícia de vez em quando. Passou a olhar zangada para o chão e a responder à colega apenas com monossílabos.

— Para de ser mimada! — Letícia estourou outra vez. — Sempre que aparece algum problema com o Ricardo, você fica uma mala sem alça! Qualquer coisa que ele faça, se você não gosta, vira uma tragédia!

— Não é verdade!

— Claro que é! Você por acaso é a dona dele? Não! Pois então aceite que há um montão de coisas da vida dele que você não sabe, nem vai saber, e isso não significa nada. Não diminui um centímetro a amizade de vocês.

Catarina não levantou os olhos e segurou consigo uma série de respostas desagradáveis. As duas permaneceram quietas o resto do trajeto, o que era bastante incomum. Como a amiga estava prestes a descer do ônibus, Catarina tomou a iniciativa:

— Não fique brava comigo, Lê. Perdoe meu mau humor. A conversa com a Cláudia me afetou, foi tudo inesperado. Não sei bem o que estou falando, preciso pensar no que aconteceu.

Letícia abraçou a amiga com carinho.

— Precisa pensar, sim. E não vai ser o Ricardo ter ficado de boca fechada que vai mexer mais com você, no final das contas.

O jeito maroto do rosto arredondado de Letícia instigou Catarina:

— Como assim? O que você quer dizer?

A outra se pôs sem graça, como uma menina flagrada no meio da travessura. Retorquiu:

— Não é nada, só uma bobagem minha. Pare de implicar comigo, Catarina! Vou descer no próximo ponto. Tchau!

Letícia foi em direção da porta e saltou, enquanto a colega refreava o impulso de descer atrás dela para tirar tudo a limpo.

Naquela noite, Catarina acordou várias vezes com o rosto de Cláudia aparecendo diante dela. Parecia então que havia simplesmente sonhado com a prima, para depois lembrar que estivera com ela no ambiente claustrofóbico do escritório. Sorrateira, a ideia de que Ricardo estava sem namorada insistia em perturbá-la. Acabou vencida pelo cansaço na madrugada, quando então pôde dormir poucas horas.

20
Aflorando o que há tempos era latente

Não teriam reunião de estudo no fim de semana, pois vários estudantes viajariam devido a um feriado na sexta-feira. Ricardo telefonou para Catarina, pedindo-lhe que reservasse para ele a tarde do sábado. Por um instante, a garota estranhou que ele não mencionasse Letícia, mas o detalhe acabou agradando-lhe.

Foram à Confeitaria Damasco, que era dirigida há muitos anos por um casal sírio e alcançara o status de instituição. Ficava próxima do escritório de Ricardo, em uma casa antiga e ampla, típica daquela parte do Cambuí. Havia várias mesas redondas no andar térreo, ao lado dos balcões; a cozinha e a parte administrativa encontravam-se no andar de cima, em uma espécie de mezanino, junto com outras fileiras de mesas. Vendiam-se ali salgados, principalmente de massa folheada e esfirras, e todo tipo de doces; serviam também almoço e jantar com comida árabe. Ricardo vinha ali com frequência acompanhado dos seus amigos, no final do expediente. Ele e Catarina sentaram-se em uma das mesas embaixo.

A confeitaria estava menos cheia do que nos finais de semana comuns. Não havia televisão nem música ambiente, e o barulho era o do vaivém das pessoas e das conversas animadas, de modo especial entre casais jovens, a maioria de mãos dadas. O clima romântico naquele lugar não era habitual e fez Ricardo desconfiar de que errara ao aparecer ali sozinho com Catarina.

Logo que se acomodaram, ela perguntou sobre Luciano. O pai do rapaz, chamado Hermes, havia acabado de sair do apartamento da família. Ricardo estava a par de tudo, pois tinha se tornado, meio de supetão, confidente desse homem e tinha dedicado tempo considerável na tentativa de aproximar pai e filho. Parecia que esses esforços haviam sido em vão; ao menos, era o que a garota deduzia. Ela tentou extrair mais do amigo, que respondia com evasivas. Era nítido que não queria deixar mal o sr. Hermes.

Ricardo continuava sem comentar nada de seu rompimento com Cláudia, o que a jovem encarava cada dia como uma afronta maior. A fim de cutucá-lo, ela perguntou:

— O que você quer me dizer? Faz um século que a gente não conversa. Você está mais ocupado ultimamente, ou é impressão minha?

— Não é impressão, você está certa. Mas não é para tanto, só nesta última semana a gente não se viu. O que quer pedir para comer?

A garota respondeu e depois ficou quieta. Ao chegar a comida, concentrou-se em seu prato, fingindo que não tinha interesse especial no que Ricardo viesse a contar. A atitude dela deixou-o sem jeito; por fim, ele comentou:

— A Cláudia me telefonou anteontem.

A menina mordeu o lábio de baixo e não pôde evitar que as faces lhe ardessem. Então a Cláudia agira rápido! Será que havia tentado reatar com Ricardo? Catarina manteve o olhar baixo e fez um muxoxo, no tom mais displicente que conseguiu:

— Hum, hum.

A garota pecou por exagero. Estava tão diferente do seu modo habitual, que Ricardo provocou:

— Você sabe muito bem o que ela me contou. Não dê uma de sonsa.

— Não! O que foi?

— Que você a procurou para conversar. Na loja dela, quarta-feira.

— Ah, sim. É verdade. Este olho de sogra está uma delícia! O brigadeiro também. Vamos pedir mais?

Já não eram artimanhas, e sim o nervosismo que comandava Catarina. Foi a vez de Ricardo calar-se. Se ela não tinha interesse, não seria ele quem gastaria saliva à toa. Rapidamente, a ansiedade levou Catarina a perguntar:

— O que você estava dizendo? Lembrei! Exatamente, conversei com a Cláudia. O que ela lhe contou?

— Fiquei orgulhoso, muito contente com você. Não pedi tanto, e a senhorita se comportou como uma dama. Quando quer, é a melhor garota do mundo.

Ela sentiu o coração batendo descompassado e não respondeu nada. Tornou a olhar para baixo, e Ricardo prosseguiu:

— Você fez muito bem em pedir desculpas, mesmo não sendo a única responsável pela briga. A Cláudia ficou impressionada e agradecida. Acho que a mágoa com você são águas passadas. É uma das virtudes dela, não guardar rancor.

Depois, com um sorriso e ar de ironia, acrescentou:

— Até suspeito que ela passou a desconfiar que tenha uma parcela de culpa em toda a confusão... Convenhamos que é um progresso e tanto, certo?

Catarina ficou exultante. Porém, sua fisionomia gentil transformou-se após uns minutos, e ela reclamou:

— Você fica me elogiando, mas não vou perdoar tão cedo o que você me fez! Foi uma decepção. Estou muito chateada!

— Do que você está falando? — indagou ele, alarmado.

— Foi um absurdo você não me dizer que tinha acabado com a Cláudia! Por essa sua bizarrice, fiz papel de idiota na frente dela. Tive que ouvir: "Pensei que ele fosse mais seu amigo!" Pior foi reconhecer que ela estava certa. Você não tem consideração nenhuma por mim...

— Que bobagem! — reclamou ele.

— No mínimo, não confia em mim. Fui uma iludida.

— Depois do tempo que a gente se conhece, era para você saber que, se não falei, foi porque tive os meus motivos. Acha que eu magoaria você de propósito? Se acha, é porque não me conhece; então, quem vai ficar decepcionado sou eu.

— Que motivos são esses? O que pode ser tão grave, para você manter todo esse segredo?

— Não tem nada tão grave.

— Você até pode não ter a intenção de me magoar, mas está mais do que na cara que você não liga para mim. Nem passou pela sua cabeça que me interesso por você. Não tenho do que reclamar, você não é obrigado a me tratar de outro jeito, mas me dói ver que não somos tão amigos quanto pensei que fôssemos.

Quando ela fez uma pequena pausa, ele interrompeu com um estilo formal e separando bem as palavras:

— Acabou o discurso? Gostei, meus parabéns. Você está bastante convincente.

Catarina encarou-o atônita. Antes que pudesse recomeçar sua erupção, escutou:

— A senhorita fica interessante com esse ar zangado, tem seu charme. Mas não estou acostumado a ver você desse jeito e prefiro mil vezes a versão meiga ou a apimentada, que são bem mais simpáticas.

Ela quis gritar uns insultos, mas a expressão de Ricardo tornou-se cálida e dolorida, o que a desarmou. Contrafeita, cruzou os braços e as pernas, balançando nervosamente o pé direito. Ele se explicou:

— Desculpe se fiz você passar por um aperto, eu não imaginei que algo assim pudesse acontecer. Não ligue para o que a Cláudia disse, é lógico que confio em você. Você sabe de quase tudo de importante que acontece comigo. Agora, há algumas coisas que não posso contar.

Diante do olhar contrariado dela, insistiu:

— O que você pensaria, se eu saísse por aí espalhando o que você me disse em confiança? Seria uma traição. Existem situações que envolvem outros, e não posso falar delas com ninguém, nem com você. Entenda, é o mais natural do mundo.

— Se não é algo errado, não tem por que esconder.

— Não é tão simples. Pode ser bom, e mesmo assim tem de permanecer secreto, ao menos por um tempo.

Ele encarou-a por uns instantes, hesitante. Catarina desconfiou que ele ponderasse se deveria ou não tratar de um assunto; se fosse isso, ele decidiu pelo não:

— Talvez eu não convença você agora, mas peço um voto de confiança. Aceite que tive minhas razões para agir desse jeito e não fique ofendida, por favor. Garotas suscetíveis são insuportáveis!

Ricardo era em geral transparente. Por isso não combinavam com ele alguns mistérios, que encafifavam a garota. Por exemplo, períodos da semana em que ele não estava no escritório nem atendia ao celular; preocupações que o distraíam e abatiam, das quais não dava a menor pista; momentos em que era especialmente carinhoso e efusivo, sem motivo aparente.

Como ela não se manifestasse, seu colega contou:

— Quando eu era mais novo que você, eu e um amigo não guardávamos segredos um para o outro. Ele começou a namorar uma garota com quem anos depois se casou. Junto com uns colegas nossos, ele inventou de pichar muros na cidade inteira, com declarações de amor malucas. Teve de fugir da polícia, de cachorros, dos donos dos muros, e acabou na delegacia um par de vezes. No final, sempre se safava, apesar de que o pai teve uma vez de pagar a pintura de uma casa. Custou umas boas mesadas!

"Um dia, as pichações dele apareceram com uns sinais diferentes, uma mistura de letras. Perguntei o que era, e ele respondeu meio sem graça: 'Não posso contar. Isso é só entre mim e a Andréa.' Fiquei chateado, mas entendi que ele estava certo. Havia coisas da intimidade deles que não deveriam ser expostas a ninguém. Nem a mim."

Catarina escutou com a feição de quem não se convencia e disse:

— Não precisa mais explicar. Não engulo o que você fez, de jeito nenhum, mas não vou brigar por isso. Vou aceitar que você achou que devia mentir para mim...

— Eu não menti para você!

— ... e esconder o que aconteceu. Ricardo, às vezes é muito difícil entender você, nem vale a pena tentar.

Ele não se satisfez com a resposta, mas teve que resignar-se com ela. A seguir, voltando a ser afável, a garota perguntou:

— E agora, o que você vai fazer? Vai atrás de outra namorada?

— Calma, Catarina! Acabei de levar um belo fora da Cláudia, preciso de um tempo para me recuperar.

— Você não está tão abatido. Já estou vendo tudo: você vai esperar uma década antes de ir atrás de outra mulher.

Ricardo incomodou-se por aquela afirmação partir dos lábios de uma menina de 16 anos. Mais grave ainda se ela estivesse com razão! Aguardou uns instantes, olhando para a rua, e comentou:

— Não sei, não tenho ninguém em mira. Na minha idade, é um pouco mais difícil.

— Mas você ainda é bem novo.

— Mais ou menos. Para me distrair e brincar, acho que teria várias opções. Mas essas eu não quero. As moças boas estão quase todas comprometidas. Ou ficaram céticas, porque se deram mal com alguém.

Sorriu desanimadamente para Catarina, que o mirou enternecida. A tarde estava quente, e os atendentes suavam enquanto carregavam suas bandejas de um lado para o outro. Com a voz menos carregada, Ricardo tornou a falar:

— Encontrar alguém como a Cláudia demorou. Ela é muito boa. Teve um momento em que quase me encantou, mas durou pouco. Faltava alguma coisa entre nós.

Então se voltou rápido para ela e exclamou com ar de galhofa:

— Quem sabe vou acabar um solteirão? No momento, é o mais provável.

Antes de ela reclamar, ele acrescentou:

— Seja o que Deus quiser! Não vou me preocupar com isso. Vou procurar alguém, sim, mas sem amarrar meu burro no primeiro poste que encontrar. É melhor ficar sozinho do que me enroscar com uma cabeça de bagre, concorda?

Pensativa, Catarina respondeu:

— Concordo, só que não vou me meter nesses seus problemas. Acabei brigando com a sua namorada anterior, mesmo ela sendo minha prima; com a próxima, tem tudo para ser pior ainda.

Após um minuto, desabafou:

— Imagine se ela atrapalhar a nossa amizade! Pode não gostar de mim, não querer que você me encontre. Aí, o que a gente faz? Não posso nem imaginar ficar longe de você.

Ricardo riu discretamente. Respondeu para sua protegida:

— Também tenho medo disso. Mas não vamos sofrer antes da hora.

Catarina assustou-se. Percebendo-o, ele quis diminuir a seriedade da conversa.

— Para dizer a verdade, acho mais provável você encontrar alguém e me deixar de lado, do que o contrário. Logo vai aparecer um rapaz inteligente, que vai se derreter por uma menina como você. Então, adeus, Ricardo! Não vai sobrar tempo para mim, e vou acabar feito uma lembrança antiga, igual àqueles tios que ajudaram a gente alguma vez na vida, mas depois ninguém se lembra deles. Aposto que vai ser assim.

A menção de que algo semelhante pudesse acontecer — ela tomar a iniciativa de se afastar de Ricardo! — atravessou Catarina de cima a baixo. Não conseguiu responder com a cólera que sentia, porque, sem que pudesse controlar-se, se pôs a chorar.

As lágrimas deixaram Ricardo descoroçoado. "Por que sou tão atrapalhado? Meu Deus, não consigo entender as mulheres!", reclamava consigo. "Estou me especializando em dar vexames em locais públicos." Sem jeito, balbuciou enquanto oferecia o lenço para a amiga:

— Pare com isso, Catarina. Não há razão para você chorar, minha querida! O que falei demais? Foi só uma brincadeira, deixe para lá.

Ainda soluçando, ela devolveu:

— Brincadeira de muito mau gosto, seu bruto! Você acha que sou dessas que se esquecem de quem gostam? Pensa que esse é o valor que dou à nossa amizade? Você é que não está nem aí comigo, que não se importa!

Catarina chorou com mais força, fazendo barulho. A coisa chegou ao ponto de Ricardo ter a sensação, bastante próxima da realidade, de que todos na confeitaria os observavam. Certamente concluiriam que ele era um monstro, por levar uma jovem tão graciosa a abrir o berreiro.

De fato, Catarina estava linda naquela tarde, e o choro, em vez de deformá-la, tornou os seus traços mais encantadores. Sua pele, sem as poucas espinhas de alguns meses antes, era lisa e macia. O rosto equilibrado e proporcionado, com o nariz arrebitado e o queixo ligeiramente saliente, era um capricho da natureza, as lágrimas servindo de adorno. A cabeleira castanha farta e solta, o vestido branco estampado em azul e a bolsa pequena formavam um conjunto harmonioso. Ao tentar consolá-la, Ricardo acabou por se perder contemplando-a, esquecido da vergonha por fazer parte da pequena cena, nesse momento assistida inclusive pelos caixas.

A moça por fim reparou em como o amigo a observava, e deliciou-se ao ver o semblante dele, admirado e consternado. Junto dessa sensação, não entendia porque tinha chorado tanto por algo banal. Acanhou-se ao perceber que era o centro das atenções no local e imediatamente desejou sumir, o que estancou seu pranto. Sem graça, seus olhos encararam os do amigo, que lhe deu um copo d'água e comentou aliviado:

— Está mais tranquila? Desculpe se magoei você, foi totalmente sem querer. Não tinha como prever que você ia desabar desse jeito, que fosse tão dengosa... Por favor, não comece outra vez!

A garota precisou de esforço para manter-se firme. Ricardo tomou a mão dela e se calou, com medo de precipitar nova enxurrada. No fundo, achava aquilo divertido, mesmo que tivesse algo de constrangedor. Catarina enfim gaguejou:

— A culpa é sua! Nunca diga de novo algo assim! Como se eu pudesse me afastar de você por minha vontade. Doeu demais saber que você me ache capaz de uma coisa dessas.

— Perdão de novo, Catarina. Fui um pouco injusto, reconheço.

Sentindo o terreno mais seguro, arriscou dizer:

— Mas chega de fazer drama! Está parecendo uma ópera italiana, daquelas bem exageradas. Enganei-me, desculpe; se não, eu que vou me irritar por você armar tamanho alarido por nada.

Os dois permaneceram mirando distraidamente os pratos vazios à frente; então Ricardo confidenciou:

— Fico muito contente por você querer que continuemos sempre juntos. Garanto que o desejo no mínimo tanto quanto você. Não, ninguém vai nos separar, se Deus quiser.

A garota ia agradecer, mas antes que dissesse algo, ele interrompeu:

— Agora, vamos parar de falar desse jeito, porque essa nossa conversa está melosa além da conta. Nesse ritmo, a gente acaba com diabete.

Ela riu, confortada e de bem com a vida. Seguiram conversando por mais meia hora, sem novos sobressaltos. Quando estavam para se levantar, ele comentou:

— Trouxe você aqui para dizer que achei ótima a sua atitude com a Cláudia. Depois, por um triz a gente não briga. No próximo ato, você abre as comportas do choro... Catarina, você está uma montanha-russa de sentimentos! Desse jeito, as nossas conversas vão se tornar um caos. Por favor, tente manter a calma, controle essa sua impulsividade; do contrário, vai me deixar maluco.

— É você que me faz ficar desse jeito, com as suas bobagens!

Ele a espiou pelo canto do olho e fez uma careta, discordando.

— Prometo que não vou dar mais nenhum espetáculo — finalizou ela.

Foram embora, ambos contentes e seguros um do outro, mas com uma sensação estranha. Após deixar a jovem em casa, Ricardo pensava enquanto dirigia:

"Como gosto dessa menina! O tempo voa do lado dela. E olhe que ela é temperamental, caprichosa, mandona... Engraçado, a Suzana é menos complicada, mas me irrita. Bom, preciso ser mais compreensivo com a minha irmã também. Só que, na Catarina, até os defeitos me agradam. Não é só comigo, a mamãe também a adora. A reação dela, quando brinquei que um dia ia me esquecer, foi um belo escarcéu. Essa menina gosta mesmo de mim."

A última frase começou a fustigar sua mente. De um momento para o outro, adquiriu um sentido novo, que progressivamente o foi assustando. Ele não era apenas um amigo de Catarina, um companheiro querido; era algo bem mais sério, de outra magnitude. O que tinha acontecido era evidente: a menina havia se apaixonado por ele! Não existia outra explicação plausível.

Quando esse pensamento se tornou nítido, Ricardo atordoou-se e precisou estacionar o automóvel. Tentou minar sua conclusão: era apenas imaginação, fruto de sua vaidade idiota; estava confundindo tudo, era tolice pensar em uma hipótese tão abstrusa. Se Catarina lesse os pensamentos dele, soltaria um berro de raiva ou um palavrão e não ia querer mais vê-lo pela frente nem pintado de ouro.

O comportamento da garota podia ser interpretado no máximo como um daqueles apegamentos, que às vezes as adolescentes têm com algum adulto, pelos quais ficam hipnotizadas. Como ele havia se interessado e sido gentil com ela, Catarina talvez tivesse criado uma dependência psicológica. Devia ser isso.

Ricardo então pensou, ao cruzar a avenida Moraes Sales: "Se eu ficasse perto da Catarina, a gente poderia acabar se envolvendo, o que não teria futuro nenhum. Imagine o escândalo que a Gabriela armaria, se desconfiasse. Seria o diabo! Iria me chamar de aproveitador, de pervertido, diria que roubei a filha dela... E a Catarina não ia ser feliz comigo, ia enjoar logo. É melhor cortar pela raiz, vou me afastar dela."

Sua reação interior surpreendeu-o. A possibilidade de se manter longe da garota oprimiu-o, como se uma laje tivesse caído sobre seu peito. Por fim notou que o rompimento com Cláudia não acontecera apenas porque a namorada havia sido intransigente; na verdade, Catarina havia se tornado para ele muito mais importante que a outra, sem margem de dúvida.

"Eu seria um molusco, um palerma, se ligasse para o que a Gabriela pudesse pensar ou dizer. Se eu e a Catarina quisermos ficar juntos, não vai ser uma mãe ciumenta quem vai atrapalhar!" Sobressaltou-se, pois era a primeira vez que se imaginava ao lado de Catarina sem ser um simples amigo. Impressionou-o mais ainda estar gostando da novidade, que já não lhe parecia tão absurda.

Entrou em casa e foi ao quarto depois de cumprimentar os pais. Sua agitação não diminuía. Tinha experiência de como seus clientes, apaixonados pelo que fosse, interpretavam tudo a favor dos próprios anseios, acreditando piamente em conjeturas sem pés nem cabeça. Provavelmente, ele era agora vítima de uma dessas miragens.

Pegou no armário um álbum com várias fotos suas junto de Nina. Olhar de novo para elas acalmou-o. Formavam um entrelaçado de lembranças — os tempos de faculdade, o momento em que começavam a pensar em casamento, a descoberta da doença, eventos familiares — que ressaltava que ele havia passado por muito, apesar de não ter tantos anos de idade. Por isso, saberia que atitude tomar com Catarina. Deus o ajudaria nisso, como sempre.

21
A reaparição de um fantasma esquecido

Após a tarde na Confeitaria Damasco, Catarina e Ricardo continuavam a se encontrar habitualmente, mas nunca mais sozinhos. A mocinha percebeu quando ele passou a desmarcar planos para os quais não teriam outras companhias. Pior, Ricardo nem tomava conhecimento das reclamações dela. A atitude deixou-a confusa e levantou-lhe a desconfiança de que ele a estivesse evitando. Perguntava-se, enquanto se recriminava, se o amigo teria se irritado com a instabilidade dela, na última vez em que tinham saído apenas os dois.

Ao mesmo tempo, ele se mostrava mais afetuoso do que nunca, atento a tudo o que ela dizia ou podia querer, esmerando-se por satisfazer os menores desejos da amiga (exceto o de ficarem sozinhos!). Ela se enternecia e chegou a se deleitar, quando Letícia — arguta como sempre — mencionou que reparara na transformação de Ricardo. Os sinais contraditórios emitidos por ele prenunciavam algo diferente, que gerava em Catarina uma ponta de receio.

A hipótese de que ele se afastaria dela vinha assombrá-la. Era uma explicação razoável para o carinho refinado, que seria a preparação para o duro golpe de misericórdia. Conforme dizia um tio de Catarina: "Engorda-se o porco que se vai abater!" Terminou por confidenciar com Letícia seu temor, que a colega considerou totalmente infundado. No fundo, Catarina concordava com esse juízo. Porém, exasperou-a que a amiga não tivesse querido contar qual pensava ser o motivo do comportamento ambíguo de Ricardo.

Em virtude disso, Catarina viu-se arrebatada por ataques rápidos e intensos de ciúme. Será que Letícia e Ricardo estariam juntos? Seria possível? Ambos tinham muito em comum, e às vezes demonstravam uma sintonia total, superior à que ela mesma possuía com cada um. Não era capaz de lembrar uma ocasião em que Letícia discordasse de Ricardo (tirando as aulas de literatura, claro). Catarina imaginou que existia um segredo entre os dois, sobre o qual fora deixada no escuro.

Ao se dar conta dos seus pensamentos, envergonhava-se por permitir que algo tão mesquinho e tolo se aninhasse nela, maculando seus melhores amigos. No entanto, não conseguia impedir que uma sensação de insegurança e ansiedade recorrente a dominasse. Por sorte, não costumava durar muito, e o resultado é que ela se considerava, em geral, mais feliz do que jamais estivera na vida.

O aniversário de Catarina era dezessete de julho. Antes, a data era celebrada com animação, porque José Carlos queria comemorar e agradecer o quase milagre que fora o nascimento. O parto havia sido cheio de complicações por culpa do médico. Gabriela perdera o útero, e Catarina por pouco não morrera. Os pais seguiram tensamente, durante as primeiras semanas, o desenvolvimento da menina, com o receio torturante de que diagnosticassem nela alguma sequela. Felizmente, confirmaram que ela era perfeita, o que levou o pai a chorar desbragadamente, a agradecer aos Céus por terem escutado suas orações e a distribuir charutos e chocolates a quem encontrasse pela frente. O aniversário era a ocasião anual de relembrar essa alegria.

Nos anos seguintes à morte de José Carlos, ninguém cogitou organizar uma festa para Catarina, e o máximo que havia era a reunião de alguns parentes mais próximos, que a aniversariante recebia com contrariedade disfarçada. Porém, uma vez que tinha se casado novamente, Gabriela achou que deveriam voltar a festejar o aniversário, inclusive como uma maneira de reiterar que haviam conseguido reconstruir e fortalecer a família.

No primeiro aniversário, a menina resistiu e acabou por esvaziar o projeto da mãe. No segundo ano, Gabriela voltou à carga, e Catarina finalmente se convenceu, também graças à intervenção de Ricardo. Ele garantiu que a festa não seria um desrespeito ao pai; além disso, o padrasto ficaria agradecido por esse pequeno gesto dela. O último argumento teve um peso maior do que Catarina reconheceria, porque ela seguia na trilha de se afeiçoar cada dia mais a Ivan.

Simone e Letícia ficaram encarregadas de convidar os parentes e amigos e de contratar a decoração e a comida. Entusiasmadas, não se preocuparam com planejamento ou custos, pelos quais Ivan pagaria sem pestanejar. Infelizmente para elas, Ricardo chamou-as à razão. As organizadoras se zangaram com a limitação da verba, e ele teve de suportar os epítetos de muquirana e estraga-prazeres.

Nos dias anteriores, ao tomar consciência mais clara de que completaria 17 anos, de que o tempo da escola se escoava e de que em breve entraria em uma nova fase da vida, Catarina se pôs pensativa. Não era mais uma criança; tampouco se via adulta, mas caminhava decididamente nessa direção.

Num momento em que sua mãe saiu do quarto, onde a estivera ajudando para arrumar-se para a festa, Catarina examinou-se detidamente no espelho. Não procurou defeitos nas sobrancelhas ou desarmonias nos seus lábios, nem se a pele dera para estar oleosa ou seca demais, com alguma mancha ou espinha, conforme fazia habitualmente; desta vez, queria saber qual impressão que viria do conjunto. Poderia captar pelo exterior o que se passava na alma dela? Tinha ouvido dizer que tal acontecia nos autorretratos de Rembrandt, que penetravam no espírito do artista de forma impressionante.

Por trás da maquiagem e do penteado, que combinavam com o vestido verde-claro, havia uma pessoa feita, de modo algum uma menina, por mais que fosse difícil precisar sua idade. A garota havia desaparecido, ao menos naquele instante. Sua aparência era de alguém mais velho que suas colegas. Então, tomou um susto: o rosto refletido à sua frente era agradável de mirar, delicado, lindo até. Todos seus traços principais — o nariz arrebitado, os olhos grandes e escuros, a forma da face — combinavam harmonicamente, envoltos por um ar de serenidade e peraltice, uma mistura difícil de dar certo, que nela fora extremamente bem-sucedida. E a beleza não se esgotava na face, avançava por todo seu corpo jovem e esbelto, atraente tanto quando estático como em movimento. A pele era clara, quase com brilho próprio e de uma maciez admirável.

Ela deu de ombros e, a seguir, pensou que, há menos de um século, seria natural que uma moça na sua idade já tivesse se casado ou, ao menos, se comprometido. Perguntou-se se teria condições ou o desejo de assumir um vínculo desses, e uma ideia assaltou-a: "Se fosse com ele, aceitava na hora!" Encabulou-se e uma leve tristeza a invadiu, que foi afastada pela consideração de que estava se tornando uma tola completa.

Gabriela retornou e deu os retoques finais na moça. Ficou tão satisfeita que, abraçando e beijando a caçula, disse:

— Minha menininha linda! Como você é fofa! Você vai estar sempre comigo, não é? Amo você demais, filha.

— Também amo muito a senhora, mãe. Obrigada por tudo, sempre.

Emocionadas, desceram para receber os convidados que chegavam. A primeira foi uma tia, o que era de se prever, pois sempre aparecia antes da hora, reclamando da impontualidade dos demais. Catarina recebeu gente que não via há bastante tempo, junto dos amigos relativamente recentes. Também deram as caras uns penetras da escola, que foram enxotados logo que se puseram a beber do gargalo de uma garrafa de vodca que haviam trazido. Ricardo tirou peso do incidente, que espantou e indignou Ivan.

Os colegas da sala de aula concentraram-se no rancho e nos bancos do fundo do jardim, para onde a anfitriã foi assim que pôde. Os convidados mais velhos se espalharam na casa principal e no início do quintal, em pequenas mesas de seis lugares. Um balcão ricamente decorado, onde estavam o bolo e vários doces, dominava o jardim. Postes móveis, que imitavam o estilo *art déco*, faziam a iluminação. Havia flores em abundância, ajudadas pelo fato de a temperatura estar mais quente do que a média nessa época do ano. O céu praticamente não tinha nuvens, com a lua crescente e ainda pequena facilitando a visão das estrelas.

Os adultos se entretinham em conversas intermináveis, enquanto alguns jovens dançavam ao som de música recente e barulhenta. Catarina alegrou-se com o que ocorria à sua volta. Os colegas desfrutavam, e o reencontro, no meio das férias escolares, era bastante bem-vindo. Se alguns não puderam aparecer, por estarem viajando, todos os mais próximos marcavam presença. Sentou-se à mesa onde a Paula e o Luciano tagarelavam em alta rotação sobre os cursos universitários nos quais se inscreveriam. No meio do papo, quando se preparava para interferir, Letícia e Camila chamaram-na de lado. Ambas vinham debatendo com veemência sobre algo do qual parecia depender o destino do mundo. Nesse estado de espírito beligerante, Camila perguntou a Catarina:

— Não foi o Gustavo quem lhe deu as flores que estão na entrada? Falei à Letícia mil vezes, mas ela não acredita!

— Como você soube? — inquiriu preocupada Catarina.

— Li o cartão que veio com elas, estava em um dos buquês. Fui procurar agora mesmo para confirmar, mas não o encontrei.

Catarina havia retirado o bilhete, assim que o notara esquecido no meio das flores. Elas tinham sido entregues durante a tarde, e Gabriela comentou que deviam ter custado uma fábula. Plantas exóticas, das mais bonitas e finas, arranjadas por uma mão de mestre, que chamaram a atenção de mais de um convidado. Sem olhar para Letícia, Catarina respondeu:

— Foi o Gustavo, sim. O motorista dele trouxe hoje à tarde.

— Não falei, Letícia? Deixe de ser cabeça-dura! Acha que eu ia errar numa coisa tão simples? — exclamou Camila, enquanto se afastava triunfalmente.

A derrotada, por sua vez, permaneceu ali de tal modo pasma que não pôde dizer uma palavra, até porque se manteve boquiaberta. Depois de vários segundos, foi capaz de perguntar:

— O que isso quer dizer, Catarina? Como pode o Gustavo ter mandado flores para você?

— Mandando, ora essa. Eu não pedi nada a ele.

— De onde vieram essas drogas dessas flores? Não tem sentido! O que está acontecendo? Vamos, fale a verdade.

— O que você queria? Que eu o proibisse, ou que as devolvesse para ele?

— Nunca vi vocês dois conversando, e a última vez que a gente falou com ele foi depois daquela briga. E nós colocamos o safado contra a parede...

— Calma, Letícia! Até parece que é sério! Não foi nada de mais. O Gustavo soube que era meu aniversário e resolveu dar um presente. Qual é o problema?

— Qual é o problema? Isso não aconteceu à toa. Ninguém começa a mandar flores do nada, a não ser que seja doido.

Parou alarmada e fitou Catarina:

— Você está se encontrando com ele? Não acredito! Se está, tomou bastante cuidado para esconder de mim.

A rapidez de Letícia desconjuntou Catarina, que se apressou para diminuir o estrago:

— Desculpa, amiga. Eu ia contar logo a você...

— Então é verdade — gaguejou a outra.

— O Gustavo me procurou faz umas semanas e implorou para conversar. Ele confessou que estava arrependido de ter feito aquilo com a gente. Que tinha sido uma molecagem, mas que nunca foi por maldade. Pediu desculpas e disse que gostaria de ser meu amigo.

— Essa é boa! Então ele ficou doido mesmo. Ele, seu amigo... E o que ele fez foi só molecagem? É um salafrário!

A aflição de Letícia cedia lugar à cólera.

— Na hora, eu não liguei — explicou Catarina —, porque achei que era fingimento. Mas, desde aquele dia, ele está agindo diferente, sendo atencioso e gentil. De um jeito surpreendente, até.

Letícia escutava balançando a cabeça. Esforçando-se para não se exaltar de novo, rebateu:

— Muito gentil, sei... E por que ele não veio pedir desculpas para mim? Eu também sofri nas mãos dele. Catarina, essa conversa não me convence, e não sei como você foi cair nela. Não acredito no arrependimento dessa peste, não dá para confiar nele!

— Olhe o jeito com que você está falando! Está batendo forte demais, Letícia. Ele pode ter mudado, ora essa. Amadureceu. Vai ver que quis tentar primeiro comigo, e depois ia falar com você.

— Bah! Se esse traste chegar perto de mim, vou enxotá-lo como se fosse um vira-lata.

— Do jeito que você está histérica, parece que fiz uma coisa errada, que cometi um crime. Chega de extrapolar!

— Extrapolar? Você esqueceu tudo que ele fez com a gente? Ele foi cruel, nível sociopata.

— Não esqueci. É que...

— Não acha estranho que, de repente, ele resolva se aproximar de você? E ainda mandando flores no seu aniversário... Ele só pediu desculpas, ou falou mais coisas? Um homem não presenteia uma mulher com flores por amizade, nem aqui nem na China! Ele passou uma cantada em você?

Pelo rubor de Catarina, Letícia não precisava ouvir a resposta. Prosseguiu mais revoltada, ainda que evitando gritar:

— É muita cara de pau desse safado! Petulante, metido, idiota!

A aniversariante assustou-se e resolveu não interromper a outra, que, após novas saraivadas de xingamentos ao desafeto, perguntou:

— Por que você não me contou nada? E para o Ricardo, falou sobre isso?

— Também não falei para ele.

— Imaginava, porque ele me teria dito. Ao contrário de outras pessoas, ele é leal, um amigo verdadeiro. Posso saber por que você resolveu guardar seus segredinhos? E justo da gente!

Catarina rebateu com firmeza:

— Você está fazendo tempestade em copo d'água! Um rapaz da classe quis se aproximar de mim e deixar para trás uma briga que tivemos. Foi só isso que aconteceu, mais nada. O que tem de tão extraordinário? Não contei, é verdade, mas seja compreensiva. Quantas vezes o Ricardo escondeu coisas da gente, hein? Disso você esquece fácil, não é?

— No caso dele é diferente.

— Por que é diferente?

— Porque ele age com sensatez, por bons motivos.

— E eu não? Ora, não contei porque o Gustavo me pediu expressamente.

— O quê? O Gustavo teve a coragem de pedir? E você obedeceu?

— Ele estava certo. Previu que você ia reagir exatamente do jeito que está fazendo agora.

Assim que falou, Catarina fechou os olhos e se lamentou, pensando que a colega fosse armar um escândalo. Porém, Letícia sentou-se e baixou o rosto; estava verdadeiramente magoada, e percebê-lo foi doloroso para Catarina. Pronunciando as palavras devagar, cheia de pena, Letícia rebateu:

— Reajo assim porque não sou ingênua. Meu Deus, você fez o que ele pediu! Muito obrigada, mas esperava mais consideração e companheirismo da sua parte.

A outra não soube o que contestar. Letícia levantou-se e falou:

— Não me conformo de você ter escondido isso do Ricardo. Ele não merecia. Foi quem nos tirou da enrascada em que esse mentecapto nos meteu. Você foi ingrata com ele.

A aniversariante defendeu-se imediatamente:

— Eu, ingrata com o Ricardo? Por favor, Letícia! Não admito que você pense isso!

— Como você quer que eu não pense? Foi o que você fez, queira ou não.

Com a consciência ameaçando remordê-la mais forte, Catarina respondeu:

— Não falei porque o Gustavo me contou que a família dele, principalmente o pai, havia tido problemas com o Ricardo. Ele disse que o Ricardo tem fama de ser rancoroso entre os colegas e que mais de uma vez tratou mal outros advogados, que defendiam a parte contrária à dele. Por isso, não ia gostar que eu e o Gustavo nos reconciliássemos.

— Reconciliar-se? Vocês nunca foram amigos, Catarina!

Letícia demorou a prosseguir, até que, voltando ao tom colérico anterior, disparou:

— Você deixou que o Gustavo dissesse essas coisas do Ricardo?! Ele, rancoroso? Que mentira sem pé nem cabeça! Catarina, esse energúmeno está fazendo intriga, quer confundir você... Não me interrompa! O pai dele deve ser uma bela bisca, de quem o filho aprendeu a ser esse sujeito ridículo. Se o Ricardo não falou com esses advogados, é porque devem ser uns cafajestes. O Gustavo não quer que você conte, porque o Ricardo não vai engolir essa conversinha fiada dele.

Menos exasperada, tentando ser convincente, sugeriu:

— Amanhã, vamos conversar com o Ricardo sobre tudo isso, está bem? Você vai ver que ele vai concordar comigo. E se por acaso ele achar que não tem problema você ficar amiguinha do Gustavo, eu não vou me intrometer. Vamos fazer assim?

Catarina já havia pensado nesses argumentos e tinha a resposta pronta:

— Ainda não, Letícia. Não faça essa cara de zangada, deixe-me acabar! O Gustavo está com boa intenção, tenho certeza. Fiz como ele pediu, e deu tudo certo. Ele não saiu da linha nenhuma vez. Eu posso ajudar o Gustavo, ele está mudando, você vai ver. O Ricardo vai ficar orgulhoso, se vir que consegui ajudar alguém. Vai ser uma surpresa, não quero contar ainda para ele.

— Seria mesmo uma surpresa. Pena que é impossível.

— Deixe de ser chata! O Gustavo merece uma oportunidade, como todo mundo. Fique tranquila, não vou ser enganada. Você acha que sou tão idiota?

— Idiota você não é, mas por que esse medo de falar com o Ricardo? Se você não está fazendo nada de errado...

— Não é medo. Só acho que não é hora.

— Converse com ele, até para ele ajudar nessa sua "boa ação". Não acredito no sucesso dela, mas ao menos eu ia sossegar. O Gustavo aparecer com esse papo fajuto sobre o Ricardo, continuar o mesmo arrogante na escola, não pedir desculpas para mim... Há algo errado nessa história.

— Você não vai contar nada para o Ricardo, vai?

— Para ser sincera, estou com vontade. Se não, ele vai ficar chateado comigo também.

— Ah, Letícia, por favor...

A gordinha respirou fundo, meneou a cabeça e respondeu:

— Não sou fofoqueira, você que tem de tratar desse assunto com ele. Se eu me meter, ele vai ficar decepcionado com você, por causa desse seu esconde-esconde. Isso eu não quero, porque ele sofre demais quando você dá as suas mancadas.

— Mas eu não dou mancadas — reclamou timidamente Catarina.

— O jeito é você mesma largar a mão de ser besta e fazer o certo — continuou Letícia. — Você arrumou essa trapalhada, que não tem nada a ver comigo, graças a Deus. Mas, se quer o meu conselho, diga tudo ao Ricardo o quanto antes. Hoje mesmo.

— Não se preocupe, sei o que estou fazendo.

— Não vamos mais falar disso hoje, porque é seu aniversário. Seria uma lástima estragar sua festa por causa do imbecil do Gustavo.

A irritação de Letícia custou para se dissipar. Conhecia Catarina e sabia que de nada serviria insistir sobre o que fosse.

A discussão foi a mancha em um dia maravilhoso para a aniversariante. Ficou lisonjeada com as flores do Gustavo, mais uma prova de que o antigo perseguidor tinha interesse nela. Se tivessem sido entregues meses atrás, a garota teria se sentido realizada; agora, Gustavo não importava tanto. O convívio com Ricardo fizera com que, no coração da menina, todos os colegas fossem eclipsados. Quando estava ao lado dele, não sentia falta de nada nem de ninguém.

E Ricardo era exatamente quem mais a mimava. Havia ligado de manhã, mandara seu presente cedo através de Clara — que não poderia aparecer à noite — e estava atento para que tudo na festa saísse perfeitamente. Essa delicadeza batia fundo na garota, que julgava não merecer tanto.

Também por isso, ficou consternada pela repreensão de Letícia. E pensar que não contara nem a metade do que Gustavo dissera! Segundo ele, Ricardo não era considerado um profissional correto, e vários acusavam-no de hipocrisia. Catarina sentia-se incomodada pelo que o garoto despejava, mas não o cortou. Depois de escutar por certo tempo, passou a se familiarizar com a ideia de que Ricardo não podia mesmo ser perfeito, impoluto. Esse novo modo de enxergá-lo aproximava-o dela, fazia com que ele descesse do céu para a terra, e em nada diminuía o afeto que ela guardava pelo amigo.

Letícia às vezes era maçante, isso sim! Sempre se colocava do lado do Ricardo contra ela. Além do mais, estava evidentemente errada em guardar ressentimento do Gustavo. É verdade que ele tornara impossível, por vários meses, a vida das duas, mas isso havia terminado fazia mais de um ano. O próprio Ricardo sempre falava em perdoar e esquecer; nesse ponto, Letícia não queria seguir os conselhos dele.

Catarina procurou Ricardo com os olhos; ele também a estava observando, e trocaram um rápido sorriso. O amigo conversava animadamente com o avô da jovem, o sr. Dorival, e com Maurício. Vê-lo naquele estado de espírito dispersou o início de consciência pesada que ameaçava envolvê-la. Ela não fizera nada de errado, e chegaria o momento em que revelaria a Ricardo sua aproximação com Gustavo e a transformação que o garoto sofrera, auxiliado por ela.

22

O horizonte parece a ponto de abrir-se

A troca de olhares entre Ricardo e Catarina não passou despercebida a Maurício, que viera à festa acompanhado dos filhos e de Juliana. Sua esposa mantinha a beleza que a fizera conquistar concursos do tipo "a estudante mais bonita", o que levava muita gente a perguntar-se como o gorducho do Maurício podia tê-la conquistado. O feito foi devidamente creditado à lábia e insistência avassaladoras do pretendente. Se Juliana era um apoio firme para o marido e os filhos, seu gênio não era dos mais fáceis, e Ricardo fora expulso um par de vezes da casa do amigo, no meio de entreveros do casal.

Maurício, apesar do jeito rebelde e desbocado, era apaixonado pela "Nana". O que não impedia que se agastasse com ela com frequência. Reclamava que ela o podava demais, mantinha em rédea curta, justo ele, um homem moldado para a liberdade e detestador de regras. No início, Ricardo não atribuía importância às queixas, típicas em qualquer marido. Porém, na medida em que se tornaram constantes, passou a desconfiar que algo não ia bem no casamento do colega. O que foi confirmado no dia em que Juliana telefonou-lhe pedindo ajuda, precisando pôr para fora litros de mágoas destiladas contra o marido. Desde então, Ricardo se dispôs a servir de amortecedor para o casal. O problema é que Maurício era irrefreável e, apesar de aparentemente acatar e agradecer os conselhos recebidos, não colocava nada em prática.

Nessas condições, o convite de Catarina para a família de Maurício veio a calhar. Felizmente, os pais e os filhos estavam naquela noite como o que eram: pessoas que se amavam mais que tudo, apesar das trombadas e desentendimentos. A menina e o garoto de Maurício, de 6 e 3 anos, divertiam-se com outras crianças, enquanto Juliana conversava à vontade com um grupo de mulheres de idade próxima à dela, do qual Gabriela fazia parte.

Os colegas de escritório estavam em uma mesa sozinhos, após serem deixados pelo avô de Catarina. Maurício foi pegar uma garrafa de cerveja e dois copos e, ao voltar, comentou:

— Aquele rapaz ali, do lado da Simone, é o irmão da Nina?

— É sim.

— Meu Deus, é a cara da irmã, hein? Não tinha reparado antes. O que ele está fazendo aqui?

— Ele é amigo da família e o convidaram.

Com um sorriso, Maurício insinuou:

— Bem amigo mesmo. Estou vendo que está íntimo da garota, não se largaram desde o começo da festa. Parece que os dois pombinhos se entendem muito bem, de fato.

— Não seja malicioso.

— Por que acha que estou sendo?

— Pelo seu jeito de falar. Com o Eduardo, é especialmente absurdo você vir com essas gracinhas. Justo você, que se tivesse um décimo da sensatez dele, evitaria um monte de problemas para todos nós.

— Olha a Mamãe Ganso fazendo discurso de novo! É só uma brincadeira, senhor certinho. Falei o que é evidente para qualquer um que enxergue um palmo além do nariz. Aqueles dois não são só amigos, nem que a vaca tussa. Por acaso estou dizendo uma mentira?

— Desta vez, não. Milagre.

Ambos riram, e Ricardo completou:

— Os dois começaram a sair faz poucas semanas. Estão se entendendo perfeitamente, o que não era difícil de prever. Você sabe como gosto do Eduardo.

— Sei que ele passou a ser uma espécie de seu irmão mais novo. Mas não o encontrei mais com você; ia até perguntar se tinha acontecido alguma coisa.

— Não aconteceu nada. Ele só não foi a umas reuniões lá em casa ultimamente.

Ricardo não quis explicar que o sumiço de Eduardo se devia a que ele e Clara se evitavam.

— Dei um empurrão para que ele engatasse com a Simone — prosseguiu. — Um ficava perguntando para mim do outro, como quem não queria nada. Na verdade, disfarçavam muito mal. Acho que ela teve bastante sorte, porque, para mim, o Eduardo é o melhor de todos.

— Melhor que eu? Impossível!

— Como pude me esquecer de você? Que injustiça... Seu traste!

Gargalharam e voltaram a tomar uns bons goles de cerveja. Depois de uns instantes, Ricardo disse:

— Ele também saiu no lucro, porque a Simone é ótima.

Pressentiu que Maurício ia comentar algo e adiantou-se:

— Nem precisa falar da aparência dela, porque não sou cego.

Fosse para agradar o novo namorado, ou simplesmente pela formosura que desabrochava, Simone estava realmente linda. Não era de admirar que atraísse os olhares dos homens. Eduardo caía candidamente nessa atração, quando deixava de se vigiar. Ao perceber, a moça disfarçava o constrangimento e puxava um tema de conversa, despertando o outro do sonho. Emocionava Ricardo reconhecer, revivendo no irmão, a doçura e a capacidade de querer de Nina.

Maurício balançou a cabeça e olhou para Ricardo com malícia. Deixou escorrer alguns segundos e observou:

— Se não é cego, percebeu que a sua queridinha, a nossa aniversariante, está uma graça hoje. Falei errado, não é só hoje: ela está ficando cada vez mais bonita, mais gata. Um bombom!

— "Um bombom"!? Isso é jeito de falar da Catarina?

O provocador pôs sua cara irônica, que a seguir trocou pela de contrito.

— Você sabe que essas suas brincadeiras bestas me irritam! — insistiu Ricardo. — E não reparei coisa nenhuma, isso não me interessa.

Após aguardar que o perigo de Ricardo estourar se dissipasse, Maurício desferiu o golpe que preparava há dias:

— "Não reparei coisa nenhuma", "não me interessa"...

Após arremedar o colega, encarou-o e exclamou:

— Mentiroso!

Antes que Ricardo pudesse compreender, recebeu uma saraivada:

— Aposto meu pescoço em que você reparou bem demais nela; aliás, é o que você mais repara faz um bom tempo. Parece um pateta, um boboca, olhando para a menina. Não compro esse seu jeito de santo do pau oco nem por cinquenta centavos.

O rosto da vítima se alterou, e o amigo aproveitou para cutucar:

— Chega de teatro, Ricardo! Basta conhecer você um pouquinho — e olha que eu conheço demais! — para saber que você está caidinho pela Catarina. Não dê uma de donzela indignada, com essa sua cara de palerma! É só ver o jeito como você cuida dela: quer fazer todas as vontades da menina, parece um cachorrinho. Se você não está encantado por ela, quero ser bailarino!

Caso estivesse menos irado, teria podido responder a essa infâmia de "cachorrinho", e até achar graça na história do bailarino. Naquele momento, sentiu apenas um calor intenso espalhando-se por seu peito e sua face; devia estar vermelho, e a mirada zombadora de Maurício aumentava-lhe o desconforto. Ao perceber a aflição do colega, o gorducho decidiu aliviar:

— O melhor da história é que ela está doidinha por você. Lamento o mau gosto de uma garota tão bonita, mas a Catarina está totalmente... Deixe-me pensar a palavra que você empregaria, qual seria? Já sei: "enamorada" de você! Se for mentira, sou um jegue pulguento.

Ricardo não sabia se socava Maurício pela insolência, ou se lhe dava um abraço por ter dito que Catarina gostava dele. Por fim, objetou-lhe:

— Então você é bailarino e jegue simultaneamente... Nada mal! Merece, por falar tanta asneira em tão pouco tempo. Deve ser um recorde.

Maurício ria alto, e às vezes se engasgava e tossia.

— De onde você tira essas ideias absurdas? Eu devia dar uma boa sova em você, para ver se consigo colocar a sua cabeça no lugar. Onde, por sinal, ela nunca esteve direito.

A gargalhada de Maurício foi tão forte e contagiante, que Ricardo embarcou nela. Quando conseguiram parar, o primeiro respondeu:

— Bobinho, bobinho... Então você acha que sou tão tapado? A maneira como vocês se olham revela tudo. É que vocês estão tão acostumados que nem percebem como são indiscretos. Não é de hoje que eu queria desmascarar você, mas achava que você fosse se abrir comigo logo. Como demorou, resolvi acabar com a sua farsa. Também tenho certeza de que não sou o único que percebeu.

— O que você quer dizer, seu pervertido?

— Sua mãe viu você babando pela Catarina e sorriu; depois, virou o rosto para o chão, daquele jeito tão dela. Ela é a reserva em pessoa, ao contrário de você. Mesmo assim, aposto que ela pensou algo como: "Que bom! Meu filho Ricardo, o encalhado, encontrou uma desavisada que vai dar certo com ele." A minha opinião é igual à dela, se você quer saber.

— Você pensa igual a minha mãe? Difícil de acreditar. Seu cérebro está tão alucinado, em curto-circuito, que nem entendo o que você está tentando dizer.

— Entende sim senhor. Você e a Catarina se encaixam perfeitamente, ora essa! Você moldou a garota do jeito que quis, e o resultado é uma versão modificada, mas não piorada, da Nina. Que você se apaixonasse por ela eram favas contadas.

— A Catarina parecida com a Nina? Nessa você se superou. Só é menos estapafúrdio do que achar que eu a "moldei". Você já viu como ela gosta de me atazanar, de me contrariar. Se ficássemos juntos, íamos brigar todo dia; não teríamos como dar certo.

Enquanto se servia de salgadinhos, Maurício se animava ainda mais. Ricardo às vezes dizia o contrário do que pensava, não por mentir, mas para forçar os argumentos do interlocutor, e Maurício desfrutava por tomar parte no jogo.

— Vou responder a essas suas objeções boçais. A Nina e a Catarina têm temperamentos diferentes, sem dúvida, mas a nossa aniversariante está se soltando cada vez mais. Ganhou um ar alegre, não tem nada a ver com quando a conheci. Parece que se acertou na vida. E sou obrigado a reconhecer aí o dedo de Vossa Senhoria. Quer mais? A Catarina tem o mesmo jeito puro da Nina, essa maneira de olhar inocente, uma delicadeza quase fora de moda, o jeito de se vestir... Um artigo bem raro na mulherada de hoje, e sei o quanto atrai você, meu amigo.

Maurício interrompeu-se, bebeu um pouco mais e pôs-se sério:

— Infelizmente, não tenho a mesma preferência que você. Apesar de ter me casado com uma mulher decente, sempre tive uma queda pelas mais coquetes.

— Não é bem assim...

— Isso não vem ao caso agora — tornou a empolgar-se. — Quanto a você ter moldado a Catarina, é suficiente ficar dez, não, cinco minutos ao lado dela, para que dispare a elogiar você e contar: "Ah, o Ricardo me disse, ele me falou, ele prefere, ele foi comigo...". É você, você e você. Se eu não fosse seu amigo, ia acabar me dando nos nervos. Ela pode bancar a difícil, finge que vai negar, mas acaba fazendo tudo o que você quer. É verdade ou não?

— Mais ou menos. Não é fácil convencê-la, ela tem seus caprichos.

— Aos quais você atende na hora! Se não, é ela quem cede. Vi isso um monte de vezes, principalmente quando é algo importante. Aquela vez em que ela foi pedir desculpas à Cláudia... Por sinal, não vi a Cláudia hoje.

— Também não.

— Será que a Catarina não a chamou?

— A Gabriela com certeza a convidou. Mas a Cláudia anda cheia de compromissos, pelo que ouvi dizer.

— Tudo bem. Como eu estava falando, a Catarina foi lá se humilhar com ela...

— Por que foi uma humilhação? Ela agiu muito bem, foi sensacional. E eu nem havia pedido que ela fizesse isso, que se desculpasse com a Cláudia.

— Aí está! Ela conseguiu adivinhar o que você queria; isso lembra ou não a Nina? A maioria das mulheres demora a entender alguém como você, Ricardo; algumas não conseguem nunca, você sabe. Apesar disso, uma esteve, e outra está agora pendente de agradar você em tudo. Encontrar duas mulheres assim na vida não é fácil. Quem dera eu tivesse ao menos uma.

Ricardo pousou a mão no ombro do colega e balbuciou:

— Não reclame da sorte, Maurício. A Juliana também quer agradar você; o problema é que algumas das suas vontades são mesmo desmioladas. Desculpe a franqueza, mas o vilão da história é você, não ela. Mas acho melhor a gente falar disso outra hora.

— Tudo bem. Mas deixe-me acabar sobre o senhor e o bombonzinho de hoje. Brincadeira, *mister* romântico! A Catarina está na sua mão, e você, na dela. Por que diabos você ainda não se declarou? O que está esperando, homem?

— Não é tão simples.

O tom desanimado surpreendeu Maurício.

— Não é? Quando você se declarar, o perigo é que ela entre em órbita de felicidade. Vai ter de pensar um jeito de trazê-la de volta.

Ricardo esboçou um sorriso, insuficiente, porém, para levantar o seu espírito. Curioso, Maurício esperou que trouxessem mais cerveja, acenou para a esposa e colocou-se em posição de ouvir. Com a voz baixa, Ricardo explicou:

— Infelizmente, o perigo não é só esse. Será que é bom para a Catarina namorar alguém rodado como eu? Seria um terremoto na família, totalmente diferente de se ela começasse a se relacionar com um garoto mais ou menos da idade dela.

— Não concordo. Ao contrário, eles conhecem você, vão gostar.

— Será? Fui noivo, quase casei, e já faz sete anos. Estar comigo é perspectiva de casamento em relativamente pouco tempo. Você acha que a Catarina tem cacife para isso?

Maurício aparentemente desligou, e Ricardo prosseguiu, ciente de que era escutado:

— Mais um problema: é certo eu aproveitar a minha influência sobre ela para tentar conquistá-la? Alguém pode pensar que eu a seduzi, que sempre tive segundas intenções. A mãe e o padrasto confiaram em mim; sou bem mais experiente, então vou me insinuando e acabo casando com ela, que é um ótimo partido. Essa leitura não é bem verossímil?

"E que escolha eu teria deixado para a Catarina? Você e eu sabemos, é difícil que ela negue o meu pedido. Mas será que ela o aceitaria pelas razões certas? Teria que ser porque ela gosta de mim, e não por uma confusão de sentimentos, como amizade, gratidão, pena. Preciso ser cuidadoso, não posso abusar da confiança dela. Tenho medo de prejudicar a Catarina, não quero nem pensar na hipótese."

Sendo prático e com poucos escrúpulos, para Maurício era tudo muito simples: homem gosta de mulher, ambos são livres, então ficam juntos e acabou. O que Ricardo dizia, porém, tinha fundamento e mostrava o quanto ele refletira sobre a sua situação em relação à jovem.

Não foi preciso muito tempo para Maurício sair da letargia e formular seu juízo. Era uma característica dele que Ricardo admirava: o balofo chegava direto ao ponto, enxergava em um instante o núcleo da questão. Às vezes, talvez simplificasse demais; normalmente, diferenciava rápida e certeiramente o acidental do essencial. Respondeu ao colega:

— O que você disse é tudo verdade — respondeu Maurício. — Esses perigos existem.

— Está vendo? — cortou o outro.

— Estou, mas e daí? Sempre que você se envolve com uma mulher, mil coisas podem dar errado, o que não é razão para desistir. "Quem pensa demais não casa", a minha avó falava. E você não tocou no ponto fundamental.

— Qual?

— O que a Catarina quer? Ela gostaria de ficar com você?

Ricardo deixou escapar um sorriso, e o amigo foi adiante:

— Pois então! Namorar você é o sonho dela. Só que ela o coloca tão alto, que acha presunção pensar que um dia você possa se interessar por ela.

— Você está exagerando.

— Não estou não. A Catarina é uma menina humilde, não tem ideia do quanto é valiosa. Mais um ponto a favor dela.

Inclinando-se na direção de Ricardo, sussurrou:

— E aí? Vai deixar de fazer a vontade dela? Justamente essa, que é a mais importante e combina com o que você quer!

Ricardo recuou e encostou-se na cadeira, fitando a noite. O barulho disfarçado de ritmo vinha de onde os jovens dançavam, misturando-se com os risos e as vozes estridentes dos adultos. O cheiro de comida e de bebida se sobrepunha aos dos arranjos de flores, que, por outro lado, enchiam o ambiente de colorido. "Se estivéssemos na primavera, os aromas das roseiras e das hortênsias dominariam todo o resto", refletiu Ricardo do nada. Respirava fundo, exteriormente calmo, o que convencia Maurício de que o colega já havia ponderado e chegado às mesmas conclusões antes. O que não o impediu de reforçar:

— Você e a Catarina se conhecem bem, melhor do que muita gente que mora na mesma casa há vários anos. Ela é nova, mas bem amadurecida para a idade; vai pensar com calma antes de dar um passo. Não é uma imbecil, de jeito nenhum. E vocês não vão se casar amanhã! Vão ter tempo para ver se combinam mesmo um com o outro. Ficar preocupado com esse tipo de problema agora é colocar o carro na frente dos bois.

Ricardo havia fixado o olhar inexpressivo no falador, como se ele se referisse a uma terceira pessoa. Para atiçá-lo, Maurício soltou:

— É mais provável que você se decepcione com ela do que o contrário. Ela sabe o que está levando, você é um homem pronto, enquanto ela é uma garota, que pode mudar bastante em pouco tempo. Se alguém está correndo riscos, é você. Por isso, deixe de história e abra o jogo com a Catarina o quanto antes.

Levantando-se da cadeira, Maurício concluiu:

— Minha única decepção é que você não será o marido da Laurinha. Era apenas questão de você esperar que ela completasse os 15 anos; então, pedia a mão dela, eu a obrigava a aceitar, e tudo terminaria bem. Seria um belo presente para a minha menina, porque você a trataria como uma dama. É uma pena que vou ter de me conformar com outro genro, ainda mais um que ela vai escolher! Espero que não seja um paspalho.

Laura era a primogênita do Maurício e nascera um ano depois da morte de Nina. A ideia de se casar futuramente com a criança era tão amalucada que Ricardo voltou a rir.

— Meu amigo — prosseguiu Maurício —, você é o genro com que toda sogra sonha. A Gabriela pode reclamar, azucrinar por um tempo, porque é meio invocada mesmo. Mas, no final, vai erguer as mãos aos céus, porque a filha está com você. Pode escrever. E tem outra: se você não agir logo com a Catarina, um playboyzinho pode aparecer e deixar você para trás. E aí, como é que vai ficar, vendo a sua queridinha com outro?

Escutar o colega foi um alento, e Ricardo respondeu-lhe:

— Obrigado por me dizer essas coisas, ainda que você não seja isento para opinar sobre mim. Não sei se sou o melhor partido para a Catarina; agora, que ela é a melhor para mim, disso não tenho dúvida. Essa menina me virou do avesso, depois que terminei com a Cláudia. Acho que antes até... A Catarina é espetacular! É atenciosa, generosa, inteligente, meiga...

— Meiga? Acho que ela está mais para ardida.

— É meiga sim. Só fica brava quando mexem com alguém de que ela gosta. Para completar, é uma graça, linda, apesar de eu não fazer questão disso.

— Não faz questão... Acredito. Mas, por coincidência, você sempre vai atrás das mulheres bonitas, não é mesmo? Deve ser mero acaso.

— É mesmo!

— Sem dúvida. E você está falando igual a um idiota apaixonado. Procure a Catarina e acerte a situação entre vocês amanhã mesmo. Por que não?

— Calma, Maurício. Vou esperar um pouco mais.

— Ai, meu Deus! Por que, sua lesma?

— Esqueceu que temos de viajar para o Rio nas próximas duas semanas? Quando a gente acabar esse trabalho, preparo a minha conversa com ela. Com isso, também vai dar tempo de eu fazer um teste final.

— Um teste final? Que maluquice é essa?
— Outro dia conto em detalhes. Você vai gostar.
Então, depois de certificar-se que ninguém os ouvia, murmurou:
— Só adianto que tem a ver com o Edvaldo.
Os olhos de Maurício saltaram das órbitas e sua boca escancarou-se. Que trapalhada o Ricardo estaria armando? Precisaria descobrir depois o que o amigo arquitetava na sua cabeça peculiar.

De qualquer modo, estava exultante porque a sorte parecia estar sorrindo para Ricardo. Só um estúpido negaria que Catarina fosse uma boneca delicada, que possuía um cérebro privilegiado dentro da linda cabecinha. Além disso, havia se tornado uma pessoa agradável, carinhosa, com personalidade.

Contemplou então sua esposa e encheu-se de orgulho. Lembrou-se do último aniversário de casamento, quando haviam saído para jantar e conversado longamente, tentando eliminar as diferenças. Aquilo trouxera bons efeitos por algumas semanas; depois, as dificuldades e desentendimentos voltaram. Por que não conseguiam afinar-se de vez?

Ainda na festa, observou Ricardo conversando com Catarina. Emocionou-se ao ver como seu amigo e aquela garota sintonizavam. Os dois pareciam estar volta e meia se provocando, um respondendo às cutucadas do outro, intercalando-as com momentos de intimidade e atenção mútua. Maurício sorriu, porque lembrou que com Nina era a mesma coisa.

Parte IV
O que era antes, hoje deixou de ser

23
Uma pancadaria um tanto escandalosa

Nas semanas posteriores, o trabalho exigira de Ricardo uma dedicação maior do que ele previra. Viajava para o Rio de Janeiro e voltava apenas nos fins de semana; depois, embrenhou-se em um projeto complexo de fusão de empresas de alta tecnologia, com os presidentes doidos de ambas as companhias e um investidor intratável. Os vaivéns esgotaram-no, também porque os demais processos e causas no escritório reclamavam atenção constante. As reuniões de sábado na casa de Catarina recomeçaram, e houve duas delas em agosto. A partir do final do mês, a situação se tranquilizaria, pois o próprio dr. Augusto interviera para poupar Ricardo e havia determinado que algumas de suas causas passassem para outros advogados.

Na última quarta-feira do mês, Ricardo estava de excelente humor. De um momento para outro, uma série de problemas que o inquietavam fazia bastante tempo tinham sido solucionados. Os mais importantes, na tarde anterior. Para agradecer, assistiu à missa naquela manhã com sua mãe e fez o propósito de repetir o plano com frequência.

Mais da metade da manhã havia passado, e ele redigia no escritório uma petição sobre questões de patente e nome comercial, que tinham gerado uma briga tremenda entre um inventor meio genial e temperamental e a empresa na qual trabalhara, onde descobrira um aperfeiçoamento engenhoso para máquinas de secar roupas. Era um emaranhado que misturava física, engenharia, química, assédio moral e uma avalanche de complicações jurídicas, amplificadas pelo valor astronômico que a patente poderia atingir, se fosse devidamente produzida e comercializada.

A atenção que votava ao tema foi interrompida por um barulho de tumulto, vindo da antessala. De repente, dona Alice entrou abruptamente no escritório, aparentando fugir de algo. Seu rosto de meia-idade estava vermelho e os lábios tremiam. Ricardo observou-a perplexo e, antes que ela começasse a explicar, ofereceu-lhe a cadeira e pediu:

— Sente-se, dona Alice, por favor. O que aconteceu? Parece que a senhora viu um fantasma.

— Dr. Ricardo, apareceu um homem lá fora...

Mal completou as palavras, quando irrompeu pela porta, quase partindo-a ao meio, um sujeito mais novo que Ricardo, de pele morena e tostada pelo sol. Apesar do rosto momentaneamente furioso, ele tinha boa presença física, com corpo musculoso, altura maior que a média, barba bem-feita e um bigode preto e cheio. Sua testa era estreita, e o cabelo, sem entradas, curto e espesso. Trajava um terno vulgar, que dava a impressão de ter sido utilizado em pouquíssimas ocasiões. O fulano não sabia onde pôr as mãos, que tremiam levemente, apesar de os punhos seguirem fechados.

Logo que ele estancou, a uns quatro passos da mesa de Ricardo, Alice saltou irritada da cadeira e gritou:

— Mandei o senhor esperar lá fora! Quem o autorizou entrar aqui desse jeito?

O homem não respondeu e encarou Ricardo, examinando-o de alto a baixo. Perguntou com um tom áspero:

— O senhor é o dr. Ricardo Cicconi Silveira?

Era surpreendente que conseguisse pronunciar as palavras, tal a sua agitação. Cauteloso e pondo-se totalmente ereto, Ricardo respondeu:

— Sou eu mesmo. Em que posso ajudá-lo? Não quer sentar-se e acalmar-se...

Antes que terminasse a frase, o outro avançou sobre ele vociferando:
— Seu miserável! Acabo com a sua raça, desgraçado!

Ricardo pôde desviar-se parcialmente do murro endereçado ao seu rosto, que apenas o roçou, fazendo com que a haste dos óculos saísse da sua orelha direita. Rodeou rapidamente a mesa e empurrou com violência a poltrona com rodas na direção do adversário, que foi atingido nas pernas, impedindo-o de completar o segundo golpe, que já estava armado. O invasor irado afastou o móvel da sua frente e atirou-se para cima de Ricardo, a quem apanhou pela gola, tentando sufocá-lo. Foi retribuído com uma joelhada na barriga, insuficiente para prostrá-lo, mas que o fez largar o pescoço do agredido. Da cena jorravam os palavrões mais cabeludos, com o barulho de fundo das mesas e cadeiras arremessadas e dos objetos caindo.

Ricardo recebeu outro soco, desta vez no ombro, que o jogou de lado. Se fosse atingido na cabeça, teria sido nocaute imediato. Seu oponente não estava para brincadeira e não demoraria que tivesse a inspiração de armar-se com o abridor de cartas ou uma estátua. O advogado evitou um golpe de esquerda e encurtou a distância, para tentar equilibrar a disparidade de forças e encostar o briguento em um canto. Os dois passaram a engalfinhar-se, empregando os cotovelos e punhos e buscando um acertar o queixo do outro.

Em um lance de sorte, Ricardo conseguiu puxar o terno do homem para trás, o que diminuiu a mobilidade dos seus braços. Aproveitando os segundos que obteve, apanhou o moreno pelos ombros, deu-lhe uma rasteira e colocou-o de bruços no chão. Subiu sobre ele, agarrou-lhe os braços, que estavam ainda presos no terno, e segurou a fera, que se debatia desesperada. Não aguentaria mantê-lo naquela posição por muito tempo e, com esforço, pôde articular:

— Quem é você? Que loucura é essa? O que está querendo?

O ódio impedia o paralisado de responder o que fosse. Agitava-se de um lado para o outro, e Ricardo colocou o cotovelo em sua nuca e pressionou a cabeça do rapaz contra o chão. Por um triz, tinha escapado de uma surra monumental.

Em pouco tempo, Alice voltou à sala com mais gente, no momento em que Ricardo dava sinais de fraquejar. Os recém-chegados terminaram de dominar o indivíduo, que passou a esgoelar:

— Tirem as mãos de mim, seus miseráveis! Vou matar esse safado! Você não me escapa, seu covarde! Playboy, filhinho de papai! Doutor de lixo!

Ricardo continuava sem entender patavina. O porteiro do escritório e o pessoal da manutenção seguravam o invasor sem qualquer delicadeza, aproveitando as oportunidades para lhe assentarem uns tapas, enquanto o empurravam para fora. Os outros advogados e todos os empregados observavam o sujeito sendo literalmente carregado, enquanto esbravejava sem descanso.

Na entrada do escritório, que era ampla, soltaram o sujeito, que já não tentou mais se atracar com ninguém. Dirigindo-se a Ricardo, berrou:

— Não chegue outra vez perto da minha mulher, seu porco! Se encontrar você com ela de novo, arrebento os dois! Bato até aleijar!

Ricardo sentiu os olhares de todos atravessando-o. O sujeito não deu trégua, cheio de raiva:

— Nós temos dois filhos... Ela contou para você? Vai ver que falou, mas para o "doutor" não tem importância, não é mesmo? Para que se preocupar com um detalhe desses, certo? Você sabia que a menor tem 2 anos? E pensa que a mãe é uma maravilha, a coitadinha. Não expulso a sem-vergonha de casa por causa das crianças. Você ia sustentar a amante, dar uma casa para ela? Ou ia mandar ela se virar? Vocês dois devem ter rido muito da minha cara, o imbecil traído.

O homem deixou-se cair no sofá ao lado da mesa de recepção e escondeu a cabeça entre as mãos. Ricardo ficou cada vez mais lívido, e sua cabeça se pôs a girar. Mesmo assim, notou que cochichos se produziam ao seu redor. Sussurrou:

— Senhor, deve ser um engano. Não conheço você. O que está acontecendo?

O rapaz ergueu o rosto, com o desespero resignado nos olhos vermelhos. Sua expressão logo evoluiu para a indignação, e respondeu:

— O "senhor" é mais cafajeste do que eu pensava! Quer dizer que não me conhece? Mas conhece bem demais a minha esposa! Aquele carro verde metálico na porta, com a lanterna de trás quebrada, é seu? Antes de entrar aqui, eu confirmei que era o mesmo carro. Você não lembra que eu fiz aquilo ontem, quando o chutei?

Ricardo subitamente arregalou os olhos. Foi o momento revelador para quase todos.

— Achou que eu não ia descobrir você? — recomeçou o atraiçoado. — Fazia tempo que eu estava na sua trilha. Pensou que estava muito por cima de mim, não é? Que um pobre não ia chegar num bacana do Cambuí. Mas anotei a sua placa. Eu conheço gente da polícia, e foi fácil descobrir o maldito dono do carro. Ontem você fugiu feito um covarde; você só é homem com um monte de gente te defendendo, não é, doutor?

Ricardo respirava fundo, sentia o ar de reprovação que se formava ao seu redor e não tinha o que dizer. O marido enganado levantou-se e, apontando para o rival, ordenou:

— Não apareça mais na minha casa! Não chegue perto da minha família!

Em um tom de lamento, acrescentou:

— Foi sem-vergonhice demais você se encontrar com a minha esposa, na minha própria casa! Isso é muita safadeza. Quer dizer que vocês se viam lá, quando as crianças estavam na escola?

O sentido de vergonha do marido já havia sido reduzido a nada, e continuou a reclamar em voz alta da sua má sorte e da mulher. Quase todos acabaram por simpatizar com ele, apesar de pouco antes terem-no julgado um doido varrido. Um ou outro advogado mais descarado ria ao escutar as agruras do infeliz; Ricardo reagia mantendo a cabeça baixa e nada mais. Os colegas mais próximos dele ficaram confusos. Depois de uns minutos, ele murmurou:

— Sinto muito. Posso garantir que o senhor nunca mais vai me ver. Não vou procurar a sua esposa. Acredito que não temos mais nada que falar. Adeus.

Com o rancor emanando de todos os poros, o homem tomou a porta da rua, circundado pelo porteiro e outros funcionários. Antes de sair, voltou-se e concluiu:

— A Solange não é só traíra. Ela é uma ingênua, uma tonta! Cair na conversa de um canalha, que só queria usar dela para logo jogar fora... Depois de ontem, ela não vai querer nem ouvir falar do senhor, "dr. Ricardo"! Acho que não vai querer ver homem nenhum além de mim por um bom tempo.

Foi-se embora, irritado porque o porteiro pusera a mão no seu ombro. Ricardo sofria um pouco de dor no rosto e na barriga, o que praticamente desaparecia diante do mal-estar pelo escarcéu. Ninguém o encarava, e faltava-lhe presença de espírito para dizer algo que desanuviasse o ambiente. Um advogado que antipatizava com ele, Demétrio, estampava um sorriso irônico no rosto, que levou Ricardo a sentir o impulso quase irrefreável de arrancá-lo à força de murros. Irritado e encabulado, ainda que exteriormente contido, o protagonista da confusão pediu licença e recolheu-se à sua sala.

Assim que deixou a recepção, ouviu o barulho de algazarra em um crescendo. A reação dos colegas era a mais natural possível. Na sua sala, sentou-se e permaneceu imóvel por vários minutos. De início, seu cérebro parecia vazio; a partir de um momento, passou a funcionar febrilmente e com precisão. À medida que se acalmava, as pontadas de humilhação pelos xingamentos diminuíam, e ele compreendia tudo com maior nitidez. O agressor estava desfeito, mas seu casamento talvez tivesse ainda salvação. O coitado devia ser mesmo apaixonado pela esposa. Bem, quanto àquele casal, Ricardo não tinha condições de ajudar no que fosse.

O advogado tomou consciência de que sua imagem havia sido seriamente arranhada diante de todos os colegas. Provavelmente de maneira irreversível. A reação do dr. Augusto, quando soubesse do incidente — que certamente lhe seria narrado em detalhes, por gente que se regozijaria em cumprir a tarefa —, era uma incógnita.

Após refletir, discerniu com certeza absoluta o que deveria fazer. O senão era que a conclusão a que chegou não era nada agradável. Tentou encontrar saídas honrosas, andou de um lado para o outro, até que parou e se resignou.

Depois de quinze minutos, preenchidos com o auxílio de cafés e copos de água, voltou a trabalhar na petição à sua frente. Concentrar-se no trabalho poderia alentá-lo, e, com empenho, foi capaz de fazê-lo. Terminou próximo da hora do almoço. Enviou pela rede interna o documento escrito para Márcia e Priscila, que deviam fazer a última leitura da peça antes de despachá-la ao fórum. Telefonou a seguir à dona Alice, que atendeu com a voz lânguida. Os nervos da boa senhora haviam se dilacerado pela pantomima, em que ela tivera um papel secundário, mas traumático.

Tudo recordava a Ricardo um dramalhão de novela. O lamentável era ser verdadeiro. Em princípio, não havia providência a tomar para aliviar a confusão da secretária, além de aguardar que o tempo apagasse o impacto da manhã. Assim, restou agir com a maior naturalidade possível. Afável, pediu:

— A senhora pode me fazer o favor de trazer as pastas dos três processos da Telcanto? Vou aproveitar a tarde para trabalhar neles e queria que ninguém me interrompesse sem um motivo grave. Agradeceria também se a senhora me encomendasse um lanche para o almoço.

— Perfeito, dr. Ricardo. Algo mais?

— Não, obrigado.

Alice jamais deixaria que um contratempo diminuísse a sua eficiência. Logo chegou o que Ricardo pedira, e a secretária, ao levar o almoço, encontrou-o imerso nas suas tarefas.

O advogado teria buscado Maurício para se confidenciar, mas o amigo viajara de manhã para Goiás, para tratar da implantação de uma usina de energia, e um assunto como aquele só poderia ser tratado pessoalmente. Para complicar, recebeu um chamado no final do expediente:

— Ricardo, você pode vir à minha sala?

O tom do dr. Augusto era seco. O telefonema era esperado, apesar de Ricardo ter alimentado a esperança de que o dia terminaria sem ele. No corredor, cruzou com dois colegas, que se calaram logo que o viram. Bateu na porta do dono do escritório e entrou. Dr. Augusto, sem levantar os olhos para ele, seguiu escrevendo com sua caneta-tinteiro preta e dourada em um papel timbrado, até que pediu:

— Queira sentar-se, por obséquio.

Ricardo obedeceu, cruzou as mãos e aguardou. Discretamente, olhou uma vez mais o escritório em que se encontrava. A mesa principal, atrás da qual o dr. Augusto se sentava, era de jacarandá escuro e trabalhada com entalhes imitando flores e árvores. Sobre ela espalhavam-se canetas junto a um vidro de tinta e tendo num lado o computador. Ao contrário do resto do escritório, aquele cômodo era acarpetado. Em um pequeno balcão à direita, havia uma série de bustos, estátuas e peças de decoração, tudo elegante e distinto. Atrás da mesa principal estavam as estantes de madeira com portas de vidro, que iam do teto ao chão, cheias de livros em encadernações luxuosas e, frequentemente, primeiras edições.

Perscrutando o rosto do dr. Augusto, era fácil deduzir que não estava nada satisfeito. A polidez funcionava como uma segunda natureza do velho senhor, dotado de um ar aristocrático e sereno. Vestia-se com elegância, e Ricardo não se recordava de tê-lo visto sem um terno escuro, mesmo em encontros familiares. Sua calva era ampla, com os poucos cabelos prateados puxados rigorosamente para trás, e o bigode generoso tinha a mesma cor dos cabelos. Dr. Augusto fora alto e muito bonito, e sua figura, pese a idade, conservava-se imponente, com rosto marcante e porte altivo.

Os costumes do respeitável ancião eram severos. Não permitia que nenhuma mulher, excetuadas sua esposa e filhas, e quem sabe alguma parente próxima, adquirisse qualquer intimidade com ele. Sentia verdadeiro horror à figura do advogado *bon vivant*, que, na sua opinião, degradava a classe. Ao mesmo tempo, permitia-se ser bem humorado com aqueles que obtinham a sua confiança, aos quais divertia com tiradas hilárias de humor fino.

Ricardo sabia que o acontecimento da manhã representara um enorme desgosto para seu guia e amigo, uma das últimas pessoas do mundo a quem desejava decepcionar. Observava compungido aquele homem trabalhando, e compreendia que essa atividade tinha por fim postergar a conversa desagradável. O barulho da sala era apenas o da escrita no papel, e Ricardo gastou alguns minutos mirando para o teto cheio de molduras de gesso e para os móveis, até que, ainda sem levantar o rosto, dr. Augusto o interpelou:

— Você pode me explicar o que aconteceu hoje de manhã?

Para poucas pessoas o dr. Augusto empregava o "você". Os demais eram sempre "doutor", "doutora", "senhor"... A pergunta era óbvia, e Ricardo ensaiara a resposta:

— Peço desculpas pela confusão, dr. Augusto. Infelizmente, não tive controle da situação. Fui apanhado de surpresa e não pude evitar a cena. Estou muito chateado. Imagino que contaram ao senhor os detalhes...

Nesse momento, dr. Augusto fixou seus olhos nos de Ricardo e contestou:

— Sim, contaram. Aliás, não só um, mas vários quiseram me participar o evento. Parece que foi o que aconteceu de mais importante por aqui em muito tempo.

Encabulado, o inquirido abaixou a cabeça e não retrucou, o que levou o mais velho a continuar:

— Uma autêntica farsa circense, de péssimo estilo. Pelo que me informaram, seu papel não foi dos mais dignos. Especialmente quanto ao que deu origem a esse alarido.

Em todas as vezes em que imaginara este momento, Ricardo nunca encontrara uma resposta boa. Escolhendo as palavras, contestou:

— Toda a situação é mais complicada do que parece, dr. Augusto.

O silêncio a seguir era um convite para uma justificação, e não poder apresentá-la torturava Ricardo. Entrou-lhe um momento de dúvida, que foi afogado pela lembrança do decidido horas antes. Não sairia da linha a que se havia proposto.

— O senhor me conhece. Desculpe-me se não posso ser mais explícito, mas tenho meus motivos. Apenas queria dizer que não fiz nada que me envergonhasse, nem que envergonharia qualquer pessoa decente. As acusações daquele rapaz não procedem, de jeito nenhum.

Ricardo imaginou que acontecia com seu mentor o que se daria com todos que ouvissem aquela história: o surgimento da dúvida se ele, Ricardo, era um tremendo mentiroso. Virando sua cadeira de modo a olhar o quadro que estava sobre a mesa da direita, evitando assim o contato visual com o interrogado, o advogado idoso principiou a discursar pausadamente:

— Você sabe que, para a mulher de César, não basta ser virtuosa; ela tem que parecer virtuosa. É um lugar-comum, mas eles costumam trazer muito de verdadeiro. Não quer mesmo se explicar? Seria conveniente para todo mundo, principalmente para você.

— Infelizmente, não posso falar mais nada, dr. Augusto. Por favor, não me interprete mal; não é falta de confiança no senhor.

— Não estou preocupado comigo. Nada disso vai me atingir.

Sua severidade afrouxou um pouco, pois afirmou com uma ponta de afabilidade:

— Tenho uma noção vaga da tolice em que você se meteu. Espanta-me que não deseje esclarecer a situação, se realmente é inocente. Muito bem. Não é de meu feitio exigir de alguém que trabalhe comigo que me conte sobre sua vida particular, enquanto ela não atrapalhar seu desempenho profissional. Até gostaria de conhecer melhor os que estão diariamente ao meu lado, mas receio que sobrariam ainda menos pessoas em quem eu confiaria.

Após uma breve pausa, recomeçou:

— Lembro como se fosse hoje, quando duas mulheres brigaram na porta da padaria do meu pai, por causa de um funcionário. Uma era a esposa do sujeito; a outra, a sua sirigaita. Meu pai irritou-se com a postura do fulano: enquanto as duas se agrediam, ele observava rindo, todo cheio de si por ser a razão da briga. Era um orgulho tosco, repugnante. Assisti ao episódio da janela da nossa casa, no andar de cima da padaria.

"Alguém que se alegrasse por causar uma situação daquelas não podia prestar. No final do dia, as contas do sujeito foram acertadas, e nunca mais o vi."

Dr. Augusto fez uma longa pausa, ao fim da qual disse:

— Eu confiava em você, Ricardo. Sempre o considerei sensato e digno. Por isso, toda essa situação é para mim esdrúxula. É como surpreender uma senhora comendo de boca aberta, ou um homem honesto aplicando um golpe na praça. Se você insiste em não explicar o que aconteceu, sou obrigado a acreditar que há parte de verdade no que me contaram.

— Reconheço que eu poderia ter agido melhor em determinadas situações, mas insisto que não fiz nada vergonhoso.

— Acredito. Mesmo assim, estou decepcionado com você. Porque, de qualquer modo, você se envolveu em um acontecimento baixo, e não o quer passar a limpo. Eu ficaria muito feliz se soubesse que você não tem culpa de nada.

Ricardo ergueu a cabeça e comentou:

— Dr. Augusto, lamento muito que eu não esteja à altura do que o senhor sempre esperou de mim. Ainda assim, peço que volte a me dar um voto de confiança. Garanto que não sou um adúltero, nem um mentiroso ou enganador.

Então Ricardo sustentou a mirada do chefe estimado, que estaria refletindo no que ouvira e decidindo o que fazer. Não existiam evidências favoráveis ao seu subordinado favorito; no entanto, depois de alguns instantes, expôs de forma fria, mas com uma pitada de ternura:

— No seu caso, a confiança terá que ser reconquistada. Não só comigo, mas com todos os seus colegas. Querendo ou não, você provocou um enorme alvoroço no escritório hoje. Espero que não transcenda, pois eu detestaria que meus advogados tivessem a fama de mulherengos e depravados. Seu exemplo é fundamental, porque você é meu primeiro homem, e todos estão convencidos de que esse visitante da manhã falou a verdade.

O rubor fez as faces de Ricardo arderem.

— Sua autoridade moral frente aos demais foi abalada. Não sou tolo, e sei que muita gente se deliciou em ver você cair. O ser humano sente um prazer sádico ao descobrir supostas manchas na conduta de quem sempre se comportou bem, e você forneceu-lhes um prato cheio.

"Cheguei a aventar a hipótese de demiti-lo. Mas não o vou fazer, por dois motivos. O menos importante é que não há um advogado como você na praça, e seria loucura prescindir de um profissional da sua categoria. E o principal é que você merece uma nova chance, pois sua postura aqui sempre foi exemplar. Quero acreditar em você, e espero que prove que faz jus a isso. No entanto, não poderei tolerar outra falha, mesmo menor que essa. Problemas com mulheres dificilmente se dão uma única vez. Se você não tem culpa, então não acontecerá de novo; se tem, é muito provável que algo similar se repita. Então, não hesitarei em mandá-lo embora."

Ao terminar a sentença, dr. Augusto levantou-se para acompanhar Ricardo até a porta do escritório. Cumprimentaram-se com um forte aperto nas mãos, e Ricardo teve ciência que iniciava outra fase no escritório. A anterior, que havia construído uma ficha totalmente limpa, fora truncada naquele dia.

"Espero que essa confusão termine por aqui. Quanto menos mexerem nela, melhor. Vai saber em que pode dar! Deus que me ajude", pensou enquanto saía de sua sala e tomava o caminho da rua.

24

O avolumar-se de uma decepção

O dia era claro, e pouco a pouco o sol diminuía o frio do ambiente. Catarina estava andando distraidamente por um corredor em direção ao pátio, onde se encontraria com os colegas no intervalo. Tomou um susto quando escutou:

— Oi, Catarina. Tudo bem com você?

Ela se virou e deparou-se com Gustavo. Dificilmente conversavam à vista dos outros, pois Catarina temia a reação de Letícia, que mantinha a implicância com o rapaz. Ele, por sua vez, preferia que ninguém descobrisse que tentava conquistar a garota que antes desdenhara. Se é que podia ser considerada a mesma garota, pois a Catarina atual pouco lembrava a anterior. Agora, era uma das meninas sobre quem os garotos mais comentavam. Além disso, havia se tornado uma das melhores alunas da escola, para surpresa de todos que não faziam ideia do potencial dela.

No local onde se encontravam, estavam a salvo de qualquer curioso. Ela respondeu:

— Comigo tudo bem. E com você, o que aconteceu? A sua cara não está nada boa.

O garoto examinou-a com o olhar e respondeu com afetação:

— Quer dizer que você ainda não soube de nada...

— Não soube do quê?

— Não queria que fosse eu quem tivesse de contar. Detesto fazer o papel de informante, ainda mais neste caso.

O adolescente balançou a cabeça, como se uma tristeza grande o perturbasse. Irritada pelo teatro, Catarina interrompeu:

— Pare de enrolar, Gustavo! Solta logo, não fique nessa de fazer suspense. Desse jeito, você me deixa aflita.

— É que fico meio constrangido. Sabe o que é, eu estava certo desde o começo. Juro que torcia para que fosse diferente. Eu não queria ver você decepcionada. Bem, se você me levou a sério antes, a surpresa não vai ser tão grande.

A menina exasperava-se com as pausas do colega, que enfim prosseguiu:

— Eu avisei que o Ricardo não era a maravilha que você pensava. Não uma vez só, várias...

— De novo com esse papo, Gustavo! Já cansou. Poupe-me, por favor.

— Você sabia que ele armou o maior escândalo no escritório ontem? Uma tremenda baixaria, do tipo mais cafona que você possa imaginar.

— O quê? — exclamou Catarina, prestes a dispensar o idiota à sua frente. Não esperava, porém, que o garoto declarasse:

— O marido da amante dele foi lá tomar satisfações. O homem estava fulo da vida, e os dois trocaram socos. Parece que o Ricardo foi para casa de cara inchada. Dá para imaginar a cena?

— Como é que é? Não entendi nada! O que você está falando?

— Exatamente o que eu disse: o Ricardo tinha uma amante, foi pego pelo marido traído e os dois brigaram de pancada no escritório.

A cabeça de Catarina principiou a girar. A Letícia estava certa, o Gustavo não valia nada mesmo. Ela retrucou:

— Deixe-me em paz de uma vez, Gustavo! Como você tem a cara de pau de me falar um absurdo desses? Vai embora, seu moleque!

Ele pegou-a pelo braço e não a deixou correr. Catarina encarou-o com ódio e ia gritar, quando ele perguntou:

— Por que eu ia inventar uma história tão fácil de desmascarar, se fosse mentira? Eu jamais contaria algo assim a você se não tivesse certeza absoluta.

Catarina estancou e engoliu em seco. Percebendo que ganhara terreno, Gustavo desfiou seu relato:

— O homem reconheceu o Ricardo como o amante da esposa, porque o tinha flagrado com ela justo na tarde anterior, em frente de casa. Para você ver, o carro do Ricardo estava com a lanterna quebrada, e o chifrudo — desculpe, quero dizer o traído — confirmou que tinha feito aquilo, que jogou algo no carro, ou o chutou, quando o Ricardo deu no pé a toda velocidade.

Catarina passou a respirar alto, e o pavor ameaçou tomar conta dela. Soltou-se da mão do rapaz, mas não saiu dali, enquanto ele explicava:

— Minha irmã me contou a história ontem. Ela viu tudo e estava meio abalada, apesar de ter achado a confusão engraçada. O pessoal do escritório ficou numa agitação só; afinal, quem tinha sido pego com as penas na boca era o Ricardo, logo ele, que sempre posara de bom-moço. Havia a chance de ele ser demitido pelo patrão, mas a Priscila não sabia o que ia acontecer. Meu pai também escutou a história dos lábios dela e disse que nada daquilo o surpreendia, pelo que conhecia do caráter do Ricardo.

A moça fazia um esforço enorme para não desatar a chorar. Aquilo soava tão disparatado... Suas ideias não tinham maneira de se ordenar, e as mãos dela passaram a suar, apesar do frio.

— Se você não acredita em mim, posso pedir para a minha irmã repetir tudo a você. A gente se encontra com ela hoje mesmo; o que você acha?

Depois de alguns segundos de hesitação, Catarina contestou:

— Não preciso disso, confio no Ricardo. Só pode ser algo mal explicado, um engano.

— Você está com medo de quê? Venha comigo, não tem nada a perder. O pior que pode acontecer é confirmar a verdade e você deixar de ser enganada.

Duvidando se era a melhor saída, respondeu:

— Tudo bem, marque com ela que eu vou. Só que, Gustavo, se você estiver mentindo, não quero ver você nunca mais! Fale a verdade, é tudo invenção sua!

— Não é não, Catarina, e eu vou provar. Vou combinar agora com a Priscila.

Tirou o telefone do bolso e fez a chamada. Depois de uns instantes, que a Catarina pareceram horas, ela ouviu parte do diálogo:

— Oi, Pri. Preciso falar com você hoje... Não, não vamos deixar para amanhã, tem que ser hoje. É importante sim. A sua reunião da tarde termina a que horas? E se a gente se encontrasse na "Tropicália"? Você lembra sim, é aquela lanchonete na avenida Moraes Sales. Fica mais fácil para mim. Está bem, às dezoito e trinta lá. Até mais. Um beijo.

Assim que desligou, explicou a Catarina:

— Essa lanchonete porque fica perto da sua casa, você pode ir a pé. Se eu estivesse com o carro, oferecia uma carona, mas meu pai me cortou a condução... Você pode aparecer lá às seis e meia? A Priscila vai explicar melhor tudo o que eu disse.

A garota, nesse momento, nutriu uma antipatia enorme pelo Gustavo. Mesmo com a aversão, respondeu:

— Vou estar lá. Espero mesmo que não seja armação sua!

Foi embora sem se despedir. Com um esforço enorme, evitou que qualquer pensamento relacionado com o que Gustavo sibilara se desenvolvesse na sua mente. Se os outros percebessem que estava agitada, perguntariam o que havia acontecido, e ela não saberia o que responder. Nesse estado de espírito, decidiu ficar longe de Letícia e teve sorte, porque as aulas finais eram de educação física. Não acertou nenhum exercício previsto; sua coordenação era semelhante à de um zumbi, e a professora chamou-lhe a atenção, quando quase se arrebentou em uma tentativa de salto do cavalo.

Ao chegar à sua casa, foi simples evitar qualquer pessoa, pois a mãe tinha saído a trabalho e a irmã estava na faculdade. Subiu ao quarto sob o pretexto de estudar, porque ninguém a incomodaria ali. Ricardo telefonou-lhe durante a tarde; porém, um instinto impediu-a de atender. Então, a consciência da garota acusou-a de estar fugindo do amigo, e que ela o fazia pelo remorso de ter se permitido ouvir monstruosidades contra ele. Pior ainda, tinha aceitado encontrar-se com uma estranha para esmiuçá-las.

Depois de refletir, afastou esses escrúpulos, pois era natural que quisesse conhecer pormenores de alguém que lhe era tão próximo; ela não estava fazendo nada de mau.

O tempo passou vagarosamente naquela tarde, e Catarina seria incapaz de lembrar em que pensara ou fizera. Havia muitas peças que não se encaixavam. Ricardo envolvido com uma amante? Bastava olhar o amigo por dois minutos para ter certeza de que era um contrassenso. Além disso, a garota percebera, nas últimas semanas, que ele estava pouco a pouco se declarando a ela. Isso a enchera de alegria, apesar de, por intuição feminina, ter confundido o suposto pretendente em alguma ocasião, tratando-o com frieza ou sugerindo que poderia estar interessada em outra pessoa. Dava certo, porque ele se alterava claramente; porém ela se arrependia logo, temendo que Ricardo desistisse dela. A hipótese de perdê-lo apavorava-a.

Estava segura de que tudo seria explicado no final e de que o amigo escaparia incólume daquelas fofocas. Quase telefonou para Gustavo desmarcando a malfadada reunião, mas se conteve. Não queria dar a impressão de ter medo de ir até o fim nas coisas; além disso, provaria que tudo era um equívoco infeliz.

Saiu de casa meia hora antes do marcado e pôs-se a andar pelos quarteirões da vizinhança, coalhados de residências de alto padrão, como a sua. A maior parte seguia um estilo similar: belos jardins na frente, carros importados e luxuosos nas garagens, mais de um andar, algo chamativo — um par de colunas, um portão trabalhado, um conjunto de estátuas — na entrada, cores claras. Fora alguma exceção, tudo muito limpo, cuidado e requintado.

Como estavam em agosto, escurecia mais cedo, e logo as estrelas tomariam conta do céu. A noite era fria, e por isso Catarina se agasalhara bem, com um gorro azul cobalto e uma jaqueta marrom. Era uma figura graciosa, vagando pensativa e nervosa, com as mãos nos bolsos e o rosto baixo.

Chegou à lanchonete com dez minutos de antecedência. Gustavo apareceu no horário combinado e abriu um largo sorriso ao vislumbrar a garota. Ela incomodou-se, e sua aflição cresceu com o atraso de Priscila.

Depois de mais de meia hora, a jovem advogada apareceu. Após as apresentações de praxe, pediu desculpas e explicou que sua reunião havia se estendido, que devia ter terminado mais de uma hora antes, mas era uma questão complicada, "que loucura, vejam só", e mais isso e aquilo, que Catarina não se preocupou em entender. Ela ficou impressionada com a dessemelhança entre Gustavo e a irmã, e então se recordou de que ambos tinham mães diferentes, o que explicava o cabelo moreno e o porte pequeno da moça.

Priscila não era propriamente bonita, mas simpática e bem-cuidada. Vestia-se com um tailleur acinzentado e um laço amarelo ao redor do pescoço. Seu sorriso era franco, e através dele mostravam-se dentes perfeitos. Prosseguiu comentando sobre seu trabalho, até que se dirigiu a Catarina:

— Seu rosto não me é estranho. A gente já se encontrou antes? Será que vi você com o Gustavo alguma vez?

— A gente já se encontrou, sim, mas foi bem rápido. Sou amiga do Ricardo, que trabalha no seu escritório. Ele me levou lá faz uns meses, e fomos apresentadas. Você inclusive me comentou que era irmã do Gustavo.

O sorriso da mulher sumiu. Sem jeito, encarou o irmão, ficou indecisa por uns instantes, mas rapidamente se recuperou e observou, da maneira mais natural que pôde:

— Que bom. O Ricardo é um excelente advogado e colega. Gosto muito dele, a gente trabalhou junto em vários projetos. Nestes dias mesmo estamos tendo que resolver um caso de propriedade intelectual. Ele me ajuda sempre que preciso, é um amor.

Enquanto fazia seu discurso, fuzilava Gustavo com o olhar. Ele aproveitou a deixa e interveio:

— Então, Pri, é exatamente sobre o Ricardo que eu queria falar. A Catarina não acreditou em mim, quando repeti a ela o que você me contou ontem à noite.

Como a irmã fez-se de desentendida e abriu a bolsa, simplesmente porque não pensou em nada melhor para ganhar tempo, o rapaz insistiu:

— Aquela história engraçada, que você morreu de rir quando contou no jantar... Do marido traído que foi tirar satisfações com o Ricardo, e como os dois saíram no braço. Queria que você confirmasse para a Catarina, porque ela fica insistindo que eu estou enganado, que não pode ser. Por sinal, o Ricardo acabou sendo mandado embora pelo velho?

O embaraço da advogada era notório, ao ver-se presa numa arapuca. Lembrou-se então de que Ricardo lhe falara daquela menina, Catarina, que era uma garota adorável, com quem ele se dava muito bem. Priscila não era amiga íntima do companheiro de escritório; no entanto, espalhar mexericos cabeludos a respeito dele era fora de propósito. Permaneceu calada, até que o irmão, principiando a se enfezar, perguntou:

— Não me ouviu? Ele levou um chute ou não?

— Não, continua trabalhando normalmente. O dr. Augusto não ia ser louco de perder o Ricardo. Você sabe o quanto ele é competente, não é, Catarina? Qualquer tema complicado no escritório vai direto para as mãos dele, que é quem mais entende de quase tudo. Na semana passada, inclusive...

— Ótimo, fico feliz por ele — interrompeu Gustavo. — Por favor, maninha! Confirme para a Catarina o que você me disse, sobre a balbúrdia no escritório. Se não, ela vai pensar que sou um mentiroso. E só transmiti o que você contou, sem acrescentar uma vírgula.

— Mas que absurdo, Gustavo! — explodiu a irmã, dando um tapa na mesa. — Falei ontem uma coisa para você e o papai; no dia seguinte, você sai cacarejando aos quatro ventos! Eu não conhecia esse seu lado fofoqueiro. Não falei nada de mais e não quero prejudicar ninguém, por favor!

— Devagar aí, Priscila! — replicou o garoto. — Você não pediu segredo e estava se divertindo para valer quando contou. Na hora, não parecia que a história fosse tão importante assim para você soltar agora os cachorros. Só comentei com a Catarina porque achei que ela ia querer saber, e era um direito dela. O que é absurdo, isso sim, é você não manter hoje o que me disse ontem. E, por favor, não me ofenda na frente da Catarina, porque isso eu não admito!

A cena de desarmonia familiar era constrangedora, e Catarina cogitou despedir-se e ir embora. Porém, ela subitamente gelou, quando se deu conta que Priscila não negara haver contado aquelas coisas. As pernas da garota passaram a tremer, e aí que ela não pôde mesmo se levantar.

Depois de mais alguns instantes desagradáveis, Priscila acalmou-se, enquanto Gustavo seguia irritado. A moça virou-se para Catarina e explicou docemente:

— Desculpe se ofendi você, não foi a minha intenção. Não estou zangada porque o Gustavo falou concretamente com você. É que conversamos ontem em um contexto familiar, não era para o assunto sair dali. O Ricardo é meu colega, não quero espalhar nada sobre ele.

Voltou ao irmão uma mirada reprovadora, e então o próprio Gustavo sentiu-se desconfortável. Para Catarina, o colega ao lado tinha deixado de existir, só um assunto importava, e ela indagou com sofreguidão:

— Quer dizer que é verdade? É impossível! O Ricardo jamais teria uma, uma...

A garota parou a um passo de cair no choro. Sem ter como consolar Catarina, Priscila abaixou os olhos, por dentro querendo esganar o irmão. Foi a vez deste se lançar:

— Catarina, aceite a verdade. É melhor do que ficar se iludindo. Não foi nada diretamente relacionado a você, não precisa ficar tão chateada.

Calou-se, quando a menina o fitou com raiva. Porém, isso durou pouco, e ele indagou a irmã:

— O sujeito reconheceu o Ricardo, não foi? Falou que o tinha apanhado no maior flagra com a esposa na tarde anterior, certo? Vamos lá, Pri, responda, por favor!

— Reconheceu sim — concordou ela enquanto se afundava na cadeira, sem ideia de como dar um fim àquilo.

— O carro do Ricardo estava amassado, não é? E o próprio cara confessou que o tinha acertado, na hora em que o Ricardo dava no pé. Foi isso, não foi?

À medida que as palavras caíam em seus ouvidos, Catarina reconstruía a cena: Ricardo escapulindo do marido traído, que golpeava o automóvel, no meio de um ataque de fúria, provavelmente com a mulher desesperada presenciando tudo... Por mais estapafúrdia que parecesse, essa reconstituição estava apoiada em uma quantidade considerável de provas. Priscila buscou uma saída alternativa:

— Certo, mas você está se apressando, Gustavo. Pode não ter sido desse jeito, e a gente precisaria escutar a versão do Ricardo.

— Engraçado. Ontem, você parecia não ter dúvidas de que ele tinha sido pego com a boca na botija. Por que está desse jeito agora? Aconteceu alguma coisa que mudou a sua opinião? Ou é só porque a Catarina está ouvindo?

A irmã se levantou desgostosa, ameaçando ir embora. Gustavo a segurou:

— Perdão, maninha. Não quero provocar você. Você pensa que gosto de fazer isso? É que quero bem a Catarina, e acho importante que ela saiba quem é esse cara que anda sempre com ela. Não desejo mal ao Ricardo, ao contrário. Só não posso deixar que a minha amiga seja enganada por um mau-caráter.

— O Ricardo não é mau...

Com rapidez, Gustavo interrompeu a irmã:

— Então não aconteceu qualquer novidade desde ontem. Muito bem, significa que todo o pessoal do escritório continua convencido de que ele é um hipócrita. Se ele tivesse ao menos se defendido na frente do homem... Escutar calado e aceitar o que o marido disse é uma forma de confissão, não é?

— Ele não se defendeu, mas não significa que aceitou, nem que confessou — insistiu Priscila. — Eu já disse que é preciso ouvir a outra parte.

— Por que, se ela mesma não quer, ou não pode, acho, se defender? — contestou Gustavo. — O que o Ricardo tem para alegar em seu favor? Mana querida, em qualquer processo, ele seria condenado, com certeza, com tantas provas claras contra ele.

Catarina se levantou abruptamente e, com voz metálica, sem exprimir qualquer emoção, disse:

— Tenho de ir embora. Boa noite.

— Espere um pouco, deixe-me acompanhar você — ofereceu-se o rapaz, que se assustou com a feição lívida da garota.

— Prefiro ir sozinha, por favor. Amanhã a gente se vê, Gustavo. Desculpe-me pelo incômodo, Priscila, e obrigada por tudo. Tchau.

Saiu sem escutar mais nada, a não ser um punhado de frases agressivas trocadas entre os irmãos, que não se animou a tentar compreender.

O mundo ao redor de Catarina subitamente parecia andar em câmara lenta, e ela não reparava em nada. Dobrou uma esquina, caminhou por uns quarteirões e sentou-se em um banco de praça, ainda incapaz de refletir. Certas palavras malhavam sua cabeça: "traição", "hipocrisia", "carro", "Ricardo", "amante", tudo misturado com lembranças fugazes de episódios vividos ao lado do amigo.

Sem que Catarina o buscasse, um novo panorama foi se impondo aos poucos à sua mente. Seu antigo protetor, ao que tudo indicava, era um enganador patológico, um mentiroso compulsivo. Caso Gustavo tivesse contado a verdade — e ela, tristemente, não conseguia conceber outra possibilidade —, todo o relacionamento dela com Ricardo necessitava ser analisado sob nova perspectiva.

Em primeiro lugar, ele não gostava tanto dela; talvez nem a quisesse bem. Estaria, isso sim, brincando com os seus sentimentos. Por isso tinha sugerido montar o grupo de estudo: era uma forma de se divertir com alguns jovens, representando o papel de educador. Ela e seus colegas pouco lhe importavam, serviam apenas para acalmar sua consciência de malandro.

O fato de Ricardo esconder seu comportamento devasso sob o disfarce de homem correto e cumpridor, generoso e preocupado com os demais, tornava tudo ainda mais repugnante. A admiração de Catarina por ele foi se metamorfoseando em desprezo. As paixões dela levavam-na de roldão, e tudo, mesmo o que em um momento parecera nobre e puro, se transformava em pontos de um libelo contra seu novo desafeto.

"Ele nunca falou por que rompeu com a Cláudia" — pensou Catarina. "A safada da amante deve tê-lo feito terminar o namoro. Ou a minha prima descobriu que estava sendo traída e deu um basta. Ficou quieta, porque teve vergonha de reconhecer para todo mundo que foi deixada para trás. Meu Deus, podem ser tantas coisas! Eu devia ter desconfiado desse desgraçado! Não tinha cabimento ele esconder por tantas semanas que não estava mais com a Cláudia.

"O que faz sentido, agora sim, é ele ter querido que eu pedisse desculpas para a Cláudia. Era uma ponta de remorso, uma compensação, por ter feito gato e sapato da coitada. Alguma consciência o salafrário tem, apesar de dar esmola com o dinheiro dos outros. Será que ele já estava com a amante, quando namorava a Cláudia? Tanto faz... Como fui burra durante esse tempo todo! Ele devia me achar ridícula, enquanto me fazia de boba, o miserável. E a Letícia? Quando souber, vai ficar arrasada! Foi por minha causa que ela conheceu esse safado."

A seguir, arregalando os olhos, Catarina pensou: "É muita ingratidão eu julgar e condenar o Ricardo, sem nem tê-lo escutado! E se ele tiver alguma explicação? Eu o conheço muito melhor do que o Gustavo e a Priscila, devia saber que ele não faria uma coisa dessas. Se eu estiver errada e armar uma cena, vou ofendê-lo e me arrepender pelo resto da vida!"

Sua cabeça vagueava de um lado para outro, até que a convicção de que Ricardo a ludibriara, de que ela fora vítima de um embuste, sufocou qualquer razão contrária. Porém, a vitória ainda não era completa, porque mantinha um fio de esperança de que o amigo mostraria que tudo era uma triste confusão, que ela nunca se enganara a seu respeito. Como se daria essa reviravolta, ela não era tinha condições de prever.

"Não adianta, não tem jeito", admitiu por fim. "Sou ingênua demais! Uma pessoa como o Ricardo, com dinheiro, bonito, sem uma namorada, indo atrás de gente da minha idade, dos meus colegas... Lógico que sempre foi estranho, e a mamãe percebeu. Tinha que ter alguma mulher no meio, escondida. Enquanto ele estava com a Cláudia, até dava para disfarçar; depois, não fazia mais sentido. Não suspeitei nada porque não quis, ou porque sou muito tonta mesmo. Acreditei que ele ficou 'solteiro' por anos, longe de qualquer mulher... É lógico que ele se envolveu com um monte delas, e não me falou. A troco de quê, ele inventou essas mentiras? E aquela história da antiga namorada, a mulher perfeita... É pura invenção, uma lorota. Como fui cair nessa? Vai saber se essa vadia é a única amante dele, pode ter várias outras. E eu achando que ele era o máximo."

A garota fungava e suspirava, ao mesmo tempo em que seus pensamentos a atormentavam. Para sua decepção, as partes todas se encaixavam, e o retrato de Ricardo que emergia era convincente, bem mais do que o enganoso, no qual acreditara por tantos meses. Seu suposto amigo era igual a tantos outros: sem muitos escrúpulos, com uma série de comportamentos sórdidos e, principalmente, um talento enorme para fingir-se melhor do que era. A figura que a menina enfim desenhara era rotineira, banal e um tanto desprezível. Nada tinha a ver com o sujeito com todas as qualidades, que um dia a enfeitiçara e só podia mesmo ser fruto da imaginação e do engodo.

"Entrei na conversa dele porque achava que ele gostava de mim. Não vou me perdoar por ser tão ridícula. A presunção me cegou. Devia saber que ele nem estava aí comigo." Não resistiu mais, e as lágrimas escorreram enquanto ela soluçava.

Catarina permaneceu se lamentando por vários minutos, até que o cansaço ajudou a acalmá-la. Ao ligar outra vez seu telefone, viu que Ricardo tinha chamado novamente; era a última pessoa com quem queria falar, e ficou apreensiva ao pensar que precisaria encontrá-lo em algum momento. Contudo, certamente não seria naquela noite.

Voltou a passos lentos para casa, lutando para se manter racional e inteira. Não desejava que a mãe e o Ivan — por esse boboca que ela conhecera o descarado do Ricardo! — surpreendessem-na fragilizada. Tampouco admitiria lastimar outra vez pela destruição da imagem do seu inimigo, que não merecia qualquer consideração. Uma vez que contasse aos colegas a verdade, eles também se afastariam de Ricardo. "Eu aproximei meus amigos desse sujeito. Alguém poderia ter quebrado a cara, foi uma temeridade. As meninas que ficaram apaixonadas por ele... Que piada de mau gosto! Ainda bem que não aconteceu nada pior. O Ivan também não tem culpa de nada, foi outro iludido."

Com Gabriela e o padrasto, Catarina pôde se comportar sem levantar suspeitas, apesar de estar mais calada e aérea que o habitual. Simone pareceu desconfiar de alguma coisa diferente, porque tentou animar a irmã contando da faculdade, sem ter sucesso. Concluiu que se tratava de mero cansaço e deixou a caçula em paz.

Assim que pôde, recolheu-se ao quarto. Deitou-se, e as palavras e imagens mesclavam-se na sua memória e na imaginação de forma aleatória, ribombando como um carrilhão de catedral. Em certo momento, sua ansiedade pressionou-a a resolver solucionar suas dúvidas de uma vez: telefonaria imediatamente para o Ricardo, tarde da noite mesmo. Logo recuou dessa insensatez, mas demorou a ser vencida pelo sono.

25

A queda no abismo

A quinta-feira transcorrera agitadamente para Ricardo. A fim de evitar o escritório, ele participou de reuniões e fez visitas nas sedes de clientes. Havia tentado falar com Catarina, porque ouvir a voz carinhosa da menina seria um bálsamo. Mas ela não atendeu o celular nem retornou, o que o estranhou. Teve mais sorte com Letícia, que agarrou a oportunidade para desabafar sobre a saúde da sua mãe, que estava às bordas de uma estafa. Isso tornou mais fácil para Ricardo esconder suas próprias preocupações, sobre as quais nem teve a tentação de informar qualquer dos seus amigos. Revolver e espalhar o escândalo não traria bem a ninguém.

Imaginava que a sexta-feira seria um dia comum. Entrou pela recepção e nada houve de diferente, embora desconfiasse de um ligeiro sorriso sardônico da atendente. Dona Alice tratou-o com a presteza usual, e ele principiou a trabalhar em sua sala.

No meio da manhã, pôs-se a andar pelo escritório, conforme seu hábito quando elaborava a estratégia de um caso complexo. Nesses momentos, nada escrevia, exceto notas breves, que depois desenvolveria em um jato, quando todo o esquema estivesse pronto na sua cabeça. Antes de chegar a esse estágio final, abriu a porta da sala para solicitar à secretária que apanhasse um livro no gabinete do dr. Augusto. Mas dona Alice não estava ali; sair sem avisar não era do feitio dela.

Avançou pelo corredor, claro e amplo, dirigindo-se ao escritório do chefe. Em várias salas no caminho, não havia vivalma, apesar de os computadores permanecerem ligados, com livros abertos em cima da maior parte das mesas. Sexta-feira era sinônimo de ritmo de trabalho mais tranquilo para uma parcela considerável de colegas, que não tinham as mesmas responsabilidades que ele. Confirmando sua suspeita, escutou risadas e ruídos de xícaras de café, vindos da sala de reuniões grande. Ao se aproximar distinguiu a voz de Bernardo, que parecia defender vigorosamente uma opinião atacada pelos demais, que também se exaltavam. Parado ao lado da porta semiaberta, ouviu:

— Vocês estão pintando o monstro muito mais feio do que é. Chega de beatice! Ele não é casado, não tem que ser fiel a ninguém.

— Mas a outra tinha marido — interrompeu uma voz feminina.

— A mulher é que devia se preservar — insistiu Bernardo. — Ela que está amarrada àquela besta, devia saber que ia dar encrenca. O Ricardo fez a parte dele, como qualquer homem faria. Não entendo essa indignação de vocês. Eu sempre disse que o Ricardo era matador, mas ninguém acreditava.

Uma balbúrdia de alaridos ergueu-se, até que se sobrepôs uma jovem advogada, Adriana, que gritava:

— Que papo machista, Bernardo! "Fazer o que qualquer homem faria"? A mulher ainda sai como a vilã? Os dois são culpados, ele arrastou as asas para uma pessoa que tem família, filhos. É absurdo achar que ele não tinha nenhuma obrigação. Bernardo, falando desse jeito, você fica parecendo um cretino!

Outras vozes apoiaram a colega, e os homens riam de Bernardo. Escutar sem se deixar notar incomodava Ricardo, mas não o bastante para fazê-lo arredar o pé dali, ainda que seu fígado se revolvesse. Foi a vez de Priscila manifestar-se, com a voz ritmada e aguda:

— Eu jamais poderia imaginar o Ricardo tendo um caso. Ele é tão sério... Não me lembro nem de ouvi-lo comentar de mulheres. Algumas vezes, fui até um pouco ousada com ele, tentei provocá-lo, mas ele fingia que não entendia, mudava de assunto. Também nunca o vi dar trela às investidas de vocês, meninas. Que não foram poucas, eu sei! Nem tentem contar vantagem para cima de mim.

Todo mundo gargalhou.

— Esses "homens sérios" quase sempre são os mais cafajestes. O Ricardo sempre quis manter a pinta de bonzinho, mas nunca me enganou. Sempre soube que ele era um tremendo falso, é só olhar para a cara dele. O jeito meio de arrependido, meio de sonso, que fingiu diante daquele coitado... Aquilo quase me fez vomitar.

Essas frases vinham de Demétrio, um advogado loiro, magro, com olhos verdes grandes e sempre assustados, dotado de uma inteligência privilegiada. Ele e Ricardo eram as estrelas do escritório, sendo que o segundo tinha facilidade em lidar com as pessoas, o que Demétrio não conseguia devido a seu temperamento azedo. O que mais o feria, entretanto, era que todos o viam como inferior ao adversário. Seus comentários lançaram uma lufada de ar gelado na reunião; ele aproveitou o vazio e prosseguiu:

— O que mais me espanta é o dr. Augusto não tê-lo mandado embora. Se fosse um de nós, iríamos para a rua na mesma hora. O velho sempre facilitou as coisas para o Ricardo, é o protegido dele. Por isso lhe passa as melhores causas.

A falta de apoio da parte dos outros não o calou:

— Se fôssemos tratados com imparcialidade, vocês iam ver que o Ricardo não tem nada de especial. Ele é um advogado bem mediano, igual a tantos por aí. Espero que o dr. Augusto tenha se decepcionado com ele; daí, talvez se anime a ser mais justo com todos nós.

Ricardo teve vontade de irromper na sala, gritar um punhado de verdades ao Demétrio, se preciso acompanhadas de uns socos. Aguardou, com a expectativa de que alguém o defendesse. Ninguém respondeu, e por uns momentos apenas se ouviram os barulhos de colheres, copos e xícaras. Um tanto aturdido, o tema da discussão preparava-se para ir embora, quando dona Alice comentou:

— Nunca suspeitei de nada. Se eu estivesse atenta, descobriria antes algo errado. O dr. Ricardo me tratava tão bem, era tão cativante... Como eu poderia imaginar que ele fosse desse tipo de gente enganadora? Diz o ditado: "Quando a esmola é demais, até o santo desconfia!"

Escutar a secretária foi um golpe. Ricardo desejou sumir. Adriana, cuja voz havia começado a agastá-lo, consolou a secretária:

— A senhora não errou, dona Alice. Foi confiada demais, o que não é nenhum crime. A partir de agora, seja mais atenta, não deixe que ele a iluda. Imagino que é difícil trabalhar com alguém impenetrável como o Ricardo, mas a senhora vai dar um jeito. Pelo menos, agora sabe com quem está lidando.

Enquanto Adriana terminava, os olhares haviam se voltado para a porta, da qual ela não tinha um bom ângulo de visão. Ela reparou que alguns colegas ficavam lívidos, enquanto outros enrubesciam, e logo após ela mesma prendeu a respiração. Com o rosto sem transmitir qualquer sentimento, a boca fechada e o corpo em posição tensa e ereta, Ricardo havia entrado e fixado nela o olhar.

Não se ouviu nenhum som durante um tempo que pareceu uma eternidade. Demétrio, após um instante de embaraço, vestiu um sorriso sarcástico. A face do intruso foi adquirindo uma expressão de decepção e tristeza, à medida que encarava um a um os que se encontravam ali. Quase todos prefeririam que Ricardo fosse embora de uma vez, e aparentemente era o que ele ia fazer, pois pegou a maçaneta da porta e deu as costas aos presentes. Entretanto, tomado por um impulso, virou-se para os colegas e disse:

— Agradeço saber como sou querido e estimado por vocês. De algumas pessoas, esperava exatamente o que ouvi; de outras, tenho de admitir que fui pego de surpresa.

A respiração de um ou outro era audível. Ricardo disse num tom irônico, do qual não conseguia nem queria se desvencilhar:

— Adriana, entendo e admiro a sua preocupação pelo ambiente horrível que a dona Alice enfrenta ao trabalhar comigo. Pode ficar tranquila, vou tentar ser suportável e facilitar ao máximo as tarefas dela. Dona Alice, a senhora nunca se queixou de como a tratei em todos esses anos. Lembra-se de uma vez em que o dr. Augusto pensou em transferi-la para outra equipe? A senhora não quis ir, e pensei que gostasse de trabalhar comigo. Lamento muito se a decepcionei, é uma pena.

A pobre mulher estava carmesim e tremia inteira. Nesse instante, Ricardo se arrependeu por ter dado vazão à mágoa; contudo, sentia que a secretária o havia apunhalado pelas costas. Ele permanecia de pé, agora no meio da sala, ao lado de uma longa mesa de vidro, ao redor da qual estavam sentados os demais e na qual apoiou a mão. Ainda pausada, sua cantilena recomeçou:

— Pude ouvir que alguns aqui têm uma opinião bastante desfavorável a meu respeito. Só queria dizer que a recíproca não é verdadeira; tanto que nenhum de vocês me ouviu criticar qualquer colega, do modo como fizeram comigo agora. Bem, isso já não tem tanta importância. Antes, pensava que tinha aqui amigos, não apenas colegas; pois é, estava enganado, fazer o quê? Ninguém tem culpa disso. Mas não vou mudar minha maneira de trabalhar com vocês, podem ficar tranquilos. Vamos ser profissionais.

Nesse momento, Priscila e Adriana se encolheram na cadeira. Levantando-se, Bernardo disse meio rindo e meio apalermado:

— Desculpe, Ricardo. Ninguém quis ofender, a gente não pensa mal de você. Era só uma conversa despretensiosa de colegas de trabalho, sem maldade nenhuma. As pessoas respeitam você, é evidente. Não fique chateado, por favor. As meninas gostam de você...

— É melhor não falarmos mais desse assunto hoje, Bernardo. De qualquer modo, obrigado por me dizer essas coisas. Acredito que você seja sincero, mas nem todos pensam igual. Quanto a você, Demétrio, concordamos ao menos em um ponto: o dr. Augusto foi mesmo generoso comigo, e não sei se ele agiria da mesma forma com outra pessoa. Mas é triste ver você fazendo intriga em cima disso. O que você quer? Colocar todo mundo contra mim?

Sem diminuir a pose, Demétrio retrucou:

— Não adianta querer virar o jogo, Ricardo. Dar uma de ofendido, quando o que foi dito aqui é a pura verdade! Perdão se não lhe agrado, mas não estou nem aí. Quero também lembrar que ficar ouvindo atrás da porta não é nada bonito.

— Concordo com você. Outra vez no mesmo dia, incrível! Mas a porta estava aberta, e não quis interromper o diálogo edificante de vocês. Se não quisessem ser escutados, era só tomar um pouco de cuidado. A respeito do que é verdade ou não sobre mim, você não tem a menor possibilidade de saber. Não quero virar jogo nenhum, nem preciso disso. Também não me finjo de ofendido; fiquei mesmo magoado, isso é real. Se foi mera susceptibilidade minha, ou se eu merecia um tratamento mais benigno de alguns, fica para cada um decidir.

"Não quero mais atrapalhar, porque não fui convidado para estar aqui. Talvez não devesse ter entrado, mas achei melhor, para que todo mundo soubesse que escutei. Esse tipo de clareza é desejável entre parceiros de trabalho.

"Dona Alice, por favor, quando sair daqui, veja se encontra a pasta da Mineradora Mercúrio. Não a achei no meu arquivo, deve ter sido pega por outra pessoa. Nem precisa se dirigir a mim, basta deixar a pasta na minha mesa, é melhor. Faço o mesmo pedido a todos: preferia não ter que falar com nenhum de vocês até a próxima semana. Passar bem!"

Saiu com o passo forte, escondendo o quanto estava abalado. Não ouviu qualquer barulho vindo da sala. O silêncio lá dentro foi cortado quando Demétrio disparou, uns segundos depois:

— Mesmo no esgoto, o Ricardo não perde a panca! Como se a culpa das escorregadas dele fosse nossa...

— Cala a boca, Demétrio! Por hoje já foi mais que o suficiente — berrou Bernardo.

As moças levantaram-se alvoraçadas, uma tentando se apoiar na outra. À exceção de Demétrio, todos se sentiam desgostosos por haverem difamado o colega. Vários dos mais novos haviam sido treinados por ele, e os antigos contabilizavam horas a fio de trabalho ao seu lado. A mais penalizada era Alice, cuja vergonha mal cabia na sala. Não ter que se dirigir ao chefe naquele dia era o alívio que lhe sobrara.

À tarde, Ricardo saiu pouco da sala e não trocou palavras com praticamente ninguém. Ao se defrontar um par de vezes com Priscila no corredor, ela fez menção de pará-lo para dizer algo. Porém, nas duas ocasiões mudou de ideia e manteve-se calada, retirando-se com a cabeça baixa.

Ricardo era inteligente o suficiente para concluir que não eram apenas os que estavam na sala de reuniões que pensavam sobre ele naqueles termos. O grupo reduzido traduzia a opinião comum do escritório. Era decepcionante constatar que apenas Maurício teria ficado do lado dele. No entanto, o amigo não estava em Campinas e voltaria apenas na manhã seguinte.

No final do expediente, sua disposição havia melhorado. O sábado e o domingo eram uma trégua caída do céu, e provavelmente o ambiente estaria menos carregado a partir da segunda-feira. Além disso, encontraria Catarina naquela noite, como tinham combinado por uma troca de mensagens, e bastava recordar-se disso para se sentir mais leve e revigorado.

Ao voltar para casa, Ivan reparou que sua enteada mais nova estava esquisita. Ela o cumprimentara de forma indiferente, o que contrastava com o carinho crescente que vinha demonstrando nos últimos tempos. Depois, havia subido e descido a escada que levava aos quartos um número esdrúxulo de vezes, como se buscasse algo para fazer, enquanto o padrasto lia uma revista na sala de estar. Observando-a com mais vagar, Ivan notou que estava abatida, como se prestes a cair em uma gripe.

O clima se mantinha frio, como na noite anterior; o ambiente na sala de estar da mansão, entretanto, era acolhedor. O ar-condicionado ao lado da janela garantia a temperatura agradável, e por isso Simone deixava-se ficar ali, mergulhada em uma poltrona junto do padrasto, estudando alguns textos soníferos da faculdade.

Após suas idas e vindas, Catarina terminou por se instalar no escritório, cujo acesso se fazia pela sala de estar ou por um corredor que levava à área de serviço e de onde se podia chegar à escada dos quartos. Ivan levantou-se e espiou através da porta aberta, quando deparou com o rosto empalidecido da menina, que estava sentada no sofá grande, mexendo a perna cruzada sem ter nada na mão. Ele sorriu para ela, que retribuiu sem muita convicção, e voltou ao seu lugar.

Pouco antes do jantar, a campainha tocou. Simone foi atender e logo entrou pela porta principal com Ricardo ao lado. Os dois estavam rindo, porque ele dissera que ela precisava trazer o Eduardo de volta para a terra, porque o rapaz vivia distraído.

— Inclusive notei que ele está pior nos últimos meses. Acho que foi desde que deu de se envolver com uma garota, que não sei bem quem é. Você veja como as más companhias prejudicam... Então, será que você teria como ajudá-lo de algum jeito?

Simone limitava-se a rir, e Ricardo prosseguiu:

— Agora, por favor, não o modifique demais! Eu tinha medo de que ele não conseguisse dinheiro para se sustentar, com aquele jeitão de artista, e ele acabou se tornando um sucesso na agência. Do jeito que está, vai acabar ganhando bastante bem. Pensando melhor, você não precisa mudá-lo em quase nada. O ar despistado dele, por exemplo, me ajuda a lembrar de que existem coisas mais importantes do que a rotina do dia a dia. No Eduardo, até o que parece defeito é virtude.

— É verdade, ele não precisa mudar nada. Ao contrário, o Edu que está me fazendo melhorar. Às vezes, finjo que fico irritada, digo que ele é implicante e que, se não gosta de mim como eu sou, é melhor a gente terminar. Ele fica todo preocupado, pede desculpas, diz que não é nada disso. É engraçado! Bem, eu não devia dizer essas coisas a você, que vai contar para ele que a namorada está igualzinha a uma tonta apaixonada!

— Não vou dizer nada. Para ser sincero, acho que nem precisaria: até o Eduardo já deve ter percebido!

Simone afetou uma careta e deu um empurrão no ombro de Ricardo. Ele então perguntou:

— Onde está a Catarina? No quarto dela? Você pode chamá-la para mim?

— Ela está no escritório. Pode entrar lá.

Ele chegou ao cômodo totalmente desarmado; porém, assim que pousou a vista na amiga, percebeu que algo grave ocorrera. A face dela tinha um ar cadavérico, e os olhos castanhos da menina, normalmente tão expressivos, pareciam opacos e sem vida.

Sem o cumprimentar, Catarina fechou a porta que ligava o escritório à sala de estar. Mais uma surpresa, porque ela sabia que o amigo evitava ficar sozinho em um ambiente fechado com qualquer mulher. Tornou a se sentar na poltrona em que estava e pôs-se a examinar a expressão do interlocutor. Ricardo em um instante passou a sentir-se desconfortável.

Essa sensação teria aumentado em muito se lesse a mente da garota. Até poucos minutos atrás, ela estava decidida a enxotar o ex-amigo, gritando antes umas verdades e rompendo qualquer relacionamento com ele. Entretanto, tendo agora Ricardo diante de si, achava-se insegura e enervada. Vê-lo recordava momentos especiais, horas de companhia, de amizade e, nos últimos meses, algo mais forte, que ela já não queria nomear. Teria sido tudo uma ilusão? Pois sim, significava que ela fora enganada por uma fraude humilhante.

O aspecto do amigo, que tantas vezes ela vira cheia de contentamento e esperança, era o de sempre. Certo que Ricardo a mirava um tanto nervoso, conforme ela já o apanhara em inúmeras ocasiões. Ela tinha consciência de que sua própria aparência devia preocupar aquele sujeito, que a conhecia na palma da mão. Provavelmente ele principiava a intuir que seria desmascarado. Vendo-o mais detidamente, ela julgava poder identificar uma falsidade de fundo, que corrompia a aparência daquele homem. Antes que iniciassem a troca de palavras, a repugnância da garota retornou com força, e o que se havia forjado em seu coração e mente nas horas anteriores dominou-a completamente.

— Catarina, você está diferente, com um jeito estranho! Tudo bem com você? Está doente? — perguntou ele.

Sua voz tinha um tom inocente, o que a indignou. Ela demorou um pouco para responder:

— Você não tem nada para me falar? Algo que precise contar, uma coisa importante, que aconteceu recentemente...

O timbre da voz era gélido, diferente em tudo daquele com que Ricardo se acostumara.

— Ora, acho que não. Que tipo de coisa, Catarina? O que poderia ser?

As palavras dela saíram com uma ira ainda contida:

— Vai querer mesmo continuar com essa mentira? Depois de tudo que aconteceu, você ainda vai tentar manter a sua máscara? Quem você pensa que engana, Ricardo? Chega de fingir, por favor!

Ele acusou o golpe. Suspeitou que a menina tivesse aludido ao incidente do escritório, mas afastou logo tal hipótese. Ponderou se devia argumentar ou interpelá-la por ter empregado aquele tom agressivo. Terminou por perguntar mansamente:

— Aonde você quer chegar, Catarina? E por que está falando comigo desse jeito? O que deu em você? Não estou entendendo!

— Você não entende, ou não quer entender? Talvez você já esteja acostumado com maridos das suas amantes aparecendo no seu trabalho, e por isso você não tenha compreendido o que estou dizendo. Pensei que fosse um evento incomum, veja só. Também nisso eu estava errada. A fila deve ser bem longa então.

Enquanto repreendia-o cheia de amargura, o choro iniciou a escorrer de seus olhos. Ricardo apoiou-se em uma cadeira, enquanto seu queixo se encostava ao peito e sua vista se fixava no tapete cor de cobre, sob o jogo de poltronas. Depois de uns minutos de silêncios, que a garota não teve forças para romper, ele a encarou com firmeza, mas de maneira terna, e indagou:

— Então você ouviu essa história. Quem foi que lhe contou?

— O que interessa para você? — ela retrucou. — Não muda nada a sua situação. O importante é que não foi você, que dizia ser meu amigo. Eu sempre soube das suas coisas através dos outros, a última idiota a ser informada. Agora consigo entender você melhor, Ricardo. Você queria manter a sua imagem falsa de cavalheiro, mais nada. Muita gente caiu na sua conversa, principalmente eu. Nisso você sempre foi talentoso: fazer o papel de bonzinho. Mas dá nojo descobrir tanto fingimento numa pessoa.

Ele não contestou, e seu silêncio exasperou-a:

— Por que você agiu assim comigo? O que você queria? Responda! Diga a verdade ao menos uma vez na vida! Não é tão difícil...

— Chega de me ofender, Catarina! Está pensando que sou o quê? — Elevou o volume da voz, assustando a garota. — Desculpe, não quis gritar. — Ele tentou consertar. — É que não suporto ouvir você dizendo essas coisas para mim. Não você, pelo amor de Deus!

Os dois permaneceram quietos, cientes de que caminhavam sobre um terreno minado. Ricardo podia quase sentir o calor da febre que tomava a garota, e seu próprio coração saltava amalucado no peito. Com cuidado, ele pôs-se a falar:

— Você está sendo injusta comigo. Como pode ter acreditado nessa história? Você me conhece. Acha que eu ia me envolver com uma mulher casada? Essa é a ideia que você tem de mim?

Catarina não retrucou, e Ricardo voltou à carga:

— O que aconteceu foi uma confusão, mais nada. Não conheço a esposa daquele homem, nunca estive com ela. Fico até constrangido em ter que explicar algo assim a você, não deveria ser necessário. Espero que você confie em mim.

A menina retornara à palidez inicial e apresentava uma fisionomia dubitativa, o que feriu Ricardo. Ele escutou:

— O automóvel que o homem chutou era o seu? Eu soube que o farol traseiro do seu carro estava quebrado na quarta de manhã. É verdade isso?

Ele vacilou, até que respondeu:

— É verdade, era o meu carro, só que...

— O sujeito reconheceu você e disse que tinha visto você com a esposa dele na tarde anterior. Pegou os dois em flagrante. Foi o que ele falou, ou não?

— Foi sim, mas não é verdade. Ele se enganou. É complicado explicar.

— Quer dizer que não foi você quem ele viu? É isso?

Ricardo se complicou e demorou a replicar. Catarina prosseguiu após alguns segundos:

— Então, quem estava no seu carro na terça à tarde? Uma coincidência interessante: eu nunca conseguia conversar com você nas terças à tarde, seu celular estava sempre desligado. Agora já dá para deduzir por quê.

Lançou um olhar de desprezo nele, que se encolheu.

— Quer dizer que o tal sujeito viu alguém no carro do Ricardo, que não era o Ricardo. Mas que ele reconheceu como sendo o Ricardo assim que encontrou você, no dia seguinte. E o Ricardo não desmentiu, apesar de não ter nada a ver com a história. Inclusive deixou que o homem o acusasse e ridicularizasse na frente de todo mundo, sem dizer nem um pio. E você quer mesmo que eu acredite que não era você?

Acuado e pouco mais que murmurando, Ricardo replicou:

— Não seja irônica, Catarina! Eu não estive com a mulher dele, não fui eu. Você entende perfeitamente o que estou dizendo.

— Claro que entendo. Mas explique-me: quem estava na droga do carro? Você deve saber, porque continua sendo o dono, certo? Quem era esse seu sósia, tão parecido que confundiu o marido dessa ordinária?

Demorou longos instantes, até ele responder:

— Não preciso dizer. Basta você saber que não era eu. Acho que é mais que o suficiente.

Ao mirar o rosto dela, Ricardo teve certeza de que estava perdido. Sentiu-se transtornado, vítima de um tratamento que não merecia, da parte de alguém a quem sempre dera seu melhor. O encantamento entre os dois havia se dissipado: o príncipe voltava a ser sapo, a carruagem de Cinderela virava abóbora, e o carinho se transformava em mágoa.

Alterada como estava, quase histérica, Catarina deu uma risada sarcástica. Atacar sem dó foi o meio que encontrou para ela mesma não desmontar, pois seu desejo mais íntimo era simplesmente sentar e chorar.

— "Acho que é mais que o suficiente"... Que empáfia, Ricardo! Você acha mesmo que sou uma idiota, uma débil mental, com quem você faz o que quiser. Pois saiba que está totalmente enganado!

Ele fez menção de objetar; porém, recuou e se limitou a escutar:

— Se era outra pessoa no carro, por que você não se defendeu das acusações daquele homem? Você ficou quieto, o que todo mundo considerou uma confissão. Agora, quer que eu acredite em você, só porque está me dizendo que foi uma confusão na qual você não teve culpa. Mas se é justamente a sua honestidade, o seu caráter que está em pauta!

— Pois não deveria estar. Para outras pessoas, talvez; não para você! Depois de tudo o que a gente falou, do tanto que você me conhece, exigir provas além da minha palavra é pior do que injusto, é cruel!

Encarando-o com raiva, ela retorquiu:

— Sua palavra não vale nada para mim. Se isso for o melhor que você tem para provar que não é um cafajeste, então não temos mais o que conversar. Vai embora, Ricardo! Fora daqui! Não quero ver você nunca mais!

As últimas frases abalaram a própria Catarina. Ricardo mantinha-se parado à frente dela, sustentando com firmeza seu olhar. Ela discernia o quanto ele também estava encolerizado. No entanto, aquele homem conseguia se controlar, como sempre. "Até nisso ele é falso!", pensou.

— Eu queria saber se você também enganou as suas antigas namoradas — fustigou ela. — Você já se encontrava com essa mulher quando namorava a Cláudia? E essa sua história com a noiva falecida, o que tem de verdade nisso? O homem apaixonado, que perdeu seu grande amor em uma tragédia e se guarda por fidelidade... É mesmo um roteiro irresistível. Pena que é tão verdadeiro como a Rapunzel!

O rosto de Ricardo ficou vermelho, e a mão dele apertou forte o braço da poltrona. Catarina nunca o vira com aquela feição. Mesmo assim, ele não respondeu, o que aumentou o despeito dela.

— Sua figura é patética, Ricardo. Você dava uma de romântico e corria atrás do primeiro rabo de saia que aparecesse. Foi assim com a Cláudia, não é? Por que você se aproximou dela, se não tinham nada que ver um com o outro? Você fingia ser do tipo que nunca se aproveitaria de uma mulher, e quase acabou com o casamento de uma desmiolada. E quais eram as suas intenções comigo e com os meus amigos? Nós servíamos para quê? Éramos sua tentativa de justificar-se, de enganar a sua consciência doente? No fundo, você usava a gente...

A voz da jovem foi ficando alta, mas Ricardo já não se importava se estivessem sendo ouvidos. A menina, por sua vez, ia despejando o que lhe vinha à cabeça, sem pensar se era razoável ou não. À medida que falava, chorava cada vez mais copiosamente. Seus olhos estavam vermelhos e inchados, contrastando com a palidez do rosto e os cabelos castanhos soltos e desgrenhados.

— Sua noiva descobriu o sem-vergonha que você é? Conhecia o canalha com quem estava se envolvendo? Vai ver que ela também não valia nada, e por isso aceitava ficar com você!

— Chega, Catarina! — interveio ele. — Você não tem ideia das barbaridades que está falando! Não admito que você diga qualquer coisa contra a Nina. Você tem que lavar a boca antes!

Ricardo se arrependeu por ter ofendido a garota e procurou recompor-se; porém, sentiu uma ardência no rosto e ouviu um estalo, em alto e bom som. Demorou em atinar o que acontecera, até que levou sua mão à face esquerda, que doía. Catarina observava-o com olhar pétreo, ela mesma aterrorizada pelo que fizera. Por mais de um minuto, nenhum deles pôde dizer nada. Os olhos de Ricardo marejaram de raiva e humilhação. O silêncio terminou, quando a garota pronunciou:

— Falo o que eu quiser, você não manda em mim. Tenho nojo de você, Ricardo, nojo! Suma, desapareça... Já mandei você ir embora, seu traste!

— O que está havendo aqui? — Ouviram os dois assim que a porta foi aberta com um estrondo.

Gabriela entrou alarmada na biblioteca, vestida com o avental de cozinha e ainda com as luvas. Vendo o estado de Catarina, fixou-se em Ricardo, cheia de reprovação, e protestou:

— O que você está fazendo com a minha filha, seu bruto? Olhe como ela está! Calma, filha, não fique assim.

A garota abraçou a mãe soluçando. Depois de uns instantes, voltou-se para o antigo amigo e berrou:

— Você não presta! Não quero olhar para a sua cara. Não me procure, não chegue perto de mim nunca mais! A única coisa que sinto por você é desprezo, seu lixo!

E fugiu correndo pela porta. Gabriela seguiu a jovem, não sem antes mirar de novo Ricardo furiosamente. Em um momento, ele se viu sozinho no escritório, sentindo-se fora do tempo e do espaço. Passou mecanicamente para a sala de estar, onde topou com Simone e Ivan, e então despertou. A irmã mais velha se encolhera diante da violência das palavras que entreouvira e evitava trocar qualquer olhar com Ricardo. Nada recordava a moça afável e tagarela que abrira a porta minutos antes. Ivan, apesar de pasmo, levantou e encaminhou-se na direção do primo, que pousou a mão no ombro do parente e articulou:

— É melhor eu ir embora. Desculpem por essa cena. Nem sei o que dizer. Boa noite, Ivan. Até logo, Simone.

A garota não respondeu, e Ricardo não percebeu se ele mesmo tinha aberto a porta de saída, ou se Ivan o acompanhara. Ao levantar a cabeça e observar o céu, perguntou-se se havia sonhado. Durou pouco, porque assim que ficou sozinho e sentou-se no banco do carro, teve certeza de que havia rompido com Catarina de modo violento, como jamais poderia ter imaginado. Sua querida amiga tinha-lhe agora ódio, com tal ferocidade e intensidade, que quase fizera com que ele também a detestasse.

26

Como cada um segue adiante (ou não...)

Ao entrar no automóvel, Ricardo permaneceu por um longo tempo — não saberia dizer quanto — estático. Por fim, uma caminhonete em velocidade cruzou a rua e arrancou-o da letargia. "Se eu ficar pensando no que aconteceu, vou acabar maluco", refletiu. "Ah, devia ter respondido à altura a essa desaforada. E também à mãe dela! Quem a Gabriela pensa que é, para me passar uma descompostura dessas? Fui um frangote, deixei que uma adolescente metidinha me humilhasse, me escorraçasse... Até a Nina ela quis ofender! Desgraçada, ingrata..." Sua raiva evoluiu e foi ganhando corpo, potencializada por sua indignação e pelo sentimento de desonra.

"Pare já com isso!", ordenou de repente a si mesmo. "Meu Deus, ajude-me!", rezou pateticamente. "Como é difícil..."

Deu a partida no carro e saiu dirigindo sem se preocupar para onde iria. A fim de compensar, punha uma atenção imensa em cada movimento que fazia, parando em todos os cruzamentos e observando cuidadosamente o deslocamento dos outros veículos, como se não houvesse nada mais importante no mundo. Ao mesmo tempo, insistiam em ocupar a sua mente as várias imagens da conversa no escritório de Ivan, embaralhadas e ressaltando sempre o que nela havia de pior. Ele procurava afastá-las, e essa luta durou quase meia hora.

Em um determinado momento, decidiu sair do carro o mais rápido possível, pois o próprio veículo lhe recordava um sem-número de conversas e passeios com ela. Estacionou-o em frente a um prédio com vigia e pôs-se a caminhar pelo bairro do Cambuí. Como era sexta-feira à noite, havia muita gente por ali, em bares, restaurantes e casas noturnas, apesar de o horário mais movimentado ainda estar por vir.

Em uma esquina da rua Coronel Quirino, ao lado da praça do Centro de Convivência, espiou uma cervejaria particularmente animada, apinhada de jovens universitários, que se juntavam em grupos grandes, em volta de mesas de madeira rústica. O barulho das conversas e risadas era alto, intensificado pelo álcool. Na frente daquela balbúrdia, reparou em uma menina, que não devia ter mais de 6 anos e abordava os que entravam e saíam pedindo uma esmola. Após alguns instantes, ela se virou, viu Ricardo e se encaminhou na direção dele:

— Boa noite, moço. O senhor pode me ajudar?

Ela se agasalhava com uma jaqueta jeans desbotada, e os tênis encardidos estavam em petição de miséria. Os cabelos morenos e oleosos, cortados mal e curtos, emolduravam um rosto redondo e pardo, com a pele macia. Alguns dentes na sua boca de criança ainda não haviam nascido, o que acrescentava um encanto ao sorriso grande, que a fazia cerrar os olhos negros. O jeito da pequena enterneceu Ricardo, que respondeu:

— O que a mocinha quer?

— Um pouco de dinheiro, por favor.

— O que você vai fazer com ele, se eu der?

— Vou entregar para a minha mãe.

— Onde ela está, menina?

— Aqui perto, pedindo por aí.

Ricardo examinou de relance as calçadas ao seu redor, para ver se havia outra pessoa que pudesse estar se aproveitando da criança. Não encontrou ninguém.

— O que ela faz?

— Ela é empregada. O senhor pode me dar alguma coisa? Tenho que ir para outro lugar.

— Para onde?

— Até o final da rua. Eu passo por todos os bares daqui. É a minha responsabilidade.

A menina disse a última frase com orgulho. Ricardo supôs que o pai dela houvesse morrido ou abandonado o lar.

— Qual o seu nome, mocinha?

— Elizabete, mas pode me chamar de Bete. E o do senhor?

A curiosidade da garota vencia a sua pressa.

— Ricardo. Quantos irmãos você tem, Bete?

— Dois. Júlio e Antônio.

— Se você e sua mãe estão aqui, quem está cuidando deles?

— A nossa vizinha, a dona Marta. Mas quando a mamãe trabalha, eu que tomo conta deles.

A menina ia ganhando confiança, e um garçom passou a observar os dois que conversavam na entrada da cervejaria. Ricardo sugeriu:

— Quer que eu compre uns doces para você e seus irmãos? Venha comigo.

Colocou a mão no ombro dela e conduziu-a com passos lentos. Dois quarteirões adiante, chegaram à Confeitaria Damasco. Entrar ali lhe apertou o coração, mas esforçou-se por se dedicar totalmente à pequena Elizabete, que estreitava a mão dele com força, solicitando proteção.

— Escolha o que você quiser, Bete. É um presente meu.

Ricardo indicou à atendente, uma velha conhecida, que fizesse tudo que a menininha pedisse. A mulher foi colocando em uma bandeja de papelão os doces que a diminuta freguesa apontava. Quando o processo terminou, embrulhou tudo em papel e entregou o pacote a Ricardo. Ele pediu dois salgadinhos acompanhados de refrigerante, para serem consumidos na hora, e foi sentar-se com sua companheira em uma mesa no lado de fora.

Enquanto assistia à garota comendo, pensou no futuro dela. Crescia solta no mundo, com responsabilidades que meninas mais velhas e melhor situadas evitavam assumir. Poderia se tornar uma pessoa bonita, caso fosse tratada com apuro, o que, no momento, era uma utopia. A inocência de Elizabete, em uma semana em que ele se envolvera em tramas nada edificantes, era uma consolação para Ricardo. Como seria bom se essa menina tivesse a chance de crescer com tranquilidade, longe de quem pudesse tentar abusar dela!

Ele mergulhou nesses pensamentos, ao mesmo tempo em que seu encontro com Catarina retornava, como música de fundo, até que ouviu a voz fina, infantil:

— Moço, o senhor está passando bem? Aconteceu alguma coisa? Tem uma mancha vermelha na sua cara.

Emergiu do seu mundo interior e mirou Elizabete, que tornou a falar:

— O senhor está triste. Não sorriu nada...

Espantou-se pela acuidade da menina e respondeu:

— É verdade, estou triste. Briguei hoje com uma pessoa de quem gosto muito. Mas não precisa se preocupar comigo. Trouxe-a aqui porque queria ver você contente. O salgado está bom?

— Muito gostoso! Posso comer mais um?

— É claro! Vou pegar para você.

— Obrigada. Se o senhor está triste, tem que pedir ajuda ao Menino Jesus e ao anjo da guarda. É o que a minha mãe ensinou a gente a fazer.

As palavras deixaram Ricardo atônito. Para disfarçar, foi logo atrás do salgado. Agradeceu a Deus pelo que considerou um conforto e, com um novo prato na mão, retornou à mesa. Depois de uns minutos, disse:

— Agradeço o conselho, vou tentar colocar em prática. Foi a sua mãe quem ensinou isso a você? Então, ela deve ser uma senhora muito boa.

A menina confirmou. Após terminarem de comer, foram aonde a mãe de Elizabete havia combinado encontrá-la. A mulher estava esperando, já preocupada pela demora da filha. Ao ver Ricardo com ela, levando-a pela mão, sua inquietação aumentou. A menina correu e abraçou a mãe.

— Boa noite, minha senhora. Eu me chamo Ricardo. Encontrei a sua filha na rua e a gente passou um tempo conversando.

A mãe se abaixara e envolvera a filha, como a protegendo, ao mesmo tempo em que não tirava do estranho o olhar desconfiado.

— A senhora educou a sua filha muito bem. É uma garota inteligente, gentil, responsável. Parabéns, de verdade! Por favor, qual é o nome da senhora?

— Estela — respondeu ainda receosa, mas amolecida pelos elogios à menina.

Era uma mulher mais jovem que Ricardo, embora com a aparência envelhecida. Sua estatura era baixa, e a filha herdara bastante dela. Ambas eram morenas, com a menina um pouco mais escura; tinham os olhos relativamente próximos um do outro; narizes marcantes, mais para grandes do que pequenos, e o mesmo sorriso generoso, que mostrava gengivas amplas e, no caso da mãe, dentes amarelecidos.

Entregando à mulher a bandeja de papel que trazia nas mãos, Elizabete comentou:

— O moço comprou estes doces para o Júlio e o Antônio. Eu que escolhi!

— Você agradeceu?

— Claro que sim, mamãe!

— Muito bem. Agradecida, senhor Ricardo.

Adiantando-se, a senhora explicou:

— Fico com medo do que pode acontecer com a minha filha andando assim, no escuro, sozinha pela rua... Mas a gente precisa muito do que consegue aqui. Costumo ficar perto dela, mas tem vezes que não dá. Hoje eu a perdi de vista e estava esperando que ela viesse para cá. Este é o ponto de encontro, quando a gente se separa.

Ricardo, em um rompante, entregou seu cartão à mulher:

— Aqui estão o meu telefone e o endereço do meu trabalho. Eu gostaria muito de ajudar a senhora, no que for possível. Quando precisar comprar material escolar, alguma roupa, um remédio, ou qualquer outra necessidade, por favor, pode me pedir. Vai ser uma satisfação para mim, sinceramente.

Depois, apanhou no bolso uma quantia generosa, mais do que mãe e filha conseguiriam juntar em várias noites, e a estendeu à mulher, que abriu os olhos, agradecida e incrédula. Antes que ela dissesse algo, Ricardo explicou:

— Sua filha foi uma boa companhia para mim. Sem perceber, ela me ajudou demais. Posso dizer que caiu do céu. Elizabete, eu vou rezar para o Menino Jesus e o anjo da guarda, está bem?

Um leve estupor chacoalhou Estela. Por seu lado, Ricardo pediu:

— A senhora pode me passar seu telefone? Eu gostaria muito de encontrar a senhora mais para a frente, se não se incomodar.

Dona Estela hesitou, porque estava cansada de topar com malandros melífluos, a começar pelo marido fujão. Contudo, o jeito daquele senhor ainda jovem terminou por convencê-la, não era capaz de dizer por quê.

— É melhor o doutor telefonar para a casa em que eu trabalho e pedir para falar comigo. Estou lá das oito horas até as dezessete. O número é este.

Ricardo anotou na agenda. Agachou-se para ficar à altura de Elizabete e disse:

— Boa noite, minha amiga! Foi um prazer conhecer você.

A menina sorriu e também o cumprimentou. Sua mãe então a trouxe para perto, tomou-lhe a mão e disse:

— Obrigada, doutor. O dinheiro que o senhor me deu, esse sim caiu do céu! Fica com Deus!

— A senhora também. Não deixe de telefonar se precisar de alguma coisa, o que for. Até breve, se Deus quiser.

Observou-as indo embora, conversando contentes e trocando afagos. Não se esquecera da dor que enfrentava naquela noite fria e estrelada. Contudo, o mundo continuava, a vida seguia adiante, e ele a enfrentaria firme, como faziam aquela mulher ainda jovem e a filha.

Após a discussão com Ricardo, Catarina subiu ao quarto, acompanhada de Gabriela. Sem se conter, a garota desabafou com a mãe sobre o que descobrira. A mulher não estava preparada para aquela avalanche, também porque fazia tempo que a filha não se confidenciava com ela. Mesmo incapaz de abarcar toda situação, porque a própria descrição da garota era entrecortada e saía aos jorros, Gabriela pôde deduzir que estivera sempre certa na sua desconfiança de Ricardo. Aceitou facilmente todos os fatos que comprovavam sua opinião anterior, o que representou uma leve satisfação, em meio à consternação por observar a filha desfeita.

Logo que concluiu sua fala, Catarina encontrou-se exausta. Seguia chorando, apesar de dizer a si mesma que Ricardo não merecia nem uma lágrima. Ela não percebeu se Gabriela dizia algo ou não, mas apenas que a acariciava com doçura. "Se eu tivesse escutado a minha mãe, se não fosse tão teimosa, não terminaria arrebentada deste jeito!", refletiu arrependida. Beijou a mão do seu apoio, e de repente adormeceu, sem se dar conta.

Seu sono foi agitado, com momentos de semiconsciência, as suas lembranças se sobrepondo e confundindo umas às outras. Misturava a festa do seu último aniversário com a primeira tarde que passara com Ricardo, acompanhada de Letícia; depois, aparecia Gustavo informando o que acontecera, intercalando com momentos da briga recente, interrompidos por extratos de conversas que tivera com seu falso melhor amigo. Até o pai surgiu em algum desses sonhos, olhando-a com ternura e, parecia, pena. Acordava, às vezes assustada, e tornava a dormir quase imediatamente.

Por volta das três da manhã, despertou e já não quis se deixar levar pelo sono. No silêncio noturno, o buraco que lhe ficara na alma era ainda mais dolorido. Seu principal foco de interesse dos últimos meses, o motivo que a impulsionava, subitamente havia desvanecido; pior, se tornara fonte de vergonha. Por mais que tudo tivesse sido uma falsidade, ela o considerara antes valioso; era decepcionante encontrar-se agora de mãos vazias.

A garota era vítima de uma dor para a qual não havia escapatória ou remédio. Tinha subitamente vontade de gritar os piores nomes que lhe passavam pela cabeça, ou sair quebrando tudo que se achasse no quarto. Dominou-se, ajudada por sentimentos de pura tristeza, decepção e melancolia, que se sobrepunham aos ímpetos de raiva.

Empurrou os cobertores para o lado e sentou-se na cama. Deu-se conta que sua mãe lhe havia vestido o pijama e dobrado as roupas com que adormecera, dispondo-as sobre a cadeira. Sua boca seca tinha um gosto amargo. Apesar do frio da noite, a garota estava suada e com o corpo moído.

No banheiro, lavou o rosto e escovou os dentes. Havia ali um espelho grande na parede, à frente do qual, sobre a bancada de mármore, espalhavam-se os produtos de beleza que Gabriela lhe comprava, sendo que a dona mal sabia para que a maioria deles servia. Vendo seu próprio reflexo, sobressaltou-se: os olhos estavam fundos, inchados; a pele não tinha brilho algum; o cabelo estava emaranhado e sem volume; o rosto, amassado pelo travesseiro.

Voltou ao quarto e se meteu a vasculhar suas estantes, de onde tirou alguns livros. Também recolheu parte dos CDs que estavam amontoados na outra parede. Ao lado da sua cama, no criado-mudo, pegou sua caixa de joias e a abriu. Hesitou, mas terminou por separar pequenos artigos — uma corrente, dois pares de brincos, um crucifixo — e colocou-os em um saco de veludo azul. Mais do que tudo, custou-lhe incluir no conjunto uma pulseira de bijuteria, que era das que menos valor tinha. Acabou atirando-a com raiva para junto das outras peças selecionadas.

Reuniu tudo o que pegara em uma caixa e a fechou, depositando-a no chão, ao lado da escrivaninha. A seguir, ligou o computador. Procurou as pastas de fotos e pôs-se a apagar nervosamente todas nas quais Ricardo aparecia. Havia lembranças de reuniões na casa dela, de passeios pela cidade e seus arredores, encontros de família, poses de todo o grupo de estudo... A história do relacionamento dos dois poderia ser reconstruída por aquelas imagens. Exatamente por isso, Catarina descartou-as implacavelmente.

A operação demorou bastante, porque era custoso eliminar tantos momentos, como se fossem uma nódoa no passado. Além disso, em várias dessas imagens estavam Letícia, Camila, dona Lúcia, Simone... No entanto, se Ricardo aparecesse nelas, o destino era sempre a exclusão.

"Como vou fazer com a dona Lúcia?", perguntou-se. Depois do que dissera a Ricardo, não havia a menor condição de reaparecer na casa dele. Além disso, era inimaginável que a mãe se posicionasse contra o filho, de quem tinha um orgulho que, de uma hora para a outra, adquirira os traços de uma ilusão deprimente.

"Se enganou a mim, quanto mais à mãe! Ela não deve nem suspeitar da vida dupla desse cachorro. Quando ela descobrir, vai sofrer um desapontamento maior do que o meu. De qualquer jeito, não vou ser eu quem vai contar. Não ia adiantar nada. Aquele vigarista é capaz de fazer papel de pobrezinho, inventar que fui injusta, que o maltratei, fazer a minha caveira para a dona Lúcia. E se ela acabar decepcionada comigo? Será possível?", perguntou-se com desgosto. Seria um dos piores efeitos colaterais de tudo o que caíra sobre ela. Não importava mais como Ricardo a julgaria, ele havia perdido qualquer autoridade; porém, com dona Lúcia, aquela mulher tão boa e amorosa, era totalmente diferente.

"Com sorte e um pouco de tempo, quem sabe eu possa me aproximar de novo dela sem que o filho atrapalhe", resignou-se enquanto apagava as imagens do último Natal, que havia sido comemorado na casa do Ricardo.

Após mais de meia hora de varredura em suas estantes, pastas, arquivos e computador, Catarina eliminou qualquer traço ou vestígio material de seu antigo amigo. Não havia nada em seu quarto, excetuando a caixa, que tivesse relação direta com ele. Constatá-lo trouxe um instante de alívio, logo suplantado pela realidade de que não se esqueceria de Ricardo tão facilmente.

Retornou para a cama, onde ficou rolando agitada por longos minutos. Havia feito o propósito de cortar todos os pensamentos relacionados ao enganador no instante em que aparecessem. No entanto, colocá-lo em ação não era nada simples, e seus sonhos tornavam a trazer o rosto que tanto desejava esquecer.

27

O dilema de uma amiga verdadeira

Catarina despertou cedo e telefonou logo para os colegas, informando que não teriam a reunião naquele sábado. Não avisou Letícia nem Camila, porque queria que viessem à sua casa, e não conseguiu falar com Luciano, que certamente apareceria. "Pode até ser bom. Ele foi muito enrolado pelo picareta. Tenho que contar tudo para ele o quanto antes, para evitar mais estragos", pensou.

A manhã estava especialmente bonita, de um azul forte e radiante. A temperatura era amena, mais para o frio. Durante o café da manhã, Gabriela observou atentamente a caçula, sem comentar nada. Tampouco Simone e Ivan disseram algo, apesar de o padrasto estar claramente desconfortável. Catarina imaginou que o marido e a esposa tivessem discutido, porque ele provavelmente tentaria defender o primo, o que seria combustível infalível para uma confusão respeitável.

Por volta das nove horas, as meninas chegaram. Luciano as havia precedido por uns dez minutos e tinha percebido que a fisionomia de Catarina estava tensa. Ele e a anfitriã tinham uma simpatia e admiração mútuas, embora não chegassem a ser grandes amigos. Os quatro foram então ao rancho, sendo que os visitantes estranharam que somente eles houvessem chegado. Catarina aumentou-lhes a surpresa ao confirmar que não viria mais ninguém, porque a reunião havia sido cancelada.

— Preciso contar a vocês uma coisa chata que aconteceu ontem. Chata não, horrível! Queria que vocês me deixassem explicar tudo, sem me interromper até eu terminar.

Procurando ser o mais objetiva possível, atendo-se aos fatos, a moça expôs os acontecimentos dos últimos dias que envolviam o coordenador do grupo. Comentou como soubera de tudo pelo Gustavo, a confirmação das notícias pela irmã do rapaz, o encontro com seu antigo amigo e a reação descarada dele. Destacou as provas contra Ricardo, que aos olhos dela tornavam-se cada vez mais irrefutáveis, e a maneira inconvincente com que ele se defendera, "garantindo que não era culpado e pedindo que eu confiasse nele, sem apresentar qualquer argumento ou fato a seu favor".

Concluiu que, infelizmente, estava mais do que na cara que o Ricardo era fingido e mau-caráter. A briga entre ela e o advogado havia sido violenta e definitiva, e a respeito dela não queria entrar em detalhes. O certo é que romperia qualquer contato com quem a enganara por tanto tempo.

As reações dos que a escutavam eram as mais díspares. Luciano afundava na cadeira, com a boca aberta e uma expressão pasma, agravada pelo boné, que pendia torto na sua cabeça. Camila balançava a cabeça, concordando com o que ouvia e sinalizando que era tudo evidente e deplorável. Por sua vez, Letícia, após se deixar trair pelos olhos arregalados de susto, permaneceu impenetrável. Em determinado momento, abaixou a vista, impedindo que vissem a sua face.

Assim que Catarina terminou, Camila envolveu-a em um abraço apertado e disse:

— Do jeito que você explicou, está tudo encaixando. Se for assim, o melhor é ficarmos longe do Ricardo, e não vamos perder nada com isso. É verdade que as nossas reuniões eram interessantes, algumas ótimas, e conversar com ele até que era legal, na maior parte das vezes. Mas, depois dessa, não temos mais como continuar. Acho que nem ele teria cara para vir aqui.

— Nem eu deixaria! Se ele entrar por uma porta, eu saio pela outra. Mas você não se revolta por ele ser tão falso, ordinário? — questionou Catarina, que esperava uma reação mais forte.

— Não vou me revoltar por isso. Se ele é hipócrita e malandro, problema dele. E, hoje em dia, um homem ser amante de uma mulher casada é o mais comum.

Ao notar o sobressalto de Catarina, acrescentou:

— O que é estranho, isso sim, é ele ser capaz de representar tão bem o papel de sujeito certinho e manter essa vida paralela. Parece filme. Vai ver que é um caso meio patológico, uma espécie de esquizofrenia. Também pode ser que tenha aprendido a agir desse jeito na profissão, porque advogado é obrigado a fingir. Realmente, enrolou a gente direitinho.

Para sua surpresa, Catarina incomodou-se ao ouvir a colega falar de Ricardo naquele tom. Que ela mesma pensasse isso, e muito mais, era admissível; no entanto, feriu-a que outra pessoa expressasse opiniões tão negativas. Era uma reação evidentemente ilógica, que ainda assim a impediu de organizar seus pensamentos e responder a Camila. Nesse ínterim, escutou:

— Desculpem, mas não posso concordar com vocês.

Luciano se expressava com a voz abafada, como se fizesse um esforço enorme para dizer algo coerente. Superando seu mal-estar, continuou:

— É legal a sua confiança na gente, Catarina. Você ter nos contado tudo isso, quero dizer. Mas nada vai me fazer ficar contra o Ricardo. Devo muito a ele, bem mais do que vocês imaginam.

Vacilou em prosseguir, mas foi em frente:

— O Ricardo foi quem mais ajudou meu pai nos últimos meses. Ele não deve ter falado nada para vocês, porque é uma situação complicada, mas ele se aproximou da minha família, e a situação lá em casa melhorou muito. Fez isso por sua própria conta, não pedi nada; eu só tinha comentado com ele alguns dos problemas que a gente tinha, numa vez em que eu precisava desabafar. Ele começou a se envolver, deu uns conselhos, tentou achar uma solução. Por isso, nem adianta tentarem me convencer a pensar mal dele.

A resposta deixou Catarina atrapalhada e despertou a atenção de Letícia. Por sua vez, Camila contra-atacou:

— Seus pais são ricos, Luciano. Desculpe dizer isso, mas o Ricardo tem interesse até profissional em se aproximar deles. Você mesmo me falou que tem muita gente em volta de vocês, querendo tirar proveito. Será que não foi a intenção dele? Ele é um homem ambicioso, dá para notar.

— De jeito nenhum! Um interesseiro não ia dizer o que ele esfregou na cara do meu pai. Ele não foi atirado pela janela da minha casa por milagre. Acho que meu pai ficou espantado demais, ele não acreditava. O Ricardo agiu de um jeito que poderia fazer dele um inimigo mortal do meu pai; graças a Deus, deu tudo certo.

— Como assim, deu certo? Seu pai não foi embora do apartamento de vocês faz uns meses? Ele não abandonou vocês? — perguntou Camila.

— Bom, não abandonou... Saiu de casa para dar um tempo.

— Isso por acaso é melhorar a situação? Luciano, um pouco de bom senso, por favor! Seus pais ao menos estavam juntos antes; agora, um deles se mandou. O Ricardo piorou as coisas, não melhorou nada!

O rapaz reagiu:

— Você está errada, Camila. Pode ter certeza de que a situação melhorou, e muito. Não tem nem comparação. Meu pai vai acabar voltando, você vai ver. O Ricardo também acha. Meus pais não brigam faz tempo, e estão até conseguindo conversar civilizadamente. O carinho deles está renascendo, eu sinto isso.

A moça não respondeu nada, embora o olhar irônico indicasse que julgava o colega um pobre iludido. Depois de um intervalo, no qual ninguém abriu a boca, Catarina murmurou:

— Luciano, espero que você não se desaponte. Estou começando a achar que o Ricardo só piora aquilo em que mete a mão. No começo, ele aparece como o salvador da pátria, cheio de soluções geniais, e você pensa que ele é o máximo. Mas isso dura pouco. Veja a sua família: ele dá toda a impressão de ser um apoio, de que vai consertar as coisas, só que o resultado é seu pai deixar a sua mãe. O que sobra dessas intromissões é o contrário do que você esperava. Comigo, preferia mil vezes não o ter conhecido.

Ao ouvir isso, Letícia ergueu a cabeça e mediu Catarina. Esta não conseguiu decifrar a fisionomia da amiga, embora se sentisse fulminada por aquele olhar. Voltou-se para Luciano, quando ele contestou:

— Você acha mesmo, Catarina? Conheci você antes que fosse amiga do Ricardo, e tenho certeza — não só eu, todo o mundo — de que você se tornou depois outra pessoa.

— Como assim?

— Você não se dava com ninguém e era uma aluna mediana, no máximo. A gente nem conhecia você direito. Desculpe a minha sinceridade. De repente, você junta um pessoal legal na sua casa, começa a ser simpática com as pessoas e passa a ser uma das melhores estudantes do colégio. E aí, não teve nenhum motivo para essa sua transformação? Foi coincidência ela acontecer depois de você e o Ricardo ficarem amigos?

Contrariada ao extremo, ela rebateu:

— Não mudei coisa nenhuma! Deixei de ser tão tímida, é verdade, e vocês se aproximaram de mim. Passei a estudar mais, até porque, vamos, o vestibular está logo ali. Só que isso aconteceria de qualquer jeito, independentemente do Ricardo. Ele não teve influência. De onde você tirou isso?

— Não precisa ficar brava — retorquiu Luciano. — Não quis ofender você. Estou vendo que a gente não vai chegar a um acordo. Falei o que penso, desculpe-me. Acho melhor eu ir embora. Até segunda-feira.

Cumprimentou as colegas com um aceno de cabeça e saiu apressadamente. Em pensamento, Catarina ofendia o rapaz com todos os nomes feios de que dispunha em seu arsenal relativamente limitado.

— Ele se ligou ao Ricardo e ficou dependente — comentou Camila. — É um garoto carente, coitado. Com o tempo, vai reconhecer que você está certa. Não vale a pena a gente se irritar com ele.

— Irritada, eu? Não estou nem aí! Azar dele! — mentiu Catarina.

Letícia seguia muda. Camila se entreteve em tecer considerações sobre Ricardo, todas confirmando que se tratava de um sacripanta, e dando a entender que há muito suspeitava dessa verdade. Esse desejo de se mostrar inteligente e esperta irritou Catarina, que não deixou sua contrariedade aumentar, porque via naquela garota uma aliada. Finalmente, Camila foi-se embora meia hora depois.

Sozinhas, Catarina e Letícia foram ao escritório. A primeira desejava que a outra tomasse a iniciativa e dissesse o que pensava. Como isso não ocorresse, adiantou-se:

— Que desgraça, Lê! Tive uma noite péssima, não consegui dormir direito. Sinto tanta raiva, tanta decepção, que estou com medo de ficar maluca. Como o Ricardo pôde fazer uma coisa dessas comigo?

Ainda sem olhar para a amiga, Letícia balbuciou:

— Não acredito que isso tenha acontecido...

— Nem eu — exclamou Catarina. — Nunca conheci alguém que fingisse tão bem, que fosse tão cafajeste!

De repente, todo seu autocontrole desmoronou, e ela arrebentou a chorar. Letícia foi incapaz de ajudar, porque ela mesma acompanhou a amiga. Passaram alguns minutos antes de se acalmarem, e então Letícia comentou:

— Eu não acredito mesmo que isso aconteceu. Simplesmente não é possível!

Sem entender direito, Catarina mirou-a e aguardou o que viria. Letícia explicou:

— O Ricardo não pode ter feito essas coisas. Não consigo nem imaginar, de jeito nenhum. Tem alguma confusão aí, um problema, mas é certo que ele não tinha uma amante. É tão evidente que nem quero discutir!

Ouvir tal discurso quase provocou um curto-circuito na colega. Perplexa, manteve-se escutando:

— Ele falou que era inocente, não foi? Ele reconheceu, em qualquer momento, que aprontou uma malandragem dessas? Pelo que você contou, não. Então, acredito nele. Duvidar do Ricardo, isso é que a gente não pode fazer! Não é justo...

O rosto de Catarina avermelhou-se e sua pele fervia. Com o máximo de esforço, manteve-se quieta e, depois de uns instantes, começou a sentir compaixão da sua companheira. Por fim, disse:

— Como assim, Letícia? Você não escutou o que lhe contei? Tudo o que aconteceu no escritório, o jeito como ele se comportou com o marido da sirigaita, o automóvel, ele não dar nenhuma explicação razoável, o sumiço dele na tarde anterior... Há uma avalanche de provas contra o Ricardo e nenhuma a favor. É lógico que a gente pode duvidar dele! Nós não somos idiotas! E a verdade é que ele é um tremendo salafrário, um falso, um lixo. Você não está conseguindo aceitar, e entendo você, porque também me custou admitir o óbvio. Mas você não pode ser infantil nem teimosa. Os fatos são inegáveis.

Letícia contestou em um tom mais alto:

— Claro que escutei o que você disse. Não sou surda, nem burra. Essa história está me deixando aflita. Não consigo entender que droga aconteceu, só que, se você e eu somos amigas do Ricardo, não podemos ficar contra ele, de uma hora para outra. Isso eu sei! O contrário seria uma deslealdade.

Depois, aproveitando o assombro de Catarina, acrescentou:

— Minha querida, por que você foi tão rude com ele? Como é que foi reagir de um jeito tão violento? Devia ter falado comigo antes, você se precipitou. Não pensou na besteira que estava fazendo? Por favor, peça desculpas agora. Ele vai aceitar, com certeza. Meu Deus, você faz ideia do quanto ele deve estar magoado? Principalmente porque essas coisas foram ditas por você, que ele adora...

— Espere aí, Letícia! Agora você vai me criticar? Só faltava essa! Como você queria que eu tratasse uma pessoa que está enganando a gente faz tanto tempo? Eu explodi, posso ter dito algumas palavras duras, mas não exagerei nada. Ele mereceu ouvir tudo. E não me precipitei coisa nenhuma, pensei bastante antes. Pedir desculpas, eu? Está fora de cogitação. Você que está invertendo a situação, como aquele safado gosta de fazer.

As duas voltaram a ficar quietas, por medo de se ofenderem. Ao ver que Letícia não emitia um ruído e parecia desnorteada, Catarina sentou-se ao lado dela e consolou-a:

— Eu também não queria aceitar. Sei que é humilhante a gente ter sido tapeada desse jeito. O problema é que não tem outra explicação. Ele nem tentou me dar uma, ficou quieto como um espantalho. O Ricardo é bem diferente do que a gente pensava. É melhor encarar a realidade como ela é.

Letícia respondeu com a voz embargada:

— Mesmo que fosse verdade, seria errado a gente brigar com o Ricardo por isso! Agora é o momento em que a gente tem que permanecer do lado dele. Os amigos são assim, para essas horas.

— Nós nunca fomos amigas dele, Letícia. A gente pensou que era, mas, para ele, nunca fomos.

— Não diga isso! — retrucou a moça. — Claro que a gente era. Quero dizer, a gente é. Ele pode ter escondido que tinha um caso, mas se abriu sobre tantas coisas! Ele se importava com a gente, ajudou a nós duas sem receber nada em troca. Ele nunca falhou quando a gente precisou dele.

— Ele só nos contava o que ficava bem para ele. Não o conhecemos de verdade, nem sei se alguém o conhece. Ele nem me pediu desculpas, não se arrependeu... Tentou ficar negando o incontestável e ainda reclamou que eu não confiava nele. O que eu podia fazer?

Pouco a pouco, Letícia foi sendo dobrada pelos argumentos de Catarina. Depois de terem conversado bastante, a garota comentou:

— Racionalmente, parece que você está certa. Mesmo assim, não consigo admitir que o Ricardo seja ruim. Se for assim, não existe ninguém bom no mundo!

— Não é para tanto. Pense no que a gente discutiu, e você vai se conformar. A Camila aceitou tudo na hora, você viu. Até quis insinuar que já desconfiava do Ricardo, no que não acredito.

— Esse argumento não serve. A Camila nunca morreu de amores pelo Ricardo, por isso foi logo concordando com você. Acho que sentiu prazer em poder falar mal dele.

— Que bobagem! A Camila sempre admirou o Ricardo, tratou-o bem...

— Concordo que sempre foi educada, até gentil. Mas ela jamais simpatizou com ele. E sabe por quê? — questionou com ar desafiador.

— Não faço a menor ideia.

— Porque o Ricardo preferia você a ela. A Camila está acostumada a ser idolatrada por tudo mundo, a ser posta em primeiro lugar. Com ele, isso nunca aconteceu: você era a favorita, e ela ficava cheia de inveja. Por isso queria sempre aparecer para cima de você nas reuniões.

Catarina gostaria de contradizer a amiga; porém, não o podia fazer. Limitou-se a dizer:

— Preferia não ter sido favorita nenhuma. Teria sido suficiente o Ricardo me tratar com mais consideração, ou ser ele mesmo menos mentiroso... De qualquer jeito, não quero mais ver a cara dele, nem saber nada sobre ele. Para mim, o Ricardo morreu. Melhor, nunca existiu.

Letícia não retrucou, o que levou Catarina a perguntar:

— Espero que você também não converse mais com ele, certo? Depois de tudo o que eu contei aqui... Por favor, preciso que você fique do meu lado.

Sem encarar a colega, Letícia respondeu:

— Vou estar do seu lado, como sempre. Mas isso não tem a ver com eu falar ou não com o Ricardo. Eu vou procurá-lo.

— Não faça isso! — suplicou Catarina.

— Por que não? Você conversou com ele ontem. É o mínimo, depois de tanto tempo juntos. Não consigo simplesmente desaparecer, sem dar satisfação. Mesmo que eu me afaste dele, preciso escutar o que ele tem a dizer. Até para eu gritar umas verdades, se for o caso. Não fique brava comigo, por favor; também estou sofrendo demais!

Após suspirar, Catarina aconselhou:

— Minha opinião é que você não deve nem chegar perto dele. Vai ser chato para você falar algo do tipo: "Olha, a gente era amigo, mas descobri que você não vale nada. É melhor a gente não se ver. Até nunca mais." Digo por experiência própria. Eu já fiz o trabalho sujo, você não precisa repeti-lo.

Nesse instante, uma dor intensa reviveu, que ela sufocou rápido.

— A outra opção, você acreditar nele, prefiro nem considerar. Só me faltava você continuar caindo nas lorotas desse impostor!

Ficou quieta por um instante, antes de completar:

— Não quero perder você, Letícia! Você é boa demais, e ele pode aproveitar para tentar colocá-la contra mim. Seria uma vingança e tanto, que ia acabar comigo.

— Como você pode pensar isso? Eu, ficar contra você? Essa ideia nem deve passar pela cabeça do Ricardo, ele sabe que nunca daria certo. Além do que, seria a comprovação de que ele é um crápula. O máximo que ele conseguiria com uma tentativa dessas seria fazer com que eu tivesse raiva dele.

— Está bem, se você quer mesmo ir. Mas não gosto nada da sua decisão, quero deixar claro.

A outra concordou com a cabeça. Pensativa, Catarina ainda falou:

— Seja como for, nem precisa me contar dessa conversa de vocês. Não quero ouvir mais nada relacionado àquele cafajeste.

Sentida, Letícia abraçou Catarina com afeto. Ambas se viram reconfortadas e menos desamparadas. Entretanto, ao se achar sozinha no final da manhã, Catarina foi tomada por um mal-estar ao recordar que a colega não estava totalmente convencida quanto à culpa de Ricardo. Se Letícia não fosse tão querida e leal, teriam certamente brigado feio. "Quando tudo assentar na cabeça dela, vai reconhecer que estou certa e deixar esse sujeito para trás. É só questão de esperar", pensou. A convicção de que agira corretamente se reforçava nas suas reflexões, mas era obrigada a afastar de vez em quando uma ponta de dúvida, que insistia em reaparecer e atormentá-la.

No começo da tarde, ela deu a Ivan a caixa preparada na noite anterior. Pediu ao padrasto que a entregasse a Ricardo, transmitindo a ele o recado de que ela não desejava mais qualquer contato com o destinatário, da espécie que fosse. A feição de tristeza de Ivan ao escutá-la não fez com que ela repensasse, aguardasse ou se arrependesse. Havia se posto a seguir aquele caminho depois de ponderar bastante; agora, andaria apenas para a frente sem hesitar.

28
Os caminhos deles foram dolorosos

No sábado, quando Ivan se apresentou na casa deles, dona Lúcia inteirou-se de que o filho brigara com Catarina. Ricardo respondeu aos pedidos de explicação da mãe sem entrar nos pormenores, os quais ela terminou por descobrir através de Suzana. O advogado surpreendeu-se com a rapidez com que as notícias voaram entre seus familiares e amigos, provavelmente espalhadas por Gabriela.

Ninguém mais lhe perguntou o que fosse diretamente, exceto Dona Lúcia, que o encurralou outra vez, para tentar tirar tudo a limpo. Apesar da recusa dele em revelar algo novo, ela acreditou na inocência do filho. Sem precisar perguntar, ele deduziu que a mãe ficara magoada com Catarina.

Suzana fez a ele alusões que deixavam claro que ela pensava que o irmão havia de fato se enredado em um relacionamento escandaloso. Em um primeiro momento, Ricardo revoltou-se e sentiu-se tentado a confrontá-la. Ponderando melhor, preferiu manter-se calado, pois todos os fatos voltavam-se contra ele, que sequer um álibi poderia invocar.

De maneira dolorosa e lenta, Ricardo foi se convencendo de que não seriam muitos os que confiariam na sua palavra. A experiência com Catarina era a demonstração mais gritante disso. Para sua vergonha, tinha que confessar que não imaginara que seria assim. Era forçado a reconhecer que a sua boa fama e a admiração que algum dia houvesse despertado nos outros eram bastante mais frágeis do que julgava.

Contra a corrente foi a conversa com Letícia. A menina apresentou-se a ele desfeita e insegura. Longe de Catarina, seus pensamentos se deixaram conduzir pela intuição em detrimento da lógica dos fatos puros. Em determinado momento, chegou a perguntar ao amigo, de forma patética:

— Ricardo, você não é um crápula, é?

A questão fez com que ele sentisse a garganta apertar-se e respondesse:

— Não. Ao menos, tento não ser. Garanto que não sou um mentiroso. Desculpe se não posso explicar mais a você, minha querida.

Foi o suficiente para a menina demonstrar alívio e até se animar. Comentou que iam continuar amigos, ora essa, mesmo que o grupo de estudo se dissolvesse. Jurou que sempre seria grata e esperava não ser esquecida. Praticamente não tratou de Catarina; isso, e o modo transtornado da própria Letícia, fizeram Ricardo supor que uma mera noite de sono não tivera o efeito de melhorar a opinião da outra sobre ele. O que foi confirmado pela visita do Ivan, que por acaso ocorreu enquanto Letícia estava ali. Na casa de Gabriela, Ricardo se tornara a besta-fera, a ser mantida a boa e segura distância.

Escutar Letícia serviu-lhe de bálsamo. O acusado teve vontade de abraçá-la e dar-lhe um beijo em cada face, mas preferiu se conter. A situação desagradável no escritório já se apaziguaria, porque outras preocupações tomariam a frente das cenas da quarta-feira fatídica, pela própria dinâmica do trabalho. Contudo, a nuvem sobre ele não desapareceu no juízo dos demais, exceção feita ao dr. Augusto, que logo demonstrou que voltava a confiar plenamente em seu braço direito. O outro aliado incondicional era Maurício, para quem consistia um absurdo, uma estupidez suprema, admitir um pensamento desfavorável a respeito do seu amigo e irmão.

Na quinta-feira, dona Alice bateu à porta e anunciou:

— Está aqui aquele rapaz, o Eduardo. Ele pediu para falar com o senhor. Posso deixá-lo entrar?

— Agora mesmo, por favor. A senhora pode pedir água e café para nós dois? Boa tarde, Eduardo! Tudo bem? Que surpresa boa!

Levantou-se para receber o jovem, que se apresentava com ar atabalhoado e distraído, trajando uma camisa social com as mangas arregaçadas, de listas azuis e brancas, e uma calça de linho cinza. Seus cabelos continuavam os desgrenhados de sempre.

Sentaram-se no sofá de couro, no canto em que Ricardo preferia ter conversas informais. Eduardo iniciou tateando e perguntou como o amigo estava, se tinha muito trabalho, como ia a família. Depois de uns cinco minutos de circunlóquios, foi ao ponto:

— Acabei de ter uma discussão feia com a Simone e a família dela. Com todo mundo de uma vez só.

Ricardo assentiu com a cabeça. Seu mais que cunhado continuou:

— Você não me comentou desse seu... problema recente, vamos dizer assim. E nem precisava! Conhecendo você, sei que preferiria não tratar comigo dessa história descabida. Evidente que estou do seu lado, para o que der e vier, como sempre. Mas não vim aqui para dizer isso, porque disso você já sabe faz tempo.

O modo de expor truncado era típico de Eduardo, quando nervoso. Ricardo sentiu-se dolorido por ser a causa do sofrimento e da inquietação do rapaz.

— Há coisas que não engulo — prosseguiu Eduardo. — A Simone andava meio esquisita nos últimos dias, mas achei que não era nada de mais. No domingo, a gente passou a tarde juntos, e ela ficou aérea o tempo todo, quase sem falar. Disse que era um problema na família dela, que logo iam resolver. Depois, pelo telefone, não consegui descobrir nada concreto. Hoje, fui almoçar na casa dela.

— E então? — Ricardo teve que perguntar, diante da hesitação do amigo.

— Quando apareci, a dona Gabriela ficou me encarando de um jeito diferente. Mandou umas indiretas, como se estivesse esperando que eu explicasse alguma coisa. Como eu não tinha ideia do que seria, e ela estava com cara de poucos amigos, preferi fazer de desentendido. Mas, quando a Catarina desceu para comer, a situação desandou de vez... Acho que não vale a pena falar disso, não vai adiantar nada. Desculpe ter vindo aqui chatear você, tenho que ir embora.

O amigo segurou-o e pediu, com um esboço de sorriso na face:

— Pode contar tudo, Eduardo. Eu prefiro saber. Duvido que tenham falado coisas piores do que ouvi diretamente da boca da Catarina. Não se preocupe, estou ficando com pele de rinoceronte.

O jovem prosseguiu da maneira mais delicada que pôde:

— A Catarina mal me cumprimentou e perguntou, bastante agressiva, se eu continuava amigo "daquele sujeito". — Aqui, Eduardo omitiu as ofensas com que a garota condimentara a pergunta. — Demorou um pouco para eu entender que ela se referia a você. Quando juntei as pontas, o sangue me subiu à cabeça. Eu quis saber por que ela estava fazendo aquela pergunta estapafúrdia, naquele tom. Então a Catarina destrambelhou a contar a história toda, do modo mais negativo possível para você.

Outra vez Eduardo parou, mas o olhar de Ricardo convidou-o a avançar:

— Eu não soube o que dizer, me deu um branco. Não vá pensar que acreditei no que ela disse! Só não consegui reagir rápido, fiquei desorientado. A Simone pedia para a Catarina se acalmar, mas não adiantava, era uma golfada que não parava. Tinha algo de estranho no jeito dela; era desproporcional, estava alterada. Parecia ódio...

Espreitou o rosto do amigo, que não deu sinal de sentir o golpe. "Eu não devia ter dito isso", lamentou-se Eduardo.

— Quando ela acabou, respondi que conhecia você fazia anos e não aceitava que o ofendessem na minha frente. Não consegui pensar em nada melhor; desculpe-me, Ricardo. Então, a Catarina pareceu entrar em ebulição, e a Simone ficou boquiaberta, acho que com medo de que eu levasse um tapa. A dona Gabriela resolveu defender a filha, que sabia o que estava dizendo, que o problema era eu ser ingênuo, que o meu senso de amizade estava me cegando, e outras bobagens desse tipo. Pedi licença, levantei-me e fui embora, sem dar mais explicações. Percebi que o Ivan estava muito contrariado com toda a cena.

— E a Simone?

— Quando eu já estava na calçada, ela veio correndo atrás de mim e pediu para a gente conversar. Eu disse que não tinha condições naquela hora e deixei-a lá, meio chorosa. Tentei voltar para o trabalho, mas não fui capaz de produzir nada. Por isso resolvi estupidamente vir aborrecer você, que é a última pessoa para quem eu devia estar contando essas desgraças.

— Evidente que é para mim que você tinha de contá-las. E agora, o que você vai fazer?

Nesse instante, Alice surgiu com o café e a água. Beberam, e a curta distensão fez bem aos dois. Ricardo se ergueu e passou a dizer, enquanto caminhava de um lado ao outro da sala:

— Nem cogite romper com a Simone! Você seria capaz de fazer uma tolice desse quilate.

— Tinha certeza de que você ia me dizer isso! — reclamou Eduardo, saltando para a ponta do sofá. — É muito fácil dar um conselho desses. O problema é que não vou ficar distribuindo sorrisos em um lugar onde pensam mal de você, e fingir que não me importo. Iria me considerar um traidor! Também não posso colocar a Simone contra a família, especialmente a irmã.

— Não piore a minha situação, por favor! Já basta o que aconteceu. Vou ainda ser o responsável por você e a Simone se separarem? E por uma picuinha dessas?

— Picuinha! O que você faria, se fosse o contrário, quero dizer, se o atacado fosse eu? Não iria terminar na hora?

— Talvez, se estivesse com a cabeça quente como a sua. O que não tornaria a decisão inteligente, aliás. É loucura largar uma menina de ouro como a Simone por uma briga dessas. Ainda mais por mim, que não pretendo me casar com você, graças a Deus!

Eduardo irritou-se:

— Pare de brincar com coisa séria, Ricardo! Meu Deus, você sempre com essa mania!

— Se eu não brincar, vou fazer o quê? Chorar? Não vai adiantar nada. Somos amigos, sempre vamos ser, mas você e a Simone vão provavelmente acabar em mais do que isso. Aposto que ela já lhe telefonou um monte de vezes.

A contragosto, o rapaz assentiu:

— Umas seis...

— Nada mal, para pouco mais de duas horas.

— Não atendi, estou sem vontade de falar com ela tão cedo. Ela, e principalmente a mãe e a Catarina, precisam saber que me ofenderam, que certas coisas eu não tolero.

— Você resolveu fazer o papel de difícil. Tenho dúvida se vale a pena. Não me leve a mal, nem ache que não me importo com o que pensem de mim, como se eu estivesse por cima disso. É que nada disso é novidade. A Clara havia me avisado que a Simone estava chateada comigo.

Eduardo acompanhava atento, e Ricardo explanava sem encarar o amigo:

— Foi da Simone que a Clara escutou a história toda. Eu não ia contar nada a minha irmã, do mesmo jeito que não ia contar a você, porque queria evitar uma preocupação inútil. Foi burrice minha, porque era óbvio que vocês iam ficar sabendo de um jeito ou de outro. Logo, logo, vai se tornar hábito eu fazer besteira.

— O que a Clara achou disso tudo?

— Ela ficou alarmada e veio me procurar. Para dizer a verdade, tive a impressão de que ela havia sido quase persuadida pela Simone. Eu me recusar a explicar não foi precisamente vantajoso para o meu lado... Minha posição é frágil, tenho consciência disso. Tentei sossegá-la, e como a Clara sabe que não minto para ela, acreditou na minha palavra.

O visitante manteve-se calado por uns instantes, até que falou:

— Entendi: você não vai me explicar nada e quer que eu simplesmente aceite a sua inocência. Em outras palavras, espera de mim a mesma reação da Clara. Muito bem. Mas, Ricardo, mesmo assim eu queria saber o que há por trás dessa confusão.

Como o advogado limitou-se a sorrir, Eduardo disse:

— Se não quiser contar, tudo bem. Tenho certeza de que você não está metido nessa história absurda. Só se você confessasse ia me convencer da sua culpa, e olhe lá!

— Nisso você está um pouco enganado. Estou metido nessa barafunda, infelizmente, mas não como as pessoas pensam. Não vou prometer que um dia esclarecerei tudo, porque provavelmente não poderia cumprir.

— Está bem, desisto. Vou confiar em você, como sempre.

Ambos se apertaram as mãos. Então Ricardo insistiu:

— Acerte os ponteiros com a Simone. Diga-lhe que você e eu vamos continuar amigos próximos, mas ela não precisa me ver, se não quiser. Compreendo que ela aja assim, com todo mundo na casa dela me considerando um monstro.

— Vou falar. Só que também vou deixar claro que não vou permitir que critiquem você quando eu estiver com eles. Se repetirem o de hoje, posso perder as estribeiras.

— A Simone vai aceitar sua proposta na hora. As outras duas talvez não, mas você não se importe com isso. Se elas descerem o sarrafo em mim, finja que não ouviu.

Eduardo armou um sorriso, que logo se esvaiu. Uma ideia passou-lhe pela cabeça:

— A Catarina estava furiosa, era até difícil de reconhecê-la, enquanto dizia aquelas coisas. Não parecia a menina doce de sempre. Eu sei que você gostava dela, não só como amiga. Perdão, não quero ser indiscreto. Você nunca me confessou isso, imaginei que por causa da Nina.

De pé, Ricardo voltou-se para ele e respondeu:

— Não está sendo indiscreto, você é meu amigo. E tem razão. De tudo que aconteceu nesses dias, acho que é o mais humilhante. Como pude ser tão pretensioso e ridículo?

— Como assim?

— Com 32 anos nas costas, deixei que uma garota de 17 me encantasse. Onde eu estava com a cabeça? Esse negócio devia ser motivo de piada, se não tivesse terminado tão mal. Até desconfio que ela me pôs para correr, desse jeito violento, em parte por causa disso: deve ter intuído que eu tivesse outras intenções com ela. E ela estava certa...

"Imagine, Eduardo, o que uma garota da idade dela deve ter sentido, com a perspectiva de um dinossauro como eu querer se engraçar para o lado dela! Porque, para ela, sou um velho. Era para assustar qualquer uma! Nas últimas semanas, ela tinha me dado uns cortes, que eu achei que eram charme. No fim, essa confusão deu de bandeja o motivo perfeito para ela romper qualquer contato comigo. Não digo que ela quisesse, mas, no fundo, acho que foi um alívio. Agora, ela deve me detestar. Meu Deus, que ópera-bufa! E pensar que, nela, o palhaço sou eu."

Eduardo nunca vira o amigo tão agitado, com exceção de um par de vezes durante a doença de Nina. Escapou-lhe da boca:

— Não diga isso, Ricardo. Você não fez papel ridículo nenhum. A Simone me dizia que a Catarina era louca por você, e acho que é verdade. Aconteceu um incidente, um desencontro, mas não significa que você se enganou.

O outro meneou a cabeça, com um sorriso complacente nos lábios.

— Agradeço por você tentar me consolar, mas não adianta. Ontem à noite, confirmei que foi tudo uma ilusão.

Ricardo estancou, mas, ao perceber a expressão atenta de Eduardo, resolveu abrir-se:

— Saí ontem com o Maurício para jantar. Ele queria porque queria me animar, e fomos para um restaurante perto daqui. Enquanto a gente comia, por um desses acasos da vida, a Catarina apareceu acompanhada de um colega da turma dela. Em pouco tempo, os dois se deram as mãos, como bons namoradinhos. O garoto falava no ouvido dela, e ela sorria toda dengosa, como se estivesse nas nuvens. Pedimos a conta, porque fiquei abalado. Bem mais do que devia.

— Qual foi a reação dela? Virou a cara para você?

— Acho que ela não percebeu que eu estava ali. Ao menos, espero que não. Eu estava sentado em um canto meio escondido; na saída, dei a volta para passar longe dos dois. O Maurício, que está com a Catarina entalada na garganta, queria tomar satisfações com ela, e tive de segurá-lo. Seria a cereja do bolo: armar um escândalo por ciúme! Não tenho mais estômago para um fuzuê desses.

Desanimado, Ricardo concluiu:

— A verdade é que fui o perdedor. Ao menos, o enganado. A Catarina começou a se relacionar com esse rapaz antes de brigar comigo, porque não é possível que tivessem se tornado "amigos" em tão pouco tempo. E não percebi nada, nem de longe. Achava que a garota estava na minha mão, enquanto ela se envolvia com um garoto da escola. Essa gafe merece entrar em uma antologia.

— Menos, Ricardo! Para quê tornar a realidade pior do que é? Eles podem ter combinado esse encontro ontem mesmo, você não sabe. Do que viu, não pode deduzir que ela estivesse enrolada com o rapaz antes.

— Posso sim, Eduardo. Esse garoto maltratava a Catarina e a amiga dela, a Letícia. Uma vez, eu as defendi dele, e foi aí que a nossa amizade começou. Ela não sairia de mãos dadas com esse rapaz de uma hora para a outra. O processo certamente começou faz um bom tempo. Ela nunca me falou nada, o que é significativo. Talvez tivesse vergonha, ou medo de me contrariar. Não sei. O certo é que não confio nesse garoto, e a Catarina saiu com ele ontem. Espero que não se arrependa mais tarde. Seja como for, já não posso ajudá-la.

Ambos permaneceram quietos por uns instantes, até que o mais velho observou:

— Apesar de ter sido doloroso, encontrar a Catarina ontem serviu para duas coisas. Primeiro, descobrimos quem contou tudo a ela. A irmã desse rapaz — ninguém menos! — trabalha aqui, viu a cena toda e comentou-a com esse amor de moleque no mesmo dia. Daí foi um pulo para os ouvidos da minha nova inimiga.

— Essa sua colega é uma linguaruda!

— Ela recebeu o castigo com juros. Hoje de manhã, quando cheguei, ela estava chorando igual a uma Madalena, na porta da minha sala. Tentou me pedir desculpas, mas não podia nem falar direito. O automóvel do Maurício estava no estacionamento, foi fácil imaginar o que tinha acontecido. Fiquei com pena da moça, porque conheço bem o cidadão que deu uma trombada nela, que não prima por ser especialmente moderado ou delicado. Ela foi fofoqueira e me prejudicou, mas não podia imaginar que ia me causar um desgosto tão grande.

"Fui à sala do Maurício, para reclamar que ele tinha exagerado, que não podia atropelar a Priscila como um trator. Com ar angelical, o malandro teve a pachorra de me dizer: 'Mas o que é isso? Eu? Só comentei uma ou outra verdade, de forma extremamente carinhosa e ponderada...' Depois vou procurar a Priscila e tentar colocar panos quentes.

"A outra coisa foi ver que a Catarina preferiu acreditar no rapaz que em mim. Mas minha mãe, você e a Clara, por exemplo, confiaram no que eu disse. Isso mostra onde andam os sentimentos da Catarina."

Eduardo não terminava de se persuadir:

— Não deve ter sido exatamente assim. É surpreendente ela estar ontem com outra pessoa, mas não se esqueça de que ela se fragilizou quando brigou com você. O garoto pode ter aproveitado a oportunidade. O comportamento da Catarina com você é de namorada enganada, não de uma amiga decepcionada. Para mim, é mais que claro que ela adorava você.

— Pode ser que eu esteja sendo pouco objetivo. Não quero julgar movido pela paixão, preciso de tempo para digerir o que ocorreu. Seja como for, nada disso faz muita diferença. O que não tinha como dar certo acabou em fiasco. Vou me afastar da Catarina, deixá-la para trás, e pronto. Vai ser melhor para os dois.

Após uns momentos, pensativo, continuou:

— Tenho medo de que ela se esqueça de tudo o que a gente conversou nesses meses. Pode pensar que, se sou um mentiroso, tudo que falei é falso. Seria uma pena, porque sempre tentei transmitir a ela o que aprendi de melhor na vida.

Eduardo não respondeu e encarou com pesar o amigo, que acrescentou:

— Apesar de tudo, a Catarina é uma menina extraordinária, e a nossa briga não muda isso. Ela tem uma inteligência viva, é nobre, tem uma ótima conversa... Além disso, é uma graça em forma de gente, toda linda. Era invocada e brava na medida certa e, ao mesmo tempo, doce e envolvente no dia a dia. São qualidades difíceis de encontrar na mesma pessoa.

— Do jeito que você está falando, parece que ela fez você esquecer todas as outras mulheres — observou Eduardo.

Ricardo retrucou:

— Você sabe que não. A sua irmã é para sempre, ninguém toma o lugar dela. Mas a Catarina fazia com que a Nina voltasse a estar do meu lado, de certa maneira. Foi a única mulher que me trouxe essa sensação. Engraçado, as duas são diferentes, mas, ao mesmo tempo, muito parecidas em pontos essenciais...

Abanou as mãos de repente e disse:

— Deixe para lá, é melhor a gente não tratar mais dela. Vai acabar me fazendo mal.

— Só mais uma coisa, por favor. Você conversou com a Catarina depois da discussão que tiveram?

— Tentei. Dois dias depois, telefonei para o celular dela. No início, ninguém atendeu; na terceira tentativa, apareceu a voz gelada da Gabriela, dizendo que a filha não queria falar comigo. Aproveitou para acrescentar que ela, como mãe, proibia que eu tentasse me aproximar da menina. Ensaiei uma explicação, mas ela nem se dignou a ouvir o início e desligou. Acho que errei por ter ido atrás dela, porque tudo o que eu fizer ou disser agora vai ser mal interpretado.

Voltou-se para Eduardo, coçou a cabeça e comentou com amargura:

— Uma semana atrás, quem podia imaginar que fosse acabar assim? É inacreditável, foi uma hecatombe geral!

— Isso não deixou você revoltado, certo? — quis saber o jovem, intrigado. — Você sempre disse que o sofrimento e as tristezas são bons, quando a gente aprende a aceitar. Espero que siga pensando do mesmo jeito. "Deus está por trás de tudo e nunca nos abandona": você se lembra de que me falou isso, quando a Nina estava para morrer?

Escutar dos lábios de outro a sua própria lição reanimou Ricardo. Levantando os ombros, com o humor mais leve, respondeu:

— Não é fácil viver sempre de acordo com o que a gente acredita. Para você posso confessá-lo: reclamei, sim, com Deus, pelo que aconteceu. Mais do que devia. Disse que não era justo que tanta coisa caísse na minha cabeça de uma vez só. Ainda bem que não demorou demais para eu me dar conta de que estava sendo imbecil e ingrato. Pedi perdão e não voltei a me angustiar. Como poderia me revoltar com Deus? Ao contrário, tenho que aprender a agradecer o que custa, o que machuca.

"Quem pode dizer que não tem culpa nenhuma em nada? Ninguém é um anjo de inocência. Minto, um homem e Sua mãe foram, e Ele morreu crucificado. Não tenho do que reclamar. Espero de verdade não guardar mágoas de toda essa loucura. Mas nisso, ainda não estou tendo muito sucesso."

— Como não? Você elogiou a Catarina agora mesmo — redarguiu Eduardo.

— Ao mesmo tempo, tenho vontade de esganá-la! — cortou Ricardo. — Sei que não é muito cristão, mas... A imagem dela me ofendendo, os gritos, tudo volta à minha cabeça, e sou quase capaz de tocar a minha raiva. Fico imaginando que devia ter respondido assim ou assado, e que a Gabriela também merecia um bom chega pra lá. Graças a Deus, na hora consegui me segurar e saí de fininho, com o rabo no meio das pernas. Foi a melhor reação.

"Por favor, não fique bravo com as duas por causa de mim. Elas pensaram igual a quase todo mundo. Nem melhor, nem pior, e têm as suas justificativas."

Enquanto via Ricardo, Eduardo pensava na possibilidade de o amigo ser um mentiroso cínico. O juízo do jovem a respeito estava definido há muito tempo, desde o momento em que a irmã lhe apresentara o novo namorado, onze anos atrás. Levantou-se e cumprimentou o anfitrião, que se pusera de pé outra vez:

— Tenho que ir embora. Obrigado pelos conselhos sobre a Simone. Mas não vou atrás dela hoje, só amanhã.

— Não faça isso com a coitada.

— É melhor, Ricardo. Hoje, tenho medo de ser estúpido e dizer alguma bobagem.

— Você, estúpido? Pago para ver, é impossível...

— É o que você pensa. E ela precisa sofrer um pouco mais, para não se esquecer. Porque eu passei um mau bocado. Quanto a você, espero que tudo se esclareça o quanto antes. Pode contar comigo para o que precisar.

— Também lhe agradeço por você ter me escutado. Queria pedir outro favor, Eduardo.

— Claro, Ricardo. O que você quiser.

— Não me fale mais da Catarina. Você vai continuar se encontrando com ela, e posso ter curiosidade de saber alguma coisa. Vou lutar para não perguntar, e gostaria que você não me comentasse nada dela. Não quero ter raiva nem ficar lambendo minhas feridas. Pode ser?

— Se é o que você quer...

Deu um abraço em Ricardo e foi-se embora. Era triste deixar o amigo naquele estado, machucado e decepcionado, mas pouco havia a fazer para auxiliá-lo, além de demonstrar que seu afeto por ele seguia o mesmo, ou até crescera.

Três semanas depois, Cláudia fez uma visita para Gabriela. As duas conversavam em meio a risadas gostosas e altas na sala de estar, quando Catarina desceu para cumprimentar a prima. Logo que a viu, a empresária exclamou pulando do sofá:

— Catarina, minha querida! Sua mãe está me contando da sua briga com o Ricardo. Sente-se aqui, por favor. Inacreditável, hein!

A garota estava com um singelo vestido amarelo-claro e sandálias. Cláudia chocou-se com a aparência dela, particularmente a magreza e o abatimento, destacados pelas olheiras pronunciadas. O rosto achava-se sem maquiagem ou qualquer tratamento, e as unhas e o penteado seguiam o mesmo padrão de desmazelo. A visitante, por sua vez, trajava um conjunto de casaco e calça marfim, com salto alto e camisa creme. Seus brincos e anéis eram um primor, e a maquiagem realçava a maciez da pele e os traços finos.

— Você está linda, Cláudia! — disse Catarina. — Essas roupas são da sua loja?

— Que gentileza, querida! Não, foi o Celso quem me deu. São sob medida. Eu não cometeria a insanidade de comprá-las, o preço ainda está além das minhas possibilidades. Mas não das dele, claro. Ele é mesmo um amor, faz questão de me comprar só do bom e do melhor. Que mulher não adora isso?

Dedicou-se então a tecer loas à sua nova paixão, um milionário jovem, conquistador famoso na cidade — detalhe a que Cláudia não aludiu —, que havia se separado da noiva, filha de uma família tradicional, duas semanas antes do casamento. Esse desenlace fora um tanto ruidoso, porque tinham descoberto que o noivo mantinha uma série de relacionamentos paralelos.

Os irmãos da moça haviam tomado as dores dela e ameaçado acabar com o tal do Celso. Tiveram a oportunidade de chegar às vias de fato na boate de um clube, dando início a uma briga na qual entraram sucessivamente guarda-costas, seguranças, parentes e desavisados, que haviam ido ao local com o intuito inocente de divertir-se. Como costuma acontecer, chegou um momento em que praticamente ninguém sabia por que batia ou apanhava. Enfim, uma balbúrdia memorável, cujo palco teve de permanecer fechado por mais de meio ano para poder ser reformado.

O rapaz havia se fascinado com Cláudia, a quem conhecera uns quatro meses antes. Em pouco tempo, declarou-se apaixonado por ela, prometeu endireitar-se e fazer dela a mulher mais invejada da cidade. A moça resistiu por umas semanas às investidas do endinheirado; porém, acabou vencida por um volume considerável de mimos, surpresas — como serestas na porta de casa e mensagens em outdoors — e a possibilidade de entrar por cima na sociedade mais exclusiva de Campinas. Ela falava do namorado com entusiasmo, a ponto de se esquecer de que Ricardo era o assunto inicial da conversa com Gabriela. Depois de uns minutos, contudo, retornou à trilha original:

— Então, o que a sua mãe falou é verdade? O Ricardo se envolveu com uma amante, uma mulher fuleira? Que decadência!

Catarina desfrutou de uma ligeira satisfação ao descrever a Cláudia o que se passara e desfiou sua narrativa com cuidado e detalhe. Observava as reações da ouvinte, que, no início, escutava como se divertindo-se com algo pouco relevante; à medida que a história evoluía, foi-se pondo séria e, quando terminou, gritou exaltada:

— Impressionante! Nem sei o que dizer! O Ricardo, metido até o pescoço numa baixaria dessas? Ele, justo ele, com uma lambisgoia de quinta categoria? Não ia acreditar, se outra pessoa me contasse.

— Enquanto você esteve com ele, percebeu alguma coisa estranha? Pode ser que ele já estivesse se encontrando com essa fulana.

Ouvir a pergunta de Catarina fez Cláudia reagir:

— Nunca! De jeito nenhum! O Ricardo jamais deu o menor sinal de ser infiel, nada.

Os semblantes de Gabriela e Catarina, que manifestavam descrença e pena, feriram o amor-próprio da prima, que esclareceu:

— Não sinto mais nada pelo Ricardo, acabou. Hoje, quando penso que ele foi meu namorado, não sei nem dizer o que enxerguei nele. Ele é meio sem graça, sério demais. Para ser sincera, um pouco chato, pegajoso. Até um pouco ridículo, se é para dizer tudo. A minha vida com ele era monótona, eu não tinha nada de interessante além do trabalho. Comparar o Ricardo com o Celso é covardia. Pensar que agora estou com alguém tão superior, e muito mais apaixonada... Que sorte a minha, não é? O Celso é uma montanha-russa contínua, uma aventura!

Catarina, a pesar seu, sentiu-se novamente importunada por ouvir falarem mal de Ricardo. Escutar desdenharem dele como se fosse um zé-ninguém, um coitado sem atrativos, era aflitivo. Mas não ousou contestar, porque não queria defender o malandro de modo algum. Cláudia prosseguiu:

— Mas, por mais insosso que fosse — essa é a palavra certa, insosso! —, o Ricardo era, vamos dizer assim, decente, honesto. Até com um toque puritano.

Interrompeu por instantes sua fala, indecisa. Por fim, deu de ombros e retornou:

— Quando a gente começou a sair e logo depois a namorar, ele teve uma conversa comigo, para explicar como queria que fosse o nosso relacionamento. Dentre outras coisas, disse que não dormiríamos juntos sem sermos casados. Bem, eu quase caí de costas! Homem nenhum tinha me sugerido algo parecido. Tive a tentação de acabar tudo ali mesmo; só que, por mais doida que pudesse parecer, a proposta dele me atraiu. Senti uma coisa estranha. Seria a primeira vez que iria namorar alguém de um jeito que até o meu pai aprovaria. Era totalmente careta, mas na hora achei bonitinho. E o Ricardo era evidentemente um romântico.

Embora sempre tivesse intuído o que Cláudia dizia, Catarina abalou-se ao escutar a confirmação naquelas circunstâncias.

— Claro que era tudo uma tremenda bobagem, e eu nunca ia sugerir uma coisa parecida para o Celso. Seria uma piada. Acho que até por isso a gente é muito mais próximo. Mas, na época, fiquei impressionada. Estou contando isso porque não é o que a gente espera de um amante de mulher casada. Há alguma coisa nessa história que não se encaixa. A não ser que o Ricardo tenha mudado totalmente, depois que eu o mandei passear. Pode ter virado a cabeça dele, deve ter sido isso. Não aguentou a decepção e se grudou na primeira oferecida que viu pela frente.

"Como a Cláudia é pretensiosa!", ruminou Catarina com raiva. Sua parente não admitia o óbvio: também havia sido ludibriada por Ricardo. A menina acalmou-se um pouco quando a prima concluiu:

— Não faz diferença como e por que ele mudou. O importante é que fez parte dessa baixaria, sobre a qual não dá para ter dúvida. O que a Catarina contou é forte demais, são fatos irrefutáveis. É mesmo uma decepção. Quem te viu, quem te vê!

A garota sentiu-se impelida a dar um beijo em Cláudia. Foi reconfortante que aquela mulher, anteriormente íntima do Ricardo, se pusesse contra ele.

— Temos que tomar cuidado quando nos envolvemos com alguém — pontificou Cláudia. — Imagino o quanto você se feriu, minha querida. Os homens não merecem confiança, a não ser que estejam apaixonados de verdade e comam na nossa mão. Ainda bem que mantenho o Celso seguro na coleira! O melhor é que ele gosta e faz tudo o que eu peço.

Catarina escutou a prima com mais prazer que o habitual, mesmo que os assuntos posteriores fossem cada vez mais concentrados em dinheiro, roupas, joias e festas. Cláudia pensava da mesma maneira que ela em relação ao Ricardo, e isso pagava com sobras o pequeno sacrifício de uns momentos de atenção àquela conversa vazia.

Nos meses seguintes, a vida seguiu seu curso sem novos sobressaltos. Gabriela passou a se interessar mais por melhorar sua aparência e ficar em forma, mesmo que isso supusesse gastar mais (muito mais!). Antes, havia sido uma mulher austera; com o cartão de crédito de Ivan na retaguarda, seus hábitos se transformaram. O marido às vezes reclamava, mas a esposa logo o convencia a lhe fazer as vontades.

O casal, a despeito das suas diferenças, naturalmente ressaltadas nos meses de convivência íntima, seguia entendendo-se muito bem. Ivan era paciente, e Gabriela valorizava o marido. Dificilmente brigavam; nas raras vezes em que acontecia, ele se antecipava a pedir desculpas, e prontamente se acertavam. Por sua vez, ela não desejava dar motivo para um afastamento mais sério, porque reconhecia a estabilidade que o padrasto representava para as filhas e para ela mesma. Estava cada vez mais apegada afetivamente a ele, conforme as meninas notavam.

Tendo Catarina se afastado decididamente de Ricardo, Ivan procurou preencher parte do espaço deixado nos afetos dela. A garota, nas primeiras semanas depois da sua decepção, retraiu-se e pôs-se casmurra, digerindo solitária a sua tristeza. Nem com Letícia se permitia falar com a liberdade de antes, por desconfiar que a amiga mantivesse contato com Ricardo. Aproveitando as oportunidades, o padrasto conversou com Catarina de forma cada vez mais aberta, mostrando que sempre se manteria ao lado dela, porque formavam uma família.

A menina percebeu que Ivan havia se afastado de dona Lúcia e dos primos em consideração a ela, a enteada. Impulsionada pela gratidão, Catarina acabou por se afeiçoar ao padrasto de uma maneira que antes julgaria impossível. Nunca alcançaria com ele sintonia igual à da amizade que um dia acreditara possuir com Ricardo; entretanto, confiava que era uma relação que não a enganaria nem faria sofrer.

Infelizmente, ela deixara de encontrar dona Lúcia, o que era uma tristeza a mais a ser debitada na conta do advogado patife. Para aumentar a insatisfação, era obrigada a esbarrar continuamente em Eduardo, em quem enxergava um aliado do inimigo. Foi instada pela irmã a pedir desculpas pelas ofensas desferidas naquele almoço disparatado, no qual efetivamente havia se descontrolado. Desconfiava que o rapaz a recriminasse o tempo todo, e uma antipatia recíproca os rodeava. Com o tempo, foram capazes de estabelecer uma convivência pacífica e correta, ainda que fria como gelo.

Precariamente e após vários meses de esforço, Catarina alcançou cumprir o propósito de apagar Ricardo da memória. Apagar propriamente não, mas ao menos erguer um cordão de isolamento ao redor dele e escondê-lo. Nas poucas vezes em que não podia evitar pensar no desafeto, já não se exaltava. Por outro lado, seguiu cultivando as amizades do colégio — com a exceção de Luciano, que a tratava com indiferença, no que era perfeitamente correspondido —, e concluiu o ensino médio.

No último semestre, obteve notas melhores que as de Camila, o que foi saudado como um feito pelos colegas. Também passou no vestibular para a Faculdade de Letras da Unicamp. Quando leu seu nome na lista de aprovados, em uma ótima colocação, insinuou-se na sua mente que havia se decidido a estudar seriamente instigada por Ricardo, a quem era devida parte dos louros. Descartou com presteza o pensamento inoportuno.

Letícia, por sua vez, sofreu para ingressar na Faculdade de Engenharia Química, o que se concretizou na terceira lista de chamadas, quando ela já havia perdido a esperança. Ela e Catarina continuaram a se encontrar na universidade, mas passaram a frequentar ambientes distintos, onde pouco a pouco construíram novos relacionamentos. Depois de alguns meses, mesmo que mantivessem a estima mútua, a amizade deixara de ser tão estreita.

Com a passagem dos meses, consolidava-se em Letícia a convicção da inocência de Ricardo, a quem via com regularidade no mínimo mensal. Ele lhe indicava livros, falavam das respectivas famílias, comentavam sobre a vida universitária da moça, suas preocupações e até dos rapazes que se interessavam pela caloura que estava aprendendo a se apresentar de forma mais atraente.

Ainda que um apreciasse a companhia do outro, seus encontros supunham uma dose de tristeza e nostalgia. Faltava alguém, e todas as vezes lembravam-se silenciosamente disso. A curiosidade de Ricardo era espicaçada, e frequentemente precisou se reprimir para não perguntar sobre a ausente. Porém, tinha consciência de que tratar dela seria prejudicial. Essa luta foi bastante custosa durante quase um semestre, até que a lembrança de Catarina se desvaneceu, sobrando apenas uma série de emoções com as quais evitava lidar e que preferia encobrir.

Parte V
A vida virada ao avesso

29
A mensagem mais inesperada

Catarina voltou para casa no final da tarde. Uma colega quase vizinha oferecia-lhe habitualmente carona, pois a universidade ficava do outro lado da cidade. Em breve, isso não seria mais necessário; completara 18 anos poucas semanas antes e iria obter logo a carteira de habilitação para dirigir. Contava ansiosamente os dias que faltavam para tomar posse de um dos automóveis da casa, provavelmente o da mãe, que passava a maior parte do tempo encostado.

Subiu ao seu quarto depois de ter procurado Gabriela no andar de baixo, sem a encontrar. Chamara sua atenção que o carro de Ivan estivesse na garagem, o que era incomum para o horário. O quarto do casal estava fechado, com a luz acesa e vozes baixas saindo dele. Bateu na porta:

— Mamãe, a senhora está aí?

Ninguém respondeu. Após uns instantes, a maçaneta girou, e Catarina viu a mãe sentada na poltrona com a cabeça abaixada, abalada por algo; parecia inclusive estar chorando silenciosamente. Ivan, que entreabrira a porta, disse à enteada:

— Eu e a sua mãe estamos acertando um assunto... Uma novidade, digamos assim. Não precisa se preocupar, mais tarde a gente explica o que é. É melhor deixar-nos sozinhos por um tempo, minha querida.

Se sua mãe chegara a pedir ao marido para vir ajudá-la, o assunto era sério. A garota não pôde se concentrar em nada e apenas esperou o tempo passar, arrumando o quarto e preparando a mesa para o jantar. Assim que encontrou Simone, recém-chegada da casa de umas amigas com quem fizera um trabalho da faculdade, alertou-a de que algo inusitado devia ter ocorrido.

Ambas estavam nervosas e, para acalmarem-se, trataram do noivado da mais velha, que acontecera no final do mês anterior. Mesmo não sendo o cunhado dos seus sonhos, Catarina era forçada a admitir que Eduardo fora uma escolha quase irrepreensível da irmã. O único defeito dele era a obtusidade em relação a Ricardo, a quem mantinha na mais alta conta. Era um defeito até perdoável, pensava Catarina, pois há gente decente que fica a vida toda ligada a pilantras, sem se tornar um deles. Eduardo tivera a sensatez de não mencionar mais o nome do seu amigo naquela casa, e apenas pelo que Simone contava — melhor, pelo que evitava dizer —, Catarina deduzia que Ricardo seguia íntimo de Eduardo e sua família.

Perto da hora do jantar, as irmãs ouviram a mãe e Ivan descendo a escada. Foram atrás, e entraram todos no escritório do térreo. Então viram no rosto de Gabriela as marcas de choro. Por sua vez, o marido parecia constrangido e perdido sobre qual papel representar naquela cena.

Ninguém tomou a iniciativa de falar, e, quando Catarina estava quase vencida pela curiosidade e a um passo de interrogar a mãe, esta colocou um maço de papéis diante de si, na mesa de trabalho em cuja cabeceira Ivan se sentava. Após engolir em seco e respirar fundo, comentou:

— Filhas, recebi hoje uma carta que me deixou passada, sem chão. É difícil imaginar alguma coisa mais surpreendente.

Sua voz era contida e baixa. Parou por uns instantes, o que a ajudou a prosseguir com mais firmeza:

— Fiquei em dúvida se deveria contar a vocês. Não quero reabrir chagas que, bem ou mal, cicatrizaram. Mas o Ivan me convenceu que sim, porque vocês têm o direito de saber algo tão... especial. As duas já devem estar desconfiadas de que se relaciona ao pai de vocês.

O padrasto manuseava o tinteiro num ritmo compassado e germânico. De repente, pousou-o no canto, pegou a carta que a esposa depositara na mesa e pôs os óculos. Gabriela pediu:

— É melhor vocês escutarem de uma vez. Ivan, por favor, leia.

O documento tinha várias folhas, com um papel simples, um pouco amassado. Tinha sido escrito no computador, com fontes grandes. Ainda que tensa, Catarina divertiu-se com o ar misterioso que envolvia tudo aquilo. Uma carta! Era um item bastante raro. Ela mal se lembrava de ter recebido uma. Dava a sensação de entrarem em um túnel do tempo. Entretanto, o ar sério da mãe e do padrasto afastou-lhe esses pensamentos, e ela prestou atenção no que viria.

— "Prezada sra. Gabriela Martins", pronunciou Ivan com a voz nítida e forte, algo rouca e enjoativa. "É difícil para mim me apresentar. Nunca vi a senhora pessoalmente e devo ser a última pessoa do mundo que a senhora gostaria de conhecer. Não a culpo por isso, de jeito nenhum. Ao contrário, não tenho direito de esperar nada da senhora. Mesmo assim, quis escrever esta carta para pedir perdão. Também quero muito me desculpar com as suas filhas. Não mereço consideração nenhuma, eu sei, porque sou um assassino, autor do crime mais maldito que existe."

Um frêmito percorreu o corpo de Catarina de cima a baixo. Ela teria caído se estivesse de pé. Simone mirava Ivan fixamente, como se não entendesse o sentido daquilo. A continuação dissipou qualquer dúvida:

Fiz muita gente sofrer, principalmente a senhora e as suas filhas. Tenho na alma uma ferida, que me consome o tempo todo, e acho que nunca vai desaparecer de vez. Quero contar o que aconteceu. Se a senhora preferir não saber, é só pular os próximos parágrafos.

Quando eu segurei seu marido, depois que o esfaqueei, ele me olhou fixo. Parecia que pedia ajuda. Na hora, eu não acreditei no que tinha feito e fiquei com vontade de gritar: "O senhor vai ficar bom, não foi nada. Desculpe a falta de jeito, foi sem querer." Mas a minha boca continuou fechada, muda. O sangue não estancava, o ferimento não fechava, e eu soltei o seu marido no chão. Fiquei pior ainda depois que vi a sua filha saindo do carro, gritando por ele.

Fugi correndo com o meu parceiro. Não lembro o que a gente fez logo depois. Quando me dei conta, estava na casa dele, lavando a minha roupa no tanque, para tirar as manchas. Ele me xingava de tudo quanto é coisa; tinha cheirado um monte, estava louco. Reclamou que eu não tinha pegado o dinheiro, que fiquei abraçando o sujeito feito um idiota, que eu não servia para nada. Não respondi; só fechei a mão e soltei um murro na cara dele, com toda a força. Calou a boca e não revidou, porque o soco o deixou grogue.

Não quero falar mal desse meu colega no crime. Ele morreu faz poucos meses. Escapou da penitenciária, numa fuga com vários outros presos. Mas deu azar e foi encontrado por um bando rival, com quem tinha umas contas a ajustar. Minha mãe contou que a mulher dele se mudou para o interior de Minas, com os dois filhos. Ele não era nem melhor nem pior do que eu; só não aproveitou as oportunidades que a gente teve na prisão.

Desculpe por eu escrever sobre isso, achei que a senhora podia querer ter notícia do fim de um dos assassinos do seu marido. Vida de bandido costuma ser curta e não tem nada de bonito, é um inferno. Como que fui cair nela?

Às vezes, uns assistentes sociais e psicólogos vêm aqui visitar a gente. São pessoas boas, mas às vezes parece que vivem em outro planeta. Querem ajudar e vêm com o papo de que a gente não tem tanta culpa assim, que fomos injustiçados pela vida, que a pobreza fez com que a gente se desesperasse, e por aí vai. É verdade que tudo isso atrapalha, e alguns aqui enfrentaram situações terríveis, que dão nos nervos só de ouvir. Mas quando converso sozinho com os outros presos, olho no olho, quase todo mundo reconhece que podia ter evitado a safadeza, que agiu com consciência.

Virei criminoso para ganhar dinheiro. Foi o motivo principal. Pensei que ia poder mudar de casa, parar de ser pobre, de depender dos outros. Também queria dar conforto para minha mãe, que sempre trabalhou demais. Fazer ela se orgulhar de mim. Como se um filho tranqueira pudesse dar alegria a alguém!

Meu pai eu não conheci. Ele deixou a gente quando eu tinha poucos meses. Contaram que ele bebia e batia na minha mãe, e tinha outras mulheres por aí. Um dia, meus tios se juntaram e deram uma coça nele. Ele fugiu e não voltou mais. Minha mãe e minhas tias me criaram, e nisso eu tive bem mais sorte do que outros com quem me encontrei na vida. A gente era pobre, morava na favela, mas não era miserável.

Meus primos são gente do bem, trabalhadores, com família. Só eu que saí torto. Os professores gostavam de mim, me davam atenção, porque eu era bom aluno e aprendia as lições mais rápido que os outros. Uma professora de português me emprestava um monte de livros, e eu gostava.

Quando cheguei a adolescente, dei de me misturar com os bandidos da favela. Minha mãe me proibia, mas eu não queria saber. Eles me ganharam com presentes, diziam que eu ia virar um homem importante. Como eu andava com eles, as meninas me davam bola. Hoje, sei que me aliciaram para terem um menor por perto; se a coisa esquentasse, podiam jogar a culpa para cima de mim.

Apesar de ser do bando, eu saía pouco com eles. Como eu era muito novo, tinham medo de que eu atrapalhasse. Com 14 anos, comecei a consumir drogas, primeiro maconha. O chefe não me deixava usar das pesadas, porque falava: "Malandro que se enrola com pó vira cinza! Não se mete com isso não, moleque!" Por isso, eu cheirava escondido dele. Ele até gostava de mim, só que, se achasse vantagem, me matava em um instante, sem piscar o olho.

Ele acabou morrendo em uma tentativa de assalto. Quiseram limpar uma concessionária de automóveis, mas a polícia fechou um cerco e o acertaram enquanto tentava fugir. Daí, o nosso grupo se dispersou. Um ou outro tomou jeito, mas a maioria seguiu no crime. Não tive com quem me encaixar e fiquei de lado por uns tempos, até que me juntei ao Geraldo. Ele era traficante e fazia roubos à mão armada. Eu não quis entrar no tráfico, que era estrada reta para morrer logo. Com o Geraldo, eu só participava dos roubos.

Mesmo bandido, eu não parei de estudar. Não assaltava sempre, só quando o dinheiro acabava. Tinha deixado de morar com a minha mãe, por pena dela. Ela ficava angustiada com as minhas saídas, vivia me dizendo para eu parar com aquilo. Não aceitava nenhum dinheiro da minha mão, e eu a ajudava pagando terceiros, sem ela saber.

No assalto ao seu marido, eu estava sem revólver, nem sei por que, e o ameacei com a faca. Pensei que ele fosse reagir, e por isso ataquei. Quando o segurei, vi que ele só queria pegar a bolsa com o dinheiro. Eu tinha me drogado e bebido bastante, como fazia muitas vezes antes de sair para roubar. Estava muito nervoso naquele dia, porque o Geraldo falou que tinha umas dívidas, e a gente precisava ganhar uma bolada para pagar e livrar a cara dele.

Eu nunca tinha matado, e fiquei suando frio um bom tempo depois. A gente pode ser miserável, tranqueira, mas tem limites que não deve ultrapassar. A cena ficava voltando na cabeça, sem parar, e bebi como nunca. Também saí para fazer maluquices, para esquecer, até que me prenderam, dois dias depois. Sentaram a mão em nós na delegacia, os policiais estavam revoltados conosco. Não sei quem nos entregou, mas a polícia chegou até nós, acho que pela moto.

Minha mãe teve que depor para o juiz. Até meu pior inimigo ia ficar com pena dela. Eu não conseguia olhar para ela. Por minha causa, ela tinha virado a mãe de um assassino. Ainda bem que meus tios e tias a ajudaram, e também uma assistente social, que foi um anjo. Para mim, Deus não existia. Ou ao menos eu não pensava n'Ele, ou Ele não pensava em mim. Tem bandido que reza antes de sair para o crime; eu e o Geraldo nunca fizemos isso.

Meus primeiros meses de cana foram os piores. A Cadeia de São Bernardo estava lotada de gente, mais do triplo da capacidade. Um monte de presos dormia ao relento, porque não tinha espaço nas celas. O local era um inferno. Depois do julgamento, me trancaram na Penitenciária de Hortolândia, onde vou cumprir o resto da pena.

Aqui, para não deixar os malandros crescerem pra cima de mim, fui me tornando mais violento e malicioso. Era difícil conseguir armas, e por isso resolvi ficar forte e aprender a brigar melhor com as mãos. Fui me entrosando com um grupo de condenados por roubo, o que me protegeu. Na prisão, todo mundo morre de medo de ficar por baixo, de virar saco de pancada. Pode acontecer até com quem era temido aí fora.

Meus parentes me visitavam sempre. Não eram eles que tinham vergonha de mim, eu que não gostava de me encontrar com eles. Só que era ainda pior ficar sozinho e esquecido, e aos poucos fui gostando das visitas. Depois de um tempo, bateu um desespero, porque eu tinha uma porção de anos pela frente no presídio. O que eu ia fazer quando saísse? Não tinha perspectiva, porque um preso fica marcado.

Faz dois anos, um pouco menos, em um dia de visita, minha mãe apareceu acompanhada de um advogado que eu não conhecia. Quer dizer, conhecia de vista, porque ele vinha falar com outros detentos cheios da grana. Para mim, era só um advogado a mais, que se aproveitava da desgraça dos outros. Soube depois que o tal doutor tinha se apresentado à minha mãe naquela tarde, perguntando se ela era a mãe do Edvaldo e dizendo que queria falar comigo. Minha mãe simpatizou com ele, porque a tratou com respeito, e por isso trouxe-o para me ver.

Nossa primeira conversa quase terminou em briga. Ele perguntou como eu estava me virando no xilindró, se eu fazia algo além de perder o tempo e se havia me envolvido com outros criminosos. Respondi a umas perguntas sem dar trela, até que cansei e falei que ele não tinha nada que se meter na minha vida. Em vez de ir embora, balançou a cabeça e disse, na frente da minha mãe, que eu era uma vergonha, que só fiz mal a uma porção de gente e seria no mínimo burro, se ainda me achasse o maioral.

Dona Gabriela, eu quase fiquei louco e quis saltar no pescoço dele. Mas não fiz nada, porque ele estava prevenido e era maior que eu. E os agentes penitenciários não tiravam o olho. O engraçado é que, mesmo ele me dizendo essas coisas, falou sem ódio nem raiva, de um jeito manso. E eu sabia que era tudo verdade, que a minha vida era um fracasso, um desastre.

Na semana seguinte, ele voltou com a minha mãe. Deu a ela um bolo de chocolate, que a gente comeu todo mundo junto. Ele fez que eu guardasse o que sobrou e desse um pouco para outros presos. O que ele tinha dito na vez anterior ficou na minha cabeça, e gostei de poder prosear de novo com ele. Acabei contando a minha vida, como tinha acabado ali, o que não foi fácil. Quando a gente fala as besteiras que fez, elas não têm mais graça. Fica tudo muito feio.

A mamãe tentou me defender, e o homem escutava atento. Não me lembro de ter conversado daquele jeito com alguém. Olha que ele não facilitava nada! Eu contava os anos de assaltos, agressões, vadiagem e safadezas, e ele me encarava sério. Não falou que tudo bem, que outros me atrapalharam, que todo mundo tinha culpa por eu ser bandido, essa conversa furada. A verdade era que eu era mesmo um traste, um lixo humano. Ele nem precisava dizer, porque era evidente.

No final, ele falou que eu não precisava continuar daquele jeito. Podia aproveitar a prisão para refazer a minha vida, ele conhecia gente que tinha se regenerado. Eu era livre, não importavam as condições em que eu estava, e tinha a chance de mudar. A vida não tinha acabado e podia ser diferente. Eram palavras novas, que bateram forte em mim.

A gente passou a se encontrar quase todas as semanas. Ele vinha para atender seus clientes e aproveitava para me procurar. Outros presos quiseram vir com a gente e desabafavam também. Até hoje me espanto ao ver como confiei logo nele, sem um motivo especial. Talvez seja porque conheci muitos malandros na vida, e ele era uma pessoa diferente. Depois de uns dois meses, contou que era muito amigo da família da senhora, e que por isso teve a iniciativa de se aproximar de mim. Comentou que eu devia me arrepender do que fiz, porque isso seria honrar a memória do homem que eu matei. Na época, não entendi bem o que ele queria dizer; pelo menos, compreendi que poderia compensar parte do crime que cometi.

Aos poucos, ele falou das filhas da senhora, das garotas que fiz órfãs. Disse que ambas eram maravilhosas, que souberam superar a perda e seguiram adiante. Apesar do que eu tinha feito, eram felizes e boas. Nesse dia, desabei e chorei muito tempo. As minhas vítimas estavam se tornando reais, e o modo como ele falava delas, como as queria bem, isso me comoveu.

Decidi que ia mudar para valer. Fui abandonando o meu grupo da cadeia e fiquei próximo de outros presos, que tinham um comportamento mais tranquilo. Eram os que levavam Deus a sério. O dr. Ricardo me trouxe uns livros de religião e disse: 'Sem Deus, você não vai chegar longe. Leia isso e a gente conversa depois. Reze o que a sua mãe ensinou, vai ser um bom começo.'

Fui a umas reuniões dos evangélicos do presídio. São gente séria, gostam de cantar e deixam de fumar e de beber. Repetem de cor uma porção de frases da Bíblia, é bonito de ouvir. Mas acabei me afastando deles, porque comecei a me lembrar das orações que a minha mãe tinha me ensinado, e também de um padre velhinho, que ia sempre a uma capela na favela, perto de onde eu morava. Eu tinha amor a Nossa Senhora, minha Mãe do Céu, e também a São José. Eles não gostavam disso, e daí eu vi que a gente não pensava igual.

Comecei a ler a Bíblia e um livro de orações. Recebi um catecismo, e um moço da pastoral carcerária vinha me ver. Quando eu descobri que podia confessar, para perdoar meus pecados, fiquei meio zonzo. Não era possível! O dr. Ricardo aproveitava para me explicar tudo. Passei a rezar todos os dias junto com o pessoal com quem eu conversava dessas coisas. Por isso, provocavam a gente, debochavam. Graças a Deus, durou pouco, e outros presos até pediam que a gente rezasse pelos filhos deles, pelas esposas.

Faz pouco menos de um ano, o dr. Ricardo trouxe um padre para falar comigo. Contei o que tinha feito, pedi perdão a Deus. Quando voltei para o pátio, estava tão alegre, que outros detentos perguntaram o que tinha acontecido. Expliquei e vários quiseram falar com o padre. Foi um dia inesquecível, a gente parecia que estava louco.

Na semana seguinte, fiz a primeira comunhão em uma missa celebrada aqui, pelo mesmo padre Roberto. Antes, o dr. Ricardo quis um dedo de prosa comigo. Falou que eu podia pedir por mim e pelos outros, para diminuir o mal que existe no mundo. Explicou que Jesus morreu na Cruz para salvar todos, mas a gente tem que se aproximar d'Ele para receber a graça e ajudar a que ela chegue aos outros. Também comentou que, apesar de eu ser um criminoso, Deus olha com piedade para mim, porque estou preso e sofro. Por isso, fico mais perto do Seu coração. Sugeriu que eu rezasse especialmente pela família da senhora, e foi o que eu fiz.

Dona Gabriela, não posso apagar meu crime. Mas a senhora e as suas filhas são, depois da minha mãe, as pessoas por quem eu mais peço a Deus. Lembro também do seu marido, para que seus pecados sejam perdoados. Do jeito que o matei, ele não teve tempo para se confessar. Mas, naquela hora, o olhar dele era bom, deve ter ido logo para o Céu.

Não sei se a senhora vai conseguir me perdoar. É ousadia minha pedir uma coisa dessas. De qualquer jeito, sempre vou me lembrar da senhora e das suas filhas. Tenho procurado ser um homem correto e, com a graça de Deus, vou conseguir. Quando terminar de cumprir a minha pena, quero mudar de cidade e começar a trabalhar. Minha mãe irá comigo, ela está feliz com a minha mudança. Quero casar e criar meus filhos, para que sejam gente de bem e tenham uma família com pai e mãe, o que nunca tive.

O Ricardo não falou mais da senhora nos últimos meses. Antes eu perguntava, mas, não sei por que, ele evitava responder. Também deixou de comentar das suas filhas. Espero que a senhora tenha saúde e seja uma mulher feliz.

Se puder, procure não se lembrar de mim com ódio. Que Deus a abençoe.

Espero não a ter incomodado. Duvidei em escrever, pensei se não era melhor ficar quieto e não tocar em um assunto tão dolorido. Acabei mandando essa carta porque achei que ia ser triste se eu vivesse sem nunca ter dito à senhora que me arrependo, que peço perdão.

Agradeço a sua atenção. Fique com Deus.

Do seu humilde servidor,

Edvaldo Lima Sousa

Ao terminar a leitura, a cabeça de Catarina girava. Era como se tivesse andado por meia hora em uma montanha-russa, com uma velocidade alucinante. Com o canto do olho, observou a irmã, que choramingava silenciosamente. A mãe aparentava ter se acalmado. Ivan tirara os óculos e os batia levemente na mesa, enquanto seguia manuseando o papel impresso. Em um impulso, ela pulou da poltrona e, com os braços levantados, gritou:

— Ótimo! Ele mata o papai e agora quer que a gente o perdoe, porque se tornou um novo homem. Que piada! De que adianta isso agora? Vai trazer o papai de volta? Esse bandido ainda tem a petulância de dizer que está em paz, depois do que fez! É uma loucura!

Os outros três encararam-na assustados, enquanto ela tornava a se sentar. Ainda com ímpeto, acrescentou:

— Vocês não estão levando essa carta a sério, estão? Não tem nem pé nem cabeça! Perdoar esse sujeito? Ele que se acerte com a vida dele. Não vou desejar mal a ninguém, mas não posso esquecer ou fingir que tudo bem. Ele arrancou o papai da gente! Só faltava essa, a gente passar a mão na cabeça do assassino. Nem vale a pena responder.

As outras mulheres voltavam-se uma para a outra, e Ivan observava Catarina com comiseração e um leve sorriso. A caçula sabia que sua mãe e a irmã entendiam-se simplesmente pelo olhar, e era o que estava acontecendo.

— Temos que responder, Ca — explicou Simone depois de uns instantes. — Esse homem escreveu para dizer que se arrepende, para pedir perdão. Por pior que ele tenha sido, é uma atitude nobre.

— Nobre? O que tem de nobre em escrever uma carta absurda, de velha beata? São palavras vazias, ele não se compromete em nada. O que ele queria? Que a gente ficasse com pena dele?

— É nobre sim! Acha fácil reconhecer tudo, como ele fez? Ele não era obrigado a escrever, não tem nenhuma relação com a gente. Foi movido por um desejo bom.

— Pela culpa dele! Pela consciência, que deve atormentá-lo! Não foi um desejo bom — exclamou Catarina.

— Como não? — insistiu Simone. — Aceitar a própria culpa não é bom? E expor-se, como ele fez, compromete qualquer pessoa. Por que não podemos aliviar um pouco o remorso dele? O que vai custar? É só explicar que a gente não tem ódio e deseja que ele se acerte. Enfim, dizer que o perdoamos...

— Pois eu não perdoo! Isso seria desonrar a memória do papai! Vocês não percebem?

— Claro que não, filha. Seu pai não guardava mágoa de ninguém. Ele perdoou muita gente, inclusive parentes que se comportaram pessimamente. Ele não ia querer que a gente guardasse rancor desse moço.

— Nada vai trazer o papai de volta, Ca. Para que ignorar esse criminoso, que já está cumprindo a pena dele? Vamos mostrar que somos boas, como o papai era.

A garota mirou consternada a mãe e a irmã. Gabriela propôs:

— Escrevo uma resposta e mostro a vocês. Pode ser assim? Algo curto, sem intimidades nem recriminações, mas que deixe claro que aceitamos o pedido de perdão dele.

— Podemos mandar a carta através do Ricardo — acrescentou Simone sem ousar mirar Catarina. — Foi ele quem ajudou esse homem, e é claro que por causa da gente. Seria um agradecimento delicado. E merecido.

— Você está brincando, Simone? — perguntou Catarina, pulando novamente do sofá. — Agradecer a esse salafrário? Ninguém pediu que ele fosse atrás do assassino do papai! Foi outra ideia imbecil, típica dele.

Todos na sala permaneceram calados por alguns segundos. Depois, uma suspeita invadiu Catarina, que exclamou:

— Deve ter sido ele quem instigou esse bandido a escrever a carta! Para divulgar essas boas ações de araque! Quer de novo se passar por bonzinho...

— De jeito nenhum! — interrompeu Simone. — A carta faz referência ao Ricardo de um modo... Duvido que ele saiba dela.

— Não interessa o que a carta diz, pode ser mentira. Olhem o português do texto! Não é aquelas maravilhas, mas é bem melhor que o de alguém que estudou em escolas ruins. Aposto que tem poucos erros de ortografia. Está na cara que existe outra pessoa por trás desse condenado. E quem pode ser, senão ele? E você ainda quer agradecer, Simone? É tudo uma brincadeira de mau gosto, do início ao fim.

A feição de Simone era de desapontamento, enquanto Gabriela retorquiu:

— Pode ser que o Ricardo tenha convencido o rapaz a escrever, talvez você esteja certa. Mas, filha, que diferença faz? Continua a ser um pedido de perdão. O que ele nos contou da sua vida, não é sincero? Não parece a carta de alguém fingido. E ele não tem nada a ganhar.

— O Ricardo pode ter pago para ele — reclamou baixo Catarina.

— Agora você está delirando! — Simone perdeu a paciência.

— Não briguem, por favor. O Ivan, que é mais imparcial do que nós nesse tema, ficou impressionado. Não é mesmo, querido?

— Esse moço escreveu ou ditou, vá lá, com o coração na mão. Ele quis ser franco, em nenhum momento tentou se justificar. Contou muito mais do que precisava, inclusive sobre atos pregressos ruins, e reconheceu que era um bandido. Não consigo enxergar nele um mentiroso.

A irmã mais velha balançou a cabeça em aprovação. Segurando-se para não reclamar que Ivan era imparcial coisa nenhuma, Catarina disparou:

— Façam o que vocês quiserem, mas me deixem fora disso! Não digam que o desculpei, porque isso eu não vou fazer. Também não quero agradecer nada ao... a ele, que é o rei dos estelionatos. Duvido que o papai agisse assim, se fosse uma de nós que tivesse sido morta. É muita ingratidão!

Galgou a escada e trancou-se no quarto. Tivesse seu estouro ocorrido dois anos antes, a mãe e irmã viriam correndo consolá-la e afagá-la. Hoje, não era mais assim. Catarina havia se tornado uma pessoa habitualmente equilibrada e segura, ainda que com sua emotividade intensa. Jogou-se com raiva na cama, reclamando consigo mesma que estavam promovendo um escárnio à sua família. Ao mesmo tempo, ficara atordoada pela carta inesperada. Aquele fulano talvez estivesse mesmo em busca de sua redenção. E fora ajudado nisso por ele, justo ele. Sorrateiramente, invadiu-a a ideia de que, se Ricardo fizera aquilo, tinha sido principalmente por ela.

"Que absurdo estou pensando!", estancou. "Não tem nada a ver, não pode ser. Nessa época, ele tinha uma amante! Não me contava nada do que acontecia de importante. Deve ter sido o autor dessa carta ridícula, e o assassino só colocou a assinatura, vai ver que sem ter lido."

Forçou-se a acreditar nisso, horrorizada com a possibilidade de estar errada. Naquela noite, não desceu mais e recusou jantar, quando a mãe bateu à porta perguntando se queria algo. Decidiu que evitaria perguntar o que fosse do tal do Edvaldo, daquela carta e do que os outros fizessem a respeito. Recusava a se imiscuir na questão, que se tornava mais e mais incômoda.

30
A reconstrução de um homem

Ricardo espantou-se com a chamada que dona Alice lhe transferira. Do outro lado da linha, Ivan saudou-o e, em linguagem formal, pediu que marcassem uma reunião o quanto antes, se possível naquela tarde. Preferiu não adiantar o assunto, e acertaram de se ver no escritório. Um pouco depois da hora marcada, a secretária informou Ricardo de que a visita tinha chegado e perguntou em qual sala de reuniões desejava recebê-la. Ele respondeu:

— Aqui no gabinete mesmo. Por favor, peça para a dona Ângela trazer água e café.

Era um local mais íntimo. Não queria receber o primo como se fosse um estranho com quem tivesse apenas contatos profissionais. Para sua surpresa, porém, atrás de Ivan entraram Gabriela e Simone. Houve um momento de hesitação.

Ricardo encontrara Simone duas vezes nos últimos doze meses e recentemente soubera que ela não permitira que ele fosse convidado para o noivado de Eduardo. Por isso, o noivo tampouco admitira que se chamassem outras pessoas, e a comemoração havia ficado reduzida ao círculo familiar mais estreito. Eduardo não lhe contara isso, mas sim a mãe dele, dona Márcia, que, como a maioria das sogras, gostava de implicar com a futura nora.

Nenhum deles havia mudado muito no último ano. Gabriela vestia um conjunto de calça e paletó claros, e seu cabelo tinha um penteado moderno, que destacava os belos traços do rosto moreno. Ivan estava com um terno cinza claro e uma gravata amarela, tudo de excelente qualidade, enquanto Ricardo usava um conjunto azul-escuro com gravata vermelha.

Ambas as mulheres aguardaram constrangidas que o advogado se dirigisse a elas, o que não demorou:

— Por favor, fiquem à vontade. Queiram se sentar. O Ivan não disse que a senhora e a sua filha viriam.

— Devíamos ter avisado, desculpe. Com licença.

As duas se acomodaram no sofá junto da parede, no outro lado da sala em relação à escrivaninha. Ricardo ficou na poltrona defronte à ocupada pelo primo. A seguir, a copeira entrou e serviu café e água, além de deixar uma bandeja de doces pequenos sobre a mesa. Por uns instantes, todos se mantiveram em silêncio, até que Ricardo disse:

— Não nos vemos há bastante tempo. Espero que estejam todos bem. Quando o Ivan disse que queria me encontrar, cheguei a desconfiar que fosse para trazer uma notícia ruim.

— Graças a Deus, não é nada disso — esclareceu o primo. — Está tudo ótimo com a gente. Acredito que aconteça o mesmo com você e os da sua casa.

— Sim. Não temos grandes novidades. Espere, você soube que a Clara se mudou para São Paulo? É claro que soube, a Simone é amiga dela. Certamente vocês duas se despediram e tudo o mais.

— Foi sim — respondeu a moça. — Fui visitá-la umas semanas atrás. Ela está contente, entusiasmada, como sempre.

— Pois é. Eu soube do seu noivado com o Eduardo. Parabéns! Nem preciso dizer que é um rapaz extraordinário. Você teve muita sorte.

— Obrigada. Concordo totalmente — disse Simone.

— Ele também teve sorte por encontrar você. E tem consciência disso.

— Muita gentileza sua — respondeu a moça.

Ela sentiu sua simpatia por aquele homem de quem se afastara abruptamente querer renascer, o que se manifestou no sorriso que brotou em seus lábios pintados de rosa escuro. Porém, a seguir enrubesceu, pois intuiu que Ricardo tivera conhecimento das circunstâncias da festa de noivado que o envolviam. Melhor, que o excluíam. Confundiu-se e ficou quieta.

Por sua vez, Gabriela se mantinha distante e deslocada. Entrara naquela sala para cumprir o que julgava um dever e foi direto ao ponto:

— Acredito que esta nossa visita seja inesperada. Bem, talvez não tanto. De qualquer modo, o motivo dela é que queríamos pedir-lhe um favor.

Ricardo teve o impulso de responder gentilmente, mas a antipatia da esposa de Ivan por ele retornou à sua memória com vivacidade. Limitou-se a mexer uma das mãos e a cabeça, convidando Gabriela a prosseguir:

— Ontem, recebemos uma carta do rapaz que matou meu marido José Carlos.

Os olhos de Ricardo arregalaram-se, mas ele permaneceu calado.

— Você tinha ideia que ele escreveria para nós? — inquiriu ela. — Porque ele comenta bastante de você, indica que são bastante ligados. Até mesmo amigos.

— Somos amigos, de fato. Mas ele não contou que iria entrar em contato com a senhora. Para dizer a verdade, estou surpreso de que ele tenha feito isso sem me avisar. O que foi que ele escreveu, se me permitem saber?

Ele empregava um volume de voz mais baixo que o normal.

— Não precisa me chamar de senhora, Ricardo, por favor. Ele contou como foi a vida dele, a sua família, o modo como se tornou um criminoso, o caminho que percorreu até matar o José Carlos.

Ela teve que parar, porque se emocionou. Todos na sala aguardaram até Gabriela retomar:

— Insistiu em que estava muito arrependido e expôs a mudança por que passou na cadeia. Escreveu que queria se regenerar e pediu que nós o perdoássemos. Descreveu com bastante detalhe a maneira como você se aproximou dele e o orientou. Você foi muito habilidoso.

Ricardo não sabia se sorria ou ficava sério. Olhou para o chão para concentrar-se e perguntou:

— Em que vocês querem que eu ajude?

— Agradeceria muito se você pudesse entregar a ele uma resposta, que escrevi hoje de manhã. Eu podia mandar pelo correio, mas achei melhor trazer pessoalmente a você, por atenção a ele. A gente queria que você transmitisse a ele que nos viu, e que consideramos as palavras dele reconfortantes. Pode dizer que não vamos guardar raiva, mas nos esforçar para perdoá-lo.

— Faço isso com enorme prazer, Gabriela. Vai ser uma das maiores alegrias da vida do Edvaldo, saber que puderam perdoá-lo. No caso, vocês duas, Gabriela e Simone.

— Sim, nós duas — confirmou ela.

— O que vocês estão fazendo é generoso, digno — comentou após alguns segundos. — O Edvaldo cometeu uma quantidade enorme de erros e está pagando por eles, mas é uma pessoa admirável em muitos aspectos. Ele possui qualidades bem superiores ao que ele mesmo imagina. Não é fácil afundar tanto e depois emergir, como ele está fazendo. Saber que vocês se deram o trabalho de vir aqui por ele vai servir como um estímulo enorme. Agradeço em nome dele, porque tenho certeza de que ele faria isso com o máximo de reconhecimento.

— Como você chegou até o Edvaldo? — indagou Simone.

— Conheci a mãe dele no pátio da prisão, onde ficam as famílias antes do horário de visita. O jeito dela me chamou a atenção, dava para perceber que era uma pessoa sofrida. Puxei conversa, e por acaso descobri que o filho dela era o assassino do José Carlos. Fazia tempo que eu queria encontrar o homem, porque sabia que ele cumpria a pena em Hortolândia. A mãe, dona Júlia, aceitou me apresentar a ele. É uma mulher ignorante, mas correta, forte, afetuosa, com quem entrei em sintonia desde o primeiro momento.

— Mas por que você quis conversar com ele? O que passou na sua cabeça? — insistiu a garota.

— Eu intuía que, mesmo sendo um criminoso, ele não era um perdido. O homicídio não tinha sido premeditado; ele havia passado vários anos no crime, e nunca tinha se envolvido para valer com uma quadrilha pesada. Também não havia participado de ações especialmente violentas, apesar de contar com muitos roubos nas costas, nos quais nunca tinha sido pego. Pensei que dava para tentar tirá-lo daquela situação, que era possível ajudá-lo.

Os três visitantes acompanhavam absortos, o que fez Ricardo continuar.

— Nossos primeiros encontros não foram fáceis. Acabei sendo rigoroso, peguei pesado demais. Queria mostrar a gravidade do que ele tinha feito: acabar estupidamente com a vida de um homem e quase destruir uma família. A reação dele foi animadora, porque, mesmo ficando irritado, não tentou se justificar nem me ofendeu. Pouco a pouco, foi ganhando confiança em mim, até porque precisava de alguém para conversar.

"Como podem ver, não foi tão complicado assim. Como ele gostava de me receber, e eu de visitá-lo, era natural que a gente se visse com frequência. O que eu falava, ele compreendia na hora e chegava por si mesmo a conclusões que me surpreendiam. Por mais criminoso que fosse, seu senso moral estava praticamente intacto; só precisava de uma boa limpeza."

— Mesmo assim, por que você fez isso? — arguiu desta vez Gabriela. — Você não conhecia esse moço. Ele matou meu marido, era um criminoso comum. Por que você ajudou justo ele a se recuperar, e não outro qualquer? Foi por causa da gente?

Ao perceber que Gabriela estava sinceramente interessada, até abalada, Ricardo resolveu abrir-se:

— Pensei que, se o assassino do José Carlos se arrependesse, de algum modo aliviaria parte do peso que tinha caído sobre vocês. Com o Edvaldo redimido, a própria morte do seu marido teria frutificado em um bem. O final da história não ia ser somente um crime, mas vidas que se refizeram, apesar da dor e da tristeza. Em certo sentido, por causa delas, através delas.

"Não conheci pessoalmente o José Carlos, Gabriela. Mas soube bastantes coisas a respeito dele, mais até do que me disseram. Eu tinha certeza de que o bom influxo dele não se encerraria com a morte. O próprio homicida poderia receber algo valioso da vítima, e certamente sobraria mais ainda para vocês, que eram a esposa e as filhas."

Parou de falar e não encarou ninguém, perdendo-se em seus pensamentos. Simone encolheu-se no sofá, e Gabriela sentiu-se zonza. Como que despertando, Ricardo riu e acrescentou:

— Perdoem-me se estou falando como um louco. É que estou convencido de que o mal e principalmente o bem que fazemos não se esgotam conosco. Os criminosos e desonestos sujam a humanidade, espalham desgosto e sofrimento, sem dúvida. Só que é muito maior a força de quem é bom e digno. Às vezes não percebemos que é assim, e ficamos impressionados demais com o mal.

"De fato, não tive um motivo 'racional' para ajudar o Edvaldo, mas eu tinha a certeza de que, se ele se emendasse, uma série de eventos felizes viria atrás. E já começaram a se dar na prisão, entre os condenados: alguns melhoraram de conduta, estão menos revoltados, até com esperança. Também a família do Edvaldo se uniu, ele se acertou com os parentes, sua mãe parece ter renascido.

"Era inevitável que parte disso chegasse a vocês. O fato de vocês virem aqui, de escreverem para o assassino, é significativo. A ação de vocês é muito nobre, como eu disse. Além disso, duvido que alguém reze mais por vocês do que o Edvaldo. Foi a forma que ele encontrou para compensar parte do que fez. Podem estar certas de que fico feliz se serviu de algum alívio a vocês, apesar de já não termos a amizade de antes."

Os visitantes escutavam perplexos. Nunca haviam ouvido Ricardo falar dessa maneira. Apesar disso, Gabriela não lograva dar o passo que se havia proposto. Então, Simone adiantou-se:

— Também viemos agradecer a você.

— Agradecer? Por quê? Como disse, eu não sugeri ao Edvaldo que escrevesse a carta, foi iniciativa exclusivamente dele. Vocês não têm nada que me agradecer.

— Você se aproximou dele por causa da gente, porque nos conhecia — explicou a garota. — Queria que ele se desculpasse conosco, porque achava que nos faria bem. Você foi muito bom com a nossa família. Obrigada de coração!

Ricardo se levantou e foi em direção à sua mesa de trabalho, ficando de costas para seus interlocutores. Após um tempo, voltou-se e disse:

— É verdade, fiz tudo no início por vocês. Mas, a partir de certo momento, o próprio Edvaldo era uma motivação importante. Foi um privilégio testemunhar a transformação dele. Aumentou a minha esperança no ser humano.

Ivan não trocou olhares com o primo, mas mirou Gabriela, com a expectativa de que ela resolvesse as pendências com Ricardo. Porém, a esposa levantou-se, tirou a carta que trazia na bolsa e estendeu-a, dizendo:

— Agradeço pela sua atenção. Tomamos tempo demais de você. Quando você pode entregar essa nossa resposta?

— Hoje é quinta... Vou estar com ele na próxima terça. A não ser que vocês queiram que eu a leve antes.

— Não é necessário; terça-feira está ótimo. Vamos embora?

O marido e a filha obedeceram e dirigiram-se à porta. Na sua mesa, Ricardo pegou alguns cartões e entregou-os aos três.

— A partir da semana que vem, vou mudar de escritório. Aqui estão meu endereço novo e os telefones. Se desejarem falar comigo ou solicitar algum serviço, vai ser fácil me encontrar.

— Vai mudar de escritório? — Ivan admirou-se. — Mas você sempre gostou deste! Aconteceu alguma coisa?

— Não é nada de mais. O dr. Augusto vai se aposentar e morar em um sítio. Sem ele, eu não teria o mesmo prazer em trabalhar aqui. Resolvi aproveitar e começar meu próprio escritório, com uma equipe nova. Acertamos tudo faz um mês, e esta é a minha última semana aqui.

— Boa sorte então — desejou Ivan. — Mande um abraço à tia e aos primos. Lembro-me sempre de todos vocês. Sinto falta de visitar sua casa, de ver sua mãe, seu pai...

Percebeu que havia sido desastrado assim que Gabriela apertou-lhe fortemente o braço. Ricardo fingiu não perceber a reação da mulher e limitou-se a responder:

— Vou transmitir seu recado. Tenho visto a tia Rita habitualmente. As nossas mães estão envelhecendo rápido, não é?

Passaram pela portaria, com a mulher andando à frente, os primos lado a lado e Simone distraída e muda, atrás. No estacionamento, ela avançou de repente, postou-se à frente de Ricardo e exclamou, cobrindo o rosto:

— Desculpe, por favor, está bem? Fui tão burra, tão cega... Ah, meu Deus! Não fique decepcionado comigo, Ricardo. Não fiz por mal! Perdoe-me...

A garota estava prestes a desabar, e por isso mesmo apressou-se a entrar no carro, sem aguardar resposta. Gabriela desconcertou-se ao escutar a filha e acomodou-se no banco do passageiro. Ivan ainda cumprimentou Ricardo com um gesto através da janela, e todos foram embora.

O advogado ficou observando por alguns minutos a rua, que àquela hora estava calma. Sorriu para si, sentindo ao mesmo tempo uma melancolia, que o surpreendeu. Por fim, voltou à sua sala, onde tratou de algumas pendências rotineiras, que despachou logo.

No caminho para casa, Simone não abria a boca. Ivan também se mantinha em silêncio, e esse ambiente sufocava Gabriela. Ligou o aparelho de som e se entreteve em trocar as faixas de um CD, uma após a outra, até que encontrou uma música tranquila e inócua. Passado algum tempo, não resistiu e comentou:

— Homem curioso esse seu primo. Às vezes se comporta de maneira que parece maravilhosa, como no caso desse bandido. Ao mesmo tempo, pode estar armando uma jogada digna de um completo cafajeste. É difícil lidar com gente assim.

Não responderam. Ivan seguia dirigindo e olhando adiante, enquanto a garota fitava pela janela. Apesar disso, Gabriela percebia que os dois a escutavam.

— Não me senti à vontade quando lhe agradeci — continuou. — Estar com o Ricardo outra vez me fez relembrar do que ele aprontou com a Catarina, como enrolou e maltratou a pobrezinha. E mesmo assim, quando ele contou o encontro com a mãe do rapaz, como se aproximou do sujeito, fiquei comovida. Acho melhor manter distância dele, porque dá a volta em qualquer um com o pé nas costas.

Enquanto tecia seus comentários, Gabriela se intrigava por seu marido estar vermelho e respirar pesado. Pelo espelho do quebra-sol, espiou a filha, cuja tez havia empalidecido. Preferiu mudar de assunto, que demorou a engrenar, mas enfim a atmosfera distendeu-se.

Ninguém da família contou a Catarina onde tinham estado e o que haviam feito. Apesar disso, ela percebeu que o padrasto e a irmã não estavam tranquilos na sala de jantar, ambos pensativos e mudos, fazendo esforços para sorrir. A mãe, pelo contrário, mostrava-se loquaz, o que, conforme Catarina deduziu, tinha por finalidade animar Simone. A caçula tentou sondar se havia ocorrido algo, mas não conseguiu chegar a conclusão alguma. Teve praticamente certeza de que tinha relação com a carta da tarde anterior, mas não quis demonstrar o mínimo interesse naquele papel abstruso. O que não a impediu de sentir um súbito nervosismo.

Mais tarde, Simone bateu à porta da irmã e entrou para conversarem. A mais velha aparentava querer tratar de algo e estava ansiosa, pois ria alto e por qualquer coisa. No entanto, apesar de ensaiar começar uma conversa mais séria em duas oportunidades, saiu sem deixar nada digno de interesse. Catarina percebeu a agitação da irmã e ficou tentada a forçá-la a desabafar. Porém, seu instinto refreou-a, porque tinha a experiência de que Simone dificilmente guardaria algo importante só para si por muito tempo.

31
As cabeçadas de uma deslumbrada

Algumas semanas mais tarde, dois dias depois do aniversário de Gabriela, Cláudia veio visitá-la. Fazia tempo que Catarina não a encontrava e tomou um susto ao vê-la. A prima havia emagrecido tanto que surgiram leves rugas no seu rosto macio, e o charme do seu caminhar diminuíra. Suas roupas eram simples, ainda que de boa qualidade: calça jeans, uma sandália discreta e camiseta de grife. As unhas não estavam bem pintadas, o que antes seria inconcebível, e ela praticamente não usava joias.

Cláudia não se pusera a tagarelar de negócios, viagens, festas ou compras, mas relembrava episódios da infância que passara com Gabriela, ou de familiares com quem agora tinha pouco contato. Pouco a pouco, Catarina admitiu que a visita estivesse perfeitamente agradável, como há muito não acontecia.

A causa da transformação era fácil de adivinhar: Cláudia havia terminado o namoro com o famigerado Celso. A relação do casal tinha entrado em uma espiral cada vez mais tumultuosa, com direito a cenas de ciúme em restaurantes, discussões acaloradas no meio de uma festa de casamento e o boato, posteriormente confirmado, de que ele havia se envolvido com um traficante que ameaçara presenteá-lo com um terno de madeira.

A crise do casal ganhou as páginas de fofocas do jornal local quando um pedestre foi atropelado pelo carro do rapaz, que perdeu a direção no meio de uma troca de agressões entre ele e a passageira, exatamente a Cláudia. O veículo bateu também em uma árvore e a derrubou, sendo que seus ocupantes escaparam ilesos por pouco.

A notícia desses fatos espalhou-se pela sociedade rapidamente. Várias clientes da moça consideraram os episódios apimentados, divertidos, e aproveitaram para amplificá-los sordidamente, valorizando que a empresária emergente fosse capaz de despertar paixões arrebatadas. Para as famílias mais tradicionais, porém, Cláudia se caracterizara como uma arrivista de baixa categoria.

Ela deu-se conta do tamanho do vexame pela desilusão que provocara no pai. O sr. Pedro Damião ficou doente e, prostrado na cama, suplicou pateticamente à filha que pusesse a cabeça no lugar, abandonasse aquele "moleque dos infernos" e não se expusesse diante de toda a cidade como uma desmiolada.

Fazia alguns meses que tudo isso havia acontecido, e Cláudia desde então sumira das festas e badalações, ocultando-se no trabalho da loja. Tinha acabado de abrir em outro shopping uma filial de padrão menos refinado, que prometia bastante. A atividade permitiu-lhe esquecer os seus dissabores e se recuperar interiormente. A pessoa que Catarina tinha por diante encontrava-se em um estado bem melhor do que quando rompera com o Celso.

O jantar foi grato. Cláudia conhecia a fórmula para divertir Gabriela, e as duas riram juntas à vontade. Na sala de estar, Simone recebeu da prima um lindo presente de noivado, ainda que atrasado: um vestido de noite de cores escuras, com detalhes bordados em verde-esmeralda. Passado um quarto de hora, as meninas e Ivan se retiraram, deixando as primas sozinhas.

No início, Catarina ouvia de seu quarto gritos ou gargalhadas. Depois de algum tempo, o barulho vindo da sala de estar cessou. A garota pensou que Cláudia tivesse ido embora, e nem se preocupou quando desceu ao escritório para apanhar dois livros e sua caneta, que esquecera ali. De lá, percebeu que a mãe sussurrava algo, e por isso dirigiu-se à porta para fechá-la. No entanto, quando estava prestes a fazê-lo, Cláudia murmurou, com a voz nítida e enternecida:

— A gente se encontrou na semana passada. Saí da loja e esbarrei com ele andando pelo shopping. Assim que o vi, as minhas pernas bambearam, fiquei toda atrapalhada, com vertigem... Por que será que reagi desse jeito? Até agora, não entendi direito. Foi como voltar uma década, para uma vida que nem lembrava que tivesse sido minha. E ele estava uma graça! Elegante, enxuto, até mais bonito.

O primeiro impulso de Catarina foi escapulir dali o quanto antes. Porém, a menina encostou-se à parede, com vergonha de si mesma e bebendo cada palavra.

— Também o achei bonito, quando o vi recentemente — concordou Gabriela. — Só que ele estava, não sei, menos espontâneo, mais sério, quase triste. Com uma ponta de melancolia, vamos dizer. Como se tivesse perdido a jovialidade. Você notou algo parecido?

— Pois, olha, agora que você está me dizendo, é verdade — respondeu Cláudia. — No começo, ele me tratou meio friamente. Mas, pensando melhor, a gente não se encontrava fazia mais de um ano e meio. E, na última vez, eu o deixei falando sozinho em uma mesa de restaurante. Com vocês, ele teve uma briga feia. Seria pedir demais que se comportasse como se não tivesse acontecido nada.

A mãe não retrucou, e a outra prosseguiu:

— Ele quis saber do meu pai, do meu trabalho, falou que as vitrines da loja estavam muito bem-arrumadas, tudo naquele modo de ser dele. De repente, deu de me olhar de um jeito estranho, sem prestar atenção no que eu dizia. Senti como se estivesse me atravessando. Chegou um ponto em que deixou de falar e apenas me encarava. Não era agressivo, mas me incomodava. Quando eu estava para dar o fora, cansada daquilo, ele me convidou para jantar com ele. Eu devo ter feito uma cara de susto, porque ele riu e explicou que a gente não conversava com calma há uma década, e ele queria aproveitar a oportunidade para apagar qualquer impressão ruim do nosso último encontro. Por que você está rindo, sua boba?

— Não acredito que você caiu nesse papo furado do Ricardo. Você é ingênua demais, uma criançona!

— Eu fiquei curiosa para saber o que ele ia dizer. Por acaso isso é crime? Ele sempre teve uma conversa boa, por que eu não aceitaria? Seria falta de consideração da minha parte. E só você acha que sou criança.

Catarina não escutou a resposta da mãe, que foi cortada pela prima:

— Não é nada do que você está pensando! Deixe-me continuar, sua chata. A gente foi a um restaurante no shopping mesmo. Logo que nos sentamos, ele perguntou: "O que aconteceu com você, Cláudia?" Dei uma de sonsa e respondi: "Ora, nada. Gosto deste lugar, para mim está ótimo." Ele ficou quieto por um tempo, até que balançou a cabeça e insistiu: "Você sabe do que estou falando. Como você deixou que essa loucura acontecesse? O que deu em você?"

"Ele tinha um jeito ao falar, uma expressão no rosto... Ele estava sofrendo por mim, com quem já nem tinha mais contato. Não me interrompa, por favor. Tenho certeza do que estou dizendo, não foi autossugestão. Toda a situação, eu sentada ao lado dele, naquele clima, me desarmou. Comecei a contar minha vida inteira desde que me separei dele. Nem acredito que não parei por vergonha, porque alguns fatos desses meses eram, bem, uma lástima, para dizer o mínimo. Pensei que ia decepcionar o Ricardo, que nunca tinha visto esse meu lado meio selvagem. De repente, ele podia até ficar com nojo de mim. Mesmo assim, depois que desembestei, não tive como parar.

"Quando falei que eu e o Celso tínhamos chegado a brigar e a bater um no outro por qualquer besteira, o Ricardo apertou o guardanapo, tenso. Claro que, para chegar aí, contei como engatei o namoro com aquele desgraçado, os nossos primeiros meses, os desentendimentos que vieram depois e as minhas suspeitas de que ele me traía. Falei das maluquices que a gente fazia, as viagens, as festas que não tinham hora para terminar, os planos mais pesados, às vezes com várias drogas para turbinar... Enquanto eu ia recordando, o que na época parecia uma aventura ficava reduzido a um monte de tolices, tudo sem pé nem cabeça. Alguns episódios eram pura infâmia, reconheço. Que o meu pai não me ouça!"

Cláudia suspirou e a sala ficou silenciosa por um lapso de tempo. Catarina dividia-se entre o decoro, que a obrigava a abandonar o papel de bisbilhoteira, e um interesse devorador. Na prática, foi incapaz de se mover.

— O que ele disse? — perguntou enfim Gabriela.

— Nada — disparou Cláudia. — Calou a boca e ficou feito um túmulo quase o tempo todo. Prestava atenção em cada movimento meu, palavra por palavra, sem deixar transparecer o que estava pensando. O contraste entre o ar misterioso dele e a minha exibição deslavada fez com que eu de repente me irritasse. Pensei que ele se julgava superior a mim, que achava que eu era uma perdida, uma prostituta. Senti pelo Ricardo uma ojeriza enorme e tive uma vontade louca de ofendê-lo, de ridicularizá-lo, até de dar uns tabefes nele. Eu me segurei, mas fiz questão de descrever os pormenores dos fatos mais cabeludos do final do meu namoro, do jeito mais nefasto e provocante que consegui. Estava doida para escandalizá-lo, fazê-lo ficar vermelho. Queria berrar para todo mundo até onde eu havia chegado, e que no fundo o Ricardo era um idiota que vivia em um mundo irreal, um carola ridículo, alienado.

Catarina ouvia a respiração funda da mãe, que devia estar pasma. Ruídos de copos indicaram que Cláudia havia interrompido a narração para tomar algo. Logo depois, retomou mais calma:

— Olhei firme na cara dele, com desprezo mesmo. Ele tinha percebido a minha intenção de chocar, de cutucá-lo, de fazer com que ele se sentisse mal. Nem eu me reconhecia. Fiquei alucinada, esperando a reação dele. Acho que queria que ele se levantasse e fosse embora, para depois eu rir alto. Se ele me ofendesse, mostrasse que o estômago dele tinha embrulhado, melhor ainda.

"Só que aconteceu uma coisa que, só de lembrar, me deixa arrepiada. Ele tomou a minha mão e a apertou. Não tive coragem de tirá-la, não esperava aquilo. Ele a acariciou um bom tempo e, no fim, deu um beijo nela com carinho, delicado. Ficamos olhos nos olhos, ele sorriu doce, triste, e continuou quietinho.

"Meu Deus! Deu um nó na minha garganta, nem conseguia pensar. Tentei me dominar, mas comecei a chorar. No início, baixinho, discreto; depois, veio uma enxurrada. Acho que nunca chorei tanto, eu soluçava igual uma desesperada. Meu rosto ficou ensopado, a maquiagem borrou inteira. Perdi a noção de onde a gente estava. Recordei as minhas cenas com o Celso, tudo passando na minha cabeça em poucos segundos. Meu coração apertou, eu tremia toda. Uns minutos depois, senti que o Ricardo limpava meu rosto com o lenço e dizia suave, como numa canção de ninar: 'Calma, linda! Foi uma loucura, mas passou. Por favor, não fique assim!'

"Pus a minha cabeça no ombro dele e não parei de chorar. Foi tão bom sentir que ele acariciava o meu cabelo, apertava a minha mão... Ah, Gabriela, na hora fiquei apaixonada de novo pelo Ricardo. Para mim, ele era o homem mais perfeito do mundo, com quem eu queria passar o resto da vida!"

Ao escutar, Catarina teve o ímpeto de irromper na sala e mandar a prima embora, chamando-a de oferecida e volúvel. Quando venceu a raiva, assustou-se com seu movimento interior. Não teve tempo para refletir, porque ouviu a sua mãe:

— Que bobagem, Cláudia! Você mesma me disse que não entendia como um dia gostou do Ricardo, que ele era insosso, sem graça. Pare de romantizar, de sonhar. Você já está crescidinha para cair nesse sentimentalismo juvenil. Eu, hein!

— Como eu me envergonho de ter dito essas coisas! Só podia estar maluca. Estava deslumbrada pelo Celso, não tinha olhos para mais ninguém. Preferir o Celso ao Ricardo... Só uma débil mental ou uma depravada poderia fazer isso. Eu fui as duas coisas ao mesmo tempo. Hoje, trocaria mil vezes tudo o que passei com aquele traste para ter outra chance com o Ricardo.

— Sei, sei... Exagerada! Se o Ricardo fosse tão bom, você não o teria dispensado antes. Por sinal, você nunca me contou porque terminaram. Sempre achei que ele tivesse aprontado uma daquelas para cima de você.

A garota escondida aguçou o ouvido, porque Cláudia apenas murmurava:

— Você está enganada. Ele foi teimoso, mas não fez nada de tão errado.

— Então conte direito! Se não, vou achar que você desconfia de mim.

— Pare de bancar a mimada, Gabi! Vou dizer, porque não tem mal nenhum. Eu pedi que ele deixasse de vir aqui, para aquelas reuniões com a sua filha. Não precisa perguntar, vou explicar. Eu não achava certo que ele, um advogado, que estava ganhando nome na cidade, gastasse tanto tempo com esses adolescentes, dando uma de professor de ensino médio. Era se desvalorizar. Também percebi que algumas meninas arrastavam as asas para o lado dele, que, todo inocente, não notava. Por isso, quis que ele parasse com os encontros. Foi um pouco de ciúme da minha parte, reconheço, mas não exigi nenhum absurdo, concorda?

Não foi possível a Catarina distinguir o comentário de Gabriela.

— O problema foi que ele teimou que os garotos eram importantes, que gostava de ajudá-los — continuou Cláudia. — Bati o pé, mas o bobo respondeu que não tinha sentido deixar essas pessoas por conta de um capricho meu. Aí ele foi um pouco cruel, é verdade, mas nada imperdoável.

"Na época, eu estava com a cabeça na loja, que tinha aberto poucos meses antes. Trabalhava feito uma condenada. Acho que meus nervos estavam à flor da pele, e por isso fiquei irritada além da conta. Também foi pirraça dele, que, quando quer, é teimoso demais. Então, falei que era melhor a gente acabar ali. Ele tentou conversar, me fazer mudar de ideia, quis colocar panos quentes, mas daí foi a minha vez de não aceitar. Passaram duas horas, e eu já estava arrependida. Mas achei que não podia ir atrás dele, ele que tinha de me procurar. Bem, foi uma das maiores burradas da minha vida; se eu tivesse agido diferente, teria evitado as minhas cabeçadas depois."

No silêncio que seguiu, Catarina podia sentir no pescoço as batidas nervosas de sua pulsação. Um minuto depois, Cláudia tornou a falar:

— No fundo, eu estava certa. De que adiantou ele ter feito isso? Só serviu para ele quebrar a cara. Pouco depois, levou o maior sabão da Catarina, que hoje não quer nem ouvir falar dele, e foi tudo por água abaixo. Se tivesse feito o que pedi, as coisas teriam corrido bem melhor. Ao menos, não ia acabar malvisto por esses garotos, como parece que aconteceu. O passado não muda, mas, se a gente não tivesse rompido, a esta altura podíamos estar casados. Teria sido tão bom. Imagine, eu, de aliança e tudo!

— Bom coisa nenhuma! — rebateu Gabriela. — E o que ele fez com a minha filha? Toda a história da amante, o escândalo que ele armou! Você esqueceu isso?

— Escândalo por escândalo, estou pior que ele...

— Lógico que não! Você não era amante de ninguém, só deu azar de namorar um playboy meio maluco, que enganou você. Cláudia, o Ricardo é cafajeste, apesar de às vezes fazer alguma coisa boa. Até por isso é mais perigoso. A lábia dele é de dar nó em cobra d'água.

— Não esqueci nada, Gabi. Mas a verdade é que nunca acreditei muito nessa história. Não que a Catarina seja mentirosa, mas ela pode ter se enganado. Duvido que o Ricardo fosse se enrolar com uma mulher casada. Simplesmente não faz sentido. Fui namorada dele vários meses, posso garantir.

— Na época, você não pensava assim...

— Porque nunca fui tão idiota como naquele tempo! E mesmo supondo que o Ricardo tenha escorregado, terá sido uma ocasião isolada, o que não faz dele um cafajeste. Comparado com o que os outros aprontam, é brincadeira de criança. Ainda que houvesse errado, o Ricardo é muito melhor que qualquer homem que eu encontrei.

— Você está cega! O sujeito posa de moço perfeito, mas se envolve com uma mãe de família; provoca um quebra-pau... pelo que disseram, a mulher apanhou do marido... e ainda tem a petulância de pedir para a minha filha confiar nele... Isso está a quilômetros de distância do meu conceito de pessoa decente! A Catarina é esperta e também conhecia o Ricardo muito bem. Cuidado, Cláudia! Assim, você vai querer voltar com ele, o que vai ser acrescentar um erro a outro. Esse jeito melífluo dele, fazendo com que você desabafasse... Será que ele não estava tentando reconquistar você?

Sem poder ver, Catarina imaginou, pelos barulhos que vinham da sala, que Cláudia meneara a cabeça em negativa. A seguir, ouviu:

— Quem me dera! Escute o que aconteceu depois. Quando eu parei de chorar, a nossa conversa engatou de vez. As pessoas das outras mesas espiavam a gente, esperando outra cena. Esse pessoal gosta mesmo de um espetáculo! O Ricardo brincou e contou que, quando a gente terminou, ele saiu do restaurante com os olhos de todo mundo cravados nele. "Não é sempre que as pessoas podem ver alguém levando, em alto e bom som, um chute homérico da namorada", ele disse. Aproveitei a deixa e confessei que eu me arrependia demais daquilo, que tinha sido uma grossa, injusta, e pedi desculpas. Ele riu, não guardava mágoa nenhuma. Então, me enchi de coragem e perguntei: "Será que a gente não podia sair mais vezes, conversar de novo? Preciso muito de um amigo de verdade. Alguém que me entenda, em quem eu possa confiar. Não tenho outro além de você."

"Sabe, Gabi, a melhor tática com o Ricardo é a gente se mostrar indefesa, frágil, precisando de ajuda. Ele sempre quer ser útil. Foi por aí que tentei pegá-lo e acho que quase consegui. Ele se pôs meigo e não tirava os olhos dos meus. Por um instante, achei que fosse me beijar. A gente tinha voltado no tempo, para o começo do namoro."

Catarina transbordou de indignação. Por mais que detestasse o Ricardo, não suportava que Cláudia o seduzisse com aquele expediente desprezível. Mais uma vez, a mãe expressou-se pela filha:

— É pior do que eu pensava! Você chegou mesmo a cogitar reatar com esse homem! Cláudia, sou mais que sua prima, sou sua irmã e por isso falo o que penso: é um erro grave você se aproximar dele. Às vezes, bate em mim o arrependimento por ter ido visitá-lo. Agora você que não me interrompa! O Ivan e a Simone ficaram esquisitos desde que a gente foi lá e tentam me esconder o motivo, como se eu não soubesse. O Ricardo jogou o charme dele para cima dos dois de novo. Mas perceberam que comigo não deu certo. Ele não me engana, nunca conseguiu. Não se meta com o Ricardo outra vez, não quero ver você sofrendo de novo.

— Ele nunca me maltratou, Gabi! Ao contrário, foi sempre um ótimo companheiro, um doce. Eu que fui imbecil, deixei que ele escapasse pelos meus dedos. Juro que, se eu tiver a chance de amarrá-lo de novo, não vou perdê-lo.

Será que as duas iriam brigar? Não seria a primeira vez. Contudo, de maneira surpreendentemente calma, Cláudia complementou:

— De qualquer modo, você não precisa se preocupar, ao menos por enquanto. Ele mudou de supetão para a cadeira em frente da minha, quase levou um tombo, e ficou longe de mim. Deixou o lenço comigo e não me encarou mais. Respondeu que gostava muito de mim e queria me ajudar, só que achava que a gente não devia ficar perto demais um do outro. "Se começarmos a conversar com frequência de temas íntimos, vai ser difícil que a gente continue apenas amigos", falou. "Digo isso com relação a mim, claro; é provável que eu voltasse a me apaixonar por você, e sei que você não quer isso. Afinal, a gente tentou uma vez e não deu certo."

"Fiquei quieta, não consegui reagir. Quando pus a cabeça em ordem e estava quase dizendo que podíamos, sim, tentar de novo, e era exatamente isso que eu queria, ele se adiantou: 'Só quero dizer que não posso ser seu apoio principal, não tenho condições. Você me entende, não é?' 'Entendo, mas será que...', tentei falar, só que ele cortou: 'É melhor não, por favor. Peço que você aceite, sei o que estou dizendo.'

"Ah, ele não é bobo e fugiu, liso feito bagre ensaboado. E ainda dando a entender que era o *meu* desejo! Bem típico do Ricardo. Também tem um lado cavalheiresco: ele não quer dar a impressão que está negando o pedido de uma mulher.

"Na hora, o 'não' dele me desanimou. Por mim, a nossa conversa terminaria naquele instante, mas ele soube dar a volta. Contou do trabalho dele, fez que eu falasse do meu, e acabei rindo como não fazia há muito tempo. O jantar terminou bem mais divertido do que começou, e com um detalhe bem animador..."

— Qual, criatura? Por que você parou de falar?

— Porque você vai ficar brava. Azar seu! Quando a gente se despediu, o Ricardo disse: "É melhor que a gente não se veja sempre, mas estou à sua disposição para quando você precisar. Por favor, não procure mais esse sujeito nefasto, nem deixe que ele se aproxime de você. Porque ele é capaz de tentar; atrevimento para isso não lhe falta."

Com uma efusão renovada, Cláudia concluiu:

— O Ricardo tem ciúmes de mim! É por aí que vou fisgá-lo. Basta um pouquinho de jeito. Vou esperar um tempo, mas logo vou "precisar" que ele me veja. Então, é só convencê-lo aos poucos de que a gente pode ficar junto outra vez, que agora tenho certeza de que estou apaixonada por ele.

— Sua louca...

— Nem tente me contrariar, Gabriela! Nos últimos dias, não consigo nem quero tirar o Ricardo da cabeça! Por favor, prima, não seja desmancha-prazeres.

As últimas palavras afrouxaram a dona da casa, que respondeu:

— Essa lorota dele de que vocês não dariam certo, que é melhor não se verem... Tudo para conseguir exatamente isso: deixar você ainda mais enfeitiçada. Pensei que essa manha fosse arma mais feminina do que masculina. Fico espantada com a habilidade desse malandro! Ele se aproveita de um momento frágil da ex-namorada, aparece como um ombro amigo e desinteressado... Que horrível! Não fique zangada comigo, não quero discutir com você. Meu Deus, como você é cabeça-dura! Tome cuidado, minha querida!

O assunto mudou, e Catarina aproveitou para retirar-se, caminhando na ponta dos pés. Quase teve que se segurar na mesa, pela tontura que a tomara. Ainda zonza, trancou-se no quarto e sentou-se na cadeira em frente da escrivaninha, segurando a cabeça com as mãos.

Sentia-se profundamente desgostosa. Escutar Cláudia falar sobre aquelas coisas ressuscitava, com acréscimo, a aversão que ciclicamente sentia pela prima. O diálogo dela com o Ricardo devia ter sido repulsivo, cheio de pormenores grosseiros e escandalosos! Do que ouvira, Catarina procurava confirmar a imagem de um Ricardo ardiloso, falso e enigmático. Ao mesmo tempo, contudo, insistia em apresentar-se diante dela um homem bondoso, nobre, capaz de servir de apoio para uma garota impetuosa que se degradara, sem se deixar envolver pelos encantos dela.

A visão favorável era reforçada pelo que descobrira do fim do relacionamento entre Ricardo e Cláudia. Era natural a última ser mesquinha, querer por birra acabar com as reuniões de estudo e a alegria de todos os participantes. Já Ricardo preferira o rompimento a se deixar chantagear. Também não quisera renunciar a estar com Catarina e seus amigos. Talvez fosse um ato generoso da parte dele, que, como a própria Cláudia ressaltara, não lhe tinha trazido benefícios. "Isso acontece quando alguém ruim tenta fazer algo bom. Não dá certo! Até isso se volta contra ele", pensou a universitária.

De fato, por mais que se juntassem fatos que pudessem lançar uma luz benévola sobre Ricardo, os argumentos de Gabriela ainda eram os mais consistentes, no juízo da garota. Caso seu antigo amigo fosse uma pessoa correta, sequer teria conversado de assuntos tão espinhosos e íntimos com uma ex-namorada. Um temor percorreu Catarina, cujas ideias se contrapunham anarquicamente.

Piorava tudo a vergonha por ter escutado a conversa literalmente atrás da porta. "Sou dura com a Cláudia, mas me comportei pior que ela! Essa besteira só serviu para encher a minha cabeça. Bem feito, sua orelhuda!", reclamou consigo enquanto tentava cair no sono.

32
Topar de frente com a realidade

As aulas de Catarina foram suspensas na primeira semana de setembro, pela Semana da Pátria. Quase todos seus colegas viajaram a uma cidade no sul de Minas Gerais, para um encontro esportivo universitário do qual ela não quis participar. No ano anterior, houve uma série de confusões nesse evento, com alunos sendo levados à delegacia por vandalismo e armando brigas com os baderneiros da cidade-sede. Como ela também não tinha interesse em esportes nem em bebedeiras, resolvera permanecer em Campinas durante o feriado prolongado. Combinou com duas amigas assistir a um filme e passar o resto da tarde de sábado no shopping.

Ao terminar a sessão de cinema, foram comprar doces em uma loja no andar térreo, onde aproveitaram para tomar um cappuccino. A atendente era uma moça de olhos verdes. Curiosamente, Catarina lera sobre ela em um blog, onde um jornalista amoroso tecia considerações sobre sua musa inatingível atrás do balcão. Sentadas em uma mesa posta em espaço aberto, debaixo das sombras do jardim central, as três universitárias conversavam sobre o filme, uma comédia despretensiosa. Uma das meninas havia detestado o que vira. Como estava alucinada por um rapaz que nem se dispunha a perceber a existência dela, irritava-se com qualquer coisa que exalasse romantismo. Catarina provocava-a, elogiando o enredo e o casal protagonista, que constituiriam "um par adorável".

Após terem se levantado da mesa, um menino de uns 5 anos aproximou-se delas. Ele carregava um saco de pipocas, enquanto gritava e ria com todo o ardor da infância. Vestia uma bermuda jeans e camisa vermelha e branca, mesmas cores dos tênis. Catarina ficou com a sensação de que já o havia visto, mas não conseguia lembrar-se de onde. Chegou perto da criança, cuja boca tinha se sujado, e gracejou um pouco com ela. Perguntou quantos anos tinha e onde estudava. Nisso, escutou:

— Catarina, é você? Nossa, que coincidência encontrá-la aqui!

Voltou-se e deparou com um sujeito gordo, com uma camisa polo azul-clara para fora da calça de sarja, que dava a mão a uma menina de uns 7 anos, toda arrumada, com um laço na cabeça e tímida. A outra mão da garota era segurada pela mãe, que estava grávida de poucos meses. Catarina imediatamente enrubesceu e não soube o que dizer, pois aquele garoto era filho de Maurício.

O interlocutor, uma vez refeito da surpresa, pôs-se sério. Suas pálpebras semicerraram-se, o que tornou seu olhar pousado em Catarina mais penetrante, incômodo até. Passou a língua sobre o lábio superior e respirou fundo. Após um instante, ele sorriu com a expressão amistosa de outrora e exclamou:

— Há quanto tempo! Faz mais de um ano que estivemos na sua casa. Você se lembra da Juliana, minha esposa, não é?

A mulher cumprimentou a jovem, que retribuiu sem jeito e desorientada. Maurício tratava-a com naturalidade, como se nada tivesse ocorrido.

— Vim comprar algumas coisas para meus filhos e ir ao cinema — explicou ele. — Não imagina como estou feliz por ver você! E então, começou a faculdade?

— Entrei na faculdade de Letras. Na Unicamp — gaguejou ela.

— Ótimo. Você vai se dar muito bem, tem jeito para a área.

— Foi um prazer encontrar você, Maurício, mas tenho que ir. As minhas amigas estão me esperando. Até logo.

— Você tem que ir embora? Por quê? Por favor, fique um pouco mais. Diga a essas suas amigas que encontrou um conhecido que faz questão de conversar um tempinho com você. Pode dizer que sou chato, não tem problema. Onde elas estão?

Catarina procurou-as com o olhar, como se fossem a única chance para uma saída honrosa. Encontrou-as no interior de uma butique de roupas, onde provavelmente permaneceriam bastante tempo. Nenhuma delas teria dinheiro para comprar o que fosse, o que não as inibiria de experimentar as peças que pudessem até serem enxotadas pela vendedora, quando ela percebesse que delas não sairia comissão alguma.

— São aquelas duas na loja, mexendo nas calças jeans. Não posso me perder delas.

— Pois não vai se perder, deixe-as lá. Você tem celular, ora essa. Querida — pediu Maurício para a esposa —, posso conversar por uns minutos com essa minha amiga? Encontro vocês depois, na entrada do cinema.

Juliana encarou-o sem entender e foi convencida por um leve balançar de cabeça do marido. Beijou-o no rosto e saiu com as crianças.

Ainda que desconfortável e acuada, Catarina sentiu sua curiosidade crescer exponencialmente. Conduzindo-a levemente pelo braço, Maurício fez com que ela avisasse às amigas que estaria em um banco no corredor, logo ali adiante. O shopping tinha luz solar abundante, que caía sobre um jardim central cheio de árvores grandes. Ao redor do jardim, nos vários andares, bancos de madeira envernizada, pouco confortáveis e sem o encosto, estavam encostados na mureta de proteção. O entorno era cheio de cores, o verde das plantas de um lado e o sortido das lojas, a maior parte de produtos caros, do outro. Os corredores de circulação eram amplos, de piso granítico acinzentado. Àquela hora, o movimento já era intenso e barulhento.

Logo que se acomodaram, houve um momento de acanhamento mútuo. Catarina aproveitou para examinar a sua companhia e reparou que, apesar de continuar gordo, ele perdera vários quilos. Os trajes informais davam-lhe um ar de garotão, que não combinava com as feições circunspectas do rosto.

Ela continuava sem atinar com a maneira adequada de se comportar. O melhor a fazer seria aguardar os movimentos do outro. Quando estava começando a se impacientar com o mutismo do Maurício, que transmitia a sensação de estar alheio a tudo em volta, ele como que despertou e, de forma simpática, comentou:

— Você soube que estou agora trabalhando com o Ricardo, em um escritório que a gente montou? Somos sócios e começamos faz poucas semanas. Ainda estamos apanhando um pouco, e de dinheiro que é bom não vimos quase nada até agora. Mas acho que vamos conseguir entrar logo em um nicho promissor.

— Prefiro não conversar sobre essa pessoa, por favor. Não tenho interesse em nada relacionado com ela.

A resposta fria e direta de Catarina era um primor de falsidade. Ardia de curiosidade por saber se a Cláudia havia ou não conseguido laçar o Ricardo, e não tinha ninguém para perguntar sem se trair. Chegara a cogitar em telefonar para dona Lúcia, com quem não se desentendera, inclusive porque gostaria, na medida do possível, de restabelecer o relacionamento amistoso de antes. Mas logo desconsiderou essa possibilidade, por lhe parecer absurda.

Ao escutá-la, o sorriso de Maurício desfez-se na hora, e, por um instante, fitou Catarina de maneira antipática. Ela não quis consertar a situação e permaneceu calada. Imaginou que a conversa se encerraria naquele minuto. Entretanto, após uma vacilação, o advogado endireitou-se e disse:

— É exatamente sobre o Ricardo que desejo conversar com você! Por favor, escute-me. Sei que você não tem qualquer motivo especial para atender ao meu pedido, mas faz tempo que eu queria falar com você. Queria, não: precisava!

A firmeza de repente sumiu, e ele acrescentou:

— Além do quê, se não falarmos agora, não sei se vou conseguir outra vez.

Catarina arregalou os olhos e se pôs hirta. Foi como se o peso de uma tonelada a prendesse ao banco.

— Quero tratar de coisas que me deixam bastante mal — prosseguiu Maurício. — Não é fácil... Tem mais: se eu não lhe contar, ninguém pode fazer isso no meu lugar. Daí, você vai continuar sem saber uma série de fatos importantes. Embora, infelizmente, talvez já não faça grande diferença.

A última frase saiu melancólica. O olhar daquele homem derrubou as reservas de Catarina. Meio hipnotizada, respondeu:

— Está bem. Pode falar à vontade, estou ouvindo.

Maurício soltou um leve suspiro e manteve a cabeça baixa. O público continuava passeando pelos corredores, sem que ninguém se preocupasse com o fulano maduro e a jovem bonita, que trajava um vestido rosa com detalhes amarelos e tinha os cabelos soltos e compridos.

— Catarina, o Ricardo me contou da briga de vocês. Com riqueza de detalhes, quero dizer. Como foi evoluindo, até você colocá-lo para fora daquele jeito bárbaro...

Ela fez menção de levantar-se. Jeito bárbaro? Não era justo acusá-la disso. Ao perceber a reação da moça, Maurício se apressou a segurá-la:

— Desculpe-me. Você logo vai me entender melhor, tenha um pouco de paciência. Seja como for, acho que você concorda que tratou o Ricardo pior do que um cachorro...

— Um cachorro não age mal de propósito!

— Tudo bem, mas xingar o coitado de tudo aquilo foi um pouco demais. Sobrou até para a Nina... Ela era um anjo, Catarina. Você não faz ideia.

Novamente a menina se exasperou. No entanto, muito tempo antes, ela havia reconhecido consigo, com pesar, que passara do ponto. As ofensas que tinham escapado da sua boca a envergonhavam, e mais ainda o tapa que desferira. Respondeu:

— É verdade que falei mais do que devia. Perdi a cabeça, não pude me segurar. Foi a cara de pau dele. Chegou lá em casa como se não tivesse acontecido nada. Não notei nenhum remorso, nenhum sinal de arrependimento, nada. Ele, que sempre se dizia meu amigo, tentou fingir que não tinha a ver com a história! Queria esconder a sujeira para baixo do tapete e continuar me enganando. Se ele tivesse me contado, poderíamos ter continuado amigos. Ao menos, eu não teria me afastado dele daquela forma.

— Amigos do mesmo jeito? — perguntou Maurício.

— Do mesmo jeito, não — reconheceu ela. — A magia acabou, quando eu soube de tudo. Vi que o Ricardo era muito diferente do que eu pensava.

Os olhos da menina ficaram rasos, e Maurício evitou encará-la. Esforçando-se para não se emocionar, ela completou:

— Ainda assim, se ele tivesse sido honesto naquela noite, talvez eu conseguisse ser agradecida e guardasse um pouco de estima por ele. No final, da maneira como as coisas aconteceram, só sobrou desprezo. Agora, tenho também um pouco de pena. Mas muito pouco.

"É chato que ele tenha contado a você os detalhes da nossa briga. Era para ter ficado só entre a gente. Nunca comentei dela com ninguém, a não ser com a minha mãe, que tinha escutado tudo mesmo. O Ricardo deve ter falado horrores de mim por aí. Tanto faz, não me importo."

— O Ricardo não é mexeriqueiro — discordou Maurício. — Tive que forçá-lo a contar o que aconteceu, porque eu tinha todo o direito de saber. Ele só conversou disso comigo uma vez, nunca mais voltamos ao assunto. Quanto a falar mal de você, garanto que ele não fez isso, e por uma razão bem simples: depois da semana da briga, o Ricardo não se referiu mais a você, nem deixava que a gente falasse. Eu tentei provocar, mas parei logo, porque entendi os motivos dele.

— E quais eram? Não queria se sujar, tratando de uma pessoa desqualificada como eu? — questionou Catarina, que procurava sufocar seu nervosismo crescente.

— Ele sofria quando alguma coisa o fazia lembrar-se de você. Percebi isso várias vezes. Numa, peguei-o cantando uma música da nossa época de jovens, "Always something there to remind me", que nem era lá grande coisa. Ele ficou vermelho e parou na hora. O segundo motivo, bem, era proteger você.

— Proteger? Como assim?

— Se o Ricardo desse espaço, eu e outros amigos íamos descer o pau em você com gosto. A gente ia falar cobras e lagartos, pode ter certeza.

Catarina se encolheu no banco. Nesse instante, suas amigas saíram da loja, cumprimentaram-na com um aceno e entraram em outro estabelecimento, desta vez de produtos de beleza. Maurício prosseguiu:

— Não acredito que você conheça o Ricardo tão mal. Ou esqueceu rápido como ele é. Como pôde achar que ele fosse abrir a boca para denegrir você? Nem dos vampiros do escritório ele falava mal; acha que ia fazer isso justo com você?

Ela permaneceu calada. O gorducho apoiou por um momento um braço no outro e mordia sua própria mão, mantendo os olhos quase fechados. Um minuto depois, decidido, pôs as palmas das mãos no banco e murmurou, olhando fixamente a jovem:

— Catarina, você foi muito injusta com o Ricardo. Mas tanto, que tenho até medo de mostrar-lhe. Ele nunca foi amante daquela mulher. Foi tudo um engano tremendo, lamentável.

— Quem disse isso a você? Ele? — retorquiu a garota. — Também me falou a mesma coisa. E daí, qual a novidade? Tudo vai contra a palavra dele. Queria que eu confiasse cegamente nele, e não me deu outra razão. Faça-me o favor! Como ele pôde me pedir uma coisa dessas? E sem nem piscar, ainda por cima me criticando. Mais ou menos como você está fazendo agora.

Maurício abaixou novamente os olhos e murmurou, com a maior nitidez e pausa de que foi capaz:

— Eu sei disso não porque ele me contou. Não precisava me contar, porque eu era o amante daquela mulher. Quem dirigia o carro do Ricardo, quando o homem deu aquele chute, era eu. O Ricardo não tinha nenhuma relação com a história.

Catarina sentiu-se desligar do mundo ao seu redor. Sua respiração se acelerou, e ela não era capaz de concatenar suas ideias. Era como se topasse de frente com um muro de concreto. Custou-lhe mais de um minuto superar o impacto. Voltando a mirá-la, Maurício assustou-se e pensou que ela fosse desmaiar. De repente, ela ficou escarlate e berrou, levantando-se:

— Não minta para mim, Maurício! Pare de defender aquele miserável! Até o marido da safada reconheceu o Ricardo. Você está contando essa história absurda para me enganar, é nojento! O que você quer com isso, hein?

— Calma, Catarina, pelo amor de Deus! — implorou ele, preocupado com os olhares assustados de uns transeuntes. — Sente-se, por favor. Não estou mentindo, é a pura verdade.

Sustentou o olhar colérico dela e, em tom meio solene, explicou:

— Sou um homem casado, um pai de família, garota. Acha que eu ia arriscar o meu casamento para contar a você uma mentira imbecil? Que vantagem eu poderia ter, brincando com uma coisa tão séria? Além do mais, se você quiser, posso provar o que afirmei.

Catarina deixou-se cair no banco. Suas energias foram drenadas e não conseguia encarar o advogado.

— Então você ficou impressionada porque o marido reconheceu o Ricardo? O coitado ia reconhecer qualquer um que aparecesse na frente. É típico, numa situação de pressão emocional tão forte. Ele tinha flagrado a esposa com o amante na tarde anterior... Não é brincadeira! E ele nem me viu direito; quando chegou, eu já tinha entrado no carro. A Solange gritou, e então dei a partida. Ele me enxergou de relance e por trás, eu estava de óculos escuros, de terno, e sou tão cabeludo quanto o Ricardo. Quando ele encontrou o Ricardo no dia seguinte, não teve dúvidas. Mas desconfio que se o dono do carro fosse um negro de dois metros, ou um japonês nanico, ia ser reconhecido com a mesma convicção.

A moça não reagia.

— O marido podia ter feito a Solange dizer o meu nome, só que ela é dura na queda. Ele deve ter achado que não valia a pena forçar, porque poderia descobrir quem eu era pela placa do carro.

"Eu não estava no escritório, quando ele apareceu lá. Se estivesse, eu ia assumir na hora a minha responsabilidade. Por azar — ou sorte, na opinião do Ricardo —, eu tinha viajado a trabalho e só voltei uns dias depois. Foi quando um colega, meu vizinho, falou rindo que a máscara do Ricardo tinha caído, que ele não era o santinho que fingia ser. Fiquei uma fera com o sujeito, e também alarmado."

Tentando compreender, e ainda com a esperança de que não tivesse agido mal, Catarina perguntou:

— Por que você não confessou logo a verdade? Como pôde deixar todo mundo pensar mal do Ricardo? Sua história não convence. Um amigo nunca faria isso.

— Acha que eu não quis esclarecer tudo? Fui à casa do Ricardo na hora e dei uns murros na mesa. Gritei que não ia permitir que uma farsa daquelas explodisse no colo dele. A gente precisava assumir que eu era o culpado e pronto. Ele me escutou sem interromper e, no final, perguntou: "Você tem certeza de que quer fazer isso? Pensou nas consequências?" Eu não soube o que falar, a minha cabeça não estava funcionando direito. Ele explicou: "A Juliana vai embora no dia seguinte, levando seus filhos com ela. E vai querer se divorciar." Minha esposa é ótima, mas o nosso casamento estava uma droga. Não quero me justificar, mas foi em parte por isso que busquei consolo fora de casa. Sou um canalha, como você está percebendo.

"Eu me lembro do Ricardo dizendo, com aquela lógica irritante dele: 'Não seja desmiolado de querer bancar o herói agora. Devia ter agido antes, ou melhor, não devia era ter se envolvido com essa mulher. E a gente não inventou nada, nem mentiu; as pessoas que tiraram as conclusões erradas. Falei a quem é mais próximo que não sou o culpado. Os outros, que pensem o que quiserem. Não há muito mais que a gente possa fazer.'

"À tarde, voltei à casa dele, porque eu estava uma pilha e não conseguia olhar para a minha esposa nem a minha filha. Vi a Letícia saindo de lá sozinha, e estranhei que você não estivesse ali. Daí, apertando, como sei fazer, o Ricardo acabou soltando o que tinha ocorrido entre vocês. E olha que ele não tinha dado pista nenhuma de manhã. Não sei se serve de consolo, mas ele defendeu você quando comecei a qualificá-la com uns nomes que acho melhor não repetir."

Catarina foi tomada pelo desejo de sumir, mudar de país, evaporar, para não ter que ver mais o Ricardo, o Maurício, a dona Lúcia, a Letícia... Sem fazer barulho, pôs-se a chorar; ao mesmo tempo, um fio de alegria inesperada a confortou. Maurício também se comovia e quis seguir adiante:

— Tive uma raiva insana de você. A sua reação era o pior que podia ter acontecido. Também me detestei, porque tinha separado o Ricardo de quem ele mais gostava. Ele tomou a pancada no meu lugar, e justo onde mais lhe doía. Não estou dizendo a você nada de novo, sobre você ser a preferida dele, certo?

Catarina desconfiou vislumbrar uma ponta de crueldade no rosto de Maurício. Porém, esse traço desapareceu logo, substituído pela compaixão, que era o que a figura da menina encolhida ao lado inspirava.

— Por que está me dizendo tudo isso agora? — inquiriu ela. — Vocês podiam ter me contado a verdade desde o começo, e eu não teria brigado com o Ricardo. Vocês foram cruéis comigo, os dois! Sabe como me senti durante todo esse tempo?

— Eu quis contar, mas o Ricardo não me deixou. Ele falou que não diria a verdade nem para a mãe, porque o meu casamento estava em perigo, e a gente não podia dar chance para o azar. Insisti que você merecia um tratamento diferente. Para ser sincero, a minha preocupação era ele, não você. Mas não adiantou. Guardei a resposta dele: "Por que ela não pode acreditar em mim, se tanta gente acreditou? Eu prefiro que a Catarina me dê esse voto de confiança, sem conhecer os detalhes. Posso pedir isso a ela. Agora, se continuar a achar que sou um cínico, vou me decepcionar."

A expressão alquebrada da garota fez com que Maurício acrescentasse:

— Ele estava testando você, para saber o quanto gostava dele. Pode parecer maldade, mas o Ricardo às vezes funciona assim. Especialmente com as pessoas a quem se apega mais.

"Apesar de ele ainda se recusar, acho que eu estava quase convencendo aquele cabeça-dura a se explicar para você. Ele sentiu muito a sua falta e também tinha medo que você perdesse o rumo. Mas, daí, a gente viu você com um garoto no restaurante, meio namorando...

— O quê? Vocês me viram como?

O espanto de Catarina era sincero, o que intrigou Maurício.

— De mãos dadas com um rapaz todo fortinho, o filho do dr. Carneiro Mota. Naquela pizzaria a que o Ricardo gosta de ir, na avenida Norte-Sul...

Demorou um pouco para Catarina compreender. Quando juntou as peças, levou as mãos à cabeça e exclamou:

— Meu Deus, aquela noite idiota! Não acredito.

Não comentou mais nada, o que desapontou o advogado, que aguardou um tempo antes de retomar a narrativa:

— O Ricardo não soltou uma palavra quando reconheceu você. Também não precisava, sei como aquilo o arrebentou. Ele levantou-se e saiu com o olhar fixo. Fui andando ao lado dele, com medo de que tivesse um treco. Antes que a gente entrasse no carro, ele falou: "Preciso virar essa página. É a melhor coisa, a única que posso fazer. Eu e a Catarina não temos nem nunca tivemos nada a ver. Cada um siga o seu caminho." A partir dessa noite, não conversamos de novo sobre você, e já faz mais de um ano.

Catarina decidiu não se deixar vencer pela prostração. Reagiu, e sua mente passou a funcionar com maior lucidez.

— Você ainda não explicou por que está dizendo essas coisas agora — observou ela. — Para que, depois de tanto tempo?

— É que recentemente as circunstâncias mudaram. Meu casamento não corre mais perigo, graças a Deus. Depois de toda a confusão, comentei um dia com o Ricardo que eu sentia muito ter causado tanto desgosto a ele. Ele ficou pensando um pouco, até que me respondeu que podia ter sido pior. Em vez de me tranquilizar, isso me encafifou. Eu disse que não via como poderia ter sido pior, e então ele me saiu com essa: "Ora, podia ser verdade." E esboçou um leve sorriso. Não entendi nada: "O que é que podia ser verdade?" "Eu podia ser mesmo um adúltero. Podia ter feito um mal enorme à família daquela gente, e isso não aconteceu. É um bom motivo para agradecer."

Maurício percebeu que Catarina ficara constrangida. Riu abertamente e complementou:

— Um golpe bem dado, não é mesmo? O desgraçado é osso duro de roer. Agora acho engraçado, mas na hora tive vontade de socá-lo. Mas de que jeito, se ele tinha dito a verdade? Eu era exatamente isso: um adúltero, um traidor. Até aquele momento, eu ainda achava as minhas aventuras o máximo, ficava todo cheio por ter conquistado uma mulher bonita. Só o final tinha dado errado, e era uma pena que o Ricardo tivesse pagado a conta, mas havia sido mera questão de azar.

"Hoje, fico até assustado pela minha deterioração. E não foi por falta de aviso. O Ricardo me torrava a paciência, dizia que o meu comportamento era péssimo, que eu estava indo para o buraco. Eu respondia que ele estava exagerando, que era certinho demais. Vinha-me algum remorso de vez em quando, que eu logo afastava. Só que, dessa vez, foi diferente. Se ele pensava de verdade que pagar pelo escândalo era melhor que ter causado a bagunça, a minha situação era grave. Eu tinha noção do quanto ele estava ferido, ainda que tentasse esconder de mim, para não pesar mais na minha consciência.

"Depois que escutei o Ricardo, a minha cara deve ter ficado a de um paspalho completo. Não consegui responder e fiquei vermelho, verde, branco, sei lá! Ele então me abraçou forte e me disse que aquela era a chance de eu acertar minha vida. Se eu tinha sido poupado de um escarcéu, era porque havia chegado a hora de reconstruir o que eu quase tinha posto abaixo.

"Naquela noite, meu casamento recomeçou. Depois de bastante tempo, conversei com a minha esposa com calma. No início, tive que escutar as recriminações de sempre, algumas merecidas, outras não. Na medida em que ela ia percebendo que eu não estava ali buscando encrenca, o tom foi mudando. Nos dias seguintes, o diálogo fluiu cada vez melhor, e tudo foi se encaixando. Tivemos um percalço ou outro, mas nada sério. Uns meses depois, ela engravidou, o que foi uma alegria enorme."

— Ela tem ideia do que você fez? — indagou Catarina, indignada por Maurício ter escapado ileso, em contraste com Ricardo.

— Eu nunca disse nada, nem pretendo. Mesmo assim, tenho quase certeza de que a Juliana descobriu parte do que aconteceu, ou ao menos suspeita. Um colega nosso de faculdade, um fofoqueiro incurável, contou a ela as mentiras sobre o Ricardo. Um dia, ela resolveu me aborrecer e lançou umas ironias sobre ele, bem ardidas. Isso me transtornou. Logo ela, que devia tanto ao Ricardo, sustentar que ele era um hipócrita! A minha reação deixou-a de cabelo em pé. Gritei que não admitia que ninguém, muito menos ela, fizesse a menor crítica ao Ricardo na minha frente. E saí batendo a porta.

"A minha esposa é esperta. Pouco a pouco, deve ter montado o quebra-cabeça. Acho que desconfiava há tempos que eu a traía. A minha melhora de atitude como marido, logo depois do quiproquó com o Ricardo, pode também ter ligado o radar dela. Em algum momento, deve ter se dado conta de que atribuir uma amante a ele não fazia sentido. Quanto a mim, bom... Um dia me perguntou secamente: 'Maurício, diga a verdade. O Ricardo não se envolveu com mulher nenhuma. O que falaram dele é mentira, certo?' Eu poderia ter me esquivado, saído pela tangente, mas não fui capaz. Respondi: 'Ele não fez nada. Jamais faria. É o cara mais decente que eu conheço.' Isso aconteceu faz uns seis meses.

"Apesar de tudo, ela continua irritada com ele. Não me diz, mas sei que pensa que ele acobertava as minhas escapadas. Para a Juliana, o Ricardo é, no fim das contas, um alcoviteiro. Só no último mês ela parou de fazer careta quando me vê junto dele."

— Entendo que a sua esposa tenha ficado decepcionada — afirmou Catarina. — O Ricardo não agiu certo, emprestando o carro a você. Para mim, ele confessou que tinha uma parcela de culpa, ainda que não quisesse explicar qual seria. Agora compreendo ao que ele se referia.

— Compreende o quê, Catarina? Só faltava essa! Você é capaz de imaginar o Ricardo me dando as chaves do carro dele, para eu sair por aí e trair a minha mulher? Claro que isso nunca aconteceu, é um absurdo! O coitado pegava no meu pé para eu abandonar a Solange, ficava insistindo em que a Juliana era a minha esposa, a companheira da minha vida, a mãe dos meus filhos, essa conversa toda. E eu respondia que não era ele que tinha que aguentar a cara azeda dela todos os dias. Ele se acha culpado porque não conseguiu me parar. Disse que o machucava muito lembrar-se das vezes em que tinha rido, quando eu contava alguns detalhes engraçados das minhas maluquices. Ele acha que devia ter me dado uns socos e ser mais firme. Só que nisso ele está enganado. Não ia adiantar nada, eu ia continuar indomável.

Catarina quis ser tragada pelo chão. Ao mesmo tempo, sentiu pena do Maurício. Ainda com a expressão sofrida, ele retornou:

— Não deixa de ser irônico que, justo na manhã do dia em que fomos pegos em flagrante, eu tivesse terminado de vez com a Solange. As censuras do Ricardo estavam me deixando inquieto. Quando ele insiste, não há quem aguente! Além disso, eu tinha me enjoado dessa moça. Ela é uma mulher linda, mas eu não tinha qualquer outro interesse nela. As desconfianças do marido também me preocupavam, ele estava chegando perto de nós. Eu suspeitava que alguém nos havia denunciado para ele, talvez algum vizinho.

"Nossa ruptura foi traumática. A Solange achava que eu ia abandonar a Juliana para ficar com ela. Pode ser que eu tenha sido reticente em relação a isso, o que não entra na minha coluna de boas ações. Ela ameaçou então procurar a minha esposa e botar a boca no trombone. Então eu a chamei de louca, alucinada... Prefiro não falar mais disso, porque foi vergonhoso até para mim, um tremendo sem-vergonha."

— Se você terminou com ela de manhã, o que foi fazer lá à tarde, com o carro do Ricardo? — insistiu Catarina.

— Depois do almoço, eu estava nervoso, apesar de sentir que tinha tirado um elefante das costas. Contei ao Ricardo, que comemorou a novidade. Então me convidou para ir com ele à penitenciária. Naquela tarde, foi conosco o padre Roberto, que iria falar com uns presos e celebrar uma missa. Estaria lá o Edvaldo, o que matou seu pai. Você já sabe que ele é amigo do Ricardo, não preciso repetir a história.

— Sei. Quer dizer que você também conhece o Edvaldo? — perguntou espantada.

— Conheço, o Ricardo me apresentou. Inclusive foi para mim que ele ditou a carta que mandou para sua mãe.

— Então você leu a carta.

— Mais do que li, eu a digitei. Muito tocante essa carta, não achou? Mas voltando, o Ricardo pensou que seria bom que eu estivesse ali naquela tarde. Você sabe como ele é, quer sempre aproximar a gente da religião. Eu não tinha mesmo cabeça para trabalhar, então aceitei. Mas resolvi esperar no carro, ouvindo música; depois eu entrava para a missa. Também não queria deixar o celular na entrada, porque algo me dizia que a Solange ia me telefonar. Dito e feito!

"Ela ligou dizendo que faria uma loucura, que ia se matar. Esse papo surrado, que me dava nos nervos. A gente começou a discutir pelo telefone, e eu não podia sair gritando no estacionamento do presídio, com um monte de policiais e agentes passando ao meu lado. Ela queria porque queria me ver. No impulso, peguei o carro do Ricardo e fui até a casa dela. Quando a gente se encontrou, aconteceu um milagre: consegui colocá-la nos eixos, e até pudemos conversar sensatamente. Só que, no final, apareceu o marido, e foi aquele rebu. Foi embaraçoso avisar ao Ricardo que ele e o padre tinham que voltar de táxi. Mas, quando expliquei a razão, ele não reclamou, ao contrário.

"Essa é a história, Catarina. Peço que não a comente com ninguém, por favor. Se ainda desconfia de mim, pergunte ao padre Roberto. Deve estar marcada na agenda dele a visita à penitenciária, em uma terça-feira. Ele provavelmente vai se lembrar."

Naquele instante, Maurício recebeu uma mensagem no celular e disse:

— É a Juliana. Tenho que estar na porta do cinema em dez minutos. Espero que agora você entenda um pouco melhor quem é o Ricardo. Eu pensava que você o conhecia bem, mas o modo como reagiu mostrou que não.

— Não, não. Eu conhecia bem o Ricardo, muito bem. Mas me deixei enganar. Criei um monstro, em que acreditei.

— Eu me sinto honrado por ser amigo dele. Nem sei por que ele gosta de um lixo como eu, mas o que sei é que ele vai estar sempre perto da minha família. As pessoas melhoram, se deixam que ele as ajude. Não é só ele que tem essa capacidade: a mãe, a Clara e o Carlos são iguais. Vai ver que é um dom da família.

Com os olhos vermelhos, Catarina sorriu como não fizera desde que o encontro começara.

— Ao mesmo tempo — continuou Maurício —, tem uma porção de gente que o detesta. Não acreditam que possa existir alguém como ele e concluem que ele é falso e hipócrita. Foi o que aconteceu no escritório. Todo mundo atirou pedras no coitado, nos "podres" dele, como se tivessem moral para isso. Ficaram alegres porque puderam humilhá-lo. Se fosse com qualquer outro, não teriam feito nada, acho que nem ligariam. Um bando de idiotas! Aproveitamos a aposentadoria do dr. Augusto e montamos nosso próprio escritório, apesar de o velho pedir ao Ricardo que fosse seu sucessor. O problema é que não dava para continuar trabalhando com aquela gente, ele como chefe.

Puxou então a carteira do bolso, abriu-a e entregou a Catarina:

— Aqui está o meu cartão. Se precisar de alguma coisa, pode me chamar. Estou aliviado por ter contado tudo. É a primeira vez, e provavelmente a única em que faço isso. Espero que mais adiante a gente possa se reencontrar. Você foi muito amável por me escutar. Até logo, Catarina!

Ela tomou o pedaço de papel de forma maquinal e respondeu:

— Até mais. Obrigada pela confiança. Pode ter certeza de que não vou dar com a língua nos dentes.

Os dois se encaminharam em direções opostas. Após alguns passos, Catarina virou-se e chamou:

— Maurício! Espere, por favor. Só mais uma coisa.

Ele acompanhou-a com o olhar, enquanto ela corria para seu lado. Perguntou como se fosse uma criança indefesa:

— O Ricardo contou que bati nele?

— O quê?

— Que eu lhe dei um tapa, no dia em que a gente brigou. Ele contou isso a você?

Nem seria necessária a resposta, pela cara de espanto do homem. Ele sentiu uma pontada de raiva pela menina, que desapareceu, quando compreendeu o que ela fazia. Ela mesma não disse mais; acenou e foi-se embora.

Recordando esse dia, Catarina seria incapaz de explicar o que lhe passara pela cabeça quando voltava para casa no banco de trás do carro da colega. Suas amigas perceberam que estava alheada, e ela alegou que tivera uma indisposição, o que repetiu à sua mãe ao negar-se a jantar. De madrugada, teve que usar três cobertores e despertou mais tarde com a cabeça latejando. Permaneceu na cama por quatro dias, preocupando Gabriela pela inapetência e por chorar sem motivo aparente. O médico visitou-a e não diagnosticou nada concreto, prescrevendo apenas alimentação reforçada, descanso e um remédio inócuo.

33

Essa colega nunca lhe faltou

No meio da semana, Letícia estava em casa quando recebeu o telefonema de Catarina, pedindo que fosse visitá-la. Elas não se viam fazia mais ou menos uns dez dias. A primeira viajara durante o feriado, e, ao voltar, estava preocupada com os exames que batiam à sua porta. Em situações normais, teria pedido para se encontrarem em uma data posterior, talvez na sexta-feira. No entanto, a ansiedade na voz da amiga preocupou-a e a fez aceitar o convite para aquele mesmo dia.

Assim que chegou, a empregada pediu-lhe que subisse ao quarto da "doentinha". Ao ver Catarina, alarmou-se com o seu aspecto: os olhos castanhos dela estavam fundos e cansados, rodeados por olheiras escuras. O que mais chamou atenção, porém, foi a pele macilenta e o aspecto famélico.

— O que aconteceu, Catarina? Meu Deus, como você está abatida! Por que não me contou que estava doente?

Ela correu para abraçar a companheira, que respondeu:

— Não se preocupe, não é tão grave assim. Tive febre e indisposição nos últimos dias, mas melhorei. Hoje de manhã consegui me alimentar um pouco mais, e o médico falou que até o final da semana vou me refazer. Que cara de susto você colocou! Parece que viu um cadáver.

— Não está muito longe disso! — exclamou Letícia ao segurar as mãos da outra. — Devia ter me chamado antes! Não vou me irritar, porque você ainda está um caco. Quando se curar, vamos brigar, prometo.

Um sorriso fraco surgiu no rosto de Catarina, que se ajeitou na cama. Letícia pegou a cadeira da escrivaninha e sentou-se bem perto da colega. Infelizmente, não se convenceu da verdade dos prognósticos otimistas do doutor. Após um tempo com a vista fixa no teto, imóvel, Catarina tornou-lhe a falar:

— Desculpe, mas não podia chamar você antes. Eu precisava ficar sozinha por um tempo, tinha muito em que pensar. A febre não representou uma grande ajuda, mas, apesar dela, consegui colocar a minha cabeça em ordem sobre uma série de assuntos.

O palavrório intrigou Letícia, que não o interrompeu.

— Uma das primeiras coisas que percebi é que você é a minha melhor amiga, e muitas vezes fui péssima com você. Por minha culpa, a gente se afastou um pouco nos últimos meses, o que nunca deveria ter acontecido.

— Mas que bobagem é essa! Péssima comigo? Você está mesmo doente, com o miolo mole! A gente não se vê com a frequência da escola, mas só porque estamos estudando em lugares diferentes. Isso é normal, não é culpa sua. Continuo gostando de você como sempre, e tenho certeza de que a recíproca é verdadeira.

— Lógico que a gente continua a se gostar. Você tem um coração de ouro. Mas não minta, Letícia. Você sabe que deixamos de ter a intimidade de antes. E foi mais por você do que por mim que a nossa amizade se manteve firme neste ano. Não precisa negar, porque sei que errei. Algumas vezes fui até fria com você. Perdoe-me, está bem?

A moça sentada ao lado da cama não respondeu, limitou-se a apertar mais fortemente a mão da colega. Catarina prosseguiu no mesmo tom íntimo:

— Lamento também pelo motivo do nosso distanciamento. O Ricardo acabou provocando isso, involuntariamente.

Era a primeira vez em meses que Letícia ouvia esse nome pronunciado por Catarina, o que a sobressaltou. A convalescente soltou a mão da amiga, encolheu-se toda, como se estivesse com frio, e acrescentou:

— Se eu já não tivesse chorado a minha quota semestral nos últimos quatro dias, acho que nem ia conseguir conversar direito com você. E tem uma coisa que preciso dizer, que me enche de vergonha...

Letícia ouvia com toda atenção, sem, no entanto, fixar-se no rosto de Catarina.

— Descobri faz uns dias que me enganei totalmente a respeito do Ricardo. Você esteve certa o tempo todo. Ele não tinha culpa nenhuma naquele episódio imbecil. Ele não se envolveu com mulher casada nenhuma, não era amante de ninguém.

No silêncio que se seguiu, podiam ouvir os pássaros do quintal e o barulho longínquo de carros que passavam na rua mais próxima. Transcorridos longos instantes, Catarina lamentou-se:

— Tratei o Ricardo como um cachorro, um miserável, e não era nada daquilo! Ele fez um bem enorme a mim, a você, aos nossos colegas, sem qualquer obrigação, porque é uma pessoa generosa. E o que conseguiu? Saiu daqui escorraçado, coberto de xingamentos, com a cara ardendo... Hoje, não pode nem entrar na minha casa, justo ele, que até foi procurar o assassino do meu pai por causa da gente! Não consigo acreditar que aprontei uma barbaridade dessas.

Sem conseguir resistir, tornou a chorar. A outra acompanhou-a, penalizada e sem entender nada do tal assassino.

— O que aconteceu para você mudar de ideia desse jeito? — inquiriu Letícia depois de alguns minutos. — Tem certeza do que está me dizendo?

— Absoluta — respondeu Catarina ainda chorosa. — Minha querida, você merece saber a verdade muito mais do que eu, porque compreendeu as pessoas, principalmente o Ricardo. Enquanto eu fui uma tola completa. Mas não posso falar, não sou quem deve contar. Apenas adianto que agora tudo faz muito mais sentido, é lógico, razoável. E a conclusão é que a vilã sou eu! Meu papel foi horripilante, de bruxa, a um ponto que não consigo suportar. Só pode ser por isso que fiquei doente, por ódio de mim mesma.

— Você, vilã? — repetiu aflita Letícia. — Agora sim está sendo uma tonta! Eu conheço você, Catarina, e sei que nunca fez nada com má intenção. Os indícios contra o Ricardo eram fortes, convincentes. Você se enganou, é verdade, mas com quem isso nunca acontece? Ficar desse jeito, arrasada, não tem cabimento. Adoentar-se assim é maluquice!

— Como se eu pudesse controlar... — observou a garota com uma ligeira animação na voz. — Estou melhor, só um pouco fraca. Logo vai passar, não tem importância. Garanto que não é esse o meu maior problema.

As duas se calaram. Catarina sentou-se na cama e ficou de frente para Letícia.

— Você viu o Ricardo muitas vezes no último ano? Como ele está?

A gordinha abriu o sorriso largo e satisfeito.

— Está ótimo, o mesmo de sempre.

Após uns segundos, corrigiu-se:

— Não exatamente o mesmo. É difícil explicar exatamente em que ele mudou, são impressões minhas. Acho que se tornou mais doce, afetuoso... Não que antes fosse frio, você sabe. É que, agora, é como se valorizasse mais, desfrutasse de cada momento que passa comigo, com o Luciano, com os amigos que continuam próximos dele. Em parte, deve ser porque as ocasiões são mais raras.

"Ele continua divertido e brincalhão, com aquelas conversas que a gente não quer terminar nunca. Nas últimas semanas, nós dois não pudemos nos encontrar, porque o novo escritório está exigindo muitas horas de trabalho dele. Pelo visto, eles estão tendo um pouco de dificuldade para se acertarem."

— Ele está com alguma namorada? Sabe se ele voltou com a Cláudia?

Catarina arrependeu-se da pergunta e enrubesceu imediatamente. Letícia contestou com naturalidade, como se não percebesse nenhuma segunda intenção:

— Que eu saiba, não. Ao menos, não me comentou da Cláudia. O que desconfio é que tem outra garota atrás dele, e é bem insistente. Uma vez, estávamos tomando lanche, e ela telefonou várias vezes. Combinaram um jantar, mas acho que o Ricardo não se animou muito. Não tenho ideia de quem pudesse ser.

"Mas você não precisa se preocupar. Está cheio de mulheres de olho no Ricardo. Não é fácil encontrar um homem igual a ele, ainda mais bem de vida e desimpedido. Logo alguma sortuda consegue apanhá-lo. E, como pessoas que gostam dele, é o que desejamos, não é?"

Catarina mirou o rosto da colega, para descobrir se os comentários eram uma provocação, mas o semblante cândido da outra a desnorteou. Letícia teve vontade de rir; por fora, manteve o ar mais indiferente possível. A seguir, arrependeu-se por estar brincando com uma pessoa abalada.

Seguiu-se novo período de silêncio, que terminou com as palavras da menina acamada:

— Pensei muito no que aconteceu e queria pedir um favor a você. Quando eu estiver em condições, vou escrever uma carta ao Ricardo, para pedir desculpas. Você entrega a ele para mim, não é?

— O quê? Quer que eu entregue uma carta sua? Ora, Catarina, por que você mesma não entrega? Melhor ainda: chame o Ricardo para conversar. Para que escrever, se pode falar com ele pessoalmente?

— Não, Letícia! — reclamou Catarina. — Não vou conseguir falar com ele, de jeito nenhum. Ainda mais tendo de pedir perdão. Não é orgulho, mas o que eu fiz foi grave demais. É até um abuso pedir para ser perdoada. Só de imaginar encarar o Ricardo de frente, tenho vontade de sumir! Está além das minhas forças, não aguento. Ele ainda pode ficar com raiva e me mandar passear, o que tem todo o direito de fazer. Aí, vou implodir de vez. Então, você entrega a carta em meu nome?

Letícia levantou-se, foi à janela e observou uns instantes a paisagem. A tarde estava dando lugar à noite, com o céu carregado de nuvens. Voltou-se para a amiga com um ar esquivo e retrucou:

— Não vou entregar carta nenhuma! Se você quiser, mande pelo correio.

— Mas por quê? Qual a dificuldade em fazer algo tão simples? — indagou a outra consternada.

— Não tem dificuldade nenhuma. É que não quero mesmo.

A solicitante arregalou os olhos. Sequer pôde formular um novo argumento e limitou-se a perguntar:

— Como assim, você não quer?

— Não quero, ora essa! Você quer saber a razão?

A jovem balançou a cabeça afirmativamente, exasperada pelos circunlóquios.

— Não aceito que a minha melhor amiga seja uma medrosa! Você tem que procurar o Ricardo e falar com ele. Isso é claro como a luz do sol. Seria falta de consideração simplesmente encaminhar uma carta. Ele iria achar que você não está arrependida. Posso levar uma mensagem para marcar um encontro, sem problema, mas não para você tentar resolver tudo pelo papel. Não é assim que se acerta uma briga como a de vocês.

— Então está bem — disse Catarina. — Se não quer me ajudar, descubro outro jeito, sem contar com você.

— Deixe de ser birrenta! — retrucou Letícia. — O que falei é verdade. Não é possível que, depois de ter rompido uma amizade dessas, você fique satisfeita com pedir desculpas por carta! Pense melhor, Catarina. Se não, vai se arrepender. É preferível enfrentar, minha querida. Vamos lá, não vai ser tão difícil assim. É simplesmente conversar com o Ricardo, que foi um amigo querido. Não acredito que você não consiga. Talvez não queira, o que é diferente...

— Ah, meu Deus! Está querendo me atormentar, Letícia? Como que eu não quero?

Catarina havia refletido em tudo longamente, e as objeções levantadas por Letícia não eram novidade. Como a outra não lhe respondesse e se limitasse a andar de um lado para o outro, ela explodiu:

— De que jeito eu vou chegar até ele? Nem vai querer me receber. O que vou dizer? Você não sabe do que o chamei, nem o que fiz! Que droga... Desse jeito, não vou nem pedir desculpas, mas deixar tudo do jeito que está. Pode ser melhor mesmo.

— Pare de se comportar igual a uma garotinha dengosa! — retorquiu Letícia. — Está me lembrando da época em que o Gustavo nos aporrinhava. Não faz mais sentido. Encare o problema, é muito melhor do que ficar imaginando bobagens. Chega de indecisão, Catarina!

— Do jeito que você fala, até parece fácil! Só que tudo é bem mais complexo. A verdade é que estou ansiosa. Tenho medo de que...

Não lograva completar a fala, até que Letícia a pressionou suavemente:

— Do que você tem medo? Pode me contar, Catarina. Para que eu possa ajudar você, minha querida.

— De que não adiante mais nada! — gritou a garota, meio chorando. — É disso que tenho medo! Perdi o Ricardo, não tem mais jeito, acabou. Não vamos ser amigos outra vez, e vou confirmar isso no instante em que a gente se encontrar. Posso me arrepender, bater a cabeça na parede, gritar que fui um desastre, uma idiota, e não vai servir para consertar o que aconteceu. Pelo simples motivo que certas coisas não têm mesmo conserto.

Letícia observou-a mortificada e não replicou nada, o que intensificou o desgosto de Catarina.

— Veja, você também sabe que isso pode acontecer! Vai ser um tiro no pé.

A colega sentou-se na cadeira, apoiou o cotovelo na mesa e o queixo nas mãos entrelaçadas, enquanto escutava a enferma prosseguir:

— Entende por que não posso me encontrar com o Ricardo? Vai doer demais comprovar, ao vivo e em cores, que não significo mais nada para ele; ou que serei no máximo uma conhecida, que um dia se comportou muito mal com ele. Se escrevo uma carta, ao menos mostro que me arrependi, que quero dar um jeito no que ainda for possível, sem correr o perigo de tomar uma invertida e me afundar. É a melhor saída. Quem sabe mais adiante eu possa estar com ele, que é o que mais quero.

Os argumentos deixaram Letícia pensativa. Sua segurança não era a mesma, porque achava plausível que Ricardo fosse duro com Catarina; ou melhor, indiferente. Isso partiria o coração da sua companheira, que estava fragilizada demais. Afinal, desde há mais de um ano ele não se referira sequer uma vez a Catarina.

— Compreendo você. Não sei o que é melhor. Você decida, e vou ajudar de qualquer jeito. Mesmo se você quiser que eu leve uma carta a ele.

Catarina deu um abraço sentido na amiga, a qual, assim que se separaram, reafirmou:

— Mas continuo preferindo que você converse com ele. É como eu gostaria que fizessem comigo. Ainda que o Ricardo se mantenha reservado, ou fique até um pouco bravo — são as piores possibilidades que posso imaginar; é impossível ele maltratar você —, ao menos você vai saber que fez o mais bonito, o mais delicado que podia. Qualquer coisa diferente vai deixar o remorso de que você poderia ter tentado algo mais. Pense com calma, minha querida!

A filha de Gabriela tomou novamente as mãos de Letícia e falou:

— Obrigada por me ajudar. Prometo que vou pensar no que você disse. Logo vou conseguir raciocinar melhor, ver as coisas com mais nitidez. Agora, ainda estou girando em falso. Deus que me ajude.

Ainda sem soltar a colega, perguntou em um sussurro:

— Você está decepcionada comigo? Agora sabe com certeza que fui uma ingrata, uma petulante totalmente estúpida, que ofendeu e falou mal de alguém bom como o Ricardo... Você me perdoa mesmo?

Letícia pôs as mãos no rosto da amiga e beijou-lhe a testa, explicando:

— Não tenho o que perdoar. Ao contrário, fico contente por tudo o que você me disse. O arrependimento só a enobrece, Ca. Agora você descobriu o que aconteceu, antes não sabia. Não tiro a sua culpa, mas é errado aumentar o que já é grande.

Para cortar o clima emotivo que se adensava em torno delas, acrescentou gargalhando:

— Mas se o Ricardo resolver dar-lhe uma bronca daquelas, de virar pelo avesso, vai ser mais do que merecido! Sua boba!

Espantada, Catarina rebateu:

— Então você quer que eu leve uma bronca? De que lado você está, sua traidora? Nem brinque com isso, por favor. Obrigada mais uma vez. Espero poder retribuir algum dia todas as coisas boas que você sempre me fez, Lê.

Naquela noite, as duas continuaram conversando com a tranquilidade e abertura que gozavam nos melhores tempos da amizade, e a influência de Letícia ajudou Catarina a recuperar-se mais rapidamente.

34

Enfrentando as próprias culpas

Após um almoço de negócio, Ricardo chegou ao seu trabalho, no centro da cidade. Havia se instalado em um edifício moderno, em cujos andares encontravam-se diversos escritórios de advocacia, inclusive o de maior êxito na cidade. Interiormente, Ricardo guardava a satisfação de ter vencido os advogados desse escritório grande em todos os embates em que haviam se encontrado, e sabia o motivo: nenhum dos concorrentes estava à altura do dr. Augusto. Ricardo seguia na trilha do seu mentor, que se aposentara para viver em uma chácara em Indaiatuba, rodeado de cavalos e com tempo para se dedicar aos netos. O discípulo pretendia continuar surrando os advogados prepotentes, apesar de, no momento, ter recomeçado por baixo no novo escritório.

O almoço o animara, porque nele dera passos importantes para fechar um contrato de prestação de serviços por longo prazo com uma empresa de alta tecnologia situada em Jaguariúna, uma cidade vizinha. Até então, essa companhia preferira ser representada por um escritório paulistano, mas agora se voltara para Ricardo, que era colega de faculdade de um dos gerentes jurídicos da empresa. Se consumassem o negócio, o faturamento da recente sociedade de advogados cresceria substancialmente, além de permitir sonhar com as contas de outras companhias da área.

Ao entrar no gabinete, telefonou para a secretária e acertou os compromissos da agenda. Passou então ao preparo de um parecer, a respeito de um contrato de financiamento emaranhado, ao qual se agregavam negócios acessórios, sendo que o banco arguia atraso nos pagamentos das prestações devidas e cobrava uma multa astronômica. Havia ali aroma de abuso de poder econômico. Ricardo era o patrono da financiada, cuja saúde financeira apresentava-se um tanto delicada, e gastara várias horas nos dias anteriores para tentar abarcar toda a situação. Paulatinamente, estava-se fazendo luz na sua cabeça, e planejava terminar esse trabalho naquela tarde.

A sua sala era bastante diferente da que ocupara no escritório do dr. Augusto. A anterior era clássica, um pouco escura, com móveis senhoriais e predominância de madeira; na atual, montara um ambiente luminoso, onde dominavam o branco e o creme, junto de detalhes de decoração em vermelho vivo, sua cor preferida. Havia ali bastante vidro e quadros contemporâneos, de formas geométricas coloridas, que não tinham agradado aos seus pais quando apareceram para conhecer o local. De fato, era tudo de um estilo um tanto alegre e leve, mas também ousado.

A iluminação era principalmente indireta e ajudava a tornar o local acolhedor. As peças mais tradicionais no cômodo se limitavam a uma imagem de Nossa Senhora da Imaculada Conceição, barroca, de quase quarenta centímetros de altura, que ele recebera de presente de uma tia paterna; uma mesa de canto de madeira escura, feita na Bahia com um entalhe rico nas pernas e ao longo dos lados; finalmente, o conjunto da caneta tinteiro, que viera do escritório anterior e se encontrava sobre a mesa de trabalho.

As estantes, metálicas e carregadas de livros encadernados em couro e imitações de cores sortidas, ocupavam parte da parede atrás e o lado esquerdo em relação à mesa de trabalho. O sofá bege, ladeado por poltronas amareladas apagadas, ficava próximo da porta de entrada. Sempre trocavam as flores na mesinha em frente a esse conjunto, e naquela manhã tinham sido colocadas margaridas brancas. Com toda a instalação terminada há relativamente pouco tempo, Ricardo mantinha a sensação de novidade cada vez que entrava na sala.

Imerso no trabalho, as horas transcorriam ligeiras. Solicitara à secretária que não lhe passasse nenhuma ligação, exceto as urgentes, nem o interrompesse pelo que fosse. Em determinado momento, porém, ouviu uma batida forte na porta, que se abriu antes que ele respondesse:

— Ricardo, preciso falar com você. Agora!

Ao perceber que se tratava de Maurício, mal levantou a vista e seguiu trabalhando, enquanto perguntava:

— Não podemos deixar para depois? Quero terminar este parecer hoje. Amanhã não vai dar tempo, e agora estou com ritmo.

Estranhamente, não houve resposta. Intrigado, observou o amigo com atenção e percebeu outra pessoa atrás dele. Era uma moça. Só que, escondida pela massa do intruso e mantendo a cabeça baixa, não se deu logo a conhecer. Levado pela curiosidade, Ricardo afastou sua poltrona para poder se levantar. Contudo, assim que a garota mostrou o rosto, ele sentiu-se preso ao assento.

Ela quase não havia mudado naquele pouco mais de um ano. Tinha somente adquirido um ar maduro, que aos poucos se impunha ao antigo jeito juvenil. O novo penteado, que deixava o cabelo longo e cacheado, era inédito para ele. Combinava muito bem com o rosto delicado e quadrado, que se apresentava pálido e duro. Continuava esbelta e elegante, embora seu porte traísse a insegurança, que quase a fazia tremer. Trajava uma saia jeans e camisa comprida clara, com um sapato azul e sem salto.

O silêncio dominou a sala por quase um minuto. Maurício, habitualmente tão loquaz, respirava de forma barulhenta e tinha as bochechas vermelhas. A expressão atoleimada da sua face, em circunstâncias diferentes, faria o amigo rir à vontade.

Como os visitantes não diziam nada, nem conseguiam sustentar seu olhar, Ricardo tomou a iniciativa, com uma voz robótica:

— Muito bem, Catarina. Então você está aqui. O que trouxe você depois de tanto tempo? Tendo em consideração a nossa última conversa, sua presença é um tanto surpreendente. Imaginei que não desejasse mais me ver. Ao menos, foi o que você me disse.

Até ele julgou as frases cruéis, mas não pôde segurá-las. Ela não suportou a tensão, e seus olhos encheram-se de lágrimas. Apesar disso, não replicou nada. Maurício passou a duvidar se havia sido uma boa ideia trazer a garota de surpresa. Ricardo enfim levantou-se da poltrona, sinalizou as cadeiras diante da mesa e disse:

— Por favor, sentem-se. Não quero os dois de pé, parados, a tarde inteira no meio da minha sala.

Quase como zumbis, obedeceram. Depois de se acomodar com as mãos cruzadas na barriga, girando os polegares enquanto olhava para o teto, Maurício explicou:

— A Catarina pediu para falar com você. Disse a ela que viesse hoje mesmo, porque você estaria aqui. Desculpe não ter avisado antes, mas achei que seria melhor assim.

Os olhos dela e de Ricardo se encontraram e a seguir se desviaram. Ele falou, em um tom abrandado:

— Tudo bem, Catarina. Vou pedir algo para a gente. Só um minuto.

Telefonou à secretária, e pouco depois entrou uma servente uniformizada, carregando na bandeja três xícaras de café e o mesmo número de copos de água. O anfitrião disse:

— Obrigado, dona Estela. A senhora pode depois trazer uns bombons, por favor? Aqueles que eu ganhei ontem.

— Pois não, doutor.

Ricardo se lembrar de que ela gostava de chocolate representou para Catarina um pequeno consolo. Por outro lado, o rosto dele seguia sem se descontrair. Ainda assim, a menina foi capaz de balbuciar, depois de beber água:

— O Maurício me contou o que aconteceu. Sobre aquela mulher e o marido dela. Toda a história.

Ricardo fixou novamente a vista nela e respondeu:

— Então é a primeira pessoa que soube da história. Eu, ao menos, nunca contei nada a ninguém.

Maurício confirmou com a cabeça que tivera somente uma confidente. Catarina murmurou:

— Ricardo...

Engasgou e teve que tomar outro gole d'água.

— Agi com você de uma maneira horrível. Nem sei como pedir desculpas, por onde começar... Não tenho como me justificar. Mesmo assim, peço que você me perdoe. Tudo o que eu disse, a forma como o tratei... Fiz tudo errado. Muito errado! Meu Deus, que vergonha!

Desatou a chorar sem poder parar. Vê-la tão combalida afetou Ricardo. Ele e Maurício ofereceram à moça uma caixa de lenços de papel, que ela utilizou generosamente. Ainda em meio a soluços, foi adiante:

— Falei mal de você a várias pessoas. Meus colegas, meus parentes, até para o Eduardo...

— Não precisa lembrar essas coisas. Eu já sabia.

— Não sei o que deu em mim. Fiquei louca. Quando escutei que você tinha feito aquilo, comecei a enxergar tudo invertido. Qualquer ação sua, de uma hora para a outra, ficou parecendo odiosa, não importava o que fosse. O que você tinha feito de bom, só podia ter sido motivado por intenções baixas, ruins. Seu sorriso, os gestos educados, carinhosos, tudo era disfarce de falsidade, de cinismo... Pensei que você não ligava para mim, que me achava uma boba, uma coitada. Na minha cabeça, tudo de repente passou a fazer sentido. Explicava várias coisas em você, que me intrigavam: porque você me escondia certos segredos, porque se dedicava ao nosso grupo, o modo como você tratava as mulheres... Pensei que tinha conseguido montar o quebra-cabeça. Não fiquei feliz, mas arrebentada por dentro, porque gostava muito de você.

"Só que era uma burrice tremenda, uma injustiça, mentiras. Eu desconfiava de vez em quando que poderia estar errada, mas sufocava logo minhas suspeitas, porque me faziam morrer de medo. Até que eu soube de tudo..."

Ricardo a escutava mirando suas próprias mãos sobre a mesa, com o rosto inexpressivo.

— Então, você me perdoa? — inquiriu ela. — Não tem nada mais importante do que você me desculpar. Se você não puder, vou entender... Apesar de que, então, acho que vou querer morrer!

Maurício sentia os nervos à flor da pele. A cena o estava deixando agoniado, ao mesmo tempo em que fazia crescer nele um carinho intenso por Catarina. No entanto, a reação de Ricardo o espantava. Não era ele que insistia sempre na importância de perdoar, de ser clemente? Quando chegava a hora de agir, estava mostrando um coração de pedra, isso sim!

— Está bem — respondeu Ricardo. — Claro que perdoo você, não posso me negar a isso. Afinal, fomos muito amigos. Agora vou poder relembrar com alegria os momentos bons que passamos juntos. Antes, pensar neles me machucava. Também me alegra saber que não somos inimigos, que você não me detesta.

Ao escutá-lo, Catarina parou de chorar e sentiu um aperto no peito. Também Maurício se empertigou na cadeira, para disfarçar o próprio mal-estar.

— Imaginei muitas vezes este momento — retomou Ricardo. — Acontecendo não aqui, mas no escritório em que eu trabalhava antes. Nos primeiros meses, ficava sobressaltado com a perspectiva de você aparecer, de conversarmos com calma. Como isso não ocorria, perdi pouco a pouco a esperança. Há um bom tempo que não considerava mais essa possibilidade.

"Agradeço que você tenha vindo se desculpar. A maioria das pessoas não faria isso. Sequer iam admitir que tivessem errado; prefeririam inventar um monte de razões, para concluir que não poderiam ter agido de outro modo. No seu caso, existem de fato várias justificativas, apesar de você ter dito que não. Sei que é assim, e por isso valorizo a sua vinda até aqui. Mostra a sua nobreza."

Ricardo parou de falar e permaneceu uns instantes em dúvida se deveria prosseguir, até que voltou a discorrer:

— Só lamento que tenha acontecido depois de você descobrir que havia se enganado. Indica que não está aqui por mim, pelo que a nossa amizade significava, mas porque soube que errou. Eu ficaria muito mais contente se você tivesse vindo porque havia passado a confiar em mim, no que eu afirmei sobre a minha inocência, sem que outros precisassem ter intervindo.

Tornou a se calar, para outra vez recomeçar:

— Mesmo se não acreditasse em mim, se aparecesse para dizer que aceitava continuar minha amiga, ainda que eu fosse um mentiroso e um adúltero, eu receberia como um presente. A gente não dispensa um amigo quando descobre que ele é imperfeito. Mostraria que você era capaz de me estimar com os meus defeitos, o que seria muito bonito. Mas não foi nada disso.

Constrangido, Maurício era incapaz de desviar a vista para observar Catarina. Ainda assim, escutava a respiração irregular dela. Ricardo não havia terminado:

— Você é uma pessoa digna e não suporta o pensamento de ter agido mal, especialmente com alguém que a queria tão bem. Alegra-me ver que você continua com qualidades que sempre admirei. Só que eu esperava mais de você.

A jovem se movimentou e postou-se na ponta da cadeira, mirando Ricardo. Também ficou ao alcance do olhar de Maurício, que notou a face dela passar da cor de cera para o vermelho rubro.

— Esperava uma maior generosidade. Uma confiança ou um perdão que tivessem custado menos esforço. Seria algo gratuito, não uma espécie de obrigação em reparar uma ofensa.

"No fundo, acreditava que eu lhe importasse de verdade. Que seria penoso ter-me distante, como um desafeto ou um desconhecido. Infelizmente, eu me enganei. Talvez você não tenha tido culpa nenhuma, fui eu quem havia criado uma expectativa falsa, exagerada. Porque, para mim, tudo foi doloroso demais..."

De repente, foi como se Ricardo despertasse. Recompôs-se e disse:

— Chega de lamuriar, não resolve nada. Desculpe-me por me abrir desse jeito e deixar extravasar meus pensamentos. Não tinha o direito de incomodar você com isso. Quem sou eu para exigir qualquer coisa, ou recriminá-la pelo que seja? Não nos vemos há mais de um ano. Reitero que aceito plenamente suas desculpas e agradeço-as com toda sinceridade.

Catarina fez menção de tecer um comentário, mas sua reação resumiu-se a morder o lábio inferior. Maurício a observava penalizado, sem encontrar argumentos para contrapor a Ricardo, que se levantou e concluiu:

— Por favor, se você achar oportuno e pensar que eles vão aceitar bem, mande meu abraço ao Ivan, à Gabriela e à Simone. Estiveram comigo faz um tempo e a gente teve uma conversa em bons termos.

A moça também se ergueu. O dono do escritório estendeu-lhe a mão, que ela apertou, com um arrepio subindo-lhe pelo corpo. Limitou-se a dizer:

— Obrigada. Boa tarde.

— Boa tarde, Catarina. Agradeço sua visita de novo. Tudo de bom a você.

Ela saiu andando devagar e segurando firme a bolsa, como se isso a defendesse sabe-se lá do quê. Maurício a acompanhou, servindo-lhe de apoio. Chegou a temer que ela desfalecesse; contudo, os passos da menina foram ganhando firmeza. Não trocaram nenhuma palavra, até chegarem à porta do elevador. Antes que apertassem o botão e o chamassem, Catarina voltou-se para o acompanhante e reclamou com a voz aguda:

— Ele está enganado. Quero dizer, tudo o que falou é verdade, menos uma coisa: ele importava demais para mim! Sempre foi o principal. Quando puder, convença-o disso, por favor. Aceito todo o resto; isso, não. Posso ter sido desastrada, mesquinha, burra, eu me afastei dele, não vim antes, o que for! Mas não é porque ele significasse pouco; é o contrário.

Não achava maneira de exprimir sua aflição; seguiu tentando:

— Ele pode não reconhecer, mas a minha vida estava fundada nele. Por isso não consegui acreditar no que ele dizia. Tive medo de estar construindo sobre uma miragem, uma ilusão. Fui imbecil, mas foi o que aconteceu. Se ele fosse só um amigo, eu poderia agir diferente, saberia passar por cima. O problema era que ele era mais, muito mais.

Ela engasgou, aturdida, e começou a tossir. Maurício buscou acalmá-la com a voz paternal:

— Pode deixar, vou explicar para ele. Catarina, não se aborreça por uma besteira dessas. Foi tudo bem, ora! Saiu diferente do que a gente pensava, mas foi uma aproximação, um primeiro passo. Quer que eu diga a verdade? Achei ótimo!

— Como você mente mal, Maurício! Claro que não achou ótimo, foi péssimo. Mesmo assim, estou aliviada. Pude falar com ele, o que pensava que seria impossível. Achei que ele ia me expulsar da sala, quando me viu. Foi difícil. O Ricardo sabe como me acertar, onde bater para que me doa. Não faz por maldade, eu sei. Mas, mesmo assim, machuca. O pior é que...

Calou-se, mas Maurício perguntou:

— O que é o pior? Não seja pessimista.

— Não sou. Mas é impossível a nossa amizade voltar a ser o que era. O Ricardo manteve a distância, não teve iniciativa nenhuma. E ele sabe que, se estalasse os dedos, eu faria tudo por ele. Disso é que eu tinha medo: que ele fosse educado, correto, e mais nada. Também, eu queria o quê? O certo seria ele ter me enxotado daqui. Foi generoso da parte dele ter me ouvido.

Maurício não soube o que responder. Catarina por fim se despediu:

— Obrigada mesmo, Maurício! Você foi maravilhoso, um verdadeiro amigo, um anjo. Fez por mim muito mais do que mereço.

— Que é isso, Catarina! Até parece...

— Foi sim. E ter vindo de surpresa foi de fato melhor. Você estava certo. Se o Ricardo parasse para pensar, provavelmente diria que eu não precisava aparecer, que aceitava meu pedido de perdão, e estava tudo certo. Ao menos, pude vê-lo de novo. Espero que ele não brigue com você por minha causa.

— Com ele eu me entendo, não se preocupe. E você não tem nada que me agradecer. Atrapalhei demais a sua vida, isso sim. Não ia dizer, mas você foi espetacular. O Ricardo achou a mesma coisa, apesar desse papo furado dele, de que queria que tivesse sido diferente, que você viesse antes e blá-blá-blá. Às vezes, ele é meio chato, um porre, um cabeça-dura. Mas não é o habitual.

Ao reparar que ela não lhe dava crédito, reforçou suas afirmações, ainda sem estar muito convencido:

— Ele nunca ia falar para você não aparecer. Ele gosta de você, sempre gostou. Você vai ver, ele vai voltar a ser seu velho amigo. Eu tenho certeza!

— Duvido. Uma coisa é perdoar; outra, bem diferente, é gostar de mim como antes. O que existia entre a gente era bonito, precioso. Não suporta um desaforo como o meu. O "papo furado" dele está certo: eu devia ter vindo antes de você me procurar. O que me humilha mais é que eu não viria. Se as nossas posições fossem invertidas, o comportamento dele teria sido bem diferente do meu.

Depois de escutar, Maurício manteve-se pensativo por longos instantes. Catarina se admirou do ar distante dele, que disparou de supetão:

— Agora entendo melhor porque o Ricardo adorava você. Adorava, não; adora. Ele sempre soube com quem estava lidando.

Aquilo surpreendeu a moça. Ela acenou a cabeça, agradecida e encabulada, e entrou no elevador que se abrira. Por sua vez, Maurício dirigiu-se à sua sala e permaneceu ali, sem fazer nada concreto. Levantava, sentava, espiava pela janela, andava de um lado para outro pensando, e assim ficou até o final do expediente. Em determinado momento, pensou que iria explodir. Então, tomou a direção do gabinete do sócio.

Ao entrar na sala do amigo, viu-o no sofá perto da porta, e não na escrivaninha. Conversava com dona Estela, enquanto lhe entregava dois pacotes:

— Comprei estes livros para a Bete. As balas são para as duas crianças menores. Lembre a ela de que precisa me enviar o resumo dos livros que mandei na semana passada.

A copeira agradecia balançando a cabeça. Maurício não entendera direito por que vias o colega chegara a essa senhora, que havia morado no meio de uma favela e fazia pouco tinha conseguido se mudar para um bairro popular, com uma estrutura bem mais razoável, a começar pela luz, esgoto e água encanada regulares.

Tão logo dona Estela saiu, Maurício atirou-se pesadamente no sofá, ao lado do colega, de modo que não se olhavam de frente. Colocando as mãos por trás da cabeça e esticando as pernas, queixou-se:

— Droga, não entendo você! E não sou só eu: ninguém entende!

Então se endireitou e prosseguiu, agora encarando o amigo:

— A menina vem aqui, tão arrependida que mal consegue olhar para cima. Pede desculpas de uma maneira que partiria o coração de um tigre. E o que ela recebe em troca? Um sermão doido, uma descompostura! Que absurdo! Foi uma invertida para arrebentar qualquer um, isso sim. Nem a cumprimentou direito! É coisa que se faça, seu miserável? Você parecia uma pedra de gelo, uma estátua. Eu não tinha ideia de que você fosse rancoroso!

Maurício deixava-se levar pela indignação e decepção, e também pelo gosto de ser teatral. Irritou-o de verdade, porém, reconhecer uma ponta de zombaria no semblante de Ricardo.

— Do que você está rindo? — indagou. — Por acaso estou com cara de palhaço?

— Não, até que a cara não está de palhaço — respondeu o outro. — É que a situação toda tem a sua graça, admita. Você diz que não me entende; eu, ao contrário, entendo você perfeitamente.

— O que é que você entende? Ultimamente, tenho achado você particularmente tapado.

— Sei por que você armou toda essa cena. Suas intenções são boas, reconheço, mas nem tudo é simples assim.

Maurício fitou Ricardo para forçá-lo a se explicar melhor.

— Logo que vi os dois entrando, deduzi que você tinha contado a verdade para a Catarina. E qual o motivo para, depois de tantos meses, você abrir o bico? Fico assustado pelo risco que você correu. Ela poderia ter destrambelhado por se achar enganada e espalhar o que aconteceu aos quatro ventos. Todo nosso cuidado teria ido por água abaixo num instante.

— Você está sendo injusto com ela! Ainda mais porque sabe que é uma boa moça. Quando conversei com ela, percebi que não tinha perigo algum; ela nunca iria nos prejudicar de propósito. Mas que besteira é essa, de cena que eu montei?

— Você fez a Catarina vir aqui porque quer que eu me aproxime dela, que volte para a situação de antes do nosso rompimento. Ou seja, à de um marmanjo idiota que se encantou por uma menina inexperiente. Com isso, você ia poder consertar o que pensa ser o que mais me prejudicou: perder o "amor da minha vida". Ora, as coisas não funcionam assim. O mundo não é tão linear, nem tão romântico.

Maurício ficou a tal ponto agastado que não teve coordenação para atirar para fora os palavrões que se formaram na sua boca. Enrubesceu e se levantou. Ricardo tomou-o pelo braço e continuou:

— Não fique com essa cara! Agradeço seu interesse, mas não posso me reaproximar da Catarina. Seria cair de novo no mesmo erro. Basta o que já aconteceu. É melhor que cada um siga com a sua vida.

— Pois é, é melhor, sei...

— É mesmo! Largue a mão da ironia, por favor.

— Você que largue a mão dessa estupidez, Ricardo! Quando resolve dar uma de teimoso, não há quem o tire do lugar! Deus me livre, é pior que burro velho.

Foi a vez de Ricardo estancar frente ao arrebatamento de Maurício, que não deu trégua e desandou a disparar feito uma metralhadora:

— É um erro você se aproximar da Catarina? Por que então você não deixa mulher nenhuma chegar perto de você, desde que brigaram? A Priscila só falta rastejar para que você a chame para sair. E ela é uma moça, bem, eu diria... com várias qualidades!

A expressão era ridícula, mas Maurício não tinha outra para explicar o que pensava sem irritar Ricardo. Seguiu com a mesma impaciência:

— Em todos os aspectos, quero dizer, físicos, intelectuais, morais, o que tiver mais. E está caidinha por você, mais ainda depois que aprontou aquela com o irmão. Se não bastasse, a Cláudia voltou a direcionar todas as suas armas para você. Vem aqui para uma visitinha, telefona para fazer perguntas idiotas, só para ter motivo de conversa, convida você para uma festa... E o que o gênio faz? Dá um jeito de colocá-la na órbita do Bernardo! Fica elogiando o infeliz e faz com que os dois se encontrem, digamos assim, "casualmente"... Rejeitar uma mulher como ela, sendo solteiro, é razão para internação psiquiátrica. Ainda mais agora, que está toda melosa e dando uma de Madalena arrependida. Entregá-la de bandeja ao Bernardo, então, é o cúmulo da insanidade.

A virulência do reclamador foi aos poucos diminuindo, o que permitiu que o outro rebatesse:

— Expliquei mil vezes que a Priscila e eu não temos como dar certo! Ela é simpática, atenciosa...

— E bonita, seu imbecil!

— Que seja. Ela é atraente, tudo bem. Mas a gente não consegue manter uma conversa por mais de dez minutos! Nossas cabeças são diferentes, ela quase boceja quando eu falo. Só vem atrás de mim porque resolveu que sou o oposto da família dela, e quer mostrar que não vai ser igual a eles. Essa motivação não serve para um relacionamento, é mais do que claro. Gosto dela, mas como colega, e pronto. É tão difícil de entender?

"Quanto à Cláudia, ela se encaixa como uma luva com o Bernardo, não comigo. O coitado ficou arrebatado desde a primeira vez em que a viu. É o caso mais gritante que conheço de paixão à primeira vista. Até se tornou menos mulherengo por causa dela..."

— Para, Ricardo! Só você para acreditar nisso.

— É assim mesmo! Você que não repara. Quando o Bernardo percebeu que tinha chances com a Cláudia, sossegou. Os dois são alegres, querem aproveitar a vida ao máximo, ganhar dinheiro. São de boa índole...

— O Bernardo? Não está falando de outra pessoa?

— Não, falo dele mesmo, o formoso. Não preciso ser nenhuma luminária para deduzir que os dois têm tudo para dar certo. Ainda não aconteceu, mas pode ter certeza de que já não sou o principal interesse da Cláudia, apesar de ela fingir até para si mesma que sim. Acho que ela faz isso para provocar ciúmes no Bernardo.

— Sei, sei... Então não é por causa da Catarina que as duas não têm chance. Claro, evidente que não. Interessante, sabe que acredito no coelhinho da Páscoa e no bicho-papão? Ah, na cuca também.

Ricardo se limitou a baixar os olhos e menear a cabeça. Seu amigo continuou:

— Não adianta negar, nem querer me vender uma história edificante, como se a Catarina tivesse passado ou não importasse mais. E hoje a menina aparece, implora para se aproximar de você, provavelmente teria uma síncope de alegria se recebesse um abraço, e o que ganha é uma lição de moral... Pois é, não entendo mais nada.

Maurício mudou sua entonação para sentimental:

— Lá fora, ela me disse, de um jeito tocante, que eu precisava convencê-lo de que você era o mais importante, o principal para ela. Meu Deus, Ricardo, como pode duvidar disso, nem que seja por um minuto? Essa menina praticamente venerava você...

— Ah, é? — redarguiu. — Só que ela me deixou para trás bem rapidinho, acho que você esqueceu. Encontrou logo outro para companhia. E nada menos que o irmão da Priscila, aquele amor de rapaz!

A observação confundiu Maurício por um átimo; contudo, ele exclamou logo:

— Então é isso: você ainda está com ciúmes dela! Mordido, porque foi esnobado. Por isso é que agiu desse jeito frio. Deixe para lá, meu amigo! Ela não tinha compromisso nenhum com você, e já passou mais de um ano. Qual o problema de a garota ter saído com o playboyzinho, depois daquela bagunça? Vai ver que ela precisava mesmo espairecer. A Catarina não é de ferro...

O desgosto cobriu na hora o rosto de Ricardo, e Maurício arrependeu-se do que dissera. Um silêncio pesado tomou o escritório. Quando o gorducho estava quase se levantando para pedir desculpas e ir-se embora, ouviu a voz do outro, daquele jeito controlado que abafava um terremoto:

— Você pensa mesmo que estou reagindo por ciúmes? Bem, sou ciumento, reconheço. E é verdade, tive, sim, despeito por causa da Catarina. Poucas vezes me senti pior do que naquela noite.

Ricardo pousou as mãos sobre os joelhos e inclinou-se para a frente antes de continuar. Voltou-se para seu interlocutor:

— Mas não foi só porque fui deixado para trás. O que me doeu mais foi pensar que o tempo que eu tinha passado com ela havia sido inútil, que não ficaria dele nenhuma marca boa. Meu relacionamento com ela teria sido mera superficialidade.

— Só que você sabe que foi mais que isso — aparteou Maurício.

— Quer saber a minha opinião? A Catarina não foi tão culpada na nossa separação. Ela agiu como uma garota de 17 anos. Eu que havia resolvido tratá-la como uma adulta. Pedi-lhe confiança total, que pudesse superar a prova que despencou em cima da cabeça dela. Eu exigi uma reação que ela só poderia ter quando fosse mais velha. Ou nem então, porque muita gente é incapaz de um ato de confiança desse tipo. Apostei alto porque eu tinha uma expectativa grande em relação a ela. Que não se concretizou. Em outras palavras, quebrei a cara.

— Se é assim, não devia ter dito que esperava mais dela. Se ela se comportou como a adolescente que era, por que a tratou de forma tão dura?

As palavras de Ricardo saíam rápidas, aos jatos:

— Porque é como me sinto. Sei que não estou sendo muito coerente. Ela se comportou como uma garota, mas eu queria mais do que isso. Queria uma mulher que aguentasse o que fosse do meu lado. Como vi tantas vezes minha mãe fazer com o meu pai. No fundo, estou atrás de alguém como a Nina. Se a Catarina não pode ser assim, é melhor que eu não me envolva com ela. Porque vou me decepcionar, e os dois vão se magoar.

"Analisando as coisas desse ângulo, o nosso afastamento foi bom. Ela não tinha condições de oferecer o que eu queria, nem era justo eu lhe pedir isso. Colocar outro no meu lugar, num piscar de olhos — se é que um dia ela gostou de mim, do que tenho sérias dúvidas —, era até natural para uma adolescente. Eu, ao contrário, ainda não me sinto à vontade para sair com outra mulher. Estamos em épocas e situações de vida muito diferentes. Foi um erro querer passar por cima disso."

— Mas você pode ser amigo da garota! O que custa? Como você é com a Letícia, não precisa mais. Pare de pensar se um dia ela pode ser sua mulher, é cedo demais para se complicar com isso. Tornem a ser a dupla de antes! É tão simples...

— Simples? — quase gritou Ricardo. — Você acha que tenho condições de ficar ao lado dela sem me apegar de novo?

Maurício assustou-se e se derramou na poltrona, enquanto escutava:

— Assim que ela entrou, não perdi o controle por um triz. Não a vejo faz mais de um ano, e, já na primeira vez, tenho um comportamento desses! Por isso falei mais do que devia para a coitada.

Maurício ainda não conseguia alinhavar suas ideias, ao passo que seu sócio ia ficando com a mente mais clara e recuperava a serenidade.

— Não tenho condições de ser amigo dela. Tenho mais certeza hoje do que nunca. Quanto a ser namorados, é impossível. Eu não quero, os problemas logo viriam bater à nossa porta. E ela quer menos ainda, já deve ter outros garotos em vista.

"Não precisa tentar resolver a minha situação, Maurício. Você deu oportunidade para que eu brigasse com ela, mas, se não fosse você, o tempo criaria situações parecidas, e as dificuldades viriam à tona. Não é culpa exclusiva de ninguém. Se a Catarina e eu nos separamos, não tenha dúvida de que foi o melhor."

Ricardo bateu no ombro de seu colega, que comentou:

— Estou com dó da menina. Ela é sensível, vai ficar arrasada.

— Eu também tenho dó, mas é sentimentalismo nosso. Ela é forte, bem mais do que parece. E o que fiz vai ser benéfico para ela, pode estar certo. Eu nunca faria mal a ela, você sabe tão bem quanto eu.

"De qualquer jeito, valeu, meu amigo! Você diz que sou a mamãe ganso, mas agora você resolveu fazer o papel de uma. E muito bem, por sinal! Ter contado a verdade à Catarina foi meritório. Você foi humilde, decente. Estou feliz por poder encontrá-la como uma pessoa que pensa em mim com simpatia. Não é pouca coisa! Tanto que achava que nunca iria acontecer.

"Agora, tenho que terminar este parecer. Depois desta nossa conversa, espero que meu raciocínio flua melhor."

Os sócios se abraçaram, e Maurício começou a fungar, enquanto gritava uns sonoros palavrões. Ricardo riu, divertido pela reação típica, que, após alguns instantes, cessou.

Parte VI
Traz a manhã serena claridade

35

É bom estar com você de novo

Após desligar o carro, Ricardo permaneceu sentado alguns instantes, sem se decidir a sair. Dominava-o uma sensação estranha, uma espécie de desacerto, de incompatibilidade com o ambiente ao redor. Sua cabeça se distraía, voando de notícias esportivas ao conserto da fechadura do seu quarto, passando pela entrevista de um regente de orquestra no jornal e uma reunião de trabalho no início da semana seguinte.

— Então, vamos lá ou não?

A voz de Eduardo eclodiu de outra dimensão. Ricardo fixou-se nele, como se não entendesse o que acontecia, nem soubesse o que o outro poderia estar fazendo ali, sentado no banco do carona. A risada do amigo terminou de despertá-lo, e ele mesmo sorriu:

— Desculpe. Não sei o que está dando em mim hoje, não consigo me concentrar em nada. Espero não dar nenhum vexame, porque estou ridículo.

— Está nada. Vai dar tudo certo.

O motorista pegou o buquê de flores silvestres no banco de trás do veículo. Assim que tocaram a campainha, Simone saiu pela porta principal e abriu o portão. Cumprimentou o noivo e deu a mão ao Ricardo, a quem dirigiu um olhar afetuoso. Ela havia se encontrado várias vezes com ele desde o episódio da carta do Edvaldo.

Assim que entrou no vestíbulo, Ricardo teve a sensação de que estivera ali na noite anterior. Os móveis e a decoração achavam-se no mesmo lugar, tudo limpo e ordenado. Ivan aguardava-o de pé, parado, com um braço envolvendo os ombros da esposa. Ambos se vestiam de maneira informal, ele com um sapato sem cadarço e calça jeans, ela com um vestido leve e claro. O marido dirigiu-se ao primo com a intenção de apertar-lhe a mão, mas terminou puxando-o para perto e deu-lhe um abraço forte. Ricardo retribuiu, satisfeito pela recepção, e agradeceu pelo convite para almoçar.

A seguir, dirigiu-se a Gabriela e estendeu-lhe as flores, dispostas em um belo arranjo. Ela se surpreendeu e permaneceu alguns segundos admirando e acariciando o presente. Inclinou a cabeça e comentou:

— Muito obrigada, Ricardo. Muito gentil da sua parte.

— Lembro que essas são as suas preferidas.

— Você tem boa memória.

— Para o que me interessa, sim. Quem sabe a gente possa ter uma relação melhor a partir de hoje, não é?

A abordagem direta fez com que a anfitriã enrubescesse. Ricardo prosseguiu:

— Sempre gostei de você, Gabriela. Mais que isso, admiro você. Não só porque é a esposa do Ivan, o que seria motivo suficiente, mas por ter criado as suas filhas tão bem. Sei que você é uma pessoa ótima. Muitas vezes eu não fui do seu agrado...

— Ora, Ricardo — ela tentou interromper.

— Não tem problema, passou. A partir de agora, de verdade, queria que isso não acontecesse de novo, e possamos chegar a um patamar superior ao de antes.

A mãe de Catarina encarou-o firme. Os últimos acontecimentos haviam arrefecido suas antipatias por aquele homem, que sempre a tratara com delicadeza, mesmo quando ela o provocava, algumas vezes de forma bastante venenosa. A incisividade com que Catarina o defendera nos últimos dias, apesar de se negar a esclarecer o motivo da mudança tão brusca e radical, levara Gabriela a desconfiar da sua própria postura. Ela respondeu:

— Sem dúvida. Pode ser que às vezes não tenhamos nos entendido tão bem como devíamos. Mesmo assim, sempre fui grata por você se preocupar com a minha família. Espero que nosso desentendimento não tenha deixado mágoas entre nós. Pelo que a Catarina me disse, nós tratamos você injustamente. Peço que nos desculpe, por favor. Quando vi a minha filha sofrendo daquele jeito, perdi as estribeiras. Você sabe, são erros a que qualquer pessoa está sujeita, apesar de não ter má intenção. O que eu garanto que não tivemos.

— Claro que não, nunca tive dúvidas quanto a isso. Da minha parte, não existe nenhuma pendência nem ressentimentos entre a gente. Às vezes, desentendimentos podem reforçar as amizades; por mim, é o que vai acontecer.

— Ótimo. Fico muito satisfeita. O Ivan sentiu demais ter se afastado de você. E sei o quanto a Catarina sofreu por perder a sua amizade. Ainda bem que essa confusão terminou sem mortos nem feridos.

Apenas então Ricardo reparou em Catarina, escondida atrás de Ivan. Sua roupa era mais simples do que a usada no escritório: um vestido verde e branco com um cinto escuro grosso, sandálias de tiras e salto baixo. Praticamente não tinha maquiagem, e o cabelo estava preso em um rabo de cavalo. Quando os olhares de ambos se encontraram, ela fez um gesto econômico de cabeça, sendo respondida com outro similar.

Foram à sala de jantar, onde Ivan sentou-se à cabeceira, com a esposa à direita e Ricardo à esquerda. Simone se colocou ao lado da mãe, Eduardo diante da moça, e Catarina tomou o lugar na outra ponta, defronte do padrasto. Depois de um início um tanto preso e acanhado, com o silêncio se intrometendo uma vez e outra, o diálogo aos poucos foi se desenvolvendo de forma espontânea. O que era para ser creditado primordialmente a Eduardo, que serviu de ligação entre Ricardo e a família de Simone. Havia orientado a noiva a perguntar ao convidado sobre Nina. A partir daí, Ivan trouxe à baila uma série de lembranças que guardava a respeito da falecida, das quais o próprio Eduardo jamais tivera notícia.

Em princípio, Ricardo ficou sem jeito para tratar de um tema tão íntimo, que poderia, além disso, ser pesado para a refeição. Mesmo assim, falou de alguns fatos de quando tinham descoberto a doença da moça, principalmente da reação dos pais dela, que foram admiráveis. Escolheu esse caminho para indicar como os futuros sogros da Simone eram pessoas de valor. Evitava mirar Catarina, de quem não vinham quaisquer ruídos ou comentários.

Logo passaram a tratar do casamento de Simone e Eduardo, que aconteceria dali a nove meses. Escolheram a igreja do padre Roberto, e a festa seria na Sociedade Hípica de Campinas. A mãe da noiva se pôs a tagarelar a respeito do vestido que a filha encomendaria, bem como do bufê que estava a um passo de contratar, derivando a seguir para um amontoado de detalhes sobre festas de casamento, que deixaram Ricardo meio zonzo na mistura de fotógrafos, doces, flores, grupo musical e quejandos. Eduardo riu e comentou:

— Meu smoking vai ser escolhido um dia antes, nem adianta reclamar. Não quero entrar nesse frenesi tão cedo. Pedi várias vezes à Simone que fosse devagar, mas estou percebendo agora quem é que está acelerando, não é, dona Gabriela?

— Não entendo o que você quer dizer... — fingiu a destinatária. — Ninguém está apressando ninguém. É simplesmente valorizar o casamento, garantir que saia do jeito que a gente quer. Noivo desinteressado é mau sinal, Eduardo! Você por acaso está pensando em fugir?

— Mamãe, isso lá é coisa para se brincar? Além disso, não estou prendendo ninguém! — interrompeu Simone meio de brincadeira e meio a sério. A seguir, ela voltou-se para Ricardo e pediu:

— Eu e o Eduardo queremos muito que você seja um dos nossos padrinhos. Seria uma honra enorme para nós. Aceita? Você é o primeiro que convidamos, porque fazemos questão de contar com você.

— Claro que aceito, com o maior prazer! Ainda mais sendo um casal como vocês, que vão formar uma família linda. E a honra é toda minha! Fico emocionado, para dizer a verdade.

— Ótimo — exclamou Eduardo, enquanto abraçava o amigo. — Tinha certeza de que você ia aceitar. Não ia decepcionar a minha família, e menos ainda a minha irmã, lá em cima! Agora, temos que pensar em uma madrinha para formar o seu par. Quer sugerir alguém?

Ricardo teve a leve suspeita de que Eduardo fizera a pergunta com segundas intenções, apesar de não atinar quais. De qualquer modo, encabulou-se como uma criança:

— Bom, não sei quem, vocês escolham, nem preciso interferir... E temos tempo para decidir.

— É verdade! — seguiu no mesmo tom jocoso Eduardo. — Até lá, você pode ter encontrado a sua cara-metade, certo? Então, a gente a convida para ser a madrinha. A não ser que se trate de uma intragável.

Quase todos riram. Sem conseguir se conter, e arrependendo-se imediatamente, Ricardo espiou Catarina. Ela mantinha a face abaixada enquanto comia, o que impossibilitou a ele descobrir se a garota se interessava pelos rumos da conversa.

— Podíamos chamar a Cláudia — sugeriu Gabriela. — É a pessoa certa. Sempre foi próxima da Simone e vai se entusiasmar. Ela guarda um carinho enorme por você, Ricardo. Faz um tempo, ela veio me visitar e aproveitou para elogiá-lo de todas as formas possíveis. Contou como você a ajudou nos últimos meses, com esses problemas chatos que ela enfrentou. Está muito agradecida, de verdade.

— Lógico que eu não teria dificuldade nenhuma em ser padrinho com a Cláudia. O único porém é que ela vai preferir ser acompanhada pelo namorado.

— Mas ela não tem namorado — aparteou Gabriela.

— Ainda não. Até lá, muito provavelmente vai ter.

— Que pode inclusive ser você, certo? — exclamou a anfitriã, sem tentar disfarçar a excitação. — Vocês formavam um casal bonito; seria ótimo se voltassem. A Cláudia não me disse, mas sinto que ela continua a ter uma queda por você.

— Mamãe, pare com isso! — interrompeu Simone. — Desse jeito, o Ricardo não volta mais aqui!

Ivan fez um sinal de aprovação para a jovem, o que foi respondido com uma careta de Gabriela.

— Não se preocupem — respondeu o advogado. — Sua mãe pode me falar o que quiser. Fico contente por ela se interessar por mim, ainda mais envolvendo a Cláudia, de quem gosto muito. Mas posso garantir que, se a Cláudia começar a namorar alguém, não vai ser eu. Mais que isso, é melhor eu não explicar ainda.

A curiosidade da mãe e da filha mais velha foi espicaçada em grau máximo. A garota até conseguiu se manter nos limites do razoável; já a mulher começou a inquirir freneticamente porque ele dizia isso, qual o motivo da sua segurança, e se não era um mero blefe para esconder seus sentimentos. A mesa se tornou quase uma algazarra pela insistência de Gabriela em descobrir, e de Ricardo em ser discreto.

A despeito do ambiente divertido, o visitante notou que Catarina não compartilhava da satisfação dos demais. Mantinha-se séria e absorta, e ele suspeitou que se encontrasse enfadada. Em uma ocasião, captou o olhar dela, só que a garota o desviou de imediato, corando. Noutro momento, desconfiou alarmado que ela estivesse prestes a chorar; no entanto, afastou a seguir esse pensamento como despropositado.

O restante da refeição transcorreu da melhor maneira. Haviam escolhido o que Ricardo mais apreciava: massa, carnes e doces com ovos. Ivan e Gabriela eram pródigos em manifestações de afeição a Eduardo; por sua vez, o rapaz era delicado com Catarina, oferecendo a ela os pratos e as bebidas, no que era sempre retribuído com um sorriso sincero. A relação entre os futuros cunhados melhorara sensivelmente desde quando ela o havia procurado, uns dias antes, para pedir desculpas por ter denegrido Ricardo. Além de se alegrar, Eduardo assombrou-se pela mudança imediata e profunda da garota.

O café foi servido na sala de estar. Os homens se reuniram em um canto para conversar, enquanto Gabriela coordenava o trabalho das empregadas, com as filhas ao lado. Ricardo e seu primo aproveitaram para trocar notícias sobre as respectivas famílias, em especial acerca de dona Lúcia e dona Rita. Em determinado momento, Ivan murmurou:

— Ricardo, quero pedir desculpas mais uma vez.

— Chega, Ivan! Não precisa mais.

— Preciso sim. Perdão por ter brigado com você...

— Nós nem chegamos a brigar, primo.

— Não formalmente, mas na prática sim. Sempre me pareceu inverossímil o que diziam a seu respeito, mas, apesar disso, não fui firme para defendê-lo, nem para impedir que a Gabriela e as meninas se indispusessem com você. Acredito que você não deseje falar sobre isso. No entanto, faço questão de tocar no assunto, para que não sobre nada de ambíguo, de errado entre nós.

"Tentei encontrar alguma justificativa para o meu comportamento, mas não existe. Sinto muito por ter causado tantos desgostos a você."

— Deixe de exagerar. Existiam sim vários atenuantes a seu favor. E um deles é mais que atenuante: a Gabriela é sua esposa, as garotas são suas enteadas. São a sua família. Entre elas e mim, a escolha que cabia a você era evidente. Nem me passou pela cabeça esperar algo diferente.

— Agradeço a sua tentativa, só que não me convence. O que importa é a verdade, o que é justo. Devia ter pensado em um modo de equilibrar isso com minha vida junto das três. Ter descartado você desse jeito foi baixo, infame.

— O que você está dizendo estaria certo para o mundo ideal, não para a realidade. Como poderia ter sido de outro modo? De fato, a gente não se desentendeu; você foi à minha casa conversar, e saiu sem que tivéssemos qualquer atrito. Mas, quando as posições foram se marcando, era mesmo inviável que a gente continuasse se vendo. Teríamos que nos encontrar meio clandestinamente; não ia dar certo. Você iria se sentir um enganador, um trapaceiro, que levava parte da vida escondida da esposa. Nossa separação foi natural, o que não significa que tenha deixado de ser triste. Eu também senti a sua falta.

Após sorrir, Ivan comentou:

— Mesmo o todo sendo ruim, algo de bom saiu desse episódio: aproximei-me da Catarina como nunca havia conseguido antes. Duvido que você faça ideia do quanto ela ficou carente. A perda da sua amizade provocou nela um abalo, um vazio tremendo, que, graças a Deus, tive a oportunidade de preencher em parte. Ela precisava de alguém para desabafar, para contar o que, imagino, normalmente falaria com você. Servi como um substituto, e, aos poucos, a gente foi se entendendo melhor.

"Eu e ela aprendemos a nos gostar, mas jamais alcançamos a mesma confiança que existia entre vocês dois. Chegava a ser bonito, a comover, observar vocês se falando, a maneira com que se dirigiam um ao outro. Ela ficava com os olhos brilhando, não sei se você percebia.

"Eu ficaria muito satisfeito se você e a Catarina voltassem a ter a intimidade de antes. Seria ótimo para ela, porque toda a influência que recebeu de você foi extremamente benéfica. Apesar de ter a Gabriela e a mim, ela também precisa de você."

— Não seja dramático, Ivan — respondeu Ricardo. — É evidente que a Catarina não precisa de mim. Tanto é assim, que viveu perfeitamente este último ano. Ela conseguiu tudo o que poderia querer: entrou na faculdade — eu soube que é uma excelente aluna —, mantém várias amizades, continua linda... Não fiz falta, essa é a verdade. Acredite, até me alegro por ter sido assim.

— Nisso você está redondamente enganado — retrucou o primo. — A alegria que ela espalhava, principalmente quando vocês estavam juntos, quase desapareceu. No final do ano passado, ela se enfronhou nos estudos e não saía de casa. Era uma fuga evidente. Chegou a ser mal-educada com a mãe várias vezes, como se a quisesse afrontar. Não fazia de propósito, ela não se permitiria, mas havia algo de estranho no ar. Depois de um tempo, concluí que era uma pequena vingança, porque a Gabriela tinha tentado atrapalhar a amizade de vocês. A Gabi também não fez por mal...

— Eu sei, não precisa defender sua esposa para mim.

— Ótimo, isso me tranquiliza. Voltando ao que eu dizia: apesar de a Catarina estar naquela época decepcionada com você, acredito que ela seguiu tendo o Ricardo que imaginara antes como um modelo. Ela se mantinha encantada por esse ideal, e tudo o que o nublava a ofendia e revoltava. Daí a raiva exagerada contra você, que seria aparentemente o maior responsável pela destruição do modelo.

"Ao mesmo tempo, parte da culpa por vocês terem se distanciado cabia mesmo à Gabriela. Lógico que as duas não brigavam o tempo todo, em certas ocasiões até se compreendiam bem, mas a menina não era mais a mesma. Eu, ao contrário, representava uma ligação com o sujeito que ela considerava uma miragem desaparecida. O fato de ter tacitamente rompido com você, o Ricardo verdadeiro, abriu as portas para que ela confiasse em mim de uma vez.

"Posso estar fazendo psicologia barata, mas penso que não. Refleti bastante no que aconteceu, nas reações dela. Por isso, tenho uma expectativa enorme de que vocês se reaproximem. Traria muitas vantagens à Catarina, e imagino que não seria custoso a você."

Ricardo soube ler nas entrelinhas melhor do que Ivan poderia supor. Foi uma agradável surpresa descobrir que o padrasto havia aprendido a conhecer Catarina.

— É possível que você esteja certo quanto ao passado — respondeu Ricardo —, mas não em relação ao presente. Quando me aproximei da Catarina, ela era uma menina que tinha perdido o pai e precisava de apoio. Na época, tive condições de oferecer isso a ela; só que é uma necessidade que não existe mais. Representei meu papel na peça. O roteiro mudou, as personagens evoluíram, não sou mais protagonista. É preciso saber a hora de sair de cena.

"Além disso, não é razoável que eu seja amigo de uma moça como ela. Antes, não tinha problema; agora, seria bastante complicado."

— Por quê? Não vejo o motivo.

— Ela não é mais uma criança, Ivan. Para você, é como uma filha; para mim, não. Em parte, nos separamos porque nosso tipo de relacionamento não tinha como prosperar, quando ela deixasse de ser adolescente. O afastamento era natural, ainda que, no nosso caso, tenha sido forçado por um incidente desagradável.

A expressão no rosto de Ivan mostrava que ele não se satisfazia. Suspeitava também que, se Ricardo e Catarina voltassem a ser próximos, terminariam mais do que amigos. A questão é que desejava exatamente isso.

— Obrigado por se abrir comigo — prosseguiu Ricardo. — É reconfortante saber que você pensa assim. Mas não precisa se preocupar. A Catarina talvez tenha ficado amuada por um tempo, e agora sente remorsos por ter se enganado comigo. Mas não faço falta a ela, pode ter certeza. Ela vai se acertar, independentemente de eu me aproximar dela ou não. Aliás, já se acertou.

Mudaram de assunto, e o visitante passou a estranhar algo que não distinguia bem o que era, até que atentou para o desaparecimento de Catarina. Desde que se haviam levantado da mesa, não a vira mais. Passou pela cozinha, sob o pretexto de elogiar novamente o almoço, e não encontrou a moça ali. Subitamente, intuiu onde ela estaria.

36
Não é possível retornar ao que foi um dia

Catarina sentia-se gratificada por Ricardo voltar à sua casa. A jovem desfrutara outra vez do prazer de se encontrar ao lado dele, escutar sua conversa e observar como ele se portava, satisfação da qual se privara por mais de um ano. Era o retorno de uma alegria que, quinze dias antes, aparentava estar definitivamente perdida. No entanto, essa satisfação não vinha cristalina. Permanecer junto de Ricardo mortificava-a, porque lhe recordava de como fora parcial e tola.

O mais grave, porém, era que, quando considerava Ricardo um calhorda, a repulsa que sentia por ele levara-a espontaneamente ao distanciamento e, depois de um período de raiva, à indiferença fria ou ao desprezo. Na nova situação, a admiração, que refluía com veemência ao coração da menina, com as fortes lembranças de épocas anteriores, reforçadas pela descoberta de outras facetas do amigo, arrastava-a a ansiar tornar-se outra vez um elemento importante na vida dele. E era justamente isso que ela enxergava como impossível. Tivera sua oportunidade e a desperdiçara tontamente. Não havia nada a fazer, exceto resignar-se com o quinhão que lhe sobrara.

Sem que ninguém percebesse, depois da sobremesa Catarina esgueirou-se para o rancho da casa, seu lugar predileto nas últimas semanas. Era-lhe impraticável conversar normalmente com alguém, estando Ricardo por perto. Durante o almoço, quase tinha desmontado quando entraram a tratar da madrinha que o acompanharia. A menção a Cláudia só não a fez saltar da cadeira porque não suportaria representar outra vez um papel ridículo na frente do convidado. O ar indiferente e um tanto enigmático dele ao responder deixaram-na ainda mais curiosa e inquieta, e não sem vexame reconhecia que se enchera de júbilo quando Ricardo dera a entender que não existia nada entre ele e a antiga namorada.

Mas, ao fim e ao cabo, de que adiantava? Se não fosse a Cláudia, viria outra, que não seria ela, Catarina. A constatação fez com que a empolgação murchasse logo, e ela contou os minutos para poder se retirar da presença de todos e ficar em um canto, sozinha. Fazia certo tempo que se mantinha ora sentada, ora andando pelo jardim, escutando ao fundo o barulho das conversas que saíam da sala de estar e da cozinha. Se pudesse, iria se aproximar da mãe e da irmã, mas receava que elas, especialmente Simone, percebessem o quanto seu espírito estava pesado.

Ela se sentou no banco de madeira, ao lado da piscina. Recordou-se de que o Luciano costumava se acomodar ali. Desde que deixaram o colégio, não haviam tornado a conversar; tivera notícia de que o rapaz fora aprovado na faculdade de Administração de Empresas da Universidade de São Paulo. Seria preciso procurá-lo, para esclarecê-lo em relação a Ricardo.

— Catarina, podemos falar um minuto?

A garota deu um pulo de susto. Pousou uma mão no peito, e a outra correu para os olhos, porque os sentiu um pouco molhados. Voltou-se para ver quem era e confundiu-se ainda mais. Ali estava Ricardo de pé, com uma sacola na mão direita, encarando-a.

— Está tudo bem com você? Quer um copo de água, um refrigerante? Vou buscar na cozinha.

Ele iniciava a volta quando a moça o chamou, enxugando o rosto e se recompondo:

— Não, obrigada. Estou ótima. Não se preocupe, não é nada.

O cheiro das flores estava forte naquela tarde, e o sol se refletia na água da piscina próxima.

— Este local continua uma delícia — disse ele. — Sempre foi o meu preferido na casa.

— Também é o meu favorito — concordou a garota.

Indecisa, ela acrescentou, apontando para o lugar vazio ao seu lado, no banco:

— Por favor, sente-se aqui.

Se ele refletisse, talvez declinasse a oferta. No entanto, sentia-se como voltando no tempo, para a época em que obedeceria imediatamente a um pedido tão simples da amiga. Além disso, comoveu-o observar as lágrimas dela, que — deduziu sem medo de estar sendo vaidoso — deviam ter relação com ele. A constatação o perturbou e apressou-o a dizer:

— Queria agradecer a você por ter pedido à sua mãe que me convidasse para almoçar, que me recebesse. Foi delicado da sua parte.

— Quem contou que eu pedi? — inquiriu a garota.

— Ninguém. Mas foi o que aconteceu, não é? Se você não tivesse falado com ela e o Ivan, não teriam me chamado. Imagino que você esclareceu que eu não era... como podemos dizer? Uma companhia tão perniciosa quanto você imaginava antes.

O jeito dele de se expressar era levemente irônico, até um pouco divertido, o que não impediu que Catarina sentisse as têmporas arderem ao esclarecer:

— Eu confessei que tinha cometido um erro horrível, e que todos tínhamos sido lamentáveis com você. Foi o Ivan quem sugeriu convidar você para nos visitar, e a mamãe aceitou na hora. Então, trazer você aqui não foi iniciativa minha.

— Seja como for, espero que não incomode você.

— Incomodar? Ora, Ricardo, você sabe que não. Estou muito contente por você ter vindo, demais.

Tornaram a ficar silenciosos, até ele prosseguir:

— Agradeço por você ter me defendido, mesmo tendo de se expor. Não pedi que você fizesse isso, quando se desculpou comigo. Não precisa querer me restaurar a honra, Catarina. Vamos deixar para lá.

A garota mordeu o lábio inferior, enquanto ele sorriu:

— Nunca falaram tão mal de mim como naqueles dias. Não pense que foi só você; foi um monte de gente. Mas a vida continuou, e a verdade é que perdi poucas coisas que realmente me fizessem falta.

Ele tornava a refletir consigo mesmo diante dela, e essa sensação deu vida a Catarina. Ricardo seguiu adiante:

— Todo meu prestígio no escritório, por exemplo. Lutei tanto para conquistar uma posição, atribuía uma importância enorme a ela, e não era mais que ninharia. Tinha muito de vaidade besta. Quem gostava realmente de mim continuou igual e nem quis me julgar; os outros, vibraram ao me ver na lona. E a grande pergunta: e daí? Em que essa tolice me diminuiu? Ainda sou o mesmo, nem melhor, nem pior. Até me senti mais livre.

"O que realmente doeu foi ter me afastado da sua família, saber que não me queriam bem aqui. Por isso, sou grato por você consertar a situação. Até acho que vou me entender melhor com a sua mãe!"

Catarina riu, com o ânimo solto.

— Trouxe isso para você — afirmou ele, enquanto dava à garota a sacola de lona que carregava. — Não sabia o que fazer com essas coisas e guardei-as comigo.

Curiosa, ela pôs a sacola no colo, abriu-a e distinguiu no interior caixas pequenas de papelão e um par de sacos plásticos. Tomou o que se encontrava mais à mão, e desfez o nó que o fechava. Dentro, estavam um cachecol, luvas de lã e um colete jeans, tudo dobrado e recentemente lavado. Ansiosa, pegou uma das caixas e verificou seu conteúdo: eram CDs de música, que haviam sido especialmente caros para ela. Em outra caixinha, encontrou o que mais a alegrou: a pulseira vermelha e prateada, que lhe fora presenteada há quase dois anos e meio. Ricardo divertia-se, enquanto observava a surpresa da garota, que aumentava na medida em que finalizava o inventário da entrega. Com um ar de pouca importância, acrescentou:

— Faz tempo que esses presentes estavam no fundo do meu armário. Praticamente não mexi neles. Nunca achei que fossem meus, apesar de você ter devolvido. Está certo que nada aí tem um grande valor, e talvez você prefira jogar fora a maior parte. De qualquer modo, está tudo devidamente restituído.

Catarina ficou confusa e admirada, seu coração passou a bater acelerado.

— Obrigada! Puxa, não acredito que você guardou os meus presentes. Principalmente tendo em conta o modo como os devolvi para você. Foi para ferir que fiz aquilo...

— Eu sei. Não tem problema.

— Adorei receber minhas coisas de volta! Sabe, não conservei nenhuma lembrança sua, nem uma foto...

Subitamente, não pôde se conter e emocionou-se:

— Ah, Ricardo! Não acredito que tratei você tão mal! Como fui burra e desprezível! Uma ingrata, desnaturada, nojenta...

— Calma, Catarina — pediu ele. — Não fale assim. Não é para tanto.

Quase acrescentou "minha querida", mas pôde brecar-se a tempo.

— Claro que é! Nem sei explicar por que fiz essa palhaçada. Como cheguei tão longe? Fui tomada por um ciúme feroz, uma raiva cega, que me deixou louca. Essa é a verdade. Não justifica o que aconteceu, mas teve um papel fundamental.

A surpresa de Ricardo aumentou:

— Você, com ciúmes de mim? Está enganada, não foi o que aconteceu. Naquela época, você estava envolvida com o Gustavo.

— O quê?

— Você nunca me contou, mas encontrei você com ele, poucos dias depois, em uma pizzaria. Talvez você não se lembre...

Catarina empalideceu, e um tremor percorreu seu corpo. O advogado arrependeu-se na hora de ter tocado no tema. No entanto, como dera com a língua nos dentes, não era possível retroceder:

— Eu não tinha ideia de que vocês estavam juntos. Quando encontrei os dois ali, deduzi que você tinha ouvido por ele sobre o que acontecera no escritório. Também imaginei que ele não devia fazer grandes elogios a mim. Pois é, nunca foi dos meus maiores admiradores. E você tinha acreditado nele.

A estudante não disse nada por longos minutos, e o interlocutor evitava fitá-la. Por fim, ela balbuciou:

— Preciso explicar o que aconteceu. Não foi do jeito que você pensa. Eu não me "envolvi" com o Gustavo antes de brigar com você.

— Como não, Catarina? Só pode ter começado antes, lógico. Acho que você está se confundindo.

— Não estou. Eu estava mesmo conversando com ele fazia um tempo, mas não havia nada além de coleguismo, ou um acerto de contas. Com você perto de mim, como eu ia reparar no Gustavo? Não tinha a menor chance.

Ricardo encarou a garota, e ela susteve a mirada. A tristeza dela era evidente, e ele cogitou propor que parassem de comentar daquilo. No entanto, Catarina adiantou-se e contou-lhe como Gustavo a havia procurado, arrependido e dizendo que desejava tornar-se amigo dela. Que ela pensara que deveria ajudá-lo para que ele fosse menos insuportável e até fizesse algo que prestasse.

— Mas eu não tinha interesse por ele, nenhum. Sempre achei o Gustavo bonito, mas não sentia mais qualquer atração especial. Ele me visitou aqui, para a gente estudar e assistir a um filme juntos. Não passou disso, até eu romper com você.

— Por que você não me contou nada?

— Ele pediu segredo, e eu tinha certeza de que você não ia aprovar que eu me aproximasse dele. Você já não gostava da família dele...

— Eu suspeitava do caráter do rapaz, Catarina. O problema não era a família.

— Você estava certo. Mas achei que não tinha perigo, porque ele vivia repetindo que faria o que eu quisesse.

— O que a Letícia pensava dessa história?

— Não contei para ela no começo. Até que chegou um momento em que não dava para esconder que o Gustavo estava dando em cima de mim. A Letícia ficou uma fera e ameaçou contar a você, mas eu a convenci a ficar quieta.

A face de Catarina se tornou sombria. Ela abaixou os olhos e prosseguiu:

— Daí, estourou tudo aquilo, e nunca mais conversei com você. Fiquei agradecida ao Gustavo, por ter me contado o que havia acontecido. Para ele, você era um enganador, e eu fui convencida pelas palavras dele. Quer dizer, me deixei convencer. Hoje, vejo que facilmente demais.

Com repugnância, Ricardo insistiu:

— Quando a gente brigou, você já gostava dele. Pode não ter percebido, mas estava interessada nele, no mínimo.

— Não! — gritou ela, com o que ainda possuía de resistência emocional.

— Por favor, Catarina! Eu vi você com ele de mãos dadas, toda sorridente, só um par de dias depois de nós brigarmos. Você não ia ficar daquele jeito com um rapaz que não interessasse a você, com um simples amigo. Se não houvesse nada antes, você não o estaria namorando em tão pouco tempo. Nós, por exemplo, nunca nos permitimos esse tipo de intimidade. Se vocês não eram namorados, ao menos representavam muito bem...

A moça só respondeu depois de passar uns instantes olhando para o ipê, enquanto decidia o caminho a tomar. Seu nervosismo era patente.

— Ricardo, não sou uma frívola, que um dia se derretia por você, e logo depois estava nos braços de outro.

— Não foi o que quis dizer... — alarmou-se ele.

— Meus sentimentos não são volúveis assim. Pelo contrário.

— Por isso mesmo achei que você gostasse dele, não de mim. Era o que parecia, pelo modo como você me tratou.

Ele enrubesceu ao dizer isso. "Por que fui me cavar esse buraco?", reclamou consigo. Piorou, quando ela respondeu:

— Você devia saber que nunca foi assim. Fiquei furiosa com você, mas não era porque estivesse interessada em outro.

O marmanjo respirou fundo, sem encontrar uma saída honrosa, e ouviu:

— Naquela noite, o Gustavo me convidou para sair. Falou que eu precisava me distrair e esquecer os dias anteriores, que tinham sido uma tortura. Minha mãe me animou a aceitar, porque não aguentava mais me ver abatida. Pensei que devia esse ato de gratidão a ele, apesar de não estar nada animada.

"De cara, não gostei que ele pegasse a minha mão; eu tirava, ele insistia. Colocou os braços nos meus ombros; não achei legal, mas fiquei sem jeito. Nessa hora, eu devia ter dado um tranco nele. Ele ganhou confiança, e teve uma hora em que tentou me beijar. Virei o rosto. Em vez de desistir, ele fez um discurso de apaixonado, dizendo que eu era a menina mais incrível que ele conhecia, que não tinha sentido nada igual por ninguém, e outras cantadas do tipo. Posso ter sorrido em algum momento, para não ficar chato, mas juro que não estava gostando. Depois de um tempo, inventei que estava me sentindo enjoada e precisava voltar para casa. Ele desconfiou, mas chamou um táxi e fomos embora. Foi só isso que aconteceu, Ricardo. Por favor, acredite em mim."

Ele teve certeza de que ela não mentia. No entanto, o jeito da garota ao se explicar intrigou-o.

— Foi o que aconteceu naquela noite. E depois? Não se encontraram mais?

A jovem cobriu o rosto com as mãos e deslizou-as até que ficassem somente sobre a sua boca. Fechou os olhos e fez uma expressão de cansaço.

— A gente saiu outras vezes. Não começamos propriamente a namorar, isso não. Mas quase. Teve uma vez em que ele me roubou um beijo. A gente foi ao cinema...

— Não precisa me contar, não há necessidade.

Ela estancou envergonhada. Contudo, um fiapo de satisfação a consolou, ao perceber que aquilo havia aborrecido seu ouvinte.

— Não queria que meu primeiro beijo fosse com ele. Foi uma distração, um acidente...

— Está bem, Catarina.

Ricardo não a encarava. Havia pegado um galho, com o qual removia a terra ao lado. Ela retomou a coragem e falou:

— Depois de um tempo saindo juntos, a gente passou a ser assunto no colégio. A Letícia nem chegava perto do Gustavo e não conversava comigo, se ele aparecesse. Uma manhã, do nada, surgiu uma aglomeração num canto do pátio, e ouvi o início de uma discussão. Passou só um pouco de tempo, e a Manuela, a menina que sempre me detestou, saiu do meio da bagunça, correu na minha direção e gritou: "Quer dizer que o Gustavo ganhou a aposta? Eu achava que desta vez ele ia perder, veja só. Superestimei você, garota."

"Não entendi, nem me dei ao trabalho de responder. Mais gente foi chegando ao meu redor, achei estranho. A Manuela insistiu, com voz de deboche: 'Você foi conquistada pelo Gustavo! O pessoal me contou que vocês estão saindo juntos. Ele prometeu e cumpriu!'

"Pouco a pouco, fui juntando as peças. Por mais esdrúxula que fosse a história, vi que era verdadeira assim que o Gustavo apareceu. Ele tremia inteiro, ficou vermelho e não dizia nada. A Manuela zombava de mim e dele. Ela estava morrendo de inveja.

"Descobrir o que tinha acontecido me deixou possessa. Respondi que não sabia de aposta nenhuma, que não namorava o Gustavo. Falei que ele estava muito longe de me interessar, porque era um imaturo, com menos ideias que um soldadinho de chumbo. Um Don Juan de terceira, que nenhuma academia de musculação conseguiria melhorar. Todo mundo se espantou, e eu disse que conquistadores malhados não faziam meu gênero. Acrescentei outras coisas, que não vale a pena repetir."

Ricardo aliviou-se por Catarina não enxergar seu rosto, porque não pôde segurar um sorriso. A mocinha, quando resolvia bater, era mesmo um azougue, conforme ele sabia por experiência própria. Ela completou:

— Sei que extrapolei. Também não fui lá muito sincera. O Gustavo podia não me interessar muito, mas estava no caminho de me atrair. Confusa como eu estava, era possível que acabasse me envolvendo com ele. De qualquer jeito, descontei nele as minhas raivas, o que não foi certo.

Catarina considerava-se um tanto ridícula ao descrever esses acontecimentos. Porém, o advogado escutava-a com atenção.

— Os decibéis da discussão subiram. O Gustavo reagiu e rebateu que não me suportava, que tinha feito teatro, e eu era uma presunçosa maluca por achar que ele pudesse querer algo comigo. Ao ouvir isso, a Manuela entrou em êxtase. Ele se sentiu fortalecido e me ameaçou: 'Não esqueça que você não tem mais aquele seu guardião ridículo. Posso fazer a sua vida impossível outra vez, garota!'

"Só que aí ele errou. A situação era bem diferente de meses antes. Foi dizer isso que a Camila, o Luciano e a Letícia começaram a caçoar dele, e praticamente todos os nossos colegas entraram na onda. Ele ficou atordoado e saiu dali acompanhado só da Manuela, assustada com o que tinha provocado.

"A partir disso, não conversei mais com o Gustavo. Quer dizer, ele foi atrás de mim uma vez, pedindo para se explicar. Nossa conversa foi seca, porque eu não o queria ver nem pintado. Respondi que não fazia falta se desculpar, porque eu também tinha errado. O melhor era esquecer e apagar qualquer coisa que tivesse ocorrido entre a gente. Não tornamos a conversar, só o cumprimentei no último dia de aula e desejei-lhe boa sorte."

Catarina permaneceu quieta por uns minutos. Depois se levantou e, de costas para Ricardo, expandiu-se com a voz sentida:

— Eu disse que agi mal com você porque estava enciumada. É verdade, mas não totalmente. Cometi antes uma falha grave: deixei que o Gustavo me envenenasse. Ele me mostrou você sob um ponto de vista diferente, que me desnorteou. Apesar de continuar gostando de você do mesmo jeito, fiquei impressionada, insegura.

"Sempre achei você maravilhoso, a melhor pessoa que eu conhecia. Quem mais havia se preocupado comigo, tirando meu pai e minha mãe. Mas comecei a desconfiar de que a minha admiração fosse exagerada. No início era uma ideia vaga, mas ganhou corpo antes da confusão no seu escritório. Quando aquilo estourou, a suspeita encontrou terreno fértil, e logo eu tinha certeza. Toda a admiração se metamorfoseou em decepção num instante. No final, era uma repulsa absurda. Nisso sim, eu fui volúvel.

"A Letícia jamais admitiu pensar mal de você, ela soube ser uma amiga leal. Uma vez insinuei o que o Gustavo dizia de você, e ela me podou na hora, não quis nem escutar. Esse contraste é um vexame para mim, mas é a realidade. Eu acreditei em uma asneira, que, hoje, acho completamente ridícula, sem pés nem cabeça. Desculpe-me!"

Ricardo distinguiu o choro brotando de novo na menina. Ele manteve-se calado, até que Catarina serenou.

— Não foi só você quem errou — replicou ele. — Também a julguei mal. Quando vi você naquela noite, pensei que tinha sido enrolada, seduzida pelo Gustavo. Achei que você era uma menina superficial, das que vão atrás do primeiro menino bonito que lhes dá atenção. Como vê, também devo as minhas desculpas.

— Imagine — replicou Catarina. — Pouco tempo antes, eu tinha sido brutal com você; depois, você me encontra com ele. Só podia pensar mal de mim, era natural.

— Não, não era natural. Menosprezei você, o que lamento muito. Devia saber que você não agiria de forma leviana, porque você é uma pessoa sensata.

— Eu, sensata? Fui impetuosa, cabeça-dura...

— Sensata, sim. Quando a gente brigou, seu juízo saiu mesmo do normal. Mas isso acontece com você bem menos do que com a média das pessoas da sua idade. Você se transtornou porque me queria bem. Para que você valorize quem merece, o Eduardo disse isso na época, para defender você. Portanto, tenho minhas dívidas para com a senhorita. Assim, também lhe peço que me perdoe.

Catarina teve a sensação de que seu peito estufava de satisfação, e mal conseguiu formular uma resposta. Ricardo prosseguiu:

— Há uma coisa de que você se recrimina e, na verdade, era prudência. Sua admiração por mim era mesmo excessiva. Eu seria capaz de me envolver com uma mulher casada, e de fazer canalhices ainda piores.

— É o que você pensa, mas sei que não é verdade.

— É verdade sim, Catarina. Bastaria deixar de me vigiar por um minuto, ou pensar que estou por cima desse tipo de coisa, para eu cair de boca. É a sina de qualquer ser humano. Portanto, julgar que sou falível foi um acerto seu.

— Você não tinha feito nada! Ao contrário, se sacrificou para proteger um amigo.

— Nesse caso concreto, estou feliz por ter agido assim. Graças a Deus, nunca aprontei nada que me envergonhasse demais, mas me vejo sempre à borda do precipício. Suas suspeitas de que eu não fosse tão bom não me magoam, eram razoáveis. O que me machucou foi você não acreditar em mim, apesar de eu insistir na minha inocência.

Ambos permaneceram calados e pensativos, até Ricardo recomeçar:

— É paradoxal que peçamos confiança, sendo tão sujeitos a falhas. Pensei nisso várias vezes. Precisamos confiar, inclusive colocando a vida nas mãos de outra pessoa, cientes de que ela pode nos frustrar. Por isso, dar confiança não é ato de justiça, mas de amor.

"Você tinha boas razões para pensar mal de mim. De início, eu não admitia; depois, com a cabeça fria, vi que você não tinha sido injusta, em sentido estrito. Outras pessoas muito próximas também me estigmatizaram, foram até cruéis. Somente iria acreditar em mim quem estivesse disposto a ir contra as evidências; não poderia ser um ato meramente sensato, frio. Teria que ser por generosidade."

— O que não fui capaz de fazer — interveio a moça.

— Naquela hora, não. Mas depois você fez coisas ótimas. Não se amargurou nem se fechou no seu erro, batendo o pé. Podia ter duvidado do Maurício, ou não ter me visitado, ou ainda ter guardado para você que eu era inocente. Ao contrário, tudo que você fez, desde que soube a verdade, foi o melhor possível. Digo isso com toda a sinceridade.

A reação de Ricardo encorajou-a a enfrentar uma dúvida que a corroía:

— E a gente agora, Ricardo? Como vamos ficar?

Ele se pôs sério e mirou-a. Falando rápido, ela avançou:

— Vamos poder ser amigos como antes? Eu não devia nem ter a cara de pau de pedir, mas é o que eu mais quero. Que a gente voltasse a se ver sempre, que conversássemos, que eu pudesse me abrir de novo com você. O que falei hoje, não contei a ninguém, só à Letícia. E existem coisas que nem para ela consigo explicar do mesmo jeito.

A própria garota assombrou-se por ter feito o pedido tão descaradamente. Ricardo demorou a responder e manteve o rosto grave. Ao fim, replicou:

— Nossa situação agora é outra. Fui um amigo da sua adolescência, quando você precisava de mim. A gente passou muitos momentos bons juntos, inesquecíveis. Você era uma ótima garota, Catarina. Mas, hoje, não posso servir para você do mesmo jeito.

— Claro que pode! Como está fazendo, neste exato momento.

— Não. Você se tornou uma mulher. Seus interesses não são os mesmos de quando a conheci. Logo, você vai se envolver com algum rapaz. Um amigo homem mais velho perto, como eu, seria estranho. Espero que você me entenda. Essa mudança de situação é a lei da vida, não adianta ir contra. Não sou eu quem deve estar do seu lado.

Uma tristeza imensa afogou o coração da moça. Não queria namorado nenhum, preferia mil vezes o amigo. Uma ideia de repente veio em sua ajuda:

— Mas você ainda é amigo da Letícia! Por que não pode ser meu também?

Ricardo gaguejou e respondeu:

— Não vejo mais a Letícia tantas vezes como no ano passado...

— Sei que ela continua a desabafar com você, que você a ajuda.

— É diferente, Catarina! Com a Letícia é diferente. Sempre foi.

Ambos se olharam, tensos. Depois de um tempo, Catarina comentou, sem se preocupar em ocultar a decepção:

— Entendo muito bem. Ela nunca falhou com você. Você me perdoou, mas confiar em mim é outra coisa. Não poderia ser de outro jeito, depois das besteiras que fiz. Fui pretensiosa demais ao pedir isso. Perdão.

Ricardo teve o ímpeto de contradizê-la, de responder que o problema era muito mais complexo. Preferiu manter o silêncio.

— Mesmo que nós não possamos mais ser próximos — retornou ela —, quero que você saiba que foi muito importante para mim. Nunca vou poder agradecer o suficiente. Você sempre vai ocupar um lugar especial na minha vida, não importa o que aconteça no futuro.

De um momento ao outro, Ricardo descobriu-se enredado pelas palavras da garota. Receava ser dominado novamente por aquela jovem, cujo poder de atração sobre ele voltava a se mostrar quase irresistível. Confuso, respondeu:

— Agradeço. Também vou me lembrar de você sempre com enorme carinho.

Ricardo levantou-se do banco.

— É melhor eu voltar para a sala. O Ivan e o Eduardo devem estar me esperando. Até logo.

— Até mais! Obrigada mais uma vez por devolver os meus presentes.

Catarina permaneceu sentada, acariciando os objetos que recebera, enquanto observava Ricardo se afastando sem olhar para trás. Tomou a sua pulseira, a primeira coisa que ganhara do amigo, e colocou-a no pulso, tentando diminuir seu desapontamento. Por fim, um sorriso tímido surgiu no seu rosto.

37

Curando as feridas mais fundas

O calor forte, daquela tarde de meados de novembro, fazia Maurício suar em bicas, sob sua camisa social creme e a gravata rosa. O paletó estava jogado no banco de trás. O ar-condicionado do carro atenuava a temperatura, apesar de estar com defeito. Pretendia trocar de automóvel o quanto antes, mas tinha de esperar que caíssem os honorários de uma causa grande, que haviam acabado de ganhar.

Dirigia-se ao presídio de Hortolândia, conforme fazia com certa frequência. Ele e Ricardo militavam pouco na área criminal, limitando-se ao relacionado com empresas; no entanto, também exerciam uma espécie de advocacia social, *pro bono*, com criminosos de nível social baixo. Esses clientes eram indicados por uma antiga colega de faculdade, que trabalhava para uma organização não governamental, cuja finalidade era prestar toda sorte de auxílio aos detentos e suas famílias. Pela vontade do Maurício, já haveriam abandonado esse serviço; não tinham mais tempo para realizá-lo decentemente, e chegara a convencer Ricardo. No entanto, este voltara atrás e propusera uma saída: alguns advogados mais jovens do escritório continuariam com a atividade, que os ajudaria a conhecer as faces sórdidas e desfavorecidas da vida.

Além da temperatura, o suor de Maurício vinha do nervosismo. Seria uma visita à penitenciária diferente das outras, e ele a considerava agora uma loucura completa. E pensar que, para levá-la a cabo, ele mesmo fizera diligências junto ao diretor do presídio, que de início se negara a autorizar que alguém que não fosse parente visitasse um detento, mas mudara de opinião quando escutara os detalhes do pedido.

"Tive um milhão de chances para cair fora!", queixou-se consigo. "Era só dizer que não permitiriam a visita, ou que era perigoso, ou que o Edvaldo poderia ficar constrangido... Sei lá, inventar qualquer asneira. Agora, estou enrolado nessa arapuca miserável. Deus queira que tudo saia bem! Será que ela contou para a mãe que vinha para cá?"

O sol forte e a luminosidade limpa envolviam o entorno com um ar alegre. A claridade era uma característica marcante de Campinas, juntamente com o vento. Quando ia a outras cidades, especialmente a São Paulo, Maurício estranhava a cor mortiça do céu, mesmo em dias abertos. Nesse sentido, estavam em uma tarde privilegiada. Se o destino fosse diferente — por exemplo, um restaurante, o clube de campo do Tênis Clube ou Joaquim Egídio —, provavelmente o ânimo do motorista seria dos melhores. Nas atuais circunstâncias, seguia tenso e se esforçava por esconder o mau humor.

Maurício então se esquecia de como se alegrara e concordara imediatamente quando Catarina propusera o plano. Considerou-o uma iniciativa espetacular, que tinha de sair, custasse o que fosse. Para reforçar, o pedido viera de uma garota pela qual fora totalmente encantado nos últimos dois meses, e a quem não se via em condições de negar nada. No torvelinho dos seus sentimentos, ora era levado pela ansiedade de que tudo desse certo, ora pelo receio de ser o artífice de uma tremenda trapalhada que talvez terminasse em um anticlímax horrível.

Logo tomou a estrada que levava à cidade vizinha. A paisagem de subúrbio estava longe de ser inspiradora. Boa parte dela consistia em construções recentes, erguidas de forma descuidada, em terrenos que há pouco tinham recebido um mínimo de infraestrutura: demarcação das ruas, eletricidade, sistema de esgoto. Tudo ainda era precário e parcamente ocupado. Pelo menos a estrada principal, na qual avançavam, era bastante boa.

Observou então a sua acompanhante. Catarina vinha sem dizer nada, embalada em seus pensamentos enquanto espiava através da janela. Ela havia posto uma calça comprida e um paletó marrons, bastante discretos, que lhe davam um ar de mais velha. Seu cabelo estava preso em um coque; a maquiagem era simples e de cores neutras, tendendo ao castanho. O motorista pensou como seria ótimo se um dia a sua filha fosse tão graciosa quanto a moça no banco do passageiro.

Quando atravessaram o limite dos municípios, Maurício quebrou o silêncio, perguntando inquieto:

— Estamos quase chegando. Tudo bem com você? Se quiser, deixamos para outro dia.

— Estou ótima, não se preocupe. Esperei bastante por hoje, não quero atrasar nem um minuto.

A fala da garota era firme e segura, embora traísse sua expectativa. A prisão ficava ao lado da estrada, da qual Maurício saiu em direção ao estacionamento. Os carros ali parados eram na maior parte modelos antigos, de tipo popular. Nos quatro ângulos e também próximas da entrada, ficavam guaritas em cima dos muros altos, onde se viam policiais armados, vigiando o movimento dentro e fora do prédio.

Após saírem do estacionamento, caminharam sobre uma passarela de cimento para o portão de acesso da prisão. Ao lado dessa entrada, havia alguns policiais com colete escuro sobre roupa ordinária — camiseta ou camisa curta com jeans e sapatos ou um par de tênis encardidos —, vários com a barba por fazer e o cabelo mal cortado. Maurício cumprimentou-os e entrou, conduzindo Catarina pelo antebraço. O que ele temia principiou a acontecer: os policiais comentaram entre si sobre a "delícia" que passara pela porta. Fingiu não ter escutado, mas passou a vestir uma carranca intimidante.

Depois da entrada, ficava uma espécie de saguão. Não estava barulhento, pois a maioria das visitas já havia entrado. Da parede ao lado, saltava o balcão, sobre o qual os visitantes deixavam seus pertences, e lá Maurício e sua parceira entregaram os celulares, a maleta dele e a bolsa dela. Logo depois, dirigiram-se para os detectores de metal que tinham a forma de batentes de portas. Catarina foi examinada ali por uma policial feminina afável, que lhe permitiu passar para o outro lado depois de conferir a autorização assinada pelo diretor do presídio. Maurício não perdera a moça de vista nem por um segundo e a aguardava adiante, pois sua revista fora mais rápida.

Seguiram então por um corredor amplo, que terminava em um salão espaçoso, do qual vinha o barulho alto de um sem-número de conversas. Assim que entrou nele, Catarina viu dezenas de conjuntos de mesas circundadas por cadeiras, nas quais estavam membros de famílias com os seus respectivos detentos; uma confusão de esposas, filhos, pais, mães, irmãos e primos. O mobiliário era simples, de madeira robusta; a sala apresentava boa iluminação, que vinha através de janelas grandes e altas, existentes em três das paredes. As grades pareciam estar em todos os lugares: ao lado das portas, junto às janelas, em qualquer abertura visível.

Maurício sussurrou-lhe ao ouvido:

— Estão ali, à direita. Vamos!

Então Catarina enxergou uma mesa onde havia uma senhora idosa com um rapaz. Suas pernas começaram a tremer. Apoiou-se no seu guia, que praticamente arrastou-a para a frente. Nesse ínterim, a senhora e o moço se levantaram atarantados e encararam os visitantes, sem saber o que fazer. Maurício tomou a iniciativa e dirigiu-se à mulher idosa:

— Boa tarde, dona Júlia. Como vai a senhora? Que bom que está aqui! A gente não se via faz um tempo.

A senhora acenou a cabeça, evidentemente comovida e embaraçada. Então o advogado deu a mão ao rapaz, que o puxou para perto, de modo que se abraçaram rapidamente. Voltando-se à garota, Maurício disse:

— Catarina, este é o Edvaldo.

Ficaram em silêncio por vários segundos, um examinando o outro. O assassino reconheceu os olhos da garota, que o tinham impressionado desde que os conhecera na famosa foto do dia do enterro. Surpreendeu-o a aparência ao vivo da jovem órfã, delicada e bela. Por sua vez, ela tinha diante de si um jovem de altura média, com cabelos encaracolados, mais para longos que curtos. Sua pele era de um marrom claro, e notava-se que ele não tomava muito sol. Trazia um pequeno bigode, que se ajustava à sua face alongada e um tanto angulosa. Seria exagero considerá-lo bonito; no entanto, tinha um estranho ar cativante, com o olhar calmo. Seu físico era esbelto, sem chegar a musculoso. Vestia-se com o uniforme da prisão, que lhe ficava folgado.

Sua mãe era mais baixa e encorpada, quase gorda. Trajava um vestido simples, estampado, e levava um lenço sobre os cabelos. Tinha o rosto enrugado, com a tez mais clara que a do filho. Suas mãos eram pouco cuidadas, de quem trabalha duro. À sua frente, havia um bolo e doces, que trouxera para o filho e suas visitas, tudo sendo antes revistado, cortado e furado pelos carcereiros.

Sem estender a mão, o detento pôs-se a falar:

— Muito obrigado por ter vindo me visitar. Todos os dias eu penso na sua família, rezo pelas três. E vou continuar assim até morrer, se Deus quiser.

— Obrigada — foi o que pôde responder Catarina, com um fio de voz difícil de escutar no meio do alvoroço do salão.

— Por favor, sente-se, dona Catarina. Dr. Maurício, quer ficar aqui?

Os quatro se acomodaram. Edvaldo depositara as mãos cruzadas sobre a mesa, enquanto Catarina não sabia para que lado olhar. Tinha receio de mirar o matador do pai, de se enfurecer com ele e terminar dizendo o contrário do que planejara. Será que não confiara demais na própria capacidade de perdoar? Quando levantou a vista, topou com o rosto do detento, que trazia um levíssimo sorriso.

— Fiquei muito feliz, quando o dr. Maurício me contou que a senhorita queria conversar comigo. Agradeço a sua bondade por se interessar por mim, vir aqui e me deixar pedir perdão pessoalmente. Eu me arrependo a fundo do que fiz. Preferia ter morrido a cometer esse crime. Não estou mentindo para a senhorita quando digo isso.

A jovem percebia que Edvaldo ponderara longamente sobre o que fizera e era sincero no que dizia.

— Desculpe, moça! — continuou ele. — Quem faz esse pedido é um homem condenado a passar grande parte da vida na cadeia, e a trazer sempre uma mancha na alma, da qual não pode se esquecer. A senhorita não tem nenhuma obrigação de aceitar essas minhas desculpas. Só que não viria até aqui se não estivesse disposta a me perdoar. Por isso que me alegrei tanto com esta visita.

Catarina respondeu:

— Sofri demais com a morte do meu pai. Minha mãe e minha irmã sofreram igual, mas reagiram melhor. Era um assunto em que eu evitava pensar, porque me revoltava, me tirava o chão. Nesses anos todos, falei sobre o meu pai com pouquíssimas pessoas. Quando recebemos sua carta, fiquei abalada. Primeiro, pelo tempo que se tinha passado. Não procuramos nenhuma notícia sobre você, queríamos mais era esquecer tudo a seu respeito. Depois, pelo que você escreveu sobre a sua mudança. Na ocasião, não aceitei as suas desculpas...

A garota engasgou e Edvaldo interveio:

— Eu notei que a senhorita não tinha me desculpado. O dr. Ricardo me transmitiu o recado da dona Gabriela e da dona Simone, de que elas tinham recebido a carta. Que não me odiavam e me perdoavam. Mas não falou nada da senhorita. Entendi na hora que não estava incluída na mensagem.

O modo do preso pouco a pouco conquistava e acalmava Catarina, que se admirou de como ele se expressava bem. Ela disse:

— Por isso mesmo eu quis vir aqui. Reli a sua carta uma porção de vezes. Também alguns acontecimentos recentes me levaram a repensar várias coisas. Não quero guardar nenhum rancor contra você. Aceito seu pedido de desculpas, de coração.

— Muito obrigado, dona Catarina! Depois que Deus me perdoou, minha maior consolação foi saber que a família da senhorita fez o mesmo. Porque foram as pessoas que mais prejudiquei na vida. Assaltei outras, devo ter feito com que várias tivessem pesadelos comigo, fui violento e desgraçado. Agora, matar, só o seu pai.

Os olhos de Edvaldo se avermelharam; ao mesmo tempo, ele se mantinha controlado e com um ar bondoso.

— Quando eu o esfaqueei, ele me olhou assustado. Era como se não acreditasse no que estava acontecendo. Para mim também parecia um pesadelo, do qual eu ia acordar a qualquer momento. Eu senti o sangue dele começando a escorrer por cima da minha mão... Achei que ele me olhava com pena, sem raiva. Essa imagem não saiu mais da minha cabeça.

Naquela altura, Maurício escutava cada palavra com ar aparvalhado e a boca aberta. Dona Júlia chorava silenciosamente, pondo uma das mãos sobre as do filho, enquanto observava as reações de Catarina. Esta mal mexia um músculo do rosto.

— Ele era um homem bom, não era? — perguntou Edvaldo. — Tenho certeza de que sim, desde aquela hora.

— Foi um homem maravilhoso — concordou a garota. — Digo não porque sou filha dele, mas porque é verdade. Eu não soube valorizar o meu pai, fui uma criança muito cabeça-dura e ingrata. Depois entendi como ele era especial, quando conheci outra pessoa parecida. Eu me arrependo muito por não ter sido uma filha melhor.

Subitamente, a aparência inabalável da jovem ruiu, e ela passou a chorar. Não pôde dizer nada por vários minutos, que foram respeitados pelos demais. Maurício se levantou e se pôs a andar ao redor da mesa, entoando sabe-se lá que imprecações. Quando todos se recompuseram, Edvaldo recomeçou:

— Conhecia a senhorita por fotos, e principalmente porque o dr. Ricardo comentava muito de você. Vocês são bem amigos, não é? Ele sempre elogiava a senhorita com muito carinho. Dizia que era "adorável, uma menina de ouro".

Ao ouvir isso, Maurício fez menção de dizer algo para mudar de assunto, mas Catarina foi mais rápida e explicou:

— Fomos muito próximos, por bastante tempo. O Ricardo foi meu melhor amigo. Só que a gente acabou brigando feio, faz mais de um ano.

— Eu desconfiei que alguma coisa não estivesse certa. De repente, ele parou de falar da senhorita. Eu tentei descobrir o que tinha acontecido, mas o dr. Ricardo desconversava. Até que parei de insistir, porque vi que o incomodava.

Catarina olhava para o chão, engolindo seco. Aproximou depois sua cadeira da mesa e ficou a curta distância de Edvaldo, a quem mirou fragilizada.

— Ele não explicou para me preservar, porque não queria falar mal de mim. Por minha culpa, nós perdemos todo contato, e cheguei a considerar o Ricardo um inimigo. Pouco tempo atrás, a situação se esclareceu e descobri que estava errada. Fui atrás dele, pedi perdão, e a gente voltou a se falar de vez em quando. Não temos a mesma intimidade de antes, porque é impossível, depois do que eu fiz.

— Não diga uma coisa dessas, dona Catarina. Vocês vão ser amigos outra vez. Sempre dá para consertar um desentendimento. Veja, a sua família pôde me perdoar, a senhorita veio até aqui para me encontrar... O dr. Ricardo tem um coração enorme, vai querer ter você do lado dele. Vocês vão se acertar, sim.

Falando como se tivesse larga familiaridade com Edvaldo, ela retrucou:

— Às vezes, acho que o seu homicídio é menos grave, mais fácil de perdoar, do que o que fiz.

— O que é isso, dona Catarina! — exclamou exaltado Edvaldo. — A senhorita não repita uma coisa dessas!

— Você matou um desconhecido, para quem não devia nada em particular. Eu maltratei a pessoa que mais me fez bem. Fui cruel, dura. Ninguém pode chamar o senhor de ingrato, que é exatamente o que eu fui. Qual de nós dois agiu pior? Sinceramente, não sei.

Surpreso, Edvaldo replicou:

— Como não sabe? Por pior que a senhorita tenha feito, não matou o dr. Ricardo. Ele está aí, como sempre. O seu pai, não. Meu crime não tem remédio completo. Já o seu erro vai ser logo esquecido, ficar no passado.

— Existem ações piores do que matar alguém — respondeu a garota. — Humilhações, desconfianças, traições...

— Mas você não fez algo assim! — discordou o rapaz. — A senhorita não destruiu o dr. Ricardo. Eu o conheço, sei que não.

— O senhor não tem ideia de como feri o Ricardo. Chego a me arrepiar, quando me lembro disso! Ele pode até me perdoar, só que não vai conseguir esquecer, nem tornar a gostar de mim. Simplesmente não dá.

— Ela está exagerando, Edvaldo — interrompeu Maurício, que não pôde se conter. — Não foi tão culpada assim por pensar mal do Ricardo. Tinha um monte de circunstâncias que a enganaram. Praticamente todo mundo tirou a mesma conclusão que ela, era o normal. Não suporto que você seja tão severa consigo mesma, Catarina. Deixe de piorar as coisas para você, por favor!

— Essas atenuantes não valem para mim, Maurício. Acha que não tentei diminuir a minha culpa? Eu quero me sentir melhor! Mas não consegui, a não ser que eu minta. Evito falar sobre isso, nem sei por que resolvi soltar a língua agora. Ou melhor, sei sim! Quando percebi o tamanho da maldade com que agi por tanto tempo, decidi falar com o senhor, Edvaldo. Se não fosse por isso, duvido que eu viria.

— Não me chame de senhor, dona Catarina.

— Nem você me chame de dona ou de senhorita. "Dona" me deixa velha demais. — Ela riu por um segundo.

— Está bem, combinado. Mas ainda não estou entendendo bem o que você quer dizer — comentou o jovem criminoso.

— Percebi que a distância entre mim e você não era tão grande assim. Antes, pensava que era quase infinita. Eu, que jamais tinha prejudicado alguém para valer, e você, que matou um homem como meu pai. Você não merecia o meu perdão nem o teria. De mim, só iria receber raiva, revolta. Eu pensava que estender a mão a você seria me rebaixar, além de ser uma traição com a memória do meu pai.

"Se eu não soubesse que o Ricardo tinha se aproximado de você, acho que talvez eu conseguisse ser mais razoável, reagisse melhor. Mas qualquer coisa que viesse dele me contrariava de um jeito absurdo. A verdade é que a sua carta me transtornou. Ela descrevia algo extraordinário, forte, bonito, que eu me recusava a aceitar."

O barulho das outras mesas mal era percebido pelos que escutavam Catarina. Em alguns momentos, Maurício sentia sua cabeça a girar, zonza. Dona Júlia não lograva compreender tudo, porém se fixava na garota.

— No momento em que mostraram como eu estava errada, minha vergonha e humilhação quase me destruíram. Eu queria fugir, mas não tinha para onde. Senti uma repugnância enorme por mim, até doente eu fiquei. Pouco a pouco, isso foi amansando, graças a Deus. Passei a me enxergar de uma maneira diferente. Se fui capaz de repelir o Ricardo, como se ele fosse uma barata, ao que eu poderia chegar? Eu simplesmente não prestava, era uma insensível, uma víbora.

— Pare, Catarina! — suplicou Maurício. — Você está dando uma ideia errada de você. Não é certo! Dona Júlia, Edvaldo, não acreditem nela. Se estivesse aqui, o Ricardo seria o primeiro a desmentir essa exagerada!

— Estou só dizendo a verdade, mais nada. Você sabe que não estou mentindo, mas quer me defender porque é meu amigo.

— Não se preocupe, dr. Maurício — acrescentou Edvaldo. — Entendo perfeitamente a Catarina. Nunca vou julgá-la mal, de jeito nenhum. Quer continuar, por favor?

— Sim, obrigada.

Ela suspirou. O que mais assombrava Maurício é que a garota adquirira, como que em um instante, o aspecto de mulher madura, uma dama, como se houvesse completado mais de 30 anos e sofrido uma contrariedade enorme. Não havia nela nada da imagem de adolescente com a qual ele se habituara. Ela prosseguiu:

— Eu me convenci de que podia bater no fundo do poço. E estive tentada a assumir esse lado. Por uns momentos, pensei simplesmente em desconsiderar que eu tivesse feito mal. Iria continuar inimiga do Ricardo e tocar a vida para a frente. Então iria me largar no mundo, fazer o que me desse na telha, aproveitar cada minuto sem dor nem consciência. "Errei? Azar, não importa mais! Não estou nem aí!" Parecia mais simples, menos doloroso. Mas mudei logo de ideia, porque eu não podia viver em cima de uma mentira.

"Depois de me dar conta da minha besteira, comecei a encarar a sua carta de outro modo. Eu tinha sido uma megera, e mesmo assim queria que me compreendessem e me perdoassem; assim, ficou mais fácil entender o seu pedido de desculpas. Sofri na pele como é difícil pedir perdão, pelo medo de ser rejeitada, mal interpretada, de ficar à mercê da vontade de outra pessoa. E você tinha superado esse receio. Nessa hora, eu me senti próxima de você.

"Minha mãe e minha irmã fizeram a parte delas. Fiquei de fora, porque fui arrogante e teimosa. Quando acordei e me conheci um pouco melhor, passei a me preparar para esta visita, que o Maurício fez o favor de conseguir. E aqui estou."

Edvaldo sorria suavemente. Suara durante a narração da moça, e em um minuto, seu riso abriu-se mais, e ele falou:

— A senhorita não veio aqui só pelo que falou. Tem outra coisa, não é?

— Não me chame de senhorita...

— Deixe-me chamá-la assim, por favor.

Catarina não respondeu, apenas o inquiriu com o olhar.

— Além de me perdoar, a senhorita quis fazer algo que fosse muito bom. Uma ação nobre, grande, para apagar ao menos parte da sua própria culpa. Porque, pense bem, se tivesse me mandado um recado através do dr. Maurício, já seria bem mais do que eu poderia pedir. Mas a senhorita não se limitou a isso, não ficou satisfeita. Veio aqui pessoalmente e encarou o assassino do seu pai. E foi simpática, amável com ele. Quer até que ele a trate por você.

A feição de Edvaldo era de admiração contida. As frases lhe assomavam à boca automaticamente, exatas, como se lesse, no rosto da mulher, o que ela escondia dentro. De repente, desferiu um tapa na mesa, que assustou um carcereiro encostado na parede, e exclamou alto:

— Não é para qualquer um, dona Catarina! Nunca vi acontecer aqui algo parecido. Meus colegas não vão acreditar, quando eu contar. Vão ficar de queixo caído! Neste instante, posso dizer que a senhorita foi generosa, fez o máximo.

A respiração de Catarina tornou-se rápida e ela se encabulou. Encolheu-se na cadeira, principalmente depois que Maurício se pôs a fitá-la com uma expressão enigmática. Apressou-se a contestar:

— Vim aqui por você, porque mereceu! Você fez uma ação linda, quando procurou a gente. Por favor, não pense que estou atrás de uma anestesia para a consciência, de um interesse meu...

— Nada desmerece o que a senhorita fez, ao contrário! — respondeu Edvaldo erguendo os braços. — Buscar a reparação, com um ato como o seu, apenas enobrece a senhorita. Faz com que seu perdão seja mais valioso para mim. Estou honrado por ter a senhorita à minha frente, Deus é minha testemunha!

Disparando rapidamente as palavras, umas se grudando às outras, o jovem detento prosseguiu:

— Garanto que não somos iguais, por pior que você pense de si mesma. Caí bem mais baixo! Pode ser que a sua ofensa tenha atingido um amigo, o que é grave, mas eu derramei o sangue de um inocente. Decretei e executei uma sentença de morte, o que só cabe a Deus. Tomei o lugar d'Ele por um instante, o que é terrível. É isso o que a gente faz em todo pecado, mas nada é como assassinar alguém. Digo por experiência própria, e por ver os outros presos. A gente é medida aqui pelos homicídios que traz nas costas, os outros crimes quase não contam.

De forma mais pausada, olhando alternadamente para Catarina e Maurício, Edvaldo seguiu adiante:

— A maioria dos presos tenta se convencer de que o que fez não teve importância. Estavam se defendendo, a vítima era um idiota, merecia mesmo morrer, a morte vai chegar um dia para todo mundo... Quando acreditam nisso, em pouco tempo viram uns animais selvagens. Podem até ser uns doces com a esposa e os filhos, mas, em um minuto, podem reagir com violência, sair arrebentando o que veem pela frente. Alguns acho que até perdem a humanidade e ficam cruéis para valer.

"Existem também os que se desesperam. Detestam o que fizeram, só que não acham um meio para consertar. Não são gente corrompida nem perdida, mas não se aceitam. A ferida não fecha, é uma tortura. A angústia acaba com eles."

Seu ímpeto e vigor arrefeceram de vez, e passou a falar lentamente, no ritmo e sotaque próprios da região:

— Uma parte consegue fazer as pazes consigo. Não são muitos, nem poucos. Aprendem a conviver com o seu passado. Querem ser perdoados, vão atrás de quem pode tirar o peso dos seus ombros. Não sei se a dona Catarina acredita, mas sem Deus não é possível. Lembro quando o dr. Ricardo me disse isso. Ele queria me reabilitar com Deus e falou para eu me confessar. Pensei que ele estivesse brincando. Fazia anos que eu não conversava com um padre, tinha me esquecido de como fazia. Ele insistiu, até que eu aceitei.

"Foi o final de um processo, que começou quando o dr. Ricardo me falou de vocês. Na primeira vez em que me encontrou, ele me acusou de ter feito uma atrocidade. Foi seu cartão de visitas. Minha mãe desmontou, chorava que dava dó. Engraçado que ela não ficou com raiva dele, o que me convenceu de que eu era mesmo um lixo.

"Na semana seguinte, ele veio de novo. Fui pego de surpresa outra vez, mas não quis brigar. Estava curioso para saber o que ele tinha para falar. Era meio estranho, diferente do que eu escutava aqui. Parecia verdade."

Pela primeira vez, Edvaldo chorava distintamente. Parou de falar por algum tempo, até que retornou:

— A gente não precisa mais tratar de mim, porque já escrevi o que me aconteceu. Só queria dizer à senhorita que já fez o suficiente. Não precisa mais ficar se agoniando, porque um dia cometeu um erro. Se falhou com o dr. Ricardo, não tem que pagar até o último centavo. Ele não ia querer, nem é possível.

"Aceite que é assim mesmo. Jamais vamos estar quites, justificados na vida. Diante de Deus, a gente sempre é pecador, e mesmo assim Ele gosta de nós. Pensar nisso me deixa leve. Quem se julga bom, pensa que não precisa de nada nem de ninguém, e menos ainda da salvação. Então sim, está na pior. A alma ficou dura que nem pedra. Com você, nada disso aconteceu, ao contrário."

O sinal tocou ao longe, anunciando que faltavam cinco minutos para o término das visitas.

— A senhorita vai ter de ir embora. Quero dizer que fez um bem enorme a um miserável. Pôs uma dose de bondade, de remédio na minha alma. Fico em débito para sempre, o que é muito bom. Prometo que vou pedir a Deus para Ele retribuir, e para a senhorita ser muito feliz. No meio desta desgraça, nesta prisão, vai haver alguém que gosta da senhorita e da sua família. E vou continuar gostando quando sair daqui, claro.

Os olhos de Catarina estavam arregalados. Subitamente, ela se levantou, tomou as mãos de Edvaldo e as beijou uma de cada vez. Ele permaneceu sem ação por um tempo, e enfim exclamou enternecido:

— Conseguiu pôr os lábios nas mãos de quem matou seu pai. Eu também beijo as suas mãos, dona Catarina, para que me perdoe e se lembre de mim sem rancor nem ódio. Que Deus a mantenha sempre pura e boa e abençoe-a cada dia.

Fez o que havia dito, soltando logo depois a garota, que respondeu:

— Não acreditava que alguém pudesse se transformar como você. Isso me enche de esperança. Você diz que foi consolado, e eu também estou muito contente. Adeus.

— Adeus, dona Catarina. Obrigado por ter vindo.

Os três visitantes se retiravam lentamente, quando Catarina se voltou ao jovem, que permanecia junto à mesa:

— Edvaldo, posso pedir-lhe um favor?

— Claro! O que quiser. É uma alegria poder fazer algo pela senhorita.

— Não conte ao Ricardo que eu estive aqui.

Ele pareceu decepcionado.

— Por quê? Não é bom que ele saiba que a senhorita veio e me perdoou?

— Não, é melhor que não! — exclamou nervosa. — Pode pensar que vim para impressioná-lo, não sei... Seria errado que, por esta visita, ele achasse que está obrigado a mudar seu comportamento comigo. Eu quero muito ter o Ricardo perto de mim, só que isso tem que acontecer porque ele quer, não por agradecimento ou por obrigação.

— Não concordo com a senhorita. De jeito nenhum! É justo ele saber o que aconteceu. Porque foi por causa de você que ele se aproximou de mim. E como posso esconder dele algo tão importante? Ele é meu amigo.

— Por favor, não fale nada — suplicou ela.

Depois de pensar por quase um minuto, e reparando na aflição da jovem, Edvaldo enfim respondeu:

— Está bem, não vou dizer nada. Só faço isso porque é um pedido da senhorita. Espero que o dr. Ricardo não se decepcione comigo.

— Obrigada! Agora, não me chame mais de senhorita, faço questão. Somos iguais. Adeus.

— Adeus, Catarina. Vai com Deus.

No portão de saída, Maurício ofereceu uma carona à dona Júlia, que, depois de muita insistência, aceitou. Levaram-na a uma casa relativamente próxima dali, pouco depois que passaram da divisa com Campinas, onde ela ficava nos dias em que visitava o filho. Era uma construção rústica, sem qualquer acabamento, de tijolos à vista e um telhado de zinco pouco confiável, propriedade de uma senhora que ela conhecera nas filas da prisão e com quem travara amizade. O filho da sua conhecida havia sido libertado, poucos meses antes, e já se perdera pelo mundo, enquanto o vínculo entre as duas mães manteve-se firme.

Durante o curto trajeto, dona Júlia confidenciou que sofria ao pensar no mal que Edvaldo causara, ao mesmo tempo em que, agora, quando estava com ele, sentia um orgulho enorme. Sonhava com o dia em que poderiam estar juntos, fora da prisão. Quando desceram do carro, ela abraçou Maurício e Catarina, e sua comoção era visível. Esperou na porta da casa, acenando, até que o carro escapou do alcance de sua vista.

O caminho de volta foi ainda mais silencioso que a ida. Catarina se examinou no espelho do carro, percebeu a maquiagem borrada e o rosto suado, sujo de pó. Seu corpo doía, como se houvesse levado uma surra.

Maurício estava calado feito uma múmia, absorto nos seus pensamentos. Às vezes, vinha-lhe um sorriso à boca, que logo era afogado por uma careta ou um rompante de seriedade. Evitou até mesmo mirar Catarina, e ela, conhecendo-o melhor, devido à proximidade dos últimos meses, dava-se conta de que não valia a pena entabular uma conversa.

38

Recapitulando o que se passou entre nós

O final do semestre letivo exigiu bastante dedicação de Catarina. Na sua ânsia de aproveitar os estudos ao máximo, inscrevera-se em um monte de grupos de trabalho temáticos dirigidos por professores. Em um deles, ajudava na preparação de uma edição bilíngue da *Eneida*, que o professor de latim iria publicar. A tradução escolhida fora uma realizada no século XIX por um maranhense, Odorico Mendes. A meta era rechear o livro de notas para explicar as diversas opções do tradutor, que, segundo as más línguas, realizara um trabalho tão complicado, que era mais fácil ler o poema de Virgílio direto no latim. Ela auxiliava o grupo principalmente nas partes em português.

Participava de reuniões semanais coordenadas por outro docente, especialista em barroco e no Padre Vieira. Esse professor possuía o dom de empolgar os alunos, que nesses encontros recitavam poemas para os demais e escolhiam suas leituras. Para a aluna do primeiro ano, representou a oportunidade de encontrar gente que trazia ao curso as mesmas aspirações que ela. Ali, familiarizou-se com Manuel Bandeira e Cecília Meireles, que foram dois presentes para sua sensibilidade.

Somando as atividades extras aos exames e trabalhos finais das disciplinas, Catarina se achou assoberbada. Evidentemente que a sua carga era quase nada se comparada com a das últimas semanas de Letícia, que fora obrigada a atravessar várias noites acordada a fim de dar conta dos exercícios e relatórios que os professores de engenharia tinham o prazer de impingir em seus pupilos. Ao final da maratona, certamente passaria um par de dias sem se levantar da cama.

O encontro com Edvaldo fizera-lhe um bem considerável. O amargor consigo mesma tinha diminuído, e ela foi capaz de entender que era o orgulho, através da dor de sua consciência, que a massacrava. Era uma espécie de sadismo, de desprezo de si própria, que apenas trazia tristeza.

Foi também fundamental a ajuda da irmã. Nos últimos meses, Simone havia amadurecido a olhos vistos, tanto pela influência do noivo quanto pelo contato estreito com Clara, que lhe servia de orientadora e amiga do peito. A mais nova ia buscar em Simone consolo e conselho a respeito do que não se sentia à vontade para tratar com o padrasto nem com a mãe.

Depois de ouvir a narrativa de Catarina a respeito da visita a Edvaldo, sob a condição de que não a comentasse com ninguém, Simone aproveitou e sugeriu à irmã que procurasse um sacerdote. A mais nova apreciou a ideia e foi apresentada ao padre Roberto, que a cativou desde o início, com um jeito bondoso e compreensivo. Os dois passaram a conversar mais ou menos uma vez por mês.

A irmã alegrou-se ao ver que Catarina passara a tomar sua vida religiosa a sério. Antes, não era um tema que causasse ojeriza à mais nova, como quase tinha acontecido na época da morte do pai, mas tampouco a animava a ponto de modificar algo em sua vida. Agora, pelo contrário, parecia natural e necessário mergulhar nessa dimensão, que antes descurara.

Uma satisfação eram seus encontros com Ricardo, mais numerosos do que inicialmente prometiam ser. Catarina era convidada frequentemente por dona Lúcia a ir à sua casa, pelos mais diversos pretextos: ajudar em uma tarefa doméstica, aprender uma receita, irem juntas comprar algo, ou simplesmente conversar. A garota logo entendeu que servia como substituta de Clara e deleitava-se com esse papel.

Ao contrário do que se dera com o filho, o relacionamento entre ela e dona Lúcia se reconstruíra por completo. Até podia dizer que era mais íntimo que nunca. Por conta disso, topava com Ricardo alguns dias, e a verdade é que combinava as visitas para quando havia melhores chances de rever o antigo amigo. Cumprimentavam-se nessas ocasiões de forma polida, sem que houvesse mais nada. Em certa medida, era uma aflição constatar, uma vez mais, essa proximidade distante. O reconhecimento de que ele era apenas um conhecido, com quem não poderia se espraiar sobre o que fosse, mantinha-se uma dor latente.

Ricardo voltara a frequentar com certa regularidade a casa de Catarina. Depois daquele primeiro almoço, demorou mais de um mês para retornar. Por insistência do primo, apareceu para tratarem sobre dona Rita e outros membros da família. Tais vindas repetiram-se em intervalos cada vez menores, e nelas sempre acontecia de o visitante se deparar com a caçula.

No início de dezembro, Letícia e Catarina viajaram juntas para as Serras Gaúchas, um desejo antigo da mais gordinha. Conheceram Gramado, Canela e Caxias do Sul, sendo que a filha de Gabriela se irritava um pouco com a mãe, que insistia para que lhe telefonasse todos os dias.

No Natal, uma das preocupações de Catarina dissipou-se. Ela, sua mãe e a irmã foram à casa do tio Pedro Damião. Para seu alívio, lá conheceu Bernardo, com quem Cláudia havia começado a namorar fazia poucas semanas. O rapaz bonito estava evidentemente apaixonado pela garota, que se encontrava na fase de rir de qualquer coisa que o galanteador dissesse. O que, por sinal, acontecia com uma frequência enervante para os demais.

"O Ricardo não vai ficar comigo, mas ao menos a Cláudia não conseguiu apanhá-lo! Os dois não combinavam mesmo. Que seja feliz com esse Bernardo, que tem pinta de galã. E é um sujeito até que bem simpático!", matutou consigo a garota.

O Ano-Novo e janeiro não trouxeram novidades. Catarina praticamente não viu Ricardo, que viajou várias vezes por negócios ou descanso. Dona Lúcia quis ter a menina ainda mais perto do que o habitual. Esse esquema apenas foi interrompido durante a estadia de Ivan e sua família na Bahia, que durou dez dias.

Em fevereiro, Catarina recomeçou a ir à faculdade, apesar de ainda não ter aulas. O professor de latim queria finalizar o trabalho de edição da *Eneida*, porque o prazo último concedido pela editora fazia-se próximo. Junto com outros estudantes, que formavam um grupo de perto de uma dezena, Catarina passou várias manhãs nessa tarefa. Normalmente, almoçava com os colegas e retornava para casa, ou saía com uma amiga, principalmente a Letícia.

Na quarta semana do mês, dissecavam um trecho particularmente complicado do poema, que descrevia a partida de Eneias da ilha de Dido, a fim de cumprir sua missão de fundar Roma. Catarina se maravilhou com as palavras amorosas da rainha Dido e a desolação do troiano por ter de abandoná-la. Que fantástico que alguém pudesse escrever daquela maneira! A garota sofria para compreender o latim, mas principiava a colher os frutos da sua dedicação.

A manhã havia sido esgotante, e o grupo deixou a sala e se encaminhou para a porta de saída da faculdade. Enquanto falava com a colega ao lado, que iria se formar no meio do ano e planejava logo dar os primeiros passos em um mestrado sobre poesia latina, Catarina notou de relance que havia alguém ao lado da porta, sentado em um banco de cimento. Não lhe prestou atenção e seguiu conversando animadamente.

No entanto, quando chegou quase ao lado do sujeito, ele se levantou e a fitou. Ela nem conseguiu falar e apertou os cadernos junto ao peito. O visitante tomou então a iniciativa:

— Oi, Catarina. Bom dia.

— Oi, Ricardo.

— Desculpe ter vindo sem avisar. Precisei visitar um cliente aqui perto, e me bateu a vontade de conhecer onde você estuda. Estou atrapalhando?

Cumprimentou então a amiga da moça, que estranhou encontrar ali alguém de terno. Provavelmente não via no ambiente da faculdade ninguém em trajes similares há vários anos, com exceção de um aluno meio desmiolado do quarto período, que se considerava uma espécie de reencarnação de Álvares de Azevedo.

Como a mais jovem seguiu sem responder, confusa e vermelha, sua colega percebeu que algo diferente pairava no ar. Observou com mais atenção o visitante, que sorriu amistosamente. Então a futura latinista reparou que se tratava de um homem elegante e distinto, até que bem-apessoado. Voltada para ele, comentou:

— Catarina, vou embora. A Lisa e a Maura estão me esperando na cantina. Até amanhã. Qual é mesmo o seu nome?

— Desculpe, não me apresentei. Meu nome é Ricardo. E o seu?

— Lavínia — respondeu a moça, com um tom de voz que Catarina julgou excessivamente meloso.

— Belo nome. É o mesmo da mulher de Eneias, o fundador de Roma. Bastante apropriado para uma estudante de letras.

A jovem espantou-se. Jamais em sua vida alguém se referira ao que era seu orgulho secreto: ter o mesmo nome que a esposa do herói de Virgílio. Seus pais não tinham feito essa correlação, e escolheram o prenome devido a uma personagem de novela na televisão — o que era bem menos glamoroso, aos olhos da interessada —; os colegas do grupo de latim tampouco haviam comentado sobre a homonímia. Toda sorrisos, respondeu:

— Exatamente. Legal que estamos fazendo um trabalho exatamente sobre a *Eneida*, com um professor excelente. Você gosta de literatura clássica? Eu sou apaixonada...

Ao se virar para Catarina, notou que ela a observava com evidente desconforto. Foi assaltada pela sensação de estar no local errado, ainda que começasse a gostar da ideia de ficar por ali mesmo, com o visitante. Na dúvida, venceu o senso de camaradagem — era óbvio que Catarina ansiava uns instantes a sós com aquele homem —; interrompeu o diálogo, examinou o relógio e explicou:

— Estou atrasada, tenho que sair correndo. Muito prazer, Ricardo! Outro dia a gente conversa com mais calma. Eu gostaria. Até logo, Catarina.

Ele respondeu atenciosamente, enquanto Catarina emitiu um som pouco identificável. Lavínia voltou-se uma vez e acenou para o casal enquanto ia embora.

— Em quais salas você estuda? A gente podia aproveitar para dar uma espiada — sugeriu Ricardo.

Toda a situação configurou-se um enigma para a garota. Esforçou-se por se comportar de maneira natural. Ricardo seguia a sua parceira com atenção, enquanto vagavam pelos corredores da faculdade. Depois de Catarina ter mostrado onde estudava e trabalhava, saíram do prédio e caminharam pela calçada que levava ao estacionamento. Ricardo inquiriu-a então sobre os professores e as disciplinas, bem como os grupos de trabalho de que fazia parte.

— Você tem algum compromisso hoje à tarde? — perguntou ele de supetão, ao chegar ao lado do carro.

— Nada de especial — respondeu ansiosamente. — Vou me encontrar depois do almoço com a Letícia, aqui perto.

— Então deixa. Não quero estragar o plano de vocês.

— Não, Ricardo! Você não vai estragar nada. Vou avisar que estou com você, ela não vai se importar.

"Ao contrário, vai adorar", pensou a jovem.

— Pode então almoçar comigo? Pela hora, é melhor que eu coma por aqui. Vou ter de ir depois ao Castelo, e não vale a pena voltar antes ao escritório. Tudo bem para você?

— Sem problema. Eu ia mesmo almoçar no bandejão.

— Bandejão? É o restaurante universitário?

— É sim.

— Quer ir para lá? Não prefere escolher um lugar melhor, em que a gente possa conversar com mais tranquilidade? Você se lembra do tipo de comida de que eu gosto, não é?

— Não é nem um pouco difícil. Você come praticamente qualquer coisa! Eu sempre disse que você é um avestruz.

De automóvel, foram ao restaurante mais ajeitado dentre os vários do campus, frequentado principalmente por professores. Conforme Catarina previra, Ricardo mal se interessou pelos legumes e verduras e se serviu de massas e carnes. Ela, ao contrário, preferiu as saladas. A conversa girou em torno das respectivas famílias, e riram ao se lembrar de como as relações da garota com Ivan tinham sido difíceis no começo. O diálogo avançava cada vez melhor, e o tempo escoou rapidamente. Ricardo por fim pagou a conta e propôs:

— Vamos passear um pouco pelo campus? Fazia um tempão que não vinha aqui, e sempre achei o lugar bonito.

Ele deixou o paletó e a gravata no carro e seguiram até a praça central da Universidade. Ao redor dela ficavam várias faculdades, como as de Matemática, Economia, Física, além do Instituto de Estudos Linguísticos, onde Catarina estudava. No centro da praça, havia um lago artificial ao qual confluíam diversos caminhos, cheios de árvores e verde. Nesse lago, um escritor, que gozara de fama por um tempo e tinha talento, havia ficado paralítico, devido a um mergulho maluco no meio de uma noitada.

Os dois chegaram ao lado do ginásio, que era um prédio imponente. Ricardo apontou para o gramado em volta e comentou:

— Uma vez vim para cá com o Maurício. Passamos a tarde brincando com uma sobrinha dele e conversando. Fazia uns seis meses que a Nina tinha morrido, eu ainda digeria aquilo tudo devagar. As semanas iam ficando para trás, e a ausência dela se tornava mais dolorida. Às vezes, eu tinha medo de arrebentar. O Maurício sempre teve a capacidade de me animar, e conseguiu-o também naquela vez. Ele se aproximou bastante de você, não é? Isso me alegra, pelos dois.

O despontar da tarde não estava tão abafado quanto fora nos dias anteriores, pois uma chuva noturna havia refrescado o clima e limpado o céu. Ao mesmo tempo, o sol ameaçava queimar, e por isso procuraram um banco à sombra das árvores. Por uns instantes, permaneceram em silêncio. Não escutavam qualquer som humano, exceto o de um ou outro automóvel distante, uma voz perdida e um bate-estaca ao fundo. A satisfação de Catarina crescia à medida que o encontro prosseguia. Ricardo estava bem humorado, ainda que sem as brincadeiras e provocações que antigamente gostava de fazer com ela.

No entanto, o rosto dele repentinamente tornou-se sério. Ele endireitou-se no banco, descruzou as pernas e examinou a garota sem o ar tranquilo de instantes atrás. Ela estava com calça jeans e uma camisa branca, com botões e rendas. O cabelo tinha um prendedor que combinava com sua cor. Sem qualquer emoção, Ricardo se pôs a falar:

— Foi importante ter passado esse tempo com você, Catarina. Porque confirmou de vez o que eu já sabia. Como eu havia dito antes, não é possível que nós dois voltemos a ser amigos.

As palavras encheram-na de indignação. Sem refletir, retrucou:

— Então, por que você veio aqui? Quis brincar comigo? Conversamos para que você ficasse me testando? Pensei que você tivesse interesse verdadeiro, não que fosse um teatrinho.

Quis se levantar. A seguir, arrependeu-se. Que direito tinha de cobrar algo de Ricardo? Ele sustentava o olhar dela e respondeu:

— Desculpe-me se aborreci você. Não foi a minha intenção. Só que eu precisava ter certeza. A gente não falava fazia bastante tempo, e eu tinha de saber como seria estar outra vez com você, só nós dois.

Ela deduziu que estivesse sendo vítima de uma pequena vingança. Ricardo deixou de olhá-la, acomodou-se de lado em relação a ela e disse:

— Neste fim de semana, o Carlos veio visitar a gente. Acho que você se lembra dele, é o meu irmão mais velho.

A jovem fixou os olhos no advogado, perplexa. Ela estava quase conseguindo juntar as forças para inventar algo e fugir dali. Porém, seu torturador mencionou:

— Conversei longamente com ele. É a pessoa em quem mais confio, sempre foi. Aproveitei para contar-lhe o que tinha me acontecido nos últimos meses. Falei principalmente sobre mim e você, Catarina.

Então era isso. Ricardo devia ter sido influenciado pelo primogênito, a quem admirava de maneira um tanto despropositada. Era de supor que o tal Carlos tivesse sérias ressalvas a ela.

— Quando você e eu brigamos — recomeçou o advogado —, não comentei nada com ele. Eu tinha medo de transmitir uma visão negativa de você, não confiava na minha objetividade na época. E não ia adiantar mesmo contar, não tinha como ele me ajudar. Desta vez, a situação era diferente. Então, narrei como a gente se desentendeu, desde o início. Demorou um bocado.

O sangue fugiu do rosto de Catarina. Era desalmado Ricardo seguir remexendo esse assunto, depois que ela suplicara o perdão e dera mostras concretas de arrependimento. Ela tentou mudar o rumo da conversa:

— Você não contou sobre o caso do Maurício, espero. Seria uma tolice!

As últimas palavras foram atiradas com hostilidade, que Ricardo acusou. Replicou:

— É evidente que não. Você já devia saber que não comento sobre isso.

Ela desarmou-se, o que cedeu espaço ao desconforto. Outra vez exprimindo-se vagarosamente, olhando para a frente, ele acrescentou após meio minuto:

— De qualquer modo, o Carlos deve saber o que aconteceu. A mamãe contou a ele o que falavam de mim. Ele me procurou, mas não tratou do assunto diretamente. Sabia que, se tivesse ocorrido algo sério, se eu tivesse aprontado alguma feia, eu lhe contaria. Por isso, perguntou se eu estava bem, respondi que sim, e acabou por aí.

"Por coincidência, o Maurício apareceu em casa no mesmo dia, amalucado e ansioso, como era o habitual naquelas semanas. O Carlos prestou atenção nele e compreendeu tudo na hora. Ao menos, foi o que deduzi. O Maurício não é um modelo de discrição, e eu tinha medo que se traísse em algum momento. Os dois se meteram em um canto e conversaram um bom tempo. Não me disseram sobre o quê. O que sei é que, se você perguntar ao Maurício o que ele acha do Carlos, ele é capaz de se ajoelhar, berrando uma penca de elogios, naquele jeito canastrão dele."

Por um instante, a expressão de Ricardo relaxou e ele quase sorriu; porém, logo se recolheu e prosseguiu:

— Pois então, expliquei ao Carlos a nossa discussão na sua casa e como fui expulso de lá. Que eu havia tentado me reaproximar de você, mas tinha sido podado todas as vezes. Que tinha visto você com um rapaz, poucos dias depois. Sem aumentar o drama, falei o que achava importante, para ele ter uma ideia completa da história.

O embaraço e a decepção de Catarina cresciam qual bola de neve. O pior é que Ricardo não aparentava ter dito qualquer mentira, nem ter carregado nas tintas. Ainda assim, ela estava magoada.

— Contei da sua visita ao escritório, do seu pedido de desculpas e da maneira como recebi você. Falei também do que você me explicou, depois daquele almoço na sua casa. Como eu tinha me enganado, e a minha negativa, quando você pediu que a gente voltasse a ser amigos. Para terminar, disse sobre a sua visita ao Edvaldo...

— O quê? — saltou a moça, confundida. — O que você quer dizer?

— Ora, a tarde em que você foi com o Maurício ao presídio. Para falar com o Edvaldo.

— Quem contou isso? Pedi para que não lhe dissessem nada! Como é possível?

— Calma! O Maurício me pôs a par de tudo...

— Não acredito que ele tenha feito isso!

— Pois fez. Ele contou que você tinha pedido formalmente ao Edvaldo para guardar segredo. Aliás, ele obedeceu; até hoje, nunca me falou nada. Só que você não solicitou a mesma coisa ao Maurício.

— Ele me escutou quase implorando ao Edvaldo para não falar nada a você!

— Bem, ele se julgou liberado para me contar tudo naquela tarde mesmo.

— Era mais que evidente que eu não queria que você soubesse! Ele traiu a minha confiança. A gente tinha combinado que ia ficar só entre nós. Ao menos implicitamente...

— Se você pensa assim, não é comigo que deve reclamar, mas com ele. Agora, para sermos justos, se você tivesse pedido ao Maurício para ficar de bico calado, ele não ia prometer nada. Por isso, ele não traiu você. Se você foi com ele ao presídio, deveria imaginar que ele nunca ia deixar de me contar algo que me interessasse tanto. Você precisa conhecer melhor a solidariedade masculina, Catarina.

— Mas o Edvaldo fez o que eu pedi.

— É que ele nunca negaria um pedido seu, nem em meu favor. Quanto ao Maurício, há mais um ponto: ele não ia aguentar ficar sem falar bem de você para mim, por mais que você suplicasse. Ele gosta muito de você.

A irritação com o gorducho evaporou-se no ato. A mocinha também havia aprendido a apreciá-lo demais: aquele desastrado era uma caixa de surpresas e de afetos.

— Seja como for, o Carlos soube por mim o que aconteceu ali. Acho que a minha versão foi fiel e bem detalhada. O Maurício habitualmente tem uma memória boa, e naquele dia ele se superou ao me contar tintim por tintim.

A jovem tornou a sentar-se, pois sua cabeça girava. Quando se refez razoavelmente, notou que Ricardo se aproximara dela, evitando ao mesmo tempo encará-la.

— Resolvi inclusive conversar com meu irmão sobre certos assuntos, vamos dizer assim, bem pessoais, que jamais mencionei a você.

Por um momento, pareceu intimidado. Respirou fundo, deitou os cotovelos nas costas do banco e foi adiante:

— Por exemplo, que, antes de eu e você brigarmos, eu tinha me tornado dependente de uma garota quinze anos mais nova. Raciocinando um pouco, era até fácil explicar como tinha acontecido. Ela era muito próxima de mim, a gente se entendia maravilhosamente, eu admirava as várias qualidades dela, além de achar que ela era linda, porque ela era bonita desde adolescente, e está ficando cada vez mais, com o passar do tempo... tudo isso formou um conjunto irresistível.

"Eu havia me apaixonado — essa é a palavra exata — por uma jovem que poderia ser quase minha filha. Não era uma paixão fogo de palha, mas o resultado de um longo tempo de convivência, de conhecimento. A situação era inusitada, com chances de promover uma grande balbúrdia, porque, para completar o quadro, a mãe dela não morria de amores por mim. Só que eu tinha me decidido: iria me declarar a ela. Não deixava de ser um tanto ridículo, mas era o que eu estava disposto a fazer."

Ricardo calou-se. Ao recordar esse momento, Catarina nunca foi capaz de discernir quanto tempo passaram sem se falarem. O que sim, pôde distinguir perfeitamente, foi que um frio a atravessou da cabeça aos pés.

39
Às vezes, a vida se simplifica

Ainda sem olhar a garota, Ricardo continuou:

— O Carlos sofreu quando soube que era com essa moça que eu tinha brigado. Brigado, não; quebrado o pau violentamente, a ponto de ela ter raiva de mim. Falei como havia me decepcionado, e que tudo tinha sido humilhante demais. Eu havia me iludido de forma absurda, porque a menina que me encantara nunca teria me escorraçado daquele jeito, nem me trocaria, num piscar de olhos, por outro rapaz.

A jovem abaixou a cabeça e queria evaporar de vergonha. Seguiu escutando:

— Graças a Deus, a revolta foi diminuindo depois de algumas semanas, e alcancei uma visão mais serena de todo o episódio. Não era absurdo que tanta gente, inclusive você, tivesse me julgado mal. Nessa minha indignação, havia uma dose cavalar de vaidade, uma autocomiseração besta. A gente gosta de se sentir injustiçado, é uma satisfação doentia.

"Ao mesmo tempo, eu não era uma vítima inocente. Eu não tinha sido firme o suficiente com o Maurício, quando ele deu de se engraçar com aquela mulher. E também cometi na vida vários erros de avaliação de pessoas. Naquela situação, o erro de muita gente caíra em cima de mim, o que não tinha nada de tão extraordinário.

"Nesse estado de espírito, aproveitei para rezar mais, para ponderar quais eram as minhas motivações na vida. Pouco a pouco, me reergui. A situação era injusta, péssima, mas iria passar. Eu não podia permitir que um revés, por pior que fosse, me deixasse prostrado.

"O principal prejuízo foi a perda da garota de quem eu gostava. Desde a morte da Nina, era a pessoa com quem tive a ligação mais profunda. E isso sem nem sermos namorados. Era evidente que existia algo especial entre a gente, o que tornava o tombo maior.

"Então comecei a pensar: será que a nossa ruptura havia mesmo sido uma perda? Poderia ser uma bênção, porque evitaria que eu me envolvesse com uma pessoa com quem nunca conseguiria me acertar. Talvez eu não fosse o homem certo para ela. Acabei por me serenar também nesse ponto. De tudo que tinha acontecido, viria necessariamente o melhor. Era só ter paciência e confiar em Deus. Aos poucos, deixei para trás o que você havia representado na minha vida."

A voz agora amistosa de Ricardo facilitou que Catarina chorasse por tudo o que estivera a um passo de ganhar e desperdiçara. Com uma inflexão amena, quase doce, ele retomou o fio da narração:

— Então você apareceu naquela tarde no escritório. Meu irmão ficou contrariado, quando descrevi o modo como recebi você. Ele me deu uma bronca sonora. Disse que era desumano corrigir alguém que vinha pedir desculpas, atirando-lhe na cara que tinha errado.

Enquanto escutava, despertou em Catarina a simpatia por Carlos. Até aquele momento, não houvera sinal de que ele a tivesse criticado ou se aborrecido com ela. Antes, tomara seu partido em detrimento do irmão. Seria ótimo se ele tivesse continuado assim.

— Expliquei-lhe que, mesmo superando a mágoa das primeiras semanas, encontrar você frente a frente reabriu algumas chagas. Ao mesmo tempo, as críticas que fiz a você naquela ocasião escondiam a minha admiração. Você tinha ido me enfrentar, humilde e arrependida.

"Outro ponto que me surpreendeu foi saber melhor sobre você e o Gustavo. Significava que você não era tão diferente do que eu sempre tinha pensado. Você podia ter me difamado por engano, ter sido dura comigo, mas não era uma frívola, uma tonta. Devia ter me contado que havia se aproximado do rapaz, mas isso era um pecado venial, uma miudeza."

Ricardo já não dava mostras de manter a severidade. Um sorriso até parecia querer se impor na sua face.

— Quando tratei da sua visita ao Edvaldo, o Carlos ficou boquiaberto. Assim que terminei, ele permaneceu um tempo em silêncio. De repente, desatou a rir, de uma maneira tão franca, solta, que me levou junto. Perguntei o porquê da gargalhada, e ele respondeu: "Até agora, só tem uma coisa que não entendo. Quando a Catarina pediu perdão, na primeira vez, ela já tinha ótimas chances de reconquistar você. A maneira como você a recebeu, com aquelas estocadas e sermões, é prova de que você continuava a se importar com ela, depois de mais de um ano. Mais adiante, a menina explica que não havia trocado você por outro garoto e pede pateticamente para ser sua amiga. Inclusive dá a entender que era louca por você. Aí você já estava no bolso dela. Por fim, o golpe de misericórdia: vai atrás do Edvaldo, o assassino do pai. E a troco de quê? Para fazer algo muito bom, que fosse digno de você, do seu perdão. Ela quis alcançar a altura em que pensa que você está. Essa garota é um tesouro, nem mais nem menos. Meu Deus, você me desconcerta! Por que ainda não foi atrás dela? Isso é que não me entra na cabeça!"

"Fingi que não havia entendido. Com jeito de malandro, o Carlos foi explícito: 'Que quer que eu lhe diga? Você sabe o que tem de fazer: fale já com essa moça. Confesse o quanto gosta dela! Você não vai encontrar outra igual. Inteligente, delicada, pura, com personalidade...'"

O silêncio depois das palavras de Ricardo era quebrado por longínquas vozes de alunos, que vinham das ruas em torno da praça central, bem como por ruídos das árvores e de alguns pássaros. Catarina não sentia o próprio corpo, a não ser por um tremor que o percorria inteiro. Parecia que estava entorpecida de sono, meio sonhando, mas escutava:

— Como não respondi, o Carlos voltou à carga: "A mamãe me confidenciou que sonha em ter a Catarina como nora. Disse que era a garota perfeita para você. Duvido que ela lhe repita isso, porque tem medo de influenciar você. Da minha parte, não tenho tantos escrúpulos. Você está crescido e é responsável pelo que faz. Além do quê, acho que tem o direito de saber a opinião da mamãe, que é quem mais entende a gente."

"Não que isso fosse surpresa. Eu tinha percebido faz tempo que a minha mãe sempre dava um jeito de você a visitar enquanto eu estava em casa. E tentava deixar você e eu a sós. Eu não quis dar o braço a torcer ao Carlos e respondi irritado: 'Que bobagem você está falando! Eu, gostar da Catarina? De jeito nenhum! Seria uma estupidez confiar de novo nela. Se daqui a um tempo ela torna a encasquetar com alguma coisa e surta de novo? E daí, como eu fico?' O Carlos recebeu meus argumentos com mais risadas e nem se dignou responder.

"Ataquei de novo: 'Não se esqueça da diferença de idade. São quinze anos! Por acaso é certo eu conquistar a garota, aproveitando que ela acha que tem uma dívida moral comigo? Além disso, a cabeça da Catarina é diferente da minha, essa foi a raiz dos nossos desentendimentos. A gente pode brigar de novo mais para a frente, só que as consequências vão ser bem piores!'"

— Ricardo, por favor... — quis interromper a jovem, enervada.

— Deixe-me terminar, Catarina, falta pouco. Desta vez, meu irmão resolveu argumentar: "Essa diferença de idade não é nada de mais. O que ela pensa disso? Aposto que o maior sonho dessa garota é ficar com você. Ninguém está se aproveitando de fragilidade nenhuma. Duvido que a Catarina seja uma boba, que fique com alguém por dó, ou por sentido de dever, de gratidão. Quanto a isso, nada melhor do que conversar com ela. Tenho que admitir que talvez você esteja mesmo um pouco passado. Você nunca foi um Apolo, mas ainda não é uma múmia. Inclusive, tenho a esperança de que você chegue a ser um velhinho simpático, com o tempo. Só não deixe a barriga crescer, porque careca você não vai ficar." O malandro riu da minha cara ao dizer isso!

Naquele instante, depois do Ricardo, Carlos era a pessoa que Catarina mais adorava no mundo, apesar de nunca ter trocado palavras com ele por mais de um minuto.

— Não acabou aí. Vou resumir mais ou menos o que ele falou: "Estive poucas vezes com a Catarina, mas o suficiente para perceber que é uma ótima menina. E o que você me contou é sério. Claro que ela pode ficar doida um dia e largar tudo, inclusive você. Mas, depois do que aconteceu, acho que ela vai fazer o que for para merecer a sua confiança. Não esqueça o quanto ela sofreu, com a morte do pai e agora. Isso amadurece. Bem, vamos deixar de balela. Você ainda não respondeu por que deixou passar todo esse tempo sem falar com ela. O que está segurando você?"

A cada momento que passava, Catarina ficava mais nervosa e mais feliz. A possibilidade de tudo terminar de maneira favorável era mais que clara. Receava, ao mesmo tempo, criar uma expectativa que fosse falsa.

— Expliquei que tinha demorado porque precisava me certificar de que a menina gostasse de mim. Ao mesmo tempo, eu não podia ter qualquer resquício de ressentimento em relação a ela. Se não, ele terminaria por brotar de novo, e eu feriria a garota. Hoje, depois desses meses, tenho certeza de que não ficou nada de ruim, que desapareceu tudo. É mais do que um perdão ou um esquecimento; é algo superado, que não me traz tristeza ou desconforto.

A moça sussurrou:

— É maravilhoso escutar isso!

— Demorei mais do que pensava para poder afirmar isso sem sombra de dúvida. Agora, sei que é assim. No final da conversa com o Carlos, agradeci-lhe os conselhos e disse-lhe que pensaria neles. De qualquer forma, a decisão seria minha. Na verdade, já tinha sido tomada, semanas atrás. "Por que então você pediu a minha opinião?", ele me confrontou. Respondi que eu e ele costumávamos pensar de maneira semelhante, e eu queria confirmar que seria assim mais uma vez. Esclareci que, mesmo se a opinião dele fosse contrária à minha, eu procuraria você. Afinal, escolher a mulher que você deseja ter ao seu lado é uma responsabilidade intransferível.

A estudante se segurava no banco de cimento, porque tinha a impressão de que chegara a um passo de se derreter feito gelatina. Ricardo a encarava com um sorriso:

— Pois é isso, Catarina. Gosto muito de você, há bastante tempo. Gosto demais, amo. Ser apenas seu amigo é inviável, definitivamente. Não vou suportar ter você por perto, sem a perspectiva de algo mais sério, de um compromisso. Sem que você seja minha namorada.

Foi demasiado para os nervos da menina. Cobrindo o rosto, desatou a chorar. Todas as suas preocupações, tristezas e dúvidas haviam se desvanecido suavemente. Ao mesmo tempo, pensar nesse alívio não diminuía seus soluços, ao contrário. Essa explosão a constrangia, mas era impossível de deter.

Dois estudantes, um deles sem camisa e com a cabeleira que não via um pente há meses, o outro com óculos de uma dúzia de graus e andar desengonçado, passaram ao lado e observaram a cena. Pararam de conversar e fizeram cara de espanto. Depois que se foram, o advogado murmurou aos ouvidos de Catarina:

— Está certo que a minha proposta talvez não seja lá essas coisas... Vai ver que você acha mesmo que sou meio caquético, que estou mais para Matusalém. Mas, por favor, não é ruim a ponto de você chorar desse jeito. Não quis ofendê-la. Desculpe-me a ousadia.

Catarina levantou a cabeça e fitou, com os olhos inchados e lacrimosos, o seu companheiro, que se esforçava para não se pôr a rir. Fingindo raiva, respondeu:

— Pare de debochar de mim! Você sabe muito bem por que estou chorando, seu bruto!

Ele então a beijou na testa e no nariz, e tornou a apoiá-la no seu ombro esquerdo, acariciando seus cabelos. Quando a jovem se recompôs um pouco, o que demorou bastante, ele perguntou:

— Acho que posso interpretar isso como um sim.

— Não se faça de bobo! É o que mais quero no mundo, desde há muito tempo. Quando você estava com a Cláudia, eu já morria de ciúmes. Na época, não entendia, era uma raiva que parecia imotivada. Só depois compreendi...

Deram-se as mãos, e ele levou a dela aos lábios após alguns segundos. A menina prosseguiu:

— É felicidade demais! Meu Deus, não mereço!
Enfim quase serena, confidenciou:
— Desde que a gente se separou, nada mais tinha muita graça. No começo, fiquei descrente das pessoas. Ninguém parecia prestar. Por isso, quando descobri que tinha me enganado, ainda que significasse que eu era uma besta quadrada, uma bruxa, no íntimo eu me alegrei. Era verdade que alguém podia ser bom, como sempre achei que você fosse. A dona Lúcia também era um anjo, e não uma pobre mulher iludida pelo filho. A história verdadeira era a bonita, não a feia.
"Mas eu tinha expulsado você da minha vida, e era sem volta. Naquele almoço na casa dos meus pais, fiz uma tentativa maluca para a gente se reaproximar. Quando você respondeu que nossa amizade tinha ficado no passado, perdi a esperança. Na verdade, não totalmente. Algo me dizia que a nossa história não havia terminado; só não via como ainda podia ter um final feliz."
— Estamos muito longe do final da nossa história.
— É claro que estamos, quero que dure muito! E você continua o mesmo chato de sempre.
— É para você lembrar que não é fácil me aguentar.
Ela balançou a cabeça, fazendo uma careta.
— Chega de brincadeira, retornou ele. Queria combinar uma coisa importante.
A garota escutou, ainda segurando as mãos do namorado.
— Não vamos comentar nunca mais o que aconteceu. Toda essa briga, os desdobramentos, o que sentimos... Vamos colocar uma pedra sobre tudo, para que nenhuma lembrança possa nos atrapalhar. Aprendemos o que tínhamos a aprender, já chega.
O braço esquerdo dele envolveu os ombros de Catarina, enquanto dizia sem a olhar:
— Antes, eu achava que a gente devia sempre guardar o que passou, para não tornar a errar. Mudei de opinião. Toda a nossa história, no que teve de triste, acabou. Não vamos mais falar dela. Vou pedir à minha família que apague da memória tudo o que houve de ruim, e você faça o

mesmo com a sua mãe e a sua irmã. Se um desavisado perguntar algo, a gente responde que não se lembra de mais nada. O que você acha?

— Concordo plenamente. Agradeço, porque dói demais revirar tudo isso. Espero que Deus me perdoe. Melhor, acredito que Ele já perdoou. Quanto a você, obrigada pela sua generosidade.

— Não é generosidade, minha querida. É o certo. Então estamos combinados. Desculpe-me por ter falado tão desabridamente sobre o que senti e passei nesse tempo. É a última vez que pretendo fazer isso, e pensei que era importante você saber o que aconteceu comigo. Agora, basta! Não vamos mais tocar no assunto.

Catarina teve uma intuição, que logo externou:

— Ótimo. Mas, Ricardo, tem uma coisa que eu gostaria de saber.

— O que é?

— É evidente que você planejou o nosso encontro de hoje.

— Por que diz isso?

— Porque conheço você muito bem, não esqueça.

— Planejei algumas coisas, sim. Mas acabou saindo melhor do que eu esperava. Na verdade, do jeito mais perfeito possível.

— Concordo. Mas queria que você me explicasse alguns detalhezinhos.

— Vamos ver... O que, por exemplo?

— Por que veio me encontrar aqui? Não estou reclamando, óbvio! Mas o normal seria você me telefonar e marcar algo à noite, ou no fim de semana. O que aconteceu para me aparecer aqui na faculdade, em um dia de trabalho?

— Muito bem, senhorita! — respondeu ele com uma gargalhada. — Faz mais de uma semana que espero o momento certo para falar com você. Quando soube que o Carlos viria a Campinas no domingo, preferi conversar com ele antes. Com relação a hoje, a Letícia me contou que você estaria trabalhando aqui de manhã.

— A Letícia? Então ela sabia que você vinha?

— É, sabia sim.

— Traidora! Depois eu a pego de jeito. Ela tinha que ter me falado.

— Claro que não! Ela não quer se intrometer entre você e mim, Catarina. É mais um ponto a favor dela.

— Não aceito! E você, por que não me avisou que viria aqui? Queria me pregar um susto, por acaso?

— Avisar para quê? Só ia deixar você ansiosa. E não nego que fazer uma surpresa foi um aspecto que me atraiu.

— Você se arriscou! E se eu não aceitasse conversar? Podia ter mandado você embora.

— Sem dúvida, existia certo risco. Mas não o levei muito a sério, para dizer a verdade.

— Por que não?

Ele a olhou de esguelha, com ar de troça. Hesitou, até responder:

— Porque tinha certeza de que você ia aceitar falar comigo, e fazer o que mais eu pedisse.

— Seu pretensioso! Por que achou isso?

— Ora, você tem feito tudo que acha que eu quero, sempre acertando na mosca. Além disso...

— Além disso o quê? Fala logo, vai!

— O jeito com que você me olha, desde que voltamos a nos falar...

A garota perdeu o domínio da situação no mesmo instante.

— Eu também me alterava quando me encontrava com você — ele amenizou. — Minha mãe percebeu e me lançava um monte de indiretas, que me tiravam do sério. Eu fingia que não entendia.

Catarina riu, como teria feito de praticamente qualquer coisa que ele dissesse.

— Escolhi a Unicamp porque não faltariam tempo nem espaço para a gente se acertar com calma. E tem outro motivo, mais importante, porque quis vir hoje. É vinte e dois de fevereiro, o aniversário da Nina. Achei que seria um belo presente para ela.

A resposta emocionou a jovem, mas trouxe-lhe um ligeiro incômodo. Resignada, afirmou após alguns instantes:

— Sei que nunca vou ser tão importante para você como a Nina foi. Ela sempre vai ocupar o posto principal na sua vida. Não posso me comparar com ela, não dá nem para a saída. Tudo bem...

Ricardo surpreendeu-se; depois, começou a tossir e rir ao mesmo tempo. Soltou a moça e acariciou o cabelo dela, ainda sem falar. Depois de quase um minuto, disse:

— Você não tem ideia do tamanho da bobagem que falou, minha querida! Como que não vai ser importante para mim, como a Nina foi? Se não fosse, a gente nem estaria conversando aqui. Deixe de ser tonta!

Mais sério, bastante afetuoso, explicou:

— Estamos iniciando nosso relacionamento, Catarina. É engraçado pensar nisso, porque já nos conhecemos melhor do que muita gente casada há um bom tempo. Com a Nina, vivi anos intensos. Eu a acompanhei no transe da morte, o que é marcante. Você e eu não temos ainda uma história tão longa juntos, mas vamos começar a escrevê-la, a quatro mãos. Por isso é que quero você do meu lado.

"Antes de ela morrer, ordenou que eu deveria conhecer outra moça, para me casar e ser feliz. Quando ouvi, não gostei nada. Depois, entendi o que ela estava pensando. Ela sabia como eu era. A Nina sempre vai ser especial para mim, um norte. Seria desumano se um dia eu me esquecesse dela."

— Você pensava que ela seria a mulher da sua vida; eu sou apenas a substituta — interveio Catarina.

— Claro que não. Eu queria que a moça que namorei na juventude fosse minha esposa, mas não era para ser. É algo objetivo, que a vida mostrou. A partir de agora, você vai ser a minha garota. Talvez seu pai se chateie, ao ver que a sua princesinha acabou com o plebeu da estória. Quem sabe ela consegue transformá-lo no príncipe.

— Pare de falar mal de você! Proíbo terminantemente! A seu respeito, só aceito elogios.

— Já começou a ficar mandona! Que rainha que nada: vai ser uma tirana, isso sim.

— Vou ser mesmo mandona com você. Quanto ao meu pai, ele está contente, tenho certeza.

— Deixe-me levá-la para casa. Perdoe a maldade, mas eu gostaria muito de ver a cara da sua mãe, quando ela souber o que fizemos hoje.

— Vou contar para ela assim que eu chegar.

— Com o tempo, ela vai se acostumar. Até com o Eduardo ela implicou no começo... Agora, morre de amores por ele.

— Vai ser mesmo divertido flagrar o susto na cara dela. Só que a alegria do Ivan e da Simone vai ser tão grande, que ela nem vai ter como reclamar.

Seguiram trocando elogios e impressões até Ricardo deixar Catarina na casa dela. Ele ria da maneira como a garota estava enlevada, ao mesmo tempo em que se enternecia por ela. No caminho para o escritório, parou uns instantes numa igreja. Depois, no trabalho, narrou a Maurício o encontro na Unicamp, sendo interrompido por saraivadas de perguntas. Ao final, o sócio deu-lhe um abraço de tirar o fôlego e chegou a chorar. Enfim, julgava-se libertado de tudo a que dera ocasião no ano anterior.

No final da tarde em que estivera com Catarina no presídio, Maurício tinha pego Ricardo pelo colarinho e chocalhara-o enquanto despejava o que acontecera. Urgiu-o a falar com a garota naquela mesma noite.

— Ela é demais, seu mentecapto! Pare de ser orgulhoso e idiota. Ajoelhe-se e peça a mão dela, beije os pés dessa menina! Não perca essa oportunidade, seu maluco! — foi mais ou menos o discurso exaltado durante três quartos de hora.

Quando a temperatura do gorducho diminuiu, Ricardo explicou que pretendia esperar um pouco, pensar com mais calma.

— Confie em mim, Maurício. Sei o que estou fazendo. Agradeço por você ter levado a Catarina lá, também pelo Edvaldo. Deve ter feito um bem enorme a ele.

— Levei a Catarina lá pelo nosso preso, é verdade. Mas não tenha dúvida de que entrei nessa principalmente por você! E também pela garota. Gosto dela cada dia mais, diabos!

Pois agora tudo estava resolvido. Ao menos por enquanto. Porque a vida continuaria, com suas novas complicações e surpresas, desentendimentos e reviravoltas. Ricardo e Catarina passaram por vários deles no decorrer dos anos. No entanto, a partir daquela tarde, sempre o fizeram juntos.

Agradecimentos

A convivência com o poeta Bruno Tolentino e o aprendizado que ela representou, sobre a literatura e a arte em geral, foram determinantes para que este livro existisse. Ele foi para mim um professor generoso e genial, além de um amigo.

Tenho a sorte de contar com amigos que são profissionais da literatura e se dispuseram a analisar meu manuscrito. Rodrigo Duarte Garcia foi o primeiro a ler a versão inicial do livro e a me animar a completá-lo, o que foi decisivo. O crítico literário e cultural Martim Vasques da Cunha examinou cuidadosamente versões anteriores do romance. Esses dois ajudaram-me inclusive a escolher o título da obra. Diogo Rosas abriu-me horizontes importantes com suas sugestões. O editor Henrique Elfes, por amizade, levou a cabo uma revisão completa dos originais. Pedro Sette Câmara representou um constante estímulo para que eu finalizasse e publicasse o livro. Também me auxiliaram Jessé de Almeida Primo, Christian Clemente e Antônio Fernando Borges.

Sou devedor à minha agente, Luciana Villas-Boas, pela confiança e disponibilidade que ela prestou a um autor iniciante. Anna Luiza Cardoso e Lara Berruezo, que trabalham com a Luciana na agência VBM, fizeram por merecer todo meu reconhecimento.

Fundamental na gênese deste livro foi Carlos Andreazza, que aceitou editá-lo sem que tivesse mais motivos para fazê-lo do que seu conhecimento comercial e artístico. Duda Costa e Thaís Lima, ambas da Editora Record, foram companheiras de trabalho perfeitas. Obrigado a toda a equipe editorial!

Nas várias versões deste livro, pude valer-me das leituras e conselhos de amigos. Com o receio de esquecer alguém, agradeço especialmente a Alexandre Gonçalves — cujas dicas sobre estilo foram essenciais —, Luciano Menegaldo, João Carlos Nara Júnior, Guilherme Krueger, Emerson Botelho, Marcos Nicodemos, Guilherme Sanches Ximenes, Loreno Ribeiro do Val, Cláudio Alberto Rigo da Silva, Luís Antonio Carvalho de Campos, Rafael Ruiz González, Paulo Pereira Andery, Nobor Koizumi, João Malheiro, Gustavo França, Luiz Fernando Cintra de Oliveira, Fábio Henrique Carvalheiro e Renato Vieira da Silva. Muito do que eles sugeriram foi incorporado ao romance.

Finalmente, se tenho uma musa, é a que pôde dizer de si que "todas as gerações me chamarão de bem-aventurada". Sua graça e encanto superam em muito os de Clara, Cláudia, Catarina...

Rio de Janeiro, 12 de outubro de 2017.

Este livro foi composto na tipografia
Adobe Garamond Pro, em corpo 11,5/16, e impresso
em papel off-white no Sistema Digital Instant Duplex
da Divisão Gráfica da Distribuidora Record.